W0405173

REGINALD HILL

Der Wald *des Vergessens*

EUROPA VERLAG

Aus dem Englischen
von Xenia Osthelder

REGINALD HILL

Der Wald *des Vergessens*

Ein Roman mit Dalziel und Pascoe

Europa Verlag
Hamburg · Leipzig · Wien

Die Originalausgabe „The Wood Beyond"
erschien 1996 bei HarperCollinsPublishers

Die Deutsche Bibliothek – CIP Einheitsaufnahme
Ein Titeldatensatz für diese Publikation ist bei der
Deutschen Bibliothek erhältlich.

Erstausgabe
© Europa Verlag GmbH Leipzig, Februar 2005
Umschlaggestaltung: Frauke Weise, Hamburg
Satz: Paxmann/Teutsch Buchprojekte, München
Druck und Bindung: C.H. Beck, Nördlingen
ISBN 3-203-78010-0

Informationen über unser Programm erhalten Sie beim Europa Verlag,
Neuer Wall 10, 20354 Hamburg oder unter www.europaverlag.de

Und was soll mir nun dünken, als daß dies ein Land
der bloßen Lügen ist & daß nichts darin wirklich und
lebendig ist, um mich zu retten.
Ja, wahrscheinlich werden sogar die Bäume und das
grüne Gras demnächst von mir scheiden & mich lassen,
wie ich durch die Wolken hinunterfalle.

William Morris, *The Wood Beyond the World*

Nichts wurde gefunden, was uns davon ausgehen lassen könnte, daß die Verurteilungen nicht rechtens gewesen wären oder daß die Angeklagten unfair behandelt wurden ... wir können die Geschichte nicht neu schreiben, indem wir das Urteil von Zeitgenossen durch unsere nachfolgende Beurteilung ersetzen.

John Major, *Antwort (im Februar 1993) auf die Anfrage, einzelne Verfahren britischer Soldaten, die im Ersten Weltkrieg hingerichtet wurden, wieder aufzunehmen.*

Si canimus silvas, silvae sint consule dignae*

Vergil, Ekloge IV

*Wenn wir denn von Wäldern singen, mögen es Wälder sein, die eines Staatsoberhauptes würdig sind.

Hinweis des Autors

Das jeweilige Motto zu den vier Teilen des Romans ist dem Gedicht *Der Nymphe Klage über den Tod ihres Fauns* von Andrew Marvell entnommen.

Prolog

Montag morgen, Beginn einer neuen Woche, Luft so funkelnd wie Eis in einem Kristallglas, eine wermutgoldene Sonne am delfterblauen Himmel, das alte Farnkraut glühend auf den sanft sich wölbenden Mooren, gesprenkelte Bäume, deren Blätter noch nicht vom Wind versprengt sind, die Weiden noch grün, ohne schlammiges Gras, als der Oktober in den November übergeht in der Meinung, es sei noch September.

Edgar Wield fuhr langsam aus Enscombe hinaus, langsam, weil es an einem Morgen wie diesem bei weitem wichtiger war, wodurch man fuhr, als wohin man fuhr, und auch, weil er in der kurzen Zeit, die er im Dorf wohnte, gelernt hatte, daß nur ein Dummkopf davon ausging, die engen Landstraßen könnten auch noch über die nächste Kurve hinaus frei sein.

Seine Vorsicht wurde belohnt. Behutsam um eine Ecke biegend, stieß er auf George Creed, der die Nachzügler seiner Herde durch ein Tor auf ein Feld trieb, auf dem ein Pferch aufgestellt war. Der Anblick entlockte Wield ein Lächeln, denn ihm fiel ein, wie er Creed das erste Mal auf eben dieser Straße bei so ziemlich derselben Beschäftigung begegnet war. Seitdem waren sie Nachbarn und Freunde geworden.

»Morgen, George! Sieht gut aus, das Vieh«, rief er durch das offene Fenster.

Sein Wohnsitz gab ihm das Recht, so zu tun, als hätte er Ahnung, dabei war er sich noch nicht einmal sicher, ob der Begriff *Vieh* auch auf Schafe anwendbar war.

»Morgen, Edgar«, sagte Creed. »Sie sind wohl nicht übel. Klingt bekloppt, aber es tut mir leid, von ihnen Abschied nehmen zu müssen.«

»Sie werden also abgeholt?« sagte Wield, dem nun die Bedeutung des Pferchs klar wurde.

»Ja, die Menschheit braucht was zu essen, darum geht es in der Landwirtschaft. Aber je älter ich werde, desto schwerer fällt es mir, zu verkaufen, was ich aufgezogen habe. Sag davon aber nichts unten im Morris, sonst denken die womöglich, meine Birne würde weich!«

»Auf welchen Markt bringst du sie?«

»Keinen Markt. Ich habe von Jugend auf immer mit Haig's von Wharfedale Geschäfte gemacht. Sie zahlen mir einen Spitzenpreis, weil sie meine Tiere kennen, und ich verkaufe ihnen meine Tiere, weil ich weiß, daß sie gut mit ihnen umgehen. Also paß auf ihren Transporter auf, wenn du jetzt in die Stadt fährst. Die Dinger brauchen den größten Teil der Straße.«

»Ich passe auf«, sagte Wield. »Keine Eile an einem solchen Morgen. Ich hätte nichts dagegen, hierzubleiben und dir zu helfen, wenn du mich haben willst.«

»Bei einem tüchtigen jungen Mann sag ich nie nein«, lachte Creed. »Aber ich denke, du würdest es bereuen, bevor es Abend wird.«

Er warf einen Blick nach oben, und Wield sah mit ihm hinauf zu dem makellosen blauen Gewölbe.

»Du willst doch nicht etwa sagen, daß es umschlägt?« fragte er skeptisch. »Für mich sieht es danach aus, als würde es noch einen Monat so bleiben.«

»Nein, mit diesem Wetter ist es zur Teezeit vorbei, und was dann kommt, sind keine halbe Sachen.«

»Meinst du? Na ja, wenn schon, hier ist es besser, als wo ich hingehe. Ob Nässe, Hagel oder Sonnenschein, nirgendwo ist es so wie in Enscombe. Bis bald, George.«

Wield legte den Gang ein und setzte seine gemütliche Fahrt auf der Talstraße fort, die die Windungen und Wendungen des Flusses Een nachäffte, als wäre sie von ähnlich alter Geburt wie er. Einige Kilometer weiter sah er das Monstrum von Viehtransporter auf sich zukommen und fuhr seitlich in ein Wäldchen, um ihn passieren zu lassen. Der Fahrer drückte dankend auf die Hupe, und Wield winkte, als der riesige Lastwagen mit der Aufschrift *D. HAIG & CO Livestock Wholesalers* vorbeirumpelte.

Als er vorbeigefahren und außer Sichtweite war, blieb Wield noch eine Weile sitzen, genoß die kühle Brise, die durch das offene Fenster hereinwehte, und das Funkeln des bernsteinfarbenen Sonnenlichts auf den zitternden Zweigen. Er hatte das Gefühl, wenn er aus dem Auto stieg und in den Wald hineinwanderte, würde er immer und ewig weitergehen können, ohne daß sich etwas veränderte. Kein Altern, kein Hungern, keine Kälte, kein Verbrechen, kein Krieg ...

Und ganz gewiß kein Regen!

Ja, das war die eine Sache, deren er sich ganz sicher war. Er hatte großen Respekt vor dem ländlichen Blick, aber auch in den Städten gab es Wetter, und man traf Sergeant Wield von der Kripo Mid-Yorkshire nicht oft ohne seinen Schirm an. Nein, diesmal hatte George sich getäuscht. Dieser Nachsommer hielt noch eine ganze Weile. Er konnte kein Ende ausmachen. Und wenn man kein Ende absehen konnte, dann mußte es doch für immer sein?

Erster Teil

SANCTUARY

The wanton Troopers riding by
Have shot my Faun and it will dye.

[Die mutwilligen Reiter sind vorbeigeritten/
haben auf meinen Faun geschossen, und er wird sterben.]

EINS

Sehr geehrte Mrs. Pascoe,
es entzieht sich meiner Kenntnis, ob Peter Ihnen gegenüber jemals erwähnte, daß ich einige Zeit lang sein vorgesetzter Offizier war. Ja, eine meiner letzten Amtshandlungen, bevor ich den Dienst wegen Invalidität quittieren mußte, war die Bestätigung seiner Beförderung zum Feldwebel. Vielleicht verstehen Sie daher, mit welcher Bestürzung ich die Nachricht seines tragischen Todes vernahm, und ich schreibe Ihnen sogleich, um Sie wissen zu lassen, daß er meiner Meinung nach einer der anständigsten Männer war, die zu führen ich das Privileg hatte, und auch die Umstände seines Todes können mich in keiner Weise von dieser Beurteilung seiner Person abbringen.
Ich bin mir dessen bewußt, daß Sie sich derzeit kaum in der Lage fühlen werden, Ihren Blick in die Zukunft zu richten, aber da Sie eine kleine Tochter großzuziehen haben, wird die Zukunft samt ihrer Probleme nur allzu bald Ihre Aufmerksamkeit erfordern. In Anbetracht der Tatsache, daß Sie sich Bedürfnissen gegenübersehen, die dringend sind und keinen Aufschub dulden, möchte ich Sie bitten, den beiliegenden ersten kleinen Betrag sowie meine Versicherung entgegenzunehmen, daß ich bei nächster Gelegenheit Schritte einleiten werde, durch die sichergestellt wird, daß Sie und Ihr Kind so versorgt sind, wie es im Sinne Peters gewesen wäre.

Bis dahin verbleibe ich in tiefstem Beileid
Ihr
Herbert Anthony Grindal

ZWEI

Geht der Apparat? Ach ja. Los geht's. Los geht's, los geht's ... Entschuldigung, aber ich hab nur noch mal testen wollen. O.K., von Anfang an. In den Wald reinzukommen war ein Kinderspiel. Die Grabenwand rauf, oben rüber, und schon waren wir drin. Allerdings, es kam einem vor wie ein Sprung ins Meer bei Sturm. Der Wind hat geheult, alles hat geschwankt, geknarrt und geächzt, als wären die ganzen verdammten Bäume lebendig, und so viel Zeug ist durch die Luft geflogen, daß der Kopf ständig in Gefahr war, abgerissen zu werden. Aber darum haben wir uns nicht gekümmert und sind immer weiter. Gerichtet haben wir uns nach dem Schein, das von oben kam. Auch wenn man nicht mehr die Hand vor den Augen sieht, das Licht ist immer da.

Am Waldrand sind wir dann auf den Draht gestoßen, und wir haben angehalten, um mal durchzuschnaufen und durchzuzählen.

Wir waren komplett, alle acht, und Cap legte los und machte sich über den Drahtzaun her. Kennen Sie unsere Anführerin? Völlig unbedarft im Umgang mit Drahtschneidern, aber niemand außer ihr durfte das Ding auch nur anrühren. War wohl 'ne Art Rangabzeichen. Irgendwann hatte sie dann so was Ähnliches wie ein Loch zustande gebracht, und wir machten uns ans Durchsteigen. Jacksie – eigentlich heißt sie Jacklin, sie ist die Gutgebaute – blieb prompt hängen und fluchte los. Da sagte Cap: «Halt die Klappe!« Als ob man uns in dem Lärm hätte hören können. Daraufhin Jacksie: «Halt du mal lieber den Draht!« Da kriegten ein paar von uns prompt das Kichern. Wenn man eine Scheißangst hat, passiert das leicht. Nicht, daß es was ausgemacht hat, genausowenig wie Jacksies Fluchen. Wie gesagt, es goß in Strömen, und dazu wütete ein Unwetter. Um bemerkt zu werden, hätte man eine Menge mehr Lärm machen müssen.

Dann waren wir alle durch, und das Lachen verstummte. Da draußen vergeht einem nämlich das Lachen. Nichts als Brachland. Früher stand da mal ein Wald, aber nach dem großen Überfall im vergangenen Sommer hat man die ganzen Bäume zur Hölle geschickt, in die Luft gejagt, von der Wurzel bis zur Krone, und wenn es eine Woche regnet, wie zur Zeit, dann füllen sich die Löcher alle mit Wasser, und der Boden wird so scheißschlammig, daß man richtig spürt, wie er einen einsaugen will. Riechen tut er auch. Keine Ahnung, warum. War mal ein guter Mischwald, wie der, der noch steht. Aber jetzt stinkt's da, als wär's ein umgepflügtes Gräberfeld.

Irgend jemand sagte – ich weiß nicht, wer: »Was für ein verdammter Blödsinn. Vom Acker machen sollten wir uns.« Genau meine Meinung, dachte ich, hielt aber das Maul, denn sobald ich hü! sage, schreit Cap hott! Darauf kann man sich verlassen wie aufs Amen in der Kirche. Dabei hätte ich es besser wissen müssen. Diplomatie bringt sowieso nie was. Hätte mich genausogut mit Cap fetzen und die Sache hinter mich bringen können. Sie warf mir nämlich einen giftigen Blick zu, als hätte ich die Klappe riskiert, und sagte: «Mir nach. Bleibt dicht hinter mir.« Und sie marschierte los. Sie hat noch nicht einmal so getan, als läge ihr an einer Aussprache. Was ist nur aus dem allgemeinen Stimmrecht geworden?

Herrgott, war das 'ne Plackerei! Zwei Schritt vor und einer zurück. Und dicht hinter ihr bleiben – bei dem strömenden Regen und in dem aufsteigenden Nebel konnte man gerade mal erkennen, wo man als nächstes hintrat, dabei auch noch jemand im Auge zu behalten war gar nicht machbar. So war ich auch nicht überrascht, als ich irgendwo links von mir ein Platschen, einen Aufschrei und eine Stimme hörte, die prustend «O, Scheiße!« sagte. Jemand war in ein Wurzelloch gefallen. Ich setzte auf Jacksie, verschwendete aber keine Zeit darauf, groß darüber zu spekulieren. In diesen Löchern konnten auch Leute, deren Körperkontrolle ein ganzes Stück besser ist als Jacksies, so mühelos absaufen, als wären sie mitten im Atlantik. Also machte ich mich wie die anderen in die Richtung auf, aus der die Stimme kam. Nur muß ich ein bißchen zielstrebiger gewesen sein, denn an der Stelle angekommen, bin ich nicht stehengeblieben, sondern über den Rand gerutscht und im Handumdrehen auch in dem verdammten Krater gelandet!

Eine Weile dachte ich, gleich sauf ich ab. Aber als ich erst einmal meinen Kopf dort hatte, wo er hingehört, und Jacksie – ich hatte richtig gelegen – davon überzeugen konnte, daß es nichts brachte, wenn sie mich an den Haaren hielt, merkte ich, daß das Wasser nur knapp einen Meter tief war. Alles war okay, man durfte nur nicht den Halt verlieren. Das eigentliche Problem war, wieder rauszukommen, denn die Wände gaben nach, und die Erde rutschte runter, wenn man sich dran festhalten wollte.

Nun war auch Cap mit den anderen angekommen. Sie haben einen Arm in den Krater gestreckt, um uns zu packen. Zuerst haben sie Jacksie erwischt, und ich hab wie verrückt von hinten geschoben, hab aber für meine Mühe nur einen Tritt in die Fresse bekommen. Doch schließlich haben wir die nutzlose Tusse rausgehievt, und ich war an der Reihe. Ich hab die Arme gehoben und hab gespürt, wie jemand meine rechte Hand gepackt hat. Wer es war, hab ich nicht sehen können, ich hatte die Augen voll Dreck und Wasser. Mit der Linken hab ich rumgerudert, bis ich endlich noch eine Hand erwischt hatte. Dann hab ich die Zehen in die Wand gestoßen und angefangen, mich aus dem Loch zu wuchten.

Ich hab schnell geschnallt, daß von rechts eine Menge Hilfe kam – es war Cap, die da gezogen hat –, aber von links war tote Hose. Doch bevor ich mir groß den Kopf darüber zerbrechen konnte, sind mir die Füße aus der Vertiefung gerutscht, die ich in die Kraterwand getreten hatte, meine Hand ist aus Caps Hand geglitten, und ich bin wieder nach unten gesackt. Also hab ich mein ganzes Gewicht auf diejenige verlagert – wer immer es war –, die meine linke Hand umfaßt hielt.

Und da ist sie einfach abgegangen, die Hand. Und ich bin wieder runter in das Dreckwasser gerutscht – die Finger fest um das Ding geklammert, oder wie es mir vorkam, die Finger von dem Ding fest um die meinen. Ich hab geschrien wie am Spieß, und ein paar von den anderen haben mitgeschrien, und schließlich haben auch die Idioten in den grünen Uniformen was spitzgekriegt, und als nächstes ist eine ganze Armee um uns rumgeschwärmt, hat Befehle gebrüllt und uns vor sich hergeschoben, und so ist es gekommen, daß man uns eingesperrt hat. Meine Glimmstengel sind Matsch. Sie hätten nicht zufällig eine trockene Zigarette?

DREI

Familien sind eine ganz große Scheiße, dachte Peter Pascoe.

Wie käme er sonst dazu, hier zu stehen, in der Kapelle eines Krematoriums, deren Atmosphäre so inspirierend wie ein McDonald's war – allerdings, Gott sei Dank, ohne den obligaten Mief von gegrilltem Hack –, sich dem stechenden Blick seiner Schwester Myra und den zusammengekniffenen Augen eines Häufleins myopischer Greisinnen auszusetzen und zu versuchen, für eine Großmutter, die er vor fast zwei Jahren das letzte Mal besucht hatte, ein Exordium zu extemporieren?

»Hallo, ich bin der Peter Pascoe, und Ada war meine Großmutter, und ich stehe hier, weil ...«

Weil er angekommen war und festgestellt hatte, daß Myra einen Church-of-England-Gottesdienst mit allem Drum und Dran bestellt hatte, einschließlich eines Kirchenliedes, bei dem seine Großmutter in der Urne Staub aufwirbeln würde. Weil seine Schuldgefühle mit ihm durchgegangen waren und er sich die Begräbnisfeierlichkeiten vorgeknöpft hatte wie Jesus die Geldwechsler, bis Myra seinen Höhenflug mit der Frage: »Okay, du Klugscheißer, und was genau hast du nun vor?« unterbrochen hatte und er eine geräuschvolle Bauchlandung hingelegt hatte.

»... weil ihr wahrscheinlich wißt, daß Ada mit institutionalisierter Religion nicht allzuviel am Hut hatte. Sie sagte immer, wenn sie mal sterben würde, dann wäre das letzte, was sie sich wünschte, einem begräbnisgeilen Geistlichen in die Hände zu fallen, der ihr im Leierton unwahrscheinliche Tugenden andichtete. Deshalb hab ich das übernommen ... nicht den Leierton, hoffe ich ... und auch nicht das Dichten ... jedenfalls mach ich das jetzt.«

Und du machst eine ganz schöne Scheiße daraus. Er sah, wie Myras Wut verflog und zu boshaftem Vergnügen wurde.

Wenn doch nur Zeit gewesen wäre, sich ein paar Notizen zu machen. Man mußte ganz schön bekloppt sein, sein Vertrauen auf Gott zu setzen, wenn man ihm gerade eine Absage erteilt hatte!

»Also, ich werde keine großen Notizen machen, ich meine, kein großes Theater machen, denn Ada haßte alles Theater. Aber ich werde den Hingang der bemerkenswerten alten Dame auch nicht einfach un- ... äh ... unkommentiert dahingehen lassen.«

Das wurde ja immer schlimmer! Nun reiß dich gefälligst zusammen. Wenn du bei der Kripo problemlos eine Bande Zyniker nebst Heloten, die die Schnauze voll haben, instruieren kannst, dann brauchst du dich von einer Kirchenbank voll Runzelweiblein nun wahrlich nicht aus der Fassung bringen zu lassen. Warum verdreht Myra die Augen? Weiß sie denn nicht, was eine rhetorische Pause ist, wenn sie eine hört?

»Geboren wurde Ada in Yorkshire, aber lange ist sie dort nicht geblieben. Das Ereignis, das ihr Leben, ja, unser aller Leben, wenn man so will, veränderte, war der Große Krieg. So viele fielen ... Millionen von Menschen ... die Zahlen sind so hoch, daß man sie gar nicht aufnehmen kann. Einer von ihnen war Adas Vater, mein Urgroßvater. Als meine Urgroßmutter die Nachricht erhielt, nahm sie ihre dreijährige Tochter und kam hierher, nach Warwickshire. Ich weiß nicht, wie sie lebten. Daß es eine Verbindung nach Yorkshire gab, habe ich nur entdeckt, weil ich ein naseweiser Bengel war. Ada gehörte nicht zu den Leuten, die ewig von der Vergangenheit reden, vielleicht, weil sie für sie zu viel Schmerzliches enthielt. Aber ich kann mir vorstellen, daß es Alleinerziehende in jenen Tagen noch schwerer hatten als heute. Auf jeden Fall kamen sie hierher, und hier blieben sie. Hier wuchs Ada auf und heiratete ihrerseits. Und bekam ihrerseits ein Kind. Und erlebte ihrerseits, wie ihr Mann, mein Großvater Colin Pascoe, in den Krieg zog.

Wußte sie beim Abschied, daß nun die Reihe an ihr war und sie ihn nie wiedersehen würde? Wer weiß. Aber ich denke, sie wußte es. O ja, ich bin mir sicher, daß sie es wußte.«

Jetzt hatte er sie. Selbst Myra blickte ihn gebannt an.

»Das Kind war natürlich mein Vater Peter. Er wäre heute gern bei uns gewesen, doch wie ihr vielleicht wißt, nahm er vor ein paar Jahren das Angebot an, in den vorgezogenen Ruhestand zu treten, und folgte meiner ältesten Schwester Susan und ihrer Familie nach Australien, und leider war es ihnen wegen dringender Verpflichtungen nicht möglich, die weite Reise zu machen. Aber ich bin mir sicher, daß sie in diesen traurigen Tagen oft an uns denken.«

Sein Blick traf sich mit Myras, und er wandte die Augen ab, aber nicht bevor er mit seiner Schwester im Einvernehmen darüber war, daß jeder Gedanke, der sich ihnen aus der antipodischen Nacht zuwandte, wahrscheinlich eines Traumdeuters bedurfte.

»So kam es, daß Ada 1942 dieselbe Nachricht aus Nordafrika erhielt, die ihre Mutter 1917 aus Flandern erhalten hatte. Eine weitere junge Witwe. Ein weiteres vaterloses Kind. Kein Wunder, daß Ada Uniformen verabscheute, und Kriege und alles, was sie in den Himmel hebt. Beim Anblick der Papiermohnblumen, mit denen man des Waffenstillstands gedenkt, wurde ihr immer übel, und eine ihrer letzten Handlungen bei klarem Verstand war, einen Freiwilligen der British Legion zurechtzuweisen, der auf die Station gekommen war, um Mohnblumen an die Patienten zu verkaufen.«

Zurechtzuweisen? Laut Myra hatte sie in Wirklichkeit gesagt: »Verpiß dich, du Ausgeburt!« Eine Botschaft, die er, Pascoe, an die mit Mohnblumen wohlgeschmückte Gemeinde, die da vor ihm saß, weiterzugeben schien. Ach ja. Man kann es nicht allen allzeit recht machen.

»Doch Ada ließ nicht zu, daß die Vergangenheit ihre Gegenwart zerstörte. Sie schrieb sich für einen der verkürzten Lehrerstudiengänge ein, die nach dem Krieg angeboten wurden, und trotz ihres verspäteten Starts brachte sie es weit, bis an die Spitze von Redstone Junior, der Schule, die auch ich besuchen durfte. Wie ihr euch vorstellen könnt, war es kein ungetrübtes Vergnügen, die eigene Großmutter zur Rektorin zu haben. Geschenkt wurde mir in der Schule gewiß nichts, außer einer erstklassigen Erziehung. Aber außerhalb der Schule erhielt ich all die Liebe und Nachsicht, die ein heranwachsender Junge von seiner Oma erwarten darf.«

Wieder kreuzte sich sein Blick mit dem Myras, und er konnte deutlich lesen, was er sagte. »*Omas Liebling!*« Na und? Ein Junge mit zwei älteren Schwestern, die die Hosen anhatten, brauchte irgendwo einen Halt. Noch jemand versuchte auf sich aufmerksam zu machen, die Krematoriumsaufsicht, die ihn daran erinnern wollte, daß man zwar in einem Wohlfahrtsstaat lebte, der naßkalte November jedoch dessen ungeachtet immer zahlreiche Leichenwagen bedeutete und jedes Überziehen Peters einen rabenschwarzen Rückstau bis auf die Umgehungsstraße auslösen konnte. Es war Zeit aufzuhören. Schade. Er hatte gerade das Gefühl, endlich in Fahrt zu kommen.

»Selbst im Alter blieb sie tätig, im Beirat der Schule, in vielen Vereinen, eine Verteidigerin ihrer Vorstellungen in den Vorhöfen der Macht und auf den Plattformen des Protests.«

Nun lief es aber wie am Schnürchen! Großartige Formulierung war ihm da geglückt. Allerdings würde er jetzt, um den Rhythmus richtig hinzukriegen, eine solözistische Verschiebung vom nominalen Trochäus zum verbalen Jambus vornehmen müssen. Was hätte ihm die alte Ada auf die Finger geklopft! Der Krematoriumsmensch sah aus, als würde er gleich Gewalt anwenden. Auf zum großen Endspurt!

»Daß sie sanft in die letzte Ruhe einging, bezweifle ich, aber hingegangen ist sie und läßt die Welt um so trauriger zurück, da sie nicht mehr unter uns weilt. Doch verließ sie sie besser, als sie sie vorfand, und das wäre der einzige Grabspruch gewesen, den sie sich gewünscht hätte.«

Nichts da mit großem Endspurt. Das war dümmer, als die Polizei erlaubt. Ada hatte sich über den Fortschritt keine Illusionen gemacht. Wenn sie im Fernsehen die Peepshows von Hunger, Katastrophen und Krieg sah, pflegte sie wütend zu sagen: »Die Menschheit hat nichts dazugelernt. Absolut gar nichts!« Nun ja. Wenigstens hatte er seine Mohnblume aus dem Knopfloch entfernt.

Nun war die Schlußmusik an der Reihe. Myra hatte Elgar ausgesucht, *Enigma Variations*, was in Adas unmusikalischen Ohren wahrscheinlich wie Rinderrülpsen geklungen hätte. Die Alternativangebote der Krematoriumsaufsicht waren ähnlich klassisch feierlich gewesen. Da war Peter Pascoe jenes eine Mal eingefallen, wie Ada von ihrem Vater gesprochen hatte, an jenem Tag, als er das Foto im Sekretär fand, und er hatte seine Kassetten im Auto durchgesehen und war mit Scott Joplin zurückgekommen. Er sah den Schock in Myras Augen, als »The Strenuous Life« aus den Lautsprechern ertönte. Er würde es ihr später erklären, sie in das Geheimnis der einzigen Erinnerung Adas an ihren Vater einweihen – ja, ihrer allerersten Erinnerung überhaupt, an die schemenhafte Gestalt am Klavier, die versuchte, die Melodie eines Ragtime nachzuspielen.

So schließt sich der Kreis ... so schließt sich der Kreis.

VIER

»Bei der Beerdigung seiner Großmutter?« sagte Kommissar Andy Dalziel. »Man würde denken, daß so ein Depp mit Buchstaben hinter dem Namen auf eine bessere Entschuldigung käme.«

»Er hat es Ihnen aber mitgeteilt, Sir«, sagte Sergeant Wield, wobei er schreien mußte, damit er in dem Regengeprassel zu hören war.

Düster sah ihn Dalziel durch die regennasse Scheibe an, die er zwecks Förderung der Kommunikation mehrere Millimeter heruntergedreht hatte. Die Bequemlichkeit seiner Untergebenen war ihm keineswegs völlig egal, aber der Sergeant war in Regenkleidung eingepackt, und der Dicke konnte keinen Grund erkennen, warum er die Niagarafälle, die in den Falten von Wields Jacke zur Erde schossen, auf die Polsterung seines Fahrzeugs umleiten sollte.

»Ja, und meine Oma hat gesagt, ich soll mich nicht mit schmutzigen Frauenzimmern einlassen, und auf sie hab ich auch nicht gehört«, erwiderte er. »Trotzdem, als er das letzte Mal hier war, hat er sich nicht gerade mit Ruhm bekleckert, was? O.K., Junge. Raus damit. Was gibt's?«

»Überbleibsel, Sir.«

»Mann? Frau? Kind? Hund? Politiker?«

»Bleibt noch zu prüfen, Sir.«

Dalziel stöhnte auf und sagte: »Ich hoffe, daß du nicht vor lauter Glück zum Witzbold wirst, Wieldy. Du hast weder das Gesicht dafür, noch bin ich in Stimmung dafür. Ich war auf dem Weg zu einem warmen Bett, als ich so doof war, mein Funkgerät anzustellen, und den Rest dieser Durchsage mitbekam. Auf meine Rückfrage hin konnte die Zentrale mir nur etwas von einer Leiche und einer Schar Tierschützer sagen und daß es draußen in Wanwood ist. Erwartet uns hier ein weiteres Redcar, oder was?«

Vor sechs Monaten, im Mai, waren Tierschützer in die Laboratorien des internationalen pharmazeutischen Konzerns Fraser Greenleaf eingedrungen, der seinen Standort in der Nähe von Redcar an der Küste von North Yorkshire hat. Sie hatten nicht nur die Versuchstiere befreit und die ganze Anlage kurz und klein geschlagen, sondern auch, was das Schlimmste war, den Wachmann Mark Shufflebottom*, Vater von zwei Kindern, mit schweren Kopfverletzungen tot zurückgelassen. Einige Wochen später war es wieder zu einem Anschlag gekommen, der die Handschrift derselben Gruppe trug und gegen die Forschungslaboratorien von ALBA Pharmaceuticals gerichtet war, die in Wanwood House untergebracht waren, einem umgebauten alten Herrensitz in Mid-Yorkshire. Glücklicherweise war hierbei niemand verletzt worden. Unglücklicherweise hatten weder der zuständige Beamte der Kripo von Teeside, der für den Fall in Redcar zuständig war, noch die Mannschaft von Mid-Yorkshire unter Peter Pascoe Erfolg bei ihren Ermittlungen gehabt.

»Nein, Sir. Diese Leiche hat lange genug hier gelegen, um nur noch aus Knochen zu bestehen. Was jedoch nicht heißen soll, daß es sich nicht um die gleichen Täter handeln könnte, die im Sommer hier waren, wenngleich natürlich nie einwandfrei festgestellt wurde, daß sie mit denen identisch sind, die den Anschlag auf Fraser Greenleaf verübt haben.«

Wield legte Wert auf Genauigkeit, eine natürliche Veranlagung, die paradoxerweise durch viele Jahre der Verstellung noch ausgeprägter geworden war. Wenn man als Polizist verstecken wollte, daß man schwul war, mußte man alles, was man sagte oder tat, auf die Goldwaage legen, und Wields Angewohnheit, alles genauestens zu prüfen, hatte aus ihm einen der zuverlässigsten Kollegen in Dalziels Team gemacht.

Aber manchmal konnte einem seine Korinthenkackerei auf den Geist gehen.

»Erzähl uns doch einfach mal, was passiert ist, Wieldy«, seufzte der Dicke langmütig.

»In Ordnung, Sir. Diese Gruppe – wenn ich recht verstanden habe, nennt sie sich übrigens ANIMA – der Name ist uns bekannt, aber nicht, wer dahintersteckt – Entschuldigung

– also, die sind mit der erklärten Absicht auf das Gelände eingedrungen, in die Labore einzubrechen und die Tiere freizulassen, die sie dort vorfinden würden. Doch falls es sich um dieselben handelt, die im Sommer hier waren, haben sie mit Sicherheit einen Schock erlitten, denn seither hat ALBA zusätzliche Vorsichtsmaßnahmen ergriffen.«

»Vorsichtsmaßnahmen?«

»Sie werden sie schon sehen, Sir«, sagte Wield, nicht ohne wohlversteckte Genugtuung. »Und beim Durchqueren des Geländes sind die ANIMA-Leute sozusagen über diese Knochen gestolpert.«

»Mitgebracht können sie die Knochen nicht haben, was? Einfach nur so, um Schlagzeilen zu machen?« fragte Dalziel hoffnungsvoll.

»Sieht nicht danach aus, Sir«, sagte Wield. »Sie haben einen Höllenlärm gemacht, so daß die Wachleute schließlich etwas gemerkt haben und herausgekommen sind. Als ihnen aufging, was los war, haben sie die Demonstranten mit ins Haus genommen. Wenn mich nicht alles täuscht, gab es dann irgendwie Ärger. Die Tierschützer haben sich befreit und alles auf den Kopf gestellt, bis man sie wieder eingefangen hat.«

»Gewalttätig, was? Es könnte also doch eine Verbindung zu Redcar bestehen?«

»Dazu kann ich wirklich nichts sagen, Sir. Mr. Headingley ist oben im Haus und befragt sie. Er hat mir aufgetragen, mich um alles zu kümmern, was hier unten anfällt.«

»Der gute alte George«, sagte Dalziel. »Das ist der Vorteil, wenn man Inspektor ist, Wieldy. Fang mal an, dich um deine Beförderungsprüfung zu kümmern, und du könntest dort oben gemütlich im Trockenen sitzen.«

Wield zuckte nur gleichgültig mit den Schultern, und sein zerklüftetes Gesicht zeigte so wenig Reaktion auf den waagerecht durch die Luft wirbelnden Schneeregen wie die Felsspalten von Scafell.

Er wußte, daß man nicht aus Büchern etwas lernte, sondern von den Mitmenschen. Wie von dem anderen George, George Creed. Er würde in Zukunft ein ganzes Stück genauer zuhören, wenn der sich über das Wetter ausließ! Und noch etwas wußte er ganz genau, der Dicke würde nie gemütlich im Trockenen sitzen, da mochte er noch so hoch aufsteigen.

Er sagte: »Ja, Sir. Ich nehme an, Sie wollen sich vor Ort einen Überblick verschaffen, bevor Sie rauf zum Haus fahren?«

Es war eine schlichte Feststellung gewesen, keine herausfordernde Frage.

Seufzend erwiderte Dalziel: »Wenn du das von mir erwartest, Wieldy, dann sollte ich es wohl besser tun. Hol mir doch das Regenzeug aus dem Kofferraum, damit ich nicht schon durchgeweicht bin, bevor es überhaupt losgeht.«

Dalziels Anblick, wie er hinter der beschlagenen Scheibe Regenschutz und Gummistiefel anzog, erinnerte Wield an einen Film, in dem Houdini sich in einem riesigen Glasbehälter aus seinen Fesseln gewunden hatte.

Ein letztes krampfhaftes Erbeben des Autos, und der Dicke war frei.

»Gut«, sagte er. »Wo geht's lang?«

»Hier lang.«

In diesem Augenblick stellte Mutter Natur, wie es sich bei dem Auftritt einer Hauptfigur auf ihrer Bühne gehörte, mit dem perfekten Sinn für den richtigen Zeitpunkt die Windmaschine ab und ließ den Vorhang aus Schneeregen durchsichtig werden.

»Donnerwetter«, sagte Dalziel, das ungläubige Erstaunen eines Generals des Großen Krieges auf dem Gesicht, der zufällig auf ein Schlachtfeld geraten ist. »Haben die hier die holländische Ulmenkrankheit* gehabt oder was?«

Zu beiden Seiten der Auffahrt erstreckte sich ein breiter, ehedem bewaldeter Streifen, dessen Bäume herausgerissen worden waren, und dieses Band der Trostlosigkeit, das vermutlich im Bogen um das ganze Haus verlief, war von zwei Zäunen begrenzt, von denen der äußere eine schlichte Hecke aus Stacheldraht war, der innere jedoch, technisch weitaus raffinierter, aus einer an die vier Meter hohen Sicherheitswand mit Flutlicht und Videokameras im Abstand von zehn Metern bestand.

Weder das Licht noch wahrscheinlich die Kameras waren sonderlich nützlich, wenn der Wind, der nun wieder einsetzte, wogende Hindernisse in Form von Schneeregen und Baumresten über das verwüstete Land pustete.

Wield sagte: »Das sind die Vorsichtsmaßnahmen, von denen ich sprach, Sir. Wir haben Bohlen ausgelegt. Versuchen Sie, nicht daneben zu treten, sonst hilft nur noch ein Flaschenzug.«

Machte Wield sich über ihn lustig? Mit geziertem Schritt betrat der Dicke das erste Brett und spürte, wie es in dem klebrigen Schlamm nachgab. Der Sergeant war wohl wieder einmal nichts weiter als präzise gewesen.

Der hölzerne Steg verlief im Zickzack durch den Sumpf, umging die von den entwurzelten Bäumen hinterlassenen Krater und endete schließlich am Rand eines der größten und tiefsten der wassergefüllten Löcher. Hier war man ein wenig durch eine Zeltleinwand geschützt, auch wenn jeder Windstoß sie wegzuwehen drohte, mitsamt den beiden Polizisten, die ihre ganze Kraft einsetzten, um die in dem nachgebenden Lehm verankerten Metallstäbe zu halten.

Auf dem Boden des Kraters machte jemand Fotos, und im Schein des Blitzlichts erkannte man oben am Rand eine weitere Gestalt, die sich zusammenkauerte, um möglichst von der im Winde flatternden Zeltleinwand zu profitieren. Sie musterte etwas in einem Plastikbeutel.

»Gütiger Himmel«, sagte Dalziel. »Das ist doch nicht etwa Troll Longbottom?«

»Mr. Longbottom, ja, Sir«, sagte Wield. »Er und Dr. Batty, das ist der Direktor der Forschung von ALBA, waren anscheinend gerade beim Abendessen, als die Wachleute anriefen, um ihm den Vorfall zu melden. Dr. Batty ist oben im Haus.«

»Und Troll hat ihn begleitet? Der muß wohl beim Kartenspielen am Verlieren gewesen sein.«

Thomas Roland Longbottom, Leitender Pathologe des Stadtkrankenhauses, war berüchtigt für seine höchst geringe Begeisterung für Ortstermine. »Wer gern rausgerufen wird, soll für den Pannendienst des Automobilclubs arbeiten«, hatte er mal zu Dalziel gesagt.

Seine Vornamen waren schon in seiner Kindheit zu Troll zusammengezogen worden, und ob sein Spitzname seine berufliche Begeisterung für totes Fleisch und versprengte Knochen vorherbestimmt hat, ist eine Frage für Psycholinguisten. Dalziel bezweifelte es. In der Schule hatten sie derselben Rugbymannschaft angehört, und der Dicke behauptete, miterlebt zu haben, wie Longbottom mit dreizehn das Ohr eines Spielers der gegnerischen Mannschaft verschlang.

Mit gezierten Schritten umrundete Dalziel den Krater und machte den Pathologen auf sich aufmerksam, indem er ihn am Kragen des Mohairmantels zog, den dieser über seiner Smokingjacke trug.

»Wie geht's, Troll? Gut, daß du gekommen bist. Feinmachen hättest du dich aber nicht brauchen. Du kriegst ja lauter Schlammspritzer auf deine Hemdbrust.«

Longbottom schielte zu ihm hoch. Die Zeit, die Dalziel gemästet hatte, hatte ihn passenderweise ausgemergelt.

»Würde es dir was ausmachen, auf deinem eigenen Brett zu bleiben, Dalziel? Facilis est descendus, aber ich hab so meine eigenen Vorstellungen, mit wem ich abstürze.«

Seine Ausbildung und die gesellschaftlichen Kreise, in denen er sich bewegte, hatten den Akzent seiner Heimat schon vor langem ausgemerzt, aber seine Fertigkeit im Anpflaumen, Grundvoraussetzung, um auf den Rugbyspielfeldern Mid-Yorkshires bestehen zu können, hatte er nicht verlernt.

»Tut mir leid, daß man dich vom Abendessen weggeholt hat, aber ich sehe, du hast Proviant mitgenommen«, sagte Dalziel mit einem Seitenblick auf die Plastiktüte, in der ein Häuflein kleiner Knochen lag.

»Den ich in aller Ruhe verschmausen werde.«

»Kommt mir ziemlich dürftig vor«, sagte Dalziel. »Und was kannst du mir schon mal verraten? So aus der Lamäng? Kommt nicht drauf an, was es ist. Geschlecht. Alter. Todeszeit. Mädchenname der Mutter.«

»Es handelt sich um eine Hand, und sie ist von einem Menschen, und mehr bin ich nicht bereit zu sagen, bevor ich nicht eine ganze Menge mehr gesehen habe, und das kann noch eine ganze Weile dauern. Ich fürchte, wie Nicholas Nickleby erscheint dieser Fall in Fortsetzungen.«

»Kann mich nicht an ihn erinnern«, sagte Dalziel. »Woran ist er gestorben?«

Mit einem Stöhnen, das alles abdeckte, von Dalziels Kalauer bis zu seinen steifen Muskeln und dem Unwetter, richtete sich Longbottom auf.

»Nun sieh dir mal meinen Mantel an. Weißt du, was so ein Ding kostet? Ich werde den Schaden natürlich melden.«

»Ich würde mich an ALBA wenden. An deinen Kumpel Batty. Glaubst du, der hat da oben was Flüssiges?«

»Ich könnte mir vorstellen, daß er einen Single Methanol in den Labors hat.«

»Genau das Richtige«, sagte Andy Dalziel.

FÜNF

Peter Pascoe wäre auch ohne Leichenschmaus glücklich gewesen, aber er hatte das Gefühl, den Punkt erreicht zu haben, wo er die Arrangements seiner Schwester nicht weiter zu stören wagte. Genaugenommen war es sogar keine schlechte Sache gewesen, denn unter dem Einfluß von Tee und Lachsbrötchen verwandelten sich die Hutzelweibchen in liebenswürdige, intelligente Individuen, von denen mehrere weit unter dem Rentenalter lagen. Einige gratulierten ihm sogar zu seiner Ansprache und sagten, wie zufrieden Ada mit der Gedenkfeier gewesen wäre und wie sehr sie sich etwas Ähnliches wünschten, wenn die Reihe an ihnen wäre.

Myra bekam das eindeutig alles mit, denn als sie den letzten Trauergästen zum Abschied nachwinkten, sagte sie: »O.K., du hast wie immer recht gehabt.«

Er lächelte sie an, aber sie war noch nicht soweit, und sie kehrten in das alte Cottage zurück, in dem Ada fünfzig Jahre gewohnt hatte.

»In Adas Küche ist nur Platz für eine Person«, sagte sie. »Ich spüle. Du kannst mit der Inventarliste weitermachen.«

Als sie wieder ins Wohnzimmer kam, manövrierte er gerade einen alten Mahagonisekretär durch die Tür.

»Du nimmst also das alte Stück?«

»Ja. Ich hab gedacht, ich leg es jetzt auf den Dachgepäckträger, damit ich morgen früh schnell loskomme. Keine Angst, es steht auf der Liste. Ich laß es schätzen und sorge dafür, daß es in die Erbmasse eingeht.«

»Das hatte ich nicht sagen wollen ... ach, denk doch, was du willst, das hast du doch schon immer so gemacht.«

Sie wandte sich ab, verärgert und verletzt.

Scheiße, dachte Peter Pascoe. Wo ist meine geschmeidige Zunge hin?

Er streckte die Hand nach ihr aus, packte sie am Arm und

sagte: »Tut mir leid, ich habe wie ein Testamentsvollstrecker gesprochen. Vielleicht auch ein bißchen wie ein Polizeibeamter. Aus Spaß wird Ernst.«

Sie sah ihn verständnislos an, und eine Minute lang dachte er, daß sie den schmuddeligen Pennälerwitz vergessen hatte, mit dem er sie vor vielen Jahren in Verlegenheit bringen wollte.

Da lächelte sie und sagte: »Und der kann jetzt schon laufen«, und durch das Eierschalen-Make-up sah er kurz das Mädchen aufblitzen, das seine engste Verbündete im langen Krieg der Pubertät gewesen war. O.K., sie hatte sich deshalb auf seine Seite gestellt, weil es sie wurmte, daß Sue, die Älteste, kürzere Röcke und dickeren Lippenstift tragen durfte und auch erst später nach Hause zu kommen brauchte. Doch egal, was sie für Beweggründe gehabt hatte, die Augenblicke größter Nähe in der Familie hatte er mit ihr erlebt.

»Und du?« sagte er. »Gibt es hier nichts, was du haben möchtest?«

»Bei weitem zu altmodisch für uns«, sagte sie fest.

»Eine Kleinigkeit, als Erinnerung«, drängte Pascoe sie.

»Kein Bedarf. Ich erinnere mich auch so«, sagte sie.

Etwas an ihrem Ton ließ Peter aufhorchen, er war zwar nicht richtig bitter, aber mit Sicherheit leicht sauer. Pascoe wurde plötzlich klar, daß sie nie jemandes Liebling gewesen war. Susan war von ihren Eltern vergöttert worden, wäre wahrscheinlich ihr einziger Sproß geblieben, wenn ihre Verhütungsmethode wirksamer gewesen wäre. Er selbst war Adas Liebling gewesen – oder, wie er es manchmal empfunden hatte, ihre Zielscheibe. Von dem Verlust zweier Männer in ihrem Leben angetrieben (drei, wenn man die Enttäuschung mitzählte, die ihr der eigene Sohn bereitet hatte), hatte sie alle erzieherischen Bemühungen auf ihren männlichen Enkel konzentriert, und die arme Myra hatte sich ihren eigenen Weg suchen müssen.

Der hatte sie in die Ehe mit Trevor geführt, einem Finanzberater, der seine Kunden so tödlich langweilte, daß sie klein beigaben, um erlöst zu werden. In eine ultramoderne Managervilla in Coventry. Zu einem Pärchen pubertierender Söhne, die in eine Privatschule gingen und Neandertalern alle Ehre gemacht hätten. Und zu der festen Entschlossenheit, aller Welt zu zeigen, daß sie erreicht hatte, was sie sich in den Kopf gesetzt hatte.

Also handelte es sich hier nicht um eine Bitterkeit, die den Appetit verdarb, sondern nur um eine würzende Schärfe.

Pascoe sagte: »Zur Musik wollte ich noch …«

»Das ist doch egal, Peter. Ich habe doch schon gesagt, daß du recht gehabt hast.«

»Das meine ich nicht. Ich würde es dir gern erklären. Hier, ich zeig dir was.«

Er zog die Schublade des Sekretärs heraus und streckte die Hand hinein, drückte auf einen Holzknopf, und eine zweite winzige Schublade, die von einem Muster in der Einlegearbeit versteckt war, glitt aus der ersten.

»Sauber, was?« sagte er. »Ich hab sie entdeckt, als ich zehn war. Keine Goldstücke oder so. Nur das hier.«

Er entnahm der Schublade die von Eselsohren entstellte Sepiafotografie eines Soldaten, der ziemlich steif seinen Körper verdrehte, um den Streifen auf seinem Ärmel ins Blickfeld zu rücken. Sein Gesicht, das direkt der Kamera zugewandt war, trug den feierlichen, gesetzten Ausdruck, den die alte Aufnahmetechnik und die Konvention verlangten, aber um die Augen herum zeigte sich die Spur eines Lächelns, als sei er recht zufrieden mit sich.

»Weißt du, wer das ist?«

»Er sieht aus wie du, wenn du so richtig von dir selbst überzeugt bist, es muß unser Urgroßvater sein.«

Die Ähnlichkeit konnte Pascoe nicht sehen, aber die Haue hatte er wohl verdient. Er drehte das Bild um, damit sie sehen konnte, was in ehemals schwarzer, nun zu Grau verblaßter Tinte auf der Rückseite stand.

Erster Obergefreiter unseres Jahrgangs. Dezember 1914.

Dann neigte Pascoe das Bild, so daß sich das Licht darin fing. Es war noch etwas Geschriebenes zu erkennen, in Bleistift, der schon vor langer Zeit wieder ausradiert worden war. Doch die Wörter waren so fest eingedrückt, daß sie noch lesbar waren. Gefallen in Ypern 1917.

»So viele Jahre war das her, und sie konnte es nicht ertragen, das Bild aufzustellen«, sagte Pascoe sinnierend.

»So viele Jahre und du hast es mir gegenüber nie erwähnt«, sagte Myra anklagend.

»Ich mußte es Oma versprechen. Sie hat mich dabei erwischt, wie ich es angesehen habe. Zuerst war sie außer sich vor Wut, aber dann hat sie sich beruhigt, und ich mußte ihr versprechen, nichts zu verraten.«

»Noch so ein kleines Geheimnis«, sagte sie. »Die Pascoes haben mehr Geheimnisse als der MI 5.«

»Da hast du recht«, sagte er, um einen leichten Ton bemüht. »Egal, bei dieser Gelegenheit hat sie mir erzählt, daß ihre einzige Erinnerung an ihren Vater sei, wie er auf dem alten Klavier der Familie spielte. Ihre Mutter muß ihr gesagt haben, daß es ein Ragtime war. Ich bezweifle, daß Ada den Unterschied zwischen Scott Joplin und Janis Joplin kennt. Und so bin ich auf die Kassette gekommen.«

Myra nahm das Foto: »Armer Teufel. Er kann nicht älter als zweiundzwanzig oder dreiundzwanzig gewesen sein. Bei welchem Regiment hat er gedient?«

»West Yorkshire Fusiliers. So habe ich die Verbindung nach Yorkshire entdeckt.«

»Uniformen konnte sie wirklich nicht ausstehen, nicht wahr?« sagte Myra und legte das Bild wieder in die kleine Schublade. »Ich weiß noch, wie sarkastisch sie auf meinen Entschluß reagiert hat, bei den Pfadfindern mitzumachen.«

»Stell dir mal vor, wie sie sich gefühlt haben muß, als Paps einmal die Woche bei der Territorial Army Soldat spielte. Ganz davon abgesehen, daß er ein Erzkonservativer geworden ist.«

»Stehst du noch immer auf der Seite der Revolution, Peter? Komisch, besonders, weil du ein Bulle bist. Das war wirklich der Tropfen, der das Faß zum Überlaufen gebracht hat für Ada, nicht wahr?«

Sie klang nicht so, als ob die Erinnerung sie unbedingt unglücklich machte.

»Wenigstens haben sie und Paps ein einziges Mal an einem Strang gezogen«, sagte Peter, entschlossen, sich nicht wieder in den alten Streit verwickeln zu lassen. »Zu mir hat er gesagt, er hätte mir nicht die Uni bezahlt, damit ich dann Streife gehe. Er wollte, daß ich Bankmanager werde oder sonst einen Beruf in der City ausübe. Oma sah mich als Abgeordneten, der irgendwelche Reformen durchführt. Sie war noch fassungsloser als Paps. Sie kam zu meiner Examensfeier, weil sie dachte, sie könnte mich umstimmen. Paps hatte da schon aufgegeben. Mama durfte noch nicht einmal an der Feier teilnehmen.«

Obwohl er sich Mühe gab, spürte er, wie langsam Bitterkeit in ihm hochstieg.

»Nun ja, du hast dich gerächt, indem du dich in den Norden hast versetzen lassen und ihnen zu Weihnachten immer eine von fünfundsiebzig Entschuldigungen aufgetischt hast, warum du nicht nach Hause kommen konntest«, sagte Myra. »Aber was soll's. Das ist alles Schnee von gestern. Oma ist tot, und ich wette, daß Paps Down Under die Kiwis zu Tode langweilt mit seiner ewigen Prahlerei von seinem Sohn, dem Chief Inspector.«

»Meinst du? Vielleicht nehm ich ja meinen Hut. Du, erinnerst du dich, wie du mich immer beim Tennis geschlagen hast, als ich rappeldürr war und du Unterarme wie Rod Laver hattest? Ist von den Muskeln noch was übrig?«

Gemeinsam manövrierten sie den Sekretär aus dem kleinen Haus und auf den Dachgepäckträger. Peter zurrte ihn fest und deckte dann eine wasserdichte Plane darüber.

»Gut«, sagte Myra. »Was nun?«

»Nun kannst du dich trollen. Ich mach die Liste fertig und fange an, die ganzen Papiere zu sortieren. Du mußt morgen früh wieder hier sein, weil der Mann von der Haushaltsauflösung kommt. Du kommst doch?«

Pascoe war entzückt gewesen, daß Myra sich freiwillig erboten hatte, das zu übernehmen, denn wie seine Frau zu Recht spottete, war er wahrscheinlich der einzige Mensch in Yorkshire, der es schaffte, einen Preis beim Handeln in die Höhe zu treiben.

Die geschäftstüchtige Myra leckte sich schon bei dem Gedanken die Lippen.

»Ein Vermögen werd ich nicht rausschlagen können«,

sagte sie. »Aber ich paß schon auf, daß wir nicht übers Ohr gehauen werden. Du erwartest doch wohl nicht, daß ich das da verkaufe, oder?«

»Das da« war eine braungraue Plastikurne.

»Nein, die nehm ich mit.«

»Du erfüllst also ihren Wunsch?«

»Wenn ich kann.«

»Merkwürdig, wenn man bedenkt, wie sehr sie die Armee haßte.«

»Es soll wohl eine symbolische Geste sein. Ich versuch gar nicht erst, herauszufinden, was dahinterstecken könnte, weil ich lieber an etwas Frommes denke, wenn ich sie verstreue.«

»Unheimlich ist es doch. Aber Oma war auch häufig unheimlich. Ich hätte keine Lust, die Nacht in diesem alten Gemäuer zu verbringen, noch dazu mit ihrer Asche auf dem Kaminsims. Bist du sicher, daß du nicht doch lieber zu uns kommen willst? Trevor würde sich freuen, dich zu sehen.«

Peter, der nur ein einziges Mal den Fuß in Myras Managervilla gesetzt hatte und sie ästhetisch und atmosphärisch so ansprechend wie eine Mehrzweckhalle fand, sagte: »Nein, danke. Ich habe noch eine Menge zu tun, und ich würde gern mit den Hühnern aufstehen.«

Sie standen da und sahen einander ziemlich verlegen an. Myra sah verletzlich aus, was gar nicht typisch für sie war. Impulsiv machte er einen Schritt nach vorn, nahm sie in die Arme und gab ihr einen Kuß. Er spürte, daß sie überrascht war. In ihrer Familie war es nie üblich gewesen, sich zu umarmen oder zu küssen. Dann drückte sie ihn an sich und sagte: »Tschüs, Peter. Gute Fahrt. Grüße Ellie herzlich von mir. Schade, daß sie nicht kommen konnte. Aber ich weiß, wie es mit Erkältungen von Kindern in diesem Alter ist.«

Und ich kenne mich mit dringenden Geschäftsterminen und wichtigen Kunden aus, dachte Pascoe. Rosie hatte wenigstens wirklich schniefend im Bett gelegen, als er abgefahren war.

Und vielleicht hatte Trevor ja wirklich eine wichtige Verhandlung zum Abschluß zu bringen gehabt, verbesserte er sich vorwurfsvoll.

Er drückte Myra noch einmal fest und ließ sie dann los.

»Laß uns nicht wieder so lange warten, bis wir uns wiedersehen«, sagte er.

»Und laß uns versuchen, daß es nicht bei einem Begräbnis ist«, entgegnete sie.

Aber keiner von beiden bemühte sich, nach dem vagen Versprechen Nägel mit Köpfen zu machen.

Von der Eingangstür aus sah er zu, wie sie davonfuhr. Er fühlte sich froh und traurig. Er war erleichtert, daß sie als Freunde auseinandergegangen waren, schuldbewußt, daß sie nicht besser gewesen waren.

Er ging ins Haus und wandte sich an die Urne.

»Ada«, sagte er, »wir sind wirklich eine beschissene Familie, wir Pascoes. Ich frag mich, wessen Schuld das ist.«

Er arbeitete fleißig an der Inventarliste und machte dann eine saubere Abschrift für Myra. Er würde noch eine Abschrift für Susan in Australien brauchen.

Eines wußte er sicher. Seine älteste Schwester mochte vielleicht nicht in der Lage sein, für die Beerdigung ihrer Großmutter um die halbe Welt zu fliegen, aber sie würde erwarten, daß alles Geld, das die Reise in die umgekehrte Richtung unternahm, bis auf den letzten Penny genau abgerechnet war. In Adas Testament, dessen Vollstrecker Peter war, waren verschiedene Beträge für Adas Lieblingsorganisationen vorgesehen, und der Rest sollte gleichmäßig unter ihren drei Enkeln aufgeteilt werden. Ob das daran lag, daß er in Ungnade gefallen war, wußte Peter nicht genau, aber er war froh, daß der alte Vorwurf, er sei Omas Liebling, dadurch eindeutig nicht länger haltbar war. Nicht, daß es viel zu erben gab – Ada hatte die Rente aufgebraucht, die sie bekam, und das kleine Haus war gemietet. Doch Peter Pascoe hatte erlebt, daß bei viel kleineren Beträgen als denen, die aus Adas Nachlaß zu erzielen waren, Blut geflossen war, und er hatte bereits veranlaßt, daß Adas Anwältin alles noch einmal überprüfte. Barbara Lomax war eine sachliche Frau, deren Redlichkeit über jeden Zweifel erhaben war.

Er packte einige Bücher ein, die ihn interessierten, oder

möglicherweise Ellie interessierten, und vermerkte sie gewissenhaft auf der Inventarliste. Als nächstes begann er damit, Adas Papiere zu sichten, und trennte sie erst einmal grob nach privat und geschäftlich. Gerührt entdeckte er, daß sie jeden Brief sorgfältig aufgehoben hatte, den er ihr jemals geschrieben hatte. Als er merkte, daß sich ihr Drang zum Aufheben auch auf fünfzig Jahre alte Lebensmittelrechnungen erstreckte, war er leicht ernüchtert.

Sein Magen grummelte wie fernes Geschützfeuer. Seit den Lachsbrötchen schien eine Ewigkeit vergangen zu sein. Zudem hatte er das Bedürfnis, sich Bewegung zu verschaffen.

Nachdem er eine Taschenlampe aus dem Auto geholt hatte, schlenderte er den knappen Kilometer zur Dorfwirtschaft, wo er sich ein großes Bier, eine Fleischpastete und eine Unterhaltung mit dem Wirt genehmigte, in der es um Ada ging. Auf dem Rückweg watete er bis zu den Knien in Nebel, der von den Feldern herüberwehte, aber der Nachthimmel strahlte so sehr, daß er das Gefühl hatte, mit dem Kopf an den Sternen entlangzustreifen. Im Fernsehen der Wirtschaft war die Rede von schlechtem Wetter gewesen, für den Norden waren Unwetter mit Schneeregen angesagt. Dalziel hatte völlig recht, dachte er lächelnd. Der sanfte Süden begann tatsächlich hinter Sheffield.

Er machte sich wieder an die Arbeit, mußte aber feststellen, daß sein Sternenbummel ihn aus der Fassung gebracht hatte. Zudem merkte er nach einer Weile, daß er sich der Urne mit dem abschraubbaren Deckel, die da auf dem Kaminsims stand, bewußter war, als es ein vernünftiger Mensch sein sollte. Schließlich brachte er sie leicht beschämt ins Auto und sperrte sie in den Kofferraum. Was Adas Unterlagen betraf, so war der richtige Ort dafür zu Hause, wo er einen Computer hatte, eine Rechenmaschine und ein Kopiergerät und – nicht zu vergessen – eine Frau, die wußte, wie man damit umging. Es war Zeit fürs Bett.

Die Kleider auszuziehen war eine Anstrengung. Seine Glieder fühlten sich taub und schwer an, und die Luft in dem winzigen Schlafzimmer war zwar kaum weniger beißend als die frostige Nacht im Freien, doch sie schien bösartig an ihm zu kleben. Die kalten Laken auf dem schmalen Bett empfingen ihn wie ein Leichentuch.

Der Schlaf ließ lange auf sich warten ...

... lange auf sich warten – vielleicht weil ich keinen Rum zu mir nahm – es bestand keine Knappheit hier – wie die Jungs ihn pichelten!

Und als er dann kam, der Dunkeltraum, war er schrecklicher denn je. Nur diesmal war da noch mehr – diesmal habe ich nicht geschrien und nicht versucht aufzuwachen, als die Mündungen aufblitzten und das heiße Metall brannte, diesmal bin ich geradewegs hindurch und kam auf der anderen Seite wieder heraus und lief weiter – das Herz pochte, die Muskeln schmerzten, die Lunge platzte – wie ein Mensch, der vor etwas davonläuft, das so abscheulich ist, daß er nicht anhält, bevor er hinfällt oder weiß, daß er es weit hinter sich gelassen hat.

Zu guter Letzt mußte ich stehenbleiben – irgendwie wußte ich, daß ich nicht nur Kilometer gerannt war, sondern auch Jahre, siebzig oder achtzig vielleicht, fast sauber aus diesem schrecklichen Jahrhundert heraus, und daß ich nach Hause gerannt war.

Wo sonst würde ein verängstigter Mensch hinrennen?

O wie gut das war, Alice! Felder, so frisch und grün. Wälder, die vor Laub platzten. Der Fluß so rein und sauber, mit dicken Forellen, die Schatten in den Tümpeln warfen. In der Ferne konnte ich das dreckige alte Leeds liegen sehen, nur, daß jetzt kein Qualm mehr darüber hing, und der ganze schmierige Granit war perlgrau gewaschen. Über den alten ruhigen Schornsteinen schossen Türme und Türmchen aus schimmerndem weißem Marmor in die Höhe wie ein Bild in einem Märchen.

Was Kirkton betraf, es war genau so, wie ich es mir ersehnt hatte, nur viel besser. All die verfallenen kleinen Häuser waren zu Gärten geworden, und die Fabrik hatte große luftige Fenster, und drinnen konnte ich Mädchen und Jungen lachen und reden hören. Und die alte, moorige Wiese draußen bei Haggs Hof, die so schrecklich stank, war entwässert und die Flußufer waren erhöht, so daß es nicht mehr zu Überflutungen kam. Und die Hauptstraße schien auch viel breiter zu sein, und das schlüpfrige Kopfsteinpflaster, auf dem sich der alte Tom Steddings den Hals brach, als sein Pferd ausrutschte, war gleichmäßig mit Teer überzogen, und das Maisterhouse mit seinen roten Ziegeln hinter den Bäumen glühte, und die Fugen glänzten, als wäre es erst gestern erbaut worden.

Sogar St. Marks sah ein ganzes Stück einladender aus, denn der Pfarrer hatte die düsteren Fenster herausgerissen, die uns Kinder so erschreckten mit ihrem Blut und den Flammen, und an ihrer Stelle hatte er durchsichtiges neues Glas einsetzen lassen, durch das die Sonne hereinfloß wie Quellwasser. Selbst die alten Grabsteine waren gesäubert worden, und ich kam auf den Gedanken, meinen eigenen sehen zu wollen, nur fiel mir dann ein, daß ich nicht dort begraben werden würde, bei den anderen meines Namens, sondern weit weg überm Meer, wo niemand mich je finden würde. Und kaum daß ich den Gedanken gehabt hatte, da wurde ich wieder an diesen schrecklichen Ort zurückgeholt.

Aber ich wollte mich nicht so einfach holen lassen und kämpfte dagegen an und klammerte mich fest und lugte über die Mauer in den Schulhof, um die Kinder alle so glücklich und stark und frei spielen zu sehen. Und ich fragte mich, ob eines von ihnen von mir abstammte, und ich glaubte, ein vertrautes Gesicht zu sehen. Dann ein fernes Krachen, als würden sie in Abels Steinbruch sprengen, nur, daß ich wußte, es war dem nicht so, und eine weit entfernte Stimme sagte, daß es ein paar arme Teufel erwischte, und ich wollte nicht blinzeln, obwohl mir die Sonne geradewegs in die Augen schien, aber ich mußte blinzeln, und obwohl es nur eine Sekunde oder sogar weniger dauerte, als ich die Augen wieder öffnete, war die Sonne weg, und die Kinder waren weg, und alles was ich sehen konnte, war der Nachthimmel durchs Fenster, rot und schrecklich wie das alte Buntglas, und alles was ich hören konnte, war das Donnern von Geschützen, und alles was ich fühlen konnte, war das Stroh meiner Matratze, das mich in den Rücken stach ...

Peter Pascoe erwachte. Hatte er geträumt? Er dachte, ja, aber sein Traum war weg. Oder nicht? Verschwanden Träume jemals ganz? Unsere Gegenwart war die Zukunft eines anderen. Wir leben die Träume anderer Menschen ...

Er schloß die Augen und driftete wieder an jenen anderen Ort.

... aber ich will versuchen, die Traumkinder hell in meinem Sinn zu bewahren, meine Liebe, du auch, und erzähl der kleinen Ada von ihnen. Ich kann noch immer nicht an einen biblischen Himmel glauben, auch wenn der alte Pater mir jeden zweiten Tag davon vorgepredigt hat. Wenn die uns nicht etwas darüber beibringen, wie wir hier auf Erden leben sollen, wo ist dann der Sinn?

Wo ist der verdammte Sinn?

SECHS

Man hatte Wanwood mit Anbauten im modernen Mietklo-Stil versehen, aber ursprünglich war es ein solides, eckiges viktorianisches Gebäude gewesen, dessen Proportionen nicht palastartig, aber doch groß genug waren, um das normale Maß menschlicher Behausungen zu übersteigen und den Leuten vom Land zu verstehen zu geben, wo sein Platz war. Auf diese Weise hatte man im 19. Jahrhundert die natürliche Ordnung der Dinge in Yorkshire unterstrichen.

Die Nachfolger im 20. Jahrhundert schienen sich etwas mehr Zurückhaltung auferlegt zu haben.

»Viel Reklame machen sie nicht«, bemerkte Dalziel angesichts eines diskreten Schilds, auf dem ALBA Pharmaceuticals, Forschung, stand. »Und am Tor steht gar nichts.«

»Nach dem, was es genützt hat, hätte man genausogut ein Neonschild auf dem Dach anbringen können«, sagte Longbottom und klingelte.

Ein Mann in dunkelgrüner Uniform mit dem Namenszug PATTEN und einem Logo, das aus einer orangefarbenen aufgehenden Sonne mit den Buchstaben TecSec bestand, öffnete die Tür. Er war schlank und muskulös, hatte kurzgeschnittenes Haar und eine lange Narbe auf der rechten Wange, die, von einer leicht schiefen Nase unterstützt, den Eindruck erweckte, als habe man irgendwann sein halbes Gesicht entfernt und ziemlich schlecht wieder angenäht. Dalziel betrachtete ihn mit dem Widerwillen des professionellen Soldaten für den Angehörigen einer Privatarmee. Doch zumindest verstand Patten, sie auf den ersten Blick einzuordnen, und verzichtete darauf, sich dadurch lächerlich zu machen, daß er einen Ausweis von ihnen verlangte.

Er führte sie durch das 19. ins 20. Jahrhundert, das sie in Gestalt eines modernen Empfangsbereichs mit Edelstahlschreibtisch, rosa Auslegware und Wänden begrüßte, die mit Rupfen bespannt waren und von denen etwas herabhing, was wie eine Auswahl von Prinz Charles' Aquarellen aussah, nachdem sie im Regen gestanden hatten.

Eine der drei Türen, die in ihrer Sacktarnung fast unsichtbar waren, öffnete sich, und ein etwa dreißigjähriger, mit einem Smoking bekleideter schlanker, blonder Mann kam mit den Worten auf sie zu: »Mein Lieber, du bist ja völlig naß. Bestimmt ganz überflüssigerweise. Die Polypen haben doch mit Sicherheit genügend pensionierte Medizinmänner, die scharf darauf sind, sich mit einfachen Jobs die Rente aufzubessern.«

Dalziel, der davon ausging, daß nichts von dieser Fürsorglichkeit für ihn bestimmt war, entgegnete: »Jawohl, und manchmal gelingt es uns sogar, mit einem Barbier und einem Blutegel auszukommen. Sie sind Batty*, schätze ich.«

»In der Tat«, sagte der Mann mit dem Ausdruck eines Menschen, der sich nach den Tagen sehnt, als es noch einen Hintereingang fürs Personal gab. »Und Sie ...?«

»Kommissar Andrew Dalziel«, meldete sich Longbottom.

»Ach, der große weiße Häuptling. Sie haben sich Zeit gelassen, Kommissar.«

»Ich habe den Funkspruch auf dem Rückweg von einem Termin in Nottingham empfangen«, sagte Dalziel. Er sah an Longbottoms Lächeln, daß sich dieser darüber im klaren war, daß der fragliche Termin bei Flutlicht auf einem Rugbyfeld stattgefunden hatte.

»Nun, jetzt sind Sie wenigstens hier, und vielleicht können Sie der Horde Banausen, die vor Ihnen hier aufgekreuzt ist, sagen, daß sie in die Hände spucken und Ordnung in das Chaos bringen sollen.«

»Ich werde mein Bestes tun«, sagte der Dicke sanft. »Da wir gerade von Chaos sprechen, Sir, was Sie da draußen haben, ist auch nicht von schlechten Eltern. Mir kommt es wie eine Bedrohung für die Gesundheit vor.«

»Im Gegenteil, es ist ein cordon sanitaire«, entgegnete Batty. »Nach dem Schaden, den diese Wahnsinnigen im vergangenen Sommer angerichtet haben, stand für uns fest, daß die Polizei ganz eindeutig nicht in der Lage ist, uns zu schützen, und deshalb haben wir selbst Schritte unternommen, diesen Kriminellen das Handwerk zu legen.«

»Kriminellen«, sprach Dalziel ihm nach, als hätte er das Wort noch nie gehört. »Sie wollen also Klage erheben, Sir?«

Batty erwiderte: »Wenn die Entscheidung bei mir läge, ja. Normalerweise legen wir keinen Wert darauf, diesen Wahnsinnigen auch noch Sauerstoff zuzuführen, indem wir dafür sorgen, daß sie bekannter werden, aber vermutlich ist es in diesem Fall unvermeidlich?«

»Ja«, sagte Dalziel. »Wenn im Hinterhof eine Leiche ausgegraben wird, ist der Gestank in der Regel schlimmer als der von Sauerstoff.«

»Wie ich befürchtet hatte, obgleich vermutlich alles davon abhängt, wie diplomatisch man vorgeht. Troll, was sagst du dazu?«

Dalziel warf dem Pathologen einen Blick zu, der ihn warnte, seine Spekulationen auch nur einen Zentimeter weiter zu treiben als am Rand des Kraters.

»Es ist noch zu früh, David, es ist noch zu früh«, murmelte Longbottom.

»Und wir nähern uns auch der Frühe, und zwar der morgendlichen«, sagte Dalziel mit einem Blick auf seine Uhr. »Vielleicht könnte ich jetzt die Zeugen sehen?«

»Ja, ich denke wohl. Patten wird Sie hinbringen. Troll, laß uns versuchen, dich von außen trocken und von innen entsprechend feucht zu machen.«

Mit einer entschuldigenden Gebärde in Richtung Dalziel ließ sich der Pathologe wegführen. Dalziel, der sein Kerbholz so sorgfältig auf dem neuesten Stand hielt wie ein erfahrener Wirt, versah Battys Holz mit einer weiteren kleinen Kerbe und folgte dem Wachmann durch eine der Sacktüren einen langen Korridor hinunter.

»Wir haben sie hier unten eingeschlossen«, sagte Patten.

»Eingeschlossen?«

»Sie haben Hausfriedensbruch begangen, und als sie im Gebäude waren, sind sie Amok gelaufen. Einer meiner Leute hat einen Schlag in den Magen einstecken müssen, mich hat man bedroht ...«

»Ach ja?« fragte Dalziel interessiert. Vielleicht bestand doch eine Verbindung zu Redcar. »Wurde irgendwer richtig verletzt?«

»Mehr die Würde, denn sonst was«, lautete Pattens rätselhafte Antwort. »Da sind sie.«

Am Ende des Korridors waren sie nach links abgebogen. Dalziel sah sogleich den Wachmann, der lässig gegen eine Tür lehnte, den Kopf in einer Rauchwolke. Kaum hatte er gemerkt, daß sich jemand näherte, zog er seine Uniform glatt und stand stramm. Von der Zigarette keine Spur. Dalziel bewunderte den Taschenspielertrick und wettete, daß sie in der großen Tasche auf den dunkelgrünen Hosen verschwunden war.

»Rühren, Jimmy«, sagte Patten. »Das ist Kriminalkommissar Dalziel.

»Ich weiß«, sagte der Mann. »Wie geht es Ihnen, Sir?«

Dalziel war daran gewöhnt, daß man ihn erkannte, wußte aber immer gern, warum.

»Kenne ich Sie?«

»Eigentlich nicht, Sir. Aber ich kenne Sie. Ich war im Knast von Dartleby beschäftigt, bis ich das Pensionsangebot angenommen habe. PC Howard, Sir.«

»Hast den Herrn gewechselt, was? In Ordnung, mein Junge. Du kannst jetzt abhauen.«

Der Mann warf einen unglücklichen Blick auf Patten, und der sagte: »Wir haben schließlich unsere Befehle ...«

»Das hat Eichmann auch gesagt, und sie haben ihn doch gehängt. Verpiß dich. Und, übrigens, Howard ...«

»Ja, Sir?«

»Dein Schwanz hat Feuer gefangen.«

Dalziel wandte sich von dem Ex-Polizisten ab, und während der auf seine Tasche einschlug, betrat der Kommissar das Zimmer – und blieb wie angewurzelt stehen.

»Verdammte Scheiße«, sagte er.

Vor dem großen Heizkörper des Raumes standen leise dampfend acht Frauen. Jede so schmutzig, daß Dalziels Oma im Grab rotiert hätte.

Dieser Wield, fluchte er innerlich. Hatte absichtlich nichts verraten. Das würde er dem Scheißkerl heimzahlen!

Eine Frau löste sich aus dem Haufen und kam mit den Worten auf ihn zu: »Gott sei Dank, der Leierkastenmann ist da. Jetzt werden wir vielleicht die Affen los.«

Dabei bedachte sie Patten mit einem giftigen Blick. Der sah sie gleichgültig an. Dalziel musterte die Frau mit dem intensiven Interesse eines Gourmet, dem ein neues Gericht vorgesetzt wird. Nicht, daß da viel gewesen wäre, das den Appetit anregte. Sie hatte weniger Fleisch auf den Knochen als ein abgenagter Hühnerflügel, und ihre Wangen waren blaß und ausgemergelt wie vom Wind ausgehöhlter Sandstein.

Eine Erinnerung tauchte in ihm auf. Die Sache unten im Bergwerk, als Pascoe verletzt worden war ...

Laut sagte er: »Sie gehören zu der Initiative 'Frauen gegen Zechenschließung', in Burrthorpe. Walker, stimmt's? Wendy Walker?«

Sie trat zu ihm und warf die Tür zu, genau vor Pattens Nase. Dann sagte sie: »Stimmt. Haben Sie 'nen Glimmstengel?«

Dalziel holte eine Schachtel aus der Tasche. Er rauchte nur noch selten, nicht weil er Angst um seine Gesundheit hatte und noch weniger, weil er sich dem gesellschaftlichen Druck fügte, sondern weil er festgestellt hatte, daß das Rauchen seine Fähigkeit beeinträchtigte, einen Single Malt mit einem einzigen Schnüffeln zu erkennen. Aber er trug noch immer eine Packung bei sich, weil er sie beruflich nützlich fand, um das Eis zu brechen und als Lockmittel.

»Sie sind aber ein ganzes Stück weit weg vom Flöz, meine Liebe«, sagte er, wobei er sein altes Benzinfeuerzeug anschnipste.

»Flöz?«

Mit einem langen Zug, der die Zigarette gute zwei Zentimeter kürzer machte, zog sie das Wort in sich hinein.

»Was ist das?« sagte sie beim Ausatmen. »Letztes Jahr wurde die Zeche Burrthorpe zugemacht, die meisten anderen auch. Die Schweine haben uns eine Menge versprochen, das sie nicht gehalten haben. Nur daß wir für den Streik büßen müßten, das haben sie gehalten, bei Gott!«

»Sie sind trotzdem weit von der Heimat.«

»Die Heimat ist da, wo der Haß ist, und in Burrthorpe gibt's nichts mehr, was man hassen könnte, nur noch ein leeres Loch im Boden, wo mal 'ne Gemeinde war.«

»Ich bedaure, das Wiedersehen und seine Dokumentation auf Channel 4 zu stören, aber nun verraten Sie uns mal, wer immer Sie sind, wie lange uns diese Schlägertypen hier noch unter diesen widerlichen Bedingungen eingesperrt halten wollen?«

Die Stimme, die so sehr hohes Oxford war wie Dalziels bodenständiges Yorkshire, gehörte einer kleinen, kräftigen Frau, deren kurzgeschnittenes Haar den Schnitt ihrer entschlossenen, hübschen Züge betonte. Sie löste ebenfalls eine Erinnerung bei Dalziel aus, heiß wie ein Stück Toast, an eine Frau, die er gekannt und gemocht hatte – mehr als gemocht – unten in Lincolnshire, im Anschluß an Pascoes Hochzeit ... seit Jahren hatte er nicht mehr an sie gedacht. Was konnte nur auf diesen Knopf gedrückt haben? fragte er sich und starrte mit unverhohlenem Vergnügen auf den nassen Pullover, der an den melopeponischen* Brüsten der Frau klebte.

»Aber nicht doch, mein Mädel, niemand sperrt sie ein, wer immer Sie sein mögen. Sie können sich jederzeit vom Acker machen, sobald wir Ihre Aussage haben. Man hat Sie doch um eine Aussage gebeten, Miss, äh ...?«

»Marvell. Amanda Marvell. Ja, man hat uns dazu aufgefordert, aber die meisten von uns weigern sich, bis wir einen richtigen Rechtsbeistand haben.«

Sie hatte ihren vorwurfsvollen Blick, der ihr, wie Dalziel fand, gut zu Gesicht stand, auf Wendy Walker gerichtet, die bissig sagte: »Ja, ich habe meine Aussage gemacht. Genau besehen bin ich nämlich die einzige, die überhaupt was auszusagen hat. Vielleicht mehr, als ihr alle hören wollt, Cap. Und jetzt habe ich nur einen Wunsch, und der ist, hier rauszukommen.«

»Das überrascht mich aber, Wendy«, entgegnete Cap Marvell, ganz kühl und beherrscht. »Und was ist mit deinem vollmundigen Gerede, gleich auf die Halsschlagader loszugehen und nicht erst Gefangene zu machen? Kaum tauchen die ersten Schwierigkeiten auf, und schon läßt du uns alle sitzen.«

»Meinst du? Vielleicht hätte ich ja ein bißchen wählerischer sein sollen, mit wem ich mich überhaupt einlasse«, fauchte Walker.

»Ach ja? Willst du damit sagen, daß wir nicht dasselbe Niveau wie deine Kumpel von der Zeche haben? Das kann ich nachvollziehen. Die haben ziemlich schnell den Schwanz eingezogen, als sie auf den ersten richtigen Widerstand gestoßen sind.«

Es gab eine Zeit, da hätte diese Provokation einer Bergmannsfrau aus Burrthorpe den Dritten Weltkrieg ausgelöst, und tatsächlich schien ein kleiner roter Fleck auf den bleichen Wangen eine drohende atomare Kettenreaktion anzudeuten. Doch bevor es zu einer Explosion kam, sagte eine Blondine mit einem runden Gesicht, die noch nasser und elender als der Rest aussah: »Wendy hat recht, Cap. Die Sache ist ernst. Wir haben Knochen da draußen gefunden, eine Leiche. Machen wir unsere Aussagen und gehen wir heim. *Bitte.*«

Marvells Et-tu-Brute-Blick war noch vernichtender als ihr J'accuse-Gefunkel, und Dalziel spürte, wie es ihm in Schauern den Rücken hinunterlief. Da öffnete sich die Tür und das breite, besorgte Gesicht von George Headingley erschien.

»Hallo, Sir. Wir haben erfahren, daß Sie da sind. Können wir Sie kurz sprechen?«

»Wenn es sein muß«, sagte Dalziel zögernd und trat hinaus auf den Korridor, nachdem er sich Cap Marvells leise dampfenden Busen noch einmal nachdrücklich eingeprägt hatte.

»O.K., George«, sagte er, »bring mich auf den neuesten Stand.«

Headingley, ein Mann mittleren Alters mit rosa Gesicht, traurigem Schnauzer und kleiner Plätzchenwampe, sagte: »Die da drin gehören zu ANIMA, den Tierschützern, und sie ...«

»Mir völlig egal, von mir aus können sie zu den Dagenham Girl Pipers gehören und hier proben«, unterbrach Dalziel ihn. »Es kommt einzig und allein darauf an, daß es Zeugen sind. Was haben sie also gesehen?«

»Bisher haben wir erst eine Aussage auf Band. Die anderen sind nicht gerade sehr kooperativ, aber die eine ...«

»Ja. Wendy Walker. Wetten, daß es das erste Mal in ihrem Leben ist, daß sie mit der Polizei zusammenarbeitet? Hören wir uns also das Band an.«

Headingley führte ihn in ein kleines Büro, in dem das Tonbandgerät aufgebaut war. Dalziel hörte aufmerksam zu und sagte dann: »Diese Cap, die mit der Oberweite ...«

»Marvell. Captain Marvell, verstehen Sie? Sie ist der Boss, nur daß sie und die Walker sich nicht grün sind.«

»Ist mir aufgefallen. Sie scheint ihre Mucken zu haben.«

»Ja, Sir. Patten, das ist der Boss von TecSec, meint, daß sie allen Ernstes vorhatte, auf ihn loszugehen.«

»Bei ihrem Gewicht könnte sie einen satten Schlag landen«, sagte Dalziel, bei der Erinnerung lächelnd.

»Es war ein Drahtschneider, mit dem sie ausholen wollte. Wir haben ihn hier, Sir. Wo der hintrifft, wächst kein Gras mehr.«

Dalziel betrachtete das schwere Gerät. »Einpacken und auf Blutspuren untersuchen.«

»Es ist doch niemand verletzt worden!« protestierte Headingley.

»Nicht hier, hier wurde niemand verletzt.«

»Sie denken doch nicht etwa an Redcar ... aber das sind doch Frauen, Sir!«

»Die Welt ändert sich, George«, sagte Dalziel. »Was hast du mir sonst noch zu bieten, außer dieser einen Aussage?«

»Ich habe mich mit Dr. Batty unterhalten, als ich gekommen bin ...«

»War er hier, als du eingetroffen bist?«

»Ja, Sir. Vermutlich hat Patten ihn vor uns benachrichtigt. Dann habe ich draußen alles soweit organisiert, und jetzt habe ich gedacht, daß ich mich besser darum kümmere, für die Damen eine Erfrischung aufzutreiben. Ich habe diesen Howard gefragt – er gehörte mal zu uns –, aber er hat gesagt, er darf die Tür nicht verlassen, also bin ich selbst losgezogen.

Ich habe die Kantine gefunden und die Teemaschine in Gang gesetzt ...«

»Du bist mit Sicherheit der am höchsten bezahlte Teaboy, seit Geoffrey Howe aus dem Kabinett ausgeschieden ist«, sagte Dalziel. Doch der alte George kannte wenigstens seine Grenzen. Warum draußen naß werden und im Weg stehen, wenn man jemand wie Wieldy hatte, der mühelos in jeder Lebenslage ein Besäufnis organisieren konnte, selbst in Wales, an einem Sonntag und hundert Kilometer von der nächsten Brauerei entfernt.

»Und was nun, Sir?« fragte Headingley. »Aussagen?«

Dalziel dachte nach. »Die einzige, die was zu sagen hat, ist die Walker, und deren Aussage haben wir. Gib ihnen allen eine Tasse Tee und nimm Namen, Adresse und das Übliche auf, kein großes Theater, eher gemütlich, aber versuch herauszukriegen, ob eine von ihnen schon mal hier war.«

Headingley sah ihn verdutzt an, und der Dicke sagte mit didaktischer Klarheit: »Wenn wir ihnen den Überfall im Sommer anhängen können, haben wir die halbe Strecke nach Redcar zurückgelegt.«

»O ja, ich verstehe. Sie denken also wirklich ...«

»Fürs Denken werde ich nicht bezahlt, George. Dafür hab ich jemand eingestellt, aber der Typ treibt sich auf einer Beerdigung rum, so daß ich einsam und allein klarkommen muß. Patten!«

Geschlossene Türen und dicke Wände vermochten nichts gegen Dalziels Stimme, und einen Augenblick später tauchte der Wachmann auf.

Dalziel sagte: »Die Damen gehen jetzt in die Kantine, um eine Tasse Tee zu trinken, und anschließend gehen sie nach Hause. Ich nehme an, Sie haben alle Tiere weggeschlossen?«

»Keine Sorge. In die Nähe der Labors kommen die nicht ein zweites Mal«, sagte Patten zuversichtlich.

»Nein, Junge, ich spreche von Ihren Leuten. Hier wird nicht mehr der starke Mann gespielt, verstanden?«

»Weil es Frauen sind, meinen Sie? Hören Sie mal, die kräftige Kuh mit dem Namen Cap, die hat mich fast einen Kopf kürzer gemacht, mit einem verdammt großen Drahtschneider.«

»Ach ja? Ihr Kopf sieht völlig in Ordnung aus«, sagte Dalziel und musterte kritisch das Haupt seines Gegenübers.

»Ihr hab ich das nicht zu verdanken«, sagte Patten. »Ich wollte nur sagen, wenn meine Leute angegriffen werden ...«

»Grund zur Freude«, sagte Dalziel. »In Harrogate gibt's ein Haus, da kostet es gutes Geld, sich von einer hübschen Frau prügeln zu lassen. Wollen Sie die Adresse haben? Fertig, George? Alles unter Kontrolle?«

»Ja, Sir. Und wie steht es mit Ihnen, Sir? Wo wollen Sie hin?«

»Ich?« sagte Dalziel und leckte sich erwartungsvoll die Lippen. »Ich gehe dahin, wo Dr. Batty sein Single Methanol aufhebt.«

SIEBEN

Am nächsten Morgen, auf Pascoes Fahrt in Richtung Norden, fiel zwar das Barometer, aber seine Stimmung stieg. Als er den Sendebereich von Radio Mid-Yorkshire erreicht hatte, trommelte horizontaler Hagel wie Schnellfeuer auf sein Auto, aber die vertraute Mischung aus Oldies und Dorfklatsch tönte ihm in den Ohren wie der erste Kuckucksruf im Frühling.

Yorkshire scheint meine Heimat zu werden, dachte er, während er einen Schlager von Boney M mitsang.

Es folgten Nachrichten, eine Mischung aus lokalen und nationalen Neuigkeiten. Eine Meldung ließ ihn aufhorchen.

»Die Polizei bestätigte die Entdeckung menschlicher Überreste auf dem Gelände von Wanwood. In Wanwood House sind die Labore von ALBA Pharmaceuticals untergebracht. Die Untersuchungen zur Todesursache sind noch nicht abgeschlossen. Zu Berichten, daß die Entdeckung von protestierenden Tierschützern gemacht wurde, wollte sich der Polizeisprecher nicht äußern.«

In Peter Pascoes geübten Ohren klang die Meldung sehr danach, als würde Andy Dalziel ganz fest auf dem Fall sitzen, und schon mit der Hälfte seiner mächtigen Hinterbacken im Gesicht klang selbst die Stimme der Nation, wie sie so zur Nation sprach, leicht gedämpft.

Die Nachricht bestätigte ihn in seinen bislang halbherzigen Überlegungen, daß es sich lohnen könnte, einen Umweg zu machen, um Adas Reste zu entsorgen. Dalziel war der Auffassung, daß man ihm für eine 24-Stunden-Beurlaubung eine ganze Woche mit 25-Stunden-Arbeitstagen schuldete. Wenn er nun auch noch einen Mordfall auf dem Tisch hatte, würde er aus den fünfundzwanzig Stunden täglich wahrscheinlich dreißig machen, besonders da Peter ganz allein für die Ermittlungen zum ALBA-Anschlag im vergangenen Sommer zuständig gewesen war. Man hatte ihn als Chief Inspector überhaupt nur deshalb hinzugezogen, weil eine Verbindung zum

Mord in den Laboren von Frazer Greenleaf oben in Redcar nicht auszuschließen war. Es machte immer irgendwie besonderen Spaß, an einem Fall zu arbeiten, der nicht im eigenen Zuständigkeitsbereich lag. Dalziel konnte gut delegieren und hatte weder eingegriffen noch die Hände über dem Kopf zusammengeschlagen, als Pascoe ihm sagen mußte, daß die Ermittlungen ins Nichts geführt hatten. Andererseits zweifelte Pascoe keine Minute daran, daß Dalziel ihn persönlich dafür verantwortlich machen würde, die menschlichen Überreste draußen in Wanwood übersehen zu haben, selbst wenn sie zwei Meter tief eingebuddelt waren!

Das Gebot der Stunde lautete also, Adas Überreste loszuwerden, damit die Urne daheim keine Wurzeln schlagen würde. Er ging jede Wette ein, daß selbst Ellie, deren Interesse am Haushalt von gewissenhafter Zurückhaltung war, die hydriotaphische* Verzierung auf ihrem Kaminsims nicht mitmachen würde.

Nach Leeds war es nur ein kleiner Umweg. Mit etwas Glück wäre er in einer halben Stunde in der Stadt und wieder draußen.

Seine fromme Hoffnung verendete in dem System von Einbahnstraßen, das so gnadenlos war wie die Westfront. Selbst als er dort ankam, wo er hinwollte, schien wo er hinwollte nicht mehr zu existieren. Ein kleiner Trost war, daß der Hagel aufgehört hatte und der böige Wind Löcher in die Wolkendecke riß, die so groß waren, daß von Zeit zu Zeit ein Sonnenstrahl den Weg nach unten fand.

Er fuhr auf den Parkplatz eines Billigmarktes und sprach einen anscheinend unter einem Kriegstrauma leidenden Alten an, der für eine Kolonne verirrter Einkaufswagen verantwortlich war.

»Ist das hier die Kirkton Road?«

»Ja«, lautete die Antwort.

»Ich suche die Kaserne der West Yorkshire Fusiliers.«

»Die haben Sie verpaßt.«

»O Gott! Wollen Sie damit sagen, daß sie irgendwo da hinten ist?« sagte Pascoe und betrachtete unglücklich die Einbahnstraße, die er gerade mit so viel Mühe bewältigt hatte.

»Nein, Sie haben sie um mehr als zehn Jahre verpaßt. Die Wyfies sind vor Ewigkeiten mit den South Yorks Rifles zusammengelegt worden. Sie sind in deren Kaserne in Sheffield umgezogen. Heißen jetzt Yorkshire Fusiliers. Das Kriegsministerium hat das Gelände als Bauplatz verkauft.«

»Mist«, sagte Pascoe.

Adas Wünsche waren zwar merkwürdig, aber sehr präzise. *Mein Testamentsvollstrecker soll meine Asche auf dem Gelände des Hauptquartiers der West Yorkshire Fusiliers in Kirkton Road, Leeds, verstreuen.*

Da Peter Pascoe ihre Gefühle für die Armee nur allzu gut kannte, zweifelte er keinen Moment daran, daß sie damit ihre Verachtung zum Ausdruck bringen wollte. Sie hätte wahrscheinlich am liebsten die Anweisung gegeben, die Urne durch ein Fenster zu schleudern, wird aber wohl gewußt haben, daß Mäßigung angesagt war, wenn sie darauf hoffen wollte, daß ihre Geste überhaupt ausgeführt würde. Aber bei aller Mäßigung, er konnte seine Oma doch nicht auf einem Parkplatz verstreuen!

»Es ist aber noch ein Museum da«, sagte der Mann, glücklich, seine langweilige Arbeit noch länger unterbrechen zu können.

»Wo?« fragte Peter hoffnungsvoll.

»Da drüben.«

Der Mann deutete auf ein hohes, schmales Granitgebäude, das am anderen Ende des Parkplatzes emporragte und mit militärischer Verachtung auf den leichtfertigen Supermarkt im skandinavischen Skihüttenstil starrte.

»Danke«, sagte Pascoe.

Er fuhr zum Museum und parkte vor dem Gebäude. Aus der Nähe sah es so aus, als sei es geschniegelt und gestriegelt und bereit zur Inspektion. Peter Pascoe holte die Urne aus dem Kofferraum, schlurfte mit den Füßen über den Asphalt, um sicherzugehen, daß an seinen Sohlen kein Schmutz haftete, und stieg die Stufen hinauf.

Auf dem Türsturz war ein Mahagonischild mit einem Wappen angebracht, auf dem eine weiße Rose unter einer Lilie zu sehen war, darunter stand *WEST YORKSHIRE FU-*

SILIERS Regimentsmuseum. Die Farbe war frisch und leuchtete, der Messingknopf der Tür glänzte wie das Auge eines Oberfeldwebels, und der Briefkastenschlitz strahlte eine militärische Schärfe aus, die wahrscheinlich jeden pazifistischen Postboten in Angst und Schrecken versetzte.

Peter Pascoe drehte den Knauf, überzeugte sich, daß er keine Fingerabdrücke hinterlassen hatte, und trat ein.

Er befand sich in einem großen, hohen Raum, der von Vitrinen gesäumt und mit zerfetzten Fahnen dekoriert war. Er war hell erleuchtet und makellos sauber. Das konnte jedoch nicht verhindern, daß die Luft muffig roch, nach gramvollen Dingen, alt und fern und Kriegen von vorlang ... *

Rasch durchquerte Peter Pascoe eine Reihe weiterer Räume, ohne auf Überlebende zu stoßen. Er versuchte sogar, akustisch auf sich aufmerksam zu machen, die Resonanz blieb jedoch aus.

Um so besser! dachte er. Ohne Zeugen müßte es eigentlich einfacher gehen. Er brauchte die Asche seiner Oma nur zu verteilen und dann zu enteilen! Aber irgendwie war der Gedanke, auch ohne Zeugen, diese makellosen Böden mit der pulverisierten Ada zu beschmutzen, für einen Ordnungsfanatiker schwer erträglich. Asche zu Asche, Staub zu Staub ... aber man brauchte erst einmal alten Staub, um neuen hinzufügen zu können!

Er versuchte es mit einer Prise, die er in der dunkelsten Ecke, die er finden konnte, deponierte, aber selbst sie fiel auf wie ein Colaschmier auf dem Damenbart einer Nonne. Schließlich entschied er sich für den Kamin. Selbst der sah zwar danach aus, als wäre er seit hundert Jahren nicht von Kohle belästigt worden, und das ihn flankierende viktorianische Kaminbesteck stand so ordentlich und glänzend da wie Waffen in einer Rüstkammer. Doch es mußte eine Zeit gegeben haben, wo der Kamin mit Asche in Berührung gekommen war. Und was war dieses philopolemische* Gebäude schließlich anderes als ein Mausoleum, das eines Leichnams bedurfte?

Nachdem er sein Gewissen solchermaßen beruhigt hatte, schraubte Peter Pascoe den Deckel seiner Urne ab, nahm eine

Handvoll Staub heraus und warf sie mit einem atavistischen Gebet in den Kamin.

»Was zum Teufel treiben Sie denn da?« ertönte eine empörte Stimme.

Pascoe wandte den Kopf und sah zu einem großen, grauhaarigen Mann empor, der aufgebracht auf ihn hinuntersah. Er trug eine Augenklappe wie ein Pirat und eine rauhe Tweedjacke, deren linker leerer Ärmel quer über der Brust festgesteckt war.

Nun blieb ihm nur noch, entwaffnend zu lächeln, dachte Peter Pascoe, besonders da die noch vorhandene Hand des Mannes ihm in aller Ruhe etwas an den Kopf hielt, das wie eine Steinschloßpistole aussah.

»Sie werden Ihre Mühe haben, es mir zu glauben, und ich kann nur hoffen, daß Sie es versuchen.«

ACHT

Troll Longbottoms Vorhersage traf ein, daran war nicht zu rütteln. Die Knochen würden sich eine ganze Weile Zeit lassen, bis sie wieder alle beisammen waren.

Die triefende Dunkelheit, die die Polizei schließlich bewogen hatte, die Suche abzubrechen, war am folgenden Morgen von unbeständigem Sonnenschein abgelöst worden, doch die Arbeit wurde durch die Tatsache, daß man nun etwas sah, nur unerheblich attraktiver.

»Da unten könnte man leicht einen Mann verlieren«, sagte Wield mit einem Blick auf den wassergefüllten Krater.

»Mir fallen ein paar ein, die uns nicht fehlen würden«, sagte Dalziel. »Wir könnten abpumpen, aber selbst dann wird der Schlamm ein Problem bleiben.«

»Die Jungs haben gestern abend etwas von jeder Menge Granitblöcke gesagt«, erwiderte Wield. »Die müßten uns einen gewissen Halt bieten. Aber Sie haben recht. Bei dem vielen Schlamm könnten wir mehr Zeit damit verbringen, uns gegenseitig auszugraben als alte Knochen.«

»Da kann ich dir nur zustimmen«, sagte Dalziel. »Gütiger Himmel, hast du einen Zwilling?«

Das galt Troll Longbottom, der sich behutsam auf den Laufbrettern näherte.

»Ich wollte nur mal nachsehen, ob ihr schon wieder etwas für mich habt«, sagte der Pathologe mit einem Lächeln, das am Mast eines Piratenschiffs nicht fehl am Platz gewesen wäre.

»Ach ja?« sagte Dalziel. »Wenn man dich gebeten hätte, einen Blick auf den verdammten Julius Cäsar zu werfen, hättest du gesagt, man solle warten, bis die Videokamera erfunden ist. Wie kommt es also, daß ich dich zum zweiten Mal innerhalb von zwölf Stunden an der frischen Luft und bis an die Fesseln in Schlamm antreffe?«

»Freundschaft, Andy. Freundschaft.«

»Vielen Dank, Troll. Mir war gar nicht klar, daß ich dir so am Herzen liege.«

»Doch nicht du«, sagte der Pathologe mit einer Grimasse, die sich kaum von seinem Lächeln unterschied. »David Batty.«

»Was soll denn das bedeuten? Bumst du seine Frau oder so?«

»Oder so, Andy. Also, gibt's was Neues für mich?«

»Nun gib uns aber mal 'ne Chance! Hast du denn gestern abend nicht schon 'ne ganze Menge gekriegt? Ich hab immer geglaubt, daß du nur einen Fingernagel und eine Prise Nabelfussel brauchst, und schon weißt du über die ganze Lebensgeschichte Bescheid.«

»Du schmeichelst mir«, sagte Longbottom. »Aber ich brauche noch ein winziges bißchen mehr, um meine vorläufige Datierung zu erhärten.«

»Du hast ein Datum? Warum bist du denn damit nicht gleich rausgerückt? Komm, laß hören.«

»Ich würde sagen, nach dem, was ich bisher gesehen habe, sind die Reste mit Sicherheit älter als fünf Jahre.«

»Älter als fünf?« sprach Dalziel ihm angewidert nach. »Und das ist alles? Ich hab Jungs, die haben gerade mal ihre Ausbildung abgeschlossen, aber das hätten die auch herausgefunden!«

»Es waren ja schließlich in der Hauptsache lose Teile, nicht wahr? Was ich eigentlich bräuchte, ist ein Kieferknochen. Zahnreparaturen sind sehr aussagekräftig. Und ein Stück Fleisch wäre geradezu ein Geschenk des Himmels.«

Er sprach mit solcher Begeisterung, daß Dalziel lachen mußte.

»Soll ich dir mal was sagen, Troll, wenn ich du wäre, würde ich Vegetarier.«

»Und du mich auch«, sagte der Pathologe kryptisch und bohrte dem Dicken einen Finger in den Bauch. »Ich muß los. Es gibt Leute, die müssen arbeiten.«

»Ich melde mich«, brüllte Dalziel hinter ihm her, dann wandte er sich Wield zu und fragte: »Also, was hältst du davon?«

»Da wäscht eine Hand die andere?« sagte Wield fragend. »Dieser Batty hat nicht nur die gesamte Forschung unter sich, er ist auch der Sohn und Erbe von Thomas Batty, dem der ganze Laden gehört. Eine nicht zu verachtende Verbindung für Mr. Longbottom.«

»Man braucht aber nicht viel Medikamente, wenn man sich auf Tote spezialisiert hat«, warf Dalziel ein.

»Ich könnte mir vorstellen, daß Mr. Longbottom eine einflußreiche Persönlichkeit im Verwaltungsrat des Krankenhauses ist, an dem er arbeitet. Ich habe auch gehört, daß ihm zwanzig Prozent des neuen Privatkrankenhauses an der Scarborough Road gehören.«

»Bei Gott, Wieldy, ich war davon ausgegangen, daß du von dem Leben unter den Kohlköpfen verblödest, aber nun stelle ich fest, daß es dich zum Zynismus treibt!«

»Ich halte mich nur an die Tatsachen, Sir«, sagte Wield. »Und hier kommt gleich noch eine. ALBA, wie Mr. Longbottom wahrscheinlich sehr wohl weiß, ist seit eben mal vier Jahren hier draußen.«

»Was heißen soll, daß Troll sagt, die Knochen seien mindestens fünf Jahre alt, um zu betonen, daß Batty und seine Leute nichts damit zu tun haben können? Du glaubst doch nicht etwa, daß er ihm zuliebe an den Zahlen gedreht hat?«

»Nein, Sir. Ich möchte vielleicht kein Geschäft mit ihm abschließen wollen, aber wenn es um seinen Job geht, ist er unbestechlich, wie wir alle schon feststellen mußten. Sie kennen ihn am längsten, also müßten Sie das wissen.«

»Ich fürchte, ja, Wieldy«, seufzte Dalziel. »Schade. Wenn ich der Meinung wäre, er hätte die Knochen nur Batty zuliebe fünf Jahre alt gemacht, würde ich verdammt noch mal dafür sorgen, daß er das Alter für mich auf fünfzig ausdehnen würde. Aber noch ist nicht aller Tage Abend. Vielleicht stellt sich das Ganze ja doch noch als archäologischer Fund heraus. Ich red noch mal mit Batty und bring ihm die gute Nachricht.«

»Wetten, daß Mr. Longbottom es ihm schon längst verraten hat?« meinte Wield.

»Sehr wahrscheinlich. Aber du vergißt eines, Wieldy.«

»Und das wäre, Sir?«

»Der Wichser hat einen hübschen Tropfen Whisky im Schrank. Kümmer dich drum, daß das Wasser hier durchgesiebt wird, ja?«

»Mit Vergnügen«, erwiderte Sergeant Wield.

Im Rupfenfoyer tat eine Empfangsdame dienst. Sie informierte Dalziel, daß der Herr Direktor im Labor sei, jedoch mit Sicherheit zur Verfügung stehen werde, sobald es sich einrichten ließe ... Wenn der Herr Kommissar zwischenzeitlich Platz nehmen wolle ...

Ex-Polizist Howard stand hinter ihr. Seine verbrannten Hosen trug er nicht mehr, hatte aber ziemlich blutunterlaufene Augen.

»Du mußt hier ganz schön ran, was?« fragte Dalziel freundlich.

»Ein bißchen wenig Personal, Sir. Außerdem wollte Dr. Batty Verstärkung.«

»Jemand sollte ihn mal über Stalltüren aufklären. Jemand wie meine Wenigkeit. Bring mich zum Labor, Junge.«

Ohne zu zögern, öffnete Howard eine der Türen und ging voraus, vom indignierten Gezwitscher der Empfangsdame verfolgt.

Für Dalziels unerfahrenes Auge sah das Labor, in das er nun eintrat, wie eine Kreuzung zwischen einer kleinen Menagerie und einem Nobelklo aus. Bei Dalziels Anblick runzelte Batty die Stirn, glättete sie aber sogleich wieder. Er hatte schnell begriffen – wahrscheinlich mit Nachhilfe von Troll Longbottom –, daß man sich mit dem Dicken nicht schlug, es sei denn, man hatte ein Hufeisen im Boxhandschuh. Bei ihrem Gespräch am Abend zuvor hatte er Dalziel großzügig mit Scotch bedacht, und man war in bestem Einvernehmen auseinandergegangen. Das hinderte jedoch keinen von beiden daran, den anderen aus tiefstem Herzen zu verachten.

»Andy«, sagte er. »Guten Morgen. Neuigkeiten?«

Nichts, was du nicht schon von Troll weißt, dachte Dalziel. Und nichts, was ein Tropfen nicht verbessern könnte.

»Ich wollte nur sagen, daß wir leider einen Gutteil des Tages da draußen zugange sein werden. Die erfreuliche Nachricht ist, daß die Knochen wahrscheinlich schon hier lagen, als die Firma einzog, so daß ich die Angestellten in Ruhe lassen kann.«

»Ausgezeichnet. Wir haben im Augenblick alle Hände voll zu tun und könnten uns eine Unterbrechung nur schlecht leisten. Und, Andy, meinen Glückwunsch, wie Sie die Presse in den Griff gekriegt haben. Kaum ein Wort heute morgen. Unsere PR-Abteilung ist sehr beeindruckt. Vielen Dank, von mir persönlich und von ALBA.«

Dalziel lächelte mit falscher Bescheidenheit. Falsch, obwohl es durchaus stimmte, daß er eine Menge Gefälligkeiten abgerufen und eine Menge Drohungen in den Raum gestellt hatte, um die Reaktionen auf die Telefongespräche so gering wie möglich zu halten, die Amanda Marvell geführt hatte, kaum daß sie wieder zu Hause war. Nein, falsch, weil er sich von diesem Hampelmann doch nicht in die Karten blicken ließ. Als ob der und seine beschissene Firma was damit zu tun hätten!

»Wenn wir eine genauere Datierung haben, müssen wir uns die Geschichte des Hauses vorknöpfen«, sagte er.

»Wir unterstützen Sie gern, Sie müssen nur den Mund aufmachen«, sagte Batty. »Wie ich bereits gestern abend gesagt habe, befinden sich die Unterlagen natürlich alle in Kirkton.«

In Kirkton, einem Industrievorort von Leeds, stand die Verwaltungszentrale von ALBA. Hier war die Firma gegründet worden, hier hatte sie sich ausgedehnt und war zu dem großen, vielarmigen Gebäudekomplex geworden, den Batty (nachdem er und Dalziel Waffenstillstand geschlossen hatten) als einen Sicherheitsalptraum bezeichnet hatte. »Wie ich schon dem jungen Mann erklärt habe, der damals im Sommer zu uns kam, als wir den ersten Ärger hatten, Pascoe hieß er, glaube ich, er machte einen sehr ordentlichen Eindruck«, – sein leicht erstaunter Ton blieb nicht unbemerkt – »der Grund, warum wir unsere Forschungsabteilung ausgelagert haben, war der, daß wir im Hauptwerk einfach zu exponiert waren. Ein Typ von so einem Tiermagazin kam einfach reingeschlendert und schoß Fotos. Was für eine Frechheit! Deshalb sind wir mit

Sack und Pack aufs Land gezogen. Das Haus war jahrelang ein Krankenhaus, eine Klinik oder so etwas Ähnliches gewesen. Das war nicht schlecht, wir konnten nämlich so tun, als würden wir umbauen und erweitern, weil wir das Gebäude wieder in seiner alten Funktion verwenden wollten.«

»Sehr einleuchtend«, unterbrach ihn Dalziel. »Niemand wußte, was gespielt wurde, mit Ausnahme von ein paar Anwälten, dem Bauunternehmer mit seinen ganzen Bauarbeitern, den Angestellten und jedem Anwohner im Umkreis von zwanzig Kilometern. Ich kann mir gut vorstellen, daß Sie gehofft haben, kein Aufsehen zu erregen.«

»So formuliert klingt es leicht optimistisch«, lachte Batty. »Aber für die Spitzel der Aktivisten haben wir in Kirkton zum Schein ein Labor aufrechterhalten, und vier Jahre lang hat es ja auch funktioniert. Wir haben uns wohl in falscher Sicherheit gewiegt. Dann, peng! Plötzlich, im vergangenen Sommer, sind die Verrückten hier eingedrungen und haben wirklich alles auf den Kopf gestellt. Da habe ich gelernt, daß Abgeschiedenheit und Einsamkeit nur so lange von Vorteil sind, wie die Tierschützer einem nicht auf die Schliche kommen. Ein weiterer Umzug kam aber wirklich nicht in Frage. Also haben wir einen anderen Wachdienst engagiert und ihm den Auftrag erteilt, für Sicherheit zu sorgen. Das Ergebnis haben Sie gesehen.«

Er hatte ihm das alles ganz selbstgefällig erzählt. Dalziel hatte seine Gedanken für sich behalten. Mit jemandem zu streiten, der eine halbvolle Flasche Glenmorangie neben sich stehen hatte, zeugte von Unvernunft.

Als er ging, war sie leer gewesen, aber er hatte eine ungeöffnete in dem Schrank gesehen, aus dem Batty sein Glas geholt hatte. Die Erinnerung stieg vor seinen Augen hoch wie eine Vision des Heiligen Grals. Er hustete, hoffte, daß es durstig klang, und sagte: »Inzwischen war Zeit zum Aufräumen. Wurde gestern abend großer Schaden angerichtet, als die frei im Haus herumliefen?«

»Nicht viel und hauptsächlich oberflächlich«, sagte Batty. »Aber es ist nett von Ihnen, sich darum Gedanken zu machen.«

Die unverdünnte Dankbarkeit wurde langsam ätzend. Wield kan ins Labor. Er fing Dalziels Blick auf, und mit einer winzigen Kopfbewegung deutete er ihm an, daß er zwar mit ihm sprechen wolle, es aber nicht eilig habe.

Dalziel sagte: »Worüber ich mir wirklich Gedanken mache, ist, ob das Trüppchen von gestern abend nicht mit dem identisch sein könnte, das hier schon im Sommer Randale gemacht hat.«

»Ach, das ist doch alles Schnee von gestern«, sagte Batty abwehrend. »Wir haben unsere Lektion gelernt. Bleiben wir bei der Gegenwart, ja?«

»Für Sie mag es längst vorbei sein«, sagte Dalziel oberlehrerhaft. »Für die Familie von dem armen Teufel, der in Redcar umgebracht wurde, ist es aber nicht vorbei. Fraser Greenleaf. Gleiche Branche wie Sie, nur ein ganzes Stück größer. Ich hätte gedacht, daß Sie von denen gehört haben.«

Eine Sekunde lang gestattete sich Batty einen verärgerten Blick, dann setzte er eine feierliche Miene auf und sagte: »Aber natürlich. Das war unüberlegt von mir. Aber glauben Sie denn wirklich, daß da eine Verbindung besteht?«

»Ich kann die Möglichkeit nicht ausschließen, Sir.«

»Natürlich nicht. Gütiger Gott. Frauen. Was ist aus der Welt geworden?«

»Wir sind noch weit entfernt davon, eine Verbindung beweisen zu können«, sagte Dalziel. »Wie steht es mit Ihnen? Wissen Sie schon, ob Sie Anzeige erstatten?«

Lächelnd zuckte Batty mit den Schultern.

»Wie ich bereits gesagt habe, das liegt nicht bei mir. Das entscheidet die Hauptverwaltung. Ich weiß, was ich tun würde, aber ich bin nur ein armer Wissenschaftler.«

Der aber auch, wenn Wield richtig lag, zufällig ein Angehöriger der herrschenden Dynastie von ALBA war. Was wahrscheinlich bedeutete, daß man keine gerichtlichen Schritte unternehmen würde, wovon Batty sich aber distanzieren wollte, weil er die Entscheidung ablehnte.

Gewitzter Bursche, dachte Dalziel. Aber nicht gewitzt genug, um zu merken, daß vor ihm jemand stand, der am Verdursten war!

Wield wanderte inzwischen durch das Labor und betrachtete die Tiere in den Käfigen mit einem Widerwillen, den selbst seine zerklüfteten Gesichtszüge nicht verbergen konnten.

Er beobachtete eine strahlend schöne Frau in einem strahlend weißen Laborkittel, die ein winziges Äffchen aufnahm, das ihr die Ärmchen um den Hals legte wie ein Baby, das beruhigt werden wollte. Geschickt löste sie es, drehte es um und stieß eine Spritze in das Ende seiner Wirbelsäule.

»Autsch«, sagte Wield. »Tut das nicht weh?«

»Wenn man es richtig macht, spürt das Tier es kaum«, versicherte sie ihm.

Er warf einen Blick auf ihren Werksausweis und entnahm ihm, daß er mit Jane Ambler, Forschungsassistentin, sprach.

»Nein, Jane«, sagte er liebenswürdig. »Ich hatte Sie gemeint.«

Sie sah ihn unbewegt an und sagte: »Ach du liebe Güte. Vielleicht sollten Sie sich mal mit jemandem unterhalten, der an rheumatoider Arthritis leidet, bevor Sie sich aufs hohe Roß setzen.«

»O.K.«, sagte Wield.

Er beugte sich zu dem Käfig, steckte den Finger durch den Draht und beruhigte das Tier mit leisem Gurren. Dann richtete er sich wieder auf.

»Er ist dagegen«, sagte er.

Da merkte er, daß er Dalziel angesprochen hatte.

»Wenn Sie damit fertig sind, die Tiere zu füttern, Sergeant, dann könnten wir uns vielleicht unterhalten.«

Der Dicke ging ihm durch den Empfang voraus, wo die Angestellte noch immer eine beleidigte Miene machte. Dalziel bedachte sie mit einem breiten Lächeln und nickte Howard zu, der strammstand.

Draußen sagte Wield: »Dieser Wachmann, kenne ich den nicht?«

Dalziel, daran gewöhnt, von seinem Sergeant, der auch den verstaubtesten Winkel Yorkshires kannte, ausgestochen zu werden, genoß es, nachlässig hinzuwerfen: »In der Tat. Aber nicht so, wie du denkst. Er hat mal zu uns gehört. Man hatte ihn in Dartleby aufs Abstellgleis geschoben, bis er dann das Angebot annahm, sich vorzeitig pensionieren zu lassen. Und dann hat er sich privatisieren lassen. Denkst du daran, es auch so zu machen, Junge?«

»Nicht öfter als einmal täglich, Sir. Howard. Ach ja. Jimmy Howard. Der hat das Frührentnerdasein nicht so ganz freiwillig angetreten, man hat ihn eher hineingetreten, wenn ich mich nicht ganz täusche.«

Dalziel, der zu stolz auf Wields Internetgehirn war, um ein schlechter Verlierer zu sein, sagte: »Das tust du meistens nicht. Sag, was du weißt.«

»Es wurde etwas davon gemunkelt, daß er sein Gehalt aufbessert, aber bevor es zu Konsequenzen kam, erwischte man ihn, wie er zu schnell fuhr. Er hat sich dann einen Medizinmann mit weichem Herzen gesucht, der ihm bestätigt hat, daß er unter beruflichem Stress stand, und niemand stellte sich ihm in den Weg, als er seine Pensionierung aus gesundheitlichen Gründen beantragte, bevor sein Fall verhandelt wurde. Denn dann wäre er geflogen, ohne Pension.«

»Und die andere Sache? Daß er seine Hand aufgehalten hat?«

»Man hat ihm nichts nachweisen können. Aber er wettet gern, und er wettet hoch, und wer ihn auf dem Rennplatz erlebt hat, sagte sich, daß man sich vom Gehaltsscheck eines einfachen Polizisten solche Verluste nicht leisten kann. Das macht stutzig, oder?«

»Stutzig, wieso, Wieldy?«

»Wußte man das nicht bei TecSec? Oder wußte man es und hat ihn *trotzdem* genommen? Oder hat man es gewußt und hat ihn *deshalb* genommen?«

Dalziel schüttelte bewundernd den Kopf.

»Du hast wirklich eine ganz schön fiese Ader, Wieldy. Hast du noch einen anderen Grund als dein tiefsitzendes Vorurteil?«

»Sie haben gesagt, daß private Wachdienste automatisch Dreck am Stecken haben, bis das Gegenteil bewiesen ist«, sagte Wield vorwurfsvoll. »Viel hab ich von denen zwar noch nicht gesehen, aber irgend etwas stimmt da nicht.«

Dalziel sah ihn nachdenklich an. Wenn Wield ein ungutes Gefühl hatte, war man gut beraten, es nicht einfach vom Tisch zu fegen.

»In Ordnung«, sagte er. »Schau mal ein bißchen genauer hin. Tu so, als hättest du es auf die Tierschützer abgesehen, wie sie sich verhalten haben, als sie gestern abend im Gebäude waren. Was ja auch stimmt.«

»O.K., Sir. Aber ALBA scheint keine Anzeige erstatten zu wollen.«

»Du hast ganz schön große Ohren. Hör zu, mein Junge, niemand macht mir Vorschriften, wann ich mit dem Ermitteln aufzuhören habe. Und ich lasse die ANIMA-Leutchen nicht aus den Augen, bis ich nicht vollkommen überzeugt bin, daß keine Spur nach Redcar führt.«

»Sie glauben doch nicht ernsthaft an einen Zusammenhang, Sir?« fragte Wield zweifelnd. »Ich meine, nach dem zu urteilen, was man über sie weiß, gehören sie zum weichen Flügel der Bewegung.«

»Die erste Regel in unserem Beruf ist, nichts unbesehen zu glauben«, sagte der Dicke streng. »Bleib am Ball, dann kaufst du keine Attrappen.«

Wield fand das reichlich happig, wenn er daran dachte, daß Dalziel, der sich beschwert hatte, nicht über das Geschlecht der Tierschützer aufgeklärt worden zu sein, sein Augenmerk vor allem auf die Oberweite Amanda Marvells gerichtet hatte und sie mindestens dreimal zu des Sergeants Entlastung vorgebracht hatte.

Er sagte: »Das schreib ich mir auf«, ohne sich Mühe zu geben, seinen Sarkasmus zu dämpfen.

Dalziel grunzte entnervt und sagte: »O.K., was ist los? Hat die Saison fürs Krötenlecken* in Brigadoon verfrüht eingesetzt?«

Brigadoon war Dalziels Bezeichnung für Enscombe.

»Wie soll ich das verstehen, Sir?«

»Gestern abend reißt du Witze, und in Wanwood hast du dich aufgeführt, als wärst du der Presseagent für benachteiligte Schimpansen. Was hat das alles zu bedeuten?«

»Was die da machen, gefällt mir nicht besonders«, gab er zu. »Tut mir leid. Ich weiß, ich sollte meine Nase da raushalten.«

»Womit du verdammt recht hast. Man muß die Öffentlichkeit vor einer Nase wie der deinen schützen. Übrigens, was hast du mir eigentlich sagen wollen, als du vorhin reingekommen bist? Dir ist hoffentlich klar, daß ich da um kein Deut weniger durstig rausgekommen bin, als ich rein bin. Du wärst gut beraten, wenn es was Wichtiges ist.«

»Eigentlich nicht, Sir. Die Zentrale hat sich gemeldet. Es hieß, daß die Frau, die ANIMA leitet, wie hieß sie noch? Marbles? ...? Movables ...?«

Daß Wield einen Namen vergaß, war so wahrscheinlich wie daß der Pate eine Kränkung vergaß, aber Dalziel hörte sich »Marvell« sagen, bevor er sich bremsen konnte.

»Stimmt. Sie scheint im Präsidium aufgekreuzt zu sein. Wollte Sie sprechen, um eine Aussage zu machen. Könnte sein, daß Sie recht haben, Sir, und daß sie gekommen ist, um ein Geständnis abzulegen.«

»Ach ja? Da kann ich nur sagen, sie hat ihre Chance gehabt, und zwar gestern abend«, sagte Dalziel. »Soll sie warten. Von mir aus kann sie da sitzen, bis sie Hämorrhoiden kriegt.«

»Auf dem Präsidium ist sie nicht mehr, Sir. Als es hieß, daß Sie nicht im Haus sind, ist sie wieder gegangen. Sie hat die Nachricht hinterlassen, Sie möchten doch zu ihr nach Hause kommen. Dort sei es sowieso gemütlicher. Sie sollten auch keine Hemmungen haben, zur Mittagszeit aufzutauchen, etwas Eßbares könnte sie leicht auftreiben. Wollen Sie die Adresse, Sir?«

All das kam heraus, ohne daß Wield auch nur mit der Wimper zuckte. Darin war Wield unschlagbar. Aber Dalziel ließ sich nicht täuschen.

»Nein, die verdammte Adresse will ich nicht«, fauchte er. »Und nur weil du wie der Mann mit der eisernen Maske aussiehst, brauchst du dir nicht einzubilden, daß ich dein Grinsen nicht sehen kann!«

Er trollte sich. Und Wield, der nun über das ganze Gesicht lachte, sah ihm nach und dachte, nur weil du wie ein Rhinozeros auf dem Rückzug aussiehst, brauchst du dir nicht einzubilden, daß ich nicht sehe, daß du nicht nur auf der Nase ein Horn hast.

NEUN

In einem langen, schmalen Büro, dessen Chaos in direkter Korrelation zur Ordentlichkeit im Museum stand, trank Peter Pascoe mit Major Hilary Studholme einen kräftigen Tee.

Der Major hatte sich Peters Geschichte mit einer Aufmerksamkeit angehört, die sich, wie seine Pistole, von nichts ablenken ließ. Mit einer kleinen innerlichen Entschuldigung gegenüber Ada hatte Pascoe sich dafür entschieden, mit den vermutlichen Motiven seiner Großmutter hinter dem Berg zu halten. Und wenngleich er einen großen Bogen um direkten Regimentsstolz machte, so war das gar nichts im Vergleich zu dem Abstand, den er zum geringsten Anflug von paranoidem Haß hielt.

Als er seine Polizeimarke vorwies, war der Major endlich überzeugt gewesen, daß Pascoe weder ein gemeingefährlicher Verrückter noch ein bombenwerfender Terrorist war.

Während Pascoe sich seinen Tee zu Gemüte führte, blätterte der Major, dessen Geschicklichkeit angesichts seiner Einarmigkeit erstaunlich war, ein paar ledergebundende Bände durch.

»Merkwürdig«, sagte er. »Pascoe kommt mir eindeutig bekannt vor, aber es ist kein Eintrag von einem Unteroffizier dieses Namens zu finden, der 1917 in Ypern gefallen ist. Könnte natürlich seinen Streifen verloren haben. Hier gibt es den Soldaten Stephen Pascoe, der verwundet wurde ... könnte da eine Verbindung bestehen?«

»Das bezweifle ich«, sagte Pascoe. »Es war ja kein Pascoe, oder?«

Das Einauge warf ihm einen begriffsstutzigen Blick zu, dann verzog sich seine Oberlippe zuckend zu einer Was-bin-ich-blöd-Grimasse, die zur Folge hatte, daß sein Schnauzer eine Skischanze bildete, und er sagte: »Tut mir leid. Mein Gehirn tropft mir durch die leere Augenhöhle. Sie haben ja völlig recht, Pascoe ist der Name, den Ihre Großmutter mit der Heirat annahm. Wie war ihr Mädchenname?«

Nach einigem Nachdenken sagte Pascoe: »Clark, glaube ich.«

Studholme verzog das Gesicht. »An Clarks haben wir hier eine ganze Auswahl«, sagte er und klopfte auf die Lederbände. »Mit 'e' am Ende oder ohne? Kennen Sie den Anfangsbuchstaben des Vornamens?«

»Tut mir leid«, sagte Pascoe. »Ich weiß nur, daß es ein Foto von ihm gibt, auf dem er den Streifen eines Obergefreiten trägt. Das Datum ist 1914 und daneben steht ‚Umgekommen in Ypern 1917', vermutlich von meiner Großmutter geschrieben. Das hat mich etwas durcheinandergebracht, denn ich war davon ausgegangen, daß die große Schlacht früher stattfand.«

»Ach ja? Wenn sich damit das Wissen eines gebildeten Menschen erschöpft, so stellen Sie sich mal die Unwissenheit der Mehrzahl unserer Mitbürger vor!«

Entrüstet wollte Pascoe sich wehren. Studholme mit seinem borstigen Schnauzer, seiner abgehackten Sprechweise und der deftigen Tweedkleidung kam wie der Prototyp des britischen Offiziers daher, den liberal Gesinnte traditionell als geistig minderbemittelten snobistischen Banausen beschrieben. Also durchaus nicht als jemand, von dem sich ein (fast noch) junger Akademiker, der den Guardian las, Radio 3 nicht nur verstand, sondern manchmal sogar hörte, die Leviten lesen lassen sollte.

Andererseits war es für den Beamten einer Institution, die in absehbarer Zeit eine radikale Umstrukturierung über sich würde ergehen lassen müssen, nicht nur unhöflich, sondern auch unklug, einen Kriegshelden gegen sich aufzubringen.

»Ich weiß nur, was die meisten über den Großen Krieg wissen, die ab und an ein Buch öffnen«, sagte er vorsichtig. »Daß er, selbst wenn man streng militärische Maßstäbe anlegt, eine nie dagewesene und nie übertroffene Sinnlosigkeit war.«

Schiete, das war nun doch stärker herausgekommen als beabsichtigt.

»Bravo«, sagte Studholme überraschend. »Das ist immerhin ein Anfang. Lassen Sie mich mit ein paar Einzelheiten nachhelfen. Die erste Schlacht von Ypern fand im Oktober/November 1914 statt. Die britischen Verluste beliefen sich auf etwa fünfzigtausend Mann, zu denen der größere Teil der regulären Truppe von vor dem Krieg gehörte. Die erste Schlacht von Ypern war das Ende von allem, was den Namen offene Kriegsführung verdient. Während des Winters konzentrierten sich beide Seiten auf die Verstärkung ihrer Verteidigungsanlagen, und von da ab wurde bis 1918 ein Stellungskrieg von der Nordsee bis an die Schweizer Grenze geführt.«

»Warum also war Ypern so wichtig?«

»Es lag mitten in einem Vorsprung, einer beträchtlichen Ausstülpung im Verlauf der Frontlinie, von unseren Leuten der »Salient« oder der Ypernbogen genannt. Ein Durchbruch hätte die Alliierten in die Lage versetzt, den Deutschen von beiden Seiten auf den Pelz zu rücken. Der Nachteil war natürlich, daß der Feind bei einer solchen Ausstülpung von drei Seiten Granaten werfen kann. Dort eingesetzt zu werden, war nicht etwas, worauf sich unsere Jungs freuten, noch nicht einmal vor Passchendaele. Mein Vater hat es geschafft, sowohl an der zweiten wie auch der dritten Schlacht bei Ypern teilzunehmen. Er sagte wiederholt, der Ypernbogen sei immer etwas Besonderes gewesen, selbst wenn es dort relativ friedlich war. Die Landschaft war wohl noch deprimierender, der Gestank des Schlamms noch ekelerregender, und der Himmel hing noch tiefer herab. Beim Verlassen Yperns durch das Menin-Tor habe man das Gefühl gehabt, daß dort ein Schild mit der Inschrift hätte hängen sollen: 'Die ihr hier eintretet, lasset alle Hoffnung fahren.'«

»Klingt, als würde man an einem Montagmorgen ins Präsidium kommen«, sagte Peter Pascoe mit aufgesetzter Fröhlichkeit.

»Nein, das glaube ich nicht«, sagte Studholme ernst. »Mein Vater sagte, der Dienst dort habe die menschliche Natur verändert. Man habe sich zu einer Art Untermenschlichkeit zurückentwickelt, sei zum fehlenden Glied zwischen dem Affen und *homo sapiens* geworden. Er sprach immer vom *homo saliens*. Ich glaube nicht, daß es ein Witz sein sollte.«

Pascoe trank seinen Tee. Er brauchte etwas Warmes. Es war sehr still hier drin. Der Parkplatz des Supermarkts schien tausend Kilometer weit entfernt zu sein.

Er sagte: »Und was ist also in der zweiten Schlacht bei Ypern passiert?«

»Frühling 1915. Die Deutschen waren entschlossen, die Linie zu begradigen. Setzten zum ersten Mal Giftgas ein. Gewannen ein wenig Terrain, aber der Bogen blieb bestehen. Die Zahl unserer Opfer belief sich auf etwa 60000, einschließlich einem General, Horace Smith-Dorrien.«

»Das wird in der Heimat aber echt Besorgnis ausgelöst haben«, sagte Peter Pascoe ungewollt mit fast höhnischem Tonfall. »Ich meine, was sind ein paar Tausend toter Soldaten, aber ein toter General ...«

»Nicht tot«, sagte Studholme. »Strafversetzt. Das heißt, gefeuert. Schreckliches Vergehen. Ein fähiger Mann zu sein.«

»Wie bitte?« fragte Peter, der seinen Ohren nicht traute.

»Er war tatsächlich mittendrin gewesen und traf Entscheidungen, die auf der Realität fußten. Außerdem war er so dumm, zu Oberbefehlshaber French zu sagen, daß zu viele Mann bei sinnlosen Frontalangriffen fielen. Die laut geäußerten Zweifel hoher Tiere, die uns überliefert sind, lassen sich an einer Hand abzählen, das kann ich Ihnen sagen.«

»Kein Wunder, wenn man dafür den Hut nehmen mußte.«

»In der Tat. Nun springen wir zwei Jahre weiter, nach 1917. Die dritte Schlacht bei Ypern, die Schlacht, an der Ihr Urgroßvater teilgenommen hat. Sie kennen sie wahrscheinlich unter dem Namen Passchendaele.«

»Gütiger Gott, ja. Der Schlamm.«

»Korrekt. Jeder erinnert sich an den Schlamm. Ein kaum zu überbietender Alptraum, langsam in einem Dreck zu ertrinken, der einen nicht wieder losläßt. Fast eine Metapher für die gesamte Kriegsführung.«

Pascoe sah Studholme mit großen Augen an.

»Sie klingen nicht gerade so, als gehörten Sie zum Fan-Club von Douglas Haig, Major.«

Studholmes Grunzen klang wie ein Gewehrschuß.

Er sagte: »Als man Sir John French gegen Ende 1915 endlich losgeworden war, sah es danach aus, als sei sein wesentlicher Fehler gewesen, seine Leute nicht schnell genug über die Klinge springen zu lassen. Man suchte also nach einem General, der sich seiner Aufgabe schneller entledigen würde. French hatte Zehntausende auf dem Gewissen, aber Haig hatte schon bald Hunderttausende zu verantworten, fast eine halbe Million an der Somme und dann eine Viertelmillion bei Passchendaele. Die dritte Schlacht bei Ypern galt natürlich als Sieg. Man hatte sieben oder acht Kilometer Schlamm erobert. Man stelle sich eine Reihe Männer vor, je fünfundzwanzig nebeneinander, und das über jene zehn oder zwölf Kilometer, das waren die britischen Toten. Etwas anders als Agincourt, was?«

»Sagen Sie mir, Major«, fragte Peter Pascoe neugierig, »wie kommt es, daß Sie bei solchen Gefühlen ein Militärmuseum verwalten? Wie sind Sie überhaupt bei der Armee gelandet?«

Einen Moment befürchtete er, zu weit gegangen zu sein. Der Major betrachtete ihn noch einmal, das Auge glänzend wie ein Steinschloß. Dann nahm er einen Schluck Tee, wischte sich über den Schnauzer, lächelte schwach und entgegnete: »Und wie kommt es, daß ein helles Bürschchen wie Sie bei der Polizei gelandet ist? Waren es die Schmiergelder oder die Gelegenheiten, Verdächtige zu verdreschen, die Sie angelockt haben?«

»Touché«, erwiderte Peter Pascoe. »Und Entschuldigung für meine jugendliche Unverschämtheit.«

»Angenommen. Und nun antworte ich. Ich bin in die Armee eingetreten, weil vor Urzeiten, etwa um die Zeit von Waterloo herum, jemand auf die Idee kam, die Linie der Studholmes, aus der ich stamme, sei nur dazu gut, in Uniformen gesteckt und als Kanonenfutter verwendet zu werden. Seither ist niemand auf eine andere Idee gekommen, und so stellen wir seit Generationen bewegliche Zielscheiben zur Verfügung. Selten, daß einer über meinen Rang hinauskommt, nur mein Vater hat es bis zum Oberst gebracht. Tat einen Satz im Jahr 15 vom Subalternoffizier zum Major, dann im Jahr 18 zum diensttuenden Oberstleutnant. Das war das einzige Plus bei der Show – beste Aussichten auf beschleunigte Beförderung. Sofern man überlebte.«

»Nett, zu hören, daß es Leute gab, die tatsächlich überlebten«, sagte Pascoe.

»O ja, dafür hatte mein Vater Talent. Wurde neunzig. Schrieb an seinen Memoiren, als er starb. Ich hatte noch zu ihm gesagt, daß er ein bißchen lang gewartet hätte, aber er meinte, es mache keinen Sinn anzufangen, wenn man sich nicht ziemlich sicher sei, daß man nichts mehr tun würde, an das zu erinnern sich lohne.«

»Es klingt, als wären seine Erinnerungen eine interessante Lektüre«, sagte Pascoe. »Und wenn wir schon von Lektüre reden, gibt es etwas, das Sie mir empfehlen würden, um meiner unermeßlichen Ignoranz über den Großen Krieg entgegenzuwirken?«

Der Major sah ihn mit einäugiger Schärfe an, um zu ergründen, ob Peter ihn auf den Arm nahm. Dann griff er nach einem Band hinter sich und sagte: »Das ist so ziemlich die beste allgemeine Einführung, die es gibt. Wenn Sie danach einen Geschmack für Horror entwickelt haben, können Sie sich spezialisieren.«

»Danke«, sagte Peter und nahm das Buch entgegen. »Ich bringe es Ihnen natürlich zurück.«

»Das will ich aber doch wohl hoffen«, sagte der Major. »Mit Kerlen, die sich etwas von der Ausrüstung eines anderen leihen und es nicht zurückgeben, nimmt es immer ein schlimmes Ende. Nun lassen Sie uns schauen, ob wir ein Plätzchen für Ihre Oma finden, das ein wenig passender ist als ein Kamin, ja?«

Unvermittelt stand er auf. Während Pascoe ihm aus dem Büro folgte, sagte er: »In Ihrem Museum ist alles sehr ordentlich, Sir.«

»Was? O, danke. Oder entdecke ich dahinter Ironie? Vielleicht finden Sie ja, daß sich Ordnung nicht mit einem Ort verträgt, an dem der Krieg verherrlicht wird?«

»Alles, was ich sagen wollte, war –«

»Lügen Sie bitte nicht aus Höflichkeit. Polizisten sollten immer die Wahrheit sagen. Wie Museen. Das erhoffe ich mir von diesem. Wenn es überhaupt etwas verherrlicht, dann den Mut und den Dienst fürs Vaterland. Aber wenn die Wahrheit lautet, daß Menschen unnötig, ja sogar willkürlich geopfert wurden wie in der Art Schlacht, in der ihr Großvater umgekommen ist, dann darf ein Museum nicht davor zurückschrecken, es seinen Besuchern zu zeigen. Wir schulden es den Gefallenen. Wir schulden es uns selbst als Berufssoldaten.«

Sie waren in einem Zimmer an der Rückseite des Hauses angekommen, das früher als Küche diente, nun aber eine Ausstellung mit Gegenständen aus einer Feldküche beherbergte. Studholme wies durch das Fenster in einen kleinen gepflasterten Hof mit einem einzigen runden Blumenbeet in der Mitte. Dort standen drei brutal zurückgeschnittene Rosenstöcke.

»Im Sommer sieht es besser aus«, sagte er. »Weiße Rosen, von Lilien umgeben. Das Regimentswappen. War früher mal ein blöder Witz. Von den West Yorkshire Fusiliers bekommt man immer eine gute Tasse Tee, sie machen selbst in ihrem Wappen dafür Reklame. Rosen, Lilien; Rosy Lee, verstehen Sie? Kein sehr guter Witz. Neue Rekruten wurden immer die Lilien genannt, und wenn man sein Training als Kadett beendet hatte, kriegte man seine Rose. Tut mir leid. Regimentsgeschichten. Wenn ich erst einmal loslege, höre ich nie wieder auf. Wie sind wir darauf gekommen?«

»Die Asche meiner Großmutter«, half Peter ihm weiter.

»Stimmt. Das Rosenbeet. Knochenmehl wäre hier nicht fehl am Platze. Oder ...« Er zögerte, dann fuhr er fort: »Sagen Sie einfach, wenn Sie es für ein bißchen zu kraß halten, aber unten im Keller ... ich zeig es Ihnen.«

Er öffnete eine Tür. Eine Steintreppe wurde sichtbar.

»Kalt, feucht und unfreundlich da unten«, sagte Studholme. »Ich wußte einfach nicht, was ich damit anstellen sollte. Dann dachte ich, warum überhaupt etwas verändern? Man muß mit dem Strom schwimmen, heißt es nicht so? Nicht sonderlich originell, natürlich. Das Imperial War Museum macht etwas Ähnliches, aber ich würde sagen, atmosphärisch sind wir hier eine Klasse besser.«

»Tut mir leid ...?« sagte Pascoe.

»Ganz mein Fehler. Bin schon wieder am Quasseln. Schlechte Angewohnheit. Hier, sehen Sie selbst.« Er bediente einen Wandschalter. Unten ging Licht an, keine hellen, modernen Lampen, sondern ein trübes gelbes Geflacker wie von alten Ölfunzeln. Und auch eine Geräuschkulisse, ein dumpfer Basso continuo fernen Geschützfeuers, das von Zeit zu Zeit von dem Soprankreischen vorbeifliegender Granaten oder dem Trommelgestotter von Schnellfeuer übertönt wurde.

»Gehen Sie nur runter«, drängte ihn Studholme.

Pascoe stieg hinab. Mit jeder Stufe fühlte er, wie sich sein Magen mehr zusammenkrampfte und die alte Klaustrophobie ihn in ihren lähmenden Griff bekam.

Am Fuß der Treppe mußte er sich unter einem Vorhang aus Rupfen durchducken, und als er sich wieder aufrichtete, stand er in einem Unterstand des Ersten Weltkriegs.

Gestalten mit glatten weißen Gesichtszügen sahen ihn an, alte Schaufensterpuppen, vermutete er, die nun in Khaki gekleidet waren, aber ihre Gesichter waren alles andere als lächerlich. Es war eine Todesmaske, gleichermaßen entsetzlich, ob sie nun dem Unteroffizier gehörte, der sich über das Feldtelefon auf dem improvisierten Tisch beugte, oder dem Offizier, der auf einem Feldbett lag, ein aufgeschlagenes Buch, vergessen auf der Brust.

In der dunkelsten Ecke lag eine weitere Gestalt, das Gesicht zur Decke, ein Bein mit einer blutdurchtränkten Bandage umwickelt. Ganz in der Nähe seines Fußes schienen zwei große Ratten, deren Augen im gelben Licht aufleuchteten, zum Sprung anzusetzen.

»Herrgott!« rief Pascoe aus, der sich eine Sekunde lang nicht sicher war, ob sie echt oder ausgestopft waren.

»Überzeugend, was?« sagte Studholme mit bescheidenem Stolz. »Hier unten wären auch echte kein Problem gewesen, aber ich wollte nicht, daß mich die Gesundheitsspitzel aufs Korn nehmen. Alles, was Sie hier sehen, ist authentisch. Ausrüstung, Waffen, Uniformen. Alles war an der Westfront.«

»Das auch?« fragte Peter und deutete auf das Buch des schlafenden Offiziers.

»O ja. Es gehörte meinem Vater. Er war kein großer Leser, aber er hat gesagt, zu jener Zeit und an jenem Ort sei es seine Nabelschnur zur Heimat gewesen.«

Peter Pascoe nahm es in die Hand.

»Gütiger Gott.«

Es war eine Ausgabe der ursprünglichen Kelmscott Press Edition von William Morris *The Wood beyond the World.* *

»Was?« sagte Studholme.

»Dieses Buch, es ist sehr wertvoll, ich weiß nicht wieviel, vielleicht einige Tausend. Sie sollten es hier wirklich nicht so herumliegen lassen.«

»Da spricht der Polizist«, sagte Studholme. »Ich wußte nicht, daß es außer für mich noch für andere einen Wert hat. Aber ich denke, es ist eher unwahrscheinlich, daß die Leute, die hierher kommen, gemeine Diebe sind, oder?«

»Da spricht der Soldat«, sagte Pascoe, öffnete das Buch und las den Eintrag: »Für Hillie, in Liebe von Mama, Weihnachten 1903.« Es war eindeutig ein häufig gelesenes, weit gereistes Buch. Nabelschnur zur Heimat, Weihnachten, Mutter, Kindheit ...

»Lassen Sie sich Zeit«, sagte Studholme. »Noch ein bißchen mehr Staub fällt hier gar nicht weiter auf, reicherer Staub verborgen, was? * Aber wenn Sie das Gefühl haben, daß es zu makaber ist, dann gibt es noch immer den Rosenstrauch. Ich laß Sie allein, damit Sie überlegen können.«

Er drehte sich um und verschwand die Treppe hinauf. Sorgfältig legte Pascoe das Buch wieder auf die Brust der Puppe und paßte auf, daß er die bleiche Plastikhand nicht berührte.

»So, Oma, wo soll es sein?« sagte er zur Urne, die er neben das Telefon gestellt hatte. »Da oben bei den Blumen oder hier unten bei den Wurzeln?«

Er hatte seine Entscheidung bereits gefällt, aber ein erbärmlicher Anflug von Machostolz hielt ihn davon ab, unverzüglich hinter dem Major herzueilen. Im nächsten Augenblick wünschte er sich, es doch getan zu haben. Eine der Tonbandgranaten flog diesmal nicht vorbei. Ihr Kreischen wurde zu einer riesigen Explosion, deren Suggestivkraft so groß war, daß der ganze Keller zu erbeben schien und gleichzeitig die Lichter ausgingen.

Zufall oder einer von Studholmes Spezialeffekten? fragte sich Peter Pascoe, als er verzweifelt versuchte, der Panik Herr zu werden, die ihn überschwemmte.

Da ging das Telefon, ein vereinzeltes, langes Schnarren.

Peters Hand schoß vor, um den Hörer zu packen, stieß gegen etwas, fand dann aber den Hörer.

»Hallo!« kam eine Stimme, blechern und weit weg. »Wer ist am Apparat?«

»Hier spricht Pascoe!«

»Pascoe? Was zum Teufel haben Sie denn dort zu suchen?«

»Sind Sie es, Studholme?« fragte er.

»Nun seien Sie kein Esel, Mann. Hier spricht Leutnant ...«

Und eine Stimme hinter ihm sagte gleichzeitig: »Will mich da jemand sprechen? Diese verdammten Lampen!«

Einen Augenblick kam es Peters desorientiertem Verstand vor, als käme die Stimme vom Feldbett. Dann traf der Strahl einer Taschenlampe seine Augen, und der Major fuhr fort: »Tut mir leid. Das passiert häufig, wenn einer dieser Supermarktgiganten die Lieferstraße hinter dem Haus entlangfährt. Manchmal hat man das Gefühl, als würde der ganze verdammte Bau zusammenkrachen. Das Licht dürfte gleich wieder angehen ... ach ja, da hätten wir's.«

Die Pseudo-Öllampen flackerten wieder auf. Peter Pascoe blinzelte und warf dann einen Blick auf die Schaufensterpuppe auf dem Bett. Sie lag da, das Buch, wo er es hingelegt hatte.

Studholme sagte leise: »Rufen Sie um Hilfe?«

»Was?« Da sah er, daß er noch immer den Telefonhörer in der Hand hielt. »Ich dachte, es hätte geklingelt ...«

»Tut es manchmal«, sagte der Major. »So ein kleiner batteriebetriebener Zufallsgenerator, den ich zusammengebastelt habe. Bringt was für die Atmosphäre. Da zuckt man ganz schön zusammen, kann ich Ihnen sagen. O je! War das Ihre Entscheidung, oder hat Ihre Großmutter die Sache selbst in die Hand genommen?«

Pascoe folgte seinem Blick und sah, daß er die Urne vom Tisch gestoßen haben mußte, als er nach dem Hörer angelte. Dort, wo sie auf dem Boden gelandet war, hatte sie sich geöffnet, und man sah eine Aschenspur an der Stelle, wo sie einige Zentimeter gerollt war.

Pascoe legte den Hörer auf.

»Mit dem Schicksal kann man nicht streiten«, sagte er und bemühte sich um Beherrschung. Er nahm die Urne auf und verteilte die Asche in den Ecken des Unterstands, wo sie sich, wie von Studholme vorausgesagt, so gut einfügte, daß sie nicht wahrnehmbar war.

Er hatte das Gefühl, daß er etwas sagen sollte. Aber was? Es würde entweder schnodderig rauskommen oder pseudoreligiös, was noch schlimmer wäre. Zu guter Letzt genügte ihm der Gedanke: Da gehst du hin, Ada. Diese Welt war eine ziemliche Enttäuschung für dich. Ich hoffe, daß die nächste nichts zu wünschen übrigläßt.

Es war eine Erleichterung, wieder im Erdgeschoß zu sein.

Studholme fragte: »Haben Sie Ihre Telefonnummer dabei? Ich geh mal das Archiv durch und sehe, ob ich etwas über Ihren Großvater im Regiment finden kann, wenn Sie wollen. Oder wollen Sie das alles vielleicht lieber hinter sich lassen?«

»Nein, es würde mich interessieren«, sagte Peter Pascoe und holte eine Visitenkarte hervor. »Und danke für Ihre Hilfsbereitschaft.«

»Ist mir ein Vergnügen. Auf Wiedersehen, Mr. Pascoe.«

Er streckte ihm die linke Hand hin. Einen Augenblick kam es zu einer gewissen Verlegenheit, weil Pascoe unwillkürlich mit seiner Rechten danach griff. Um seinen Irrtum zu überspielen, fragte er: »Übrigens, diese Pistole. Sie war doch nicht geladen, oder?«

Studholme antwortete: »Eines hat mein Vater mir beigebracht, und das ist, daß man nie eine geladene Pistole auf jemanden richten sollte, wenn man nicht die feste Absicht hat zu schießen.«

Erst als Pascoe im Auto saß und wegfuhr, ging ihm auf, daß seine Frage unbeantwortet geblieben war.

ZEHN

1982 war ein entscheidendes Jahr für die Konservativen, sowohl auf nationaler Ebene als auch in Mid-Yorkshire.

Zu Jahresbeginn hatte man den Eindruck, als würde Margaret Thatcher ihr Amt als Premierministerin noch weniger beherrschen als Richard Nixon die Grundbegriffe der Demokratie, während Amanda Pitt-Evenlode, geborene Marvell, entschlossen schien, für mindestens die nächsten vierzig Jahre Vizepräsidentin (Veranstaltungen) der Conservative Association von Mid-Yorkshire zu bleiben.

Dann kam es zum Falkland-Krieg. Niemals zuvor (oder zumindest nicht seit dem Trojanischen Krieg) waren so viele so weit gegangen, um für ein albernes Weibsbild so viel zu opfern. Die Auswirkungen des Kriegs auf das Geschick der Regierung des Vereinigten Königreichs sind allgemein bekannt.

Seine Auswirkungen auf das Leben Amanda Pitt-Evenlodes sind weniger bekannt.

Worauf alles hinausläuft: Am 12. Juni 1982 wurde sie radikal.

Merkwürdigerweise wurde ihr Gesinnungswechsel nicht dadurch ausgelöst, daß ihr einziger Sohn, Oberleutnant Piers Pitt-Evenlode von den Yorkshire Fusiliers, im Kampf verschollen war und für tot gehalten wurde. Das war am 7. Juni und haute sie so um, daß sie nicht in der Lage war, die kanonischen Tröstungen ihres Pfarrers aufzunehmen, geschweige denn, sich gegen die patriotischen Platitüden ihrer Ausschußmitglieder oder die phylogenetische Tapferkeit ihres Gemahls, des Honorable Rupert Pitt-Evenlode, JP*, zu wehren.

Nein, es war die Nachricht, daß man Piers lebend und, abgesehen von ein paar harmlosen Schußverletzungen, wohlbehalten, aufgefunden hatte, die ihr einen solchen Stich versetzte, daß sie dem Leben zurückgegeben ward. Während man sie freudig beglückwünschte, von möglichem Lametta redete und

Pläne für einen Festakt schmiedete, konnte sie an nichts anderes denken als an ihre kürzlich erworbene Erkenntnis, daß dieser Krieg – jeder Krieg – ein Verbrechen gegen die Menschlichkeit war und folglich die dafür Verantwortlichen und die Indifferenten Kriegsverbrecher sein mußten.

Sie versuchte so zu tun, als würde sich ihre Überzeugung angesichts des Überlebens ihres Sohnes in Wohlgefallen auflösen, aber nichts dergleichen geschah.

Die Söhne anderer Frauen waren gefallen, ohne vom Grabe aufzuerstehen. Wie konnte sie dann so arrogant sein und das Wohlbefinden ihres eigenen Sohnes zur alleinigen Richtschnur erheben?

Sie versuchte, mit denen über ihre Gefühle zu sprechen, die ihr am nächsten standen, und mußte wieder erleben, daß man für sie betete, ihr mit Herablassung begegnete und sie schließlich auf die Couch eines Psychiaters legen wollte, der gerade der neueste Schrei war und Wunder bei Binky Bullmains nervösen Blähungen bewirkt hatte.

Piers selbst war weit davon entfernt, der erhoffte Vertraute zu sein, sondern stürzte sich auf die Rolle des dekorierten Helden wie eine Aasfliege auf totes Fleisch und betrachtete eindeutig jede Anspielung auf ihren neuen Gewissenskonflikt als persönliche Beleidigung.

Aber noch suchte sie immer wieder nach Wegen, ihr neues Selbstverständnis mit ihrer Familie und ihrer politischen Partei zu vereinbaren, und immer wieder mußte sie feststellen, daß man sie ablehnte wie ein neues Herz in einem alten Körper.

Und so zog sie sich von allem zurück.

Die alte Amanda Pitt-Evenlode fühlte einen leisen Stich, als die Seufzer anläßlich ihres Scheidens ebenso viel Erleichterung wie Sorge enthielten.

Der neuen Mandy Marvell hätte es schnurzer nicht sein können.

Sie hatte mit siebzehn geheiratet, mit achtzehn Piers zur Welt gebracht und die beiden folgenden Jahrzehnte alle Pflichten erfüllt, die einer Frau vom gesellschaftlichen Status ihres Mannes oblagen. Das bedeutete, daß Tennis, Golf und

Schwimmen ihren Körper zwar ziemlich gut in Form hielten, ihr Geist jedoch noch weniger beansprucht wurde als die intellektuellen Gaben des Papageis eines Fußballers.

Nun stellte sie zu ihrem Entzücken fest, daß ein Gedanke zum nächsten führte. Das Glück hatte es gewollt, daß ihr Vater gestorben war, bevor er seinen Vorsatz wahrmachen konnte, das ganze Geld durchzubringen, das *sein* Vater so fleißig angehäuft hatte, und er hatte Amanda ein ausreichend großes Vermögen hinterlassen, um bequem davon leben zu können, während sie gleichzeitig die Unterhaltszahlungen ihres Mannes verschiedenen ausgezeichneten wohltätigen Zwecken zukommen lassen konnte. Sie gab großzügig von ihrer Zeit und Energie, aber sie ließ auch keine Gelegenheit ungenutzt verstreichen, jene Vergnügungen auszuprobieren, die die Hügel und Täler, Weiden und Felder ihres ruhigen Lebens auf dem Lande nicht hervorgebracht hatten. Sie poppte und kiffte und trank und rauchte; sie las, schrieb, malte und spielte Theater. Sie reiste viel und probierte die meisten Alternativen von der Religion bis zur Medizin aus.

Zehn Jahre stürzte sie sich von einer Erfahrung in die nächste, und am Ende dieser übervollen Dekade stellte sie fest, daß von all den Leidenschaften nur noch die für mexikanisches Bier, die Lieder Gustav Mahlers und stinknormalen Sex übriggeblieben war. Die Armen lagen ihr nicht mehr ganz so sehr am Herzen wie einst, nicht weil sie etwas Spezielles gegen sie hatte, sondern weil sie ein Symptom für die nicht zu lösende Beschissenheit der Menschheit waren. Die Fünfzig näherten sich vehement. Sie wollte etwas tun, bei dem sie sah, wie es geschah. Aber was?

Von Zeit zu Zeit war ihr der Gedanke gekommen, daß es interessant sei, aber wohl nichts weiter zu bedeuten hatte, daß ihre lebhaftesten Erinnerungen an die Zeit mit Friedensrichter Rupert mehr Tieren denn Menschen galten. Am Anfang war da ein Gleichgewicht gewesen, doch mit dem Verblassen der Erinnerungen an die Menschen wurden die an die Tiere immer schärfer. Nun, zehn Jahre später, war aus dem Herrn Gemahl nicht viel mehr als eine lange Nase unter einem albernen Hut geworden, wohingegen sie sich noch genau daran erinnern konnte, wo die schwarzen Flecken der beiden Dalmatiner Aggers und Staggers saßen, die sie zu ihrem zwanzigsten Geburtstag geschenkt bekommen hatte. Die Katze eines Bauernhofs, die versuchte, sich in Kreise einzuschmeicheln, wo man geräucherten Lachs aß, indem sie Geschenke in Form von Maulwürfen und Spitzmäusen machte, war ihr deutlicher in Erinnerung als das Kleinkind Piers. Und hätte sie die intimen Teile des Herrn Friedensrichters in einer polizeilichen Gegenüberstellung identifizieren müssen, hätte sie dafür nicht die Hand ins Feuer gelegt, doch an die prachtvolle Ausstattung Balzacs, des preisgekrönten Charolais des Gutes, konnte sie sich noch so im einzelnen erinnern, als hätte Stubbs des Bullen Gemächt in ihr Gedächtnis gestochen.

Das erklärte sie ihrem Liebhaber, einem amerikanischen Evangelisten, an ihrem letzten gemeinsamen Abend, bevor er die Bürde seiner Seelen und Schekel zurück in die Heimat schleppte.

»Dein Herz piepst dich an, Cap. Nimm den Hörer ab und melde dich im Hauptquartier.«

Seine Sprache ließ sie jedesmal zusammenzucken, aber dem stellte sie das Vergnügen dagegen, das ihr seine Angewohnheit machte, Halleluja! zu schreien, wenn er zum Höhepunkt kam. Und als er weg war, sprach sie mit ihrem Herzen.

Tiere, erwiderte ihr Herz, seien die verkannten Gesetzgeber der Menschheit. Wenn es ihnen schlecht gehe, seien sie tapfer, wenn es ihnen gut gehe, mäßig. Sie brauchten keine Gefängnisse, noch mischten sie sich in die Angelegenheiten ihrer Artgenossen ein. Deshalb zeige sich im Verhalten der Menschheit ihnen gegenüber die Höhe ihres Menschseins.

Gesagt, getan. Sechs Monate später hatte sie durch die einheimischen lockeren Zusammenschlüsse von Jagdgegnern, Walfischfreunden, Eselschützern und ähnlichem mehrere gleichgesinnte Frauen kennengelernt, die eine etwas engere Gruppe bilden wollten, die als ANIMA bekannt wurde. Daß sie nur aus Frauen bestand, war nicht geplant gewesen, sondern eine dynamische Notwendigkeit. Männer fürchten starke Frauen mehr, als sie sie bewundern, und wenn Cap über ihnen hätte stehen wollen, hätte sie die maskuline Herrschaft einer bereits existierenden Gruppe an sich reißen müssen. Indem sie statt dessen eine neue Gruppe bildete, zog sie kaum männliche Interessenten an, bis sie so erfolgreich war, daß sie nicht länger an ihnen interessiert war.

Am Tag nach dem mißlungenen Anschlag auf Wanwood House deckte Amanda Marvell in ihrer Küche den Tisch für zwei Personen.

Das Essen war einfach. Eine große Pastete, eine Schale Chips, grüner Salat, ein Stück Käse, ein Glas Zwiebeln und zwei Baguettes. Neben das eine Gedeck stellte sie einen Bierseidel und drei Dosen Bier, neben das andere ein Becherglas und eine Flasche mexikanisches Bier.

Genau um ein Uhr läutete es.

Lächelnd öffnete sie die Tür.

Ihr Lächeln verschwand, als sie Wendy Walker im Flur stehen sah.

»Wendy«, sagte sie. »Was willst du denn hier?«

»Keine Bürsten verkaufen, verdammt noch mal, da kannst du Gift drauf nehmen«, sagte Wendy bissig.

»Tut mir leid«, sagte Cap. »Ich wollte nicht unhöflich sein, nur, ich erwarte einen Gast zum Essen ...«

»Und da würde ich stören? Nun, das sollte dir doch nichts ausmachen, Cap. Ihr bekommt doch beigebracht, wie man sich über Leute hinwegsetzt, die euch in die Quere kommen, oder?«

Cap biß die Zähne zusammen. Warum wollte sie jedesmal wie die Honorable Mrs. Rupert reagieren, als wäre sie noch immer die Honorable Mrs. Rupert, wenn Wendy sie behandelte, als wäre sie noch die Honorable Mrs. Rupert?

Sie sagte: »Wendy, bitte, wenn es nicht gerade eine Frage von Leben und Tod ist, würde ich ...«

»Leben oder Tod!« unterbrach Wendy sie. »Warum würde dir das was ausmachen? Wenn es nicht gerade das Leben oder der Tod eines blöden Tieres wäre, und selbst da wage ich zu behaupten, daß du mehr Vögel und Viecher geschlachtet hast, als du verdammt noch mal gerettet hast.«

»Worüber hattest du mit mir sprechen wollen, Wendy?« sagte Cap mit gefährlicher Ruhe.

»Über gestern abend, was zum Teufel denkst du denn? Über den Brötchenpreis? Du bist unsere Gruppenleiterin, oder? Also, ich will mit der Leiterin unserer Gruppe darüber sprechen, was gestern abend bei dem Anschlag vorgefallen ist.«

»Hör zu, ich kann verstehen, daß du bestürzt bist, daß wir diese Leiche gefunden haben ...«

»Das bestürzt mich gar nicht, nein, die paar alten Knochen lassen mich kalt ... also, läßt du mich nun rein oder nicht?«

Cap beugte sich vor und schnüffelte.

»Du hast etwas getrunken«, sagte sie.

»Entschuldige, daß ich atme«, sagte Wendy. »Entschuldige, daß ich esse und trinke und schlafe und wache und pisse und scheiße und all die anderen Dinge mache, die richtige Leute tun. Ja, ich habe etwas getrunken, nicht viel, aber ausreichend, um auf den verrückten Gedanken zu kommen, es könnte sich lohnen, hierherzukommen, um über ein paar Dinge zu reden ...«

»Höchst eindrucksvoll«, sagte Cap. »Aber es wird warten müssen, bis du ein bißchen nüchterner bist und ich ein bißchen weniger zu tun habe. Bis später, Wendy.«

»Später? Ja, sicher, nur daß es ein bißchen zu verdammt spät für dich sein könnte, Cap, ein bißchen zu verdammt spät!«

Cap Marvell machte einen Schritt zurück und schloß die Wohnungstür. Wendy Walker wandte sich ab und ging zum Aufzug, doch bevor sie ihn erreichen konnte, zog Andy Dalziel, der die letzten Minuten darin gestanden und gelauscht hatte, den Fuß zurück, mit dem er die Tür offen gehalten hatte, und drückte den Knopf für das nächste Stockwerk.

»Scheiße!« sagte Wendy und wandte sich zur Treppe.

Fünf Minuten später läutete es wieder an der Wohnungstür.

Cap sah erst durch das Guckloch, um sicherzugehen, dann öffnete sie die Tür mit einem breiten Lächeln.

»Hallo«, sagte sie. »Sie brauchen sich nicht zu entschuldigen, daß Sie zu spät kommen, bei einem ersten Rendezvous ist das erlaubt.«

»Ach ja?« sagte Dalziel. »Man hat mir im Präsidium gesagt, daß Sie eine Aussage machen wollen. Von einem Rendezvous war nicht die Rede.«

»Ich glaube, daß ich etwas von Mittagessen gesagt habe. Aber ob Sie nun davon ausgegangen sind, daß Sie etwas zu essen kriegen, oder ob der Zeitpunkt, zu dem Sie kommen, einem glücklichen Zufall zu verdanken ist, macht wenig aus. Sie sind hier. Da ist Essen. Bitte setzen Sie sich.«

»Und wenn ich nicht hungrig bin?«

»Sie machen auf mich nicht den Eindruck eines Menschen, Mr. Dalziel, dessen Appetit viel mit Hunger zu tun hat. Setzen Sie sich doch.«

Dalziel dachte nach. Die Frau hatte recht. Also setzte er sich und langte zu.

Sie sah schweigend zu und bewunderte die einfache, fast poetische Effizienz seiner Technik.

Man hatte keinen Eindruck von Völlerei, weder war der Mund zu voll, noch quoll er über (was bei den Walfischdimensionen des Kiefers wahrlich eine Kunst gewesen wäre), sondern es war eine schlichte Prozession von Nahrung durch die Marmorportale seiner Zähne, eine kurze, rhythmische Kaubewegung, ein kurzes Schlucken, das auf der soliden Säule seiner Speiseröhre kaum wahrnehmbar war.

Die Pastete verschwand mit Ausnahme der kleinen Ecke, die sie sich genommen hatte.

Er sagte: »Wollen Sie auch was essen oder nur zuschauen?«

Sie knabberte an der Pastetenkruste herum und sah noch immer mit ehrfurchtsvoller Bewunderung zu, wie er ein Baguette spaltete, es gekonnt mit Käse, Chips, Salatblättern und Silberzwiebeln belegte, zuklappte und an die Lippen hob.

»Erinnern Sie sich an die Szene in dem Film Tom Jones, wo sie sich gegenseitig scharfmachen, nur indem sie essen?« sagte sie. »Bis jetzt habe ich nie so richtig verstanden, wie das funktioniert.«

»Was?« sagte Dalziel.

Sie sagte: »Das kriegen Sie nie rein.«

Dalziel erwiderte nichts. Seine Mutter hatte ihm beigebracht, daß man nicht mit vollem Mund spricht.

Als das Baguette verschwunden war wie ein Wachtraum, schenkte er sich die dritte Dose ein und sagte: »Okay, Mrs. Marvell, was soll das alles?«

»Nennen Sie mich Cap«, sagte sie.

»Warum?«

»Den Spitznamen haben mir meine Mitschüler im Internat gegeben. Captain Marvel. Während der Pubertät hab ich versucht, dem Namen Gerechtigkeit widerfahren zu lassen. Genau besehen hab ich ihn dadurch verloren, daß ich ihm Gerechtigkeit widerfahren lassen wollte. Es kam mir ungeheuer captainmarvellisch vor, mit siebzehn einen Honorable zu heiraten, aber ich hab bald rausgekriegt, daß man sich nicht Cap nennen lassen kann, wenn man Mrs. Rupert Pitt-Evenlode ist. Eigentlich ist es schwierig, überhaupt etwas anderes als die Honorable Mrs. undsoweiter zu sein, wenn man eine solche Wortschlange hinter sich herschleppt. Doch 1982 habe ich mich wiedertaufen lassen. Ich bin eine wiedergeborene Heidin ... Aber ich sehe, daß ich Sie langweile. Und warum das? Ich weiß. Nichts davon ist neu für Sie, nicht wahr? Sie haben Erkundigungen über mich eingezogen!«

»Ja«, bestätigte Dalziel und beendete sein Gähnen. »Seit man mir den Vorkoster gestrichen hat, paß ich auf, mit wem ich speise. Warum bedeutete nicht, daß ich Ihre Lebensgeschichte hören wollte. Ich wollte damit sagen, warum sollte ich Sie anders nennen als Mrs, Miss oder Ms Marvell?«

»Es wäre nett.«

»Ich versuche, nicht zu nett zu Leuten zu sein, die ich möglicherweise einlochen muß.«

»Soll das heißen, daß ALBA vorhat, Anzeige zu erstatten? Ausgezeichnet.«

»Sie freuen sich wohl auf ihren Auftritt vor Gericht? Kleiner Verweis? Kleine Geldstrafe? Schlagzeilen im Guardian und im Frühstücksfernsehen Knie zeigen?«

»Das käme mir sehr entgegen. Doch trotz Ihrer Einschüchterungsversuche – ich habe meine Zweifel, daß ALBA davon begeistert wäre. Die gehören zu den Leuten, die es sich mehr kosten lassen, aus den Schlagzeilen zu bleiben als welche zu machen.«

»Was ALBA angeht, liegen Sie vielleicht sogar richtig, Gnädige, aber nicht die sollten Ihnen im Magen liegen.«

»Ich verstehe nicht ganz ... ach, Sie sprechen von sich. Aber was könnte die Polizei gegen mich vorbringen, wenn ALBA keine Anzeige wegen Hausfriedensbruch erstattet?«

Dalziel lächelte wie ein Krokodil, von dem man wissen will, ob es Zähne hat.

»Einbruchswerkzeuge, Sachschaden. Versuchte schwere Körperverletzung. Behinderung der Polizei.«

Sie überlegte und sagte dann: »Körperverletzung?«

»Sie haben den TecSec-Chef mit dem Drahtschneider bedroht.«

»*Bedroht?* Er muß ein sehr nervöser Mensch sein. Der Drahtschneider ist ein Werkzeug und keine Waffe.«

Und noch dazu ein sehr sauberes Werkzeug. Die Gerichtsmedizin hatte keinerlei Blut entdeckt. *Überraschend sauber?* hatte Dalziel hoffnungsvoll gefragt. *Das hinge von dem Naturell des Besitzers ab*, hatte Dr. Gentry, der Leiter des gerichtsmedizinischen Labors, erwidert, der den Dicken nicht ausstehen konnte.

»Eine Waffe ist ein Gerät zum Töten«, sagte Dalziel. »Und Sie hätten ihn einen Kopf kürzer machen können, wenn Sie ihn erwischt hätten. Die Gerichte mögen so was nicht, besonders nicht seit Redcar.«

Wenigstens tat sie nicht so, als würde sie die Anspielung nicht verstehen.

»Das war eine schreckliche Sache und hat dem Tierschutz sehr geschadet. Es war noch nicht einmal eine gute Form des Protests. Einfach die armen Tiere freizulassen, bringt sehr wenig, wenn man ihr Wohlbefinden im Auge hat, und gar nichts, wenn man daran denkt, daß man die Unterstützung der Öffentlichkeit braucht.«

»Sie wollen sagen, daß Sie was gegen die Taktik haben, aber nicht dagegen sind, den ein oder anderen Wachmann umzubringen?«

»Natürlich bedaure ich den Tod des Mannes«, sagte sie

mit einer gewissen Verärgerung. »Aber ich kann mir einfach nicht vorstellen, daß Sie allen Ernstes meine Gruppe im Verdacht haben.«

»Warum nicht?« sagte Dalziel. »Nach dem, was man so hört, sind gestern abend alle wie ein Haufen Anhänger von Leeds United, die einen über den Durst getrunken haben, in dem Gebäude herumgeschwirrt. Was sollte das? Prämenstruelle Spannungszustände?«

Sie ließ sich nicht provozieren. Ganz schön cool, die Dame. Aber unter der Oberfläche loderte jede Menge Feuer. Bei dem Gedanken schlug er die Beine übereinander.

»Mit Sicherheit haben wir Spannung abgebaut«, sagte sie. »Wir hatten einen Schock erlitten. Dann wurde mir plötzlich klar, daß wir genau da waren, wo wir hingewollt hatten, im Inneren des Gebäudes. Es wäre dumm gewesen, das nicht wenigstens für eine symbolische Handlung zu nutzen.«

»Symbolische Handlung?« Er sprach die Wörter aus, als hätte ihm ein Vogel in den Mund geschissen.

»Richtig. Eine Handlung, deren Bedeutung erheblich größer ist als ihre rein körperliche Begrenztheit. Sie sollten sich eines Tages mal an so etwas versuchen, Kommissar.«

»In meinem Alter passiert das alle Tage«, sagte er. »Sie haben also die Flucht nach vorn angetreten und sind geradewegs in Richtung Labor abgedampft. Das war aber ein glücklicher Zufall.«

»Was sollte es sonst gewesen sein?«

»Kenntnis von früher. Von einem früheren Aufenthalt.«

»Wann?«

»Im Sommer, vielleicht, als in Wanwood eingebrochen wurde.«

»Ja, ich erinnere mich ... ah, jetzt durchschaue ich Ihr Spielchen, Mr. Dalziel. Oder darf ich Andy sagen? Wenn ich mich recht entsinne, entsprach der Überfall auf Wanwood in vielem dem Überfall auf Redcar. Jede Menge sinnloser Wandalismus und Tiere, die einfach ins Freie gelassen wurden. Und Sie denken, daß dieselben Leute dahinterstecken. Deshalb, wenn Sie ANIMA mit dem zweiten Anschlag in Verbindung bringen können, haben Sie auch gleich die Verbindung zum ersten. Stimmt's?«

»Stimmt so genau wie ein Geständnis«, sagte Dalziel.

»Was es aber nicht ist. Haben Sie das Datum für die beiden Anschläge?«

»Können Sie sich nicht mehr daran erinnern? Das passiert mir auch«, sagte Dalziel. »28. Juni, 19. Mai.«

Sie stand auf und ging ins Wohnzimmer, von wo sie mit einem in Leder gebundenen Kalender zurückkam.

»So, da wären wir«, sagte sie. »Am 28. Juni habe ich mit meinem Sohn Piers zu Abend gegessen.«

»Er wird für Sie eintreten, ja? In welcher Branche ist er? Städtischer Terrorismus?«

»Sozusagen. Er ist Oberstleutnant Pitt-Evenlode MC der Yorkshire Fusiliers. Möchten Sie seine Telefonnummer?«

»Sagen Sie mir nur noch, mit welchen Bischöfen Sie sich am 19. Mai herumgetrieben haben«, knurrte Dalziel.

»Bedaure, kein Klerus. Ich war auf einer Hochzeit in Scarborough, aber es war eine standesamtliche und keine kirchliche Trauung. Ich bin über Nacht dort geblieben. Eigentlich bin ich einen Gutteil der Nacht aufgeblieben. Die Party dauerte bis zum Morgengrauen. Ich denke, daß man sich trotz der alkoholischen Benebelung ausreichend an mich erinnern wird.«

Dalziel rülpste. Sie interpretierte es als Zweifel.

»Sie glauben mir nicht? Ich habe nichts dagegen, wenn Sie es überprüfen.«

»Genau das könnte ich tun. Und es hat nichts damit zu tun, daß ich Ihnen nicht glaube. Es ist nur einfach so, daß ich meinem Glück nicht traue, wenn die Leute freiwillig mit Alibis rausrücken, noch bevor ich sie darum gebeten habe.«

»Das liegt vielleicht daran, daß die meisten Ihrer Kunden zu einer Intelligenzgruppe gehören, bei der vorausschauendes Denken in der Tat verdächtig wäre. Wenn unsere Bekanntschaft reifen sollte, werden Sie sich daran gewöhnen müssen, es mit einer Frau zu tun zu haben, deren Intelligenz der Ihren in nichts nachsteht. Und auch mit einer Frau, die sich keine Sorgen wegen Ihrer Drohung macht, daß Sie sie hinter schwedische Gardinen bringen können. Für mich wäre eine Haftstrafe ein echter Werbegag, deshalb werden Sie verstehen, daß Ihre Drohungen, selbst wenn Sie die Absicht hätten, sie in die Tat umzusetzen, in meinem Fall wenig Gewicht haben.«

Sie bedachte ihn mit einem sehr sonnigen Lächeln, in dem sich an einem trüben Novembertag gut baden ließ. Er erwiderte es frohen Herzens. Sie hatte immerhin nicht unrecht, und er hatte nichts dagegen, wenn seine Gegner einen Punktevorsprung aufbauten. Je zuversichtlicher sie wurden, umso wahrscheinlicher war es, daß sie leichtsinnig wurden und sich eine tödliche Blöße gaben. Wie in diesem Fall. Jeder, der ernsthaft daran zweifelte, daß er jede Drohung, die er machte, auch ausführte, war total ungeschützt vor einem Tiefschlag, sobald es ihm beliebte, einen auszuführen. Aber keine Eile, nicht, wenn noch Bier und Chips und Eingelegtes auf dem Tisch standen und er die herrlichen Zuckerhüte belüsteln konnte.

Er trank und knabberte und lüstelte und wartete darauf, wohin sie die Unterhaltung steuern würde.

Sie sagte: »Für meine Kolleginnen kann ich natürlich keine Alibis liefern, wenngleich zwei von ihnen, Meg und Donna, ebenfalls auf der Hochzeit in Scarborough waren.«

»Sind das Jenkins und Linsey? Die Lesben?«

Als er in George Headingleys Aufzeichnungen auf die Angabe gestoßen war, hatte er mit einem: »Verdammte Scheiße, was hat das denn mit dem Fall zu tun?« reagiert. Aber nun paßte es ihm in den Kram, den Begriff zu verwenden, um sie möglicherweise zu provozieren.

»Richtig«, sagte sie gelassen. »Die Lesben. Was die anderen anlangt, kann ich mich eigentlich nur dafür verbürgen, daß sie für friedlichen Protest sind. Wendy Walker vielleicht ausgenommen.«

»Aber sie ist doch vermittelnd eingesprungen.«

»Ziemlich ungewöhnlich von ihr, finde ich. Und wie steht es mit Ihnen? Ich hatte den Eindruck, daß Sie sich schon kannten.«

»Ja. Wir sind uns schon begegnet.«

»Und ich hatte den Eindruck, daß es Sie überrascht hat, sie in unserer Gesellschaft anzutreffen.«

»Worüber diskutieren wir hier? Soziale Schichten oder gute Zwecke?«

»Besteht da wirklich ein Unterschied für manche Leute? Aber was ich sagen wollte, war, friedlicher Flügel der Aktivistenszene.«

Dalziel lachte auf und sagte: »Das, was Sie da angestellt haben, nennen Sie friedlichen Protest? Ich möchte nicht miterleben, wenn Sie jemandem den Krieg erklären.«

»Ich werde mich bemühen, Sie nicht einzuladen. Aber Sie haben meine Frage noch nicht beantwortet.«

Sie war sehr hartnäckig, dachte er. Der kleine Schlagabtausch zwischen ihr und Wendy Walker, den er belauscht hatte, mußte sie aus irgendeinem Grund richtig in Fahrt gebracht haben.

»Was mich überrascht hat, war nicht so sehr, daß Walker beigetreten ist, sondern daß sie aufgenommen wurde. Wie kam es dazu?«

Falls er gehofft hatte, sie aus dem Gleichgewicht zu bringen, indem er die Frage umkehrte, hatte er sich getäuscht. Sie lächelte ein wenig verschmitzt, was er seltsam erregend fand.

Er schlug die Beine in der anderen Richtung übereinander und wartete auf eine Antwort.

»Merkwürdigerweise war es sozusagen durch einen ihrer Kollegen, da Mann und Frau ein Fleisch sind. Eine gemeinsame Bekannte hat sie mir vorgestellt. Ich glaube, Sie kennen sie gut. Mrs. Ellie Pascoe.«

»Sie wollen doch wohl nicht sagen, daß die zu Ihnen gehört?« stöhnte er.

»Nicht wirklich. Sympathisantin, aber in Wahrheit zu sehr mit der leidenden Menschheit befaßt, um noch viel Energie für das Tierreich übrig zu haben, also kein Grund, verlegen zu werden.«

Noch eine Schwäche, die Vorstellung, er könne verlegen werden.

»Nun gut, aber einfach ist sie dennoch nicht, oder? Ich meine Wendy.«

»Sie hat mit Sicherheit ihre eigenen Vorstellungen. Und ich

bin mir nicht sicher, ob sie für immer bei uns bleibt. Zu viel Energie, zu viel Groll, vielleicht nicht genug Selbsterkenntnis. Ihre Ehe ist gescheitert, wie die meine, aber sie glaubt, die Ursache ist, daß ihr Mann ein Streikbrecher war, während ich den Verdacht habe, daß sie die Rolle, die sie im Streik gespielt hat, so genossen hat, daß sie auf keinen Fall wieder in die Knechtschaft zurückgegangen wäre, die die Ehe mit einem Bergmann bedeutet. Ich kann in diesem Punkt mit ihr fühlen. Der Unterschied ist nur, daß ich die Seiten gewechselt habe, wohingegen sie verloren hat, nicht nur eine Schlacht, sondern den ganzen verdammten Krieg. Deshalb war es vielleicht kein Wunder, daß sie nach einer neuen Rolle Ausschau gehalten hat, bei der es um klare Dinge geht, selbst wenn es bedeutet, daß sie für eine Weile an der Seite eines alten Klassenfeindes, wie ich es bin, arbeiten muß.«

Sie lachte und auch Dalziel grinste. Dritte Schwäche. Bildete sich ein, sie würde Wendy Walker und ihresgleichen durchschauen. Einige Wochen Stütze und die jahrhundertealte Unterwürfigkeit des britischen Arbeiters war ausgemerzt, aber es bedurfte eines größeren operativen Eingriffs, um die eingebaute Selbstgefälligkeit der Mittelschicht auszurotten.

Er saugte die letzten Tropfen aus der letzten Dose. Jeder Teller war leer. Zeit fürs Geschäftliche.

Er sagte: »Gut, Missus ...«

»Cap«, drängte sie ihn.

»In Ordnung, Cap. Warum also dieses Gespräch?«

»Natürlich um eine Aussage zu machen. Gestern abend waren Sie sehr scharf darauf, daß wir aussagen sollten.«

»Ach ja? Komisch, wie man sich eine Sache in den Kopf setzt und dann nichts mehr davon wissen will. Wie wenn man schwanger ist, hat man mir gesagt.«

»Sie wollen also gar keine Aussage?« fragte sie, aus der Fassung gebracht.

»Ich dachte, wir könnten verhandeln«, fuhr sie beruhigend fort. »Ich will sagen, Sie haben eine Leiche auf dem Gelände von Wanwood House gefunden. Ich wette, daß Sie da schon so Ihre Ideen haben. Wenn es also nützen würde, wenn ich sagte, ich hätte gesehen, wie der Suffkopp Batty schuldbewußt auffuhr, als er die Nachricht bekam, müssen Sie es mich nur wissen lassen. Oder dieser Nazi von TecSec, der Patten, falls Sie den auf dem Kieker haben und einen Vorwand brauchen, seine Bude unter die Lupe zu nehmen, vielleicht könnte ich Ihnen da behilflich sein.«

Dalziel kratzte sich den Stiernacken und sagte: »Und was bringt Sie auf den Gedanken, daß ich darauf aus bin, jemandem was anzuhängen?«

»Oh, ich weiß, daß Sie es nicht aus unredlichen Motiven tun würden«, versicherte sie ihm, ihr unschuldiger Blick tief in den seinen versenkt. »Nur, wenn Sie sich sicher wären, daß es der Gerechtigkeit dient. Ich meine, als ich heute morgen den Rundfunk anrief, um zu fragen, warum ANIMA kaum erwähnt wurde, und man mir sagte, daß es die Politik des Senders sei, der Polizei bei schwebenden Verfahren volle Unterstützung zu gewähren, habe ich auch nicht sofort gedacht, der Scheißkerl Andy Dalziel hat denen die Hölle heiß gemacht. Nein, ich habe gedacht, der nette Kommissar hat eine totale Nachrichtensperre angeordnet, weil es im besten Interesse aller Betroffenen ist. Keinerlei Grund, hysterisch zu deinem Cousin zu rennen, der für Channel 4 Sonderbeiträge macht, oder zu deinem alten Schulfreund, der ein hohes Tier im Innenministerium ist. Warum Konfrontation, wenn man Konsultation haben kann?«

Nicht übel, dachte Dalziel zustimmend. Nur weil er drei Schwächen bei ihr festgestellt hatte, hieß das noch lange nicht, daß sie ihm nicht in die Eier treten konnte. Aber er fand es noch immer interessant herauszufinden, warum sie davon ausging, er könnte sich auf Gespräche einlassen. Sie machte eigentlich nicht den Eindruck, begriffsstutzig zu sein.

Er sagte: »Stellen wir die Sache klar. Ich drohe den lokalen Medien nicht mehr mit der Faust, und Sie unterschreiben jede Aussage, die ich Ihnen diktiere?«

»Mehr oder weniger.«

»Das Gerede davon, Leuten was anzuhängen, macht mich immer durstig«, sagte er und zerdrückte die letzte Dose in seiner riesigen Faust.

»Trinken Sie ein mexikanisches«, sagte sie und ging zum Kühlschrank. »Es ist gut. Es ist so gut, daß einige amerikanische Brauereien das Gerücht ausgestreut haben, die Mexikaner pinkelten rein.«

»Na und? Aus der Talsperre oben in Dendale, von der wir den größten Teil unseres Trinkwassers beziehen, haben wir im letzten Jahr fünf Leichen rausgefischt. Sie haben wohl nicht noch ein Stück Schweinspastete da drin, oder?«

»*Noch* ein Stück?« sagte sie.

Er brauchte eine Weile, bis er kapiert hatte.

»Sie wollen sagen, es war kein Schweinefleisch?«

»Ich esse keine toten Tiere, und auch meinen Freunden setze ich keine vor. Es war mehr oder weniger Tofu.«

»Verdammte Scheiße«, sagte Dalziel und genehmigte sich einen langen, reinigenden Schluck Bier. »Es gibt zwei Dinge, die ich nicht tue, Gnädige. Das eine ist, Leuten Zeug zu verfüttern, von dem sie nicht wissen, was es ist. Das andere, Leuten was anhängen. Führen Sie sich das zu Gemüte, und wir könnten etwas besser miteinander auskommen.«

»Ach, du liebe Güte«, sagte sie betroffen. »Ich habe Sie beleidigt. In Ethik bin ich nicht besonders bewandert. Vermutlich ist somit auch Plan zwei gestorben.«

»Und der wäre, wenn man genauer hinschaut?« fragte er mißtrauisch.

»Nun ja, nach unserer ersten Begegnung gestern abend hatte ich das Gefühl, daß meine Kurven seit meiner letzten Mammographie keiner so minutiösen Musterung mehr unterzogen worden sind. Ich habe gedacht, wenn alle anderen Mittel versagen ... lassen Sie mich das neu formulieren ... Ich hatte vielmehr gehofft, daß alle Mittel versagen und ich sozusagen auf Fleischliches zurückgreifen müßte. Aber ich würde mich natürlich nie zwischen einen Mann und seine Moral drängen.«

Dalziel überlegte. Jeder andere hätte auf Zeit gespielt, indem er an der leeren Flasche herumgenuckelt oder eine Bemerkung über das Wetter gemacht hätte, aber Dalziel stellte seine Überlegungen für alle sichtbar an. Sexuelle Angebote für polizeiliche Dienste waren nichts Ungewöhnliches. Er machte sich selten die Mühe. Eine Spritztour war 'ne Spritztour, aber ein gutes Ergebnis war ein Kunde mehr im Knast.

Andererseits, wenn er ehrlich mit sich war (und worin bestand der Sinn, es nicht zu sein), machte ihn die Kleine nicht übel an. Es waren nicht nur die Möpse. Selbst in Mid-Yorkshire waren heutzutage die Pullover nicht mehr platt. Wenn man zwei gesehen hatte, hatte man alle gesehen. Es war auch nicht die Art, wie sie sprach, die noch zu viele Reste der Pitt-Overload-Ära enthielt, oder wie der Knabe nun geheißen hatte. Und es war mit Sicherheit nicht dieser Tierschutzschwachsinn. Jung war sie auch nicht. Und sie war auch nicht schön. Noch was gegen sie? Ach ja, natürlich, Grund Nummer eins. O.K., ALBA würde fast mit Sicherheit keine Anzeige erstatten. Und die möglichen Anklagepunkte, die er gerade aufgezählt hatte, das war reine Atemverschwendung gewesen. Doch wenn er der Meinung war, daß auch nur die geringste Chance bestand, sie könnte in den Redcar-Fall verwickelt gewesen sein ...

Die Chancen standen denkbar schlecht. Eine zu einer Million. Weniger. Sie hatte ihm Alibis vorgelegt, aber nach dem zu urteilen, wie er sie erlebt hatte, hatte sie kapiert, daß er nicht der Polizist war, der sich von einem bißchen Geschmuse davon abhalten lassen würde, ihre Angaben zu überprüfen. Warum suchte er also nach einem Vorwand, das abzulehnen, was sein ganzes Wesen ihn drängte, mit beiden Händen zu packen?

Vielleicht hatte er ja Angst vor seinem eigenen Verlangen? Vielleicht war es, daß sie etwas hatte, was genau ins Schwarze traf, wie ein Single Malt, den man noch nicht probiert hatte, und der einem sagte, daß man ihn einfach probieren mußte, kaum daß man die Flasche geöffnet hatte.

Sie sah ihn mit einem merkwürdigen Blick an. Berechnend?

»Woran denkst du?« fragte er unvermittelt.

»An einen alten Freund mit dem gleichen Namen wie der Romanautor. Balzac«, sagte sie lächelnd.

Verdammt unverständlich. Aber welche Frau war das nicht? Gehörte dazu. Wenigstens hatte er jetzt verstanden, warum er sie zu Hause aufsuchen mußte. Wie er in der vergangenen Stunde ihre Schwächen herausgefunden hatte, hatte sie seine gestern abend herausgefunden, und verdammt viel schneller.

Die Frage, die seine verdammte Eitelkeit beantwortet haben wollte, war die. War Plan zwei der letzte Ausweg, oder war er in Wirklichkeit die Hauptsache, die als letzter Ausweg verkleidet war?

Sie las die Frage in seinen Augen, mißinterpretierte sie jedoch.

Sie sagte: »Ich habe nichts mit dem Überfall auf Redcar zu tun, Andy. Und ich bedaure, was dort passiert ist, sowohl persönlich als auch als Aktivistin.«

Na ja, es war klar, daß sie das sagen würde. Wenn man schlau war, antwortete man als Bulle darauf, das glaube ich dir.

»Das glaub ich dir«, erwiderte er. »Die Knochen, die da vergangene Nacht aufgetaucht sind, die sehen so aus, als wären sie schon einen Schlag älter.«

»Ja?«

»Ich will sagen, zu alt, um was mit ALBA zu tun zu haben. Mit ein bißchen Glück stellt sich vielleicht heraus, daß sie auch mit der Kripo nichts mehr zu schaffen haben!«

»Das ist interessant.«

»Ja. Es heißt, daß es nichts mehr zu ermitteln gibt. Es bedeutet mit Sicherheit, daß ANIMA und die Leute dort oben nicht Gegenstand einer Ermittlung sind. Ich habe übrigens meine Leute bei den Medien angerufen und ihnen gesagt, sie könnten loslegen.«

So. Nun wollen wir mal sehen, ob das Huhn noch immer die Straße überquert hat.

Das Telefon fing an zu läuten.

»Könnte für mich sein«, sagte Dalziel. »Ich habe deine Nummer hinterlassen. Es könnten aber auch die Zehnuhrnachrichten sein.«

»Soll ich drangehen?«

»Das liegt ganz bei dir. Du bist deine eigene Frau.«

»Ja, das bin ich«, sagte sie ernst. »Aber wie steht es mit dir, Andy? Wie steht es mit der Moral?«

Ein bißchen durch die Blume machte ihm ja nichts aus, aber das klang ja schon fast wie ... wie lautete das Wort, mit dem Peter Pascoe manchmal rauskam? ... Sphinkteresk? Irgendwie so was. Auf jeden Fall, genug war genug.

Er stand auf und legte seinen Schlips ab.

»Moral?« sagte er. »Von der hast du mich kuriert.«

ELF

»Das ist hoffentlich der Sekretär, von dem du gesprochen hast, oder bist du etwa unter die Leichenbestatter begangen?« sagte Ellie.

Peter Pascoe, der sich nur widerstrebend eingestehen wollte, daß die leidenschaftliche Begrüßungsumarmung vorbei war, folgte ihrem Blick zu der mit einer Plane verhüllten Last auf seinem Dachgepäckträger.

»Fürchtet euch nicht«, sagte er. * »Ada ist, mit kleinen Abstrichen, wie von ihr gewünscht, sicher in alle Winde verstreut. War auf eine makabre Art ganz unterhaltsam. Hilfst du mir mal, ja? Wie geht es Rosie?«

»Sie ist in der Schule. Die Erinnerung daran, daß ihre Freundin Sarah heute Geburtstag hat, fiel mit einer Wunderheilung zusammen.«

»Ach«, sagte Peter.

»Ach, was? Gestern war sie wirklich nicht in der Verfassung, sich ins Auto zu setzen.«

»Das weiß ich doch«, sagte Peter Pascoe weich. Dennoch, bei einem Verdächtigen hätte er nun nachgehakt, bis die schwache Stelle nachgegeben hätte, überlegte er. »Hier. Hast du das andere Ende? Gut ... senk es einfach ab. Prima. *Et voilà*!«

Theatralisch zog er die Plane vom Sekretär. Ellie sah ihn schweigend an.

»Vor Bewunderung sprachlos?« fragte er hoffnungsvoll.

»Du hast Sheraton gesagt.«

»*Nach* Sheraton«, sagte Peter Pascoe.

»Etwa achtzig lange harte Jahre später.«

Peter konnte nicht viel erwidern. Der schmeichelnden Schatten in Adas Wohnzimmer beraubt, hatte der Sekretär viel von seinem antiken Charme verloren und stand einsam und leicht schäbig im grausamen Licht der Novembersonne.

»Er hat ein Geheimfach«, sagte er bittend.

Er öffnete es und zeigte ihr das Foto. Sie musterte es mit Interesse.

»Armer Teufel«, sagte sie. »Mann, sieht der nicht aus wie du?«

Peter nahm das Bild und studierte es noch einmal. Er sah noch immer keine Ähnlichkeit, doch etwas in den Augen sprach ihn an.

»Drinnen macht er mehr her«, sagte er, während er das Foto zurück in die Schublade legte. »Oder erwartest du heute die Fotografen von Schöner Wohnen?«

Das war unter der Gürtellinie, aber nicht ganz unverdient. Ellies Spott über die Themen zum guten Geschmack, die den Leser der Hochglanzmagazine anstrahlen, war rabiat, doch das hinderte sie keineswegs daran, reichlich pingelig zu sein, wenn es darum ging, was auf ihren eigenen Fußböden stehen durfte und an ihren eigenen Wänden hing.

Sie trugen den Sekretär ins Haus und stellten ihn im Flur ab.

»Laß ihn hier erst einmal stehen«, sagte Ellie. »Mit ein bißchen Glück findet er seinen Platz von ganz allein. Trinken wir einen Kaffee, und dabei kannst du mir alles erzählen.«

Sie hörte aufmerksam zu, lachte von Zeit zu Zeit laut auf und stellte die eine oder andere Frage zur Sache.

»So hat Ada also ihr Ende in einem militärischen Tableau gefunden. Ihre Absicht war das vermutlich nicht.«

»Stimmt. Alles in allem wäre sie wohl glücklicher darüber gewesen, sich auf einem der etwas ordentlicheren Ausstellungsstücke zu verewigen«, räumte Pascoe ein. »Sie war dir sehr ähnlich, sie wollte immer, daß man genau wußte, was sie denkt.«

Ellie dachte über Peters Bemerkung nach. Sie sprach selten von Peters Familie, nicht, weil sie etwas gegen sie hatte (was im großen und ganzen zwar der Fall war), sondern weil Peter sie zur Sperrzone gemacht hatte. Oberflächlich gesehen waren sie und Ada einander am ähnlichsten gewesen, doch wenn ein starker Wille auf einen anderen starken Willen stößt, so kann sich gemeinsames Terrain leicht zu einem

Schlachtfeld verwandeln. Weder sie noch Ada waren glücklich darüber gewesen, daß Peter zur Polizei gegangen war, aber Adas Einwände gingen tiefer. Ellie hatte Peter geheiratet, obwohl er bei der Polizei war, wohingegen Ada das Gefühl hatte, ihre ganze Liebe und Fürsorge und alle ihre Hoffnungen seien durch die Berufswahl ihres Enkels verraten worden. Sie war davon ausgegangen, daß Ellie, als die neue Frau in seinem Leben, daran eine Mitschuld treffe. Der Vorwurf war die reinste Ironie und hätte durch eine amüsierte Haltung Ellies seinen Stachel verloren, hätte sie nicht in sich einen ausgeprägten Widerwillen gegen Adas Einmischung verspürt, der letztendlich nichts weiter als Eifersucht war, daß jemand sich einzubilden wagte, das Recht zu haben, ihren Mann zu kritisieren! Selbsterkenntnis, wurde ihr da klar, verändert zwar etwas im Kopf, aber das Herz schert sich einen Teufel um die Psychologie.

Die beiden Frauen hatten eine Position der höflichen Neutralität bezogen, die sich leicht aufrechterhalten ließ, da sie kaum etwas miteinander zu tun hatten. Dennoch hatte Ellie Peter ermutigt, wieder die Nähe seiner Großmutter zu suchen, da sie spürte, daß Peter Ada einen Großteil der Nestwärme verdankte, die ihm in der Kindheit zuteil geworden war. Doch mit der Reaktion der alten Dame auf Rosies Geburt war die Hoffnung auf eine echte Annäherung endgültig erloschen.

»Ein Mädchen«, hatte sie gesagt. »Plant ihr noch weitere Kinder?«

»Das bleibt abzuwarten«, sagte Peter.

»Macht nichts. Vielleicht ist es ja sogar gut, daß du der letzte Pascoe bist. Ich frage mich manchmal, ob Mutter nicht doch recht hatte.«

Die letzte Bemerkung war etwas rätselhaft gewesen, aber die grundsätzliche Gleichgültigkeit gegenüber der Geburt ihrer Urenkelin war unübersehbar, und in Peter Pascoes stolzen Vateraugen unverzeihlich. Danach war der Kontakt sporadisch und förmlich gewesen, und doch wallte in Peter ein schreckliches Schuldgefühl auf, als er die Nachricht ihres Todes erhielt und ihm klar wurde, daß er sie fast zwei Jahre nicht gesehen hatte. Ellie hatte weder Empörung noch Schuld empfunden. Und wäre Rosie nicht erkältet gewesen, wäre sie definitiv zur Beerdigung gekommen.

Oder vielleicht, fügte sie mit der instinktiven Ehrlichkeit hinzu, die dazu beitrug, daß sie trotz ihrer festen Überzeugungen nicht zur Fanatikerin wurde, vielleicht hätte ich einen anderen Grund gefunden, wie zum Beispiel, daß ich einen alten Tennisschuh reinigen müsse.

»Es hat sie wirklich getroffen, nicht wahr?« sagte sie. »Daß sie ihren Vater im Krieg verloren hat. Es hat ihr ganzes Leben beherrscht. Ich hoffe, daß ich nicht so obsessiv bin?«

»Da fragen wir am besten Rosie, in zwanzig Jahren oder so«, sagte Peter leichthin. »Irgendwelche Anrufe für mich?«

»Von hoch oben, meinst du? Ja, natürlich. Seine Fettschaft rief gleich heute in der Frühe an und wollte wissen, ob du schon wieder im Lande bist. Dabei ließ er durchblicken, daß du eine überqualifizierte Ratte bist, die ein überladenes Schiff verläßt. Irgendwas von Tierschutz und Knochen im Walde?«

»Wanwood House, ALBA Pharmaceuticals, ich war im Sommer dort, erinnerst du dich? Ich habe in den Nachrichten gehört, daß Tierschützer auf das Gelände eingedrungen und dabei auf menschliche Überreste gestoßen sind. Ich fehle ihm also? Gut! Was hast du gesagt?«

»Ich habe gesagt, daß deine familiären und treuhänderischen Pflichten dich wahrscheinlich bis spät in den heutigen Abend in Warwickshire festhalten würden, so daß vorher nicht mit deiner Heimkehr zu rechnen sei.«

»Ausgezeichnet«, sagte Peter. »Vielen Dank.«

»Wofür?«

»Daß du mit mir unter einer Decke steckst.«

»Ist es nicht die Pflicht einer Ehefrau, mit ihrem Mann unter einer Decke zu stecken?«

»Ja, natürlich«, sagte Peter Pascoe. »Und was macht dein Pflichtgefühl in diesem Augenblick?«

Bevor Ellie antworten konnte, ging die Klingel.

»Schiete«, sagte Peter Pascoe. »Wenn *er* es ist, sag ihm, ich sei noch am Treuhändern.«

»Und dein Auto ist alleine zurückgekommen? Raffiniert.«

Durch den mattierten Glaseinsatz in der Haustür erkannte Ellie sofort, daß nicht Dalziel vor der Tür stand. Mit ein wenig Glück würde es nur ein Zeuge Jehovas sein, den sie umgehend zur Hölle schicken konnte. Sie fühlte sich angenehm animiert, und es war noch eine gute Stunde Zeit, bevor sie daran denken mußte, Rosie aus der Schule abzuholen.

Es war kein Zeuge Jehovas, es war Wendy Walker, die wie eine gelungene Reklame für das Leben nach dem Tode aussah.

»Hallo, Ellie«, sagte sie. »Haste 'ne Minute?«

»Aber ja doch«, sagte Ellie strahlend. »Komm rein.«

Wendy ging an ihr vorbei und blieb beim Sekretär stehen.

»Schön«, sagte sie.

»Mach mir ein Angebot«, sagte Ellie. »Komm in die Küche.«

Sie setzten sich einander gegenüber an den abgebeizten Kieferntisch.

»Kaffee?« sagte Ellie.

»Nein danke. Aber ist es O.K., wenn ich eine rauche?«

Es war aus mehreren Gründen nicht O.K., und eigentlich ließ keiner eine Ausnahme zu.

Andererseits, wenn jemand um Erlaubnis fragte, der sich in Buck House eine angesteckt hätte, ohne die Königin zur Kenntnis zu nehmen, war das so schmeichelhaft, daß sie ein Rüpel gewesen wäre, wenn sie es Wendy abgeschlagen hätte.

Nachgiebig sagte sie: »In Ordnung, aber ich mach ein Fenster auf.«

Es brachte gar nichts, außer vielleicht, daß das Risiko des sekundären Lungenkrebses um das einer primären Lungenentzündung erweitert wurde.

Ellie zog den Vorhang vor und fragte: »Bist du sicher, daß du keinen Kaffee willst?«

»Um mich auszunüchtern?« fragte Wendy aggressiv.

»Nein, eigentlich nicht. Aber hast du es nötig?«

»Nein, entschuldige die bissige Bemerkung. Ich hab mir zu Mittag zwei Glas genehmigt, aber von betrunken kann nicht die Rede sein.«

»Nein, natürlich nicht. Gibt es was Spezielles ...?«

»Wir haben gestern abend einen Anschlag verübt.«

»Wanwood House? Wart ihr das?«

»Du weißt Bescheid?«

»Nur, was ich in den Nachrichten gehört habe, und das war nicht viel.«

»Ja, ich glaub, das dicke Ekelpaket hat den Dämpfer draufgesetzt.«

»Davon wird Cap nicht begeistert sein.«

»Cap würden selbst Gänsefedern im Arsch nicht begeistern.«

»Auf die könnte ich wohl auch verzichten«, sagte Ellie.

Wendy berichtete schnell, tat aber so, als ob alles nicht weiter wichtig wäre, und verteilte dabei mehr Asche im Zimmer als der Ätna.

Ellie sagte: »Gütiger Gott, Wendy, kein Wunder, daß du erschüttert bist.«

»Wer sagt denn, daß ich erschüttert bin?« wollte die kleine Frau wissen.

»Also, wenn du es nicht bist, dann solltest du schleunigst andere Schminke auflegen«, sagte Ellie temperamentvoll.

»Was? O ja.« Wendy gelang ein schwaches Lächeln, dann fuhr sie fort: »Nein, das war's nicht, es war was andres ... als man uns ins Haus geholt hat und Cap losrannte ... Ellie, ich brauch einfach jemanden, der mir zuhört ... jemanden, der mir sagt, ob ich spinne oder was ... und du hast gesagt, wenn was passiert, dann soll ich zu dir kommen. Oder war das nur so 'ne Bemerkung, die ihr Leute macht, um uns Leute bei Laune zu halten?«

»Wendy«, sagte Ellie mit gefährlichem Ton. »Die Scheiße von wegen 'ihr Leute' ist nur angesagt, wenn du in der Kampflinie stehst und ich dich mit einer Schar Zuschauer aus dem Hintergrund anfeure. Hier geht es um Freundschaft.«

»Ja, tut mir leid«, sagte Wendy. »Es ist halt nur, weil dein Mann bei der Kripo ist ... er ist doch nicht etwa daheim? Ich bin noch nicht so weit ...«

Als wolle sie die Frage beantworten, öffnete sich die Tür und Peter Pascoe erschien.

»Peter«, sagte Ellie fröhlich. »Du erinnerst dich an Wendy, nicht wahr? Wendy Walker, aus Burrthorpe?«

Burrthorpe. Wo er fast in einem Bergwerk umgekommen wäre. Und fast seine Frau an einen jungen Bergmann verloren hätte.

»Ja, natürlich. Hallo. Es geht gut, hoffe ich?«

»Ja«, sagte Wendy Walker. »He, es ist ja schon so spät. Ich mach mich lieber mal auf den Weg.«

Sie drückte ihre Zigarette in einem Unterteller aus und stand auf.

Peter Pascoe sagte schuldbewußt: »Nun gehen Sie doch nicht, nur meinetwegen.«

Sie sagte: »Nein, heute erwisch ich immer den falschen Moment. Ellie, bist du heute abend auf der Party? Wenn ja, dann würd ich hinterher gern eine Mitfahrgelegenheit abstauben. Die Busse fahren nur bis zehn, und das Fahrrad ist gefährlich, wenn man einen in der Krone hat.«

»Party?« fragte Peter Pascoe.

»Die Veranstaltung der Volkshochschule in der Uni.«

»Aber ich dachte ...« Er änderte seine Meinung und sagte nichts.

Wendy bedachte ihn mit einem strahlenden Lächeln und sagte: »Tschüs dann« und ging an ihm vorbei in die Diele. Ellie holte sie auf der Schwelle ein.

»Du hast noch nicht gesagt, worüber du reden wolltest«, sagte sie.

»Wahrscheinlich alles nur Einbildung«, erwiderte Wendy wenig überzeugend. »Weißt du was, wir unterhalten uns auf der Party, O.K.? Du kommst doch, oder?«

Sie fixierte Ellie mit ihren hellen Augen, ohne zu zwinkern, wie ein hungriger Grubenhund, der nicht weiß, wie man bettelt.

»Ja«, sagte Ellie gedehnt. »Ich komme auf jeden Fall.«

Sie sah Wendy nach, wie sie auf das klapprige Mountainbike stieg, das ihr innerstädtisches Transportmittel war, sich auf die Pedalen stellte und davonradelte.

»Scheiße«, sagte Ellie.

Die Party, um die es ging, war im wesentlichen eine Feier anläßlich des 25. Jubiläums der Tagesseminare, die die Bergwerksgewerkschaft in Zusammenarbeit mit der Volkshochschule veranstaltete. Ellie hatte eine Weile als Dozentin mitgearbeitet, und dort hatte die Beziehung, aus der so viel Leid erwachsen war, ihren Anfang genommen. Danach hatte sie sich nicht weiter in dem Fortbildungsprogramm für die Bergleute engagiert. Peter hatte sie darin bestärkt, zu der Party zu gehen, besonders da es nicht nur ein Jubiläum, sondern auch eine Leichenfeier war. Nach Weihnachten würde es in der Gewerkschaft nicht mehr genügend Bergleute geben, um die Veranstaltungsreihe fortzusetzen. Samson war in die Knie gezwungen worden. Dagon hatte triumphiert.

Doch obwohl ihr Mann sie gedrängt hatte, oder vielleicht gerade deswegen, hatte Ellie beschlossen, nicht hinzugehen. Und sie war noch in ihrer Entscheidung durch die Tatsache bestärkt worden, daß er an eben jenem Tag von Adas Beerdigung zurückkehren würde.

Nun war die Lage verändert, ohne daß sie sich erklären konnte, wie es dazu gekommen war.

Wäre es nicht nett, dachte sie, nur so ab und an wie die Gehirntoten mit den strahlenden Augen in den Werbespots im Fernsehen zu sein, die nie ein dringenderes Problem haben als das, welche Packung Chemoscheiße schneeweißer wäscht?

Aber das war ein Programm, das für sie wohl nicht vorgesehen war.

Sie ging zurück in die Diele und knallte mit dem Schienbein gegen Adas Sekretär.

»Du mich auch!« sagte Ellie Pascoe.

ZWÖLF

Mittag war schon vorbei, aber obwohl Wields Leute eine kleine Pumpe einsetzten, hatten sie noch immer nicht genügend Knochen aus dem Krater gefischt, um damit so recht etwas anfangen zu können. Wield leitete die Ausbeute an Longbottom weiter, der sie wie ein verhungernder Panther in Empfang nahm, der mit einem Mäuschen abgespeist wird.

Doch Longbottoms Beschwerden hatten wohl Wellen geschlagen, denn für 13.30 Uhr hatte sich Dr. Tod bei Wield angemeldet.

Tod war der Spitzname Arnold Gentrys, Leiter des forensischen Polizeilabors. Man munkelte, er sei mit den Rollen von Qumran am Toten Meer ausgebuddelt worden, und es war nicht daran zu rütteln, daß er einer der wenigen war, neben denen Troll Longbottom vor Gesundheit zu strotzen schien.

Tod erwiderte Wields Begrüßung mit einem winzigen Kopfnicken, stand eine Weile gedankenverloren am Rand des Wasserlochs und sagte dann: »Herausschwemmen.«

»Äh?« sagte Wield.

»Nach dem zu urteilen, was Mr. Longbottom sagt, sind die Überreste in beträchtlichem Durcheinander, wahrscheinlich sowohl infolge natürlicher Ursachen als auch wegen des Einsatzes von mechanischen Geräten und Sprengkörpern beim Roden des Geländes vor einigen Monaten. Die genaue Lage der Knochen wird also schwerlich eine Rolle spielen. Deshalb macht es Sinn, sagen wir, fünfzig oder sechzig Kubikmeter Erde auf einen Lastwagen zu laden und sie zu meinem Labor zu bringen. Dort leite ich alles in die Wege, um die Erde durchspülen und sieben zu lassen, so daß Knochen und sonstiges Beweismaterial herausgeschwemmt werden. Ihnen erspart das eine Menge Zeit und dem Staat eine Menge Geld.«

»Sie sprechen am besten mit Mr. Headingley, Sir«, sagte Wield, der seinen Vorgesetzten näherkommen sah. »O.K., wenn ich jetzt Mittag mache, Sir?«

»Ja, warum nicht«, sagte Headingley, den sein voller Bauch in leutselige Stimmung versetzte.

Wield entfernte sich rasch. Der Vorschlag Dr. Tods kam ihm gut vor, aber er wollte nicht, daß George Headingley mitkriegte, was er davon hielt. Im Laufe der Jahre hatte Headingley angefangen, sich immer mehr um die Verantwortung zu drücken, nur wenn es darum ging, die Lorbeeren einzuheimsen, hielt er stets die Hand auf. Deshalb war er ein Vorgesetzter geblieben, im Gegensatz zu Peter Pascoe, der zu einem Kumpel geworden war.

Wield hatte gerade die Auffahrt zum Haus erreicht, da ertönte ein erstickter Schrei.

Gentry hatte seinen Vorschlag mit dem Hinweis auf den aufgeweichten Zustand der Kraterwände untermauert, der eine manuelle Suche nicht nur sehr verlangsame, sondern auch sehr gefährlich mache. Headingley, darum bemüht, lebhaftes Interesse zu zeigen und gleichzeitig die Entscheidung hinauszuzögern, war zu nahe an den Kraterrand getreten und hatte unvermittelt Dr. Tods These bewiesen. Wield beobachtete, wie sein wenig gewinnender Vorgesetzter langsam wie ein Schiff, das vom Stapel läuft, in den mit Wasser gefüllten Krater hinabglitt.

Einen kurzen Moment lang war Wield in Versuchung, umzukehren und die Leitung der Rettungsarbeiten zu übernehmen. Doch nur einen kurzen Moment lang. Gottes Gaben sollte man in Ruhe genießen, und davon ganz abgesehen, waren da genügend kräftige junge Polizisten in schenkelhohen Gummistiefeln, die den alten George aus der Tiefe fischen konnten. Er drehte sich um und schritt die Auffahrt hinauf.

Oben angelangt, wandte er sich zum Haus hinunter und betrat es durch den ehemaligen Dienstboteneingang. Dieser führte nun direkt in den Bereich von TecSec, der sich aus einem Büro, einem Aufenthaltsraum mit ein paar Faltbetten und einer Küche zusammensetzte.

Wield steckte den Kopf durch die Bürotür. Patten saß an seinem Schreibtisch und gab etwas in den Computer ein. An der Wand hing eine Reihe Bildschirme, die Ausschnitte verschiedener Stellen des Geländes und des Gebäudes von ALBA zeigten. Ganz schön hi-tech, dachte Wield. Muß ALBA eine saubere Stange kosten.

»O.K., wenn ich mich hier wasche?« fragte er.

»Es erstaunt mich, daß Sie überhaupt fragen. Sie beziehen Ihre Manieren also doch nicht alle von dem dicken Ekelpaket?«

»Nein. Meine beziehe ich von Sainsbury. Wo kaufen Sie Ihre?«

Der Wachmann sah betreten aus.

»Entschuldigung. Natürlich können Sie sich saubermachen. Im Schrank müßte ein frisches Handtuch liegen.«

Als Wield zurückkam, war Patten am Telefon.

Er sagte: »Richtig. Setzen Sie auf alle.«

Dann legte er den Hörer auf und wandte sich an Wield. »Ich habe gerade Tee aufgebrüht. Lust auf eine Tasse?«

»Das wäre nett. Ohne Zucker.«

»Gesund bleiben, was? Ich hab Sie unten im Freizeitzentrum gesehen, kann das sein? Kung-Fu, oder?«

»Man muß fit bleiben.«

»Ist wohl ein echter Ansporn, wenn man mit dem Fettsack arbeitet.«

»Nichts dagegen zu sagen, wenn man stark ist, solange man entsprechend zuschlagen kann.«

»Und das kann er?« fragte Patten skeptisch.

»Er hat schon den ein oder anderen Kiefer verdrahtet«, sagte Wield. »Waren Sie in der Armee?«

»Richtig. Haben Sie mich überprüft?« fragte Patten, wieder aggressiv.

»Nein, Leute im privaten Sicherheitssektor sind gewöhnlich entweder ehemalige Polizisten oder ehemalige Militärs, und Polizist sind Sie keiner.«

»Und wie wollen Sie das wissen?«

Wield zuckte mit den Schultern. »Sie spreizen beim Teetrinken nicht den kleinen Finger ab.«

»Was? Ah, verstehe. Witz.« Er klang überrascht.

Noch einer, der denkt, daß ich keine Witze machen sollte, und er kennt mich noch nicht einmal! dachte Wield.

Er sagte: »Und wo waren Sie?«

»York Fusiliers. Ich hab mir beim Manöver das Bein gebrochen, es ist bestens verheilt, aber die waren am rationalisieren, was Leute auf die Straße setzen bedeutet. Man hat mir ein Ausscheiden aus Gesundheitsgründen angeboten. Ich hab ihnen einen 80-Kilometer-Marsch übers Moor angeboten, meine Pension gegen ihre Jobs. Abgelehnt.«

Die Erinnerung löste eindeutig Bitterkeit aus.

»Und so sind Sie denn am Schreibtisch gelandet«, sagte Wield provokant mitleidig.

»Ja. Aber nicht die ganze Zeit, und was ich hier tue, ist jedenfalls nützlich.«

»Das hier zu bewachen ist nützlich?«

»ALBA leistet hier wichtige Arbeit und hat ein Recht darauf, sie ungestört zu tun.«

»Finden Sie? Der Kahlschlag da draußen ist aber wohl etwas übertrieben.«

»Finden Sie?« äffte Patten ihn nach. »Hören Sie, im letzten Sommer hatten die hier nur einen einsamen Wachmann, und ihre Schlösser konnte man auffurzen. Die durchgeknallten Ärsche sind hier einfach reinmarschiert, haben das Inventar kurz und klein gehauen und alles mitgehen lassen, einschließlich den sogenannten Wachhund des Wachmanns. Also hat man sich an uns gewandt. Ich hab nur einen Blick auf das Ganze geworfen und gleich gesagt, als erstes brauchen wir hier eine baumfreie Feuerzone, einen Geländestreifen, der gut einsehbar ist und in den man reinschießen kann, wenn sich dort was regt. Weit weg braucht er nicht zu sein. Je näher am Haus, desto besser, weil das den Kreis und somit die Kosten hübsch klein hält. Außerdem bleibt auch genug von dem äußeren Wald unberührt, und von der Straße sieht alles so aus wie immer. Wer nun gewaltsam auf das Gelände eindringt, muß den freien Raum durchqueren. Wir haben Scheinwerfer und Kameras, der Zaun löst einen Alarm aus, und er ist so dick, daß man mit einem gewöhnlichen Drahtschneider nicht durchkommt. Das Aufstellen kostet was, zugegeben, aber wenn er erst einmal steht, ist man für immer sicher, und für eine Firma wie ALBA ist das wichtiger als Knete.«

»Das leuchtet mir ein«, sagte Wield freundlich. »Haben die Leute von der Baufirma beim Roden des Waldes etwas davon gesagt, daß sie auf eine alte Mauer gestoßen sind, oder was Ähnliches? Es liegen so viele Granitblöcke rum.«

»Zu mir hat niemand was gesagt.«

»Und zu Dr. Batty?«

»Keine Ahnung. Aber wenn davon die Rede gewesen sein sollte, bin ich mir verdammt sicher, daß er die Anweisung gegeben hat, trotzdem weiterzumachen. Alte Steine können eine Menge bärtiger Kerle bedeuten, die dir eine Denkmalschutzverordnung unter die Nase halten, wenn du nicht aufpaßt.«

Er bedachte Wield mit einem kumpelhaften Grinsen, das auf seinem narbigen, wachsamen Gesicht verkrampft aussah.

Wield sagte: »Ich muß mit denjenigen Ihrer Leute reden, die Dienst hatten, als die Frauen gestern abend ins Haus geholt wurden, insbesondere mit denen, die bei der Verfolgungsjagd durch die Büros dabei waren.«

»Warum das?« sagte Patten, ohne jede Kumpelhaftigkeit.

»Falls ALBA auf die Idee kommt, Anzeige zu erstatten. Hausfriedensbruch kommt ja nicht in Frage, was das Haus selbst betrifft, da man sie ja technisch gesehen ins Haus geholt hat, deshalb müßte die Anzeige auf Sachbeschädigung oder sogar Körperverletzung lauten. Also brauchen wir Aussagen.«

»Die Mühe können Sie sich sparen«, sagte Patten und griff tief in eine Schublade seines Schreibtischs.

»Auch wir haben unser System. Ausführlicher Bericht über jeden Vorfall. Hier, sehen Sie, mit Unterschrift und Stempel.«

Er reichte Wield einen dünnen Ordner. Der sah hinein. Die Berichte waren komplett, mit den nötigen Angaben zu Zeit, Ort und Dauer.

»Alles in Ordnung?« fragte Patten. »Jimmy Howard sorgt dafür, daß wir uns an die Regeln der Beweisaufnahme halten. Nützlich, einen ehemaligen Polizisten zur Verfügung zu haben.«

»Mit Sicherheit«, sagte Wield. »Nach dem, was ich auf die Schnelle sehe, scheint es zu keinem richtigen Schaden gekommen zu sein, weder von Personen noch Eigentum.«

»Mehr Glück als Verstand«, knurrte Patten. »Die fette Kuh, die Cap, hat einem meiner Jungs mit dem Drahtschneider einen Stoß in den Bauch versetzt, und sie sah ganz danach aus, als ob sie es auf meinen Kopf abgesehen hatte, als die Dünne sie festhielt.«

»Wendy Walker?«

»Ja. Die mit den Knochen. Ich hatte den Eindruck, Ihr dicker Chef kannte sie. War sie schon mal in Schwulitäten wegen so was?«

»Nein. Nicht wegen Tierschutz. Sie war bei den Frauen, die während des Streiks gegen die Zechenschließungen demonstriert haben.«

»Ach ja?« Patten zog an seiner Lippe und sagte: »Ich hab nicht gedacht, daß ihr, die Kripo mein ich, da mit von der Partie gewesen seid. Ich dachte, nur Uniformierte hätten auf die Streikposten eingedroschen.«

»Dafür gesorgt, daß alles friedlich ablief«, verbesserte ihn Wield sanft. »Nein, wir waren mit dabei, weil es draußen in Burrthorpe zu einem Mord gekommen war, vielleicht haben Sie es in der Zeitung gelesen.«

»Nein, daran erinnere ich mich nicht. 1984 wäre das gewesen? Da war ich noch jung, noch nicht lange bei der Armee, noch 'ne ziemliche Lilie.«

»Eine was?«

»Lilie. Das war die Bezeichnung für die Neulinge. Und die Walker hat sich plötzlich anders besonnen, was? Haben die Affen die Arbeiter abgelöst?«

»Es gibt halt Leute, die müssen für etwas kämpfen«, sagte Wield. »Und wir behalten sie gern im Auge. Vielleicht sollte ich kurz mit Jimmy Howard sprechen, um sicherzugehen, daß ich ganz im Bilde bin.«

»Tut mir leid, der hat jetzt frei«, sagte Patten.

»Wann hat er wieder Dienst?«

Patten drehte sich zur Wand, um einen Dienstplan zu studieren, der sich auch im Pentagon hätte sehen lassen können. Daneben hing ein Foto von drei Männern, die in die Kamera lächelten. Links sah man Patten in TecSec-Uniform. Der Mann zur Rechten – klein, rundes, lächelndes Gesicht unter dichten blonden Locken – war ähnlich gekleidet. Sein Namensschild war zu winzig, man erkannte nur das R am Anfang. In der Mitte stand, elegant in einem gutsitzenden dunklen Nadelstreifen, ein schlanker, gutaussehender Mann, der den Eindruck machte, als hätte er, was nicht völlig unberechtigt war, eine hohe Meinung von sich.

»Er hätte eigentlich heute morgen um sechs Schluß gehabt«, fuhr Patten fort, »er hat aber noch eine weitere Wache geschoben, wegen der ganzen Aufregung. Ich würde ihn also in Ruhe lassen, bis er seinen Schönheitsschlaf nachgeholt hat.«

»Stören ist nicht nötig«, sagte Wield lässig. »Die Berichte, die Sie mir gegeben haben, werden wohl ausreichen. TecSec scheint eine gutorganisierte Firma zu sein. Sie arbeiten wohl für die richtigen Leute, was?«

»Ich arbeite nicht für sie, ich bin Teilhaber.«

»Entschuldigung. Ich dachte, weil ich Sie da draußen in Uniform gesehen habe ...«

»Ganz wie bei der Armee. Die Jungs, auf die es wirklich ankommt, sind die draußen im Kugelhagel. Mein Teilhaber ist die meiste Zeit unterwegs und zieht Aufträge an Land, während ich unterwegs bin, um dafür zu sorgen, daß die Aufträge ordentlich erledigt werden. Wir haben ein Mädchen im Büro, die weiß, wo man uns findet.«

»Klingt gut«, sagte Wield. »Wenn ich jemals Bedarf habe, weiß ich, an wen ich mich wende. Danke für den Tee.«

»Mein Vergnügen.«

An der Tür hielt Wield inne: »Der Sicherheitszaun, der innere, Sie sagen, da käme man mit einem Drahtschneider nicht durch. Und warum verwenden Sie dasselbe Zeug nicht für den äußeren Zaun?«

»Kostenfrage«, sagte Patten. »Er kostet ein Vermögen, und man würde eine Menge mehr brauchen, weil der Umfang größer ist. Außerdem ...«

»Ja?« sagte Wield aufmunternd.

»Man muß die Leute nahe genug heranlassen, damit man sie abknallen kann. Sonst braucht man sie gar nicht erst zu bekämpfen«, sagte Patten, ohne daß er sich diesmal die Mühe machte, ein Grinsen aufzusetzen.

DREIZEHN

Die Atmosphäre im Hause Pascoe blieb eindeutig von einer gewissen Dichte bestimmt, bis Rosie nach der Schule wie der wilde Westwind hereinstürmte. Sie warf sich ihrem Vater in die Arme, als sei er ein Jahrzehnt und nicht nur einen Tag weggewesen, hielt ihn so fest umklammert, daß sie von einem Schläger stilistische Punkte bekommen hätte, und sprudelte dabei alles hervor, was ihr seit ihrer langen Trennung widerfahren war.

Auch Dankbarkeitsbekundungen über das mitgebrachte Geschenk tauchten immer wieder auf. Peter hielt sie jedoch für kreative Voraussagen und suchte nach Worten, um ihr zu erklären, warum Väter nach einer so kurzen Abwesenheit und aus solch traurigem Anlaß mit leeren Händen nach Hause kommen, als ihm aufging, daß der Dank nicht für ein erwartetes, sondern für ein erhaltenes Geschenk war.

Er warf Ellie einen kurzen Blick zu, und sie formte lautlos die Worte mit den Lippen: »Der Sekretär.«

»Äh?«

»Rosie hat den Sekretär im Flur gesehen und hat mich gefragt, ob du ihn mitgebracht hast, damit sie etwas hat, worin sie ihre Sachen aufbewahren kann, und ich habe zu ihr gesagt, das könnte durchaus der Fall sein.«

Als Ellie und ihre Tochter sich vor kurzem über den Zustand des Kinderzimmers ideologisch sehr angreifbar in die Wolle gekriegt hatten, hatte Peter seine väterliche Autorität in die Waagschale geworfen und seiner Frau einen großen Gin Tonic und seiner Tochter eine große Kiste versprochen. Er hatte zwar an etwas aus purem Plastik gedacht, aber der gute Geschmack seiner Tochter war manchmal mindestens so überraschend wie ihre Ausdrucksweise.

»Er gefällt dir doch, oder?« sagte Peter Pascoe.

»O ja. Ich finde ihn verdammt geil«, sagte sie ganz ernst.

Wieder fing er Ellies Blick auf, und sie schien zu sagen: keine Ahnung, woher sie das hat. Seit Rosie eingeschult war, hatte sie, wie Caliban, sprachlich Fortschritte gemacht. Ihr Zugewinn bestand darin, daß sie nun fluchen konnte. Das Problem war, sie davon abzubringen, ohne ihr zu verraten, was sie da eigentlich konnte.

Peter Pascoe sagte: »Er hat Oma Pascoe gehört, und sie wollte, daß du ihn bekommst.«

»Die Oma, die tot ist?«

»Richtig.«

»Ist sie jetzt ein Gespenst?«

»Du weißt doch, daß es keine Gespenster gibt, also kann sie kein Gespenst sein, oder?« sagte Ellie forsch.

»Ja«, entgegnete Rosie, ohne rechte Überzeugung.

Peter legte seinen Mund an ihr Ohr und flüsterte: »Und wenn sie eins ist, dann unten in Warwickshire, weil schließlich jeder weiß, daß Gespenster da umgehen müssen, wo sie gestorben sind.«

Das kleine Mädchen sah sehr erleichtert aus, aber Pascoe merkte, wie Ellie das Gesicht verzog, weil er die Prinzipien der Vernunft verraten hatte. Aber sie war genau so erfreut wie er über die Lösung des Problems, wo man Adas Sekretär hinstellen sollte.

»Hab ich nicht gesagt, daß er sein Plätzchen finden würde?«, sagte sie, außer Atem auf Rosies Bett fallend, nachdem sie das Möbel nach oben geschleppt hatten.

»Ganz schön schlau von dir«, sagte er grinsend, und der Waffenstillstand hätte mit mehr als nur einem liebevollen Kuß besiegelt werden können, wenn Rosie nicht verlangt hätte, daß die Eltern mit Hand anlegten, Puppen, Spielzeug und sonstigen Kram in ihrem neuen Schrank zu verstauen.

Um sieben, als dann auch Rosie sicher verstaut war, Ellie sich für die Party fertigmachte und Peter sich in der Küche ein Bier einschenkte, ging die Türklingel. Er hörte Ellies Schritte auf der Treppe und ihre Stimme: »Ich mach auf.«

Noch einmal Wendy Walker? fragte er sich. Nein. Sie hatte doch gesagt, daß sie eine Mitfahrgelegenheit nach Hause wollte. Oder vielleicht war es diesmal tatsächlich der Dicke, der sich selbst überzeugen wollte, ob er sicher wieder daheim war. Mistkerl!

Doch als Ellie in die Küche kam, machte sie kein Weltuntergangsgesicht. Sie trug allerdings ein Seidenkleid, das ihm für die proletarische Festivität ein bißchen zu fein vorkam.

»Jemand mit Namen Hilary Studholme möchte dich sprechen«, sagte sie.

»Augenklappe, nur ein Arm und Humpeln?«

»Graues Haar, eigene Zähne und ein nettes Lächeln«, sagte Ellie. »Könnten wir denselben meinen?«

»Nicht vor Gericht, da gewiß nicht«, sagte Peter Pascoe. »Laß mich sehen.«

Der Major stand am Kamin und machte einen verlegenen Eindruck.

»Nett Sie wiederzusehen«, sagte Peter Pascoe und erinnerte sich daran, ihm die Linke hinzustrecken. »Setzen Sie sich doch. Ich habe mir gerade etwas zu trinken geholt. Kann ich Ihnen etwas anbieten?«

»Orangensaft, irgendetwas ohne Alkohol. Einige Ihrer Kollegen sind der Meinung, ich sollte eigentlich keinen Führerschein besitzen. Man muß der Polizei ja nicht immer entgegenkommen.«

Er lächelte sein nettes Lächeln. Ellie, die an der Tür stand, sagte: »Ich hole Ihnen etwas zu trinken.«

Pasoe setzte sich seinem Besuch gegenüber und fragte: »Und was hat Sie zu uns verschlagen, Major?«

»Ich will mit Freunden in dieser Gegend essen gehen. Ich wollte Sie eigentlich morgen anrufen, dachte aber, von Angesicht zu Angesicht ist es besser. Besonders da ich Ihnen etwas zeigen wollte.«

Er nahm einen großen Umschlag, den er auf den Couchtisch gelegt hatte, schlug die Klappe mit dem Daumen zurück und schüttelte ein paar Fotografien heraus.

Es waren Soldaten aus dem Großen Krieg. Auf zwei der Bilder waren sie aufgereiht, das andere zeigte vier Männer, die an die Protze eines pferdebespannten Geschützes gelehnt standen. Ihre Uniformen waren schlammverschmiert und obwohl sie sich redlich bemühten, saß ihr fröhlicher Ausdruck auf den erschöpften Zügen wie das Lächeln einer Prostituierten.

»Jemand dabei, den Sie erkennen?« fragte Studholme.

»Gütiger Himmel«, sagte Ellie, die mit den Getränken gekommen war und sie auf dem Tisch abstellte. »Da bist du wieder, Peter.«

Diesmal konnte selbst Peter die Ähnlichkeit nicht leugnen. Auf den Gruppenfotos war sie weniger klar ersichtlich, aber Ellie landete mit unfehlbarer Genauigkeit bei dem Gesicht, bei dem Studholme zustimmend nickte.

»Was wollen Sie damit sagen?« fragte Peter Pascoe. »Gehe ich richtig in der Annahme, daß Sie diesen Soldaten für meinen Urgroßvater halten?«

Die Entdeckung kam ihm nicht besonders aufregend vor, mit Sicherheit nicht aufregend genug, um auch nur den kleinsten Umweg zu rechtfertigen.

Der Major sagte: »Sie haben ein Foto erwähnt, das in Ihrem Besitz ist?«

Mit dem perfekten Gefühl für den perfekten Zeitpunkt, das Rosie von ihrer Mutter geerbt hatte, stieß sie die Tür auf und trat ein, barfüßig und im Nachthemd, und hielt das Foto aus Adas Sekretär in der Hand.

»Sieh mal, was ich gefunden habe, Papi.«

»Gütiger Gott«, sagte Pascoe und nahm das Foto. »Ich war doppelt so alt, bevor ich entdeckte, wie man die Schublade öffnet.«

»Mädchen reifen schneller«, bemerkte Ellie. »Das heißt aber nicht, daß sie nicht ihren Schlaf brauchen. Komm, zurück ins Bett mit dir, Lady Macbeth.«

»Warum trägt Pappi die komischen Kleider?« fragte Rosie, die früh gelernt hatte, daß sie ihre Mutter am besten ablenken konnte, indem sie so viele Fragen wie möglich stellte.

»Das bin nicht ich, mein Schatz«, unterbrach Pascoe sie. »Das ist dein Urgroßvater, und er hat nur zufällig ein klein bißchen wie ich ausgesehen.«

»Er ist dir aus dem Gesicht geschnitten«, sagte Ellie. »Stimmt's, Liebes?«

»Verdammte Tat, ja«, sagte Rosie zustimmend.

Pascoe zuckte zusammen und warf einen um Entschuldigung heischenden Blick auf den Major, dessen sichtbare Augenbraue fragend hochgezogen war. Ellie nahm das kleine Mädchen in die Arme und sagte: »Und nun gehen wir. Sag gute Nacht.«

Es trat eine Pause ein, in der Peter Pascoe sich fragte, ob seine Tochter ihren Wortschatz nach einer weniger konventionellen Wendung durchforstete wie etwa: »Lassen Sie sich ja nicht von den Scheißtypen fertigmachen« oder »Du kannst mich mal, du Arsch«, doch sie begnügte sich mit einem langmütigen »Dann also gute Nacht« über die Schulter ihrer Mutter.

»Sie macht überraschende Fortschritte in der Schule«, sagte Pascoe, als sich die Tür geschlossen hatte.

»In der Tat«, sagte Studholme trocken.

Er nahm das Bild, das Peter in der Hand hielt, studierte es aufmerksam und legte es neben die, die er mitgebracht hatte.

»Könnten Doppelgänger sein«, sagte er. »So etwas kommt vor. Es gibt nichts, was es nicht gibt. Aber es sieht eher danach aus, als ob es dieselbe Person ist. Sehen Sie das nicht auch so?«

»Nun, ja. Aber was bringt's? Haben Sie den Namen des Kerls auf Ihren Fotos?« fragte Pascoe.

»Ja, Namen für fast alle. Einer meiner Vorgänger in den 1920ern war sehr gründlich. Er hat Überlebende befragt. Deshalb bin ich hier.«

»Weil das definitiv Stabsgefreiter Clark war?«

»Feldwebel am Ende. Und nicht Clark. Hier. Sehen Sie?«

Er holte ein Stück Papier hervor, auf dem ein geduldiger Mensch eine Umrißzeichnung der Gruppen gemacht hatte und anstelle der Gesichter Nummern eingesetzt hatte. Darunter war eine Legende.

Pascoe sah nach, welche Nummer sein Ebenbild hatte. 22. Dann blickte er auf die Legende.

Er war froh, daß er nicht stand. Selbst im Sitzen spürte er, wie der Stuhl unter ihm einen Satz machte, und es flimmerte ihm vor den Augen wie bei Einsetzen einer Migräne.

Nr. 22 Peter Pascoe (Stabsgefreiter)

»Soll das ein Witz sein?« fragte er fest.

»Keine Rede davon«, sagte Studholme, der ihn mit einem besorgten Blick musterte.

»Und was dann? Das kann einfach nicht stimmen. Meine Großmutter war Ada Clark, die einen Pascoe heiratete, wie kann das hier also ihr Vater sein? Einen Moment. Haben Sie nicht gesagt, daß es bei den Wyfies in der dritten Schlacht bei Ypern einen Pascoe gab? Mit Sicherheit handelt es sich hier nur um eine Namensvertauschung.«

»Das war der Soldat Stephen Pascoe. Er wurde verwundet und fiel. Dieser Stabsgefreite und spätere Feldwebel ist jemand anderes.«

Ellie kam zurück.

»Sie wird wohl jetzt schlafen, aber laß dir nicht von ihr auf der Nase herumtanzen, Peter. Ich muß los. Peter, alles in Ordnung?«

Er lächelte gezwungen.

»Ja. Prima. Ich geh später mal nachsehen. Viel Spaß.«

»Ich tu mein Bestes. Major Studholme, schön, Sie kennengelernt zu haben. Tut mir leid, aber ich muß los. Tschüs.«

Weg war sie. Sie war gut in Abgängen, dachte Peter neiderfüllt bei dem Gedanken an den verlegenen Bückling, den er zu machen pflegte.

Studholme stand auf.

»Ich mache mich besser ebenfalls auf den Weg«, sagte er. »Unhöflich, zu spät zu kommen.«

Pascoe stand nicht auf, sondern musterte den Major im Sitzen. Wenn man seit Jahren Dalziel im Nacken hatte, wurde einem eines zur zweiten Gewohnheit, nämlich genau zu beobachten. Er musterte Studholme vom Kopf bis zur Sohle. Etwas wie Ärger, oder etwas mit einer starken Beimischung von Ärger, stieg in ihm hoch.

»Zu spät wofür?« fragte er. »Wenn ich raten müßte, Herr Major, dann würde ich sagen, daß Sie nirgendwo hingehen. Was Sie mir da aufgebunden haben, von wegen Essen mit Freunden, ist ein Bär.«

Studholme fuhr sich mit dem Zeigefinger über den Schnauzer und fragte in einem Ton, der mehr Interesse denn Neugier enthielt: »Und wie würden Sie eine so ungehörige Vermutung begründen?«

»Seit ich Sie heute morgen gesehen habe, haben Sie sich nicht umgezogen. Dasselbe Hemd, derselbe Schlips, dieselbe Jacke, dieselbe Hose. Sie haben noch nicht einmal Ihre Schuhe geputzt. Sie sehen durchaus ordentlich aus, mißverstehen Sie mich nicht, aber ich bin mir sicher, daß ein Mann wie Sie nicht mit Freunden zum Essen gehen würde, ohne nicht mindestens das Hemd zu wechseln.«

»Mann wie ich? Ein bißchen anmaßend nach so kurzer Bekanntschaft, wie?«

Wieder lächelte er, eher leicht neugierig denn empört.

»Sie kennen mich keine Minute länger«, sagte Peter, der dieses Spielchen spielen konnte, bis die Kühe heimkamen und wieder auf die Weide gingen. »Und doch bilden Sie sich ein, mich gut genug zu kennen, um das, was Sie eigentlich sagen wollten, ungesagt zu lassen. Wie ist das als Anmaßung?«

»Eher extrem«, gab der Major mit dem Anflug eines Lächelns zu. »Gut. Vielleicht habe ich mich ja getäuscht. Ich weiß es noch immer nicht.«

»Es gibt nur eine Methode, das herauszufinden«, sagte Peter Pascoe. »Wollen Sie noch etwas trinken?«

Studholme schüttelte den Kopf.

»Danke, aber ich warte lieber, bis ich daheim bin und mir einen richtigen Schluck genehmigen kann. Bitte nicht übelnehmen, ausgezeichneter Orangensaft.«

Er setzte sich wieder hin und streckte behutsam sein rechtes Bein vor sich aus. Hatte er eine Prothese oder nur einen Muskelschaden, fragte sich Pascoe. Er verspürte ein mitfühlendes Zucken in seinem Bein, das verletzt worden war, als er unten im Hauptschacht von Burrthorpe festsaß. Theoretisch hatte er sich von dem traumatischen Erlebnis vollständig erholt. Sein Kopf war da ganz anderer Meinung.

Er sagte: »Und wie lautet nun das große Geheimnis, Herr Major?«

Studholme sagte: »Erzählen Sie mir erst einmal folgendes. Ihre Großmutter, warum hat sie Ihrer Meinung nach gewollt, daß ihre Asche im Hauptquartier des Regiments verstreut wurde?«

Es war an der Zeit, ehrlich zu sein.

»Nicht aus Achtung, das steht fest«, sagte Peter. »Sie haßte alles, was mit dem Militär zu tun hatte, und allem voran die Wyfies. Wenn ich raten müßte, so würde ich sagen, es war das nächste, was sie tun konnte, um jemandem ins Gesicht zu spucken.«

»Haben Sie eine Vermutung, warum ihre Gefühle so heftig waren?«

»Sie hatte ihren Vater im Krieg verloren.«

»Das haben Millionen.«

»Wir suchen uns alle unseren eigenen Weg, mit den Dingen fertig zu werden.«

»In der Tat«, sagte der Major. »Aber das war extrem.«

»Aber Sie denken, Sie wissen warum.«

»Nicht absolut sicher –«

»Ich glaube doch«, unterbrach ihn Peter. »Vielleicht nicht, als Sie gekommen sind, aber jetzt ... und doch wollten Sie gehen, ohne etwas gesagt zu haben. Warum?«

»Wegen des Gesichts, das Sie gemacht haben, als Sie den Namen auf der Liste gelesen haben. Sie haben wie ein Mensch ausgesehen, der in sein eigenes Grab blickt. Ich hatte das Gefühl, daß es vielleicht besser sei ...«

»Besser, schlimmer, das haben wir längst hinter uns«, sagte Peter scharf. »Nun rücken Sie schon mit der Sprache heraus.«

»In Ordnung. Wie ich schon sagte, erinnerte mich der Name an etwas. Ihr Name, Pascoe. Ich bin die Regimentsregister durchgegangen, habe diese Fotos da gefunden. Sah Ihr Gesicht. Zufall – der Name, die Ähnlichkeit? Möglich. Ich mußte das Bild sehen, das Sie haben. Das war der Beweis, aber das hat es nicht erklärt.«

»Der Beweis wofür, um Gottes Willen?«

»Der Mann mit Ihrem Gesicht und Ihrem Namen kam 1917 in Ypern ums Leben.«

»Aber Sie haben doch gesagt, daß sein Name nicht auf der Gefallenenliste zu finden ist?«

»Ja. Er starb nicht im Kampf.«

Studholme holte tief Luft und fixierte Pascoe, ohne zu blinzeln, mit seinem einen Auge.

Er sagte: »Feldwebel Peter Pascoe wurde wegen Feigheit vor dem Feind vor ein Kriegsgericht gestellt. Er wurde für schuldig befunden und im November 1917 im Ypernbogen standrechtlich erschossen. Mr. Pascoe, ist alles in Ordnung?«

VIERZEHN

Der erste, den Ellie erblickte, als sie zur Party kam, war Andy Dalziel, ein Glas in der einen Hand und in der anderen einen Theologieprofessor, dem er etwas aus dem kanonischen Recht zu erklären schien.

Bei Ellies Anblick lockerte er seinen Griff und rief: »Hallo! ist Young Woodley wieder zurück?«

»Gesund und munter. Was machen Sie denn hier?«

Gekränkt zerknitterte sich das Gesicht des Dicken, so daß es wie eine Störung auf einem 25-Zoll-Bildschirm aussah, und er wandte sich hilfeheischend zu seinem Nachbarn. Der gute Professor hastete allerdings bereits zur Bar, hatte er doch das Wirken der göttlichen Vorsehung sogleich erkannt.

Seines Publikums beraubt, funktionierte Dalziels Gesicht wieder normal. Er sagte: »Ich wurde eingeladen. Und wo steckt er?«

»Beim Babysitten. Wer hat Sie eingeladen?«

Es ging sie nichts an, aber wie immer hatte Dalziel bei ihr die bewaffnete Gegenwehr ausgelöst.

»Freundin«, sagte er vage. »Aber morgen kommt er doch wohl?«

»Das hängt wahrscheinlich davon ab, wann ich heimkomme.«

»So eine Veranstaltung ist das hier also? Sag mir Bescheid, wenn die Marihuanaplätzchen verteilt werden, damit ich abhauen kann.«

»Aus Diplomatie?« sagte Ellie wagemutig.

»Um Verstärkung zu holen«, sagte Dalziel. Dann hellte sich sein Gesicht auf, und er sagte: »Da bist du ja, meine Liebe. Ich dachte schon, du hättest die Flucht vor mir ergriffen. Du kennst Ellie Pascoe.«

Ellie drehte sich um und sah Mandy Marvell näherkommen. Sie blickte noch einmal Dalziel an, wobei sie versuchte, ihre Überraschung zu verbergen. Dann dachte sie, ich versuche doch nicht etwa, seine Gefühle zu schonen?, und zeigte ihre Überraschung.

Amanda sagte: »Ja. Hallo, Ellie.«

Dalziel sagte: »Nett, wenn man gemeinsame Freunde hat. Ich dachte, daß noch eine Freundin von euch hier ist, Wendy Walker.«

Gütiger Gott, dachte Ellie, die sich gerade umgesehen hatte, um Wendy zu suchen. Wie zum Teufel schafft er es immer wieder, den Eindruck zu erwecken, daß er mir eine Wanze angesetzt hat?

Dalziel, der den Namen einfach nur so dahergesagt hatte, weil er den Übergang vom Bergbau zum Tierschutz nicht nachvollziehen konnte, nahm ihre Reaktion interessiert wahr.

»Wir haben uns tatsächlich hier verabredet«, sagte Ellie.

»Verabredet? Steht ihr in Verbindung?«

»Sie kam heute vorbei. Um sich zu unterhalten. Wir hatten nicht genügend Zeit, und sie sagte, daß wir uns wahrscheinlich heute abend sehen würden.«

»Ach ja? Ich hätte nicht gedacht, daß so was hier ihr Ding ist«, bohrte Dalziel weiter.

»Als Bergmannsfrau hat sie mehr Recht, hier zu sein, als die ganzen Trittbrettfahrer, die sich hier rumtreiben«, gab Ellie schwungvoll zurück.

Dalziels Grinsen gab zu erkennen, daß er den Pfeil wahrgenommen hatte, auch wenn er an ihm abgeprallt war. Er leerte sein Glas und sagte: »Du hast ja recht, Mädel. Hier läutet man nicht Alarm, damit sich die Leute in Bewegung setzen, hier öffnet man einfach nur eine Flasche.«

Seine Analyse traf es nicht ganz, dachte Ellie, als sie die anderen Gäste musterte. Zwar waren ein oder zwei, wie etwa der Theologieprof, dafür bekannt, daß sie beim ersten Gläserklingen auftauchten, aber es waren nicht nur die alkoholischen Trittbrettfahrer vertreten, auch die moralischen sorgten für eine hohe Gästezahl. Man befand sich offensichtlich am politisch korrekten Ort.

Was dennoch nicht erklärte, was Dalziel hier in der Gesellschaft von Cap Marvell machte. Wie Jane Austen einen guten

Blick für Ehebrecherinnen hatte, spürten Ellies feine Sensoren, ohne daß sie es glauben wollte, ein starkes physisches Band zwischen den beiden.

Sie sagte: »Nach dem, was ich gehört habe, war gestern abend allerhand los?«

Cap, die dem Gespräch zwischen Ellie und Dalziel aufmerksam zugehört hatte, sagte ziemlich scharf: »Dann hat Wendy also geplaudert?«

»Eigentlich nicht. Wir wurden unterbrochen. Sie kam mir aber irgendwie erschüttert vor.«

»Das überrascht mich. Gewöhnlich macht sie nicht den Eindruck eines Menschen, den etwas erschüttern kann. Schließlich waren es doch nur ein paar alte Knochen.«

»Es gibt mehr als nur einen Blickwinkel. Von den alten Knochen hat sie eigentlich nicht viel gesagt. Über die habe ich mehr in den Nachrichten erfahren, die ich gehört habe, bevor ich kam.«

»O gut. Hast du gehört, Andy? Ein Schwenken des Zauberknüppels und schon fallen die Mauern. Mit etwas Glück bedeutet das, daß sie mein Interview in der Lokalsendung nach den Hauptnachrichten ausstrahlen. Andy, wenn du nichts dagegen hast, bleibe ich nicht so lange. Ich würde gern sehen, wie es geworden ist.«

»Wie du willst, Mädel«, sagte Dalziel. »Ich sag den Typen nur, was sie ausstrahlen dürfen und was nicht, mir anzusehen, was sie senden, brauche ich nicht.«

Immer merkwürdiger. Hieß das, daß er erwartete oder daß man erwartete, daß er mit ihr nach Hause ging? Und schwang da mit, daß er für Caps Fernsehauftritt verantwortlich war?

»Ich wollte damit nicht sagen, daß auch du früh gehen sollst«, sagte Cap gleichmütig.

Merkwürdig, wie man sagen kann »du bist frei« und gleichzeitig einen Ruck an der Leine tun kann, dachte Ellie und grinste so, daß Dalziel es merkte.

»Ist mir auch recht, meine Liebe«, sagte er lässig. »Denn hier sind eine Menge Leute, mit denen ich noch nicht gesprochen habe. Ich kann sie doch nicht gekränkt nach Hause gehen lassen. Saufnase, bist du das? Wie geht's? Strafe schon bezahlt? Meiner Treu, der Anwalt sollte für Wales singen, den du da aus London eingeflogen hast. Wenn du jemals vorhast, deine Frau um die Ecke zu bringen, laß dich von ihm vertreten, und ich wette, du kommst mit Bewährung davon.«

Saufnase, das heißt Charles Burgoyne, Vizekanzler der Universität von Mid-Yorkshire, der gerade eine Anzeige wegen Alkohol am Steuer mit einem Bußgeld ohne Führerscheinentzug überstanden hatte, senkte seine Adlernase, um den Dicken ins Visier zu nehmen, und sagte: »Bewährung, Andy? Bei dem Honorar erwarte ich mindestens sofortige Verjährung. Nun steh hier nicht rum mit einer leeren Dose in der Hand. Komm, gehen wir sie auffüllen.«

Und Dalziel, der nie etwas dagegen hatte, von einem ehrenwerten Widersacher Hilfe anzunehmen, solange es diesem nicht zu Kopfe stieg, lachte und folgte der eleganten, patrizierhaften Gestalt zur Bar.

Die beiden Frauen sahen ihm nach.

»Einfach unglaublich, nicht?« sagte Cap.

»Jenseits aller Vorstellung«, bestätigte Ellie. »Kennen Sie ihn schon lange?«

»Lange genug«, sagte die andere mit einem Anflug von Verschmitztheit, fügte dann aber hinzu, wie um das Gespräch wieder in konventionelle Bahnen zu lenken: »Aber natürlich nicht so lange wie Sie. Durch Ihren Mann, meine ich.«

»Ich bin davon ausgegangen, daß Sie das meinen«, sagte Ellie.

Irgend etwas ging hier vor, daran gab es keinen Zweifel, aber noch größere Sorge machte ihr, was mit ihr selbst vorging. Sie und Cap Marvell waren nie befreundet gewesen, sie hatten nur genügend Gemeinsamkeiten, daß sich ihre Pfade von Zeit zu Zeit kreuzten. Ellies Glaube an die weltweiten Schwestern war politisch, nicht religiös, und sie verspürte keinen Drang, alle Schwestern gleichermaßen zu lieben. Außerdem hatte sie den Verdacht, daß die neue Cap Marvell noch immer die alte Honorable Mrs. Rupert Pitt-Evenlode war, nur kleingeschrieben, die ihr Vermögen hinter sich herschleppte wie Marley * seine Kette und für alle Ewigkeit nichts mit der wirklichen Welt zu tun hatte, in der die Menschen ihren Lebensunterhalt selbst verdienen mußten. Ihre nicht in Abrede zu stellende Energie hatte sich bei allen möglichen guten Zwecken als nützlich erwiesen, aber Ellie blieb reserviert. Und sie hatte recht gehabt, dachte sie nun. Was bewies dieser ganze Tierschutz schon anderes, als daß sie eine bürgerliche Dilettantin war, die Filetsteaks an ihre Hunde verfütterte, während ihre Bauern in den Hütten hungerten?

Die Heftigkeit ihrer Bilder erschreckte sie. Das war keine reservierte Haltung, das war noch nicht einmal ein richterliches Todesurteil, das war das blutrünstige Geheul eines Lynchmobs!

Und wieso das? Weil ich eifersüchtig bin, dachte Ellie. O Gott, wie entsetzlich! Ich erhebe Besitzansprüche auf den dicken Andy! Ich habe nichts dagegen, wenn andere ihn als Rowdy, als Dreckschwein, als die lebende Verneinung aller zivilisierten Werte sehen – aber kaum taucht jemand auf, der die Widersprüche in ihm zu schätzen weiß, kaum nähert sich diese Person der Standhaftigkeit im Herzen dieses monströsen Fleischkloßes auf Rufweite, kaum daß jemand (Scheiße, *jemand*, ich meine *eine Frau*, ich meine *sie*!) sich zwischen die flapsige Haßliebevertraulichkeit schiebt, die sich über die Jahre zwischen uns entwickelt hat, und schon finde ich es zum Kotzen. Ganz die alte Ada, nur mit umgekehrtem Vorzeichen. Ihr war ich böse, weil sie zu Peter gesagt hat, er sei mehr wert als ein Polizist, was ich ihm sowieso dauernd gesagt hatte, seit wir verheiratet waren. Wenn jemand es wagen würde, Rosies neues unsägliches Vokabular zu kritisieren, würde ich ihm oder ihr vermutlich so meine Meinung geigen, daß kein Zweifel mehr daran bestünde, von wem Rosie es hat. Was für eine Scheiße. Warum durchschaue ich mich so gut? Warum kann ich kein Messias sein? Oder eine Politikerin oder Journalistin und aufrichtig davon überzeugt sein, daß ich alles weiß!

»Ist alles in Ordnung?« fragte Cap.

»Ja, warum?«

»Ihre Lippen haben sich bewegt, aber es kamen keine Wörter raus.«

»Ich übe für eine Bauchrednernummer«, sagte Ellie. »Sie haben wohl die Stelle gemerkt, wo ich einen Fehler gemacht habe. Andy hat mir erzählt, er sei hier, weil Sie ihn eingeladen haben. Und wie kommt es, daß Sie hier sind, wenn ich das fragen darf?«

»Mein Großvater, der sich eingebildet hat, so reich zu sein, daß sein Geld bis in alle Ewigkeiten reichen würde, kam auf die Idee, einen Teil so zu verwenden, daß seinem Namen eine ähnlich lange Lebensdauer beschieden wäre. Was sein Geld betrifft, so hat er sich getäuscht, wofür mein Vater, die Inflation und eine Menge lahmer Gäule der Beweis sind. Was seinen Namen anlangt, so werden Sie ihn bemerkt haben, dabei aber nicht an mich gedacht haben, wette ich.«

»Warten Sie. Sie meinen doch nicht die Marvell-Sammlung in der Bücherei? Ich bin immer davon ausgegangen, daß der Name etwas mit dem Dichter zu tun hat.«

»Unsere Familie soll entfernt mit ihm verwandt sein«, sagte Cap. »Aber nein, das war Großvaters Einsatz für die Unsterblichkeit. Und in der Hoffnung, daß einer seiner Nachkommen ähnliches Geld und ähnliche Vorlieben pflegt, bleibt der Name auf der Einladungsliste der Universität. Zuerst wollte ich nicht kommen, dann habe ich aber gedacht, daß es vielleicht Spaß machen würde, zu testen, wie groß das Verlangen nach mir ist, indem ich Andy mitbrachte. Er ist aber eigentlich hier mehr daheim als ich.«

»Ein Mann mit Wurzeln weiß, wo die Leichen begraben sind«, sagte Ellie deutlich. »Ich zitiere natürlich. Da fällt mir ein, das muß gestern abend ein ziemlicher Schock für Sie gewesen sein.«

»Weniger als Sie sich vielleicht vorstellen. Auf einem Schlachtfeld rechnet man einfach mit Leichen, und so ist die Atmosphäre da draußen. Aber Sie haben mich unruhig gemacht, was Wendy betrifft.«

Das war ein Kurswechsel. Vielleicht war sie ja doch in Ordnung.

»Ich bin sicher, es ist alles O.K. Sie will nur ihr Herz ausschütten. Sie wissen schon. Von Frau zu Frau. Wir kennen uns schon lange.«

Was leicht übertrieben war.

Cap sagte lächelnd: »Ja, natürlich. Burrthorpe. Und Sie waren ihre Patin, nicht? Und auch ihr Guru, scheint's. Entschuldigen Sie, aber da ist Galway von der Biologie, er versucht meinem Blick auszuweichen. Wir müssen über seine Ratten reden. Bis nachher.«

Sie machte sich an die Verfolgung eines verdächtig aussehenden Mannes in einem kratzigen Tweedanzug. Ellie verspürte ein Aufwallen von Sympathie für ihn. Cap mochte ihre Energie zwar für die falsche Sache einsetzen, aber sie konnte einem das Fürchten lehren. Mit ein bißchen Glück könnte Dalziel sich diesmal übernommen haben.

Sie sah sich wieder nach Wendy um. Noch immer kein Zeichen von ihr. Verdammt, Wendy wäre gut beraten aufzutauchen. Sie hatte bereits das Gefühl, ihre Pflicht gegenüber der Gewerkschaft erfüllt zu haben, und der eine Drink, den sie sich genehmigte, wenn sie Auto fuhr, würde nicht mehr lange reichen. Jemand klopfte ihr auf die Schulter. Sie drehte sich mit den Worten um: »Da bist du ja.« Doch statt Wendy lächelte Arthur Halfdane sie an, Historiker und ehemaliger Kollege, dessen Karriere auf Kosten seines frischen jungen Gesichts und Lockenkopfes Fortschritte gemacht hatte.

»Ellie«, sagte er. »Sie sehen großartig aus. Hier ist jemand, den ich Ihnen vorstellen möchte. Jemand von der Universität Melbourne. Verbringt ein Forschungsjahr hier. Einfach faszinierend.«

Aufgrund bitterer Erfahrungen wußte Ellie, daß die Linguisten gewöhnlich Schlänglein mit geschmeidigen Zungen waren und englische Literaturwissenschaftler meist sowohl die Träne als auch die Zähne von Krokodilen hatten. Doch der gefährlichste Vertreter der akademischen Fauna war der lächelnde Historiker, der eine Last abzuwälzen hatte.

Hinter Halfdane konnte sie ein ausgetrocknetes Männlein mit unregelmäßigen gelben Zähnen ausmachen, um dessen Stirn ein roter Strich verlief, der entweder von einer kürzlichen Gehirnoperation oder einem knapp sitzenden Hut mit Korkeinlage stammte.

Sie tauchte ab in den Windschatten einer fröhlich aussehenden Enddreißigerin in einem geblümten Strampelanzug, der sich an allen Ecken dehnte, um ihre überschwengliche Fleischesfülle zusammenzuhalten, und zischte: »Danke vielmals, nein, danke. Ich habe meine Kiwi-Quote dieses Jahr erfüllt.«

»Völlig in Ordnung, Mädel. Ich kann euch verdammten Tommys auch nicht ausstehen«, sagte die Frau mit der Rubensfigur, nun mit einem noch breiteren Lächeln.

»Ellie«, sagte Halfdane, »darf ich Ihnen Professor Pollinger vorstellen« und bedachte Ellie mit dem selbstgefälligen Lächeln, das Jahrhunderte des Rechthabens in allen Dingen, die länger als fünfzig Jahre zurücklagen, hervorgebracht hatte.

FÜNFZEHN

Peter Pascoe lag da und fühlte, wie das Gewicht der Dunkelheit auf ihm lastete.

Peine forte et dure * ... Wer hatte noch gesagt: »Mehr Gewicht?« ... Und war es Trotz oder bloß die Bitte gewesen, ein ohnehin sicheres Ende zu beschleunigen?

Idiot! sagte er zu sich. Du bist wie gewöhnlich durch den Wind. Was für einen Grund zur Verzweiflung hast du denn? Es gibt welche da draußen, die haben nichts als die Dunkelheit zwischen sich und dem Himmel ... Soldaten und Bedürftige, die nicht in der Lage sind, sich zu freuen ... die Verlorenen, die Besitzlosen ... während ich hier liege, mit einer geliebten Frau und Tochter ...

... mit einer Frau und einer Tochter, die mich lieben. O Alice, Ada, der Gedanke an euch sollte mir Kraft geben zu kämpfen. Warum bringt mich der Gedanke an euch an den Rand der Hoffnungslosigkeit?

Weil ich nicht glauben kann, daß das hier für euch ist. Nichts davon. Wie können der Dreck, die Fäulnis, das Blut, die gebrochenen Knochen und verstreuten Glieder, die Läuse, die Ratten, die hilflose, hoffnungslose, gleichgültige Hölle irgend etwas mit euch zu tun haben? Wovor schützen euch diese Greuel? Vor einem kinderschlachtenden Hunnen auf einem Plakat? Ich habe es gesehen, das Monstrum. Ich habe es tot gesehen, und ich habe es lebendig gesehen. Und tot liegt es genau so da wie meine Kameraden. Dasselbe Blut quillt aus den zerschmetterten Gliedmaßen. Dieselbe Fassungslosigkeit steht in denselben ratlosen Augen.

Und lebend sieht es wie ein Junge aus, der sich verirrt hat, das Monster, voll entsetzlicher Angst, daß sich die dargebotene Hand mit der Zigarette zur Faust ballen könnte. Und wenn er Vertrauen gefaßt hat in meine Freundlichkeit, faßt er in seine Jacke und zeigt mir Bilder von seiner Alice und seiner Ada.

Ist das das Monstrum, vor dem ich euch beschütze? Bin ich das Monster, vor dem er seine Familie in der Heimat beschützt? Ich weiß es nicht. Es muß doch einen Grund geben, und wenn es der nicht ist, was dann?

Pascoe rollte sich aus dem Bett und verließ das Zimmer auf Zehenspitzen.

Einschlafen würde er heute nicht mehr. Er hatte es in dem Augenblick gewußt, als Studholme ihm die Wahrheit gesagt hatte. Der Major, der erst so zurückhaltend gewesen war und ihm nicht sagen wollte, was er wußte, schien für immer in seinem Sessel bleiben und reden zu wollen, nachdem die Hürde genommen war. Pascoes Instinkt, der durch die vielen Jahre der Befragungen sehr fein geworden war, wußte, daß noch mehr folgen würde, daß noch eine Menge Fragen der Antwort harrten. Doch nicht jetzt. Nicht jetzt. Nach diesem Bombentreffer wollte er nur noch allein in den Trümmern sitzen. Er hatte Studholme fast aus dem Haus geschoben, sich einen Scotch von dalzielesken Maßen eingegossen und war dann umhergewandert, bis er im Garten angekommen war, weil er das Bedürfnis nach Weite, Distanz und die bewölkte Gleichgültigkeit des Himmels verspürte.

Die Kälte hatte ihn wieder ins Haus getrieben, wo er feststellte, daß sein Umherwandern Rosie aufgestört hatte. Mit riesiger Anstrengung hatte er den emotionalen Vulkan in seinem Inneren so in den Griff bekommen, daß das Kind ihn nicht bemerkte. Er hatte ihr Quengeln mit einer Lieblingsgeschichte besänftigt, und als der Schlaf endlich ihre makellosen Züge entspannte und sie in der atemberaubenden Frische des allerersten Frühlings dalag, hatte er auf sie hinabgesehen, dann die Augen geschlossen und sich vorgestellt, er würde sie nie wieder sehen.

Er öffnete die Augen. Sie war noch immer da. Er blieb bei ihr sitzen, bis er das Auto auf der Auffahrt hörte und wußte, daß Ellie zurück war.

Sie tranken zusammen einen Kaffee, während sie ihm mit Entzücken von Dalziels Anwesenheit auf der Party und die sich daran anknüpfenden Spekulationen erzählte. Pascoe hatte auf Klatsch und Neuigkeiten gleichermaßen träge reagiert und war schließlich zu Bett gegangen, da er so früh aufgestanden und so weit gefahren sei, wie er sagte. Er wollte mit Ellie reden, aber nicht, bevor er nicht etwas Vernünftiges, etwas Zusammenhängendes zu sagen hatte. In seinem Gemüt gab es dunkle Stellen, über die er nicht sprechen konnte, noch nicht, vielleicht nie. Als er jünger war, hatte er gesagt, Liebe sei Offenheit, äußerste Nacktheit zweier Körper, Geister und Seelen. Aber jetzt nicht ... jetzt nicht ... jetzt nicht ...

... Ich hatte gedacht, alles mit Alice besprechen zu können, wenn ich auf Heimaturlaub war, aber ich habe festgestellt, ich schaffte es nicht. Es ist zu etwas gekommen, das den Namen Die Schlacht bei Arras trägt, und alle Zeitungen haben davon berichtet als einem berühmten Sieg. Da war ich dabei gewesen, habe ich entdeckt. Da haben Duggie Granger, Kit Bagley, Micky Sidebottom und Gott weiß wie viele Zehntausende das höchste Opfer gebracht, wie sie es daheim in Blighty * nennen, wenn die einem die Eingeweide aus dem Leib fetzen und das Gehirn durch den Stahlhelm sieben. Wie hätte ich mit Alice oder sonst jemand darüber sprechen können? Oder als ich von unseren glorreichen Verbündeten las, wie konnte ich ihnen erzählen, was ich vom Burschen eines Offiziers auf Urlaub gehört hatte. Daß es den Deutschen im Osten von uns noch schlimmer ergangen ist und daß sie ihre Gewehre weggeschmissen hätten und nicht mehr kämpfen wollten. Und daß ganze Trupps abkommandiert und von ihren Landsleuten als Meuterer erschossen wurden.

Worüber wir uns noch unterhalten konnten, das war die russische Revolution. Als ich Mr. Cartwright anrief, sagte er, es bedeutet seiner Meinung nach, daß Rußland im Handumdrehen aus dem Krieg raus ist, und daß es die Chance für alle europäischen Arbeiter ist, sich zu vereinigen und die Regierungen zu zwingen, es den Russen nachzumachen. Es fand in jener Woche im Coliseum Cinema in Leeds eine große Versammlung auf nationaler Ebene statt, und er hat mich eingeladen, daran teilzunehmen. Das habe ich dann auch getan, obwohl Ada gesagt hat, ich soll aufpassen, weil ich ja weiß, wie sehr Mr. Grindal gegen die Treffen ist. Ich hab erwidert: Was soll ich jetzt mit Mr. Grindal? Und bin trotzdem hingegangen. Es war sehr aufregend. Mr. Snowden hat eine gute Rede gehalten, und ich habe auch etwas gesagt, als diese Frau, die eine Suffragette war, wie man sie nennt, gesagt hat, natürlich will sie Frieden, aber wir müßten sicherstellen, daß die ganzen edlen Opfer unserer braven Jungs nicht vergeblich gewesen sind. Da bin ich aufgesprungen und hab geschrien, wenn sie gesehen hätte, was ich gesehen habe, die Körper von Freunden in Stücke zerfetzt für ein paar hundert Meter Ödland, dann wüßte sie, daß schon jetzt alles umsonst ist. Einige Leute klatschten Beifall, aber nicht viele, und eine kleine Schar in Uniform fing an, Verräter zu skandieren. Das haute mich um, bis ich näher hinsah und entdeckte, daß es Rekruten aus einem Trainingslager waren. Einen erkannte ich, Archie Doyle, meinen alten Feind aus der Fabrik, der die Lilie und die Rose trug. Ich hab mir also den Weg zu ihm gebahnt und gesagt: Nett dich zu sehen, Archie. Wann stößt du zur Truppe? Und er hat mich mit einem kranken Grinsen bedacht und gesagt, in zwei Tagen bricht er auf. Und ich hab gesagt: Ich freu mich schon drauf, Archie.

Am nächsten Tag, als ich in der Fabrik vorsprach, hab ich mich nach Archie erkundigt. Dabei hab ich erfahren, daß er sich trotz der großen Reden, die er immer geschwungen hat, hinter den Röcken seiner Frau versteckt hatte, bis im vergangenen Jahr die allgemeine Wehrpflicht eingeführt wurde. Selbst dann noch hat er seine kranke Frau vorgeschoben. Er ist hinter Mr. Grindal hergerannt, der im örtlichen Ersatzamt ist, und mit seiner Hilfe wurde es verschoben. Ich mag ihn nicht sehr, aber ich dachte: armer Teufel. Du wärst besser dran, wenn du eine Hand in den Webstuhl gesteckt hättest!

Nicht, daß es noch viele Webstühle gibt, in die man überhaupt etwas stecken könnte! Alles ist verändert. Nicht nur, daß nur noch Mädchen und alte Männer arbeiten. Das hatte ich erwartet. Es ist in der Hauptsache Verbandszeug, das sie machen. Verbände, Dreieckstücher und was es sonst noch so gibt. Onkel George hat mir erzählt, daß der Alte, als er sich in den Kopf gesetzt hatte, es sei mehr in Mr. Sams Branche zu verdienen, keine Minute gezögert hat, die alten Webstühle rauszureißen und die neuen Maschinen aufzustellen. Natürlich haben wir auch über Stephen gesprochen, und ich habe zu Ada gesagt, er ist fit, und es geht ihm gut. Doch als ich Mary erwähnt habe, wurde sein Gesicht hart, und er sagte, er hätte sie schon längst an die Luft gesetzt, wenn da nicht der kleine Junge wäre. Dann hat er mich gebeten, nichts davon zu Steve zu sagen. Es müsse schlimm genug sein, das durchzumachen, was wir durchmachten, ohne sich auch noch Sorgen darüber machen zu müssen, was die eigene Frau trieb. Ich sagte, natürlich würde ich nichts sagen, dann ließ mich Mr. Grindal rufen, der gehört haben mußte, daß ich da war.

Er begrüßte mich an der Tür und sah so hart und schlechtgelaunt aus wie eh und je. Sofort hat er gesagt: Man hat mir erzählt, du hast dich gestern abend in Leeds zum Narren gemacht? Ich sagte: Ich habe die Wahrheit gesagt, wenn Sie das meinen. Wahrheit? fragte er höhnisch. Eben die Wahrheit, die allen in Ihrer Fabrik Arbeit gibt, sagte ich. Das hat ihm zu denken gegeben, und er hat gesagt: Ein Narr mehr wird in der Menschenmenge im Coliseum nicht aufgefallen sein. Komm rein. Hier ist jemand für dich.

Ich ging durch die Tür und stand vor einem Offizier. Ich stand sofort stramm und salutierte. Er grüßte zurück, aber mit einem breiten Grinsen. Dann sagte er: Hab ich dir nicht gesagt, Vater, daß Peter einen sauberen Soldaten abgibt. Da hab ich ihn erkannt, den jungen Gertie Grindal, der in der Uniform eines Subalternoffiziers der Wyfies aussah, wie für die Parade herausgeputzt. Was für eine Lilie er war mit seinen Stiefeln, die wie Kolbenöl glänzten, und die Sterne auf seinen Schultern ragten hoch wie Johnny Cadgers Furunkel. Ich hatte ihn seit jenem letzten Sommer vor dem Krieg nicht mehr gesehen, als er fünfzehn war und sein Vater ihn in den Ferien in die Fabrik gesteckt hatte, zum Teil, weil er was lernen sollte, zum Teil als Strafe, weil er in seiner vornehmen Schule so schlechte Zeugnisse bekommen hatte. Ich habe mich damals um ihn gekümmert und bald festgestellt, daß er noch genauso verzärtelt wie als kleiner Steppke war und mit mir durch die Wälder streifte. Immer große Klappe, wenn ihm die Sonne auf den Rücken schien, aber beim ersten Anzeichen von Regen hat er gleich Schutz gesucht. Zu Hause bei seiner Mutter, oder meiner, wußte er, daß er das Sagen hatte. Aber draußen im Wald lag die Sache anders. Dort hatte ich die Führung, und ich konnte mich jederzeit schadlos halten, wenn mir danach zumute war. Wie als ich ihm den alten Eiskeller gezeigt und gesagt habe, dort würde der große weiße Wurm leben. Dann hab ich laut geschrien: Aufgepaßt! Da kommt er! Und bin ohne ihn weggerannt. Er hat so sehr geheult, daß er zum Tee nichts essen konnte. Mama hat mir dafür die Ohren langgezogen, aber ich war der Meinung, daß es die Sache wert gewesen war.

Nun sagte er: Erinnerst du dich daran, was für einen Spaß wir hatten, als wir klein waren, was ich alles ausgefressen habe? Ich sagte, ich erinnere mich an den Sommer in der Fabrik, in der Hoffnung, daß ihm das vielleicht ein bißchen Einhalt gebieten würde. Er muß sich doch noch daran erinnert haben, wie ihn alle Gertie riefen. Aber er lächelte nur und sagte: In der Tat, noch mehr großartige Tage. Erinnerst du dich an die Fünfzig, die ich gegen die Elf von Onkel Sam gemacht habe? Und du warst ein sehr gleichmäßiger Werfer, wenn ich mich recht entsinne. Schafft ihr es, da draußen Cricket zu spielen?

Seine Fünfzig waren eher zehn gewesen und meine sieben Malwürfe hatten uns den Sieg gesichert. Nicht viel Gelegenheit dort drüben für Cricket, Sir. Der Boden ist nicht wirklich geeignet.

Unsinn, sagte er. Man braucht nichts weiter als zweiundzwanzig Meter flaches Feld. Ich bin sicher, das schaffen selbst die Franzosen. Ich dachte an die von Granaten zerfetzte Erde, die uns erwartete, wenn wir aus den Gräben kamen und auf der Erhebung vor Wancourt saßen, und ich wollte eine sarkastische Äußerung machen, als ich Grindals Blick auffing und den Mund hielt. Nicht, weil ich darin etwas sah, das mir Angst einflößte, sondern weil ich sah, was für eine große Angst er hatte. Und er hatte Grund dazu.

Gertie fuhr fort: Keine Sorge. Ich bin sicher, wir bringen so etwas wie ein Spiel zustande, wenn ich rüberkomme. Rüberkomme? sprach ich ihm nach. Ja, ich habe meinen Marschbefehl. Morgen geht es los, möglicherweise reisen wir zusammen.

Ich hab drauf verzichtet, ihn auf den Unterschied zwischen erster und dritter Klasse hinzuweisen. Ich habe gesagt: Tut mir leid, Sir. Ich habe noch drei Tage.

Er sah mich an, als würde er denken, das ist ein geringer Preis für das Vergnügen, in meiner Gesellschaft zu reisen. Dann sagte er: Bei einem kannst du mir helfen, Pascoe. Ich hatte daran gedacht, meine Jagdpferde mitzunehmen. Was meinst du? Wenn es zum Durchbruch kommt, möchte ich ordentlich beritten sein.

Ich hatte ordentlich berittene Männer in der Nähe von Monchy nach vorn galoppieren sehen, wo so ein Idiot von hohem Tier sich eine Lücke in der Front eingebildet hatte. Mit flatternden Wimpeln, blitzenden Säbeln. O, es war ein ein Anblick, an den man sich erinnert. Was sich aber wirklich im Gehirn festgesetzt hat und dort so lange bleibt, bis das Gedächtnis stirbt, war das entsetzliche Wiehern der Pferde, als sie von den Kugeln der deutschen Schnellfeuergeschütze niedergemacht wurden.

Ich hab das arme lächelnde Kind traurig angesehen und gedacht: Drei Wochen, ich geb dir drei Wochen. Das war der Durchschnitt für einen Subalternoffizier, wenn schwer gekämpft wurde. Mr. Hurley, unser gegenwärtiger Zugführer, hatte fast drei Monate geschafft. Bemerkenswert, denn er konnte rechts nicht von links unterscheiden, wenn er nicht seinen Sam Browne zu Hilfe nahm. Wir empfanden ihn alle als eine gewisse Belastung, aber verglichen mit den armen Scheißtypen, die Gertie kriegen würden, hatten wir ganz schönen Dusel.

Auf jeden Fall salutierte ich noch einmal in aller Form, was ihn entzückte, und ging. Beim Weggehen folgte mir Mr. Grindal und faßte mich am Arm.

Er sagte: Peter, du warst lange genug draußen, um dich auszukennen. Paß auf ihn auf, ja?

Ich wußte, daß es seinen Stolz eine Menge gekostet haben mußte, meine Hilfe in Anspruch zu nehmen. Und ich wußte auch, daß er auf seine Weise richtig gut zu mir gewesen war, besser als ich es erwartet hatte, nachdem ich mich der Gewerkschaft angeschlossen hatte. Aber ich wußte auch, daß ich kein Recht hatte, dieses Versprechen zu geben. Es war nicht dasselbe, wie zu verhindern, daß ein Kind in den Bach fiel, oder es zu verbinden, wenn es sich an einem Brombeerbusch verletzt hatte. Es war auch nicht dasselbe, wie wenn es danach aussah, als würde er sich gleich in einem der großen Webstühle verfangen, und ich ihn rausgezogen habe, was ich mehr als einmal tun mußte.

Es bedarf des Allmächtigen, um dich von den Bomben wegzuziehen oder dem Kugelhagel oder dem fliegenden Schrapnell, und niemand weiß, wann und wie und warum er es tut.

Doch während ich noch nach Worten suchte, um das auszudrücken, nickte der alte Grindal mit dem Kopf. Seine scharfen schwarzen Augen, die alles sahen, hatten ihn nun doch getäuscht und ihn sehen lassen, was er in meinem Gesicht hatte sehen wollen. Und er drückte mir den Arm: Danke, Junge, das soll dir nicht vergessen werden.

Ich weiß, ich hätte etwas sagen wollen, aber ich habe es nicht getan. Und ich fühle mich nicht schuldig.

Ich meine, warum sollte es mich belasten, daß ich nicht versucht habe, dem alten Grindal zu sagen, wie es da draußen wirklich ist, wenn ich noch nicht einmal in der Lage war, die Worte zu finden, meiner eigenen geliebten Frau zu erzählen, was ich empfinde?

»Peter, es reicht! Wenn ich mein Leben schon mit Hamlets Geist verbringen muß, hab ich auch ein Recht, die Monologe zu belauschen.«

Er hatte sie nicht die Treppe herunterkommen hören. Nun kam sie barfuß in die Küche, ließ sich auf einen Stuhl auf der anderen Seite des Tischs fallen und befühlte die Teekanne mit der linken Hand, um zu sehen, wie warm sie noch war.

»Ich mach dir frischen«, erbot er sich.

»Nein, der reicht völlig.«

Sie zog seinen Becher zu sich, füllte ihn und schlürfte die lauwarme Flüssigkeit.

»Es war der Geist von Hamlets Vater, der als Gespenst umging«, stellte Peter klar.

»Der ebenfalls Hamlet hieß. Woran willst du also Rache nehmen?«

Er überlegte. War das der richtige Ton? Sehr englisch, leicht und rational? Wie lautete die Alternative? Südländisch gefühlsbetont? Slawisch bekennerisch? Skandinavisch selbstmörderisch?

Er sagte: »Das militärische und politische Establishment Großbritanniens würden es für den Anfang erst einmal tun.«

Dann berichtete er ihr klar, deutlich und ohne Gefühlsduselei, was Studholme ihm erzählt hatte.

Er konnte sehen, daß die Nachricht sie eher verdutzte als vernichtete.

»Wie kann Adas Vater aber Peter Pascoe geheißen haben? Es ergibt überhaupt keinen Sinn. Es muß ein Irrtum sein, der durch die zufällig gleichen Namen entstanden ist.«

»Und die übereinstimmenden Gesichter? Nein, er ist es, daran habe ich gar keinen Zweifel mehr. Und ich werde feststellen, wie es dazu gekommen ist.«

»Wieso dein Urgroßvater mütterlicherseits deinen Namen trägt, meinst du?«

»Nein, wie es dazu gekommen ist, daß mein Urgroßvater an einen Pfosten gebunden wurde und von seinen eigenen Landsleuten mit Blei gespickt wurde.«

»Peter, das ist schrecklich, aber es ist alles so lange her«, sagte sie sanft. »Ich weiß, daß Rache ein Gericht ist, das man am besten kalt verzehrt, und den ganzen Quatsch, aber das ist ja eine so alte Sache, daß selbst die Salmonellen schon wieder Salmonellen bekommen haben! Lohnt es sich wirklich, für so was die Furien loszulassen?«

Er sagte, noch immer um einen leichten Ton bemüht: »Vielleicht haben sie sich ja schon erhoben und sind schon unterwegs.«

Sie überlegte und sagte dann: »Du willst sagen, hinter dir her, nicht wahr?«

»Ja? Ja, vielleicht hast du recht«, sagte er und schaffte so eben ein Lächeln.

»Aber warum? Ich meine, was hast du denn getan? Was hat es denn mit dem Tod deines Urgroßvaters auf sich, daß du dich schuldig fühlst? Denk doch mal darüber nach. Wie viele Millionen sind im Großen Krieg gestorben? Sieben? Acht? Mehr? Ich bezweifle, daß es in ganz Großbritannien, Frankreich oder Deutschland eine Menschenseele gibt, die damals nicht einen Verwandten verloren hat. Wie kann es also sein, daß ausgerechnet du dazu auserwählt bist, die Schuld zu tragen?«

Er hatte das Gefühl, am Rand eines gefährlichen Territoriums zu stehen, das er erst alleine erforschen mußte, bevor er die Menschen, die er liebte, einlud, es zu betreten. Aber Ellie hatte mehr als Schweigen verdient. Eine Menge mehr.

Er sagte behutsam: »Schau, ich bin noch nicht mit mir selbst im reinen, aber es hat mit meiner Familie zu tun ... Wie du selbst immer wieder bemerkt hast, sind wir im großen und ganzen eine ziemlich hoffnungslose Bande ...«

»Nun mach mal halblang, Peter!« protestierte sie. »Die Nächsten und Liebsten des Ehepartners zu beschimpfen ist ein alter und von der Gesellschaft abgesegneter Brauch beim Ehestreit.«

»Das ist richtig. Nur daß in diesem Fall keiner meiner Nächsten auch nur annähernd meine Liebsten waren. Es gab Zeiten ... noch gar nicht so lange her ... da habe ich phantasiert, daß ich entdecken würde, ein Wechselbalg zu sein und eine völlig andere Familie zu haben, mit der ich neu anfangen könnte, nur diesmal würde auch ich etwas zu sagen haben, nicht nur sie.«

»Aber das denkt doch jeder«, sagte sie, seinen Einwand abwertend.

»Wenn man schon über dreißig ist?« fragte er, nur halb spöttisch. »Ich hab das noch nicht so ganz gelöst, aber es hat etwas mit Gerechtigkeit zu tun, ja, aber es hat auch etwas mit mir zu tun, was ich bin, was ich nicht bin, was ich gern wäre.

Ich weiß, daß es eine Vereinfachung ist, aber es kommt mir so vor, als ob alles, was mit den Pascoes nicht stimmt und mit mir nicht stimmt, von dem herrührt, was 1917 mit meinem Urgroßvater passiert ist.«

»Na, *das* wäre aber bequem«, sagte sie. »Und was ist, wenn das, was ihm zugestoßen ist, passiert ist, weil das, was immer es sei, was mit den Pascoes nicht stimmt, schon vorher da war? Bitte, laß das Ganze, Peter.«

»Das geht nicht«, sagte er hilflos. »Wenn die Furien dich im Visier haben, mußt du weitermachen, bis du die Sache in Ordnung gebracht hast. Das ist die einzige Zuflucht, die sie dir gewähren.«

Sie sah ihn fest und liebevoll über ihren Becher mit dem kalten Tee an. Sie wußte, was viele enge Freunde noch immer nicht verstanden hatten, daß sie zwar in ihrer Beziehung die Dominante war, daß er aber einen viel stärkeren Willen hatte.

Sie sagte: »O.K. Dann such die Wahrheit, wenn du nicht anders kannst. Eine Ahnung, wie du anfängst?«

»Das weiß Gott«, erwiderte er. »Da er mir aber meine Familiengeschichte in ganzen Brocken provozierend vor die Füße wirft, gehe ich davon aus, daß er auch mit Hilfe auf der Seite der Nachforschungen anrücken wird.«

»Könnte sein, daß er schon angefangen hat«, sagte Ellie. »Ich habe heute abend eine australische Geschichtsprofessorin kennengelernt. Poll Pollinger.«

»Eine australische Geschichtsprofessorin namens Poll?« sagte Peter, als könne er keine einzige Silbe glauben.

»Ganz recht. Sie hat mich auf eine Tasse Kaffee in ihre Wohnung eingeladen, sonst wäre ich viel früher wiedergekommen ...«

»Was war mit Wendy Walker? Ich dachte, du würdest sie heimbringen?«

»Ich habe sie gar nicht gesehen. Hat wohl ihre Meinung geändert oder hat sich irgendwo anders auf der Party so gut unterhalten, daß sie mich völlig vergessen hat. Wendy hält gute Manieren immer für irgendwie elitär«, sagte Ellie. »Ist auch egal. Poll hat ein Jahr Forschungsurlaub, um ein Buch zu schreiben, ja, du hast es getroffen, über Passchendaele. Was sie über den Ersten Weltkrieg nicht weiß, ist keine Fußnote wert. Das beste ist, daß sie einen direkten Draht zum Archiv des Verteidigungsministeriums hat. Ich wollte wissen, wie sie das gedeichselt hat, und sie sagte: »Das ist alles eine Frage des Rufs.« Ich sagte: »Tut mir leid, mir war nicht klar, daß ich es mit einer echten Berühmtheit zu tun habe«, und sie sagte: »Doch nicht mein Ruf, Dingo!« Anscheinend weiß sie etwas absolut Unausprechliches über irgendein sehr hohes Tier, auf dessen Befehl alle Türen auffliegen. Sie ist einfach großartig.«

»Sie klingt ... interessant. Welchen Standpunkt vertritt sie?«

»Wenn man sich mit ihr unterhält, gewinnt man den Eindruck, daß Haig und Arschloch eins sind. In der aktuellen Ausgabe von *Review* steht zur Zeit ein Artikel von ihr. Sie hat mir ein Exemplar gegeben. Er trägt die Überschrift: Auf daß wir nicht vergessen, und ist weniger ein historischer Aufsatz über den Heldengedenktag als ein *J'accuse*. Lies ihn mal. Aber nicht jetzt.«

»Warum nicht jetzt?«

»Weil ich hellwach bin. Weil, wenn ich mich recht entsinne, Wendy Walker heute mittag eine sehr interessante Unterhaltung unterbrochen hat. Weil, wenn du wirklich eine Zuflucht suchst, ich mit Sicherheit mehr zu bieten habe als eine ganze Karre voll Furien.«

»Zuflucht? Keine Ahnung, worauf du anspielst.«

Sie streckte ihre Hand unter dem Tisch durch und sagte: »Im Lügen warst du schon immer erbärmlich.«

SECHZEHN

... und die Erde bewegte sich. Herr im Himmel! sagte Jammy. Was zum Teufel war das denn?

Da muß es schon dick kommen, um Feldwebel Jameson aufzuschrecken. Er hat ein Gesicht, das aus Fels geschnitten zu sein scheint. Und wenn er auf dem Übungsplatz brüllt, macht sich der ganze Jahrgang Rekruten in die Hose. Ich weiß, wovon ich rede. Mir ist es auch so gegangen. Ich habe immer gedacht, er ist der schlimmste Mensch auf Erden. Ich habe ihn mehr als den Kaiser gehaßt, bis mich eines Abends in Leeds ein Stabsgefreiter der Militärpolizei bestrafte, Jammys große Hand auf seiner Schulter niederging, und Jammy sagte: Der gehört mir, und ich brauche keine Hilfe, um ihn auf dem rechten Pfad zu halten. Dem Polizisten fiel ein, daß er noch was Dringendes zu erledigen hatte. Ich sagte: Danke. Wofür? fragte er, als brauchte er keine Dankbarkeit von einem Stück Scheiße wie mir. Daß Sie verhindert haben, daß ich dem Arsch in die Eier getreten habe. Wunder über Wunder, das hat ihn zum Lachen gebracht, und danach habe ich langsam meine Meinung über ihn geändert. Und er wohl auch über mich, denn ich hab meinen ersten Streifen gekriegt, und das geschah nicht ohne Feldwebel Jamesons Zustimmung. Aber erst in Frankreich wurden wir richtige Freunde. Nichts bringt die Leute einander näher, als die Überreste des alten Zugs zusammenzulesen.

Das Bataillon lag noch im Reservegebiet außerhalb von Arras, als ich aus dem Urlaub zurückkam, aber wir wußten wegen der Bombardierungen im Norden, daß was Dickes in der Luft lag. Deshalb haben wir nicht damit gerechnet, noch lange dort zu bleiben. Und nun das, gegen drei Uhr in der Früh. Der Boden wackelte wie Vanillepudding, und der Himmel im Norden war so feuerrot, als ob die Teufel einen Tunnel aus der Hölle in den Himmel gebaut hätten.

Wir waren schon am Frühstücken, als wir endlich erfuhren, daß unsere Pioniere auf der Erhebung bei Messines eine riesige Mine gezündet hatten. In der Erde war ein Loch so groß wie Bradford, sagte ein Funker, und die Deutschen ergaben sich zu Tausenden. Die meisten splitterfasernackt, weil die Explosion ihre Uniform weggeblasen hatte. Unsere Jungs sind einfach durch die Lücke in der deutschen Linie spaziert und brauchten sich noch nicht einmal um die Geschütze zu kümmern, denn die Explosion hatte alle entweder blockiert oder zerstört.

Einige unserer Neuen waren scharf darauf, den Befehl zu kriegen, da hinzugehen, unter anderem Archie Doyle. Ich war nicht gerade begeistert gewesen, ihn ausgerechnet in unserem Zug anzutreffen, als ich aus dem Urlaub an die Front zurückkam. Aber blöd ist er nicht, und er hatte bald raus, daß es besser war, so zu tun, als sei man ein alter Kumpel seines Unteroffiziers als ein alter Feind. Er war also am Labern, wie wir unsere Chance verpaßten, uns auf leichte Weise mit Ruhm zu bekleckern, als Jammy sagte: Doyle, du bist noch nicht lange genug hier, um so geschwätzig zu werden. Es gibt ein paar hier, die haben das alles schon mal gehört. Ja, piepst Chuffy Chandler, aber so einen Knall haben wir noch nie gehört, was Jammy bestätigte.

Dann kam Leutnant Hurley, den alten Hurly Burly nannten wir ihn, und sagte, wir würden verlegt. Wir glaubten alle, es geht rauf nach Messines, aber langsam merkten wir, daß wir dazu zu sehr nach Norden hielten, und schließlich bestätigte Hurley es, wir waren auf dem Weg zum Ypernbogen.

Alle, die schon mal dort gewesen waren, brauchten nicht lange, um kein Wort mehr zu sagen. Auf der ganzen stinkenden, eitrigen Frontlinie wölbt sich der Bogen wie eine verdammte große Beule dem Feind entgegen. Hurley sagte, es wäre alles in Ordnung. Die Mine in Messines hätte die Südecke des Salient entfernt und man könne damit rechnen, daß innerhalb von wenigen Tagen, wenn nicht Stunden, ein Angriff folgen würde. Bis wir dort ankämen, wären die Hunnen wahrscheinlich schon voll dabei, sich zurückzuziehen. Und ich bin die Maienkönigin, sagte Jammy laut. Der Leutnant lachte. Er ist ein anständiger Kerl, und wir haben uns alle an seine kleinen Macken gewöhnt, z.B., daß er immer alles positiv sehen muß.

Unser Lager war anfangs in der Nähe von Pop, was prima war. * Eier und Fritten im Café des Alliés mit einer schönen Runde Singen danach, wenn es einem gelang, sich um den Dienst zu drücken. Gluthitze, viele Fußballspiele, und ob man es glaubt oder nicht, Klein Gertie, der den Job gelandet hatte, dem Adjutanten Hauptmann Evenlode zu helfen, hatte sogar seine Cricketmannschaft auf die Beine gestellt, bis Jammy den einzigen Ball, den wir hatten, in den Fluß geschlagen hat. Das war das Ende. Schade, daß die Franzosen nicht spielen, sagte Gertie. Und die Jerries auch nicht, sagte ich. Wir hätten sie zu einem Spiel fordern können. Stimmt, sagte er, aber wenn die Jerries spielen würden, gäb's diesen Krieg nicht.

Vielleicht hat er ja einen Witz gemacht, aber ich glaube es nicht.

Es mußte passieren. Gestern kam der Befehl, in den Bogen hineinzumarschieren. Erst mit der Bahn nach Ypern, dann sind wir nach Zillebeke, wo wir auf die Dunkelheit gewartet haben, bis wir weiter an die Front marschiert sind. Wir saßen am See und genossen den Sonnenschein, als Jammy plötzlich schreit: Koffer von links! Wo zum Teufel er herkam, weiß nur der liebe Gott. Wir hätten eigentlich gar nicht in Reichweite sein sollen. Vielleicht herrschte Rückenwind oder Fritz probierte einen neuen Minenwerfer aus. Aber da war er, ein kleiner schwarzer Fleck in der Luft, der langsam auf uns zutaumelte. Die meisten von uns wagten gar keinen Blick hinauf. Wenn Jammy brüllte: Koffer von links!, dann warf man sich nach rechts und tauchte in das erste Loch, das man fand. Das taten auch alle, außer Hurly Burly. Er hatte seinen Sam Browne abgelegt. Vielleicht lag es daran. Jemand sagte, er sei abgezischt wie eine verbrühte Katze. Nur nicht nach rechts, sondern nach links. Was noch von ihm übrig war, konnte man in einem Eimer unterbringen.

Es war kein gutes Omen, und wir waren niedergeschlagener als üblich, als wir uns fertig machten, um Jammy durch die Dunkelheit zu unserer Stellung an der Front zu folgen.

Dann wurde er vom Adjutanten gerufen, und ein wenig später kam er zurück und hatte jemanden im Schlepptau.

Unteroffizier Pascoe, sagte er. Das ist unser neuer Zugführer.

Ich wußte, wer es war, bevor ich noch sein Gesicht sah und seine Stimme hörte.

Hallo, Pascoe, sagte Gertie Grindal. Ist das nicht nett?

Ja, Sir, sagte ich mit einem Blick auf Jammy, dessen grobschlächtiges Gesicht sich nichts anmerken ließ. Wohin genau gehen wir, Sir?

Südwestliche Ecke von so 'nem Wald, wie heißt der noch, Feldwebel?

Sanctuary, Sir, sagte Jammy.

Ich hab schon eine ganze Menge irreführender Namen für schreckliche Orte gehört, aber Zuflucht klang, als wäre es der unpassendste von allen.

Besonders wenn Gertie das Kommando hatte.

Stimmt, sagte er. Hübscher Name, nicht? Sorgen Sie also dafür, daß die Leute aufbrechen. Und wenn Sie sie aufmuntern müssen, dann sagen Sie ihnen, daß wir zum Sanctuary unterwegs sind, das sollte ihnen Beine machen, was? Sanctuary!

Zweiter Teil

Glencorse

And nothing may we use in vain.
Ev'n Beast must be with justice slain
Else men are made their deodands.

[Und eitel dürfen nichts wir nutzen./
Gerecht muß selbst der Tiere Ende sein,/
Sonst verwirkt der Mensch an Gott sein Leben.]

EINS

Meditation über den Heldengedenktag
von
Andrea Pollinger

Passchendaele war nicht so sehr eine Übung in moderner Kriegsführung als ein Experiment zum Massenselbstmord.

Die zeitgenössische Entsprechung wäre, ein Terrain von mehreren Tausend Quadratkilometern mit taktischen Atomwaffen zu zerstören und dann eine Streitmacht ungeschützter Soldaten hineinzuschicken, die es besetzen sollen. Wehrdienstleistende der 1950er Jahre versicherten mir, daß diese Taktik damals tatsächlich von der britischen Armee geübt wurde, was vermuten läßt, daß sich wenig geändert hat und die Männer an der Spitze Kriege von heute immer mit der Technologie von gestern führen wollen. Im Mittelpunkt der Strategie des Ersten Weltkriegs stand die Überlegung, daß jedermann an Weihnachten ... oder Neujahr ... oder Ostern ... oder ... wieder zu Hause wäre, wenn es nur gelänge, die feindliche Linie zu durchlöchern und die Kavallerie hindurchpreschen zu lassen.

Aus Fairness sollte man erwähnen, daß Haigs Strategie für die dritte Schlacht bei Ypern bescheidener war. Er verfolgte die Absicht, den Feind bis hinter Brügge zurückzutreiben und so die U-Boot-Versorgung von Brügge nach Ostende abzuschneiden.

Ursprünglich war man von einem gleichzeitigen Angriff der Marine auf die Küste ausgegangen, aber als die Admiralität zu dem Schluß kam, daß ihr das nicht in den Kram passe, entschloß sich Haig loszuschlagen, vielleicht in der Annahme, daß das fehlende maritime Element durch die Wahl des Schlachtfelds ersetzt werde, das letztendlich ein Sumpfgebiet war, aus dem man noch nicht einmal mit Hilfe eines aufwendigen Systems von Entwässerungsgräben und Deichen mehr als morastiges Weideland hatte machen können. Kein vernünftiger Bauer hätte auf diesem Land seine Saat ausgebracht. Aber Haig, der Esel, der nichts aus dem gescheiterten Versuch des Sturmreifschießens an der Somme im Jahr zuvor gelernt hatte, säte dort zehn lange Tage Granaten.

Diesmal warnte das lange Bombardement die Deutschen nicht nur frühzeitig vor dem bevorstehenden Angriff, sondern es führte auch dazu, daß viele Deiche brachen und dadurch die Entwässerungsgräben blockiert wurden. Und es begann zu regnen. Man darf wohl voraussetzen, daß der Regen selbst einem General hätte auffallen sollen. Und man darf wohl ebenfalls davon ausgehen, daß der General einer Armee, die seit fast drei Jahren buchstäblich im Schlamm festsaß, vorher das Gelände hätte erkunden lassen. Doch in gigantischer Ignoranz über den Dingen stehend, gab Haig den Befehl, den Angriff voranzutreiben, und trieb ihn dann drei lange Monate bei schwerem Regen durch ein Sumpfgebiet voran, dessen Entwässerungsgräben blockiert, dessen Deiche zerstört und das mit Granattrichtern übersät war wie die Mondoberfläche mit Kratern, nur daß es hier keinen vulkanischen Staub gab, sondern Schlamm. Zähen, klebrigen, saugenden, erstickenden Schlamm ...

ZWEI

Peter Pascoe stand da und besah sich das Schlammbad.

Wo das Wasser hintraf, schäumte und kochte es, warf Falten und wand sich, als wäre es lebendig. Er stellte sich vor, in seiner klebrigen Umarmung gefangen zu sein, rundum eingeschlossen, liebkost, festgehalten und schließlich in die dunklen, ihn langsam erstickenden Tiefen hinabgesaugt zu werden ...

Er wandte sich ab und sah sich Dr. Tod gegenüber.

»Genial, auch wenn Eigenlob stinkt«, meinte Arnold Gentry mit einer raren Röte der Begeisterung im Gesicht. »Abgestufte Siebe in drei Becken. Das erste mit einem groben Sieb. Alles, was größer als ein halber Backstein ist, wird aufgefangen. Das zweite ist feiner, Kieselsteingröße. Das dritte superfein, für Stoffreste, Fingernägel und selbst Haare.«

»Großartig«, sagte Pascoe, dessen Bewunderung und aufrichtiges Interesse an der Arbeit Dr. Tods zu einer Beziehung geführt hatten, die angesichts des unverhohlenen Abscheus, den Dalziel für Tod hegte, besonders nützlich war. »Da muß aber eine ordentliche Menge Material durchgeschleust werden.«

Er wandte sich dem großen Erdhügel zu, der von Wanwood House gebracht worden war und neben Dr. Tods Patentsieb lagerte.

»Das geht schneller, als wenn ein halbes Dutzend Polizisten mit Gartenhacken durch den Schlamm krabbeln«, sagte Gentry auffahrend. »Und ist unvergleichlich gründlicher.«

»Aber ja doch«, sagte Peter Pascoe beruhigend. »Meine Meinung, absolut. Ich wollte doch nur sagen, wir wissen es sehr zu schätzen, daß Sie die Arbeit übernommen haben und uns somit die Möglichkeit geben, unsere Leute für andere Aufgaben einzusetzen.«

Seine Begabung, versöhnend zu wirken, hatte ihn hierher gebracht. Er war an jenem Morgen rechtzeitig im Präsidium aufgetaucht, sogar ein paar Minuten zu früh, aber alle Hoffnung, dafür ein paar Punkte einzuheimsen, löste sich in Wohlgefallen auf, als er den Zettel mit Dalziels Gekritzel las, den ihm der Kommissar auf den Schreibtisch gelegt hatte.

Nett von Dir, uns zu beehren, vor allem, da wir nicht komplett sind. George Headingley ist in eine Pfütze gefallen. Er hütet nun das Bett mit einer Erkältung im Kopf, die ganz schön klein sein muß, um neben den Knochen Platz zu haben. Wenn Du Deiner Trauertätigkeit einen Augenblick abringen könntest, könntest Du vielleicht ins Labor gehen und nachsehen, was Dein Kumpel dort mit dem Schlick aus Wanwood treibt. Ich hau jetzt ab und geh in die Schlachterei zu Troll.

Dalziel ging davon aus, daß seine Leute immer alles über alle laufenden Fälle wußten.

Und wie so häufig ergab sich das auch diesmal sozusagen ganz von selbst. Pascoe gelang es, auf dem Weg zum Labor Wield abzufangen und sich rasch auf den neusten Stand bringen zu lassen. Wields Zusammenfassungen waren dafür berühmt, mehr Informationen zu liefern als so manche ausführliche Abhandlung. »Wenn der das Parlament unter sich hätte«, hatte Dalziel einmal gesagt, »könnten alle schon am Dienstag nach Hause gehen. Was viele wahrscheinlich ohnehin tun.«

Pascoe wollte sich mit der für ihn noch immer unglaublichen Neuigkeit bei Wield revanchieren, daß Dalziel sich anscheinend eine Herzallerliebste an Land gezogen hatte. »Du meinst die Tierschutzfrau?« hatte Wield ihn unterbrochen. »Ja, ich hab mir schon gedacht, daß er ein Auge auf sie geworfen hat. Vielleicht hält sie ihn ja für eine vom Aussterben bedrohte Art. Ich muß los. Bis später.«

So, dachte Pascoe, hätte sich vielleicht Pheidippides* gefühlt, wenn er, durch das Stadttor von Athen taumelnd, von einem Plakat mit der Inschrift begrüßt worden wäre: *Angeschmiert! Perser bei Marathon in die Pfanne gehauen.*

Er und Gentry standen eine Weile in einträchtigem Schweigen nebeneinander und beobachteten, wie die Wasserstrahlen die erste Ladung durch das erste Sieb spülten. Es war nur noch wenig Erde vorhanden, und allerlei große Steine und Holzstücke wurden in dem nun fast flüssigen Schlamm sichtbar. Dann etwas, das ein wenig weißer war ... als das Wasser es traf, sehr viel weißer ... glatt ... schalenförmig ...

»Langsam«, sagte Dr. Tod aufgeregt. »Da ist doch was. Da wollen wir doch gleich mal nachsehen ...«

Er nahm einen Kescher an einer langen Bambusstange und ließ ihn geübt wie ein Jagdaufseher unter den Gegenstand gleiten und hob ihn hoch.

»Da«, sagte er blaß vor Entzücken. »Das müßte Mr. Longbottom und sogar Kommissar Dalziel erfreuen.«

»Ja«, sagte Pascoe und sah mit eindeutig verhaltener Freude auf den menschlichen Schädel in den Plastikmaschen. »Vermutlich.«

DREI

»Das Gebein, das Gebein, es wandert umher, das Gebein, das Gebein, es wandert umher, das Gebein, das Gebein, es wandert umher, nun lauscht den Worten des Herrn!«*

Dalziel erkannte sein Stichwort und sagte: »Da fehlt was.«

Troll Longbottom drehte sich jäh um: »Mein Gott, Andy, kein Schmalzfaß rollt leiser als du.«

»In der Tat. Und du bist früh am Werk. Was ist passiert? Hat dich ein Feuerstein im Arsch wachgehalten, und du hast angefangen, ans Frühstück zu denken?«

»Ich bin schon seit mehr Jahren, als ich mich erinnern möchte, allmorgendlich um acht in meinem Labor«, sagte Longbottom vorwurfsvoll. »Was hältst du hiervon?«

Er trat einen Schritt zur Seite, so daß Dalziel die Knochen, die auf dem Tisch lagen, überblicken konnte. Der Dicke hatte recht gehabt, daß da etwas fehlte. Wields Team hatte zwar noch einige weitere Bruchstücke aus dem Wasser gefischt, bevor man übereingekommen war, auf Gentrys Vorschlag zurückzugreifen und die Filtertechnik anzuwenden, aber noch immer waren weniger als fünfzig Prozent des Skeletts geborgen.

»Sieht gut aus, der Junge«, sagte Dalziel. »Woran ist er gestorben?«

»Nicht, würde ich zu sagen wagen, durch Gewalt, die gegen einen der Teile gerichtet war, deren Knochen du hier siehst.«

»Ein paar sind aber doch gebrochen«, warf Dalziel ein. »Oder ist dir das nicht aufgefallen?«

»Gütiger Herr, was doch ein geübtes Auge ausmacht«, sagte Longbottom. »Welches ist es denn? Das linke? Wenn du das andere mal auf Vordermann bringen würdest, hättest du mit beiden zusammen vielleicht die weitere Beobachtung gemacht, daß diese Brüche jung sind, verursacht, würde ich vermuten, durch die Bauleute, die im Sommer in dem Waldstreifen herumgesprengt und herumgebohrt haben, als sie ihn plattmachen wollten.«

»Wann kannst du uns was sagen, mit dem wir was anfangen können?«

»Etwas Positives, meinst du? Auch negative Erkenntnisse sind nützlich, und davon kann ich dir schon jetzt welche aufzählen. An der organischen Materie, die wir gefunden haben, wurde bisher nichts entdeckt, was auf Gift oder Krankheit schließen läßt ...«

»Langsam. Organisch?«

»Ja. Sehr wenig, aber genug, um in den verschiedenen Ekken und Winkeln Untersuchungen durchzuführen.«

»Das heißt, daß die Knochen doch noch nicht so lange da liegen?« sagte Dalziel düster.

»Hoffst du noch immer auf einen prähistorischen Fund, Andy? Tut mir leid, aber das kannst du dir endgültig abschminken. Die Datierung stellt sich allerdings als problematisch heraus, die Gründe sind zu technisch, als daß ich deinen aus dem Zeitalter der Dampfmaschinen stammenden Verstand damit verwirren möchte. Es gibt eine überraschende Zahl Widersprüche ... aber ich sehe, daß du wie üblich nur gesicherte Erkenntnisse hören willst. In Ordnung. Männlich, 1,72 bis 1,74 m groß, ziemlich leichter Knochenbau. Damit ist die Sicherheit erschöpft.«

»Dich sollte man pro Wort bezahlen«, knurrte Dalziel. »Irgendwelche Anzeichen für Kleidung?«

»Merkwürdigerweise nein.«

»Warum merkwürdigerweise?«

»Ich hätte unter den gegebenen Umständen zumindest einige Fasern erwartet. Es ist natürlich so, wenn erst einmal alles durcheinander ist, Knochen sind schwer, Stoff ist leicht. Ich habe gehört, daß ihr Gentrys Empfehlung entsprochen habt und eure Suche mit Hilfe seiner Filter fortsetzt?«

»Ja. Schien vernünftig.«

»Glaubst du? Wenn Zeit eine Rolle spielt, dann vielleicht. Aber in diesem Fall ... Dennoch, wenn es Stoff geben sollte, der mit den Überbleibseln in Verbindung gebracht werden kann – obwohl, wie ihr das entscheiden wollt, wenn sie vom Wasserstrahl des guten Doktors herausgespült worden sind, weiß ich nicht – zumindest hoffe ich, daß er mir die fehlenden Teile meines Puzzles liefern kann. Besonders den Schädel. Den kann ich kaum erwarten.«

»Vielleicht kann ich Ihnen behilflich sein, Sir«, sagte Peter Pascoe.

Diesmal fuhren beide Männer zusammen. Ein unhörbarer Gang gehörte zu den vielen Dingen, die Pascoe von seinem Herrn und Meister übernommen hatte.

Behutsam stellte er einen Pappkarton auf den Tisch.

»Wo zum Teufel kommst du denn her?« sagte Dalziel verstimmt.

»Wie befohlen, bin ich ins Labor, um zu sehen, ob Mr. Gentry Fortschritte macht. Das ist die erste Frucht seiner Bemühungen.«

Er griff in die Schachtel und holte einen strahlendweißen Schädel hervor.

Der Pathologe nahm ihn und sagte: »Ich wasch mir das Haar ganz und gar aus dem Mann ...« *

»Hat Dr. Tod was über Haare gesagt?« fragte Dalziel.

»Er schien ganz überzeugt, daß sein System immer feinerer Filter alles finden würde, was auffindbar ist«, sagte Pascoe.

»Mehr ist wohl auch nicht möglich«, sagte Dalziel. »Du hältst mich auf dem laufenden, Troll?«

Der Pathologe hörte nicht zu, sondern untersuchte mit einer Lupe den Schädel.

»Das sieht doch schon ganz anders aus«, sagte er. »Schau mal her, Andy. Der lange Sprung hier, der von dieser Delle ausgeht. Da würde ich sagen, der hat mit der Roderei im Sommer nichts zu tun.«

»Jemand hat ihm eins auf die Rübe gegeben, meinst du? Todesursache?« sagte Dalziel.

»Könnte sein. Ich sag dir Bescheid, sobald ich mir sicher bin, was um so schneller sein wird, je eher ich hier Platz habe, meiner Arbeit nachzugehen.«

»Haben Sie das vernommen, Chief Inspector?« sagte Dalziel. »Lassen wir dem Hund seinen Knochen. Wir machen uns vom Acker, Troll. Du brauchst uns nicht an die Tür zu bringen.«

Der Pathologe hatte keinerlei Anstalten dazu gemacht. Er schien sich ihrer Existenz überhaupt nicht mehr bewußt zu sein, von ihrer Anwesenheit ganz zu schweigen.

»Liebt seine Arbeit, der alte Troll«, sagte Dalziel auf dem Weg zum Parkplatz. »Wäre nicht übel, wenn ich ein paar wie ihn unter mir hätte. Hat dir dein kleiner Ausflug Spaß gemacht? Ein nettes Familientreffen ist doch durch nichts zu überbieten.«

»Ich war auf einer Beerdigung, Sir, nicht auf einer Hochzeit«, sagte Pascoe vorwurfsvoll.

»Um so besser. Ich hasse die verdammten Hochzeiten. Die ganzen Reden, und dann muß man auch noch ein Geschenk kaufen. Begräbnisse, das ist ganz was anderes. Da erwartet niemand, daß man lacht, und mit ein bißchen Glück geht man reicher weg, als man gekommen ist. Hast du auch was abgekriegt?«

»Eigentlich nicht«, sagte Pascoe. »Meine Großmutter hatte nicht viel zu vererben.«

»Nein? Ich hoffe, du hast unter die Teppiche geschaut und unter die Stuhlkissen.«

Das hatte er nicht getan, aber er zweifelte nicht daran, daß er sich auf Myra verlassen konnte.

Er sagte: »Diese Knochen, Sir. Was machen wir damit? Nach dem zu urteilen, was Wield sagte, könnten sie ziemlich alt sein.«

»Ja, eine schlimmere Sorte gibt es nicht. Ich hatte damit spekuliert, daß Longbottom keine Todesursache finden würde. Todesursache offen – Fall geschlossen. Nicht zu überbieten.«

»Aber danach sieht es nicht aus?«

»Du hast selbst gehört, was er über den Schädel gesagt hat. Nun können wir nur noch hoffen, daß er ihn so weit zurückdatieren kann, daß alle Betroffenen wahrscheinlich ebenfalls ins Gras gebissen haben. Vielleicht helfe ich da ein bißchen nach.«

»Nachhelfen ...?«

»Es gibt da ein paar alte Knochen, die Troll gehören, die er nicht unbedingt auferstanden sehen will«, sagte Dalziel und lächelte wehmutsvoll. »In der Zwischenzeit machen wir am besten so weiter, als hätten wir es mit einem aktuellen Mordfall zu tun. Als erstes spüren wir mal der Geschichte des Hauses nach. Das klingt wie ein Job, der dir auf den Leib geschrieben ist, Junge. Jede Menge Labern und kein Schlamm an den Schuhen.«

»Wie liebenswürdig«, sagte Pascoe. »Haben Sie Vorschläge zu machen, wo ich ansetzen sollte, um in den Genuß dieser Sinekure zu kommen?«

»ALBA hat das Haus gekauft. Es könnte sein, daß sie wissen, von wem.«

»Ich sollte also in Wanwood anfangen. Mit David Batty reden?«

»David heißt er? Ach ja. Du warst ja im Sommer da draußen und hast 'ne Niete gezogen. Und dabei hast du dich so richtig nett mit diesem Batty angefreundet?«

»Nicht so, daß es auffällt. Wie man hört, leitet Thomas Batty, sein Vater, den Konzern. Und damit es nicht zu Verwechslungen kommt, scheinen die meisten seiner Mitarbeiter den Sohn Mr. David oder Dr. David zu nennen.«

»Was hältst du von ihm?«

Pascoe zuckte die Achseln.

»Wir kamen miteinander aus, mehr nicht.«

»Eine gebrauchte Spritze würdest du ihm also nicht abkaufen?«

»Seine Ehrlichkeit in Zweifel zu ziehen, hatte ich keine Veranlassung«, sagte Pascoe überrascht. »Es war mehr so ein leises Plätschern im Urin. Irgendwas an ihm hat mich an Dr. Fell erinnert.* Vielleicht lag es nur daran, daß er von gewissen reichlich überholten Vorstellungen über unsere gesellschaftliche Beziehung ausging.«

»Ja. Hat dasselbe bei mir versucht«, sagte Dalziel. »Aber am Ende waren wir ein Herz und eine Seele. Verschwende deine Zeit nicht mit ihm. Ruf in der Hauptverwaltung an. Da werden die Unterlagen aufgehoben.«

»In Ordnung. Die Firma hat ihren Sitz in Leeds?«

»Richtig. In Kirkton, am Stadtrand.«

»Kirkton?« wiederholte Pascoe. Ihm fiel Adas Paß ein, in dem Kirkton, Yorkshire, als Geburtsort eingetragen war. Leeds war nicht erwähnt.

»Richtig. Sagt dir das was?« fragte Dalziel, der ihn genau beobachtet hatte.

»Nein, Sir. Ich habe nur gerade gedacht, daß es nicht so sehr weit weg ist und daß man dergleichen oftmals besser persönlich erledigt als telefonisch. Die Chance, abgewürgt zu werden, ist geringer ...«

»Das soll also heißen, daß du Zeit damit vertrödeln willst, hinzufahren? Wofür, verdammt noch mal? Ein Dorf unter Denkmalschutz ist das wahrhaftig nicht. Die in Kirkton fressen ihre Jungen, heißt es.«

»Nichtsdestotrotz«, sagte Pascoe.

»Dann ist die Sache besiegelt«, sagte Dalziel. »Wenn du mir nichtsdestotrotzt, ist jede Diskussion gelaufen. Aber paß auf, daß die Einheimischen nicht mitkriegen, daß du bei ihnen rumschnüffelst. In Leeds hat man eine dünne Haut. Die können ihren eigenen Arsch nicht kratzen, ohne daß es blutet.«

Wie um zu demonstrieren, daß er von dieser bedauerlichen Fehlbildung frei sei, setzte er sich auf die Haube von Longbottoms altem Jaguar und rieb sich seinen Allerwertesten lustvoll an der silberglänzenden Kühlerfigur.

»Ich paß schon auf«, versprach Pascoe, während er die Tür seines Wagens öffnete. »Wo kann ich Sie finden, für den Fall, nur für den Fall, daß es zu einem diplomatischen Zwischenfall kommt?«

Der Dicke rutschte vom Jaguar und entfernte sich ein paar Schritte.

»Hier und da und nirgends«, warf er beiläufig über die Schulter zurück. »Zeugen, Befragungen, was immer anfällt. Du kennst mich doch, Junge, ich bin immer da, wo ich am meisten gebraucht werde.«

Sein völlig untypisches Ausweichen machte Pascoe stutzig.

Pascoe unterwarf ihn der Nagelprobe. Er kurbelte das Fenster hinunter und rief dem Dicken hinterher: »Haben Sie Zeit auf ein Glas im Schwarzen Bullen, Sir?«

Dalziel wandte den Kopf um wie die Frau eines Bischofs, die von einer Bordsteinschwalbe angemacht wird.

»Um diese Zeit? Hüte dich, Peter, sonst gerätst du noch in den Ruf eines Trinkers.«

Worauf es keine Antwort gab, zumindest keine, mit der er durchgekommen wäre.

VIER

Während die Schicksalsgöttin Pascoe seinen Altvorderen immer tiefer in die Arme schubste, stieß Edgar Wield die kurzsichtige alte Göttin herzhaft zurück.

»'schuldigung, Kumpel«, sagte er zu dem Mann, mit dem vor William Hills Wettbüro zusammenzustoßen ihm soeben gelungen war. »Ich werd nicht mehr, das ist doch Jimmy Howard, was? Hätte Sie fast nicht erkannt, so ohne Uniform. Wobei ich gleich hinzufügen muß, daß ich Sie in Ihrer neuen Uniform gestern auch nicht erkannt habe, erst als Mr. Dalziel gesagt hat, wer Sie sind.«

Während er sprach, gab er sich alle Mühe, seine Gesichtszüge zu einem Ausdruck freudiger Überraschung zu arrangieren, auch wenn er sich darüber im klaren war, daß die Wirkung wahrscheinlich so beunruhigend war, als hätte einer der Köpfe von Mount Rushmore geniest.

»Was wollen Sie?« erwiderte Howard, der sich nicht bemühte, Vergnügen vorzutäuschen. Er war schließlich nicht nur Spieler, sondern auch einmal Polizist gewesen und wußte, wie es um die Wahrscheinlichkeit solcher Zufallsbegegnungen bestellt war.

Wield war es zufrieden, nicht länger so tun zu müssen als ob, und schaltete mit Leichtigkeit vom alten Kumpel zum Ancient Mariner,* als er, sein Gegenüber mit einem Glitzern im Auge fixierend, sagte: »Ich habe mir soeben etwas überlegt, Jimmy. Wanwood House liegt doch reichlich abseits. Ziemlich blöde, da nachts hinzukommen, es sei denn, man hat ein Auto.«

Er sah sofort, daß er ins Schwarze getroffen hatte. Howard war bei der Polizei ausgeschieden, noch bevor er wegen Fahrens mit überhöhter Geschwindigkeit verurteilt worden war. Das hieß jedoch nicht, daß ihm der Führerschein nicht für ein Jahr entzogen worden war. Und die Frist lief erst am

Ende des Monats ab. Dem Schichtplan in Pattens Büro zufolge hatte Howard seit September alle vierzehn Tage eine Woche Nachtschicht geschoben. Der letzte Bus, der sich in die weitere Umgebung von Wanwood verirrte, ging um 19 Uhr. Der erste morgens kam erst um 9.30 Uhr dort an. War Howard so blöde, daß er angesichts des Problems gedacht hatte, scheiß doch der Hund drauf!, und das Risiko eingegangen war, mit dem Auto zur Arbeit zu fahren? Alles, was Wield über ihn zutage gefördert hatte, legte diesen Verdacht nahe, und nun bestätigte Howards Gesichtsausdruck Wields Vermutung.

»Kann ich Sie mitnehmen, Jimmy?« sagte Wield. »Sie sind sicher froh, wenn Sie Ihren Führerschein wiederkriegen. Sollte man ihn noch einmal kassieren, könnte es für immer sein.«

»Nein, danke«, sagte Howard. »Ich wollte gerade hier rein.«

Er versuchte, sich an Wield vorbei in das Wettbüro zu schieben, aber Wields Arm war im Weg.

»Das erste Rennen sollte man immer überspringen«, sagte er bestimmt. »Gewinnt man, dann pflügt man es sowieso wieder unter, und verliert man, na ja, dann hätte es sich sowieso nicht gelohnt. Ich spendier Ihnen statt dessen einen Tee.«

Er steuerte Howard unerbittlich um die Ecke in ein kleines Kaffee, in dem die Zeit stehengeblieben und an dem die Hygieneinspektoren vorbeigegangen waren. Wield sah sich den angelaufenen Löffel an, mit dem er seinen Tee umrühren sollte, und wünschte sich, er wäre deren Beispiel gefolgt.

Er sagte: »Es gibt da etwas, Jimmy, wobei Sie mir helfen könnten.«

Unbehagen und Erleichterung spiegelten sich gleichzeitig auf dem Gesicht des Ex-Polizisten, daß er nun endlich den Grund für dieses »zufällige« Treffen erfahren sollte.

»Es geht um Ihren Bericht über den Amoklauf der Tierschützerinnen in Wanwood«, sagte Wield und nahm mit Interesse wahr, daß die Erleichterung bei seinem Gegenüber nun überwog.

»Ich hab alles aufgeschrieben«, sagte Howard.

»Ja, und es sieht auch sehr gut aus. Sie mögen zwar einiges

davon vergessen haben, wie es ist, wenn man bei der Polizei ist, Jimmy, aber Sie haben jedenfalls nicht vergessen, wie man einen Bericht abfaßt.«

»Wo ist das Problem?«

»Wenn Dr. Batty Anzeige erstatten will, braucht er mehr als nur Hausfriedensbruch. Sie wissen, wie schwierig es ist, selbst bei den neuen Gesetzen. Er braucht eine Sachbeschädigung, und ein kleiner Angriff wäre auch nicht übel. Also, noch ein paar Einzelheiten, damit es besser aussieht ...«

Er wartete interessiert, wie sein Vorschlag der Ausschmükkung aufgenommen würde. Howard entspannte sich sichtlich, als fühlte er sich wieder auf vertrautem Terrain, und sagte: »Also ein paar Schnörkel? Kein Problem. Wir haben sie alle ins Haus geholt, und sie sahen wirklich so naß und elend aus, und auch ein bißchen verängstigt, daß wir überhaupt nicht mit Schwierigkeiten gerechnet haben. Da schreit plötzlich die Anführerin, die mit der Oberweite: 'O.K., jetzt aber nichts wie los!' oder so was Ähnliches, versetzt Nev, der sie festhält, einen Stoß mit dem Drahtschneider und haut ab wie der geölte Blitz. In der nächsten Minute schlagen alle wild um sich, wie Rugby-Nationalspieler, und machen sich in alle Richtungen auf und davon. Ich bin hinter der Dünnen her ...«

»Wendy Walker«, sagte Wield. »Und was war mit Cap Marvell, die das ganze ausgelöst hatte?«

»Längst über alle Berge, aber Walker ist ihr nach, keine Ahnung, ob zufällig oder wieso, und sie war schon ganz in der Nähe der Labors, da haben wir sie eingeholt.«

»Was hat sie aufgehalten?«

»Des Patten. Er war im Kontrollraum geblieben, als wir die Frauen reingeholt haben. Aber als er den Aufruhr hörte, war er rausgekommen, um zu sehen, was los war, und stieß auf Marvell. Hätte sich vielleicht gewünscht, daß er das nicht getan hätte, wenn wir nicht gekommen wären. Die Marvell sah ganz entschlossen aus, mit dem Drahtschneider auf ihn loszugehen, und bei Gott, so wie die gebaut ist, wäre mir lieber, sie trifft mich nur einmal statt zweimal.«

»Aber Sie haben Mr. Patten gerettet?«

»Sozusagen. In Wirklichkeit war es aber die Dünne gewesen, die die Marvell am Arm gepackt hat, noch bevor ich zum Zug kam.«

»Und Patten?«

»Der stand nur da und machte Kulleraugen. Da muß schon was passieren, um Des aus der Fassung zu bringen. Und als die Wuchtige sich beruhigt hatte, nahm er ihr den Drahtschneider ab. Dann gingen wir zu dem Raum, in dem wir sie eingeschlossen haben. Danach gab es keinen Ärger mehr, aber wenn Sie noch ein bißchen mehr Farbe brauchen, dann sagen Sie mir, an welcher Stelle.«

»Muß aber mit Des abgestimmt werden«, erwiderte Wield. »Ich meine, ich will nicht, daß Sie beide unterschiedlich aussagen.«

»Kein Problem bei Des«, sagte Howard zuversichtlich. »Er weiß, wie der Hase läuft.«

»Das habe ich mir gedacht. Kennen Sie ihn schon lange?«

»Aus der Ferne, von der Rennbahn. Er wettet auch ganz gern.«

»War er es, der Ihnen die Stelle besorgt hat?«

»Eigentlich nicht. Das war Rosso. Der hat mir gesagt, daß die Firma expandiert und nach Leuten mit Erfahrung sucht ...«

»Rosso?«

»Les Rosthwaite, der Putzer von Captain Sanderson, der mit ihm den Dienst quittiert hat.«

»Bei der Armee? Selbes Regiment wie Patten?«

Langsam wurde Wield alles klar. Er hatte die Registrierung von TecSec überprüft und dabei festgestellt, daß als Geschäftsführer Simon Sanderson und Desmond Patten eingetragen waren. Er erinnerte sich an das Foto in Pattens Büro. Der Typ in dem eleganten Anzug in der Mitte war vermutlich Sanderson, was heißen würde, daß der kleine Kerl mit den Babylocken Rosthwaite war.

»Stimmt. Yorkshire Fusiliers.«

»Und dieser Rosso ist einer Ihrer Freunde?«

»Na ja, wir kennen uns schon lange«, wich Howard aus.

»Ist er auch Teilhaber?«

Howard sah ihn überrascht an.

»Tut mir leid, aber ich dachte, Sie wüßten Bescheid. Er ist tot.«

»Nein«, sagte Wield. »Ich weiß nicht Bescheid. Wie kam es dazu?«

»Autounfall. Er war blöde. Ein ziemlicher Vollidiot. Ja, ich weiß, mich hat es auch erwischt, weil ich zu schnell gefahren bin, aber Rosso, der war eine ganz andere Nummer. Der ist noch gefahren, wenn er sich nicht mehr auf den Beinen halten konnte! Vor einem Monat ist er von der Straße abgekommen und in einen Baum gerast.«

»Aber durch ihn haben Sie die Stelle gekriegt?«

»Richtig. Zumindest hat er mir gesagt, es würden noch Leute gebraucht, weil ein neuer Vertrag mit ALBA zustande gekommen ist. Bei meiner Berufserfahrung wäre ich vermutlich sowieso eines Tages dort gelandet.«

»Die haben wohl viel Verständnis für Leute, die wegen zu schnellem Fahren vorbestraft sind?« fragte Wield. »Als Sie dazugestoßen sind, wurde also mit der Rodung des Waldes begonnen.«

»War schon passiert«, sagte Howard mit Nachdruck. »Ich hab im September angefangen.«

»Und Sie haben nichts gehört?«

»Was?« sagte Howard und sah beunruhigt aus.

»Na ja, zum Beispiel, daß man etwas gefunden hat, als der Wald entfernt wurde.«

»Nein«, sagte Howard. Er klang erleichtert. »Wie ich bereits gesagt habe, es war September, als ich dort anfing. Ich habe mich richtig gut ausgeruht, will sagen, erholt, nachdem ich die Polizei verlassen hatte.«

»Und Sie sehen auch richtig erholt aus, Jimmy«, sagte Wield. »Man wird sich freuen, das unten in Dartleby zu hören. Sie haben da noch immer eine Menge Freunde. Einmal ein Polizist, was?«

Was gelogen war. Polizisten wird kein Denkmal gesetzt. Einmal ausgeschieden, aus welchem Grund auch immer, schließt sich die Tür hinter dir, und du stehst auf der anderen Seite und hast keinen Anspruch darauf, dich zugehörig zu fühlen. Selbst der mächtige Dalziel würde, wenn seine Zeit gekommen war, wie das letzte Donnergrollen eines Sommergewitters verhallen. Nicht, daß Dalziel einen Blick zurückwerfen würde. Was nicht unbedingt schlecht war, denn sonst würden wahrscheinlich alle zu Stützen der Gesellschaft werden!

»Ja, vielleicht«, sagte Howard. »Kann ich noch etwas für Sie tun, Sergeant?«

Wield betrachtete ihn nachdenklich und machte sich gleichzeitig um die Weltgesundheit verdient, indem er den schäbigen Löffel knickte und einen Knoten hinein machte.

Sein Problem bestand darin, daß er nicht die geringste Ahnung hatte, was Howard für ihn tun konnte. Er hatte ein ungutes Gefühl wegen TecSec, gab aber unumwunden zu, daß er wie fast alle Polizisten gegen Wachdienste ein Vorurteil hatte, dessen Verkörperung in Reinkultur Dalziel war. Unbedingt etwas Faules finden zu wollen, war eine schlechte Ausgangslage. Leicht hörte man die Flöhe husten, wenn man wie er bei Patten und seinem Untergebenen ein gewisses Mißtrauen gegen die Polizei bemerkte. Da blieb nichts anderes übrig, als wie bei einem Kampf immer weiter zu knuffen und zu puffen, bis endlich, sofern die Verteidigung nicht solide war, die Haut aufplatzte und die Soße floß, und man feststellen konnte, was für einen Gegner man wirklich vor sich hatte.

Er sagte: »Ich glaube nicht, Jimmy. Aber vielleicht kann ich etwas für Sie tun.«

»Und das wäre?«

»Dafür sorgen, daß Sie nicht vom rechten Weg abkommen.«

»Nun aber mal langsam ...«

»Machen Sie mal lieber langsam, und ich sage Ihnen, was ich damit meine. Mr. Dalziel hat da eine Sache ...«

Wie im Kindergarten. Wenn man wollte, daß die kleinen Schätzchen wirklich zuhörten, mußte man Rotkäppchen überspringen und gleich zum großen bösen Wolf kommen.

»... er wurde dazu verdonnert, alle privaten Bewachungsfirmen in unserem Bezirk unter die Lupe zu nehmen und die Stinkmorcheln auszugraben.«

»Wollen Sie behaupten, daß bei TecSec was faul ist?« wollte Howard wissen.

»Heißt das, Sie sind anderer Meinung?« fragte Wield.

»Ja, ich meine, nein ... ich meine, ich bin doch erst seit September dabei, und, Hand aufs Herz, seit ich dabei bin, habe ich nichts erlebt, was nicht ganz astrein wäre.«

»Wahrscheinlich, weil es nichts zu erleben gibt«, sagte Wield. »Aber wenn doch mal etwas auftauchen sollte, dann denken Sie an uns, Jimmy. Sie wissen, wie es ist, Sie waren ja selbst mal mit von der Partie. Bei Informationen gibt es immer ein *Vorher* und ein *Nachher*. Vorher, und man steht in den Reihen der Engel. Nachher, und man ist nur ein Stückchen Scheiße, das sich durch einen Kuhhandel aus der Patsche ziehen will.«

Wield war froh, daß Pascoe nicht in der Nähe war und ihn reden hörte wie einen Schauspieler in einem amerikanischen Polizeifilm.

»Nun, ich weiß jedenfalls nichts«, sagte Howard fest. »Es ist nichts vorgefallen, nicht seit September, als ich eingetreten bin. Und falls ich was höre, melde ich mich bei Ihnen, darauf können Sie sich verlassen. Wer einmal Polizist war, stimmt's?«

»Stimmt«, sagte Wield. »Legen Sie einen Zahn zu, und Sie schaffen noch das zweite Rennen, Jimmy.«

Er saß noch eine Weile da und starrte in die trüben Tiefen seines unberührten Tees. Der Besitzer kam zu ihm und blickte erbost auf den geknickten Löffel.

»Was zum Teufel ist denn mit dem passiert?« wollte er wissen.

Wield sah ihn kalt an, noch immer in der Rolle des Abgebrühten.

»Der hat sich verknotet«, sagte er. »Versuchen Sie's doch auch mal.«

FÜNF

Peter Pascoe war ein gewissenhafter Mensch, aber da waren mehrere Faktoren, die es ihm ermöglichten, nach Kirkton zu fahren und dabei den unwahrscheinlichen Umweg über den University Staff Club zu machen, ohne daß er bei dem vorausgehenden moralischen Kampf allzu viele blaue Flecken davontrug.

Zum ersten hatte er, wie Ellie mit einer gewissen Bitterkeit bestätigen würde, unzählige Stunden, Tage, ja selbst Wochen unbezahlter Überstunden gut.

Zweitens hatte er den dringenden, auf Dalziels Ausweichen begründeten Verdacht, daß bei dessen »Befragung« zwei Erwachsene anwesend waren, die im gegenseitigen Einvernehmen auf jede Rechtsbelehrung verzichteten.

Drittens, obwohl ihm seine kriminalistische Kenntnis von Schemata obsessiven Verhaltens keine Ruhe ließ, konnte er sich dem Gefühl nicht entziehen, wenn nicht von einer externen Gottheit, so doch wenigstens von persönlicher Intuition, deren Wurzeln zu tief lagen, um vom Verstand ausgegraben zu werden, geführt oder vielleicht gar gestoßen zu werden.

Als er beim Fachbereich Geschichte angerufen hatte, um eine Nachricht für Frau Professor Pollinger zu hinterlassen, und seine mit antipodischem Zungenschlag antwortende Gesprächspartnerin verkündet hatte, sie sei Andrea Pollinger und wenn er mit ihr sprechen wolle, möge er das doch bitte in den nächsten zwei Stunden tun, da sie danach, beginnend mit diesem Nachmittag, für eine Woche oder so nicht in der Universität zu erreichen sei, hatte er, ohne zu zögern, einen Termin mit ihr vereinbart.

Als er den University Staff Club betrat, sagte ein Mann mit einem schwer nikotinverfärbten Schnauzer: »Hallo, Peter, Sie sind doch nicht etwa auf der Suche nach mir?«

Es war Dr. Pottle, Leiter der Psychiatrie im Zentralkrankenhaus, der gelegentlich in der Universität Vorlesungen hielt. Pascoes Beziehung zu ihm war eine doppelte. Zum einen war Pottle offizieller Gutachter der Kripo und zum anderen sein persönlicher Berater. Es waren einige Wochen ins Land gegangen, ohne daß ein Kontakt in einer der beiden Kategorien erforderlich gewesen wäre.

»Nein«, sagte Pascoe. »Sollte ich?«

»Das entscheiden Sie und bestätige ich«, sagte Pottle. Er lächelte, als er das sagte, aber sein scharfer Blick zerlegte Pascoes Gesicht in Viertel.

»Ich habe hier eine Verabredung. Tut mir leid, aber ich habe keine Zeit.«

»Ich auch nicht. Nicht jetzt«, sagte Pottle. »Aber wenn Sie Lust haben, ich glaube, zwischen vier und fünf habe ich eine Lücke. Passen Sie auf sich auf.«

Weg war er. Verdammt soll er sein, dachte Pascoe. Es war wirklich schon weit gekommen, wenn die Psychiater ihre Patienten auf der Straße einfingen!

Er machte sich auf die Suche nach Frau Professor Pollinger.

Ellie hatte ihn zwar bis zu einem gewissen Grad vorbereitet, aber die Professorin überraschte ihn dennoch. Wie für eine Safari gekleidet, in einem den Busen umwallenden Khakihemd und flatternden Shorts, aus denen ein wahrer Sturzbach von Bein hervorbrach, lud sie ihn ein, ein Helles mit ihm zu trinken, und zwar mit Worten, die nahelegten, daß eine Weigerung eine Kränkung und etwas anderes zu trinken eine Beleidigung wäre. Eigentlich hätte sie eine Parodie sein sollen, aber wie konnte jemand eine Parodie sein, der so mitreißend er selbst war?

»Ellie, meine Frau, die Sie gestern abend ...«, begann Pascoe.

»Großartig. Kein Scheiß. Da haben Sie eine Perle gefunden, Peter.«

Sie hatte ihn schon angewiesen, sie Poll zu nennen. Er versuchte es nun.

»Ja, äh, Poll, ich weiß. Ellie hat mir gesagt, daß Sie ein Buch schreiben über Passchendaele, dritte Schlacht bei Ypern?«

»Richtig. Interessieren Sie sich für diese spezielle Schweinerei?«

»Gewissermaßen. Genaugenommen, für die Hinrichtungen im Ersten Weltkrieg. Ich wollte fragen, ob Sie sich auf dem Gebiet auskennen?«

Jetzt sah sie nicht mehr ganz so entgegenkommend aus.

»Ich weiß, was jeder weiß, daß ihr verdammten Tommys im Schnitt einen eurer Leute pro Woche erschossen habt. Vielleicht wäre der Krieg ein ganzes Stück früher zu Ende gewesen, wenn auch jede Woche ein verdammter Stabsoffizier die Kugel bekommen hätte, aber ich bezweifle es. Ihre Offizierskaste scheint über einen unerschöpflichen Vorrat an Idioten zu verfügen.«

»In der Tat«, sagte Pascoe und sah sich verstohlen im Club um, um festzustellen, wie diese wissenschaftliche Analyse ankam. Zum Glück schienen die wenigen anderen Anwesenden in jenen Zustand intellektueller Kontemplation versunken zu sein, den ein Uneingeweihter für Schlaf gehalten hätte.

»Nun mal raus mit der Sprache, Pete. Warum wollen Sie mit mir reden?«

»Ja, es hängt mit einer privaten Ermittlung zusammen, mit der ich befaßt bin – ist was?«

Sie sah eindeutig aus wie ein Badegast, der im Pool ein Krokodil entdeckt hat.

»So sehe ich immer aus, wenn ich feststelle, daß mich ein Aasgeier umkreist, um sich die Rosinen aus den Forschungsergebnissen zu picken, die ich im Schweiße meines Angesichts zusammengetragen habe. Zufällig trage ich mich nämlich mit dem Gedanken, mein nächstes Buch über Kriegsgerichtsverfahren des Großen Krieges zu schreiben. Habe ich das gestern abend vielleicht Ellie gegenüber erwähnt? Und ist die private Ermittlung, die Sie da führen, vielleicht Polizeijargon für ‘ein Buch schreiben’? Ellie hat mir gesagt, daß Sie bei der Kripo sind, aber ich gehe nicht davon aus, daß Sie einen achtzig Jahre alten Fall laufen haben.«

Pascoe hatte vergessen, wie neurotisch Akademiker reagieren konnten, wenn es um ihre Arbeit ging. Im Vergleich dazu war Wirtschaftsspionage wie ein Ladendiebstahl bei Woolworth.

Er sagte: »Es handelt sich wirklich um eine ganz private und persönliche Sache. Ich habe gerade entdeckt, daß mein Urgroßvater einer der armen Teufel war, von denen Sie soeben gesprochen haben. Ich würde gern Näheres herausfinden, doch wenn es für Sie aus beruflichen Gründen schwierig ist ...«

»Nun machen Sie sich nicht gleich ins Hemd«, sagte sie. »Wir reden hier über höchst sensible Dinge. Ich habe fast meinen Körper zu Markt tragen müssen, um nur einen Blick auf die Akten werfen zu dürfen, und so eine hübsche sensationelle Story in der Regenbogenpresse, die sich zu mir zurückverfolgen ließe, würde bedeuten, daß man mir jede Menge Türen vor den Bug knallt.«

»Die Unterlagen sind also der Öffentlichkeit nicht zugänglich?«

»Aber ja doch. Wie Prinz Charles' Apparat im Freien hängt, wenn er schiffen geht, was ja auch nicht heißt, daß wir alle einen Blick drauf werfen dürfen. Warum also wollen Sie Einzelheiten wissen, Pete?«

»Tja, wissen Sie ... Interesse an der Familie ...«

»Ja, ja, kenn ich. Man schaut am Stammbaum hoch und sieht mal nach, wer da oben so baumelt. Da müssen Sie mir schon mit einer besseren Erklärung kommen.«

Pascoe nippte an seinem Hellen, dann sagte er: »Tut mir leid. Ich bin mir nicht sicher, daß ich überhaupt weiß, warum ... oder was ich tun möchte ... Wie ich schon sagte, ich habe es gerade erst erfahren, aber seither habe ich kaum an etwas anderes denken können. Vermutlich will ich verstehen, wie ... warum ... und ob ein Justizirrtum vorliegt ...«

»Sind Sie für die Todesstrafe, Pete?« unterbrach sie ihn.

Er sah sie erstaunt an, dann versuchte er zu antworten.

»Nein. Die Todesstrafe ist barbarisch. Aber sie ist eine Barbarei, die von Zeit zu Zeit Teil unseres Rechtssystems war, und wenngleich ich froh bin, daß sie hinter uns liegt, würde ich die Tatsache, daß es sie gibt, nicht für die Argumentation benutzen, daß man für Mord nicht belangt werden darf.«

»Gut pariert, Pete. Und wenn Sie das wirklich glauben, sind Sie alle Sorgen los. Ihr eigener geliebter Premier hat Entsprechendes im Parlament geäußert. Es gebe keinen Grund, die armen Teufel posthum zu begnadigen. Was immer wir heute von der Strafe halten mögen, sie wußten, was unter den damals geltenden Militärgesetzen und den Bedingungen, unter denen gedient werden mußte, auf sie zukam. Wenn man diesen Weg einschlage, würde es damit enden, daß man eine ganze Herde von Schafsdieben begnadigte. Ist das auch Ihre Auffassung, Pete?«

»Das Gesetz ist manchmal ein Esel«, sagte Pascoe vorsichtig. »Zu gewissen Zeiten und an gewissen Orten ist das Gesetz häufig schlimmer als ein Esel, es ist eine Hyäne und ernährt sich von Menschenfleisch. Doch wenn ein Mensch wegen eines Schafes gehängt wird, das er nicht gestohlen hat, dann wurde das Gesetz, ob nun Esel oder Hyäne, mißbraucht. Und das ist ein Unrecht, über das man nicht einfach mit einem Schulterzucken hinweggehen kann, auch wenn es sich vor tausend Jahren ereignet hat.«

Das Erstaunen auf ihrem Gesicht hätte von einer Comicfigur stammen können.

»Sind Sie sich ganz sicher, daß Sie Polizist sind, Pete? Ihr Boss läßt Sie tatsächlich ganz allein auf die Straße? Es gibt also vielleicht doch noch Hoffnung für dieses gottverlassene Land. O.K. Sie haben mich fast überredet. Von Anfang an.«

Also packte Pascoe aus. Sie machte sich Notizen, und als er fertig war, sagte sie: »Es besteht also noch immer ein gewisser Zweifel, daß dieser Feldwebel Pascoe wirklich Ihr Urgroßvater war?«

»Es gibt da ein Geheimnis, aber wenig Zweifel. Meine kleine Tochter hat einen Blick auf das Foto geworfen und mich gefragt, warum ich mich verkleidet hätte. Ich sehe die Ähnlichkeit leider nicht so deutlich, aber ich habe schließlich auch immer geglaubt, ein Abbild Rudolph Valentinos zu sein.«

Sie betrachtete sein schmales, lebendiges, englisches Gesicht unter dem unordentlichen hellbraunen Haarschopf und lächelte.

Er lächelte ebenfalls. »Also, wenn Sie über Feldwebel Pascoe stolpern ...«

»He, das ist hier kein Hürdenlauf. Ich interessiere mich, auch wenn ich mich noch nicht endgültig festgelegt habe, für alle FGCM-Todesurteile, nicht nur für diejenigen, die bestätigt wurden ...«

»Wie bitte?« sagte Pascoe. »FGCM?«

»Field General Court Martial. Im Unterschied zum regulären Kriegsgericht, bei dem mindestens fünf Offiziere und ein juristisch geschulter Beisitzer anwesend sein mußten. An der Front war das nicht immer zweckmäßig, es sei denn, ein Offizier war angeklagt. Der Feld-, Wald- und Wiesensoldat wurde vor ein FGCM gestellt, bei dem nur drei Offiziere vonnöten waren und ein Beisitzer nicht in Sichtweite zu sein brauchte. Man sieht schon, warum. Vereinfachte das Leben – oder den Tod – beträchtlich, wenn man an der Front war.«

»Und was verstehen Sie unter bestätigt?«

»Nachdem das Urteil gefällt worden war, durchwanderte es den Dienstweg, damit jeder seinen Senf dazugeben konnte, bis es im Schoß des Oberbefehlshabers landete. Wenn der das Urteil bestätigte, war der Ofen aus. Die Armee verteidigt sich damit, daß nur zehn Prozent der Todesurteile tatsächlich bestätigt wurden. Und wenn man dann ausrechnet, daß über dreihundert Hinrichtungen von 1914 bis 1918 über dreitausend Todesurteile bedeuten ... spätestens dann setzen die Zweifel an den grauen Zellen der Militärs ein.«

»Aber mit Sicherheit sind nicht alle Urteile angreifbar«, sagte Pascoe, der sein Urvertrauen in die schützende Macht des Gesetzes nur ungern aufgab.

»Sie wollen sagen, Kapitalverbrechen sollten von Militärgerichten genau so beurteilt werden wie von ordentlichen Gerichten? Dagegen ist nichts einzuwenden. Wenn mein Gedächtnis nicht trügt, wurden etwa dreißig Soldaten wegen Mordes verurteilt, aber auch ihnen wurde der Verteidiger vorenthalten, der ihnen vor einem ordentlichen Gericht zugestanden hätte. Bleiben etwa dreihundert Kerle, die hingerichtet wurden, weil sie so schreckliche Verbrechen begangen hatten wie völlig verstört zu sein, die Hosen voll zu haben, nicht mehr alle Tassen im Schrank zu haben oder komplett durchgedreht zu sein und einem hohen Tier das Lametta geknickt zu haben. Das hat nichts mehr mit Recht zu tun, das ist gottverdammte Willkür!«

Pascoe lächelte und sagte leise: »Nun, ich bin froh, daß Sie das Thema so ganz im Geiste akademischer Unparteilichkeit angehen.«

»Nun setzen Sie sich ja nicht aufs hohe angelsächsische Roß, Pascoe«, sagte sie bissig. »Ihr Tommys solltet niemals vergessen, daß wir Australier es sind, die auf diesem Gebiet die Moral auf unserer Seite haben. Da konnte euer Oberbefehlshaber noch so viel Druck machen, die australische Regierung hat sich geweigert, euer primitives Militärrecht zu übernehmen. Für einen australischen Soldaten galt, was zivil kein Kapitalverbrechen war, war auch keins in der Armee. Zum Glück. Denn sonst säße ich vielleicht nicht hier.«

»Wieso?«

»Mein Urgroßvater war bei Gallipoli, als er heimkehrte, rief man ihn Jolly Polly. Bei irgend so einem Durcheinander geriet er unter das Kommando von einem eurer Leute, der ihm und anderen befahl, bei hellichtem Tag über ein kahles, steiniges Terrain vorzurücken, das die Türken mit einem halben Dutzend Maschinengewehren belegt hatten. Er sagte: 'Zieh nur los, Kamerad, ich hol dich ein, wenn ich die Haare aus meiner Nase entfernt habe.' Der britische Offizier wollte ihn vors Kriegsgericht stellen, wegen Feigheit, wegen Befehlsverweigerung, wegen allem möglichen Kram, auf dem bei euch Tommys die Todesstrafe stand. Sein eigener Offizier verdonnerte ihn dazu, zwei Tage Scheiße zu schaufeln, wogegen niemand was hatte, weil man aus der Schußlinie blieb.«

Pascoe lachte und sagte: »Hübsch. Es freut mich, daß er es in die Heimat geschafft hat und seinen Samen säen konnte.«

»Heiliger Bimbam. Wie ihr euch ausdrückt! Aber weil ich eine sentimentale Kuh bin und wir beide Urgroßväter hatten, die eine Welt schufen, die für Helden wie wir geeignet ist, setze ich mich darüber hinweg, daß Ihrer ein eingebildeter Tommy und obendrein ein Faschist war. Haben Sie einen festen

Wohnsitz, oder hausen Sie für Ihre Jagd nach Verbrechern auf der Straße?«

Pascoe holte seine Visitenkarte mit der Privatadresse hervor.

»Ich melde mich bei Ihnen, aber halten Sie unterdessen nicht den Atem an. Gott, stimmt die Zeit? Ich muß einen Zug kriegen.«

»Lohnt sich die Reise?«

»London. Und ja, ich beschmutze mir die Finger im Archiv des Verteidigungsministeriums, aber das heißt nicht, daß ich die Gelegenheit oder selbst die Neigung habe, Ihr spezielles Stück Dreck auszugraben.«

Sie funkelte ihn an, um es ihm ein für alle Mal klarzumachen, dann lösten sich ihre Züge, und sie lächelte.

»Aber ich tu, was ich kann«, sagte sie.

»Selbst ein eingebildeter Tommy könnte nicht mehr verlangen«, sagte er, ihr Lächeln erwidernd.

Sie goß die letzten Zentimeter ihres Biers hinunter und verschwand von der Bildfläche. Pascoe kam es so vor, als würde der ganze Club einen Kollektivseufzer ausstoßen, bevor er in noch seligeren Schlummer versank.

Er war versucht, dem Beispiel zu folgen. Sein Sessel war anheimelnd, weich und tief. Doch noch nicht eingelöst, was ich versprach.

Er stand auf und ging, um seine Versprechen einzulösen.*

SECHS

Pascoe lag richtig, aber auch falsch, was Dalziels Gemütsverfassung betraf, als sie sich an jenem Morgen trennten.

Cap Marvell hatte ihn tatsächlich eingeladen, zum Mittagessen wieder bei ihr vorbeizuschauen, und die Aussicht erfüllte ihn mit einer Ausgelassenheit, wie er sie nicht mehr erlebt hatte, seit er ein junger Mann war.

Aber heutzutage hielt ein Bauch voll solider Erfahrungen und zynischer Beobachtungen einen ausgelassenen Kopf vom Abheben ab, und er war sich alles andere als sicher, ob er zu Cap gehen sollte.

Am Vorabend hatte er widerstanden, aber es war nicht Tugendhaftigkeit gewesen, die ihn dazu veranlaßt hatte. Cap Marvell hatte die Party nicht allzu lange nach ihrer Unterhaltung mit Ellie Pascoe verlassen. Als sie sagte, sie werde jetzt gehen, hatte er einen Blick auf seine Uhr geworfen und gesagt: »Eine Frau, die das Trinken abbricht, weil sie fernsehen will, sollte sich ein Videogerät kaufen.«

»Wußtest du nicht, daß derlei Dinge für Frauen zu den Geheimwissenschaften gehören? Falls du morgen um die Mittagszeit Hunger verspüren solltest, wie wäre es mit einem Bissen bei mir?«

»Das klingt gut«, hatte er gesagt. »Aber ich kann mich nicht festlegen. Bei meinem Job, da weiß man nie, was passiert.«

»Dafür habe ich Verständnis«, sagte sie entgegenkommend. »Aber wenn du es einrichten kannst ... Gute Nacht.«

Und sie war gegangen, mit einem Kuß auf die Wange, der köstlich war, weil sie ihn so selbstverständlich gab, aber auch gefährlich, weil er so ehefraulich war.

Einige Zeit später hörte er sich zum Vizekanzler sagen: »Gibt's hier irgendwo einen Fernseher, Saufnase? Ein Fall, an dem ich arbeite, könnte erwähnt werden.«

»Aber natürlich. Ich freue mich immer, wenn ich der Polizei bei ihren Ermittlungen helfen kann«, sagte Burgoyne, und fünf Minuten später saß Dalziel vor einem Fernseher und erlebte, wie Cap mit der Leichtigkeit eines Routiniers einen schwulen Reporter auf den Pott setzte und sogar ihre Kritik an ALBA so nahtlos in ihren Bericht von der Entdeckung der Knochen einflocht, daß es nicht möglich gewesen war, sie herauszuschneiden. Irgendwie wirkte ihr elektronisches Bild noch stärker auf ihn als ihre körperliche Gegenwart, und als der Beitrag beendet war, kehrte er nicht zur Party zurück, sondern ging zu seinem Auto und fuhr zu den Blocks, in denen Cap ihre Wohnung hatte.

Hätte er ein Licht im Fenster gesehen, wäre er sofort zu ihr hinaufgegangen, aber die Wohnung lag im Dunkeln, noch nicht einmal das Geflacker eines Fernsehers war zu erkennen.

Während er noch verunsichert in seinem Auto saß und sich widersprüchlich als unentschlossenen Halbwüchsigen und närrischen geilen Alten verfluchte, sah er sie zu seiner Überraschung aus der schmalen Zufahrt kommen, die zu den Garagen hinter den Blocks führte. Nun war der richtige Augenblick gekommen, sie abzufangen und ihr zu sagen, sie habe eine großartige Show verpaßt und ob er sie ihr nicht bei einem Schlummertrunk beschreiben solle.

Schlummertrunk. Gierig bildete er das Wort mit den Lippen nach und beobachtete sie, wie sie sich mit Entschlossenheit und Grazie auf den Eingang zubewegte, eine selbstgenügsame Frau, die wußte, was sie wollte – und die ihr eigenes Leben führte, von dem er nichts wußte.

Aus irgendeinem Grund hatte dieser Gedanke eine abschwellende Wirkung auf ihn, und er blieb in seinem Auto sitzen, bis sie das Gebäude betreten hatte. Dann fuhr er weg. Doch als er daheim angekommen war, verfluchte er sich bereits wieder, ein alter Narr zu sein. Es bestand keinerlei Zweifel, er hatte wirklich Lust auf eine weitere Portion dessen, was sie sich bei jenem Mittagessen zum Nachtisch genehmigt hatten. Und doch ... und doch ... Schlichte Lust machte ihm nichts aus. Ein Mann, den es nicht ab und an mal überkam, konnte sich gleich als Wachmann in einem Harem verpflichten. Bei Cap verursachte ihm etwas anderes Bauchweh. Da war nicht nur seine Sorge als Polizist, daß sie ihn vielleicht doch noch beruflich in Verlegenheit bringen könnte, sondern ein bisher noch zu unbestimmtes Gefühl, um Gestalt angenommen zu haben, daß es nach dem Spiel noch ein Nachspiel geben könnte ...

Am gestrigen Nachmittag hatte sich das Telefon erneut gemeldet, kaum daß sie sich voneinander gelöst hatten, und hatte die gefährlichen Minuten, in denen man sich um Kopf und Kragen reden konnte, sozusagen abgeschnitten.

Wie prophezeit, waren es Fernsehen und Presse gewesen, die, von ihren Fesseln befreit, scharf auf die Story waren. Er hatte Cap allein gelassen, damit sie ihr Fernsehinterview organisieren konnte, und war in die Küche gewandert, um sich noch ein mexikanisches Bier zu holen. Fast automatisch überflog er die Notizzettel, Postkarten, Einladungen und was sie sonst noch so an ihrer Pinnwand befestigt hatte.

»Auf Spurensuche, Andy?« sagte sie von der Tür aus.

Sie war noch nackt, aber von jeder Unsicherheit frei, versuchte sie noch nicht einmal ihren Bauch einzuziehen, der altersbedingt abgesackt war.

»Ich bin nur davon beeindruckt, mit wem du verkehrst«, hatte er erwidert und die Einladung der Universität hochgehalten.

»Ich gehe wahrscheinlich nicht hin«, sagte sie. »Außer, wenn du vielleicht Lust hättest mitzukommen? Mal sehen, wie die intellektuellen Eierköpfe so leben und ein Loch in ihren Alkohol machen?«

Ihr Vorschlag war so beiläufig, so wenig bedrohlich erfolgt, daß es ihm ganz geschickt vorgekommen war, darauf einzugehen, und als er dann auf der Party war, war er bewußt nicht an ihrer Seite geblieben, sondern hatte ihr ebenso bewußt (und kindisch?) klargemacht, daß er hier genauso daheim war wie an jedem x-beliebigen Ort, den aufzusuchen ihn die Lust überkam.

Aber den Abend hatte er wirklich genossen, und vielleicht veranlaßte ihn das Gefühl, daß er mehr als nur sexuellen Genuß empfand, vor ihren Einladungen auf der Hut zu sein.

Selbstanalysen dieser Art waren ihm eigentlich fremd, und er mochte sie gar nicht. Was er mochte, waren Situationen, in denen er instinktiv wußte, wie er sich zu verhalten hatte, d.h. neunundneunzig Prozent seines bisherigen erwachsenen Lebens. Cap Marvell bedeutete Ärger. Selbst wenn sie nicht das Gesetz übertrat, würde sie sich immer an dessen Rand bewegen, und er war sich nicht sicher, ob er wollte, daß sein eigener Anarchismus durch ihre Verachtung für die Konventionen, wenngleich anders geartet als seine, ständig auf dem Prüfstand war.

»Es könnte mir schließlich wie Peter Pascoe ergehen!« sagte er sich entsetzt. Er bewunderte Ellie sehr, aber es war einfach nicht zu übersehen, daß der arme Peter durch einige gefährliche Wasser gesegelt war, seit sie die Hand am Ruder hatte. Nur hatte Ellie wenigstens nichts dagegen, ihre Hauer in ein so richtig saftiges Steak zu schlagen.

Die Erinnerung an die Tofupastete gab den Ausschlag. Das Mittagessen war endgültig gestrichen. Erfreut, daß er eine Entscheidung gefällt hatte, fuhr er hinaus nach Wanwood House. Er hatte keine feste Vorstellung von dem, was er dort wollte, doch Wields ungutes Gefühl paßte so sehr zu seinem eigenen Mißtrauen gegenüber Privatarmeen, daß ihm ein genauerer Blick nicht fehl am Platze schien.

Als er das Büro betrat, sah nicht Patten vom Schreibtisch auf, sondern ein dunkler, gutaussehender, sportlich wirkender Mann in einem teuren Nadelstreifen.

»Wer zum Teufel sind Sie denn?« fragte der Fremde. »Von Anklopfen haben Sie wohl noch nie was gehört?«

»Gehört schon«, sagte Dalziel. »Ich bin Dalziel. Und wer zum Teufel sind Sie?«

»Ach ja. Nach Des' Schilderung hätte ich wissen sollen, wer Sie sind. Simon Sanderson, Gründer und Seniorteilhaber von TecSec. Wie kann ich Ihnen helfen, Kommissar?«

Dalziel schob die Frage, wie Des Patten ihn beschrieben hatte, beiseite und versank in einen Sessel. »Ich war der Meinung, Sie verbringen Ihre Zeit damit, auf Achse zu sein und Leuten, die es sich nicht leisten können, Verträge aus den Rippen zu leiern.«

Willst du jemand kennenlernen, knall ihm einen vor den Latz und schau zu, wie er reagiert. Gedanken des Vorsitzenden Dalziel, 244.

Sanderson lächelte, als habe er Unterricht bei Jack Nicholson gehabt. Er öffnete eine Schublade seines Schreibtischs, entnahm ihr eine Flasche und zwei Gläser, die er beide füllte und von denen er eines dem Dicken reichte.

»Auf daß wir uns näher kennenlernen«, sagte er.

»Sie mich auch«, sagte Dalziel.

Sie tranken. Es war Tomintoul.

Gedanken des Vorsitzenden Dalziel, 244(a). Wenn ein Schlag vor den Latz Tomintoul zur Folge hat, was bringt dann ein Tritt in die Eierchen zutage?

Er sagte: »Weshalb sind Sie aus der Armee geflogen, Hauptmann?«

»Ich habe die Gelder der Offiziersmesse unterschlagen und die Frau Oberst gevögelt«, kam es wie aus der Pistole geschossen. »Das sage ich immer, wenn ich gefragt werde. Die Wahrheit, müssen Sie wissen, ist weniger glaubwürdig, und alle denken dann, man hätte etwas zu verbergen.«

Er schenkte erneut die Gläser voll. Das ist ein Spinner, für den ich mich erwärmen könnte, dachte Dalziel.

Er sagte: »Ganz unter uns, zu verstecken hat jeder was. Gewöhnlich ist es tatsächlich die Wahrheit. Versuchen Sie es bei mir.«

»Ich war zu einem Kurzurlaub in Bosnien, als mein Fahrer mit meinem gepanzerten Wagen über eine Mine fuhr. Ein paar Tage später, beim Öffnen des x-ten Genesungswunsches meiner vielen Fans, fiel mir auch ein Schreiben des Verteidigungsministeriums in die Hände, das sich jedoch als Trennungswunsch herausstellte. Bei anderen Rängen nennt man es Entlassungsschreiben. Hier, noch einen Schluck. Sie sind sichtbar schockiert.«

»Ich kann's verkraften«, sagte Dalziel. »Sie lagen also auf der Straße, hatten Geld in der Tasche und zehn oder so Jährchen Berufserfahrung im Rumkommandieren und Totschießen. Und da haben Sie einen Wachdienst aufgemacht.«

»Was sonst? Die einzige Arbeit, für die ich die richtigen

Voraussetzungen mitbringe, nämlich Nerven wie Drahtseile, hartgekochte Eier und eine generelle Gleichgültigkeit gegenüber der Empfindlichkeit der Leute, die mir im Wege stehen, wäre ihr Job gewesen, Kommissar. Aber ich konnte den Gedanken nicht ertragen, jahrelang eine Zipfelmütze tragen zu müssen. So, nachdem wir mich katalogisiert haben, wie kann ich Ihnen heute zu Diensten sein?«

Gar nicht übel, dachte Dalziel. Berechnend, selbstbewußt und frech, aber nicht herablassend, das mußte man ihm lassen. Seine wehrhafte Parade auf Dalziels Angriff war frei von jeder Überheblichkeit gewesen, und das war gewissermaßen entwaffnend. Wenn man es genau nimmt, hat der Kerl es fertiggebracht, daß ich mich geschmeichelt fühle, daß er denkt, ich sei so gut wie er! dachte der Dicke. Vor jemandem, dem das gelingt, muß man wahrlich auf der Hut sein.

Er sagte: »Und wie ist es gekommen, daß ein mieser kleiner Laden, der noch nichts Nennenswertes auf die Beine gestellt hat, einen Vertrag bei einer Firma wie ALBA an Land zieht?«

»Tja, jetzt geht's ans Eingemachte«, sagte Sanderson. »Leider geht das alles auf eine homosexuelle Beziehung zurück.«

»Was?«

»Ich und David Batty. Wir gingen zur selben Privatschule und haben uns hinter dem Fivesplatz einen abgewichst. Alle haben das gemacht. Wenn man an die zweihundert heranwachsende Jungs monatelang von jeglicher weiblicher Gesellschaft fernhält, was kann man da anders erwarten? War natürlich in den meisten Fällen reiner Zeitvertreib, aber gemeinsame Erlebnisse dieser Art zementieren in der Tat erwachsene Beziehungen. Darum geht es im Grunde bei dem ganzen Vitamin B unter alten Schulkameraden. Nicht die freimaurerischen Handschläge bringen einen weiter, sondern das Wissen, wo diese Hände mal gewesen sind.«

»Und Sie sagen, Dr. Batty hat Sie hier reingesetzt, weil Sie zusammen auf derselben Schule waren?«

»Darauf läuft es hinaus, auch wenn ich ihm ein wenig nachgeholfen habe. Ich habe im hiesigen Käseblättchen über den Anschlag im vergangenen Sommer gelesen und gedacht, Sicherheitsproblem, da könnte eine junge, expandierende, technisch spitzenmäßig ausgestattete Firma Aussichten haben. Ich habe also zum Hörer gegriffen und mich zu einem Glas eingeladen. Ihm gefiel, was ich ihm vorzuschlagen hatte, und so sind wir nun hier.«

»Ihr Vorschlag war, den halben Wald umzuwühlen und das Gelände wie Colditz einzuzäunen?«

»Hübsch ist die Lösung nicht, aber es funktioniert«, sagte Sanderson. »Niemand kommt rein, der nicht reinkommen soll.«

»Neulich abends aber doch.«

»Ja, es ist ihnen wohl geglückt«, sagte Sanderson bedauernd. »Trojanisches Pferd. Beziehungsweise trojanisches Skelett. Passiert nicht wieder. Übrigens, vermutlich haben Sie sich bereits über die Möglichkeit Gedanken gemacht, daß die die Knochen selbst mitgebracht haben? Sorry, das war herbe. Als wollte ich meiner Oma was beibringen.«

»Ja«, stimmte Dalziel ihm zu. »Eine weitere Möglichkeit, über die wir nachdenken, ist die, daß die Überreste bei der Rodung im vergangenen Sommer von den Bauleuten oder vielleicht von Ihnen selbst bemerkt wurden, man aber davon ausging, daß es einfacher ist, einen Haufen Dreck über den Knochen aufzutürmen, als das Ganze durch eine Ermittlung aufhalten zu lassen.«

»Vermutlich würden Sie das als ein schweres Vergehen bezeichnen?« sagte Sanderson.

Dalziel erwiderte sein Lächeln nicht.

»Schlimmer«, sagte er.

»Dann bin ich froh, daß ich ausnahmsweise mit gutem Gewissen behaupten kann, vollständig unschuldig zu sein.«

Überrascht stellte Dalziel fest, daß er geneigt war, ihm zu glauben.

Sanderson sah auf seine Uhr.

Er sagte: »Die Zeit vergeht. Ich gehe manchmal zum Grünen Baum, im Dorf. Das Bier dort ist nicht übel. Kommen Sie mit?«

Dalziel zögerte. Zumindest dachte er, daß er zögerte. Aber

wenn das tatsächlich der Fall gewesen war, sagte jemand, der seine Stimme ziemlich gut imitierte: »Nein, danke. Ich bin zum Essen verabredet.«

Nachdem er die Worte einmal laut ausgesprochen hatte, kam es ihm interessanterweise nicht mehr in den Sinn, sie nicht in die Tat umzusetzen. Er hatte keine Ahnung, wieso er überhaupt auf den Gedanken gekommen war, nicht zu Cap zu gehen.

»Hallo«, sagte sie in der Tür. »Schön, daß du es geschafft hast.«

Er gab ihr keine Antwort, sondern nahm sie in den Arm und küßte sie.

»Vor dem Essen?« sagte sie atemlos, als sie sich endlich losgemacht hatte.

»Wenn du mir wieder das Toffeezeug auftischst, muß ich mir erst Appetit machen«, sagte er.

Hinterher machte er ihr das größte Kompliment, das in Yorkshire im Umlauf war.

»He, das war großartig«, sagte er.

»Ja, kann man wohl sagen. Schenk uns ein Glas ein. Auf der Anrichte steht Whisky.«

So konnte man das Zeug auch nennen. Es war eine Flasche mit demselben perforationsfreudigen Fusel, den er schon gestern probiert hatte. Wahrscheinlich ein Supermarktschnäppchen. Er würde vielleicht mal mit ihr darüber reden müssen, aber noch war die Zeit nicht reif. Es war möglich, sich einen guten Fick und ein vegetarisches Mittagessen zu gönnen und dabei beiläufig und unverbindlich zu bleiben, aber wenn man eine Frau darum bat, ihre Whiskymarke zu wechseln, meldete man eine langfristige Beziehung an.

Sie drückte auf einen Knopf an ihrem CD-Spieler, und ein Mann und eine Frau begannen zu singen. Sie klangen nicht glücklich. Für Dalziels Ohren nicht überraschend, denn ihre Worte klangen fremd, wahrscheinlich deutsch, und das war mit Singen so gut zu vereinbaren wie das Knabbern einer Selleriestange.

»Wird das unser Lied?« fragte er. »Ich stehe mehr auf der Grimethorpe Band, wenn sie ‚Blaze Away' spielt!«

Lächelnd sagte sie: »Ich hätte mir denken können, daß du kein Anhänger postkoitaler *tristesse* bist. Ich suche uns etwas Lebhafteres.«

»Nein, laß es. Worum geht es überhaupt?«

»Ein Junge, der in den Krieg zieht, verabschiedet sich von seinem Mädchen und sagt ihr, wenn sie ihn sucht, ist er in dem Haus aus grünem Gras, wo die schönen Trompeten blasen.«

»Herr im Himmel«, sagte Dalziel. »Dein Junge ist in der Armee, hattest du gesagt? Ist er das hier?«

Er nickte in Richtung eines Fotos auf dem Kaminsims. Ein junger Offizier, elegant und mit Orden geschmückt, lächelte ihn an.

»Ja, das ist er. Er wurde einmal als vermißt gemeldet, man dachte, er sei gefallen.«

»Ach ja? Und hast du schöne Trompeten gehört?«

»Nicht, daß ich wüßte.«

Sie sprach leise, ohne Drama, aber er spürte, daß es um etwas ging, das noch nicht für seine Ohren bestimmt war. Es hatte wohl den Stellenwert seiner Klage über den Whisky.

Schweigend hörten sie das Lied bis zum Ende. Er räumte ein, daß eine melancholische Kraft dahinterstecke, aber selbst in diesem Genre bevorzuge er etwas Eingängigeres, wie etwa ‚O wo, sag mir, wo ist mein Highland Laddie geblieben'? Das habe seine alte schottische Großmutter immer gesungen, wenn sie sich ein Schlückchen gegen die Kälte genehmigt hatte.

»Siehst du deinen Sohn oft? Du hast gesagt, du hast mit ihm zu Abend gegessen.«

»Hab ich das? Ach ja, das Alibi.« Sie lächelte. »Ja, wir treffen uns von Zeit zu Zeit.«

In letzter Zeit öfter als unmittelbar nach ihrer Fahnenflucht. Vielleicht war ihre Sicht der Dinge im allgemeinen etwas ausgeglichener geworden. Sie hatte auch den Verdacht, daß Piers, der Held, mitbekommen hatte, daß sein Vater ein ziemlicher Trottel war, auch wenn er das nie zugeben würde.

»Bei den Wyfies, oder wie sie nun heißen?«

»Yorkshire Fusiliers. Ja. Woher weißt du das?«

»Das Wappen an der Mütze«, sagte er und nickte wieder zum Foto hinüber. »Man hat die alte Rose mit den Lilien beibehalten. Hat er jemals einen Captain Sanderson erwähnt? Oder einen Feldwebel Patten?«

»Patten? War das nicht der Name des Wachmanns?«

»Richtig. Sanderson und er sind Teilhaber. Beide waren mal im Regiment deines Sohnes. Es wäre hilfreich, ein bißchen mehr über sie zu erfahren.«

»Warum denn das?«

»Einer meiner Leute hat das Gefühl, daß bei der Firma was faul ist«, sagte er.

»Einer deiner Leute? Das Gefühl?« sagte sie mit der leisen Verachtung eines Menschen, dessen Verständnis von Demokratie Untergebene noch nicht mit einbezog.

»Korrekt«, sagte Dalziel. »Einer meiner Leute. Und wenn er mir sagen würde, er hätte das Gefühl, Linford Christie hätte ein Holzbein, würde ich ihn unter die Lupe nehmen.«

»Und du möchtest, daß ich meinen Sohn aushole, ob über die beiden Gerüchte im Umlauf sind, ist das richtig? Ich gehe davon aus, daß ich das machen soll, ohne zu verraten, daß ich ein Polizei... wie nennt man das noch? ...spitzel bin!«

Indignation stand ihr gut. Er leerte sein Glas, verzog das Gesicht und sagte kläglich: »Auch ich hatte eine Mama, mußt du wissen.«

»Ach ja? Ich dachte, daß du aller Wahrscheinlichkeit nach voll bewaffnet aus Robert Peels* Kopf gesprungen bist.«

»Der mit den Hunden am Morgen? Ich hätte nicht gedacht, daß du damit was am Hut hast. Nein, was ich sagen wollte, war, meine Mutter hatte ein Bild im Wohnzimmer. Ein Mädchen auf einer Bank. Es läßt den Kopf hängen und sieht so richtig unglücklich aus. Und der schlaksige Jüngling mit hängendem Schnauzer steht sozusagen eingeschnappt in den Büschen hinter ihr. Es hieß *Der erste Streit.*«

Sie sah ihn fest an, dann sagte sie: »Wenn man davon absieht, daß wir hier keine Bank, keine Gartensträucher, keinen Schnauzer, kein Unglücklichsein und kein Eingeschnapptsein haben, kann ich genau nachvollziehen, wieso sich das Bild in dein Bewußtsein gedrängt hat. Zufälligerweise treffe ich mich heute abend mit Piers. Also sag mir, Andy, wenn ich das auf professioneller Basis tun würde, wieviel würdest du dafür springen lassen?«

»Kommt darauf an, welche Dienstleistung du meinst, meine Liebe«, sagte Dalziel mit einem Grinsen.

Sie versetzte ihm einen Stoß in die Rippen, über den er noch nicht einmal grunzte, sondern konterte, indem er ihren Arm packte und hinter ihrem Rücken festhielt, wie bei einer Verhaftung. Vielleicht wäre das Essen ein zweites Mal verschoben worden, aber das Telefon läutete, und sie ergriff mit ihrer freien Hand den Hörer.

»Hallo«, sagte sie. »Ja. In Ordnung, beruhige dich ... ja ... ja ... ich komme sofort.«

Sie legte den Hörer auf. Sie war blaß geworden, und er fühlte, wie sie leicht schwankte. Er ließ ihren Arm los und faßte sie an den Schultern, um ihr Halt zu geben.

»Ärger?« sagte er.

»Ja«, sagte sie mit einer Stimme, die sie kaum in der Gewalt hatte. »Es ist entsetzlich. Das war Jacksie, Annabel Jacklin, erinnerst du dich? Die Blondine, die so nett aussieht? Sie arbeitet im Krankenhaus. Und sie sagt, man habe gerade Wendy Walker gebracht. Sie sei auf ihrem Fahrrad angefahren worden und liege im Sterben.«

SIEBEN

Es muß eine Zeit gegeben haben, da Kirkton eine selbständige Gemeinde war, ein kleines Dorf mit eigenem Leben und ausreichend offenem Land zwischen sich und Leeds, und in diesen Tagen vor dem Automobil muß eine Reise in die Stadt eine ganze Weile gedauert haben.

Im 19. Jahrhundert war die Stadt näher herangerückt, und im 20. Jahrhundert war es dann soweit gewesen, daß langgestreckte, häuserbestandene Tentakel wie Rinnsale vesuvischer Lava das Dorf bedrohten, berührten und sich dann hineinbohrten, schließlich weiterflossen und eine tote, verstaubte Landschaft zurückließen.

Die Siedlungen waren in der Hauptsache für die untere Kategorie des Wohnungsmarkts gebaut worden. Lange, düstere Reihenhäuser, die steil von schmalen Bürgersteigen emporragten, verliefen noch immer wie Narben zwischen späteren, aufgeklärteren Versuchen, Gebäude des sozialen Wohnungsbaus nach drei beinahe unterscheidbaren Entwürfen in Vierereinheiten zu bauen und mit ein wenig Kies zu schmücken. Mittendrin waren Spuren des ursprünglichen Dorfs erhalten geblieben – eine Kirche, ein vollbelegter Kirchhof, ein altes Dorfkreuz und einige weißgetünchte kleine Häuser an einer gepflasterten Straße. Erhalten geblieben war dieser Ortsteil wahrscheinlich nur, weil er an Bedeutung verloren hatte. Die Hauptstraße, durch ein Schild an ihrem Anfang gekennzeichnet, war zu einer bloßen Sackgasse geworden, weil man sie mit einer hohen Fabrikmauer abgeschnitten hatte.

Das alles fiel Pascoe im Vorbeifahren auf. Er war dabei, einer Reihe Schilder mit dem Hinweis 'ALBA, alle Fahrzeuge' zu folgen, und beim Anblick der Mauer, die aus den Häuschen Zwerge machte, vermutete er, daß er sich seinem Ziel näherte.

Das Gelände von ALBA war riesig. Es wurde auch von einem kleinen Fluß durchzogen, der dereinst einmal als helles

Band zwischen Weideland verlaufen sein mochte und diejenigen, die das Glück hatten, an seinem Ufer zu wohnen, mit frischem Wasser und Forellen versorgt haben dürfte. Aber jetzt sah der träge Wasserlauf schwarz und leblos aus, wenngleich Pascoe nicht daran zweifelte, daß sich die Wasserversorger weder von Rücksichten auf Dividenden noch Managergehältern an ihrer heiligen Pflicht hindern ließen, die unzähligen Vorschriften zur Verhütung von Gewässerverschmutzungen einzuhalten.

Pascoe hatte sich vorsichtshalber in der Hauptverwaltung angemeldet, und er durfte das bewachte Tor schnell und schmerzlos passieren.

»Folgen Sie dem Zeichen *Maisterhouse*«, sagte der Pförtner.

Es war eine ganze Strecke, und er fuhr vermutlich zurück in die einstige Dorfmitte, aber die Fabrikmauern waren zu hoch, als daß ein Blick auf die Kirchturmspitze seine Vermutung hätte bestätigen können.

Wie das Maisterhouse wohl aussehen mochte, rätselte er, aber als es schließlich in Sicht kam, hinter einem modernen langgestreckten Laborflachbau, erkannte er es mühelos.

Es war ein schönes, dreistöckiges georgianisches Haus, düster, aber elegant proportioniert, das sich in seiner industriellen Umgebung wie ein Bischof auf einem Bauernhof ausnahm.

Als Pascoe aus dem Auto stieg, öffnete ein junger Mann in grauem Anzug die Eingangstür und sagte: »Mr. Pascoe? Bitte hier entlang. Mr. Batty erwartet Sie.«

»Mr. Batty?« sagte Pascoe. »Sie meinen doch wohl nicht Dr. David Batty aus der Forschungsabteilung?«

»O nein«, sagte der Mann. »Mr. Thomas Batty, unseren Vorsitzenden.«

Das überraschte Pascoe. Bei seinem Telefonat hatte er darum gebeten, ihm Zugang zu den existierenden Unterlagen zu Wanwood House zu ermöglichen, da sich darunter wahrscheinlich eine Liste der früheren Eigentümer befinden würde. Auch hatte er gesagt, daß er gern mit jemandem sprechen wolle, der den eigentlichen Kauf abgewickelt hatte. Warum der Vorstandsvorsitzende es für nötig erachtete, sich selbst darum zu kümmern, war Pascoe ein Rätsel.

Sie schritten eine breite Treppenflucht nach oben, dann klopfte der Mann im grauen Anzug leise an eine Tür und stieß sie auf, ohne eine Antwort abzuwarten.

Pascoe kam seiner Geste nach und trat ein.

Er befand sich in einem geräumigen Wohnzimmer, das mehr nach dem Geschmack des 19. denn des 18. Jahrhunderts eingerichtet war, wie ein kurzer Blick ihm verriet, obwohl er auf dem Gebiet antiker Möbel nur ein Amateur war. Ein Mann stand vor dem hohen Marmorkamin, in dem konisch aufgeschichtete Kiefernscheite eine gemütliche Wärme und einen angenehmen Harzduft abgaben. Die Aussicht auf die Kirchturmspitze durch die hohen Kaminfenster bestätigte ihm, daß sein Orientierungssinn ihn nicht getrogen hatte.

Der Mann, der von mittlerer Größe war und sich dem Ende der Sechzig näherte, kornfarbenes, nun mit Grau durchsetztes Haar hatte, kam mit einem herzlichen Lächeln und ausgestreckter Hand auf ihn zu.

»Mr. Pascoe, wie geht es Ihnen? Setzen Sie sich doch, bitte. Ich habe hier Tee, aber wenn Sie etwas Stärkeres möchten ...?«

Er hatte eine kräftige Stimme. Sein Akzent verriet Bildung, war aber unverkennbar im Norden Englands beheimatet.

»Tee wäre gut«, sagte Pascoe. »Mr. Batty, ich hoffe, Sie täuschen sich nicht über den Zweck meines Besuchs. Es handelt sich wirklich um eine Sache, die jeder Angestellte ihres Archivs hätte erledigen können. Verzeihen Sie, daß ich mit der Tür ins Haus falle, aber ich möchte unter keinen Umständen, daß Sie das Gefühl haben, ihre wertvolle Zeit verschwendet zu haben.«

Damit habe ich ihm das Messer auf die Brust gesetzt, dachte Pascoe. Er glaubte keinen Augenblick, daß Batty zufällig anwesend war, und je eher die Karten auf dem Tisch lagen, um so besser.

»Nichts, was mit ALBA zu tun hat, ist für mich eine Zeitverschwendung, Mr. Pascoe«, sagte Batty fest. »Wir sind vor vielen Jahren an die Börse gegangen, aber vom Grundsatz her sind wir ein Familienunternehmen geblieben. Als ich durch meinen Sohn von der unheimlichen Entdeckung draußen in Wanwood erfuhr, habe ich die Anweisung erteilt, daß alles Weitere über mich abgewickelt wird.«

»Ich verstehe. Ihr Sohn ... ist das Dr. David Batty?«

»Richtig. Mein Sohn, der Herr Doktor«, sagte Batty mit einem Lächeln. »Er hat den wissenschaftlichen Verstand, der von den Battys kommt, plus, freue ich mich sagen zu können, genug vom unternehmerischen Geist der mütterlichen Seite, um zu berechtigten Hoffnungen Anlaß zu geben, wenn er einmal das Geschäft übernimmt. Bis der Tag kommt, ist er eingesetzt, wo er am nützlichsten ist. Forschung ist etwas für die Jugend. Die Jungs sind wie die Fußballprofis. Wenn sie in die Dreißig kommen, ist bei ihnen nichts mehr zu holen, und dann ist es Zeit, die Leitung des Geschäfts zu übernehmen. Die Natur hat David also hervorragend programmiert.«

»Für Sie muß es eine große Genugtuung sein, Sir, einen so perfekten Erben zu haben. Sind Sie ebenfalls Wissenschaftler?«

»Nicht wirklich. Ich habe natürlich Grundkenntnisse, aber die Gene meines Großvaters scheinen mich übersprungen zu haben. Ich war immer mehr an der geschäftlichen Seite der Firma interessiert. Sie können sich also vorstellen, wie sehr es allen paßte, besonders dem alten Arthur, als Janet und ich uns fanden.«

Schon häufig hatte Pascoe bei bestimmten Leuten in Yorkshire, die es gewissermaßen zu Lokalgrößen gebracht hatten, eine Art Prahlerei mit umgekehrtem Vorzeichen festgestellt, wie er ihr Auftreten einordnete. Sie gingen nicht so weit, ihr eigenes Licht gar auf den Scheffel zu stellen, aber für ihr gesellschaftliches Auftreten folgten sie zwei Grundsätzen: Wenn du mich nicht kennst, heißt das, daß du unbekannt bist. Und wenn du nicht von mir fasziniert bist, bist du langweilig wie ein Mund voll Wasser. Das war wahrscheinlich die Erklärung für Battys freundliche Redseligkeit. Man hätte allerdings von dem Vorsitzenden einer national, ja international höchst erfolgreichen Aktiengesellschaft erwartet, daß er jenes andere, wesentlichere Prinzip der Einwohner Yorkshires auf seine

Fahnen geschrieben hätte: *Alles sehen und nichts sagen.* Vielleicht wollte er einfach nur geliebt werden. Pascoe beschloß, sich nicht gegen den Strom zu stellen.

Er sagte, sich entschuldigend, als habe er unerklärlicherweise den Namen der Königin vergessen: »Also, *Arthur*, das ist ...?«

»Arthur Grindal, der Großvater meiner Frau, der Vetter meines Großvaters, der Grindals Mill hier in Kirkton gegründet hat.«

»Aber natürlich. Der Geschäftssinn. Und die Battys stellten das wissenschaftliche Knowhow zur Verfügung.«

»Genau so ist es. Ohne den alten Arthur hätte mein Großvater seine ganzen guten Ideen in gelehrten Journalen ausgeplaudert und anderen erlaubt, sie kommerziell zu nutzen. Und ohne ihn hätte der alte Arthur bis ans Ende seiner Tage Tuch für einen schrumpfenden Markt gewebt. Wie die Dinge stehen, nun, Mr. Pascoe, sehen Sie sich um. Eines der größten pharmazeutischen Unternehmen der EU, und so lange Jungs wie mein David die Ware liefern, wird das wahrscheinlich auch in der Zukunft so bleiben.«

Pascoe nahm die Aufforderung, sich umzusehen, wörtlich und fragte: »Dieses Maisterhouse, was genau ist es?«

»Es hat einmal dem Dorfjunker gehört. Arthur hat es vor Urzeiten gekauft, als seine Fabrik zu florieren und gutes Geld abzuwerfen begann. Es hatte einen anderen Namen, aber die Fabrikarbeiter nannten es bald das Maisterhouse. Es gehörte ein schönes Parkgelände dazu, und als das Geschäft nach dem letzten Krieg rapide wuchs, war es naheliegend, d.h. am billigsten, darauf zurückzugreifen. Arthur Grindal war nicht sentimental, und er hätte das alte Haus abreißen lassen, aber man hat es ihm nicht gestattet. Denkmal, hieß es, Sie dürfen es nicht anrühren. In Ordnung, sagte Arthur, ich laß die Finger davon. Aber mit meinem verdammten eigenen Land mach ich, was ich will! Und wie Sie sehen können, hat er Wort gehalten. Vorschriften gab es auf dem Gebiet der industriellen Entwicklung in jenen Tagen nur wenige. Heute nutzen wir das Maisterhouse für Empfänge und wenn wir Gäste unterhalten. Es sind auch Zimmer für die Familie vorhanden und den ein oder anderen berühmten Gast, der sich nur ganz oben wohl fühlt. Die Denkmalschützer kommen von Zeit zu Zeit zum Schnüffeln. Sie brauchen eine ganze Weile länger als Sie, bis sie das Tor passieren können, das kann ich Ihnen schriftlich geben!«

Pascoe stimmte in sein Lachen ein. Wes Brot ich eß, des Lied ich sing. Und davon ganz abgesehen, gehörte nicht auch er zu dieser harten Rasse hier in Yorkshire und reichten seine Urspünge nicht bis in dieses Dorf zurück? Es war eine Vorstellung, an die er sich erst gewöhnen mußte.

Er sagte: »Zu Wanwood House, Sir. Wie Sie wissen, haben einige Frauen dort Knochen entdeckt ...«

»Ja, ja. Die verflixten Tierschützerinnen«, sagte Batty. »Ich kann nicht verstehen, warum Sie die nicht alle einfangen und dann die Tür hinter ihnen abschließen.«

Er klang, als meinte er abschießen.

Pascoe sagte: »Wenn kein Verbrechen begangen wurde –«

Batty fiel ihm ins Wort: »Kein Verbrechen? In Redcar wurde ein Wachmann umgebracht, oder nicht? Zählt Mord nicht mehr zu den Verbrechen?«

»Das war ein tragischer Unglücksfall. Ob eine Anklage wegen Mordes aufrechtzuerhalten wäre, bin ich mir nicht sicher ...«

»Er ist gestorben, oder nicht? Und das, weil diese Wahnsinnigen einen Anschlag auf das Unternehmen verübt haben. Wie nennen Sie denn so etwas? Die Leute sind gemeingefährlich und gehören unter Ausschöpfung aller rechtlichen Mittel verfolgt.«

»Heißt das, daß Sie entschlossen sind, Anzeige wegen Hausfriedensbruch zu erstatten?« fragte Pascoe und versuchte, sich Dalziel vorzustellen, wenn er hörte, daß seine Herzallerliebste, wenn sie es denn wirklich war, vor Gericht geschleppt würde.

»Was? Nein, wahrscheinlich nicht«, sagte Batty.

»Ach nein? Ich habe gedacht, Ihr Sohn, Dr. Batty, wolle ...«

»David hat die Forschung unter sich, und ich habe das letzte Wort in allen Fragen der Firmenpolitik«, fiel Batty ihm scharf ins Wort. »Bei dem heutigen Zustand der Gerichte wäre eine Anzeige Zeit- und Geldvergeudung. Alles, was wir davon hätten, wäre negative Publicity. Und die kriegen wir durch die Knochen schon zur Genüge, da lechzen wir nicht nach mehr.«

Irgendwie haperte es hier mit der Logik. Oder vielleicht gehörte es grundsätzlich dazu, drei verschiedene Standpunkte auf einmal zu vertreten, wenn man ein Industriekapitän sein wollte.

Pascoe sagte: »Ja, die Knochen. Wenn ich einen Blick auf die Dokumente werfen könnte, die mit dem Erwerb von Wanwood House zu tun haben ...«

»An welcher Zeit sind Sie interessiert?«*

»Wir sind uns noch nicht sicher, aber wie ich bereits am Telefon erläutert habe, steht fest, daß die Leiche nicht auf dem Gelände bestattet wurde, seit ALBA sich dort aufhält.«

»Ja, das habe ich verstanden. Ich habe Fotokopien der relevanten Abschnitte der Übertragung machen lassen. Wie Sie sehen werden, war Wanwood House vorher als Privatkrankenhaus oder Klinik oder so etwas in der Art genutzt worden. Deshalb war das Gebäude für uns attraktiv. Ich will damit sagen, daß uns dadurch erspart blieb, ein Wohnhaus komplett umzubauen, damit wir es für unsere Zwecke überhaupt nutzen konnten. Auch die Lage, nicht zu weit von der Hauptverwaltung, doch unbekannt genug, zumindest haben wir das gehofft, um der Aufmerksamkeit der durchgeknallten Protestler zu entgehen. Es hat allerdings nicht lange gedauert, bis sie uns aufgestöbert hatten. Niemand kann heutzutage den Mund halten, und es hapert an Loyalität.«

»Ja. Ich entnehme der Eigentumsübertragung, daß Sie mit einem Konkursverwalter verhandelt haben. Wie hat es ein Privatkrankenhaus in diesen Zeiten geschafft, pleite zu gehen?«

»Gesundheit ist ein Geschäft wie jedes andere auch, Mr. Pascoe. Wachstum birgt ähnliche Gefahren wie eine Rezession. Wenn Sie zu groß werden und sich vor Ihren Feinden eine Blöße geben, Sie wären erstaunt, wie schnell die bei der Sache sind und Sie völlig ausziehen. Ein Krankenhaus ist natürlich ein Ort, wo man erwarten würde, ein paar alte Knochen zu finden. Könnte es nicht sein, daß man sich einfach nicht an die Vorschriften zur Entsorgung amputierter Gliedmaßen gehalten hat?«

Pascoe dachte über die makabre Vermutung nach, beziehungsweise überlegte, ob Batty sie ernst gemeint haben könnte.

Er sagte: »Wenn man nicht gerade eine Operation durchgeführt hat, die die Entfernung eines ganzen Schädels erforderlich machte, würde ich das eher bezweifeln. Wie lange war Wanwood ein Krankenhaus, wissen Sie das?«

»Ach, an die siebzig oder achtzig Jahre«, sagte Batty unbestimmt. »Eine verteufelt lange Zeit, das steht jedenfalls fest. Hilft Ihnen das weiter?«

»Nicht viel«, sagte Pascoe. »Ein Unternehmen im Familienbesitz ist eine Sache, da hat man eine gewisse Chance, Berichte über Vermißte oder Gerüchte über Familienstreitereien zu überprüfen. Aber man muß sich vor Augen halten, wie viele Menschen, von Patienten und deren Verwandten bis hin zum Personal, über einen so langen Zeitraum mit einem Krankenhaus in Berühung kommen, selbst wenn es nur klein ist. Dazu kommt, daß die Überreste mit dem, was im Krankenhaus vorging, gar nichts zu tun haben brauchen. Es könnte sich ja auch jemand einfach gedacht haben, dieser Wald ist genau richtig, um eine Leiche loszuwerden.«

»Klingt nicht sehr vielversprechend.«

»Nicht, solange wir keine präzise Datierung vorliegen haben. Oder, wenn das nicht gelingt, einen Stichtag, der vor sechzig, vorzugsweise siebzig Jahren liegt. Dann können wir den Fall in die Schublade tun, selbst wenn wir nachweisen können, daß nicht alles mit rechten Dingen zuging.«

Batty sagte: »Unkosten klein halten, ja? Bei uns läuft es genauso. Die Kunst des guten Managements besteht darin zu wissen, wann man sagt, es reicht, jetzt ist Schluß.«

Sein Ton und sein Gehabe waren liebenswürdig und einfühlsam. Warum also, fragte sich Pascoe, werde ich das Gefühl nicht los, daß ... er berechnend ist?

Er sagte: »Ich danke Ihnen trotzdem, daß Sie die Zeit für mich erübrigt haben, Mr. Batty.«

»Ich bitte Sie. Aber für Sie scheint sich der weite Weg kaum gelohnt zu haben. Die Unterlagen hätten wir Ihnen auch faxen können.«

»Ach, es ist gut, mal rauszukommen und zu erleben, wie sich die Räder drehen.«

Während sie so sprachen, war Batty durch die Tür getreten und schritt nun mit Pascoe den Flur hinunter. An der Treppe hielt er inne. Zwei Frauen waren auf dem Weg nach oben, eine kleine, lebhafte Frau Ende Fünfzig, die andere jünger und in Schwesterntracht, nicht unelegant, aber unverwechselbar.

»Janet«, sagte Batty. »Sag Chief Inspector Pascoe von der Kriminalpolizei guten Tag. Mr. Pascoe, meine Frau Janet.«

Innehaltend wandte sich die ältere Frau an die junge: »Ich komme in einer Minute nach«, und die Krankenschwester setzte ihren Weg die nächste Treppe hinauf fort, während Mrs. Batty Pascoe mit einem »Erfreut, Sie kennenzulernen« die Hand gab.

Ihr Händedruck war fest, und der Ton, in dem sie sprach, ebenso, und so fragte sich Pascoe, ob er sich ein leichtes Unbehagen nur einbildete? Wenn ja, handelte es sich wahrscheinlich um nichts weiter als die übliche Kassandra-Reaktion, wenn man einen Polizisten in den eigenen vier Wänden antrifft. Niemand denkt oh, meine Schatzbriefe müssen im Kurs gestiegen sein, wenn ein Polizist vor der Tür steht.

Aber sie fragte nicht danach, was er hier machte. Hieß das, sie wußte Bescheid? Oder hütete sie sich als gute Geschäftsfrau, eine Frage zu stellen, bevor ihr Mann das Stichwort gab?

»Es ist hoffentlich niemand krank«, sagte Pascoe und ließ seinen Blick zu der verschwindenden Krankenschwester gleiten.

»Nein, nein«, sagte Batty. »Wir haben für den Notfall einen Erste-Hilfe-Raum.«

»Er wird wohl gut mit Medikamenten ausgestattet sein«, sagte Pascoe lächelnd.

»Was? Ach ja, natürlich. Ich bin in einer Minute bei dir, Liebes.«

»Auf Wiedersehen, Mr. Pascoe. Nett, Sie kennengelernt zu haben«, sagte Janet Batty.

Pascoe und Batty setzten ihren Abstieg fort und traten einige Augenblick später wieder ins 20. Jahrhundert.

»Ich habe den Verdacht, daß dieser Anblick für den ursprünglichen Besitzer ein gewisser Schock wäre«, sagte Pascoe, der von dem Gegensatz zwischen dem, was er soeben hinter sich gelassen hatte, und der chaotischen Gebäudeansammlung, die vor ihnen lag, wie vor den Kopf geschlagen war.

»Möglich. Andererseits wage ich zu behaupten, daß er auf seine Felder und Herden und Wälder blickte und dachte, das alles gehört mir, dem verdanken wir, ich und meine Familie, unseren Wohlstand – genau so, wie es mir heute geht. Wir Menschen hier oben in Yorkshire sind Pragmatiker, Mr. Pascoe. Sie stammen ursprünglich aus dem Süden, wenn ich richtig gehört habe?«

Wie um alles auf der Welt willst du denn das gehört haben? fragte sich Pascoe. Nein, man mußte die Frage anders stellen. Er zweifelte nicht daran, daß Batty dasselbe Internet anzapfen konnte, das auch Dalziel in Yorkshire zur Verfügung stand und seiner Allwissenheit in regionalen Fragen zugrunde lag. Interessanter war eigentlich, warum Batty ihn überhaupt überprüft hatte?

Von einem unwiderstehlichen Teufel geritten, der ihm einflüsterte, Batty zu zeigen, daß sein Informationssystem nicht unfehlbar war, sagte Pascoe: »Ursprünglich? Aus dem Süden? Nein, meine Familie kommt von hier, Mr. Batty. Genau wie Ihre. Meine Großmutter wurde in diesem Dorf geboren, als es diesen Namen noch verdiente. Vielleicht sind Ihnen die Pascoes in der Kirche aufgefallen.«

Aus irgendeinem Grund schien der Gedanke Batty geradezu zu beleidigen. Er wechselte die Farbe, und seine aufgesetzte gute Laune schmolz dahin wie Schnee auf einem Deich.

»Nein«, sagte er kurz angebunden. »Ich kann nicht sagen, daß das der Fall ist, aber ich achte nicht sehr auf die Reste der Toten.«

»Auch dann nicht, wenn Sie auf Ihrer eigenen Schwelle auftauchen?« murmelte Pascoe, der Battys Reaktion sondieren wollte.

Aber der alte Batty hatte sich wieder gefaßt.

»Dann am allerwenigsten«, sagte er lächelnd. »Auf Wiedersehen, Mr. Pascoe.«

Sie gaben sich die Hand, und Pascoe stieg in sein Auto.

»Noch etwas«, sagte er durch die nach unten gedrehte Scheibe. »Ich habe über den Namen Ihrer Firma gerätselt. Mir fiel nichts anderes ein als eine Verbindung mit der Farbe Weiß. Sie wissen schon, wie in Albino.«

Grinsend sagte Batty: »Es ist sowohl prosaischer als auch weniger prosaisch. Beim geschäftlichen Zusammenschluß der beiden Seiten der Familie zwischen den Kriegen, oder vielmehr, als der alte Arthur erkannte, daß die Zukunft in Wirklichkeit in Arzneimitteln und nicht in Wollstoffen lag, gab er der Firma wie jeder erdverbundene Mensch in Yorkshire ihre Namen, also Grindal und Batty, wobei er sich natürlich an erste Stelle setzte. Aber in den 1950ern, als wir an die Börse gingen und der Verkauf so wichtig wie die Produktion wurde, wenn wir mit den Großen in Wettbewerb treten wollten, waren einige Familienmitglieder der Meinung, daß wir einen etwas pfiffigeren Namen brauchten.«

Er machte eine Pause, als hätten seine Worte Bilder jener fernen Tage vor seinen Augen erstehen lassen.

»Zu den 'einigen' gehörten Sie?« half Pascoe nach.

»Ich war Anfang zwanzig und hatte gerade meine Ausbildung in den Vereinigten Staaten abgeschlossen. In der Tat, ich war absolut für Veränderungen«, gab Batty zu. »Nicht, daß man groß auf mich hörte, damals. Bloß ein Milchbart, hieß es. Mein Vater führte das Unternehmen mit Onkel Bert, das ist der Vater meiner Frau, Herbert Grindal. Die beiden hatten nicht viel im Sinn mit Veränderungen. Paps, weil er von Natur aus vorsichtig war, und Onkel Bert, weil er sein ganzes Leben unter dem Pantoffel des alten Arthur gestanden hatte, und wenig Gelegenheit gehabt hatte, eigene Gedanken zu entwickeln.«

»Des alten Arthur?« fragte Pascoe, sich noch immer nicht sicher, warum ein Mann, der den Resten der Toten nicht viel

Aufmerksamkeit schenkte, so eifrig bemüht war, ihn in die Geschichte seiner Familie einzuweihen. »Er muß aber sehr alt gewesen sein?«

»Über neunzig«, sagte Batty. »Bis er schließlich '48 an seinem 90. Geburtstag in den Ruhestand ging, aber er ließ noch immer die Peitsche knallen, wenn es ihn überkam. Ganz überraschend war er Feuer und Flamme für eine Namensänderung, hauptsächlich weil Janet, die sein Augapfel war, eine großartige Idee hatte. So schildert sie die Ereignisse, aber nachdem ihr Großvater erst einmal seine Zustimmung gegeben hatte, zogen alle an einem Strang. Es war einfach eine gute Idee.«

»Sie meinen ALBA?« sagte Pascoe, der noch immer nicht wußte, woran er war.

»GrindALBAtty«, sagte Batty und betonte die Silben, auf die es ankam. »Kapiert? Und Arthur war noch immer mit von der Partie, selbst als Janet, die damals erst siebzehn und so richtig romantisch war, verkündete, daß Alba auch ein mittelalterliches Lied sei, das im Morgengrauen gesungen wurde.* 'Zwei für den Preis von einem', sagte er. 'Die alten Teilhaber, die neue Morgendämmerung. Praktisch oder poetisch, wie es beliebt.'«

Pascoe blickte gen Westen, wo die Novembersonne einen blassen Hof um die in den Himmel ragende Kuppel eines Lagertanks bildete.

An einem Sommermorgen, wenn die Sonne hinter dem Maisterhouse aufging, mochte das natürlich alles ganz anders aussehen. Eine neue Morgendämmerung, ein neuer Tag ...

... ich sah zu, wie die Morgenröte den Himmel hinter Sanctuary Wood hell färbte. So formuliert klingt es hübsch und romantisch. Nur, daß der Himmel vor Regenwolken schwarz war. Und der Wald nicht viel mehr als ein Stoppelfeld aus Baumstümpfen, die von den Explosionen übriggeblieben sind. Und daß uns nach dieser Morgendämmerung ein neuer großer Vorstoß erwartete.

Sechs verdammte Wochen zu spät, Pete, sagte Jammy. Das hätte sofort nach Messines passieren müssen, als die Jerrys noch im Rückzug waren und das Wetter gut. Komisch, wie an der Front alles so offensichtlich ist und die Etappenärsche es einfach nicht sehen wollen.

Wir gehörten nicht zur ersten Welle, Gott sei Dank. Deshalb ist Zeit zu schreiben. Das Problem ist, man hat dann auch mehr Zeit, nachzudenken und durchzudrehen. Ich würde gern sagen, daß ich mir mehr Sorgen um Gertie mache als um mich, es stimmt aber nicht. Dennoch, ich mach mir Sorgen um ihn. Die Jungs mögen ihn, seit er die Wachen inspizierte und Chuffy Chandler dabei erwischte, wie er sein Vordergeschirr polierte. Ich war auch da und dachte, weiß Gott, was Chuffy Chandler nun blüht. Aber Gertie sagte nur zum Unteroffizier: Was immer Sie diesem Mann ins Essen tun, sorgen Sie dafür, daß ich auch was davon abkriege!

Das kam bei den Jungs an, und ich muß ihm lassen, er weiß, wie man mit ihnen redet. Freundlich und gleichzeitig fest, wie ein richtiger Offizier. Mir wird immer ganz anders, wenn er so was von sich gibt. Manchmal kommt es mir so vor, als würde er Stellen aus einem Schauspiel aufsagen, was nicht so leicht sein wird, wenn der Vorhang wirklich aufgeht.

Fast eine ganze Woche keine Gelegenheit zu schreiben. Und die ersten vier Tage hat es geregnet und geregnet und geregnet, und zwar ohne Unterlaß. Ich wette, in den Zeitungen daheim hat man einen großen Sieg gefeiert, aber wir sind noch immer hier im Wald von Sanctuary, allerdings am anderen Ende, also haben wir doch etwas Fortschritt gemacht. Anfangs lief alles wie am Schnürchen. Als wir uns schließlich in Bewegung setzten, hatte der erste Angriff die Deutschen aus ihren Stellungen am östlichen Waldrand vertrieben. Gertie war so scharf darauf, dort hinzukommen, daß wir unsere Mühe hatten, mit ihm Schritt zu halten. Ich wußte von Jammy, daß der Befehl für das Bataillon lautete, links in Stellung zu gehen, um die Linie zwischen den Wäldern Sanctuary und Chateau zu halten, die ziemlich schnell genommen worden war. Nur daß die Erde so aufgewühlt war, dazu der Rauch und der Regen und Gertie, der wie ein Hengst losstürmte, der die Mähren gewittert hat, daß wir den Wald vor unserer Verstärkung zur Rechten durchquerten und auf der falschen Seite an der Nordostecke herauskamen. Gertie wedelte mit dem linken Arm und sagte: Da liegt Chateau, und fing an, uns loszuschicken, damit wir unsere Stellungen besetzten. Ich hab mir nichts dabei gedacht, aber Jammy, dessen Orientierungssinn so gut ist, daß er eine Kneipe auch mitten in der Wüste findet, sagt: Nein, Sir, das ist Glencorse. Und Gertie brüllt: Unsinn, Feldwebel, und macht sich auf den Weg zu Abschnitt 1. Jammy befiehlt dem Rest des Zugs, stehenzubleiben, aber ich bleibe Gertie auf den Fersen, der gerade die Straße nach Menin erreicht hat, als im gegenüberliegenden Wald die Hölle losbricht. Das ist das Ende von Abschnitt 1. Einfach so. Erst sieht man sie. Dann sieht man sie nicht mehr. Und Gertie, wunderbarerweise unverletzt, steht da wie ein Huhn mit Schnabelsperre. Mund weit aufgerissen, und nichts kommt raus. Ich bin als erster bei ihm, versetze ihm einen Schlag, der nicht von schlechten Eltern ist, und höre die Kugeln der Hunnen über unseren Köpfen pfeifen. Dann ist Jammy bei mir, und zusammen gelingt es uns, Gertie wie einen Sack Kohle zurückzuschleppen.

Dafür hätte sich Gertie von hoch oben wahrlich einen Tritt in den Arsch holen können. Nur an dem Tag wurde soviel Porzellan zerdeppert, daß der Schwachsinn, den er verzapft hatte, gar nicht auffiel. Ein ganzes Bataillon erhielt die Falschmeldung, Glencorse sei genommen worden, und diesmal warteten die Hunnen ab, bis Mann und Maus die Straße überquert hatten, bevor sie die Falle zuschnappen ließen.

So hatte Gertie also nichts weiter getan, als ein paar von uns ins Jenseits zu befördern, und dafür hat ihn niemand sonderlich getadelt. Aber ich hatte sein Gesicht gesehen, als es passierte, und ich sagte zu Jammy: Da haben wir ein echtes Problem, Feldwebel. Und er wandte mir sein großes steinernes Gesicht zu und sagte: Du hast sein Leben gerettet, Junge. Also würde ich sagen, du bist jetzt für ihn verantwortlich – oder? Oder?

»Mr. Pascoe. Hallo! Ist alles in Ordnung?«

Pascoe sah in das verdutzte Gesicht von Thomas Batty.

»Tut mir leid«, sagte er. »Ich habe gerade gedacht, es sieht nach Regen aus. Auf Wiedersehen.«

Und er fuhr in Richtung Sonnenuntergang.

ACHT

Sie fanden Wendy Walker auf der Intensivstation.
Die Prognose war nicht gut.

»Genaugenommen«, erläuterte der Arzt, der für Dalziels alterndes Auge wie ein verkleideter Pennäler aussah, »ist es ein Wunder, daß sie überhaupt noch lebt.«

Man hatte sie in einem Entwässerungsgraben neben Ludd Lane gefunden, einer schmalen Landstraße, die parallel zur Ringstraße im Westen der Universität verlief. Es sah danach aus, als sei Wendy Walker mit einer solchen Wucht getroffen worden, daß sie in den Graben geflogen war, sich den Kopf an einem Stein gestoßen hatte und mit dem Gesicht fünfzehn Zentimeter unter der Wasseroberfläche liegengeblieben war. Sie war nicht ertrunken, weil das Wasser floß, zwar nicht schnell, aber ihr Körper hatte sich so über den Graben verkeilt, daß die Regenjacke, die sie trug, eine Art Damm um ihr Gesicht bildete, der ausreichte, um ihr Luft zum Atmen zu verschaffen. Aber sie hatte einen Schädelbruch davongetragen und mehrere Stunden bei Temperaturen um den Nullpunkt dort gelegen, bevor ein Bauer, der auf seinem Traktor vorbeifuhr, nicht sie, sondern ihr Fahrrad bemerkte, das etwa zehn Meter weiter in hohem Bogen in die Hecke geflogen war. Sie hatte keine Papiere dabei, und erst als Annabel Jacklin zur Arbeit kam, erfuhr man, wer sie war.

Ein Team der uniformierten Verkehrspolizei war am Tatort gewesen und hatte kategorisch erklärt, daß bei dem klaren Frostwetter und auf jener geraden, engen Straße, wer immer sie erwischt hatte, mitgekriegt haben mußte, was geschehen war.

»Kommt sie durch?« fragte Dalziel.

Der Arzt zuckte die Achseln, ungeduldig wie ein Profi, der sich von unmöglichen Fragen gestört fühlt.

»Alle Systeme hatten ihre Funktion fast eingestellt, als sie eingeliefert wurde«, sagte er. »In etwa so wie bei einem Tier, das in Winterschlaf verfällt. Ob wir sie wieder in Gang kriegen, ist die große Frage. Und wenn uns das tatsächlich gelingen sollte, lautet die nächste Frage, ob wir es angesichts ihrer Schädelverletzungen und der möglicherweise unterbrochenen Sauerstoffversorgung des Gehirns überhaupt wollen.«

Er war unbedarft genug, die letzte Bemerkung in Hörweite Cap Marvells zu machen.

»Nun hören Sie mir mal gut zu, Sie kleiner ekliger Widerling«, zischte sie. »Es wäre besser für Sie, daß sie wieder zu Bewußtsein kommt. Tut sie das nicht, werde ich Sorge tragen, daß es zur gründlichsten Überprüfung der Wiederbelebungspraktiken auf dieser Station kommt, die Sie je erlebt haben. Haben Sie mich verstanden, Dr. Herrgott?«

Dalziel sah mit der Bewunderung und Zustimmung eines Mitstreiters zu. Das war gute Technik, dachte er anerkennend. Da konnte man sich schon vor Bewunderung in die Hose machen.

Als sich der Arzt zurückzog, mit einem Gesichtsausdruck, als wäre er soeben einem Bombenattentat entgangen, wandte sich Cap an Dalziel und sagte: »Und was treibst du dich noch hier rum, Andy? Kriegst du nicht gutes Geld vom Staat, um Wahnsinnige wie das Arschloch zu verhaften, die Leute wie Wendy als Beinaheleichen liegenlassen? Ludd Lane ist die erste Wahl für jeden von der Party in der Uni, der betrunken auf einer stillen Strecke in Richtung Westen nach Hause wollte. Du hast selbst mitgekriegt, welche Mengen ein paar der Leute sich hinter die Binde gegossen haben.«

Diese Bemerkung von jemandem, der während seiner kurzen Anwesenheit auf der Party so viel Gin verkonsumiert hatte, daß es einen Fliegenden Holländer zum Abstürzen gebracht hätte, war ein bißchen happig. Und dann war da noch die Frage, daß ihm jemand beibringen wollte, wieviel eins und eins ist. Doch Dalziel sah, daß es wohl nicht der Zeitpunkt für eine kunstgerechte Debatte war, und so vermerkte er nur die Punkte auf der Bilanz, die er aufstellte, um eine Antwort auf die Frage zu finden, wohin der Weg mit Amanda Marvell führte.

Er sagte: »Fahrerflucht. Wenn es jemand von hier ist, kriegen wir ihn. Wenn nicht ...«

Er hob die Schultern und ließ sie fallen. Sie erwiderte: »Willst du damit sagen, daß ihr dann einfach aufgebt?«

»Ich will damit sagen, daß es dann schwerer ist. Sieh mal, meine Liebe, widerlich ist die Sache, ja, aber deshalb kommt der Fahrer noch lange nicht auf die Liste der zehn meistgesuchten Verbrecher. Und ich versteh auch nicht, warum du dich so aufregst. Nach dem, was ich erlebt habe, warst du nicht gerade Wendy Walkers Busenfreundin.«

Sie musterte ihn, als hätte sie ihn gerade unter einem Stein gefunden, doch als sie ihm antwortete, merkte er, daß sie über seine Frage nachgedacht hatte.

»Vermutlich hat Schuld eine Menge damit zu tun«, sagte sie schließlich. »Die meiste Zeit war sie einfach zum Kotzen, immer hat sie gedrängelt, warum wir keine härtere Linie verfolgten, ein paar Pelzläden abfackelten, die Autos von Wissenschaftlern in der Forschung mit Bomben bestückten, solches Zeug. Ich habe ihr immer gesagt, wenn sie das will, muß sie sich eine andere Gruppe suchen, und sie sagte, sobald sie eine gefunden hätte, die sich mehr engagiert, würden wir sie nicht wiedersehen. Und ich habe gesagt, gut, mit ein bißchen Glück würde sie sich vielleicht ebenfalls in die Luft jagen und dann würde endlich ein wenig Frieden einkehren. Und ich wäre froh, wenn ich sie nur noch von hinten sehen würde. Und nun ist das vielleicht der Fall.«

Ihre Augen waren feucht geworden. Dalziel sagte: »Nein, Mädel, du hast wahrscheinlich schon genug Gründe, um dich schuldig zu fühlen, ohne daß du dir auch noch diesen Schuh anziehst. Das Ganze hat nichts mit dir zu tun, und das weißt du auch. Aber interessant ist es dennoch. Neulich abends, in Wanwood House. Als ich dort eintraf, hast du das große Theater gemacht und Walker hätte nicht zuvorkommender sein können.«

»Vielleicht nichts weiter als eine natürliche Reaktion auf deine starke Persönlichkeit« sagte Cap.

»Dem würde ich ja nicht widersprechen, nur daß sie ihre Aussage schon bei George Headingley gemacht hatte, und der hat soviel Persönlichkeit wie eine Parkbank.«

»Gütiger Gott, kannst du denn nicht mal einen Augenblick aufhören, Polizist zu sein?« sagte sie mit einer jäh aufflammenden Irritation, die ihm noch einmal vor Augen führte, wie sehr die Sache mit Wendy Walker sie erschüttert hatte. Es war an der Zeit, sie aufzuheitern.

»Gerade hast du dich darüber aufgeregt, daß ich nicht tue, wofür ich bezahlt werde«, beschwerte er sich. »Ich kann damit leben, wenn eine Frau inkonsequent ist, sie muß es nur immer sein.«

Sie sah ihn liebevoll an und sagte: »Andy, was soll ich nur mit dir machen?«

»Alles, was du willst, solange dabei kein Blut fließt«, sagte Andy Dalziel. »Aber nicht hier. Bettenknappheit, hat man mir gesagt. Ich ruf dich später an.«

»Ich bleibe noch eine Weile hier«, sagte Cap. »Wohin gehst du?«

»Ich hab noch nichts zu Mittag gekriegt, erinnerst du dich? Ich geh wahrscheinlich in den Schwarzen Bullen und genehmige mir ein großes Blondes und eine richtige Schweinepastete.«

Sie lachte über seine Gabe, in einer Krise Witze über das Essen zu machen, und bevor er sich zum Gehen wenden konnte, gab sie ihm einen deftigen Abschiedskuß, an den er noch fünfzehn Minuten später mit Vergnügen zurückdachte, als er im Salon des Schwarzen Bullen seine Zähne in ein saftiges Stück Fleischpastete grub. Er dachte aber auch mit einem gewissen Unbehagen an die Widersprüche in ihrer Einstellung zu Wendy Walker.

Davon abgesehen, daß er Dennis Seymour beauftragen konnte, ein Auge auf die Ermittlungen der Verkehrspolizei zu haben, konnte er zum gegenwärtigen Zeitpunkt wenig tun, um behilflich zu sein oder die Sache voranzutreiben. Falls sich das Mädel erholte, würde ihre Aussage sie vielleicht weiterbringen. Wenn nicht, wurde aus dem Fall automatisch Körperverletzung mit Todesfolge, und niemand würde es ungewöhnlich finden, wenn sich der Chef der Kripo damit befaßte.

Gerade als er sein zweites großes Glas ausgetrunken hatte, ging die Tür auf, und Wield kam herein.

»Wie geht es dir?« fragte Dalziel leutselig. »Auf der Suche nach mir?«

»Auf der Suche nach einem Bissen zu Mittag, wenn ich ehrlich sein soll«, sagte Wield.

»Dann kannst du neben deinem Essen gleich noch ein Bier mitbestellen«, sagte der Dicke großherzig. »Und danach erzählst du mir, wie du die langen, ermüdenden Stunden verbracht hast, seit wir uns das letzte Mal gesehen haben.«

Er ist mit sich zufrieden, dachte Wield. Irgend etwas scheint so zu laufen, wie er es sich wünscht.

Er stellte die Gläser auf den Tisch und setzte sich.

»Ich habe heute morgen mit Jimmy Howard gesprochen«, begann er.

»Ach ja? Und was hatte er dir zu beichten? Daß TecSec in Wirklichkeit eine Tarnfirma für den Mädchenhandel ist?«

Obwohl Dalziel jederzeit bereit war, seine Untergebenen vor anderen in den höchsten Tönen zu loben, hatte er festgestellt, daß ein Anflug spöttischer Skepsis sie ausgezeichnet anregte, wenn sie dabei waren, eigene originelle Gedanken zu entwickeln.

»Ihn danach zu fragen, habe ich doch glatt vergessen, Sir«, sagte Wield. »Nein, viel erzählt hat er mir nicht, außer, daß ihm nichts Faules aufgefallen ist, seit er bei der Firma angefangen hat, aber das war erst im September. Bei Licht besehen hat er mir genau dreimal erzählt, daß er erst seit September dort arbeitet.«

»Und was hat das zu bedeuten?«

»Vielleicht nichts weiter, als daß er erst seit September dort arbeitet«, sagte Wield. »Dann hab ich ein klein wenig Druck gemacht, und er hat versprochen, sich bei uns zu melden, falls ihm etwas auffällt, was ihm Sorgen bereitet.«

»Und glaubst du, daß er das wirklich tut?«

»Es könnte sein, daß er gleich zu seinem alten Kumpel Patten rennt. Oder es könnte sein, daß er so raffiniert ist und sich alle Wege offen hält.«

»Zu seinem alten Kumpel?«

»Ich habe über unsere Datenbank einen Abgleich fahren lassen, um festzustellen, ob es zwischen den beiden eine

Verbindung gibt. Vor zwei Jahren kam es im alten Lighthouse Club zu einer Schlägerei. Sie werden sich an das Lokal erinnern, Sir. Es wurde dann zugemacht, als wir gegen die Schankerlaubnis Einspruch erhoben haben, weil es zu so vielen Beschwerden wegen Lärmbelästigung und Erregung öffentlichen Ärgernisses gekommen war. Im Hinterzimmer wurde in der Regel ziemlich hoch gespielt, und in jener Nacht wäre einer der Spieler fast an den Fußtritten gestorben, mit denen man ihn traktiert hatte. Patten war in den Fall verwikkelt, und zwar als Zeuge. In Wirklichkeit hatte er gar nichts mitgekriegt, weil alles viel zu schnell ging, und der Kerl, der den Schaden angerichtet hatte, ein Fremder, hatte sich schon auf die Socken gemacht, bevor die Polizei eintraf. Ja, und die Polizei traf in Gestalt Jimmy Howards dort ein. Es wurde getuschelt, Patten hätte die Hauptperson auf der Anklagebank sein sollen. Seine Aussage sei nur von Howard untermauert worden, aber niemand war bereit, laut auszusprechen, was alle hinter vorgehaltener Hand flüsterten.«

»Howard ist also ein krummer Hund, und Patten ist ein harter Brocken. Gibt's was, was ich noch nicht weiß?«

Ohne sich aus der Ruhe bringen zu lassen, fuhr Wield fort: »Ich habe eine Zusammenstellung aller Aufträge gemacht, die TecSec an Land gezogen hat, seit es vor achtzehn Monaten gegründet wurde. Bis zum Vertrag mit ALBA hatte die Firma so gut wie nichts zu tun.«

»Und? Es ist nicht einfach, heutzutage eine Firma zu aufzubauen«, sagte Dalziel mit der politischen Autorität eines Mannes, der einmal betrunken einem Stammtisch beigewohnt hatte.

»Ja, Sir. Dennoch erklärt das nicht, warum sich eine Klitsche wie TecSec einen solchen Vertrag geangelt hat. Was ALBA anlangt, so sind die zwar ein großes Unternehmen, aber international können sie der mehr oder weniger amerikanischen Gesellschaft Fraser Greenleaf noch nicht das Wasser reichen. In Geldkreisen heißt es, FG werfe schon seit einiger Zeit ein begehrliches Auge auf ALBA, aber bisher habe ALBA seine Hauptaktionäre davon überzeugen können, daß eine Übernahme weniger einbringt, als wenn das Unternehmen unabhängig bleibt. Es kursieren Gerüchte über einen großen Durchbruch, der Milliarden und eine große Scheibe aus dem Marktanteil von FG einbringen soll.«

»Klingt wie ein verdammter Krieg«, grunzte Dalziel. »O.K. Dein merkwürdiger Kumpel bei den Londoner Kollegen kennt also seine Pappenheimer. Aber ist er über jemanden gestolpert, der Dreck am Stecken hat?«

»Das nicht, Sir«, mußte Wield einräumen.

»Das hab ich mir gedacht. Und ich kann dir sagen, wie TecSec an den Auftrag rangekommen ist. Der Boss, der verdammte Captain Sanderson, ist ein alter Schulkamerad des verdammten Dr. Batty. So wichst die Welt, Wieldy. Und da mehr von den Leutchen, mit denen du und ich in der Schule waren, hinter schwedischen Gardinen sitzen als im Kabinett oder in den Chefetagen der City, bin ich kein heißer Tip für den nächsten Leitenden Polizeidirektor, und du stehst noch nicht einmal auf der Liste der Leute, die für die nächste Maienkönigin in die engere Wahl kommen.«

»Und was ist mit Patten? Immerhin ist er Teilhaber.«

»Sanderson ist schließlich nicht doof, er weiß, daß die meisten Offiziere nur so gut sind wie ihre Unteroffiziere, und Patten war ein verdammt guter. Als sie also zusammen an die Luft gesetzt wurden –«

»Wurden sie aber nicht«, unterbrach ihn Wield, der sich nicht einschüchtern ließ. »Patten verließ die Armee sechs Monate vor dem Hauptmann und hat sich erst drei Monate nach dessen Entlassung mit ihm zusammengetan.«

»Na, du bist aber ein feiner kleiner Maulwurf, was, Junge?« sagte Dalziel. »O.K. Dann haben die beiden sich also bei irgendeinem Anlaß getroffen. Sanderson fragt: Was machen der Herr Feldwebel derzeit? Patten sagt: Nicht viel. Sagt Sanderson: Ich könnte einen guten Mann gebrauchen, der die praktischen Dinge organisiert, während ich mich um neue Aufträge kümmere. Was hältst du von dem Job?«

»Er ist Teilhaber«, wiederholte Wield.

»Also investiert er seine Abfindung. Heutzutage kriegen die alle einen ordentlichen Batzen.«

»Alles weg«, sagte Wield. »Nichts übrig.«

»Woher weißt du denn das schon wieder? Du hast doch nicht etwa wieder mit den Tasten gespielt oder ein paar Kontostände angehackt?«

»Nein, Sir. Ich habe mit Mr. Charlesworth gesprochen. Der hat mit ein paar Freunden gesprochen.«

Arnie Charlesworth war einer der führenden Buchmacher der Stadt und ein alter Saufkumpan Dalziels.

»Du hast doch hoffentlich nicht meinen Namen mißbraucht, Junge?« erkundigte sich Dalziel mißtrauisch.

»Keineswegs, Sir. Mr. Charlesworths liebevoller Respekt vor Ihnen erwies sich als sehr nützlich. Es scheint, daß Patten die ersten zwei Monate nach seinem Ausscheiden aus der Armee damit verbracht hat, seine Abfindung mittels verschiedener komplizierter Wetten sozusagen mit mündlichen Mitteln zu einem großen Vermögen zu machen. Er war seinem Ziel auch ganz hübsch nahe, aber am Ende stürzte dann entweder das Pferd oder hatte eine nicht ganz einwandfreie Karotte gefressen. Sie wissen, wie sehr sich Buchmacher in die Hose machen, wenn sie verlieren. Patten zahlte. Entweder das oder die Intensivstation. Dann verschwand er für einige Monate von der hiesigen Wettszene, bis er im Sommer erneut aufkreuzte, Teilhaber bei TecSec war und wieder Geld in der Tasche hatte.«

»Er hat sich also an einen Ort abgesetzt, wo die Buchmacher ihn nicht kannten, hatte eine Glückssträhne, stockte das, was er übrighatte, so weit auf, daß er genug hatte, um sich als Teilhaber einzukaufen. Wield, an diesem Fall würgst du wirklich rum.«

»Wollen Sie, daß ich die Sache fallenlasse, Sir?«

Dalziel trank sein Bier aus und musterte nachdenklich den Boden seines Glases.

»Du glaubst noch immer, daß da irgendwas los ist, ja?«

Wield verstand Dalziels Frage nicht nur als Aufforderung, daß ein weiteres Glas keine schlechte Idee sei, und antwortete: »Vielleicht kommt ja letzten Endes nicht viel dabei heraus, aber irgendwas ist da los, ja.«

»Dann stochere halt weiter. Ich habe die Fühler ausgestreckt, ob gegen diesen Sanderson in der Armee irgendwas vorliegt.«

»Offiziell, Sir?« sagte Wield, verbarg aber das Vergnügen, das er an diesem nachträglichen Vertrauensbeweis des Dikken hatte.

»Offiziell, das bringt nichts. Sobald ein Zivilist bei der Armee mit Fragen über irgendeinen ihrer Leute ankommt, fangen die an ‚Auf ihr christlichen Soldaten' zu singen. Nein, bei so was fährt man besser mit persönlichen Kontakten. Wenn was auftaucht, melde ich mich. Vielleicht kann ich ja zwischenzeitlich die Hälfte deiner Aufmerksamkeit auf die Knochen im Wald zurücklenken? Nur weil du ein paar Tonnen Dreck auf Dr. Tod abgeladen hast, heißt das noch lange nicht, daß du deine Hände waschen und alles vergessen kannst.«

»Ja, Sir. Ich hätte es beinahe vergessen. Kurz bevor ich die Fabrik verlassen habe, kam eine Nachricht für Sie vom forensischen Labor durch. Es sieht so aus, als hätten Dr. Gentrys Filter was gebracht.«

»Nützliches?« fragte Dalziel hoffnungsvoll.

Wield zuckte die Achseln. »Nützlich« war kein Wort, das Gentry häufig benutzte. Er sah seinen Job darin, Entdeckungen zu machen. Wozu sie genutzt wurden, das war die Sache gröberer Lebensformen wie etwa Kommissare.

»O.K., Wieldy, warum flitzt du da nicht mal kurz hin ...«

»Tut mir leid, Sir«, sagte Wield fest. »Ich habe heute Nachmittag frei, schon seit mehr als einer Stunde. Es sei denn, Sie haben Überstunden genehmigt ...?«

»Nur wenn du Blech dafür nimmst«, sagte Dalziel. »Wo zum Teufel steckt eigentlich Peter? Er ist der einzige, der es fertigbringt, aus Tod was Sinnvolles rauszukriegen. Ich hab's gewußt, daß ich ihn nicht nach Kirkton hätte abhauen lassen sollen. Ich wette mit dir, das Miststück schnüffelt da oben rum und versucht nachzuweisen, daß er von den Lords in dem verdammten Herrenhaus abstammt.«

Obwohl Wield die Anspielung nicht verstand, verteidigte er Pascoe sogleich.

»Der DCI würde keine Zeit vergeuden, Sir«, sagte er vorwurfsvoll. »Was immer er gerade tut, Sie können Ihren letzten Penny darauf verwetten, daß es getan werden muß.«

»Ja. O.K., Wieldy«, sagte der Dicke. »Aber was immer er tut, lohnt sich nicht, wenn es bedeutet, daß ich mich aufmachen und mit der wandelnden Leiche Gentry reden muß!«

NEUN

Das Portal der Kirche war abgeschlossen.

Ein Mann, der Zuflucht suchte oder nur ein wenig Schutz vor dem Regen, hatte im modernen Kirkton schlechte Karten.

Pascoe stellte den Kragen hoch und lehnte sich gegen das alte Holz. Es war ihm gelungen, auf dem ungepflegten Kirchhof zwei Grabsteine mit der Inschrift *Pascoe* zu finden, bevor die ersten Tropfen bezeugten, daß die traurige alte Sonne den Kampf gegen die langsam vom Westen herankriechende Wolkenbank verloren hatte.

Der erste Stein war einer der vielen gewesen, die an der Kirchhofmauer lehnten und wahrscheinlich nicht so sehr die letzte Ruhestätte derjenigen anzeigten, deren Namen darauf verzeichnet waren, als vielmehr, daß sie irgendwo in der Nähe lagen. So manchen hatten die wenig pietätvollen Spuren der Zeit unentzifferbar gemacht, aber glücklicherweise hatte der Steinmetz, der den Pasco-Stein (sic) gemacht hatte, die Buchstaben tief eingeschlagen, und obwohl die scharfen Kanten der Beschriftung schon längst von Wind und Regen, Moos und Frost abgerundet worden waren, war die Grabesbotschaft klar geblieben.

»Hier ruhen die sterblichen Reste von Walter Pasco, Schuster dieser Pfarrei, verschieden im 53. Jahr seines Lebens, 16. April 1742. 'Seine Seele wurde zu guter Letzt gerettet'.«

Der zweite Gedenkstein stand noch an der Stelle, wo er hingehörte, aber obschon er eineinhalb Jahrhunderte jünger war, war er viel schwieriger zu entziffern, denn der Stein war weicher und die Inschrift war flacher eingemeißelt.

»Samuel Pascoe, in seinem 36. Jahr von der Vorsehung dahingerafft, 29. April 1898. SEI AUCH DU BEREIT.«

April, fiel Pascoe auf, schien für die Pascoes eindeutig der grausamste Monat zu sein. Da sah man mal wieder, daß er recht gehabt hatte, sich von dem milden Osterwetter nicht einlullen zu lassen und vorzeitig aufzuhören, ein Unterhemd zu tragen. SEI AUCH DU BEREIT. Er mußte sich das merken, wenn es wieder einmal zu einer Debatte mit Ellie über seine angeborene Vorsicht kam.

Es war natürlich möglich, daß er mit keinem dieser Pascoes hier verwandt war. Um darüber Klarheit zu gewinnen, brauchte er etwas genauere Angaben, wie er sie beispielsweise im Kirchenbuch finden würde.

»Ihnen helfen?« sagte eine Stimme.

Ein kleiner Mann, der in einem großen Anzug steckte und unter einem Golfschirm mit der Aufschrift 'Und am siebten Tag golfte Gott', sah über seinem geistlichen Stehkragen, der hinter seinem Rauschebart vorblitzte, angestrengt zu ihm auf.

»Wenn Sie die Tür aufmachten, könnten Sie mir Schutz vor dem Regen gewähren«, sagte Pascoe.

»Gern.«

Der Mann holte ein Bund mit Schlüsseln hervor, von denen er drei brauchte, bevor die Tür aufschwang.

»Wandalen« erklärte er entschuldigend. »Haben meine andere Kirche drüben in Mackley, also hab ich gedacht, am besten zwei Fliegen. Vorsicht besser als. Jonathan Wood übrigens. Pfarrer.«

Er war sehr jung, dachte Pascoe, was wahrscheinlich bedeutete, daß der Bart ein Versuch war, ohne Zeitverlust zu altern. Er war entweder sehr krank gewesen und hatte kräftig abgenommen, oder er kaufte bei Oxfam * ein. Und was den Schirm anging ...

»Geschenk von meiner letzten. War dort Vikar. Vergnügter Haufen«, sagte der Pfarrer, der Pascoes Blick gefolgt war. »Und Sie?«

Daß er sich Mr. Jingle zum Vorbild genommen hatte, war unwahrscheinlich, deshalb vermutete Pascoe, daß sein gekappter Unterhaltungsstil eher frommen denn literarischen Ursprungs war, vielleicht von Überlegungen zur Vergänglichkeit der Dinge abgeleitet. Ob seine Gottesdienste auch davon betroffen waren? *Von Herzen geliebte. Versammelt in der Gegenwart. Nimmst du. Erkläre ich euch zu Mann.*

»Pascoe«, sagte er. »Peter Pascoe. Ich bin auf Ahnensuche. Vor etlichen Generationen haben wir hier gewohnt. Ich habe einige Grabsteine mit dem Namen gefunden. Der jüngste ist Samuel Pascoe, gestorben im April 1898, sechsunddreißig Jahre alt. Ich frage mich, ob es ein Kirchenbuch mit Geburten, Hochzeiten, Todesfällen ...«

Sein Stil war offensichtlich zu ausschweifend für Pfarrer Wood, der ihm das Wort abschnitt. »Diese Richtung. Bis zum 17. Davor Bürgerkrieg.«

Pascoe folgte ihm das Kirchenschiff hinunter. Die Kirche war klein und düster. Alles, was darin stand, Taufbekken, Altar, Kanzel, schien unverhältnismäßig groß zu sein. Die drei Buntglasfenster, deren mittleres St. Laurentius auf dem Feuerrost darstellte, flankiert von zwei weiteren äußerst grausigen Martyrien, trugen wenig dazu bei, seine Seele zu erheben.

Die Sakristei war insofern besser, als es dort helles elektrisches Licht gab und das einzige Memento Mori ein Kasten mit den Seiten des Kirchenbuchs war.

»Fotokopien«, erklärte Wood. »Originale sicher. 98, haben Sie gesagt?«

Er arbeitete mit demselben Tempo, in dem er sprach, und im Handumdrehen oder auf jeden Fall in beträchtlich kürzerer Zeit, als Pascoe ohne Hilfe gebraucht hätte, sah er die Einträge zu Geburt und Tod von Samuel Pascoe 1898 vor sich. Der Eintragende war ein gewissenhafter Mensch gewesen und lieferte zusätzliche Informationen, die auf dem Grabstein nicht vorhanden waren. Sam Pascoe war den Verletzungen erlegen, die er bei einem Unfall in Grindal's Mill davongetragen hatte, und er hatte eine Witwe namens Ada und einen Sohn namens Peter hinterlassen. Damit war der Beweis erbracht, nur das Rätsel der Namensänderung blieb ungelöst. Doch während er noch überlegte, war Wood, der die Kopien aus dem Kirchenbuch wie der wilde Westwind durchblätterte, auf einen Teil der Antwort gestoßen.

»Hier. Samuel und Ada Pascoe, Kirkton, Miter Lane 13, wurde am 15. Juli 1892, am Swithin's Day, der Sohn Peter geboren. Frage mich, ob es geregnet hat? Nicht der erste. Markierung. 7.4.11. Sprung nach vorn. Ja. Hochzeit. Peter Pascoe mit Alice Clark, ledig.«

Clark. Das machte Sinn. Alice Pascoe hatte aus ... was? Scham? Furcht? Stolz? wieder ihren Mädchennamen angenommen und ihn an ihre Tochter Ada weitergegeben. Die durch Zufall einen Pascoe geheiratet hatte und so wieder den Familiennamen trug. Zufall? Ihm fiel ein, was Dalziel über Zufälle sagte. »Den verdammten Zufall gibt es nicht. Wenn er dir zustößt, hast du gut gearbeitet. Wenn er einem Verdächtigen zustößt, handelt es sich um eine verdammte Lüge.« Es paßte eigentlich nicht zu dieser Situation, außer ganz allgemein: Vertraue nicht dem Zufall.

Wood war noch nicht fertig.

»Sprung nach vorn. 13.12.12. Peter und Alice Pascoe, eine Tochter Ada. Was ist das? Selber Monat. Stephen und Mary Pascoe, ein Sohn, Stephen George Colin. Wo kommen denn die her? Neun ... zurück. Brr! Nicht nötig. Schnellschuß. 28. August. Stephen Pascoe, Miter Lane 13, mit Mary Quiggins, High Street 3. In letzter Minute. Zusammenhang? Miter Lane. Heiraten in der Nachbarschaft üblich.«

»Möglich. Ich kann es nicht sagen. Miter Lane, gibt's die noch?«

»Den Namen. Mietshäuser. Sechziger. Scheußlich. Keine Pascoes, die ich kenne.«

»Clarks?«

»Nicht, daß ich wüßte. Aber Quiggins. Ungewöhnlicher Name. Die alte Mrs. Quiggins lebt noch bei ihrer Tochter in der High Street. Wohl noch in der Nummer 3. Original. Genau gegenüber der Kirche. Über die Pflastersteine. Alles, was übrig ist. Hat das geholfen?«

»Sie haben mir enorm geholfen«, sagte Pascoe. »Nur noch eines, Sie sagten etwas von 'nicht der erste, Markierung ...'?«

»Stimmt. Jemand interessiert. Bleistift. Zum Kennzeichnen. Sehen Sie. Ungezogen, aber nur Kopien, kein Schaden. Noch ein Verwandter?«

»Höchstwahrscheinlich«, sagte Pascoe. »Noch einmal vielen Dank. Ich glaube, der Regen hat aufgehört.«

»Gut. Schirm zu. Die alten Pfarrkinder empfindlich.«

Peter kam der Gedanke, daß er vielleicht besser beraten sei, sich einen anderen Schirm zuzulegen, als sich bei seinen Bemühungen, niemanden zu kränken, auf die Sonne zu verlassen. Aber er hatte gelernt, sich nicht einzumischen, wenn es um einen Pfarrer und seinen Gott ging.

Draußen glänzte das Pflaster schwarz wie auf dem Standbild eines alten französischen Films. Auch das hier war eine Ausstülpung wie damals der Ypernbogen an der Front, ein Stück Vergangenheit, das sich in die Gegenwart hineinbeulte, von allen Seiten von der uneinnehmbaren Verteidigungsmauer des ALBA-Komplexes überragt und eingezwängt. Beim Überqueren der Straße sah er sich vor, dann suchte er die Nummer 3.

Die Frau, die ihm die Tür öffnete, sah aus, als hätte sie bessere Zeiten gesehen oder genauer, als werde sie von den schlechten Zeiten bedrängt und bedrückt, so gebeugt und schief und krumm war sie. Ihr Oberkörper bildete einen rechten Winkel mit ihren kranken Beinen, und sie stützte ihr Körpergewicht auf einen dicken Schwarzdornstock. Mit zur Seite gedrehtem Kopf, so daß ein glänzendes, mißtrauisches Auge aus Taillenhöhe zu Pascoe hinauffunkelte, sagte sie: »Wir hatten es, wir haben es und wir wollen es nicht« und machte Anstalten, die Tür zu schließen, im Glauben, alle Möglichkeiten erschöpft zu haben.

»Mrs. Quiggins?« sagte Pascoe rasch. »Ich würde gern kurz mit Ihnen sprechen.«

»Mutter, wer ist das?« fragte eine andere weibliche Stimme aus dem Inneren.

»Es ist nur der Mann vom Kaufmann, der das Geld einsammeln will. Ich hab ihn weggeschickt«, kreischte die Greisin, über deren gebeugten Rücken hinweg Pascoe geradewegs ins Wohnzimmer sehen konnte, da es keinen Flur oder Windfang gab. Aus der Tür, die genau auf einer Linie mit der Haustür lag und hinter der nach seiner Kenntnis der Zimmeranordnung dieser Häuser vermutlich die Küche war, wurde eine zweite Frau sichtbar. Sie war insofern jünger, als sie zwar die Fünzig überschritten hatte, aber noch keine Greisin unbestimmbaren Alters war, und sie stand auch noch senkrecht wie eine Tanne. Die Familienähnlichkeit war jedoch nicht zu leugnen, als sie Pascoe mit starrem Blick ansah und sagte: »Mutter, mach Platz!«, was bei Pascoe so ankam, daß sie weniger die Szene für eine Entschuldigung vorbereiten wollte, als Platz schaffen wollte, um die Ärmel hochzukrempeln.

»Miss Quiggins?« sagte er

»Wer sind Sie?«

Er mußte sich schnell entscheiden. Freundlicher Fremder, der sich nach seiner Familie erkundigt, oder unpersönlicher Polizist, der unpersönlich ermittelt?

Er wäre gern bei der Wahrheit geblieben, aber sein Instinkt sagte ihm, daß ihm jugendlicher Charme bei diesem ungastlichen Paar nicht weiterhelfen würde.

Er holte also seinen Ausweis hervor, wedelte ihnen damit vor den Augen herum – zu rasch, hoffte er, als daß sie seinen Namen hätten lesen können – und sagte: »Kriminalpolizei. Wir versuchen, eine Familie Pascoe zu finden, die hier in dieser Gegend gewohnt hat. Der Pfarrer sagte, vielleicht könnten Sie helfen.«

»Ach ja? Was zum Teufel weiß der denn davon?« sagte die jüngere Frau verächtlich.

»Er bringt mir Glimmstengel«, sagte Mrs. Quiggins und bedachte Pascoe gierig mit einem hoffnungsvollen Blick.

Dalziel hätte postwendend eine Schachtel aus der Tasche gezaubert. Pascoe konnte nur entschuldigend lächeln. Er fragte: »Können Sie uns also helfen, Miss Quiggins?«

»Mrs. Lyall. Miss Quiggins ist schon lange her.«

Die Wehmut in ihrer Stimme ließ vermuten, daß der veränderte Zivilstand nicht in allen Punkten nach ihrem Geschmack war.

»Also, Mrs. Lyall, was diese Pascoes betrifft, kennen Sie jemanden mit dem Namen?« sagte Pascoe knapp.

Mrs. Lyall hatte ihre Mutter mit Gewalt aus dem Weg geschoben, und nun füllte sie die Tür auf eine Weise, die nahelegte, daß er nicht aufgefordert werden würde, einzutreten.

»Hier gibt es niemand, der so heißt«, sagte sie nachdrücklich. »Was haben die angestellt?«

»Hilfe bei einer Ermittlung«, sagte Pascoe wenig gesprächig.

»Tja, wir können nicht helfen. Tut mir leid.«

Die Tür begann sich zu schließen. Da schrie die Alte unsichtbar, wahrscheinlich verärgert, weil sie nicht mehr in der Frontlinie stand: »Was hat er gesagt? Pascoes? Fragt er nach den verdammten Pascoes?«

»Nun hör schon auf, Mutter«, sagte Mrs. Lyall, über die Schulter nach hinten keifend. Und zu Pascoe sagte sie: »Sie ist wirr. Schenken Sie ihr keine Beachtung.«

»Den Namen scheint sie aber wiederzuerkennen«, sagte Pascoe.

»Glauben Sie? Ich wohne mit ihr zusammen, und ich sage Ihnen, daß sie nichts wiedererkennt. Sehen Sie das Stückchen Straße hier? Es ist noch wie vor hundert Jahren. Das erkennt sie, denn hier hat sie ihr Leben verbracht. Bringen Sie sie fünfzig Meter weiter die Straße hinunter, wo alles verändert ist, und sie fängt an zu kreischen, als hätte man sie am Ende der Welt aus den Wolken fallenlassen. Wenn sie also einen Namen wiedererkennt, dann weil er jemandem gehört, der seit langem nicht mehr hier ist und wahrscheinlich schon ewig tot ist.«

»Nichtsdestotrotz«, sagte Pascoe. Das Wort hatte auf die Frau dieselbe Wirkung wie auf Dalziel. Sie sah ihn irritiert und resignierend an.

»Wenn Sie Zeit zu vergeuden haben, bitte schön. Ich habe zu tun. Passen Sie auf, daß sie Ihnen nicht entwischt!«

Mit diesen Worten drehte sie sich um und zog sich in die Küche zurück. Pascoe war sich unsicher, ob man ihn aufgefordert hatte, ins Haus zu kommen, oder ob er als Wache an der Tür stehenbleiben sollte.

Er entschied sich für einen Kompromiß, indem er das Haus zwar betrat, aber in der offenen Tür stehenblieb.

»Erinnern Sie sich an eine Familie namens Pascoe?« sagte er sanft zu der alten Frau.

»Die haben wohl Ärger, stimmt's?« sagte Mrs. Quiggins.

Die Hoffnung in der Stimme der Alten ließ ihn vermuten, daß eine Bestätigung ihn wahrscheinlich weiterbrachte als eine Versicherung des Gegenteils.

»Ich fürchte, ja. Wir müssen sie dringend finden. Also alles, was Sie uns über ihren Aufenthaltsort sagen können ...«

Sie schüttelte heftig den Kopf und sagte: »Finden Sie die Hure, und Sie haben ihn gefunden. Von denen hat keiner was getaugt. Kein einziger.«

»Die Hure? Was meinen Sie denn damit?« fragte er.

»Sie! Die blöde Kuh! Die mit dem anderen verheiratet war, dem Windei, das Fersengeld gab und seine Leute sitzen ließ, und so hat man ihn gefesselt und erschossen. Die sind alle gleich, es liegt am Blut. Eine schlimme Bande.«

Die Alte war verrückt. Ihr Verstand war so schräg wie ihr Körper, sagte Pascoe sich. Und ich bin nicht weniger verrückt, ihrem wirren Gerede zuzuhören. Hör auf. Fahr nach Hause. Bestell deinen Garten. Spiel mit deinem Kind. Geh mit deiner Frau ins Bett.

Er sagte fest: »Sie sprechen von Peter, ja?«

»Ja, den meine ich. Das aufgeblasene Miststück. Bildete sich Wunder was ein, wer er war. Und seine Mutter war kein Stück besser. Und die andere blöde Kuh. Was war sie stolz, daß er Feldwebel war, und die ganze Zeit hat er heimlich den König umbringen wollen!«

Es war der reinste Irrsinn! Aber nun konnte er nicht einfach abhauen.

Er sagte: »Und der andere, der mit der ... Hure ... durchbrannte?«

»Der verdammte Onkel Steve, natürlich! Ist einfach mit ihr auf und davon. Nie wieder ein Wort zu Tantchen Mary. Nie wieder ein Gedanke an den Jungen, obwohl der so wenig taugte wie der Rest, bei dem Blut. Die Armee hat gesagt, er hat sich nach Amerika abgesetzt, aber wir haben gewußt, wo er war. O ja, wir haben es gewußt!«

Er mußte das unbedingt genau verstehen. Auch boshafter Irrsinn mußte aufgezeichnet werden, wenn man ihn widerlegen wollte.

Er sagte: »Und die ... Hure, wie Sie sie nennen, sie war die Frau des Vetters, Peter Pascoes Frau?«

»Stimmt genau. Alice Clark hieß die. Sie verstand sich drauf, die richtigen auszusuchen, was? Die Beine für ein

Schwein von Deserteur breit zu machen, während der, mit dem sie verheiratet ist, von seinen eigenen Leuten erschossen wird!«

Die Tochter war wieder aus der Küche aufgetaucht und beobachtete Pascoe mit wachsender Verblüffung.

»Sie haben verstanden, was sie gesagt hat?« warf sie ein. »Daß das ganze wirre Zeug ein Menschenleben zurückliegt?«

»Sie haben es schon früher gehört?«

»Wort für Wort, ich kann es auswendig! Mit dieser Geschichte und einem Dutzend anderer kommt sie sechsmal täglich an, als wär alles erst gestern passiert.«

»Sie haben aber doch gesagt, Sie kennen keine Pascoes.«

»Tu ich auch nicht. Keine Lebenden. Auch sie nicht, wenn Sie die Wahrheit wissen wollen. Sie war noch ein Kind, als das alles passiert ist. Sie hat das alles nur mitgekriegt, weil sie die Ohren gespitzt hat und ihre Klappe gehalten hat. Als ich zum ersten Mal davon gehört habe, war ihre Tante Mary noch nicht die blütenweiße Jungfrau, die sie seither geworden ist, aber je älter sie wird, desto älter werden auch ihre Erinnerungen, und sie erinnert sich jetzt nur noch an das, was sie mitbekommen hat, als sie sechs oder sieben war.«

»Halt die Klappe, Madge!«, befahl die Alte. »Ich weiß mehr, als ich jemals verraten habe.«

»Dazu kann ich nichts sagen, Mutter, aber du verrätst mit Sicherheit mehr, als die meisten von uns wissen wollen. Sind Sie fertig, Mister? Denn dann mach ich die Tür zu und versuch, das bißchen Wärme im Haus zu halten, das Sie noch nicht rausgelassen haben.«

Pascoe ließ die ungerechte Anschuldigung unkommentiert und sagte: »Sie können aber bestätigen, daß Ihre Mutter die Wahrheit sagt, zumindest nach ihren eigenen Erinnerungen an Familienerzählungen?«

»In unserer Familie erzählte man sich die folgende Geschichte: Tantchen Marys Mann war mit der Frau seines Vetters durchgebrannt, der wegen Feigheit oder sonst was im Krieg erschossen worden war. Aber als ich ein Mädchen war, gab es hier weit und breit keinen Pascoe, und soweit ich weiß, gibt es auch jetzt hier keinen. Sie haben mit keinem Wort gesagt, daß Sie die alten Geschichten hören wollten.«

Sie zeigte ihr Mißtrauen nun ganz offen. Pascoe spürte, daß es an der Zeit war, zu gehen. Einer letzten Frage konnte er allerdings nicht widerstehen. Sie drängte sich ihm hauptsächlich wegen des Namenswirrwars in seiner eigenen Familie auf.

»Warum heißt Ihre Mutter eigentlich Mrs. Quiggins? Ich meine, müßte das nicht Ihr Mädchenname sein?«

Er hatte einen Fehler gemacht, das sah er sofort. Die Frage verriet ein Wissen, für das es keinen ersichtlichen Grund gab.

Einen Augenblick lang sah die Tochter ihn kalt an, dann sagte sie: »Nicht, daß es Sie was angeht, aber es ist ihr gelungen, mich zu haben, ohne daß die Geistlichkeit ihren Segen dazu gegeben hat. Das Mrs. ist also eine Art Ehrentitel, stimmt's, Mutter? Die Quigginsfrauen hatten nie viel Glück mit den Männern. War's das nun?«

»Ja«, sagte Pascoe. »Das war's. Danke für Ihre Hilfe.«

Er trat hinaus auf die gepflasterte Straße. Er war so erleichtert, daß ihm die feuchtkalte Luft wie ein Segen vorkam.

Hinter ihm kreischte die Alte, als wehrte sie sich gegen die Flucht ihres Publikums und als wollte sie ihn mit einem noch saftigeren Bissen zurücklocken: »Ich könnte Ihnen noch jede Menge Geschichten über die Pascoes erzählen! Man hätte die ganze Bande erschießen sollen! In den Adern von denen floß schlechtes Blut!«

Und obwohl sich die Tür geschlossen hatte und die Entfernung mit jedem Schritt größer wurde, konnte er noch immer das unheimliche, gräßliche Kreischen der Alten hören, als er in sein Auto stieg.

»Schlechtes Blut! Schlechtes Blut!«

ZEHN

Die Filter arbeiteten langsam, aber sie filterten extrem fein. Dr. Tods Gesicht war von einem Lächeln verklärt wie der Aralsee im Mondenschein, als er Dalziel seine Ausbeute präsentierte.

»Sieht nicht gerade nach viel aus«, sagte Dalziel.

Er hatte recht. Auf dem Tisch standen vier Schalen, drei enthielten Münzen, und in einer lagen ein paar Metallstückchen.

»Sie haben recht«, sagte Gentry, »doch das Wenige kann in sich so bedeutsam sein wie eine Fülle.«

»Ach ja?« sagte Dalziel mit der mißtrauischen Verachtung eines Mannes, dem auf einem Flohmarkt ein Diamantdiadem als Schnäppchen angeboten wird.

»Zuerst einmal die Münzen«, sagte Gentry. »Eine Zeitspanne, die sich sehen lassen kann. Hier haben wir eine echte Antiquität, einen Jakobinischen Groat, das heißt, ein Vierpennystück, möglicherweise ziemlich wertvoll. Und hier am anderen Ende der Skala einen Penny aus dem Jahr 1955. Dazwischen der wahrscheinlich interessanteste Fund: sieben goldene Sovereigns.«

Er machte ein eindrucksvolle Pause.

Dalziel sagte: »Verdammt wunderbar. Ich seh mal die Vermißtenliste durch, ob vielleicht ein dreihundertjähriger Geizkragen dabei ist, der irgendwo herumstrolcht.«

Gentry, der Dalziels Sarkasmus grundsätzlich wörtlich nahm, wobei niemand wußte, ob das nur ein Schachzug war oder angeborene Pedanterie, sagte: »Die Annahme, daß alle diese Münzen aus den Taschen unseres Verstorbenen stammen, wäre übereilt. Besonders angesichts der offensichtlichen Abwesenheit von Taschen.«

»Was?«

»Die Durchsuchung des tellurischen Materials * ist noch nicht abgeschlossen, ich glaube aber mit einiger Wahrscheinlichkeit voraussagen zu können, daß wir keine Spuren der verschiedenen Fasern und Befestigungsmittel finden werden, die bei menschlicher Kleidung eigentlich immer vorhanden sind. Noch nicht einmal einen Nagel, ein Stück Leder oder Ösen, Bestandteile der Fußbekleidung.«

Dalziel verdaute Gentrys Erklärung, dann sagte er: »Großartig. Wir haben es also mit einem sehr alten Geizkragen zu tun, der splitterfasernackt herumgelaufen ist und sein Geld wahrscheinlich in seinem Arsch versteckt hatte!«

»Die Auswertung ist Ihr Gebiet, Kommissar«, sagte Gentry. »Ich zeige Ihnen nur Fakten und das, was ich gefunden habe.«

»Ach ja? Und was für Fakten sind das da?« sagte Dalziel und schielte auf die letzte Schale.

»Wie Sie sehen, handelt es sich um zwei Metallstücke. Das hier ist ganz eindeutig Teil des Verschlusses eines kleinen Geldbeutels oder einer Geldtasche oder ähnlichem. Das andere ist nur ein Splitter, wovon, kann man nicht sagen, obwohl eine vorläufige Untersuchung darauf hindeutet, daß er von seiner ursprünglichen Masse durch explosiven Druck abgetrennt wurde.«

»Sie meinen, wie der Teil einer Kugel oder so?« fragte Dalziel ohne Begeisterung.

»Wenn ich das meinte, hätte ich es gesagt«, erwiderte Gentry. »Der einzige andere Fund, der von Bedeutung ist oder nicht, sind verschiedene Stücke von Mauerwerk, die natürlich gesondert entfernt wurden, nicht durchgeschwemmt. Eine vorläufige Untersuchung von Mörtelresten läßt auf ein Bauwerk von einigem Alter schließen.«

»Sie sind nicht auf eine Inschrift gestoßen?« fragte Dalziel hoffnungsvoll. »Etwas in der Art wie: 'Hier liegt der alte Tom, Gott möge seine verworfene Seele in Frieden ruhen lassen'?«

»Eine interessante Spekulation, aber nein, wir sind auf nichts gestoßen, das auf eine Grabstätte hinweisen würde.«

»Und das ist alles?«

»Abgesehen natürlich von den Knochen.«

»Knochen? Ich sehe hier keine Knochen?«

»Wie befohlen, habe ich alle Knochen und organische Materie direkt an Mr. Longbottom weitergeleitet«, sagte Gentry frostig.

»War da auch ein Kiefer dabei?«

»In der Tat.«

»Dem Himmel sei Dank für kleine Gaben. Haben Sie ein Telefon?«

Er rief in der Pathologie an, bekam aber nur einen Assistenten an den Apparat, der ihm wörtlich die Nachricht zukommen lassen sollte, daß man ihm sagen würde, was es zu sagen gab, sobald es etwas zu sagen gab, und das würde wahrscheinlich eher später als früher sein, wenn die nötige Arbeit noch weiter durch unnötige Anrufe unterbrochen würde.

»Sagen Sie ihm, er kann mich auch mal«, sagte Dalziel, knallte den Hörer auf und funkelte Gentry an. Am liebsten hätte er seinen Abgang mit einer wirklich erlesenen Beschimpfung untermalt, aber er machte sich nicht die Mühe. Warum sollte er beim Rückzug auf eine Backsteinwand zielen?

Er ging in sein Büro und nahm die Gelegenheit wahr, so gut wie jeden anzubrüllen, der ihm auf seinem Weg durch das Gebäude begegnete. Viele waren es nicht, denn sein erstes Gebrüll rief eine Schockwelle hervor, die alle, die sie vernahmen, auf schnellstem Weg in Deckung gehen ließ.

Warum nur war er in so widerlicher Stimmung? fragte er sich. Ein möglicher Mordfall, der sich für seinen Geschmack zu langsam vorwärts bewegte? Wohl kaum. Er hatte schon viele Fälle gehabt, die ihn viel mehr Nerven gekostet hatten, wo ihm Desperado Dan im Nacken gesessen hatte und alles mit Blut und Eingeweide bespritzt war! Wenn man es genau bedachte, stand abgesehen von Wanwood wenig Wichtiges an, wenn man von den üblichen Einbrüchen, Überfällen auf offener Straße und Körperverletzung absah.

Wo also lag das Problem?

Cap Marvell war das Problem, wie schon heute morgen. Er hatte beschlossen, nicht zum Mittagessen in ihre Wohnung zu gehen, und dann war er doch irgendwie dort gelandet und war auch auf seine Kosten gekommen, worüber er sich nicht beklagte – genau besehen, hätte er auf einem langen Wochenende in Bangkok nichts gefunden, was vergleichbar gewesen wäre –, aber er war auch, ohne daß er es wollte und gegen alle seine Absicht und obwohl er nach wie vor kein Wort über ihren Whisky verloren hatte, tiefer in die Sache hineingerutscht.

Gewissermaßen war die verdammte Walker dafür verantwortlich. Es wäre nämlich interessant gewesen zu wissen, ob sein lustvolles Nachglühen ohne ihr Dazwischenfunken ein weiteres vegetarisches Mittagessen überstanden hätte. Statt dessen war er im Krankenhaus gelandet und hatte sich herumkommandieren lassen müssen, als wäre er ein ... was? Ehemann? Wohl kaum. Lustknabe? ... Herr im Himmel! ... Partner? ... So hießen die doch heutzutage, oder? ... Klang nach Steuerkniff einer dubiosen Firma ... Wie wär's mit ... Freund?

Daran war doch nichts auszusetzen? Oder? Freunde braucht der Mensch. Wozu machte er überhaupt das ganze Theater? Zwei reife Menschen, sie war fast so alt wie er, die beide wußten, worum es ging, da war es nicht nötig, rumzuhängen wie ein Junge, dessen Eier gerade mal in den Sack gerutscht waren.

Er merkte, daß ihn nun Gewissensbisse wegen seiner Hartherzigkeit gegenüber Wendy Walker plagten. Wo zum Teufel kamen denn nur diese ganzen Schuldgefühle her? Wenn ich so weitermache, küsse ich bald dem Papst den Ring, sagte er sich.

Es schien einfacher, nicht weiter Salz in die Wunde zu streuen, sondern den Hörer aufzunehmen und das Krankenhaus anzurufen, um zu erfahren, wie es um Wendy stand.

Sie sei noch immer nicht bei Bewußtsein, sagte man ihm. Prognose unverändert, mit dem Zusatz, je länger je schlimmer. Als nächstes sprach er mit Dennis Seymour, der ihm auch wenig zu berichten hatte, abgesehen davon, daß man auf Ludd Lane keine Bremsspuren entdeckt hatte. Das legte die Vermutung nahe, daß derjenige, der Wendy Walker angefahren hatte, überhaupt nicht reagiert hatte.

»Es könnte sein, daß er so besoffen war, daß er es noch nicht einmal gemerkt hat«, sagte Seymour.

»Dadurch wird es besser, ja?« fauchte Dalziel. »Halt mich auf dem laufenden.«

Eine Stunde später kam Troll Longbottoms vorläufiger Bericht über die Wanwood-Knochen aus dem Faxgerät.

Mit Hilfe von Dr. Tods Filter hatte er ein fast vollständiges Skelett zusammenbekommen. Es fehlten nur die linke Fibula, die rechte Ulna und verschiedene Phalangen, was wahrscheinlich daran lag, daß sie der einheimischen Fauna zum Opfer gefallen waren.

Das Skelett gehörte einem Mann, war 1,72 bis 1,74 Meter groß, leichter Knochenbau, zwischen zwanzig und dreißig Jahre, mit Anzeichen für Kalziummangel, der auf Beschränkungen in der Ernährung als Kind schließen ließ, die jedoch nicht so weit gegangen waren, daß Rachitis verursacht worden wäre.

Der bereits festgestellte Schädelbruch wurde als mögliche Todesursache bestätigt. Es waren Anzeichen für weitere frisch verheilte Verletzungen am linken Bein, Brustkorb und der Schulter vorhanden, die möglicherweise von schweren Schlägen verursacht worden waren, die aber mit Sicherheit vor der Schädelverletzung lagen. Der Schaden an der Schulter war so schwer, daß die Bewegung des linken Arms sehr eingeschränkt gewesen sein muß.

Der Unterkiefer hatte weniger gebracht, als man hätte hoffen können. Drei Zähne fehlten, und ein oder zwei der verbliebenen Zähne zeigten Ansätze von Karies, aber Füllungen, die eine Datierung erleichtert hätten, waren nicht vorhanden. Das legte nahe, daß der Mann in einer Gegend lebte, möglicherweise zu einer Schicht gehörte, für die eine Zahnextraktion das erste und nicht das letzte Mittel war, wenn man von Zahnschmerzen heimgesucht wurde.

Aufgrund des allgemeinen Zustands der Knochen und anderer Hinweise, die sie gaben, setzte Longbottom das Todesdatum irgendwann vor fünfundvierzig bis neunzig Jahren an.

»Scheiße und Hohn!« rief Dalziel aus. »Das macht der Arsch extra!«

Er rief noch einmal im Labor an und ließ sich diesmal nicht abwimmeln.

»Was zum Teufel willst du denn jetzt schon wieder, Andy?« wollte der Pathologe wissen. »Du hast doch meinen Bericht.«

»Vorläufiger, steht drauf.«

»Es laufen noch einige andere Tests, aber grundlegende Änderungen erwarte ich mir davon nicht.«

»Noch nicht einmal eine Anhebung der unteren Grenze – von fünfundvierzig auf fünfzig, sagen wir? Oder noch besser sechzig Jahre? Oder Todesursache. Könntest du nicht noch ein bißchen vager sein? Vielleicht die Möglichkeit natürlicher Todesursachen erwähnen?«

»Andy, ich kann gut verstehen, daß du den Fall aus dem Bereich dessen schieben willst, was ermittelbar ist, aber im Augenblick kann ich nicht mehr für dich tun. Hat Gentry nichts gefunden, was auf ein präziseres Datum hinweisen könnte?«

Dalziel beschrieb Dr. Tods Funde.

»Interessant«, sagte Longbottom. »Weißt du, daß es heißt, zu König Alfreds Zeiten, glaube ich, habe eine nackte Jungfrau mit einem Beutel Gold in der Hand unbelästigt durch ganz England wandern können? Vielleicht hat ja dieser Kerl versucht, das Experiment zu wiederholen, und war bis Mid-Yorkshire gelangt, bevor er scheiterte. Er wäre nicht der erste Flüchtling aus dem Süden, dem das passiert wäre.«

»Rasend komisch«, sagte Dalziel. »Außer, wenn ihm die Goldstücke gehören, ist er nicht gescheitert. Ich will sagen, dann wurde er nicht ausgeraubt. Und es sieht nicht danach aus, als hätte er sie an sich versteckt.«

»Stimmt. Aber da ist doch dein Stichwort. Wenn die Goldstücke ihm gehört haben, könnte das bei der Datierung helfen. Wenn ich mich nicht täusche, wurden sie in den 1920er Jahren aus dem Verkehr gezogen. Also würden wir uns am hinteren Ende meiner Zeitgrenzen bewegen. Und wenn er nicht ausgeraubt wurde, entfällt das Motiv für tödliche Körperverletzung. Vielleicht war er ein Anhänger der Freikörperkultur, der ein Bad in einem Waldsee nahm und einen Unfall hatte. Vielleicht war er oben im großen Haus gewesen und vögelte die Herrin, als der Herr nach Hause kam. Er wäre nicht der erste, der 'ne Fliege macht, seine Kronjuwelen in der einen Hand, und was ihm am zweitteuersten war, in der anderen.«

»Du hast zu viele schmutzige Bücher gelesen«, sagte Dalziel. »Zahnarztunterlagen, die würden helfen, stimmt's?«

»Um eine Identifizierung zu bestätigen, natürlich. Nur daß im vorliegenden Fall keine Identifizierung zu bestätigen ist. Und im übrigen scheint der Kerl von vor dem Krieg zu sein, weshalb ich bezweifle, daß seine Unterlagen noch herumliegen, selbst wenn man voraussetzt, daß er sich die Zähne nicht vom einheimischen Viehdoktor hat ziehen lassen.«

»Danke vielmals«, sagte Dalziel. »Ich verstehe, warum du dich auf Tote spezialisiert hast, Troll. Die muß man nicht mehr aufheitern.«

Er legte den Hörer auf. Das Telefon läutete sofort wieder.

»Seymour, Sir. Wir haben gerade von der Spurensicherung eine Nachricht zu Walkers Fahrrad erhalten. Es gibt keine Lackreste oder andere Spuren des Fahrzeugs, mit dem sie Kontakt hatte. Das Vorderrad hat jedoch einen Schaden, der davon herrühren könnte, daß es von einem Auto überrollt wurde.

»Großartig. Das bringt uns gewaltig weiter.«

»Ja, Sir. Ich meine, nein. Ich meine, vielleicht ... Sehen Sie, Sir, die Sache ist doch die, wenn das Auto tatsächlich über das Fahrrad gefahren ist, wie kommt es dann, daß wir es in dem Entwässerungsgraben zehn Meter von der Frau entfernt finden?«

»Und wenn der Mistkerl, der sie angefahren hat, es dort hingeschleppt hat, damit keiner, der vorbeifährt, den Unfall bemerkt?« schlug Dalziel vor.

»Ja, Sir. Nur, daß es, wie ich schon gesagt habe, keine Spuren auf der Straße gibt, daß ein Auto stark gebremst hat. Und wenn das Fahrzeug das Fahrrad tatsächlich angefahren hätte, wäre es auf der Fahrbahn entlanggezogen worden und hätte sehr deutliche Spuren auf dem Asphalt hinterlassen.«

»Worauf willst du hinaus, Junge?«

»Tja, vielleicht wurde Wendy Walker ja irgendwo anders angefahren, und dann dachte der Täter, es wäre besser, man findet sie nicht unmittelbar vor seiner Haustür, sagen wir. Oder ...«

»Heraus mit der Sprache, Junge.«

»Oder sie wurde überhaupt nicht angefahren. Jemand wollte nur, daß es danach aussieht.«

ELF

Eine Weile gelang es Peter Pascoe auf der Rückfahrt von Kirkton, vor dem Regen herzufahren. Aber immer wieder füllten schmutziggraue Wolken seinen Rückspiegel, und plötzlich waren sie über ihm und hatten ihn überholt. Riesige, fettige Tropfen zerplatzten wie Insekten auf seiner Windschutzscheibe. Die Schnellstraße, auf der er fuhr, war sehr befahren, und es dauerte nicht lange und er hatte das Gefühl, im Bett eines schmutzigen Kanals entlangzufahren, der vom Abfall einer überkonsumierenden Gesellschaft verschmutzt war.

Bei der ersten sich bietenden Gelegenheit bog er auf eine Landstraße ab, die bei gutem Wetter wegen der freundlichen Hügellandschaft, durch die sie sich wand, zu seinen Lieblingsstrecken gehörte. Doch heute bestand nur wenig Hoffnung, die Aussicht zu genießen. Ja, die Wolken wurden nun schwarz, als hätte sein Fluchtversuch sie provoziert, und der Regen brach mit einer solchen Heftigkeit genau über ihm aus ihnen hervor, daß er kaum die Straße sah, von der Landschaft ganz zu schweigen. Er verlangsamte sein Tempo auf unter vierzig, hätte aber dennoch eine scharfe Kurve beinahe nicht geschafft. Er fand, daß es reichte, fuhr seitlich auf einen Feldweg und kam im Schutz einer kleinen Baumgruppe zum Halten.

Er stellte sein Funkgerät auf Empfang, aber der Regen führte zu unangenehmen Knatter- und Pfeifgeräuschen, und er stellte es bald wieder ab. Er war merkwürdig verstört, fiel ihm auf, von seiner Begegnung mit den fürchterlichen Quigginsfrauen. Nicht nur von den Beschimpfungen, mit denen die Alte seine Familie überschüttet hatte, sondern auch von dem Gefühl, das sie ihm von der beklemmenden Enge des Lebens in einem Dorf wie Kirkton vor nur zwei Generationen vermittelt hatten. Vielleicht war es ja noch immer so! Und da lagen seine Wurzeln, da kam er her.

Er wünschte sich fast, daß er Adas Asche einfach vor Ort verstreut hätte, als er entdeckte, daß die Kasernen abgerissen worden waren, und nach Hause gefahren wäre. Was machte es schon, wo die sterblichen Überreste ruhten? Sollte ich sterben, denkt nur das von mir: Daß es ein Eckchen auf 'nem Kurzzeitparkplatz gibt, das für immer Ada ist! *

Es gelang ihm, über die Parodie zu lächeln, aber das änderte nichts an seiner Lage. Er war in das Museum gegangen, hatte den Major kennengelernt, und nun steckte er in der Falle, denn das, was er erfahren hatte, konnte er nicht einfach ignorieren.

Der Regen machte keine Anstalten nachzulassen. Schade, daß er keine Zeitung gekauft hatte. Aber in seinem Handschuhfach hatte er etwas zu lesen, und das paßte durchaus. Es war der Band über den Ersten Weltkrieg, den Major Studholme ihm geliehen hatte. Er öffnete das Buch und wandte sich dem Kapitel über Passchendaele zu.

Die knappe, wissenschaftliche Darstellung konzentrierte sich darauf, viele Einzelheiten zu bringen, und weniger darauf, Schlußfolgerungen zu ziehen. Nicht, daß man das als Mangel empfand, denn die simplen Tatsachen sprachen für sich selbst.

Nach den ersten Vorstößen am letzten Julitag nahmen die gegnerischen Streitkräfte ihre neuen Stellungen an der Front ein, die sich von den alten nicht allzu sehr unterschieden, und man bewarf sich mit Granaten und Bomben, während die gelegentlich durchbrechende Sonne die Oberfläche des Sumpfgebiets so weit trocknete, daß das alliierte Oberkommando den nächsten Vorstoß ins Auge faßte. Hauptziele waren das Dorf Langemarck links vom Ypernbogen, mit dem Wald von Glencorse zur Rechten. Der Angriff sollte am 13. August beginnen. Am 11. August begann es wieder zu regnen, und es regnete und regnete und regnete ...

... und regnete! Nach dem Eröffnungsangriff waren wir von der Frontlinie zurückgekommen. Das Wetter hatte sich etwas gebessert. Sonnenschein und Schauer. Gertie war wieder in seiner alten Verfassung. Ich wußte, wie er sich fühlte. Zum ersten Mal unter Beschuß, und er hatte überlebt. Man hat das Gefühl, gerade vom Zahnarzt zu kommen. Es war teuflisch gewesen, aber es war vorbei. Und von jetzt ab würde alles in Ordnung sein.

Nur daß es natürlich nicht zutrifft. Man muß es wieder tun. Und wieder. Und wieder. Und es wird nie besser. Und wenn du das kapiert hast, kommt die eigentliche Bewährungsprobe.

Aber Gertie fühlte sich erst einmal wie ein Held. Feiertag zu Hause, sagte er. Alle fahren zur Küste. Ich wünschte mir, ich wäre dabei, Sir, sagte ich.

Nein, sagte er. Hier sind wir besser dran. Überleg doch mal, um wieviel sie den Preis für Eis an einem Feiertag hochsetzen.

Nun ja, es war alles eine Weile lang ganz nett. Aber ich wußte, je länger die Sonne schien, desto wahrscheinlicher wurde ein weiterer Vorstoß. Und, wie konnte es anders sein, am 10. wurden wir der Reserve zugeteilt. Und, wie konnte es anders sein, am 11. setzte wieder der Regen ein.

Es heißt, die Bombardierung hätte die Deutschen in Glencorse wirklich erwischt, sagte Gertie. Ich hab meine Zweifel, daß wir diesmal überhaupt nach vorn müssen.

Ich erwischte Jammy, wie er mich ansah, ob ich derselben Meinung bin. Ich hab nichts gesagt. Ich wußte nur, daß die Hunnen in Glencorse jede Menge Bunker hatten und daß ich noch nie zur Reserve eingeteilt worden war, ohne daß wir nach vorn mußten.

Aber man hofft gegen alle Hoffnung. Wenn man das Pfeifen hört und das Auflodern der Flammen sieht und weiß, da vorn, am anderen Ende vom Sanctuary Wood, geht es los, denkt man, vielleicht verläuft es ja diesmal wie geplant. Uns ist kalt, wir sind naß in unseren verschlammten Unterständen. Aber niemand beklagt sich. Da hinten in Glencorse Wood geht es heiß genug her, Bomben und Kugelregen und Männer, die im Nassen liegen und nach Wasser schreien. Vielleicht werden wir diesmal nicht nach vorn geschickt, aber ich weiß, daß es der Fall sein wird. Ich weiß, daß Gertie noch lernen muß, daß es so etwas wie 'am schlimmsten' nicht gibt. Daß es immer noch schlimmer kommen kann. Und die einzige Methode, wie man die Fritzen aus ihren Betonbunkern holen kann, besteht darin, unsere Toten so hoch vor ihnen aufzutürmen, daß ihnen die Sicht zum Schießen versperrt ist.

Es dauerte länger, als ich gedacht hatte, bis wir den Marschbefehl erhielten. Nicht, weil es besser lief, sondern weil es so schlecht lief, daß kaum jemand übrig war, der die Meldung nach hinten überbringen konnte.

In einer Schlacht weiß man immer erst hinterher, was man gemacht hat. Während man es macht, weiß man nur das, was man genau vor sich sehen kann. Und wenn das eine verdammte pockennarbige Einöde ist, ein Stoppelfeld erbärmlicher Baumstümpfe, die mal Bäume waren, und wenn es nicht die geringste Sonne gibt, um dir einen Hinweis auf die Richtung zu geben, dann kannst du ebensogut irgendwo sein. Nur daß wir einen Hinweis hatten. Leichen. Hier hatte ohne Zweifel der erste Angriff eingeschlagen. Wie die Spur bei einer Schnitzeljagd wiesen uns die Leichen unserer eigenen Kameraden den Weg. Wir traten sogar auf sie. Da war nichts zu machen. Und davon abgesehen verhinderten sie, daß wir im Schlamm untergingen.

Ich konnte Gerties hektisches Geschrei hören. Er feuerte uns an, als wäre er bei einem Fußballspiel. Er sprach nur etwas zu hoch. Etwas zu schnell. Dann kam es plötzlich zu einem Stillstand, und ich dachte, es hat ihn erwischt! Doch als ich an der Reihe entlang nach vorn spähte, sah ich, daß er nur stehengeblieben war, wie beim ersten Mal. Mund weit auf, wie ein Huhn mit Schnabelsperre. Er starrte auf einen Kopf, der einem armen Teufel einfach von den Schultern gerissen worden war und genau auf einem der verdammten Baumstümpfe gelandet war.

Ich sah, daß Jammy Gertie einen Stups gab. Dann, als das nichts bewirkte, einen richtigen Stoß in die Nieren. Das weckte ihn auf und setzte ihn wieder in Gang. Nur krakeelte er nicht mehr. Bisher waren die Jerrys ziemlich ruhig geblieben. Vielleicht, um uns nahe an sich herankommen zu lassen. Aber plötzlich eröffneten sie das Feuer von einem der verdammten Bunker aus. Wir ließen uns alle so schnell fallen, daß es schwierig gewesen sein dürfte auszumachen, wer getroffen war und wer nicht. Nur als wir anfingen, uns in bessere Deckung zu robben, wurde es gleich offensichtlich. Johnny Cadger war getroffen. Er hatte immer einen Heimatschuß abkriegen wollen, aber nach dem schrecklichen bluterstickten Schreien, das er ausstieß, hatte er wohl übertrieben. Jede Menge anderer auch. Aber am schlimmsten war, Jammy hatte eine Kugel in die Brust abbekommen. Steve war dicht bei ihm gewesen, und es war ihm gelungen, Jammy in Dekkung zu ziehen. Irgendwie robbte ich rüber zu ihnen. Gertie war im selben Loch. Er sah so schlimm aus, daß ich dachte, er hätte auch was abgekriegt. Aber Steve sagte: Nein, alles in Ordnung bei ihm. Dem Feldwebel geht es schlecht. Jammy sah mich an und sagte: Du übernimmst nun mein Kommando, Pete. Vielleicht ja für immer, so wie ich mich fühle. Ich sagte: Nein, Jammy. So ein verdammtes Ekel wie du würde doch nicht so nett zu uns sein und sterben. Er versuchte zu lächeln. Dann sagte er: Wie steht's mit dem Zug? Gut, sagte ich. Er sagte: Bringt sie alle zurück, sobald es dunkel ist. So lautet der Befehl, stimmt's, Sir? Alle sahen Gertie an, der sich zusammenriß und nickte. Dann sagte Jammy: Am besten übernimmst du die Führung, Pete. Mr. Grindal übernimmt das Ende. Ich begriff, warum. Gertie würde uns wahrscheinlich geradewegs zum nächsten Bunker geführt haben. Aber ich wollte Jammy nicht allein lassen. Steve sagte: Geht schon in Ordnung, Pete. Ich und der Oberleutnant kümmern uns um den Feldwebel. Also bin ich losgerobbt, um zu sehen, was von unserem Zug noch übrig war.

Es wurde bald dunkel, und wir traten den Weg zurück an. Kaum rührten wir uns, da schickte der Jerry schon Leuchtmunition hoch und begann zu schießen. Aber wir setzten unseren Weg fort, bis wir zum Ende der Baumstrünke von Glencorse kamen und das offene Gelände zwischen uns und unseren Linien im Sanctuary überblicken konnten. Wir schlossen auf. Es waren weniger von uns gefallen, als ich zuerst befürchtet hatte. Ja, ich sah sogar ein paar Gesichter, Doyle gehörte auch dazu, die ich seit einiger Zeit nicht mehr gesehen hatte, und ich hab mich gefragt, ob sie sich wohl aus der Schußlinie gehalten hatten, um ihre Haut zu retten. Na ja, ich würde sie nicht verpfeifen. Alles, worauf es mir ankam, war, daß Jammy noch immer bei uns war, von Steve und dem Oberleutnant gestützt.

Ich bot an, Gertie abzulösen, aber Steve sagte: Nein, es ist besser, wenn er etwas zu tun hat. Also machte ich wieder den Führer. Wäre es anders gekommen, wenn ich mich durchgesetzt hätte? Vielleicht. Aber ich habe die anderen wenigstens sicher zurückgeführt inmitten ganzer Schwärme von Leuchtraketen und Kugeln, als wir die letzten hundert Meter kriechend zurücklegten.

Doch nachdem der letzte Soldat Sanctuary Wood erreicht hatte, kam es zu einer langen Pause. Dann tauchte Gertie ganz allein auf.

Wo sind die anderen? schrie ich ihn an. Er sagte: Es hat sie erwischt. Dahinten. Es war hoffnungslos. Sie sind tot.

Ich wäre fast auf ihn losgegangen. Ich hätte ihm einen Schlag versetzt, wenn Chuffy mich nicht am Arm gepackt hätte. Nicht, weil ich Gertie nicht glaubte, sondern weil ich das Gefühl hatte, es war meine Schuld. Weil ich ihm getraut hatte. Es war ein Glück, daß es nicht dazu kam, denn Hauptmann Evenlode tauchte auf. Ich weiß nicht, was er mitgekriegt hat, aber er warf uns einen sehr kühlen Blick zu. Es heißt, daß er Gertie nicht mag. Typisch für seine hochnäsige Familie. Hält die Grindals für Neureiche. Und als er Gertie zur Seite nahm, damit der ihm Meldung erstatten konnte, wette ich, hat er ihm auch gleich eine Standpauke gehalten, er müsse seine Leute besser im Griff haben. Aber ich hatte keine Zeit, mir darüber den Kopf zu zerbrechen. Ich habe auf eine Stimme gelauscht, die draußen in Richtung Glencorse schrie. Im Bogen nichts Ungewöhnliches. Überall rief, schrie, schluchzte es. Das lag am Schlamm. Wenn man erst einmal verwundet war und allein, blieb man schnell stecken. Die Männer, die mit den Tragbahren kamen, gaben sich redliche Mühe, aber oft brauchte man ein halbes Dutzend Leute, um einen Verwundeten aus dem Schlamm zu ziehen. Gott allein weiß, wie viele gestorben sind, die man hätte retten können, wenn sie es nur bis zu einem Sanitätsposten geschafft hätten. Als ich sagte: Hört mal, das ist Steve, dachten sie alle, ich leide an Wahnvorstellungen. Aber ich kannte seine Stimme. Und nun rief er obendrein noch meinen Namen: Pete, Pete. Also habe ich nicht lange nachgedacht, sondern bin aus dem Graben, bevor mich jemand aufhalten konnte. Mit Tapferkeit hat das nichts zu tun. Ich wußte nur, ich würde nie nach Kirkton heimkehren und die üblichen Lügen von mir geben können, er sei wie ein Held gestorben, wenn ich ihn dem langsamen Tod im Morast überlassen hätte.

Ich trug ein Stück Seil um die Taille gebunden. Das hatten wir beim ersten Angriff auf Sanctuary Wood gelernt. Jammy hatte es geschafft, eine ganze Rolle aufzutreiben, während wir Ruhepause hatten, und jeder Soldat des Zugs bekam eine Länge. Und ich hatte Verbandszeug bei mir. Davon abgesehen hatte ich nichts. Ich hatte mir noch nicht einmal die Mühe gemacht, meine Knarre mitzunehmen. Ich wollte nicht da raus, um jemanden umzubringen. Aber es gab genug Leute, die das anders sahen.

Von Zeit zu Zeit ging auf der einen oder anderen Seite Leuchtmunition hoch, und ich mußte an die Hirten auf dem Felde denken und wie alles in Herrlichkeit erstrahlte. Es war wie jene Herrlichkeit, will sagen, eine Weile sah man alles vollständig klar, dann kam die Dunkelheit zurück, schlimmer als zuvor, und ich mußte still liegen bleiben, bis ich wieder sehen konnte. Aber was für ein Anblick bot sich mir unter dem weißen Lichtblitz. Seit über einer Woche hatten wir um dieses Gebiet gekämpft, vor und zurück, und es gab kaum einen Granattrichter, in den ich auf meiner Suche nach Steve hineinschaute, der nicht besetzt war. In meiner Verzweiflung, Steve zu finden, und sei es auch nur, um mir sicher zu sein, daß er tot war, drehte ich die Leichen um. Und manchmal waren es Männer, die ich kannte, und manchmal waren es Männer, die von ihrer eigenen Mutter nicht erkannt worden wären. Aber keiner war Steve.

Ich getraute mich nicht, ihn zu rufen, aus Angst, dass der Fritz dann wissen würde, daß ich da draußen war. Aber irgendwann war das besser, als endlos durch die Hölle zu robben, und so schrie ich Steves Namen. Und entdeckte, daß man selbst in höchster Angst noch zusammenzuckt, denn Steves Antwort kam aus solcher Nähe, daß er mir direkt ins Ohr zu schreien schien. Ich drehte den Kopf und spähte in ein düsteres, tiefes Loch. Nach einer Weile bewegte sich etwas darin. Etwas Dunkles in der Dunkelheit. Dann sah ich einen winzigen hellen Fleck, einen Splitter Weiß. Einen Punkt, den ich ins Visier nahm. Es war ein Auge. Und wie ich hinschaute, bildete sich ein Gesicht um das Auge, und Steves Stimme sagte: Du hast dir aber verdammt Zeit gelassen.

Gertie hat gesagt, daß es dich und Jammy erwischt hat, sagte ich. Da liegt er nicht ganz daneben, sagte Steve. Mit Sicherheit hat er recht, was Jammy betrifft. Was für eine Scheiße, sagte ich. Wo ist er, Steve? Wo ist Jammy? Er sagte: Ich glaube, ich steh auf ihm.

Inzwischen konnte ich erkennen, daß er in einer verflixten Lage war. Egal, was für Verletzungen er hatte. Die linke Kopfseite lag auf der Oberfläche des Morasts, und von seinem Körper waren nur der rechte Arm und die Schulter nicht untergegangen. Ich warf ihm das Ende meines Seils zu, er ergriff es mit seiner einen Hand und wickelte es um das Handgelenk, bis es fest war, und ich begann zu ziehen. Das Stück Erde, auf dem ich lag, war mit allem möglichen Kram übersät, so daß die Stelle fester war, als alles, worüber ich bisher in dieser Nacht gekrochen war. Doch noch nicht einmal dieser Halt reichte, um ihn aus dem Schlamm zu ziehen. Und alle seine Bemühungen, sich zu befreien, führten nur dazu, daß er tiefer versank.

Es hat keinen Sinn, Pete, sagte er. Das war's. Sag Mary, sie kann sich jedem an den Hals werfen, bei dem sie Lust dazu verspürt, aber wenn sie sich nicht ordentlich um den kleinen Steve kümmert, komm ich wieder und verfolge sie als Gespenst.

Wir hatten nie darüber gesprochen, aber so erfuhr ich, daß er Bescheid darüber wußte, was die Spatzen in Kirkton vom Dach pfiffen. Daß seine Mary sich nicht gerade für die Rückkehr ihres Helden aufsparte.

Ich sagte: Nun red aber keinen Blödsinn. Ich hol Hilfe. Wir holen dich hier gleich raus. Und er sagte: Gütiger Gott, laß mich hier nicht allein. Gib mir eine Kugel in den Kopf, bevor du gehst. Ich sagte: Geht nicht, ich habe meine Knarre nicht dabei. Sagte er: Dafür kannst du gehängt werden. Warum üben wir nicht schon mal? Ich lege das Seil um meinen Hals, und du ziehst an deinem Ende und siehst mal, ob du genug Kraft hast, mich zu erwürgen.

Gott steh uns bei. Ich glaube nicht, daß er einen Scherz machte. Aber bevor ich zu einem Entschluß kommen konnte – und wozu ich mich entschlossen hätte, werde ich nie wissen –, ging wieder eine Leuchtrakete in die Luft, und bei ihrem Licht sah ich, daß Gott mir die Macht genommen hatte, eine Entscheidung zu fällen. Auf der anderen Seite des Trichters kauerten vier deutsche Soldaten. Drei mit Gewehren und einer, der Offizier, mit einer Pistole, die alle auf mich gerichtet waren.

Ich dachte an Weglaufen. Und dachte daran, mich zu ergeben. Und ich dachte an Alice und Ada und Kirkton. Und während mir all diese Dinge durch den Kopf gingen, hob ich das Ende Seil hoch und sagte: Mein Bruder.

Das deutsche Wort für Cousin kannte ich nicht, und vielleicht wäre es auch nicht so wirksam gewesen, aber Bruder ließ sie gerade lange genug innehalten, daß der Offizier etwas sagen konnte. Das Geknatter der Gewehre blieb aus. Langsam erlosch das Licht. Ich hielt ganz still. Wohin hätte ich rennen sollen? Und als ich wieder sehen konnte, waren sie an meiner Seite.

Ich glaube, sie haben überprüft, daß ich keine Waffe trug, nur mein Verbandszeug. Vielleicht dachten sie, daß ich ein Sanitäter war oder so etwas. Vielleicht hatte der Offizier einen Bruder in den Gräben. Er war jung. So alt wie Gertie, würde ich sagen. Seine Augen waren eingesunken und von tiefen Schatten umgeben, wie wir sie alle haben, die wir schon zu lange an der Front sind. Was gibt es noch über ihn zu sagen? Nichts. Und alles. Erkennen würde ich ihn nicht, wenn ich ihm auf der Straße begegnete. Aber ich wünsche ihm alles Gute und daß er sicher wieder in die Heimat kommt. Denn er sprach noch einmal mit seinen Leuten, und sie nahmen mir das Seil ab und machten sich ans Ziehen. Und langsam glitt Steve aus dem entsetzlichen Loch.

Ich glaube, daß der Offizier einen Augenblick überlegte, ob er uns gefangennehmen sollte. Es wurden Worte gewechselt. Der Offizier sah von mir zu Steve, der halb bewußtlos an meiner Seite lag. Ich denke, er sagte, daß es ein ganzes Stück gefährlicher war, uns mitzunehmen, als uns unserem Schicksal zu überlassen.

Was auch immer. Er sprach Englisch mit mir. Den einen Satz: Viel Glück. Dann zogen sie ab. Und Steve und ich waren uns selbst überlassen und ohne alle Sorgen, außer wie wir beide, einer verwundet, der andere erschöpft, zu unseren Schützengräben zurückkamen, ohne auf dem Weg im Schlamm steckenzubleiben und unterzugehen, in die Luft gejagt zu werden oder von Freund oder Feind erschossen zu werden.

Aber wir haben es geschafft. Und durch ein letztes Wunder beinahe genau bis zu der Stelle, wo ich aus dem Graben geklettert war. Die Dämmerung erhellte den Himmel im Osten, und die Jungs waren in Bereitschaft. Deshalb habe ich es riskiert, zu rufen, weil das weniger gefährlich war, als für einen heimlichen Angreifer gehalten zu werden. Und einige Augenblicke später trank ich einen Becher Tee, während Steve auf einer Trage nach hinten gebracht wurde.

Es war komisch. Als der Rest des Zugs erfuhr, daß er O.K. sein würde, obwohl er einen Heimatschuß abbekommen hatte, wurde er schnell von einem armen Teufel zu einem Glückskind. Wofür sich die Jungs wirklich interessierten, war unsere Begegnung mit den Hunnen. Als sich die Sache rumsprach, kamen Männer von anderen Zügen zu mir und fragten mich aus. Hier draußen haben wir den Hunnen nie so sehr gehaßt, wie es die Menschen in der Heimat tun. Man ist sich zu sehr bewußt, daß er im selben verdammten Boot sitzt. Und meine Geschichte löste vielleicht den Traum aus, daß wir hier draußen irgendwie das erreichen könnten, was am Verhandlungstisch nicht gelang, nämlich unseren eigenen Privatfrieden zu schließen.

Ich wußte nicht, wie ich reagieren würde, wenn ich Gertie sah. Oder wie er reagieren würde, wenn er mich sah. Nach dem zu urteilen, was Steve erzählte, war es möglich, daß er wirklich geglaubt hat, daß Steve und Jammy tot waren. Also will ich ihm auch glauben. Und er hat mir geradewegs in die Augen geblickt und gesagt, wie froh er ist, daß er sich bei Steve getäuscht hat. Und wie traurig er über Jammy ist. Und dann hat er gesagt, ich soll einen weiteren Streifen annähen, weil er vorschlagen würde, mich an Jammys Stelle zum Feldwebel zu machen.

Nur einmal verlor ich die Beherrschung. Während einer Ruhepause sortierte ich die Tagesbefehle mit Gertie, als er sagte: Einen Rat. Halte dich zurück, Geschichten von freundlichen Hunnen zu verbreiten. Der Adjutant muß was gehört haben. Er hat mich heute morgen ausdrücklich darauf hingewiesen, daß Fraternisieren mit dem Feind vom Stab streng verurteilt wird.

Ich sagte: Fraternisieren? Die haben uns das verdammte Leben gerettet. Und er sagte: Ganz genau! Und was empfindest du nun bei dem Gedanken, Deutsche zu erschießen? Und ich sagte: Die uns geholfen haben? Wenn ich wüßte, daß die es sind, würde ich nicht schießen. Genaugenommen gibt es eine Menge der Unsrigen im Stab, die ich eher erschießen würde als die Deutschen! Gertie sagte: Herr im Himmel, Peter, paß auf, was du sagst. Du weißt doch, wie die Stimmung im Augenblick ist. Wenn dich jemand wie ein Agitator reden hört, kriegst du gewaltige Schwierigkeiten. Wegen Meuterei. Wir müssen unsere Pflicht tun. Befehle befolgen. Es gibt keinen Ausweg. Siehst du das denn nicht ein?

Er hat natürlich recht. Und die hohen Tiere haben recht. Und der deutsche Offizier hatte recht. Und ich habe auch recht. Und wenn jeder so verdammt recht hat, warum sind wir dann nicht alle zu Hause und regen uns über den Preis von Eiskrem am Bank Holiday auf, anstatt mitten in diesem stinkenden Morast zu stecken, wo alles so scheißfalsch ist?

Warum? Warum? Warum?

Der Regen ließ nach, wie er in den ersten Septembertagen vor all den Jahren nachgelassen hatte, und wurde von einem böigen Wind abgelöst, der den Boden austrocknete und somit alle Hoffnung, daß die hohen Tiere die Entscheidung fällen würden, das Spiel sei dem Regen zum Opfer gefallen. Nicht daß jemals große Aussicht bestanden hätte, wenn man an andere Vorstellungen dachte.

Pascoe sah hinauf in die Bäume, die nun, im November, fast keine Blätter mehr hatten, aber noch immer groß und wohlgeformt waren und in deren geschmeidig schwingenden Ästen das Versprechen des Neubeginns im Frühling schlummerte. Während er sie betrachtete, entriß ihnen sein inneres Auge, Fluch der Einsamkeit, alles, bis sie bloße schwarze, leblose Strünke waren. Durch den Wald Glencorse hinein in den Wald Polygon. Jedes kleine Stück an gewonnenem Terrain brachte nichts weiter als ein paar Meter verheertes Land zwischen dich und was noch an Friedensfarce hinter dir verblieb. Und nach Polygon setzten die winterlichen Regenfälle ein, und es folgten weitere Wochen endlosen Robbens durch gelben Schlamm, hinauf auf die flache Erhebung, auf der das Dorf Passchendaele in Ruinen stand oder vielmehr lag.

Pascoe zwang sich in die Gegenwart, indem er so lange auf seine Uhr blickte, bis er die Zeit wahrnahm. Was hatte Pottle gesagt? Zwischen vier und fünf?

Genau das, was ich brauche, dachte Pascoe.

Wenigstens schien wieder die Sonne. Das Unwetter hatte ihn überholt und zog nach Osten ab. Im Westen versah die sterbende Sonne den Horizont mit einem roten Rand, und der Himmel war klar. Es könnte heute nacht Frost geben, dachte er. Es gab immer etwas, worauf man sich freuen konnte.

Er ließ den Motor an und machte sich an die Verfolgung der entschwindenden Wolken.

Dritter Teil

POLYGON

I have a garden of my own,
But so with Roses overgrown,
And Lillies, that you would it guess
to be a little Wilderness.

[Ich habe einen Garten, der ist mein/
doch so von Rosen überwuchert/
und von Lilien, daß du ihn für eine kleine Wildnis halten würdest.]

EINS

Edgar Wield blickte auf die Eisblumen seines Küchenfensters, während er darauf wartete, daß der Kessel kochte, und dachte daran, wie sicher er sich vor wenigen Tagen noch gewesen war, daß es einen endlosen, herrlichen Spätsommer geben würde.

Mit einem Bauern soll man nicht über das Wetter, mit einer Frau nicht über eine Hochzeit und mit einem Bergmann nicht über Grubenhunde wetten. Wo hatte er diese Weisheit nur her? Sie mußte von jemandem stammen, der etwas davon verstand. Es konnte also niemand bei der Kripo gewesen sein.

Er machte eine für ihn untypische Periode des Selbstzweifels durch, schwankte hin und her zwischen dem Verdacht, daß sein blindes Herumstochern bei TecSec Zeitverschwendung sei, und der Überzeugung, daß er etwas übersah, das so in die Augen sprang wie ein Betrunkener auf einem Pfarrfest. Merkwürdigerweise machte der Zweifel ihn nicht unglücklich. Die letzten paar Monate, seit er in Corpse Cottage in Enscombe wohnte, hatten ihn irgendwie entkrampft, befreit und zum ersten Mal seit mehr Jahren, als zu erinnern ihm lieb war, das ganze emotionale Spektrum in all seiner Farbenpracht in seine Reichweite gerückt. Und wenn er einerseits mit finsteren Selbstzweifeln dafür bezahlen mußte, daß er sich andererseits strahlender Selbstbewußtheit erfreute, dann war das von seiner Warte aus O.K. Mehr als O.K., es war ein echtes Geschäft.

Das Wasser kochte. Er zerdrückte den Tee, eine merkwürdige chinesische Mischung, auf der Edwin bestand. Es sei, hatte er naserümpfend gesagt, eine Gewohnheitssache. Das gelte auch für das starke Gebräu, das er vorziehe, hatte Wield erwidert – zur Gewohnheit geworden durch Jahre, in denen er keine andere Wahl hatte –, und er sah keine Veranlassung, sich dessen zu brüsten.

So umtänzelten sie einander, kreuzten die Klingen und kämpften auch manchmal. Jede Auseinandersetzung war ein Lernprozeß, und das Resultat war meistens, daß sie sich ein klein wenig nähergekommen waren.

Er stellte zwei Porzellanbecher, die Scheiben einer frisch geschnittenen Zitrone und eine Zuckerdose auf das Tablett und trug es nach oben.

Edwin Digweed saß lesend im Bett. Manchmal kam es Wield so vor, als strömten die alten Bücher geradezu herbei, wenn immer sein Lebensgefährte irgendwo den Fuß hinsetzte. Er bedachte den Stapel auf dem Nachttisch mit einem mißtrauischen Blick. Er schien mindestens drei Bände höher als am gestrigen Morgen zu sein. Digweeds Antiquariat im Dorf ächzte manchmal durchaus vernehmbar unter dem Gewicht der Worte, die sich auf allen waagrechten Flächen auftürmten. Als Digweed hinaus ins Corpse Cottage zog, hatten sich die Bücher wie Wasser in einem sinkenden Schiff in den Bereich über dem Laden ergossen, in dem der Antiquar bis dahin gewohnt hatte. Doch bei der Lagerung von Büchern blieb Wield eisern. Er hatte nichts gegen Bücher in Bücherregalen. Aber Bücher auf Fensterbänken und Treppen, in Küchen- und Badezimmerschränken, unter Spülsteinen und über Kleiderschränken, Bücher, die sich in jeder Nische, jedem Winkel und an jeder leeren Stelle des Hauses vermehrten, entsprachen nicht seinem Einrichtungsideal.

»Du bist früh auf«, sagte Digweed. »Schlechtes Gewissen?«

»Nicht so schlecht, daß man es merken würde«, sagte Wield und kletterte zurück ins Bett. »Nur die TecSec-Sache.«

Als er und Edwin sich zusammengetan hatten, war sein erster Impuls gewesen, damit weiterzumachen, was seit zwanzig Jahren seine eiserne Regel gewesen war, nämlich Berufs- und Privatleben völlig zu trennen. Aber er hatte entdeckt, daß er es müde war, immer aus verschiedenen Schubladen zu leben, und so hatte er angefangen, von seiner Arbeit zu sprechen und noch nicht einmal großes Aufheben von deren Vertraulichkeit zu machen. Seiner Erfahrung nach war jemand, den man schwören lassen mußte, nichts zu verraten, sowieso der letzte Mensch auf Erden, dem man etwas mitteilen sollte.

Er sprach nicht über alles, aber wenn etwas sein Gemüt so sehr verklebte, daß auch die Fahrt das Een-Tal hinauf keine reinigende Wirkung zeigte, dann hatte Edwin seiner Meinung nach das Recht zu wissen, was los war. Dabei ließ sein Lebensgefährte gar nicht erkennen, daß er es für ein Recht hielt, für das es sich zu demonstrieren gelohnt hätte, da sein Interesse häufig peripheren, um nicht zu sagen exzentrischen Dingen galt.

»Wanwood«, hatte er gesagt, als Wield zum ersten Mal von seiner TecSec-Besessenheit (denn so hatte er sein Interesse insgeheim getauft) gesprochen hatte. »Ohne Zweifel nach Wanwood Forst benannt. Sehen wir doch mal nach.«

Und ein weiteres Buch war aufgetaucht, über dem er brütete, bevor er es auf einen der in die Höhe schießenden Stapel legte.

»Ja, da ist es. Wanwood House, ursprünglich ein Jagdsitz im königlichen Forst von Wanwood, der sich im Mittelalter von Mid-Yorkshire fast bis nach Doncaster erstreckte. Wurde von Heinrich Sieben zusammen mit Land an Sir Jeffrey Truman für treue Dienste bei Bosworth als Lehen vergeben. Die Familie prosperierte während der nächsten drei Jahrhunderte, Niedergang im 18. Jahrhundert. Gegenwärtig ist das Haus eine Ruine – und dies ist wann geschrieben, laß mich nachsehen, 1866. Wie sieht es aus?«

»Das Haus? Groß und eckig. Wie ein alter Bahnhof.«

»Viktorianisch, meinst du? Wahrscheinlich ein Gebäude aus dem 19. Jahrhundert. Und du sagst, daß der Wald ums Haus herum aus Sicherheitsgründen gerodet wurde? Ein Stück vom letzten Überbleibsel des alten Forsts von Wanwood? Mein Gott, das ist wirklich ein Verbrechen!«

Aber gelegentlich kam Digweeds seit langem schlummernde Ausbildung als Jurist an die Oberfläche, und er war richtig an den Ermittlungen interessiert.

»Ach ja«, sagte er nun, tauchte ein dünne Scheibe Zitrone in seinen Tee und zuckte vor gespieltem Entsetzen zusammen, als er sah, wie Wield Zucker in den seinen schaufelte. »Deine Intuition. Oder sagen wir es anders, dein irrationales, durch nichts zu rechtfertigendes Gefühl im Bauch. Wie planst du, weiter vorzugehen?«

»Weiß nicht. Vielleicht knöpfe ich mir Patten noch einmal vor.«

»Und seinen Partner?«

»Captain Sanderson? Nein, dessen Dreck sammelt Mr. Dalziel ein.«

»Ich verstehe. Klassentrennung. Als Sergeant bei der Kripo ermittelst du gegen den Feldwebel, ein Ex-Hauptmann bleibt dem hohen Tier vorbehalten.«

Wield lachte.

»Weder Sanderson noch der dicke Andy würden dir wohl dafür danken, daß du sie in dieselbe Schublade steckst«, sagte er.

»Stimmt. Wenn ich mir euren großen Anführer vergegenwärtige, oder sagen wir, so viel von ihm, wie in meiner relativ elastischen Phantasie Platz hat, verstehe ich, was du sagen willst. Und was verstehst du unter ‚noch mal vorknöpfen', Elektroden an den Genitalien oder nur ein nasses Handtuch mit Knoten?«

»Wenn keine Spuren zurückbleiben, sprechen wir von psychologischem Druck«, sagte Wield.

»Tatsächlich? Faszinierend. Wir sollten wirklich darüber nachdenken, ob wir nicht ein Büchlein mit polizeilichen Definitionen herausbringen. Nun zieh doch keine beleidigte Miene.«

»Hab ich doch gar nicht. Und wie willst du das überhaupt wissen?« sagte Wield. »Ist auch egal. Das Thema muß dich doch zu Tode langweilen, wenn du ein Buch über die ersten amerikanischen Verlage in der Hand hast.«

»Nein, ehrlich, ich bin weit entfernt davon, mich zu langweilen, ich bin fasziniert. Ich will es dir beweisen. Mir kommt es so vor, als hätten sich zwei Dinge ereignet, die, wenn man sie zusammenfügt, deinem etwas ätherischen Mißtrauen Substanz verleihen könnten. Eins, Patten ist zur Firma gestoßen. Zwei, die Firma bekommt ihren ersten großen Auftrag, indem sie für ALBA tätig wird.«

»Und wenn da kein Zusammenhang besteht?«

»Dann würde ich mich darauf konzentrieren, alten Damen beim Überqueren der Straße zu helfen.«

»Herzlichen Dank«, sagte Wield. »Das ist eine große Hilfe. Nein, ich meine es ehrlich.«

»Du willst, vielleicht, sagen, du meinst es nett und nicht ironisch. Aber ich bin noch nicht fertig. Wenn du schon Sherlock Holmes' Aufmerksamkeit weckst, beleuchtet er auch die banalste Einzelheit mit der vollen Kraft seines Intellekts. Ein Detail, das vielleicht banal ist, vielleicht aber auch nicht, scheint mir zu sein, was Patten in den Monaten gemacht hat, die zwischen der Zeit liegen, in der er den Buchmachern die Taschen mit seiner Abfindung füllte und Sandersons Partner wurde.«

»Ja, weiß ich. Ich glaube sogar, daß ich das selbst zu dir gesagt habe.«

»Nun mach dir nicht ins Hemd«, sagte Digweed. »Du hast es tatsächlich gesagt. Nur mit dem Unterschied, daß du gern wüßtest, bei welcher möglicherweise verruchten Beschäftigung Patten soviel Geld machte, daß er sich einkaufen konnte. Ich meine, du solltest dich vielleicht fragen, warum er sich überhaupt einkaufen wollte? Oder vielleicht, warum Sanderson wollte, daß er sich einkaufte? Oder sogar, ob er sich überhaupt im streng finanziellen Sinn eingekauft hat?«

»Was? Jetzt hast du mich abgehängt.«

»Das will ich aber nicht hoffen. Okay, ich sag es einfacher. Angenommen, Patten hat sich mit Erpressung eingekauft? Er wußte etwas über Sandersons Vergangenheit, das der gute Hauptmann lieber nicht in der Zeitung lesen wollte? Oder vielleicht hat er sich mit Informationen eingekauft? Oder vielleicht wußte er etwas über ALBA, das für TecSec zum Sesamöffne-dich wurde?«

Wield suchte nach einer Antwort, die keiner Abfuhr für Edwin gleichkam. Luftschlösser dieser Art akzeptierte er nur von Peter Pascoe, weil er wußte, daß hinter dessen Spekulationen der Verstand eines richtigen Polizisten steckte, der um die Notwendigkeit von Beweisen wußte.

»Es gibt aber nicht viel, das ich tun könnte, um nachzuprüfen, was an diesen Ideen dran ist«, sagte er. »Aber trotzdem, danke.«

»Du könntest herausfinden, ob Patten während seiner Auszeit vielleicht einen ganz gewöhnlichen Job angenommen hat, um nicht am Hungertuch nagen zu müssen«, schlug Digweed vor. »Mir kommt es manchmal so vor, als wärt ihr Kerle so damit beschäftigt, im Dreck zu wühlen, daß ihr vergeßt, euch auf Augenhöhe umzusehen.«

Nachdem er diesen weisen Spruch Sherlocks von sich gegeben hatte, vertiefte er sich wieder in sein Buch.

Wield trank seinen Tee und verzog das Gesicht. Seine Gewöhnung steckte noch in den Kinderschuhen. Doch so ganz schief lag Edwin nicht, was Pattens Job betraf. Es würde ihn zwar nicht weiterbringen, wenn sich herausstellte, daß Patten sechs Monate an einer Kasse von Sainsbury's verbracht hatte. Wenn Wield jedoch, wie er den Verdacht hatte, eine komplette Niete ziehen würde, dann würde das beweisen ... nichts würde es beweisen, aber es wäre ein großer Ansporn!

Tapfer schluckte er den Rest seines Tees hinunter und stieg wieder aus dem Bett.

»Machst du dich schon auf die Socken?« sagte Digweed.

»Ja, ich muß was überprüfen. Und bevor du eine selbstzufriedene Miene aufsetzt, hier noch was zum Nachdenken. Ich habe die Bücher auf diesem Stapel hier gezählt. Mit dem, das du gerade liest, sind es neun. Wenn eine zweistellige Zahl erreicht ist, machen wir ein Freudenfeuerchen. Verstanden?«

»Sergeant Wield, Sie sind ein harter Mann. Und vergiß nicht, daß heute unser fleischloser Tag ist.«

Der wöchentliche Tiefpunkt im Küchenplan von Corpse Cottage.

»Ich wußte nicht, was man unter unnatürlichen Praktiken versteht, bis ich dich kennengelernt habe.«

Als er erst einmal im Präsidium war, brauchte er nicht lange für seine Überprüfung, was gut war, da er ohnehin davon ausging, daß es Zeitverschwendung war, den Gedanken zu verfolgen. Er hatte den offiziellen Dienstweg abgekürzt und bei einer Bekannten in der Abteilung für Sozialversicherungsbetrug angerufen, und sie gebeten, Pattens Sozialversicherungsnummer herauszusuchen und festzustellen, wo er vom September des Vorjahres bis zum Juni des laufenden Jahres angestellt gewesen war. Die Antwort lag so sehr auf der Hand, daß es Wield einen Stich versetzte, als hätte sein Lebensgefährte ihn absichtlich dazu gebracht, seine Zeit zu verschwenden.

Als Patten den Gürtel enger schnallen mußte, weil er sein Bankkonto leergespielt hatte, suchte er sich eine Stelle, die seinen Fähigkeiten und seiner Ausbildung entsprach. Er war von Task Force Five eingestellt worden, dem Wachdienst aus Manchester, der 1979 ganz klein angefangen hatte und es durch die in die Höhe schnellenden Verbrechenszahlen zu einer der drei größten Sicherheitsfirmen landesweit gebracht hatte.

»Er hat sich also von ihnen ausbilden lassen, hat sieben Monate bei ihnen verbracht, um zu lernen, wie die Praxis aussieht, und dann stößt er zufällig auf Sanderson, der eine Firma aufgemacht hat, aus der er eine zweite Task Force Five machen will«, knurrte Dalziel. »Ideale Voraussetzungen, den Mann einzustellen.«

»Er wurde nicht eingestellt. Er wurde Partner«, sagte Wield hartnäckig.

»Dann hat er halt ein bißchen Glück bei den Buchmachern irgendwo außerhalb von Mid-Yorkshire gehabt. Oder vielleicht hat Sanderson ihn zum Teilhaber gemacht, weil er ihm kein Gehalt zahlen konnte. Wieviel kostet es überhaupt, um sich irgendwo einzukaufen? Ist das alles, was du hast, Wieldy?«

»Dann gibt es da noch Rosso, Les Rosthwaite.«

»Und wer ist das, wenn er daheim ist?«

Wield klärte ihn auf.

Dalziel sagte: »Steh ich da irgendwo auf der Leitung? Sandersons Putzer quittierte den Dienst mit ihm und arbeitete für TecSec, bis er sich bei einem Autounfall umgebracht hat?«

»Ganz recht, Sir«, sagte Wield, wohl wissend, daß Dalziel wie niemand sonst ein Gespür dafür hatte, wenn man sich an den letzten Strohhalm klammerte.

»Was Verdächtiges?«

»Tja, eigentlich nicht. Ich habe bei den Kollegen vom Verkehr nachgefragt. Er fuhr doppelt so schnell wie erlaubt, und man hatte ihn schon früher betrunken am Steuer erwischt ...«

»Dem Herrn sei Dank. Ich hab schon gedacht, du sagst jetzt, man hat Curare in seinem Blut gefunden, und ich hab es irgendwie nicht mitgekriegt. War's das?«

»Ja, Sir. Das war's. Heißt das, ich soll die Sache jetzt fallenlassen?«

»Man muß erst mal was in der Hand haben, Junge, bevor man es fallenlassen kann«, erwiderte Dalziel. »Gegen TecSec haben wir aber nichts in der Hand. Es spricht zwar einiges dafür, daß irgendwas getrickst wurde, damit Sanderson den Auftrag von ALBA gekriegt hat. Vitamin B, vielleicht mit ein bißchen Erpressung angereichert, aber wo kein Kläger ist, ist auch kein Richter. Kümmern wir uns also nicht um die Taube auf dem Dach, sondern um den Spatz, den wir in der Hand haben. Die Frauen von ANIMA, die an dem Anschlag beteiligt waren. Ich möchte sie alle noch einmal befragen.«

Wield überlegte und sagte dann ruhig: »Ich dachte, es steht fest, daß sie mit dem Skelett nichts zu tun haben, abgesehen davon, daß sie es gefunden haben ...«

»Nun erzähl mir doch nicht etwas, was ich schon weiß, Wieldy«, sagte Dalziel genervt. »Es geht doch um was ganz anderes. Hast du denn nichts mitgekriegt? Nein, natürlich nicht. Du hast ja gestern Nachmittag freigehabt und hast einen draufgemacht. Es ist verdammt noch mal ein Glück, daß wenigstens einer hier den ganzen Tag die Stellung hält. Es geht um Wendy Walker.«

Er erzählte Wield, was geschehen war.

»Und wie geht es ihr jetzt?« fragte der Sergeant.

»Noch immer bewußtlos«, sagte Dalziel. »Wenn sie zu sich kommt, kann sie uns vielleicht genau sagen, was passiert ist. Bis dahin steht nur fest, daß sie nicht auf die Weise angefahren wurde, wie jemand es uns glauben machen will.«

»Könnte sein, daß der Fahrer den Tatort nur ein wenig von zu Hause wegverlegen wollte.«

»Ja, auf die Idee ist sogar schon Seymour gekommen«, sagte der Dicke bissig. »Auch das ist schon ein schweres Verbrechen. Es würde bedeuten, daß der Fahrer wußte, daß sie noch lebte. Und so, wie er sie mit dem Gesicht nach unten in den Graben geworfen hat, kann man nur vermuten, daß es ihm egal war, ob sie am Leben blieb. Es könnte also auch sein, daß wir es mit einem Mordversuch zu tun haben.«

»Wir befragen also alle Leute, die sie kannte, in der Hoffnung, auf Hinweise zu stoßen«, sagte Wield.

»Wahnsinn, heute sind Sie aber scharfsinnig, Sergeant. Ich hab Seymour losgeschickt, die Leute in dem Haus auszuhorchen, wo sie wohnt. Klingt nach einer linken Kommune, ich hab meine Zweifel, daß man viel aus denen rausholen kann. Und sonst kennen wir nur die Frauen von ANIMA. Falls Sie also ein wenig von Ihrer kostbaren Zeit erübrigen könnten, Sergeant ...«

Die Ursache für Dalziels schlechte Laune war Wield nun etwas klarer, aber er war immer für völlige Klarheit.

»Schließt das auch Ms Marvell ein, Sir?«

»Sie gehört doch dazu, oder?«

»Ja, aber ich dachte, vielleicht, weil Sie sie persönlich kennen ...«

Unter Dalziels Blick, der sich ihm in den Weg stellte wie eine Straßensperre, blieben ihm die Worte im Hals stecken.

»Deshalb wirst du dazu abgeordnet«, sagte Dalziel leise. »Es sei denn, du hättest was dagegen?«

»Nicht im allergeringsten, Sir«, sagte Wield. Dann dachte er, holla, das klingt aber mehr nach Edwin als nach mir. Doch der Dicke schien es nicht gemerkt zu haben. Er sah auf seine Armbanduhr.

»Hast du Peter heute morgen schon gesehen?« fragte er.

»Nein, aber vielleicht habe ich ihn verpaßt. In seinem Zimmer habe ich nicht nachgesehen ...«

»Geh nicht gleich in die Defensive und versuch ihn zu dekken. Seit er vom Begräbnis seiner Oma zurückgekommen ist, hab ich ihn mit Sicherheit nicht länger als zwei Minuten gesehen. Er behauptet, er hätte nichts abgekriegt, aber so wie er sich aufführt, sollte man denken, daß er zum Privatier geworden ist. Ich weiß nicht, was mit diesem Dezernat passiert, es fällt auseinander. Doch ich flick es wieder zusammen, auch wenn dabei Blut fließt. So, Junge, nun weißt du Bescheid, und sorg dafür, daß du nicht der einzige bleibst.«

»Ja, Sir«, sagte Wield. »Ich häng es an die ganz große Glocke.«

ZWEI

Peter Pascoe erwachte und die Dunkelheit lastete auf ihm wie eine Wand aus naßkalter Erde, die sich bei der leisesten Erschütterung über ihn ergießen würde. Er blähte die Nasenlöcher und holte verzweifelt tief Luft, drehte sich auf die Seite und streckte die Hand nach Trost aus, welchen, wußte er nicht. Seine Finger fanden Fleisch, regloses, kaltes, nacktes Fleisch. Vor Schock schrie er auf und versuchte, die Hand zurückzuziehen, doch bevor er dazu in der Lage war, wurde sie unwiderstehlich gepackt, und aus der Dunkelheit drang eine Stimme: »Nun hast du schon wieder das verdammte Federbett runtergeworfen. Gott, ich bin ein Eisblock!«

Dann zog Ellie ihn an sich und über ihren bebenden Körper.

»Rein thermal«, murmelte sie warnend. »Komm ja nicht auf dumme Gedanken.«

Er gab keine Antwort, und nach einer Weile ging ihr auf, daß sein Zittern nicht nur temperaturbedingt war.

»He, alles O.K.?« sagte sie.

»Ja. Nur schlecht geträumt.«

»Was du nicht sagst. Immer noch die Kriegsgerichtssache?«

»Gewissermaßen ... sozusagen ... allerdings nicht darüber ... über mich ... ich hab das Gefühl, dort zu sein ... im Ypernbogen ...«

»Herrgott noch mal, Peter!« rief sie und setzte sich im Bett auf. »Ich weiß, daß ich gesagt habe, du sollst weitermachen, aber wenn das dabei herauskommt, meinst du nicht, daß du besser aufhörst?«

»Ich habe nicht das Gefühl, daß sich dann etwas ändern würde. Die Sache ist nämlich die, das Ypernbogen-Gefühl ist nichts Neues ... Ich war da schon einmal ... an der Grenze, ausgeliefert, total verletzlich.«

»Du sprichst von der Zeit nach Burrthorpe, ja? Und Chung?«

Ellies Glaube an das gläserne Rathaus begann zu Hause.

»Vermutlich. Aber auch von Zeiten davor. Auf gewisse Weise, von meinem ganzen Leben. Ich habe immer ... Stärke gesucht. Vielleicht bin ich deshalb zur Polizei. Und habe dich geheiratet.«

War das ein Versuch des Herunterspielens? Oder sagte er scherzend die Wahrheit?

»Willst du damit sagen, daß ich und der Dicke Andy auf der gleichen Ebene liegen? Danke vielmals! Peter, ich weiß, daß es schwere Zeiten gegeben hat, aber wir haben doch miteinander geredet ... zumindest habe ich gedacht, daß wir über unsere Probleme gesprochen und Lösungen gefunden haben.«

»Nein, bitte, versteh mich richtig, mit dir hat das nichts zu tun ... ohne das, was wir beide geschaffen haben, weiß Gott, wo ich wäre.«

»Aber das hast du mir nie gesagt, nicht vollständig. Ich dachte, wir hätten ausgemacht, daß wir alles teilen ...«

»Das tun wir ja auch. Aber das heißt nicht, daß ich ständig alles bei dir ablade. Du hast auch schlechte Zeiten durchgemacht, ohne deinen ganzen Kram bei mir abzuladen.«

Sie war eine Weile still, dann sagte sie: »Könnte stimmen. Pete, ich weiß, daß du in der Vergangenheit mit Pottle gesprochen hast und daß es etwas gebracht hat. Hast du schon daran gedacht, es noch einmal mit ihm zu versuchen?«

»Ich habe ihn gestern abend auf der Heimfahrt von Kirkton aufgesucht.«

Er konnte fühlen, daß sie verletzt war, denn es kam wie eine weitere Zurückweisung bei ihr an, aber sie sagte nur: »Und was ist passiert?«

»Er hat mir zugehört und hat dann gesagt: ‚Es sieht mir danach aus, als hätten wir es hier mit Stress zu tun, der direkt mit einer Ermittlung verknüpft ist. In Ihrem Beruf kein ungewöhnliches Syndrom. Der erfolgreiche Abschluß der Ermittlungen löst gewöhnlich das Problem des Stresses. Wollen wir hoffen, daß das auch hier der Fall ist.'«

Er machte den Ton des Psychiaters nach, dessen Stimme immer aus einer Rauchwolke kam, die Pottle damit rechtfertigte, daß er sagte: »Wenn ich diese widerwärtige Angewohnheit aufgebe, wer weiß, welche anderen sich in die Lükke drängen?«

Normalerweise hätte Ellie an der genauen Imitation Spaß gehabt. Nun sagte sie nur: »Aber worauf zielen deine Ermittlungen ab, Pete? Weißt du das eigentlich?«

»Ich habe den Verdacht, daß es das ist, worauf Pottle hinauswollte. Weißt du, ich wollte dir alles gestern abend erzählen, als wir anfingen, darüber zu reden. Dann kam dir der Gedanke mit der Alternativtherapie ...«

Nachdem er bei Pottle gewesen war, hatte er sich nicht die Mühe gemacht, im Präsidium vorbeizuschauen. Seine Rechtfertigung war gewesen, wenn etwas Wichtigeres als der übliche Aktenberg auf ihn gewartet hätte, hätte sein Funkgerät den ganzen Nachmittag Schaum vor dem Mikrophon gehabt.

Zu Hause war keine Gelegenheit gewesen, mit Ellie über seinen Tag zu reden, bevor Rosie nicht im Bett lag. Seine Tochter hatte nach einer weiteren Episode einer blutrünstigen Fortsetzungsgeschichte verlangt, die Peter vor so langer Zeit begonnen hatte, daß sich beide nicht mehr erinnern konnten, wann es gewesen war. Manchmal vergingen Wochen, und Rosie wollte keine weitere Episode hören, aber wenn es dann wieder so weit war, wußte sie ganz genau über jede Einzelheit der Handlung und der Leute Bescheid und verbesserte jede Abweichung umgehend und rabiat. Mit ihrer redaktionellen Hilfe hatte er die letzte Fortsetzung zum üblichen spannenden Ende gebracht, dann hatte sie, ihn selig anlächelnd, gemurmelt: »Verdammt geil, Paps« und war eingeschlafen.

»Ellie, wir müssen etwas gegen Rosies Fluchen unternehmen«, sagte er, als er wieder unten war.

»Ich habe morgen einen Termin bei Ms Martindale«, sagte Ellie.

Ms Martindale war Rosies Rektorin, eine bezaubernde, immer lächelnde junge Frau, die sehr kooperativ und versöhnlich wirkte, bis man auf ihren eisernen Willen stieß.

»Viel Glück«, sagte Peter.

»Und wie war dein Tag?«

»Das erzähl ich dir beim Essen.«

Vergnügt hatte er begonnen und Ellie zum Lachen gebracht, als er von seinem Treffen mit Poll Pollinger erzählte. Doch als er versuchte, seinen Besuch in Kirkton in derselben Stimmung zu schildern, scheiterte er kläglich.

»Damit ich das richtig verstehe«, sagte Ellie. »Dein Urgroßvater Peter war mit Alice Clark verheiratet, beide aus Kirkton.«

»Ja.«

»Ebenfalls in Kirkton wohnte sein Vetter Stephen Pascoe, der mit Mary Quiggins verheiratet war.«

»Ja.«

»Und dieser Stephen trieb es mit Alice, und nachdem Peter wegen Feigheit an der Westfront hingerichtet worden war, ließ Stephen Frau und Kind sitzen und brannte mit Alice durch.«

»Das behauptet die alte Quiggins. Die andere ist zu jung, um es selbst erlebt zu haben, aber sie bestätigt, daß man es immer in dieser Version in der Familie erzählt habe.«

»Hat Ada jemals etwas davon gesagt, daß sie einen neuen Papa hatte? Oder einen Onkel mit Namen Stephen?«

»Nicht, daß ich es mitgekriegt hätte.«

»Und warum ist sie mit dem Namen Clark groß geworden, dem Mädchennamen ihrer Mutter? Wenn Alice sich mit einem Mann zusammengetan hat, der denselben Namen wie ihr Ehemann hatte, wäre es da nicht einfacher gewesen, als Mrs. Pascoe weiterzumachen?«

»Darüber hatte ich schon nachgedacht, bevor das alles rauskam. Meine Theorie war, daß sie aus Schock und Scham ihre Heimat verlassen und ihren Namen geändert hat. Nach dem, was ich von Kirkton gesehen habe, kann es nicht gerade ein Vergnügen gewesen sein, dort zu leben, nachdem herausgekommen war, daß der Mann von den eigenen Leuten wegen Feigheit erschossen worden war. Aber wenn sie mit Stephen abgehauen ist, hatte sie vielleicht gleich zwei Gründe, den Namen zu ändern, die Schande und die Polizei.«

»Warum die Polizei?« fragte Ellie verdutzt.

»Weil die Quiggins Stephen einen Deserteur genannt hat. Von Studholme weiß ich, daß er während des Ypern-Feldzuges von 1917 verletzt wurde. Wenn er ausreichend wiederhergestellt war, um im Spätherbst eine Affäre mit Alice zu haben, war er auch ausreichend wiederhergestellt, um an die Front zurückzukehren. Vielleicht hatte er keine Lust dazu.«

»Langsam«, sagte Ellie, »bevor du alle Pascoes zu schwarzen Schafen machst. Studholme hat nichts davon gesagt, daß dieser Stephen ein Deserteur war?«

»Nein.«

»Glaubst du nicht, daß er es erwähnt hätte? Vielleicht ist Stephen ja mit Alice durchgebrannt, hat ein paar Tage mit ihr verbracht, und dann, als er sich zurückmelden mußte, ist er wie ein braver kleiner Soldat an die Front gefahren und gefallen.«

»Warum sagst du das?«

»Weil er eindeutig nicht zu Frau und Familie zurückgekehrt ist, und ebenso eindeutig, wenn Adas Schweigen etwas zu sagen hat, ist er auch nicht zu Alice zurückgekehrt. Wenn man mal ausschließt, daß er ein richtiges Schwein war und seine Liebste wie seine Frau behandelt hat, ist es wahrscheinlich, daß er es nicht geschafft hat.«

»Ja, vielleicht.«

Pascoe strich sich mit der Hand über das Gesicht, als wollte er etwas wegreiben. Es war eine Geste müder Niedergeschlagenheit, die Ellie wiedererkannte und bedauerte. Es bedeutete, daß er, in ihren Augen völlig unnötig, die alten Geschichten viel zu nah an sich herankommen ließ. Verdammte Ada, dachte sie. Was für ein Recht hat sie, ihrem Enkel die Obsessionen ihres Lebens zu vermachen?

An diesem Punkt war Peter bereit gewesen, von seinem Besuch bei Pottle zu erzählen, doch bevor er anfangen konnte, hatte sich Ellie entschuldigt, war in die Küche gegangen und einen Moment später mit einer offenen Flasche Nuit St Georges zurückgekommen, die sie neben den halbleeren ungarischen Chardonnay gestellt hatte.

Pascoe hob eine Augenbraue und fragte: »Durstig?«

»Könnte man sagen. Du weißt doch, wie ein großer Roter meine Räder schmiert.«

»Ich muß gestehen, ich habe sie nicht quietschen hören.«

»Das ist nur, weil du noch nicht nahe genug bei mir bist«, sagte sie schmollend. Sie konnte sehr gut schmollen, wenn sie in Stimmung war.

Sie leerten die Flasche im Bett. Von all den Drahtseilakten, die der Alkohol von einem Mann verlangt, ist wahrscheinlich der zwischen Verlangen und Vollbringen der gefährlichste, aber es kam Peter so vor, als hätte er das Gleichgewicht endlich einmal genau getroffen. Stetig vorwärts, unerschütterlich wie Blondin, bis die Luft in einem Ausbruch nuklearen Lichts explodierte und ihn freudig in die willkommene Dunkelheit jenseits schickte.

Dann war die andere Dunkelheit über ihn gekommen und der Wachtraum, der überhaupt kein Traum gewesen war ... aber wenigstens hatte er dieses Gespräch ausgelöst ... er fühlte sich jetzt besser ... Ellie wandte sich von ihm ab und kuschelte sich in das wiedergefundene Federbett. Er legte die Arme um sie und nahm ihre Brüste in die Hände ... zwei Wölbungen wie der Ypernbogen, aber voll Trost und Versprechen ... Auch ich bin der Mann im Bogen, dachte er, hier postiert für die Dauer ...

»He, ich hab doch gesagt, du sollst ja nicht auf dumme Gedanken kommen«, murmelte Ellie schläfrig. »Viel zu früh ... deine Hände sind kalt ... laß uns jetzt schlafen ...«

Als Pascoe das nächste Mal aufwachte, läutete der Postbote Sturm. Er setzte sich rasch auf, wünschte sich, er hätte es unterlassen, sah auf den Wecker, wünschte sich, er hätte auch das unterlassen, rollte sich aus dem Bett und nahm das Federbett mit.

»Verflixt noch mal«, sagte Ellie. »Schon wieder klaust du mir die Decke.«

»Wir haben verschlafen«, sagte er. »Ich komme zu spät zur Arbeit, Rosie kommt zu spät in die Schule, und du kommst zu spät ... zu einem Termin oder so.«

»Was für ein Leben«, stöhnte sie. »Lieber Gott, was schütten die verdammten Franzmänner nur in ihren Rachenputzer?«

Wenn man sie überrumpelte, konnte sie köstlich politisch unkorrekt sein. Aber es war keine Zeit, das, was sie sagte, zu genießen, von ihrem Anblick ganz zu schweigen, wie sie da in einem Zustand nackter Selbstvergessenheit auf dem Bett ausgestreckt lag, was bei ihm die vertraute lustvolle Enge in der Kehle hervorrief, obwohl er so unter Zeitdruck stand.

Die Klingel läutete schon lange nicht mehr. Mühsam zog er seinen Morgenmantel über, stolperte in die Diele und rief: »Rosie, Liebes, aufstehen, ja? Du bist spät dran.«

»Nein, bin ich nicht«, erwiderte seine Tochter vom Fuß der Treppe. »Ich habe schon gefrühstückt, und nun mache ich gerade euer Frühstück.«

Sie war bereits für die Schule angezogen, ordentlicher hätte sie nicht aussehen können, und in der Küche blubberte die Kaffeemaschine, der Toaster toastete und zwei Schalen mit Müsli standen auf dem Tisch. Neben seiner Schale lag ein sperriges Päckchen.

»Ich habe unterschrieben«, sagte Rosie stolz. »Der Postbote hat gesagt, eigentlich müßtest du unterschreiben, oder Mami, aber ich hab gesagt, ihr seid beschäftigt.«

Wenigstens etwas, dachte Peter Pascoe. Nach dem, was sie sich in letzter Zeit geleistet hatte, wäre er nicht überrascht gewesen, wenn sie dem Postboten erzählt hätte, ihre Alten wären stinkbesoffen und vögelten, daß die Federn flogen.

Er sagte: »Das hast du wirklich gut gemacht, Schatz. Aber du hättest warten sollen. Du weißt doch, daß du die Elektrogeräte in der Küche nicht anstellen sollst.«

Sie betrachtete ihn mit der Verachtung der Generation, die von Geburt an weiß, wie man ein Videogerät programmiert, und fragte: »Fettarm oder Vollmilch?«

Peter untersuchte das Päckchen. Dem Absender entnahm er, daß es von Barbara Lomax war, Adas Anwältin. Er hatte in ihrer Kanzlei angerufen, um zu sagen, daß er Adas Anweisungen hinsichtlich der Asche ausgeführt habe und gern wüßte, welche weiteren Aufgaben er als Testamentsvollstrecker zu erledigen habe. Er war davon ausgegangen, daß ein paar Dokumente zu unterschreiben waren, aber das Päckchen neben seinem Teller sah nach ernsthafter Arbeit aus.

Nun, es würde warten müssen. Die Pflichten, die wir von Gesetzes wegen erfüllen müssen, waren zwar wichtig, doch er diente einem höheren Herrn und Meister als dem Gesetz.

Er schaufelte das Müsli in sich hinein, schlürfte seinen Kaffee und wollte (sehr zu Rosies Kummer) keinen Toast. Auf dem Weg ins Badezimmer kam er an Ellie vorbei, die unterwegs nach unten war.

»Verdammter Rotwein«, zischte sie ihn an. »Du weißt doch, daß er mir nicht bekommt.«

»Die Idee war nicht von mir!« rief er ihr nach, aber sie war schon außer Hörweite.

Rennend verließ er das Haus, doch als er das Auto rückwärts aus der Garage fuhr, hatte sie ihn eingeholt.

»Aber es hat sich gelohnt«, murmelte sie und neigte sich zu ihm, um ihm einen Kuß durchs Fenster zu geben. Und dann machte sie alles zunichte durch ihren zweifelnden Nachsatz: »Zumindest glaube ich ... egal, wahrscheinlich fällt es mir später wieder ein.«

Auf dem Weg in die Stadt, auf dem er viel zu schnell fuhr, ertappte er sich, daß er wie ein kleiner Junge, der zu spät kommt, Entschuldigungen übte. Vielleicht hätte ich ja Rosie darum bitten sollen, mir einen Zettel zu schreiben! verspottete er sich selbst. Sag dem alten Fettarsch doch einfach die Wahrheit. Und die wäre? Ich hab verpennt. Warum? Weil ich zu gut geschlafen habe. Und auch, weil ich zu schlecht geschlafen habe. Was denn nun? Beides. Wie kommt das? Ich hab gut geschlafen, weil wir uns einen hinter die Binde gekippt haben und bis zur Erschöpfung ... Und ich habe schlecht geschlafen, weil mir diese Made im Kopf sitzt wie eine der Maden, die da draußen von den zigtausend Leichen fett wurden, eine der Maden, die im Ypernbogen herumkrochen, wo sich nun fremde Felder erstrecken, Kompost und Knochenmehl, längst untergepflügt, Saatbett für die grünen Schößlinge, die sich zur Sonne recken, Weiden für Vieh, die schließlich die Berge an Überschuß hervorbrachten, wegen derer die EU zur allgemeinen Zielscheibe des Spotts und der Verwunderung wurde.

Nein, dann doch lieber Rosies Entschuldigungszettel als diese zusammenhangslose Wahrheit. Lieber Mr. Dalziel, mein

Papa kommt zu spät, weil er und Mama gestern abend gesoffen haben. Ich werde mich bemühen, daß es nicht wieder vorkommt.

Sein Funkgerät knatterte. Die Zentrale, was in diesem Fall Dalziel bedeutete, wollte seinen Standort wissen. Er näherte sich gerade einem Kreisel. Geradeaus würde ihn in etwa fünfzehn Minuten an seinen Schreibtisch bringen. Fuhr er rechts ab und auf die Ringstraße, wäre er in ungefähr derselben Zeit in der Nähe von Wanwood House.

Ein Ratschlag aus seinen Tagen als junger Kripobeamter kam ihm in den Sinn. *Komm nie zu spät, sei immer woanders.* Könnte sogar vom Dicken selbst stammen. Er fuhr in den Kreisel.

In sein Mikrophon sagte er: »Standort Wanwood House, Fortsetzung der gestrigen Erkundigungen in ALBAs Hauptverwaltung.«

Was er bei seiner Ankunft in Wanwood machen würde – er hatte keine Ahnung. Für einen erwachsenen Kriminalbeamten legte er ein reichlich absurdes Pennälerverhalten an den Tag. Aber wenn man an all die Jungs dachte, die sich 1914 zu Tode gelogen hatten, mußte ja vielleicht das Gleichgewicht wiederhergestellt werden, und jede Handlung reifer Kindlichkeit war ein winziges Meißeln am höchsten Berg europäischer Verschwendung, an dem Everest vergeudeter Jugend.

Vielleicht. Oder er folgte einfach einem breit ausgetretenen Pfad in die männliche Midlife-Crisis.

Wie dem auch sei, er wäre gut beraten, sich einen Grund auszudenken, warum er Wanwood House aufsuchte, oder die Krise würde ihn dieses Jahr ein wenig zu früh heimsuchen.

DREI

Gewöhnlich kam Wield gut klar mit Frauen. Hatten sie erst einmal die Doppelhürde seines Aussehens und seines Berufs genommen, empfanden sie seine Gegenwart als so wenig bedrohlich, daß selbst die nervösesten locker wurden. Allerdings gelang es nur Frauen mit großer Menschenkenntnis, wie etwa Ellie Pascoe, durch Gesicht und Job hindurch ins Innerste seines Geheimnisses vorzudringen und zu erkennen, daß die Ursache für ihre Entspanntheit seine Homosexualität war. Manchmal ist jedoch gerade unter Gleichgesinnten ein unterschwelliger Antagonismus vorhanden, und so zeigte sich nach wenigen Minuten, daß Wield aus den beiden ersten Frauen von ANIMA, die er befragte, Meg Jenkins und Donna Linsey, die neben einem Tierladen auch ihr Leben gemeinsam führten, nicht viel herausbekommen würde. Er traute ihnen zu, daß sie ihm noch nicht einmal einen Goldfisch verkauft hätten, und war froh, als er ihren moschusmuffigen Laden hinter sich lassen konnte.

Die nächsten drei gingen sehr viel mehr aus sich heraus, aber alles, was es brachte, war, daß sie übereinstimmend aussagten, es sei ihnen ein Rätsel, was Wendy Walker außerhalb der Gruppe mache. Das war für sich gesehen nicht uninteressant, denn es bedurfte einer Willenskraft, die nur die wirklich Entschlossenen aufbrachten, um als Mitglied einer Frauenvereinigung in Yorkshire sich von niemandem in die Karten blicken zu lassen. Aber Wield hatte seine Homosexualität zu lange versteckt, um bloßer Geheimnistuerei groß Bedeutung beizumessen. Er wußte besser als die meisten Menschen, daß man die Angewohnheit, diskret zu sein, schwerer ablegte, als die Gründe dafür. Wie die alte Redensart sagt, einmal eine Nonne, immer eine Nonne.

Annabel Jacklin war so wenig Nonne, wie man nur sein kann, ohne in *The Sound of Music* aufzutreten. Sie war die dralle Blondine, die Jacksie gerufen wurde und deren Sturz in den Trichter der Auftakt zur Entdeckung der Knochen gewesen war. Bisher hatte Wield sie nur klatschnaß, schlammverschmiert und im tiefen Schock erlebt. Nachdem sie sich von ihrem Erlebnis erholt hatte, machte sie nun das Beste aus einer recht beträchtlichen Ähnlichkeit mit der Monroe auf ihrem Höhepunkt in *Manche mögen's heiß*. Wield hatte einmal einen Lebensabschnittsgefährten gehabt, der darauf bestand, daß er sich den Film gleich dreimal hintereinander mit ihm ansah. Dergleichen würde sich in der Gesellschaft von Edwin Digweed nicht wiederholen, der inbrünstig glaubte, daß die einzig guten Filme, die jemals gedreht wurden, viereckig, von körniger Bildqualität und gewöhnlich lautlos waren. Wield blieb nichts anderes übrig, als mit einem Schulterzucken zu sagen: »Niemand ist vollkommen.«

Kaum hatte Jacksie vernommen, welchen Grund der Fremde auf ihrer Schwelle für seinen Besuch hatte, als sie selbst die geringste Andeutung unterdrückte, ihre Reize vor ihm spielen zu lassen.

»Ich bin fast in Ohnmacht gefallen, als ich gesehen hab, wer da auf der Intensivstation lag«, sagte sie. »Es ist das erste Mal für mich, ich meine, daß es jemand ist, den ich persönlich kenne, und es ist echt ein Schock, müssen Sie wissen. Auf der Arbeit ist man in einer ganz bestimmten Gemütsverfassung, sozusagen distanziert. In meinem Beruf muß man das einfach sein. Und wenn man dann jemanden sieht, den man kennt, dann rüttelt einen das sozusagen auf, und man wird zu dem Menschen, der man gewöhnlich ist, verstehen Sie, was ich meine?«

»Ja«, sagte Wield. »In meinem Beruf ist es dasselbe.«

»Kann ich mir vorstellen. Wie geht es ihr? Wissen Sie das? Ich hab heut meinen freien Tag, aber ich wollte noch anrufen, um zu erfahren, wie es ihr geht.«

»Noch immer bewußtlos, glaube ich. Aber alle bemühen sich nach Kräften. Entschuldigung. Daß ich das ausgerechnet zu Ihnen sage. Ich brauche ein paar Hintergrundinformationen, Miss Jacklin. Kennen Sie Miss Walker schon lange? Waren Sie eng befreundet?«

»Ja. Das heißt, ich glaube. Ich weiß nicht. Ich meine, ich kenne sie ... kenne sie ... wir waren befreundet, aber nicht so sehr lange ...«

»Sie wollen sagen, daß Sie sich gut verstanden, aber daß Sie sie nicht wirklich lange genug gekannt haben, um viel über sie zu wissen?« sagte Wield.

»Das stimmt. He, warum beantworten Sie nicht gleich alle Fragen selbst, die Sie mir stellen?« sagte sie und funkelte ihn wieder an wie am Anfang.

»Heißt das, daß Sie sich auch außerhalb der Gruppe getroffen haben?

»Ein paarmal, ja. Eigentlich bin ich ihretwegen in der Gruppe geblieben. Als sie eintrat, hatte ich gerade die Nase gestrichen voll. Nicht davon, Tieren zu helfen und so, das hab ich schon immer getan, schon als ich noch ein Kind war, wissen Sie, Tierschutzverein, Zufluchtsorte für Esel, Tierheime. Ich habe mich auch bei Unterschriftenaktionen engagiert, Märsche organisiert und Protestaktionen ...«

»Und dann sind Sie ANIMA beigetreten«, ließ Wield einfließen.

»Ja, richtig. Eine Frau, die dort gearbeitet hat, wo ich arbeite, und die ich manchmal auf Demos gesehen habe, hat mich mitgenommen. Solange sie da war, ging auch alles gut, aber dann ist sie weg. Ihr Mann hatte eine Stelle in Südengland gefunden. Danach war es nicht mehr so gut.«

»Inwiefern?«

»Tja. Die anderen, ich weiß nicht so recht, man hat mich behandelt, als wäre ich noch ein Kind. Die bilden sich alle ein, daß aus Caps Hintern die Sonne scheint ...«

»Und Sie nicht?«

»Cap ist durchaus in Ordnung. An ihr lag es nicht. Ich meine, in gewisser Weise doch, denn sie ist so zielstrebig, und ich habe gemerkt, daß ich sie ein paarmal auf die Palme gebracht habe, wenn ich mich ungeschickt anstellte. Ich mache das nicht extra, aber die machen mich alle etwas nervös. Also Cap hat mir nichts ausgemacht, sie hat die Führung, aber ich hab nicht eingesehen, wieso das den anderen das Recht geben sollte, mich von oben herab zu behandeln.«

»Und deshalb wollten Sie austreten?«

»Zum Teil, aber was ich wirklich zum Kotzen fand, war, daß ich gemerkt habe, daß man mich ausgeschlossen hat. Da sagte jemand was, und ich habe gemerkt, daß sie über eine Aktion sprachen, bei der ich nicht dabei gewesen war. Ich habe bei Cap nachgehakt, und sie ist mir ausgewichen, sie hätte versucht, mich anzurufen, hätte mich aber nicht erreicht, was nichts als ein Scheißblabla ist. Und danach habe ich mich gefragt, wenn es einmal passiert ist, wie oft passiert es wieder?«

»Und wann war das?« fragte Wield.

»Irgendwann Anfang des Jahres. Also, ich war so weit, zu sagen, ihr könnt mich alle mal. Da ist Wendy zu uns gestoßen. Zuerst habe ich gedacht, was zum Teufel ist denn das für eine? Ich meine, wenn man sie zum ersten Mal sieht, hat sie schon etwas Merkwürdiges. Aber als ich mich erst einmal mit ihr unterhalten hatte, haben wir uns wirklich gleich gut verstanden.«

»Sie haben viel gemeinsam, ja?« fragte Wield.

»Nicht viel«, räumte Jacksie ein. »Aber wie ich gehörte Wendy auch nicht zum inneren Kreis, und das hat einen großen Unterschied gemacht. Und sie hat ein paar Frechheiten zu den anderen gesagt, die es in sich hatten, und hinter ihrem Rücken ... aber das kann ich nicht wiederholen, was sie gesagt hat, nicht einem Mann gegenüber.«

Sie lächelte in der Erwartung, daß er nachbohrte. Wield sagte: »Und worüber haben Sie sonst noch so gesprochen, wenn Sie nicht über die anderen hergezogen sind?«

Sie schien aufbrausen zu wollen, erinnerte sich dann aber vielleicht daran, was den Polizisten zu ihr gebracht hatte.

»Sie hatte es vorher mit den Bergleuten und den Frauenrechtlerinnen und so gehabt«, sagte sie abwertend mit der Einstellung von Leuten, deren Weltsicht erfahrungsgemäß beschränkt ist. »Und sie hat mir davon erzählt, wie sie mit siebzehn geheiratet hat und als was für ein Arsch sich ihr Mann entpuppt hat.«

»Hat sie noch andere Männer erwähnt, Sie wissen schon, Freunde?«

»Niemand Spezielles. Von ein paar Kerlen hat sie mir so Sachen erzählt, Sie wissen schon, komische Geschichten darüber, wie dämlich sie sich dabei anstellen. Manchmal habe ich allerdings auch das Gefühl gehabt, daß sie vielleicht ein bißchen zweispännig fahren könnte, wenn Sie mir folgen können, und daß sie mich deshalb mochte.«

»Hat sie es bei Ihnen versucht?« fragte Wield, wie er hoffte, mit heterosexueller Schärfe.

»O nein. Bei mir reicht ja wohl ein Blick, um zu erkennen, daß ich nicht so gestrickt bin«, sagte Jacksie mit der naiven und grausamen Gewißheit, daß jeder, der so attraktiv war wie sie, heterosexuell sein mußte. »Nicht, daß das Donna davon abgehalten hätte, mich anzumachen – den Blick von Meg hätten Sie sehen sollen! – also, vielleicht liege ich bei Wendy ja auch daneben. Auf jeden Fall, es war nie Thema. Frauen, meine ich. Nur Männer.«

»Und worüber haben Sie noch gesprochen?«

»In der Hauptsache über die Gruppe. Ich hab ihr gesagt, daß ich die Nase voll hätte, und sie hat gesagt, ANIMA hätte so viel Schmiß wie das Programmkomitee der Landfrauen, und ob es keine andere Vereinigung gibt, wo ein bißchen mehr was los ist und wo wir mitmachen könnten.«

»Und gibt es welche?«

»O ja, etliche. Man hört von großen Demos, erkennt Gesichter.«

»Haben Sie denn Verbindung aufgenommen?«

Unvermittelt schienen ihre Blauaugen nichts mehr von Baby Doll, sondern eher von einem Mann in einem Sondereinsatzkommando zu haben, und ihre Körpersprache hatte von ‚Haben Sie Lust auf einen Happen?' zu ‚Wo zum Teufel kommen Sie eigentlich her' gewechselt.

»Und was hat das alles damit zu tun, daß Wendy überfahren wurde?« fragte sie kalt.

»Ich versuche nur, mir ein Bild zu machen«, erwiderte Wield.

»Ach ja? Sie meinen, wenn Sie nun schon einmal hier sind und die blöde Gans völlig am Ende ist, weil ihre Freundin im Krankenhaus liegt, könnten Sie ebensogut probieren, ob Sie

sie nicht dazu kriegen, jemand aus ihrer Gruppe anzuschwärzen, während sie nicht aufpaßt.«

Ihre Anschuldigung traf nicht ganz die Wahrheit, aber ausreichend, um zu bedeuten, daß die Befragung sich ihrem Ende zuneigte.

»Tut mir leid«, sagte Wield. »Und es tut mir wirklich leid wegen Wendy. Wir tun unser Bestes, das Schwein zu schnappen. Ich gehe jetzt zu Miss Marvell. Nach dem, was ich gehört habe, nimmt sie sich den Vorfall wirklich zu Herzen.«

Hätte er ihr noch eine einzige direkte Frage gestellt, hatte er den Verdacht, hätte sie ihn zum Teufel gejagt, aber durch seine indirekte Vorgehensweise erhielt er noch einmal eine Antwort.

»Ich wüßte nicht, warum. Sie hatten sich ständig in der Wolle. Woran Wendy ebenso schuld war wie Cap.«

»Weil sie der Meinung war, daß man härter vorgehen sollte?«

»Im allgemeinen, ja. Obwohl es komisch ist, der letzte Streit, den sie hatten, an dem Abend, als wir auf die Knochen gestoßen sind ...«

»Ja?«

Jacksie überprüfte in Gedanken, was sie sagen wollte, um sicherzugehen, daß sie nichts ausplauderte, was gegen eine aus der Gruppe hätte verwendet werden können. Dann fuhr sie fort: »Da war es genau andersherum. Wendy und Cap waren die letzten, die in das Zimmer gebracht wurden, wo sie uns eingesperrt haben, bis Ihre Leute eintrafen. Beim Reinkommen flogen die Fetzen. Wendy sagte: ‚Was zum Teufel hast du eigentlich vorgehabt, Cap? Ihn einen Kopf kürzer zu machen?' Und Cap hat erwidert: ‚Warum denn nicht? Die sind engagiert, um die Schweine zu beschützen, die die Tiere aufschneiden. Das macht sie automatisch auch zu unseren Gegnern.' Das war merkwürdig. Und nun, wenn Sie nichts dagegen haben, hab ich genug Zeit vertan. Ich gehe jetzt ins Krankenhaus und überzeuge mich selbst davon, wie es um Wendy steht.«

Und somit landete er schließlich, wie er sich eingestand, widerwillig, vor Cap Marvells Tür. Es war eine Sache, sich hinter dem Rücken des Dicken über seine Herzensdame das Maul zu zerreißen, und eine andere, in einer Situation zu sein, wo man einer genauen Betrachtung dessen, was es beinhaltete, nicht ausweichen konnte. In den meisten Fällen tat Dalziel, was er wollte. Das funktionierte aber nur, wenn er furchtlos und unvoreingenommen auch den anderen sagte, wo es langging. Bumste ein Bulle eine Biene, die in einem Fall, an dem er arbeitete, in den Zeugenstand gerufen werden mußte, so war das tollkühn. Bumste ein Bulle eine Biene, bei der zu befürchten war, daß sie im Bau landen würde, so war das heller Wahnsinn. O.K., es war unwahrscheinlich, daß ALBA Cap Marvell anzeigen würde, aber früher oder später würde sie doch einmal angezeigt werden! Offensichtlich war Dalziel zu dem Urteil gelangt, daß es sich dennoch lohne, das Risiko einzugehen. Immer vorausgesetzt, daß es in sexuellen Angelegenheiten überhaupt so etwas wie ein Urteilsvermögen gab. Aber selbst Dalziel mußte stutzig geworden sein, in welch kurzer Zeit es schon wieder nötig war, Cap in Zusammenhang mit einem Verbrechen zu befragen. Nicht, daß es wahrscheinlich war, daß sie bei den Ermittlungen zu Walkers Fall mehr würde beitragen können als die notwendigen Angaben zu einem Mitglied ihrer Gruppe. Vielleicht stellte sich das Ganze ja als ein Glück heraus, da es Dalziel zum Rückzug veranlaßte, bevor er sich zu tief mit ihr einließ.

Scheiße, dachte Wieldy, in dem ein jäher Widerwillen gegen sich selbst aufwallte. Daß man so um den heißen Brei herumreden konnte. Seine wenigen Monate in einer festen Beziehung hatten ihn bereits zum Spießer werden lassen! Wenn der alte Lustmolch Andy der Meinung war, er hätte die wahre Liebe gefunden, dann wäre er verrückt, wenn er nicht mit beiden Händen danach greifen würde.

Die Tür öffnete sich, und er sah sich dem gegenüber, was der alte Fettarsch, wenn seine lüsternen Spekulationen ins Schwarze trafen, bereits mit beiden Händen ergriffen hatte.

»Sergeant Wield, nehme ich an. Treten Sie doch ein.«

Das war die einzige Andeutung, daß man sie vorgewarnt hatte, aber es reichte. Dalziel mochte sich zwar von dem Fall zurückgezogen haben, aber offenbar nur einen Fußbreit und keinen verdammten Schritt.

Sie hörte seiner Einführung mit höflicher Geduld zu und sagte dann: »Sie gehen vermutlich davon aus, daß Wendy denjenigen, der sie angefahren hat, gekannt haben könnte und daß diese Person sogar ein Motiv gehabt haben könnte, ihr nach dem Leben zu trachten, und Sie sind jetzt hier, um Auskunft über Wendys Gewohnheiten, ihre Herkunft und die Menschen, mit denen sie verkehrte, einzuholen?«

Scharfsinnige Frau. Oder vielleicht hatte man ihr das bereits auseinandergesetzt, und sie wollte es nur im offiziellen Protokoll vermerkt haben, um einem Versprecher aus dem Weg zu gehen, der ihren großen Wohltäter in Verlegenheit bringen könnte.

»Genau das«, sagte Wield. »Alles, was Sie uns also sagen können ...«

Er bekam dieselbe Geschichte zu hören wie von allen anderen Gruppenmitgliedern, nur aus einer etwas anderen Perspektive. Walker war ANIMA vor etwa zwei Monaten beigetreten. Sie hatte sich als aktive und energische Kollegin erwiesen, schien aber kein Interesse daran zu haben, Kontakte zu pflegen, die außerhalb der Aktivitäten der Gruppe lagen ... »Über die ich Ihnen, wie Sie verstehen werden, keine Einzelheiten mitteilen werde«, schloß Amanda Marvell.

»Ich habe den Eindruck gewonnen, daß Wendy Walker und Miss Jacklin recht befreundet waren«, sagte Wield.

»Das war wohl so. Ist wohl so«, sagte Cap und sah ihn nachdenklich an. »Aber ob sie sich außerhalb der Gruppe getroffen haben, da müssen Sie wirklich Annabel fragen. Ich weiß nichts über das Privatleben der beiden.«

»Ich hätte gedacht, daß Sie bei dem, was Sie tun, eine Menge über Ihre Partner wissen wollen, Ms Marvell«, sagte Wield.

»Ich arbeite nach dem Prinzip der persönlichen Empfehlung«, sagte Cap. »Jemand empfiehlt mir eine Bewerberin, der sie vertraut. Das ist der erste Schritt. Dann schaue ich mir die Frau an und ziehe meine Schlüsse.«

»Nach dem, was ich gehört habe, vermute ich, daß Miss Jacklin von jemandem empfohlen wurde, der dann wegzog. Wer hat Ihnen also Wendy Walker vorgestellt?«

Sie zögerte. Sie hat es Dalziel gesagt, vermutete Wield, weiß aber nicht, ob der es an mich weitergegeben hat. Um wen wurde dieses ganze Theater eigentlich gemacht, um die Oma des Polizeipräsidenten?

Und bei dieser verrückten Idee kam ihm die richtige Antwort, noch bevor Cap Marvell sagen konnte: »Es war Ellie Pascoe, die Frau Ihres Mr. Pascoe.«

Es sah so aus, als wollte sie noch etwas hinzufügen, aber wenn dem so war, änderte sie ihre Meinung.

Das flüstert sie ihm im Bett ins Ohr, dachte Wield ungehobelt.

»Und welche Note hat Miss Walker erhalten?« fragte Wield.

»Wie bitte?«

»Sie haben gesagt, daß Sie Ihre Leute beobachten und dann bewerten.«

»Stimmt. Wie ich bereits gesagt habe, hatte Wendy eine große Energie. Und viele Ideen. Sie hatte keine Hemmungen, ihre Ansicht zu vertreten.«

»Die sich von Ihrer unterschied?«

»Warum sagen Sie das?«

Wield hätte antworten können, daß alle anderen Mitglieder von ANIMA Wendys aggressive Beiträge erwähnt hätten, mit unterschiedlich starker Zustimmung. Statt dessen sagte er: »Einen Standpunkt zu vertreten, der mit dem Ihren übereingestimmt hätte, wäre nicht sehr sinnvoll gewesen. Und sie klingt nicht danach, als wäre sie der Typ gewesen, der sich lieb Kind macht und der Lehrerin einen Apfel schenkt.«

Cap lächelte.

»Es sei denn, er wäre eine Bombe gewesen«, sagte sie zustimmend. »Ja, wir haben uns häufig gezankt, schon von unserer ersten Begegnung an. Das habe ich an ihr geschätzt. Sie ließ nichts durchgehen, sie machte immer den Mund auf. Sie hat mich zum Nachdenken gebracht. Tut mir leid. Ich spreche von ihr in der Vergangenheit. Eigentlich will ich das gar nicht.«

»So etwas kommt vor. In welchen Bereichen bestanden die größten Meinungsverschiedenheiten zwischen Ihnen?« fragte Wield und fügte zur Beruhigung hinzu: »Keine Sorge. Was Sie sagen, wird weder aufgezeichnet noch gegen Sie verwendet.«

»Ich hoffe, es könnte *für* mich verwendet werden«, erwiderte sie. »Wendy war scharf auf gezielte Aktionen; nicht nur die Freilassung von Tieren, sondern auch aktive Sabotage, schwere Sachbeschädigung, 'um die Schweine da zu treffen, wo es ihnen weh tut', Zitat, das heißt im Geldbeutel.«

»Sie meinen Brandstiftung? Explosionen? So etwas?«

Cap nickte.

»Und Menschen? Wie stand sie dazu, daß Menschen zu Schaden kommen konnten?«

»Sie sagte, wer anderen ein Leid antut, sollte auch bereit sein, selbst Leid zu ertragen.«

»Und Sie?«

Sie sah ihn mit großen Augen an und sagte ernst:

»Ich hielt dem entgegen, daß es mein höchstes und einziges Ziel sei, das Leiden der Tiere zu lindern, und solange ich ANIMA leitete, würden wir uns daran halten und an sonst gar nichts.«

»Das heißt, keine Bomben, keine Sabotageakte oder Angriffe auf einzelne Leute?«

»Genau das, Sergeant.«

»Und obwohl sie so deutlich anderer Meinung war, blieb Wendy in der Gruppe?«

»Ja. Das ist interessant. Ich vermute, daß sie sich nur die Zeit vertrieb, bis sie etwas Besseres fand.«

»Machen wir das nicht alle?« sagte Edgar Wield. Aber er meinte es nicht wirklich.

VIER

Als Pascoe sich das letzte Mal auf dem Gelände von Wanwood House aufgehalten hatte, war der alte Wald noch heil gewesen. Nichts, was er über den *cordon sanitaire* gehört hatte, hatte ihn auf den Streifen sumpfiger Trostlosigkeit vorbereitet, der ihm nun das Herz zerriß.

Er hielt an, stieg aus dem Auto und sah sich um. Dann wagte er sich auf den Brettersteg, zuckte aber scharf zurück, als dieser unter ihm einzusinken drohte.

»Guten Morgen, Sir«, sagte eine Stimme.

Er wandte sich um und sah einen Mann in der grünen Uniform von TecSec, der ihn beobachtete.

»Morgen«, entgegnete Peter Pascoe. »Mein Gott, haben wir darin wirklich Leute in den Kampf geschickt?«

»Ja, und so sehr haben sich die Dinge in achtzig Jahren nicht verändert, daß die Schweine es nicht wieder tun würden, wenn es nicht anders ginge. Dem Himmel sei Dank für Hubschrauber und Atomwaffen, sage ich immer.«

Pascoe sah den Mann, der seine Anspielung so mühelos verstanden hatte, mit Interesse an. Das vernarbte Gesicht blickte ohne Blinzeln zurück.

»DCI Pascoe, um Dr. Batty zu besuchen«, sagte er und hielt dem Wachmann die Hand hin.

»Ja. Ich weiß. Man hat mich vom Tor aus angerufen. Patten, habe die Sicherheit unter mir. Als Sie länger als eine halbe Minute brauchten, hab ich gedacht, ich schau mal nach.«

»Falls ich mich im Schlamm verirrt haben sollte?« lächelte Peter Pascoe und befreite seine Hand aus dem Händeschütteln, das auf bestem Weg war, macho zu werden. »Sind Sie am großen Krieg interessiert? Mir ist aufgefallen, daß Sie meine Anspielung auf Passchendaele verstanden haben.«

»Kigg. General Kiggell, Haigs Chef des Generalstabs«, sagte Patten. »Mein Großvater hat den Satz so oft zitiert, daß ich mich schämen würde, ihn nicht zu kennen. Zu guter Letzt behauptete er, anwesend gewesen zu sein, als er fiel, aber da hab ich so meine Zweifel. Er war aber auf jeden Fall bei der Schlacht dabei, wenn man sie als solche bezeichnen darf.«

»Welches Regiment?«

»Wyfies.«

»Gütiger Gott. Mein Urgroßvater ebenfalls.«

»Ach ja? Vielleicht haben sie sich ja gekannt«, sagte Patten gleichmütig. »Dr. Batty ist gerade in einer Sitzung, aber es dürfte nicht lange dauern. Hätten Sie Lust auf einen Kaffee mit mir und meinem Kompagnon Captain Sanderson?«

»Das wäre nett«, sagte Pascoe, als sie ins Auto stiegen. »Captain sagen Sie. Land oder See?«

»Armee. Mein Regiment.«

»Waren das auch die Wyfies? Ich meine, seit der Umstrukturierung, die Yorkshire Fusiliers?«

»Richtig.«

»Sie halten also die Familientradition in Ehren, Mr. Patten?«

»Ja. Vierte Generation, die gedient hat. Nicht, daß das groß ins Gewicht fiel, als die Armee abgespeckt wurde. Loyalität ist nach wie vor eine Einbahnstraße, Mr. Pascoe. Ganz wie bei Passchendaele.«

»War das nicht schon immer so?«

»Nein. Es gab eine Zeit, da haben die Soldaten ihre Generäle geliebt. Alexander, Cäsar, selbst der alte Iron Duke*, und der war, nach allem, was man so hört, ein verdammtes Arschloch. Nicht, weil sie die Jungs nicht über die Klinge springen ließen oder durchprügelten oder sie mit Kornwürmern fütterten, sondern weil sie, wenn die Kacke am Dampfen war, auf derselben Seite wie ihre Leute standen, oftmals standen sie ihnen sogar zur Seite, bis zu den Knien in der gleichen verdammten Scheiße.«

»Und im Großen Krieg war das nicht so?« fragte Pascoe, der nicht lockerließ.

»Nicht nach dem zu urteilen, was mein Großvater erzählte, und nicht nach dem, woran sich die Veteranen bei ihren

Treffen erinnerten. Die Politiker und Kriegsgewinnler waren diejenigen, die das Sagen hatten, und die Generäle, die meisten, waren ihre Marionetten oder hatten zu viel Scheißangst oder waren zu blöde, um sich gegen sie zu erheben und zu sagen, jetzt reicht es aber. Nachdem alles vorbei war, hat man Haig zum Grafen gemacht und ihm hunderttausend Pfund geschenkt. Einen Florin pro Gefallenen, hat mein Großvater immer gesagt. Ein Politiker war der alte Doug zwar nicht, aber abgesahnt hat er, bei Gott.«

»Aber man hat doch etwas dazugelernt, oder?« drängte ihn Pascoe neugierig weiter, weil er feststellen wollte, wie weit der Groll den ehemaligen Soldaten treiben würde.

»Etwas«, gab Patten widerwillig zu. »Die letzten sollen besser gewesen sein. Aber die Fäden in der Hand halten noch immer die Politiker. Oder wenn sie uns brauchen, wie im Fall Falkland, da heißt es dann auf einmal Land of Hope and Glory und danke schön, Mr. Atkins, aber kaum haben wir zwei Minuten Frieden, schon heißt es aus Westminster: Los, feuert die Ärsche.«

»Entlassen zu werden und im Ypernbogen als Kanonenfutter zu dienen, ist nicht ganz dasselbe«, sagte Pascoe ruhig.

»Zuständig sind dieselben Leute, und denen ist es scheißegal, wer und wie viele ihre Haut zu Markte tragen müssen«, erwiderte Patten. »Hätte man das beim Iron Duke versucht, hätte er die Wache nach Whitehall geschickt, und zwar mit aufgepflanzten Bajonetten. Nichts besser als kalter Stahl, wenn es an Rückgrat mangelt. Könnte sogar heute noch funktionieren, wenn wir nur jemand hätten, der den Mumm hätte, es auszuprobieren.«

Pascoe prägte sich das Gespräch gut ein, damit er es später Ellie als ein weiteres Beispiel dafür wiedergeben konnte, wie eine scheinbar gemeinsame Empörung zu grundverschiedenen Schlußfolgerungen führen konnte. Pattens Widerwillen gegen das überflüssige Abschlachten bei Passchendaele hatte ihn dazu gebracht, eine Militärdiktatur zu fordern! Wohingegen sein eigener Abscheu ihn dazu gebracht hatte ... wozu hatte er ihn gebracht? Zum Pazifismus? Nein. Er ging davon aus, daß er für eine gerechte Sache kämpfen würde. Antimilitarismus also? Mit Sicherheit, aber nicht die undifferenzierte Variante. Das Land brauchte Streitkräfte, solange sie natürlich unter der Kontrolle eines demokratisch gewählten Parlaments standen. Mit anderen Worten, Politikern. Mit anderen Worten, unter der Art »Kontrolle«, die in Pattens Augen direkt zu dem Gemetzel von Passchendaele geführt hatte ...

»Da wären wir, Sir«, sagte Patten.

Sie waren vor dem Haus angekommen. Pascoe wurde bewußt, daß er das Auto automatisch geparkt hatte und nun dasaß und mit leerem Blick aus dem Fenster starrend seinen Gedanken nachhing, während der Wachmann wartend in der offenen Tür stand.

»Ja. Natürlich, Entschuldigung.« Er stieg aus dem Auto und sah die düstere, bedrohliche Fassade hinauf. »Kein sehr einladender Ort. Ich kann nachvollziehen, warum es sich als Privatkrankenhaus nicht halten konnte. Vielleicht stammen die Knochen ja aus jener Zeit. Von einem Patienten, der das Weite gesucht hat.«

»Neue Ergebnisse, Sir?«

»Die Ermittlungen laufen«, sagte Pascoe unbestimmt.

»Ach ja?« Patten lächelte zynisch. »Das bekamen wir in der Armee auch immer zu hören. Hieß in der Regel, daß niemand mehr wußte, wo es langging.«

»Ich würde nicht sagen, daß wir uns verlaufen haben«, sagte Pascoe, »aber mit Sicherheit ist die Suche noch nicht abgeschlossen.«

»Sollten Sie es ernst gemeint haben, daß die Knochen etwas mit dem Krankenhaus zu tun haben könnten, dann sind Sie hier genau richtig«, sagte Patten und führte ihn seitlich am Haus vorbei.

»Das bezweifle ich, es sei denn, Sie haben das Krankenhausarchiv noch im Keller.«

»Das wollte ich mehr oder weniger sagen«, erwiderte Patten zu Pascoes Überraschung. »Ich kann nicht beschwören, daß es das Archiv ist, aber ich weiß genau, daß wir im vergangenen Sommer, als ich mir hier alles angesehen habe, um es sicher zu machen, einen Keller voll rostiger alter Aktenschränke gefunden haben, die voll Gerümpel waren.«

»Tatsächlich?« sagte Pascoe. »Auf die würde ich gern einen Blick werfen. Wenn das möglich wäre?«

»Kein Problem. Aber trinken wir erst einen Kaffee.«

Patten schob Pascoe durch eine Seitentür in das Büro von TecSec. Dort saß jemand hinter einem Schreibtisch, in dem Pascoe Sanderson vermutete. Der auf recht altmodische Weise gepflegt wirkende Herr stand lächelnd auf und hielt Pascoe die Hand hin.

»Peter Pascoe, vermute ich. Habe von Ihnen gehört. Hatte gestern das Vergnügen, Ihren Boss kennenzulernen. Als er gemacht wurde, zerbrach die Form, würde ich meinen.«

Er hob fragend eine Augenbraue, und Pascoe dachte, daß er diesen Trick vermutlich vor dem Spiegel eingeübt hatte.

»Mr. Dalziel, meinen Sie? Er ist mit Sicherheit einzigartig.«

»Und Sie sind mit Sicherheit diplomatisch«, lachte Sanderson. »Des, warum organisieren Sie uns nicht einen Kaffee?«

Sie mochten zwar Teilhaber sein, aber den Kaffee kochte doch der Feldwebel, fiel Pascoe auf.

»Setzen Sie sich, Mr. Pascoe. Sagen Sie mir, hat ein Besuch vom Boss am einen Tag und von seinem Stellvertreter am nächsten zu bedeuten, daß es bergauf oder daß es bergab geht?«

»Hängt davon ab, was Sie im Auge haben«, sagte Pascoe.

»Knochen im Wald«, sagte Sanderson.

»Ich verstehe. Dann kommt es darauf an, was Sie unter bergauf und bergab verstehen.«

»Nun, vom Standpunkt dessen aus, der hier auf Wanwood vertraglich verpflichtet ist, die Sicherheit zu gewährleisten, wäre *bergauf*, wenn Sie mir sagen würden, die Knochen gehörten einem alten Landstreicher, der im Wald Unterschlupf gesucht hat und eines natürlichen Todes gestorben ist. *Bergab* ginge es für mich, wenn Sie zu dem Schluß kämen, daß hier ein Verbrechen stattgefunden hat, das untersucht werden müßte. Und am allerschlimmsten wäre es, wenn Sie den Verdacht hätten, daß da draußen noch mehr Leichen sein könnten und vorhätten, ein Ausgrabungsprogramm mit allem Drum und Dran zu starten.«

Patten stellte eine Tasse Kaffee vor Pascoe und bot ihm Milch und Zucker an. Der schüttelte den Kopf und schlürfte das bittere Getränk schwarz.

»In anderen Worten, je weniger die Sache an die Öffentlichkeit dringt, desto besser?«

»Sie haben es genau erfaßt.«

»Warum macht Ihnen das Sorgen? Ich hätte gedacht, daß Sie nur mit den Tierschützern im Clinch liegen, und was die anlangt, so ist es doch seit dem Anschlag im Sommer aus und vorbei mit ALBAS kleinem Geheimnis.«

»Stimmt«, sagte Sanderson. »Aber wie Sie als Polizist wahrscheinlich aus Erfahrung wissen, besteht ein Unterschied zwischen einem Angriffsziel und einem Symbol. Nehmen wir die Vorfälle in Aldermaston, Porton Down und Greenham Common – keiner war in seiner Art einzigartig, und doch ist jeder dieser Orte zu einem Symbol für das Ganze geworden und Gegenstand ständiger Aufmerksamkeit der Protestler. Wir werden damit fertig, wenn wir ab und an mal Ärger haben, aber zum Lieblingsziel aller Tierschutzgruppen zu werden, dazu haben wir wahrlich keine Lust.«

»Ich freue mich, mitzuerleben, wie man sich so um seinen Arbeitgeber sorgen kann«, sagte Pascoe. »Eine etwas zynischere Einstellung hätte Sie dazu verleiten können, sich die Hände zu reiben und zu sagen, je mehr Ärger ALBA hat, um so mehr muß für die Sicherheit ausgegeben werden. Immerhin gibt es noch Teile des Geländes, die unberührt geblieben sind. Jede Menge Platz für einen Wassergraben, sagen wir. Oder eine dreißig Meter hohe Mauer.«

»O je. Höre ich Mißbilligung über das, was wir dem Wald angetan haben?« fragte Sanderson lächelnd.

»Ich mag Bäume«, gab Pascoe zu.

»Und auch Tiere, wage ich zu behaupten. Wie stehen Sie dazu, daß sie in der medizinischen Forschung Verwendung finden, Inspector? Ich frage nur deshalb, weil ich als ehemaliger Angehöriger der Armee weiß, wie schwierig es manchmal wird, wenn es zwischen persönlichem Empfinden und offiziellen Befehlen zu Spannungen kommt.«

Der Ton war voll Mitgefühl und Aufrichtigkeit, dennoch wußte Pascoe, daß man ihn verspottete.

Er trank seinen Kaffee und sagte vorsichtig: »Im vergangenen Sommer wäre Ihre Frage vielleicht noch angebracht gewesen, als ich hier war und den Anschlag auf die Labore untersuchte, die zur Einstellung Ihrer Firma geführt haben. Doch da sich meine gegenwärtigen Ermittlungen nur mit den menschlichen Überbleibseln befassen, die im Wald aufgefunden wurden, und der Chef von ALBA mir persönlich versichert hat, daß er gegen die Tierschützerinnen, die in die Auffindung der Knochen verwickelt sind, keine Anzeige erstatten will, erübrigt sich die Frage wenigstens in einer Hinsicht.«

»Und schon hab ich einen Klaps auf die Finger gekriegt«, sagte Sanderson ungerührt. »Aber wir dürfen Sie nicht von Ihren Pflichten abhalten, Chief Inspector. Halten Sie Ausschau nach Dr. Batty? Er scheint im Augenblick etwas beschäftigt zu sein.«

Er warf einen Blick auf die Monitorreihe. Auf einem der Bildschirme war Batty zu sehen, der mit mehreren weißgekleideten Gestalten in einem Labor arbeitete.

»Keine Eile«, sagte Pascoe. »Mr. Patten, Sie haben etwas von einem Keller gesagt ...?«

Sanderson warf Patten einen fragenden Blick zu.

»Die alten Aktenschränke«, erklärte der ehemalige Feldwebel. »Mr. Pascoe interessiert sich für die Zeit, als das Haus noch ein Krankenhaus war.«

»Ach ja. Wegen der Knochen. Guter Gedanke, aber ich fürchte, die Arbeit ist staubig. Vielleicht möchten Sie eine unserer Uniformen?«

»Nein, danke«, sagte Pascoe. »Ich kann in Zivil besser denken.«

Zehn Minuten später reute ihn seine vorlaute Antwort. Es reute ihn sogar, daß Patten das Archiv je erwähnt hatte. Zwar hatte er sich schon auf das Schlimmste gefaßt gemacht, als der Wachmann ihn über immer schäbiger werdende Korridore aus den renovierten Hi-Tech-Regionen in eine ziemlich unberührte viktorianische Küche im hinteren Teil des Hauses führte, von wo aus man auf einen mit Mülleimern übersäten Hof sah. Erinnerungen an das Museum der Wyfies tauchten in seinem Kopf auf, und als der Mann von TecSec eine Kellertür aufstieß, wäre er nicht überrascht gewesen, das Krachen von Granaten und das Gestotter von Maschinengewehrfeuer die dunkle Treppe hochwehen zu hören. Als er unten war, umringte ihn die Vergangenheit in anderer Gestalt, als Hecke rostiger Aktenschränke mit einem Mantel aus Staub, Zerfall und Spinnweben und von einer einzigen Birne an der niedrigen Decke beleuchtet.

Er atmete tief durch in der naßkalten Luft, um den Anfall von Klaustrophobie abzuwehren, den er kommen fühlte. Patten hatte ihm versprochen, sich zu melden, sobald Batty zur Verfügung stand. Er hoffte verdammt noch mal, daß es nicht lange dauern würde.

Er zog irgendeine beliebige Schublade auf und starrte auf einen Haufen Papierschnitzel. Der Schrank war so verrostet, daß Mäuse, oder schlimmer noch, Ratten, sich durch das Metall hindurchgefressen und nach Herzenslust an dem Papier gütlich getan hatten. Er wandte sich einem anderen Schrank zu. Nun ja, dachte er, ich habe es wenigstens versucht. Noch einer, und dann halten mich hier keine zehn Gäule mehr.

Doch der dritte hatte leider dem Zahn der Zeit und den Zähnen der Ratten widerstanden, und die Ordner waren vollständig vorhanden. Er machte einen auf und las: *Major Quinnel David Andrew. Aufgenommen 30. August 1916.*

Da kriegt selbst Jesus das Heulen! dachte er. Führte denn alles, was er anfaßte, zu diesem verdammten Krieg?

Er las weiter. Es waren Krankenblätter. Der Major hatte bei einer Granatenexplosion in der Nähe von Albert schwere Verwundungen an den Beinen davongetragen. Man hatte ihn erst in einem Lazarett behandelt, dann in ein Krankenhaus bei Boulogne verlegt, wo er erst einmal operiert wurde, dann war er nach London zurückgekehrt, um in Charing Cross weitere Operationen über sich ergehen zu lassen, bis man ihn schließlich zur Rehabilitation und Genesung nach Yorkshire geschickt hatte.

Alle anderen Unterlagen betrafen ebenfalls verwundete Offiziere, und noch bevor er die ältesten Akten öffnete, hatte Pascoe durchschaut, wie die Dinge lagen.

Zu den zahlreichen Bereichen, für die man im Ersten Weltkrieg nicht gerüstet war, gehörte der medizinische. Es hatte zwar so mancher Prophet Jeremias seine Stimme erhoben, aber niemand hatte vorhergesehen, welche Flutwellen an Verwundeten das Land vier lange Jahre überrollen würden. Die Oberschicht aller Grafschaften hatte erkannt, wo ihre vaterländische Pflicht lag, und ihren zweiten, manchmal auch dritten Wohnsitz – seltener den vierten – als Krankenhaus, Klinik oder Erholungsheim auf Zeit zur Verfügung gestellt. Und es war nicht bei den oberen Zehntausend geblieben. Im 19. Jahrhundert war eine neue, mächtige Kaste herangewachsen, die Industriekapitäne, die ihre Vorbilder bereits durch den Kauf oder Bau eigener Landsitze imitiert hatte und nun weder lange brauchte noch sich lumpen ließ, dem neuen Beispiel aristokratischen Verhaltens zu folgen.

Eine edle Kunst, die sie jedoch noch nicht gelernt hatten, weil sie aus Selbstsicherheit entsteht und nicht aus dem Streben nach oben, war, daß man Gutes im verborgenen tut. Die gesamte Korrespondenz der Umwandlung von Wanwood House in ein Krankenhaus für verwundete Offiziere entbehrte folglich nicht verhaltener Anspielungen auf die Großzügigkeit seines Eigentümers.

»Ich glaub, ich werd nicht mehr«, sagte Peter Pascoe, als er dessen Namen las.

»Das will ich aber nicht hoffen, Chief Inspector«, sagte eine Stimme von der Tür her.

Erschreckt drehte Pascoe sich um und sah sich dem lächelnden Gesicht Dr. Battys gegenüber.

»Man hat mir gesagt, daß ich Sie hier unten finde«, sagte der Doktor. »Also habe ich mich auf den Weg nach unten gemacht, um herauszufinden, ob ich Ihnen helfen kann.«

»Ich glaube kaum, es sei denn, Sie waren supereffizient und habe all diese Akten auf Datenträger gespeichert.«

»Tut mir leid, die haben nichts mit uns zu tun. Schon seit wir hier eingezogen sind, will ich die Keller entrümpeln lassen. Wir könnten den Platz gut brauchen. Was wollen Sie hier überhaupt finden? Berichte über einen verlustig gegangenen Patienten, der sich auf den Weg gemacht haben könnte und dann im Wald ins Gras gebissen hat?«

»Etwas in der Richtung. Aber ich glaube, das sollte jemand machen, dem das mehr liegt und der zudem weniger Angst vor dunklen Kellerlöchern hat.«

Er schob die Schublade zu und ging hinüber zu Dr. Batty an der Tür. Beim Hinaufgehen sagte dieser: »Es klang, als wären Sie auf etwas Interessantes gestoßen, von dem Sie sich nicht so leicht erholen.«

»Nur ein Name. Komisch, wie einem ein Name über den Weg läuft, den man noch nie gehört hatte, und, schwuppdiwupp, schon taucht er fast unmittelbar danach noch einmal auf.«

»Und wie lautet dieser Name?«

Sie waren in der hinteren Diele mit dem Steinfußboden angekommen, von der aus die Treppe in den Keller führte. Ein Lichtstrahl fiel durch ein hohes Fenster, und Pascoe stellte sich darunter wie ein Bergmann unter die Dusche.

»Grindal«, sagte er. »Arthur Grindal. Ihr Urgroßvater, glaube ich.«

»Der alte Arthur. Ach ja, Sie haben gestern mit meinem Vater gesprochen, nicht wahr? Und Sie sind in den Akten wieder auf Arthurs Namen gestoßen? Interessant, wenngleich angesichts der Umstände nicht allzu überraschend.«

»Sie meinen, daß Wanwood Arthur Grindal gehörte, bevor es ein Krankenhaus wurde? Das haben Sie aber niemandem gegenüber erwähnt, habe ich den Eindruck. Und Ihr Vater hat es gestern absolut sicher mit keinem Wort erwähnt.«

Batty faßte Pascoes Arm und schob ihn aus der Diele in den renovierten Teil des Hauses.

»Was mich betrifft, hatte ich keine Veranlassung, davon zu sprechen, warum sollte ich? Es ist von keinerlei Bedeutung, oder? Und was Vater anlangt, so gehört er zu jener in Yorkshire besonders verbreiteten alten Schule, die Zurückhaltung auf ihre Fahnen schreibt, besonders in Sachen Familie.«

»Tatsächlich? Er hat ziemlich offen über seine Familie gesprochen, wenn ich mich recht entsinne.«

»Nur über die Dinge, vermute ich, die er Ihnen unbeschadet erzählen konnte«, sagte Batty mit einem glucksenden Lachen, als er die Tür zu seinem Büro aufstieß. »Nehmen Sie Platz. Wollen Sie einen Kaffee? Oder teilen Sie die Präferenzen ihres Chefs?«

Er wedelte mit einer Flasche Glenmorangie.

»Nein, danke. Nichts für mich. Und was könnte es schaden, mir von der Verbindung der Familie zu diesem Haus zu erzählen?«

»Nichts, zumindest nicht unmittelbar. Aber die Geschichte gereicht der Familie nicht unbedingt zur Ehre. Wenn Sie Zeit und Lust haben, erzähle ich Sie Ihnen. Natürlich leugne ich jedes Wort, sollte mein Vater jemals Wind von meiner Indiskretion bekommen.«

Er setzte sich und schenkte sich einen kleinen Whisky ein.

»Sie haben hoffentlich nichts dagegen, aber eine gute Geschichte verdient es, gut erzählt zu werden. Und wenn Sie Ihre Meinung ändern, bitte sagen. Prost.«

Er schüttete das Glas hinunter und lächelte. Er war, dachte Peter Pascoe, ziemlich attraktiv, und man konnte sich auch gut mit ihm unterhalten, wenn man ihm erst einmal klargemacht hatte, daß man nicht dazu da war, herumkommandiert zu werden. Er sah nicht schlecht aus und war sehr aufgeschlossen. Und doch war da etwas, an das er sich auch von seinen früheren Begegnungen mit ihm erinnerte. Es löste bei ihm ein gewisses Unbehagen aus, wie bei einem Hund, der spürt, daß ein Gewitter in der Luft liegt.

»Also. Legen wir los. Sind Sie sicher, daß Sie die Geschichte hören wollen? O.K. Es war der alte Arthur, der den Grundstock zum Vermögen der Familie legte, und zwar mit Hilfe der alten Spezialität Yorkshires, der Wolle. Sie werden gestern in Kirkton die Reste der alten Fabrik gesehen haben.«

»Ja, und Ihr Vater hat mir auch erzählt, wie sich die beiden Interessen der Familie fanden, die medizinischen Neuerungen der Battys und das Unternehmertum der Grindals.«

»O ja, typisch. Für ein bißchen Angeberei ist er sich nie zu schade. Aber es gibt da einiges, worüber er sich bestimmt nicht ausgelassen hat. Der alte Arthur war einer von denen, die davon ausgehen, daß man alles kaufen kann, solange man über das nötige Kleingeld verfügt. Er hat Gut Wanwood gekauft und brüstete sich dann, seinen Einsatz gleich wieder eingespielt zu haben. Er hatte nämlich alles, was noch von dem alten Forst Wanwood übriggeblieben war, niedermachen lassen und erst das Holz und dann das gerodete Land verhökert. Nur den Wald unmittelbar um das Haus herum hat er stehenlassen. Das alte Herrenhaus aus elisabethanischen Zeiten bedurfte einer gründlichen Sanierung, also ließ er es ebenfalls dem Erdboden gleichmachen und baute sich seinen eigenen freiherrlichen Landsitz. Nach getaner Tat lehnte er sich zurück und wartete darauf, daß die Einheimischen sich anschickten, ihn so zu behandeln wie die alte Familie Truman, die fünfhundert Jahre hier gelebt hatte.«

»Was war den Trumans zugestoßen?«

»Sie hatten schwere Zeiten durchgemacht, und der Erste Weltkrieg hat die beiden letzten ausgelöscht, glaube ich, aber die ganze Pfarrkirche ist voll von der Familie, innen wie außen, was Arthurs Gemütsverfassung mit Sicherheit nicht förderlich war, als ihm dämmerte, daß niemand von den Einheimischen bei ihm eine Antrittsvisite machen würde. Er kaufte sich ein weiteres Haus in London und noch eins in Cromer, als der Ort als Seebad schick wurde, und nutzte Wanwood immer weniger. Aber gesellschaftlich etwas darstellen und, wenn möglich, einen Titel kriegen, wollte er noch immer, und als er mitbekam, daß die oberen Zehntausend ihre Landsitze als Sanatorien zur Verfügung stellten, wurde er zum Trittbrettfahrer.«

»Wie Sie das so erzählen, klingt es reichlich zynisch.«

»Tatsächlich? Tja, ich glaube, daß eine Menge Zynismus dahintersteckte. Arthur machte damit auf sich aufmerksam, und gleichzeitig hatte mein anderer Urgroßvater, Sam Batty, eine Möglichkeit, seine medizinischen Innovationen auszuprobieren, ohne daß ein großes Aufheben gemacht wurde, wenn etwas schieflief.«

»Also befaßten sich die Battys auch schon in jenen Tagen in Wanwood mit Experimenten an Lebewesen«, sagte Peter Pascoe.

»Ganz schön scharfsinnig«, lachte Batty. »Ich erinnere mich, beim letzten Mal, als wir uns kennengelernt haben, auch schon gedacht zu haben, auf den muß man aufpassen. Tröstet es Sie, wenn ich Ihnen sagen, daß die Lebewesen, an denen damals herumexperimentiert wurde, ausschließlich Offiziere waren? Der alte Arthur hatte sich nämlich ausgerechnet, daß er größere Aussichten hatte, aufzufallen, wenn er sich an Offiziere hielt, um in den Genuß der Dankbarkeit einflußreicher Familien zu kommen. Mißverstehen Sie mich nicht. Der alte Junge war genauso ein passionierter Patriot wie alle anderen in jener Zeit. Er wollte seinen Beitrag leisten, und mehr als nur seinen Beitrag. Aber er ging davon aus, daß der Arbeiter seinen Lohn wert ist, und seinen Wert setzte er bei einem Ritterschlag an. Ich kann mir so richtig gut vorstellen, wie er sich gefühlt haben muß, als sein Name mit mehreren hundert anderen auf der neuen Titelliste stand und er feststellte, daß er nur einen Orden bekommen hatte!«

»Vernichtend«, bemerkte Pascoe.

»Es heißt in der Familie, daß er sagen wollte, man könne ihn mal, aber dann hat sich seine Besonnenheit durchgesetzt und er hat im Frieden versucht, das zu erreichen, was ihm im Krieg nicht geglückt war. Durch Parteispenden, indem er zur rechten Zeit am rechten Ort und in den rechten Ausschüssen war und indem er Wanwood der Nation als Krankenhaus vermachte. Das erregte wirklich Aufsehen.«

»Das war großzügig«, räumte Pascoe ein.

»Nicht wirklich«, lächelte Batty. »In Wirklichkeit spielte sich die Sache folgendermaßen ab. Einige Ärzte, die während des Kriegs hier gearbeitet hatten, traten an ihn heran, weil sie Wanwood als Klinik weiterführen wollten. Er hatte nicht mehr viel am Hut mit dem Haus, es würde ihn eine ordentliche Stange Geld gekostet haben, es so zu renovieren, daß es wieder für eine Familie bewohnbar war. Also verkaufte er es als Erbpacht für neunundneunzig Jahre. Nur in den Zeitungen kam es irgendwie so rüber, als hätte er Haus und Gelände verschenkt.«

»Und es war ein Privatkrankenhaus, also kaum ein Geschenk an die Nation.«

»Es standen auch Betten für die Einheimischen zur Verfügung. Die Klinik prosperierte, glaube ich, ganz gut, bis der Nationale Gesundheitsdienst geschaffen wurde. Sie wäre dann wohl untergegangen, wenn nicht eine unabhängige Gesellschaft das Ganze übernommen hätte. Eine Gesellschaft, deren Hauptanteil rein zufällig dem alten Arthur gehörte.«

Er beobachtete fast schadenfroh Peter Pascoes Reaktion. Warum machte er das wohl? fragte sich Pascoe. Ob er eine alte Rechnung mit seinem Vater begleicht, der die ganze Geschichte eindeutig lieber unter den Tisch kehren will? Und was hatte es eigentlich mit dem zu tun, was er hier untersuchte?

Er sagte: »Dr. Batty ...«

»David. Nennen Sie mich doch David. Ihr elephantoider Boss nennt mich auch David, und warum sollte ich mit dem zivilisierten Gesicht der Polizei auf weniger vertraulichem Fuß stehen als mit ihrem Allerwertesten?«

Pascoe lächelte, nicht nur über den Scherz, obwohl der auch nicht schlecht war, sondern über die Beurteilung, die dahinter stand. Man sollte meinen, daß ausgerechnet ein Arzt wissen sollte, wie gefährlich es sein konnte, wenn man ein Hinterteil unterschätzte.

»David, das ist alles sehr interessant, aber die Tatsache, daß Ihr Urgroßvater mit allen Wassern gewaschen war, scheint für meine Ermittlungen kaum von Belang zu sein. Wenn Sie natürlich damit sagen wollen, daß ALBA irgendwie etwas gekauft hat, was der Firma in Wirklichkeit schon gehörte, dann könnte das für die Steuerfahndung von Interesse sein ...«

»Ich dachte, ich hätte das deutlich gemacht. Gehört hat Wanwood ALBA nicht, es gehörte dieser anderen Gesellschaft. Es trifft zu, daß Arthurs Aktien an ... meine Mutter gingen. Und als die Firma, ALBA, auf den Gedanken kam, daß Wanwood ein idealer Standort für ihre Forschung sei, war es eine Kleinigkeit, die Klinik, die schon lange den Bach hinunterging, zu liquidieren. Es war alles völlig legal. Sie haben die Unterlagen selbst eingesehen.«

Pascoe hatte die merkwürdige kleine Pause wahrgenommen, als Batty davon sprach, daß seine Mutter nun den Hauptanteil besaß, konnte aber nichts damit anfangen. Vielleicht lag da die schwächste Stelle der Manipulation. Nicht, daß er glaubte, es bestehe auch nur die geringste Chance, etwas Illegales nachzuweisen. Und es waren Peanuts verglichen mit den Milliarden, die jedes Jahr spurlos in der großen weiten Welt von Industrie und Handel verschwanden und nur Angst bei den verarmten Aktionären und Frust in den Betrugsdezernaten hinterließen. Dennoch sagte ihm sein gesunder Menschenverstand, von seiner gesunden Anständigkeit ganz zu schweigen, daß hier etwas eingefädelt worden war.

»Ja, ich habe die Unterlagen eingesehen. Aber ich habe nichts darin entdeckt, was darauf hindeutet, daß ALBA entweder etwas gekauft hat, was die Frau seines Vorstandsvorsitzenden bereits besaß, noch geholfen hat, es in Konkurs zu treiben, damit ihr Mann es leichter erwerben konnte«, sagte Peter Pascoe kalt.

»Wie sollten Sie auch? Was meinen Vater anlangt, so hat er so ziemlich dieselben Ambitionen wie der alte Arthur, und diese Leiche versteckt er gern tief im Keller. Warum er sich überhaupt Sorgen macht, weiß ich nicht. Bei dem herrschenden Klima müßte doch die Geschichte einer guten alten Schweinerei eine Empfehlung sein!«

»Schweinerei? Könnten Sie ein wenig präziser sein, ohne sich natürlich selbst zu beschuldigen.«

»Nicht übel, Peter«, sagte Dr. Batty kichernd. »Also, 1930 wurde Arthur endgültig ungeduldig. Er war der Meinung, daß er genügend deutliche und teure Anspielungen gemacht hatte. Deshalb trat er in direkte Verhandlungen über die Sache, von der er wahrhaftig glaubte, daß sie ihm mehr als zustand. Und zudem war es gang und gäbe. Leider hatte er zu lange gezögert. Ihn erwischten sowohl die Woge der Empörung als auch die Ermittlungen, die 1933 mit der Verurteilung Maundy Gregorys wegen des Verkaufs von Titeln endeten. Das war auch das Ende des guten Arthur. Er entging einer Anzeige, aber seine weiße Weste war für immer befleckt. Sie verstehen also, daß mein Vater diese alte Geschichte lieber nicht ans Licht gezerrt sehen möchte, wo er doch gerade selbst kurz davor steht, geadelt zu werden.«

Nein, dachte Peter Pascoe. Kann ich eigentlich nicht verstehen. Und ich kann auch nicht verstehen, warum ich soviel Zeit damit verbringe, hier zu sitzen und mir eine schmutzige Geschichte vom Treiben auf der kommerziellen Überholspur anzuhören.

Er sagte: »Hätten Sie etwas dagegen, wenn einer meiner Leute vorbeikäme und die Akten im Keller etwas genauer unter die Lupe nähme?«

»Nein, natürlich nicht«, sagte Batty. »Und wenn Sie sie nach vollbrachter Tat mitnehmen und verbrennen wollen, habe ich auch nichts dagegen. Und nun sagen Sie mir, warum Sie eigentlich zu mir gekommen sind?«

»Wegen der Akten, vermutlich«, sagte Pascoe.

»Aber Sie haben doch gar nicht gewußt, daß es sie gibt, bevor Sie hierher kamen«, sagte Dr. Batty amüsiert.

Peter Pascoe lächelte ebenfalls.

»Übersinnliche Wahrnehmung«, sagte er. »Ich bin dafür berühmt, wußten Sie das nicht?«

FÜNF

Ellie Pascoes Termin mit Miss Martindale war am Mittag. Sie freute sich nicht darauf. Nur wenige Menschen vermochten es, sie einzuschüchtern, und Miss Martindale stand ganz hoch oben auf der Liste.

Wenn man die Rektorin so vor sich stehen sah, war sie alles andere als schrecklich. Mit ihren geblümten Kleidern, fast flachen Schuhen, unbestrumpften Beinen, dem schwingenden Haar und dem runden, lächelnden, fast ungeschminkten Gesicht wäre sie auf einem Betjeman*-Tennisturnier nicht fehl am Platze gewesen. Doch kaum versuchte man, sie mit einem Etikett zu versehen, war ihre gesunde, frische Haut das reinste Teflon.

Politisch paßte gar nichts auf sie, vom verrückten Flügel der Linken bis zur rabiaten Rechten. * Gesellschaftlich bewegte sie sich die Schichten hinauf und hinunter, als hätte sie eine automatische Gangschaltung eingebaut. Sexuell gab sie keinen Hinweis darauf, ob sie vestalisch oder venerisch, glatt rechtsgestrickt oder andersherum war. Ihre Art war gewandt und freundlich, und doch war sie förmlich wie ein alter Oberlehrer. Von Ellie aufgefordert, sie doch beim Vornamen zu nennen, hatte sie lächelnd erwidert: »In Gedanken werde ich Ellie zu Ihnen sagen, aber um konsequent zu sein, möchte ich doch lieber bei Mrs. Pascoe bleiben.«

»Und wie soll ich an Sie denken?« fragte Ellie.

»Wenn alles gut geht, hoffe ich, so wenig wie möglich«, hatte die Antwort gelautet. Also schwierig festzunageln. Aber wenngleich sie wie ein Schmetterling durch die Lüfte zu taumeln schien, so konnte sie dennoch wie eine Biene stechen.

»Nachdem wir telefoniert hatten, habe ich mit Rosies Klassenlehrerin gesprochen. Sie konnte sich nicht daran erinnern, daß Rosie sich jemals unpassend ausgedrückt hätte.«

Eine Sprache, die »schlecht« war, gab es nicht. Wenigstens darin stimmten sie überein.

»Vielleicht«, sagte Ellie, »weil sich in der Lernsituation keine Gelegenheit bot, bei der sie ihr angebracht vorkam.«

»Auch außerhalb des Klassenzimmers haben wir ihre Art zu sprechen überwacht – im Rahmen des menschlich Möglichen und Erwünschten. Beim Spielen. Selbst bei ziemlich heftigem Streit mit ihren Freunden über eine Information oder Reihenfolge. Dasselbe.«

»Was wollen Sie damit sagen, Ms* Martindale?« Besser als mit diesem »Ms« bekam Ellie die Beziehung nicht in den Griff. »Daß ich mir einbilde, daß Rosie unangebrachte Wörter gebraucht?«

»Natürlich nicht.« Da war das offene, unwiderstehliche Lächeln. »Es soll einfach heißen, daß Sie und Ihr Mann, soweit wir wissen, die einzigen sind, die in einer Situation dabei waren, in der Rosie das Gefühl gehabt zu haben scheint, daß die von ihr gewählte Sprache angemessen ist.«

Ellie brauchte eine Mikrosekunde, um ihre Fassungslosigkeit zu überwinden und die Botschaft zu verdauen.

»Das heißt, es ist unsere Schuld?«

»Bitte, Mrs. Pascoe, ich bin nicht davon ausgegangen, daß wir hier Schuldzuweisungen vornehmen wollen. Ich dachte, wir hätten uns zusammengesetzt, um über etwas zu sprechen, was Sie als Problem ansehen, und nicht wegen einer Sache, worin andere einen Grund zur Beschwerde sehen könnten.«

Ellie riß sich zusammen.

»Sie haben ganz recht«, sagte sie. »Ich sehe es in der Tat als Problem. Und wenn es, wie es wahrscheinlich ist, seine Ursachen hier in der Schule hat, dann beschwere ich mich tatsächlich.«

»Gut. Ihre Beschwerde lautet also, daß Ihre Tochter in der Schule neue Wörter und Sätze lernt?«

Ellie wurde ganz steif auf ihrem Stuhl und schürzte die Lippen. Dann dachte sie entsetzt, ich schürze doch wohl nicht etwa meine Lippen! Das hat Mama immer gemacht, wenn sie in einen Anfall selbstgerechter Empörung verfiel.

Sie sah, wie Miss Martindale sie ernst betrachtete, mit dem Anflug eines zurückgehaltenen Lächelns auf dem großzügigen Mund. Beide sahen sich an. Und allmählich wich die Spannung aus Ellies Schultermuskeln, und sie wurde wieder locker.

»O Scheiße«, sagte sie.

»Ist das als Ausruf zu verstehen oder als Beschreibung?«

»Es schien mir nur gerade zu passen.«

Miss Martindale überlegte, und das Lächeln kam an die Oberfläche.

»Da kann ich Ihnen nur von Herzen zustimmen.«

Als Ellie zehn Minuten später aufbrach, hielt sie Miss Martindale die Hand hin und sagte: »Danke, Miss Martindale.«

Ein leises Lächeln flackerte auf, wegen des »Miss«.

»Es ist mir immer ein Vergnügen, Ms Pascoe«, erwiderte die Rektorin.

Noch im Auto lächelte Ellie. Man vergaß leicht, dachte sie, in Gedanken noch bei Miss Martindale, daß man zwar selten mit einem Siegesgefühl nach Hause fuhr, sich dafür aber einfach gut fühlte, wenn man es hinter sich gebracht hatte. Sie fuhr in die Stadtmitte. Irgendwo auf der Straße zu parken, war so gut wie unmöglich, und das Parkhaus mochte sie nicht. Spontan bog sie auf den Parkplatz des Schwarzen Bullen ein. Das war das Lieblingslokal der Kripo. Normalerweise hätte sie einen weiten Bogen darum gemacht, aber heute störte sie der Gedanke, möglicherweise auf die Kollegen ihres Mannes zu stoßen, nicht weiter. Vielleicht hatte sie sogar das Glück, Peter allein anzutreffen, auch wenn er behauptete, nur der dicke Andy mit seinem eisernen Griff schaffe es, ihn in die Kneipe abzuschleppen. Der zweite Anreiz war, dort zum Preis eines Sandwichs und eines Biers sowie eines netten Lächelns für Jolly Jack, den schwermütigen Wirt, kostenlos parken zu dürfen, während sie am Nachmittag ihre Einkäufe erledigte.

Ziemlich enttäuscht stellte sie fest, daß das Lokal fast leer war.

»Hab Sie lange Zeit nicht gesehen«, sagte der Wirt, als Ellie ihre langen Beine um einen Barhocker schlang. »Hab schon gedacht, Sie haben ihn verlassen.«

»Ich kann sehen, wie Sie gealtert sind, weil ich nicht da war«, erwiderte sie. »Ein kleines Best Bitter und einmal Roastbeef mit Senf, bitte.«

Auf der Bar lag ein Exemplar der Evening Post, und sie warf einen gedankenverlorenen Blick darauf, bis ihr ein Name ins Auge fiel.

Und zum zweiten Mal an diesem Morgen schien »Scheiße!« die einzig passende Vokabel.

Sie glitt vom Hocker und ging zum Telefon an der Tür. Die Nummer des Krankenhauses war ihr ins Gedächtnis eingebrannt, seit Peter dort mit den Verletzungen gelegen hatte, die er im Schacht der Zeche von Burrthorpe erlitten hatte. Sie kam gleich durch.

»Ich rufe wegen einer Freundin an, die auf der Intensivstation liegt«, sagte sie. »Wendy Walker.«

Es folgte ein Zögern, dann fragte eine andere Stimme: »Sind Sie eine Verwandte?«

»Nein. Eine Freundin.«

»Könnte ich bitte Ihren Namen haben?«

Einen Augenblick war sie kurz vor dem Explodieren.

Dann sagte sie: »Ist das nur sinnlose Bürokratie oder eine Polizeisache?«

Es war die richtige Frage gewesen.

»Spreche ich mit Mrs. Pascoe? Hier ist Dennis Seymour.«

»Dennis, großartig. Wie geht es ihr?«

»Sie ist noch immer nicht bei Bewußtsein, Mrs. Pascoe, aber noch besteht Hoffnung. Ähem, rufen Sie aus eigenem Interesse an oder für den Guv'nor?«

»Für mich, Dennis. Der Guv'nor, wie Sie ihn so archaisch zu benennen lieben, hat es nicht für passend erachtet, Wendys Unfall zu erwähnen.«

Das war unfair. Natürlich hätte Peter ihr davon berichtet, wenn er davon gehört hätte.

Sie sagte: »Was genau ist geschehen, Dennis?«

»O, sieht nach Fahrerflucht aus«, sagte er unbestimmt. »Sie ist vom Fahrrad gestürzt.«

»Im Abendblatt habe ich gelesen, daß es in Ludd Lane passiert ist.«

»Richtig.«

Ellie überlegte. Etwas stimmte hier nicht.

Sie sagte: »Und was machen Sie im Krankenhaus, Dennis?«

»Ich warte. Mr. Dalziel sagte, er will sofort wissen, wenn sie aufwacht.«

»Ach ja.« Eigentlich hatte sie Ach ja? sagen wollen. Sie kannte Dalziel und wußte, daß er die kostbare Zeit seiner Leute nicht damit verschwendete, im Krankenhaus herumzuhängen, um zu warten, daß Unfallopfer aufwachten. Noch nicht einmal, wenn es sich um Fahrerflucht handelte. Das hätte auch PC Hector machen können, und seine Chancen, ausnahmsweise einmal eine Aufgabe mit Erfolg zu erledigen, hätten sogar relativ gut gestanden.

Sie wußte, daß es nicht fair war, Seymour moralisch unter Druck zu setzen, um ihn dazu zu kriegen, daß er ihr mehr sagte, als er durfte, aber anders kam man nicht an die Wahrheit ...

Da hörte sie hinter sich eine Stimme sagen: »Jack, eine schottische Pastete mit Erbsenbrei und für mein Kaninchen ein Salatsandwich.«

Ellie sagte: »Danke, Seymour. Grüße an Bernadette. Tschüs.«

Sie drehte sich zu Andy Dalziel, der seinen Allerwertesten in den einzigen Sessel des Lokals versenkte, der eine so großzügige Gabe zu empfangen in der Lage war. Wield war bei ihm. Der Wirt näherte sich bereits, ein schäumendes Bier in jeder Hand. Selbst Kabinettsmitglieder im Ritz wurden nicht besser bedient.

»Zum Salat, Mr. Wield, möchten Sie da noch etwas dazu?«

»Tomate wäre nett, Jack. Und vielleicht eine Scheibe Zwiebel.«

»Herr im Himmel, nur weil du wie ein Gemüse lebst, brauchst du das verdammte Zeug doch nicht auch noch zu essen«, sagte Dalziel voll Abscheu. »Hallo, Mädel, bist du das? Bei Gott, siehst du vielleicht gut aus. Merk dir das, Wield. Man füllt seine Jeans nicht mit Rosenkohl und Rüben!«

»Hallo, Andy. Bleib sitzen, Wieldy. Hallo!«

Wield, der halb aufgestanden war, sank wieder lächelnd auf seinen Sitz zurück. Dalziel, der sich nicht gerührt hatte, sagte: »Nimm das Gewicht von deinen Füßen, Mädel. Hast du was zu trinken?«

Er hat nur zwei Sätze gesagt, dachte Ellie, und hat schon zweimal angedeutet, daß ich aus dem Leim gehe!

»Ich habe schon etwas bestellt. Danke, Jack.«

»Das soll Rindfleisch sein?« sagte Dalziel. »Jack, du hast doch nicht schon wieder die Kadaver vom amtlichen Tierarzt aufgekauft?«

Rasch biß Ellie in ihr Sandwich.

»Es schmeckt gut«, sagte sie. »Andy, was ist mit Wendy Walker los? Ich würde Peter fragen –«

»Ja, da fällt mir ein, hat der nicht mal für mich gearbeitet? Wie gefällt ihm das Leben als Pensionär?«

»– nur da er gestern abend nichts davon gesagt hat, vermute ich, daß er keine Ahnung hat.«

»Erstaunlich, daß du so lange gebraucht hast, um die Sache mitzukriegen. Ist vorgestern abend passiert, am selben Abend, als die Party in der Uni stattfand. Hast du nicht gesagt, daß du davon ausgehst, daß Wendy Walker ebenfalls kommt? Man hat sie in Ludd Lane gefunden, samt ihrem Fahrrad, vielleicht war sie ja unterwegs zur Uni.«

»Dann wäre sie aber nicht von zu Hause gekommen«, sagte Ellie. »Sie wohnt genau in der entgegengesetzten Richtung. Und außerdem hat sie gesagt, daß sie nicht mit dem Fahrrad kommen würde, denn sie wollte nach Hause gebracht werden.«

»Wenn man nach Hause gebracht werden will, heißt das nicht unbedingt, daß man nicht mit dem Fahrrad kommen kann«, warf Dalziel ein.

Ellie sagte ruhig: »Andy, was ist los? Sie ist eine Freundin von mir. Warum das Katz- und Mausspiel?«

»Aber nicht doch«, sagte der Dicke und genehmigte sich einen kräftigen Schluck. »Mir kommt es so vor, als würdest du hier ein Spielchen treiben. Freundin wird umgefahren. Da denkt man doch nicht gleich, daß da was nicht stimmt. Nicht ohne Grund. In höflicher Unterhaltung heißt es immer, Damen zuerst. Bei der Polizei heißt es, Zeugen zuerst. Wie auch immer, du bist dran, meine Liebe.«

Es ist einfach nicht fair, dachte Ellie. Nur zwei Leute können mich in den Sack stecken, und ich muß mit beiden am selben Tag fertig werden!

Wield sagte: »Hallo, Pete. Soll ich dir was zu trinken holen?«

Eine Hand berührte Ellies Schulter. Sie drehte sich um und sah in das erfreute, aber verdutzte Gesicht ihres Mannes. Sie lächelte ihn an, und er beugte sich hinunter zu ihr, um ihr einen Kuß zu geben.

»Nun mal raus mit der Sprache, wo hast du gesteckt?« sagte Dalziel drohend. »Ich hoffe, der Ort war interessant.«

»Mir kam es ganz so vor«, sagte Pascoe im Setzen. »Jack, bring mir ein großes Bier. Wieldy, ich habe einen netten kleinen Job für dich, genau das, was du so gerne machst. Draußen in Wanwood House. Wo ich einen nicht uninteressanten Morgen verbracht habe.«

»Es wird schon nicht anbrennen«, sagte Dalziel. »Wir haben gerade über Wendy Walkers Unfall gesprochen.«

»Gütiger Gott, was ist ihr denn zugestoßen?« fragte Pascoe und sah besorgt seine Frau an.

Sie hatte nie daran gezweifelt, daß er keine Ahnung hatte, aber es war dennoch gut, ihr Gefühl bestätigt zu finden.

Dalziel erzählte die nackten Tatsachen, dann machte er eine Pause und fuhr fort: »Aber wir haben Veranlassung zu befürchten, daß mehr als nur einfache Fahrerflucht dahintersteckt. Es könnte sein, daß man sie ein ganzes Stück von Ludd Lane entfernt angefahren oder was immer hat und in Ludd Lane nur abgeladen hat, damit sie dort stirbt.«

Er denkt wohl, ich mache am ehesten den Mund auf, wenn er es mir unverdünnt gibt, dachte Elle. Und wie gewöhnlich liegt der dicke Saftarsch genau richtig! Na, ich kann nur hoffen, daß ihm gefällt, was ich zu berichten habe.

Sie sagte leise: »Ich habe vielleicht Informationen, die weiterführen könnten.«

Pascoe sah sie überrascht an. Dalziel sagte: »Jeder Beitrag wird dankbar entgegengenommen.«

»Wendy kam mich am Nachmittag vor der Party in der Uni besuchen. Sie wollte mir etwas sagen, oder zumindest wollte sie etwas mit mir besprechen. Aber es paßte gerade nicht.«

Sie warf ihrem Mann einen kurzen Blick zu. Er hatte vor Konzentration leicht die Stirn gerunzelt, so daß er wie Thomas von Aquin aussah. Hätte sie warten sollen, bis sie allein waren, um ihm zu sagen, was sie nun erzählen wollte? Mit anderen Worten, war sie dabei, ihren Mann vor den anderen bloßzustellen? Sie dachte, nein, aber es gab noch immer Bereiche der männlichen Psyche, die terra incognita für sie waren. Zu spät, um einen Rückzieher zu machen. Und im übrigen hätte sie durch ein Gespräch unter vier Augen nur die gefahrvolle Aufgabe, Andy in ein Dilemma zu stürzen, auf ihren Mann abgewälzt.

Sie fuhr fort: »Den Namen Walker hat Wendy mit ihrer Verheiratung angenommen. Sie hat ihn nach der Trennung von ihrem Mann beibehalten, zum einen, weil sie Spaß an der Alliteration hatte und zum anderen, weil sie keine Lust hatte, noch einmal durchzumachen, was sie in ihrer Kindheit wegen ihres Mädchennamens durchmachen mußte. Sie hieß Shufflebottom.«

Sie hielt inne und sah die drei Männer an. Pascoes Stirnrunzeln vertiefte sich. Dalziel sagte: »Ist doch nichts dran auszusetzen. Shufflebottom ist ein ehrlicher Name hier in Yorkshire.«

Ja, dachte Ellie. Wenn man ein Junge ist, der auch ehrliches Yorkshire ist, mit Stiernacken und Fäusten wie Pranken.

Und Wield, dessen Verstand Verbindungen herstellte wie ein Bradshaw*, sagte: »Den Namen trug der Wachmann, der in Redcar getötet wurde.«

»Wendys Bruder«, sagte Ellie. »Nachdem er die Schule abgeschlossen hatte, fing er in Burrthorpe im Bergwerk an. Als nach dem Streik Personal abgebaut wurde, gehörte er zu den ersten, die sich eine Abfindung auszahlen ließen und ihren Hut nahmen. Zwischen Wendy und ihrem Bruder kam es deshalb zum Streit. Wendy sagte, keiner dürfe sich auskaufen lassen. Mark sagte, er müsse an seine Frau und drei kleinen Kinder denken. Er kassierte das Geld, nahm einen Job als Wachmann an und zog nach Redcar. Wendy hat ihn erst wiedergesehen, nachdem die Zeche Burrthorpe geschlossen war. Ihr war nämlich aufgegangen, daß sie den Scheißkerlen in Westminister durch ihr Verhalten die Möglichkeit gab, sogar einen Keil zwischen sie und ihr eigenes Fleisch und Blut treiben. Also besuchte sie ihren Bruder. Das war in diesem Jahr. Ihr Bruder schlachtete vor Freude das sprichwörtliche Kalb. Man empfing sie mit offenen Armen. Die Kinder waren entzückt, ihre Tante wiederzusehen. Ihre völlig unpolitische Schwägerin war begeistert, in dem alten Kampf der Frauen von Yorkshire, den Mann im Haus in Schach zu halten, wieder eine Verbündete zu haben. Mark wollte, daß sie zu ihnen in die Nähe zog, um ein neues Leben zu beginnen. Sie ging zurück nach Burrthorpe und dachte ein paar Wochen darüber nach. Sie hatte sich gerade zum Umzug entschlossen, als die Nachricht vom Anschlag der Tierschützer bekannt wurde. Und vom Tode Marks.«

Sie machte eine Pause, um einen Schluck zu trinken.

Dalziel sah sie an, ohne zu blinzeln. Er weiß, wohin das führt, dachte sie.

»Sie war am Boden zerstört. Verständlicherweise. Sie hatte ihren Bruder wiedergefunden und für immer verloren, und das alles innerhalb weniger Wochen. Sie machte sich nicht allzu viele Gedanken darüber, wer ihn getötet hatte, zuerst nicht. Für jemand ihrer Herkunft hatte sie ein erstaunlich großes Vertrauen in die Polizei. Sie würde den Täter schnappen, man würde ihm den Prozeß machen, er würde verurteilt und vielleicht für zehn Jahre eingebuchtet. Es würde nichts daran ändern, daß ihre Schwägerin nun Witwe war und daß ihre Neffen keinen Vater mehr hatten. Oder sie selbst ohne festen Halt in einer Welt lebte, die nicht länger viel Sinn machte. Erst als es zu dem zweiten Anschlag kam, dem im Sommer auf Wanwood, von dem es in den Zeitungen hieß, alles deute darauf hin, daß er von derselben Gruppe wie der in Redcar ausgeführt worden sei, ging ihr auf, daß der Mörder ihres

Bruders lebte, daß es ihm gutging und daß er seinen Geschäften wie gehabt nachging. Sie las in der Zeitung, daß Peter der für den Fall zuständige Beamte sei. Und sie kam mich besuchen.«

Sie sprach nur noch mit Peter.

»Ich hatte seit ... Ewigkeiten nichts von ihr gehört. Sie wollte nur wissen, ob Aussicht auf eine Verhaftung bestand. Ich sagte, daß ich mit Außenstehenden nicht über deine Arbeit sprechen könnte. Da hat sie mir gesagt, warum sie es wissen wollte. Ich versprach ihr, dich zu fragen.«

»Und hast du mich gefragt?«

»Das war nicht nötig. Du bist an jenem Abend völlig fertig nach Hause gekommen und hast gesagt, daß du nichts findest und daß Andy dir geraten habe, die Sache auf Eis zu legen und zu warten, bis etwas geschieht, das sie wieder aktuell macht. Wenn ich dich hätte fragen müssen oder wenn der Fall fortgeführt worden wäre, hätte ich dir alles erzählt. Aber so bestand keine Notwendigkeit.«

Keine Notwendigkeit, um Wendy Walker und Burrthorpe mit den ganzen dazugehörigen leidvollen Erfahrungen aufs Tapet zu bringen.

»Als ich Wendy also wiedersah, sagte ich ihr, nein, es sei nicht wahrscheinlich, daß es zu einer Verhaftung kommen würde. Sie ging. Ein paar Tage später tauchte sie wieder bei mir auf. Sie wollte wissen, ob ich Verbindungen zur Tierschützerszene hatte. Ich sagte, ja, ich würde ein paar Leute kennen, aber niemanden, der militant sei, wenn sie das meinte. Sie sagte, das sei ihr egal. Sie wollte nichts weiter als eine Empfehlung. Sie wolle sich in der Szene einen Namen machen, einen Ruf als Extremistin aufbauen und mit etwas Glück eine Spur zu der Gruppe finden, die ihren Bruder getötet hatte. Wegen der beiden bekannten Anschläge war sie überzeugt, daß sie von Yorkshire aus operierte.«

»Und du hast sie darin bestärkt?« fragte Peter Pascoe.

»Ich habe zu ihr gesagt, daß die Idee verrückt sei. Und sinnlos. Ich habe ihr gesagt, daß die Polizei mit Sicherheit verdeckte Operationen durchführt, und wenn man keine Spur gefunden hätte, welche Chance bestehe da, daß es ihr gelingen würde? Aber sie blieb eisern. Das war es, was sie wollte, und sonst wollte sie nichts. Ich konnte sehen, daß sie etwas brauchte. Wie ich schon sagte, sie hatte jeden Halt verloren. Alles war weg ...«

»Sie hatte noch die Familie ihres Bruders«, sagte Pascoe.

»Sie war dort gewesen«, sagte Ellie. »Es gab dort einen Mann, der im Garten mit anpackte, so was in der Art. Er wohnte noch nicht dort, noch war nichts passiert, was darüber hinausging, hat ihre Schwägerin ihr versichert. Sie haben sich ausgesprochen, offen und ehrlich, so von Frau zu Frau. Einen Vorwurf konnte Wendy ihr nicht machen, nicht als Frau. Aber als Schwester ... nun, zumindest hatte sie das Gefühl, daß dies wieder eine Entwicklung war, bei der sie außen vor blieb. Sie brauchte etwas, das dafür sorgte, daß ihr Leben weiterging. Ich habe also gesagt, ich würde mit einer Bekannten reden. Und ich habe mich an Cap Marvell gewandt.«

Dalziel sagte: »Soll das heißen, daß du Cap das alles erzählt hast? Oder einen Teil davon?«

»Nein. Ich habe ihr alles andere von Wendy erzählt, aber das nicht. Ich habe ihr gesagt, Wendy sei von der Politik und dem Linksradikalismus desillusioniert und suche einen neuen guten Zweck ohne die ganzen menschlichen Vieldeutigkeiten dessen, was sie bisher gemacht habe. Cap sagte, ich sollte sie vorbeischicken. Mehr habe ich nicht getan. Außer, daß ich Wendy versprochen habe, alles für mich zu behalten. Und als Gegenleistung hat sie mir versprochen, sie würde erst mich aufsuchen, bevor sie selbst weitermachte, wenn es danach aussah, als sei sie auf etwas gestoßen oder als könnte es zu einem Durchbruch kommen.«

Sie lehnte sich vor und sagte direkt zu Peter: »In dem unwahrscheinlichen Fall, daß sie etwas herausfinden würde, wollte ich sichergehen, daß nichts geschah, das dich in Verlegenheit bringen oder kompromittieren konnte.«

Er lächelte und kniff das von Dalziel abgewandte Auge leicht zusammen, wie um zu sagen: Ist schon O.K., ich weiß das.

»Und was hat sie entdeckt?« fragte Dalziel.

Sie wandte sich jetzt ganz ihm zu.

»Ich habe nicht die leiseste Ahnung. Wie ich bereits gesagt habe, sie kam bei uns vorbei, einen Tag nachdem sie die Knochen in Wanwood gefunden hatte. Ich hatte den Eindruck, als sei an jenem Abend etwas aufgetaucht, oder vielleicht ist auch etwas bestätigt worden –«

»Etwas?« unterbrach er sie.

»Nichts, was so hieb- und stichfest gewesen wäre, wie ein endgültiger Beweis, sonst wäre sie ohne Umschweife zur Sache gekommen«, versicherte Ellie ihm. »Vielmehr etwas, was sie mit mir besprechen wollte, vielleicht, wie sich jemand verhalten hat, oder etwas, was sie zufällig gehört hat ... Ich weiß es wirklich nicht ...«

»Aber definitiv etwas, was mit dem vorherigen Abend in Verbindung stand?« hakte er nach.

Ellie legte die Hand auf die Augen und bemühte sich, sich zu erinnern.

»Ich fand, daß sie blaß aussah ... nun ja, blasser als gewöhnlich, und ich habe gesagt, daß es sie ziemlich mitgenommen haben müsse, die Knochen zu finden ... und sie erwiderte, nein, das sei es nicht ... und sie hat etwas davon gesagt, daß Cap Marvell, als sie im Gebäude waren, zu randalieren anfing ... dann kam Peter in die Küche. Doch bevor sie ging, hat sie gesagt, daß es wahrscheinlich alles Einbildung sei.«

Sie klang, als wollte sie jemanden beruhigen, dann dachte sie, warum zum Teufel versuche ich, den Dicken zu beruhigen? Als wollte man einen Bullen auf der Schlachtbank überzeugen, daß man ihm nichts zuleide tun würde.

Er sagte: »Und du bist davon ausgegangen, sie auf der Party zu sehen? Um darüber zu sprechen?«

»Ja. Das heißt, vielleicht nicht auf der Party, aber mit Sicherheit hätte sie es auf der Fahrt nach Hause angesprochen ...«

»Hast du sonst noch mit jemandem darüber gesprochen?«

»Nein! Außer ...«

»Ja?«

»Vielleicht habe ich Cap gegenüber angedeutet, daß Wendy mit mir reden wollte. Ich meine, um ehrlich zu sein, ich habe mich nie ganz wohl gefühlt, daß ich Wendy bei ihr untergebracht habe, sozusagen als Agentin. O.K., Cap ist keine enge Freundin, und was sie da so treibt, kommt mir eher so vor, als mache sie einen Bogen um dringendere Dinge – wenn wir die großen Dinge in Ordnung bringen, kriegen wir auch die kleinen in den Griff –, aber trotzdem hat es mir Sorgen gemacht, weil es ein bißchen ... hintenherum war. Entschuldigung, das klingt kindisch, aber es ist das richtige, das angemessene Wort.«

Das trockene Lächeln von Miss Martindale kam ihr in den Sinn.

»Du hast also schon einmal vorgebaut, für den Fall, daß das, womit Wendy angekommen wäre, die ganze Sache aufgedeckt hätte«, sagte Peter.

Wie gut du mich doch kennst, mein lieber Mann. Aber meine moralische Zwiespältigkeit hättest du nicht ganz so deutlich auszusprechen brauchen.

»Stimmt«, sagte sie.

»Aber eindeutig«, fuhr er fort, »ist es dir zu keiner Zeit in den Sinn gekommen, daß Cap Marvell selbst der Gegenstand von Wendys Mißtrauen gewesen sein könnte? Sonst wäre sie die letzte gewesen, zu der du etwas gesagt hättest. Ist das richtig?«

Er war also auch bemüht, Dalziel zu schonen. Ach ja, die zarte Blüte, die frühblühende Primel, die des Schutzes vor den rauhen Winden des Verdachts bedurfte, die seine neue Liebste umspielten. War es wirklich möglich, daß Cap Marvell in die Sache in Redcar verwickelt war? Konnte der groteske Zufall es wirklich bewirkt haben, daß sie Wendy der Frau vorstellte, die ihren Bruder umgebracht hatte? Im Fernsehen gab es noch Dämlicheres. Und was wußte sie eigentlich über Cap? Stützte sich das Gefühl ihres Bauches, daß sie nicht gewalttätig war, nicht weniger auf eine echte psychologische Kenntnis der Frau als vielmehr auf die Annahme, daß Vertreterinnen von Marvells Schicht nicht umherzogen und Schädel einschlugen? Und wie würde Andy Dalziel auf den sich erhärtenden Verdacht reagieren, daß er losgebumst hatte, wo er hätte einlochen sollen?

Wie Vulkanologen in der Nähe des Krakatoa beobachteten sie ihn, fasziniert und auf dem Sprung.

Langsam wandte sich der große Kopf um, die grobschlächtigen Züge und leeren Augen verbargen jeden Lavaaufruhr, der im Inneren brodeln und wogen mochte, sein Blick glitt wie ein dunkler Schatten über Wield, Ellie und Pascoe, bis er auf der Bar ruhte.

»Jack!« bellte er. »Exhumierst du die Pastete erst, oder was?«

SECHS

Stöhnend öffnete Sergeant Wield den ersten Aktenschrank. Der Geruch von feuchtem, altem Papier schoß ihm in die Nase, nach dem auch Digweeds Laden roch und den er unter keinen Umständen in Corpse Cottage zu dulden bereit war.

Anders als Pascoe hatte er sich wenigstens in einen weißen Polizei-Overall gestürzt und weiße OP-Handschuhe angezogen.

Patten hatte bei seinem Anblick lachend gesagt: »Was ist denn das? Frankenstein, der sich mit dem schrecklichen Yeti trifft?«

Pattens gute Laune und die Tatsache, daß er es gewesen war, der Pascoes Aufmerksamkeit auf die Aktenschränke gelenkt hatte, waren für Wield der Beweis dafür, daß er hier unten keinen Hinweis auf dunkle Machenschaften von TecSec finden würde, egal, was er sonst noch fand. Es konnte natürlich sein, daß er völlig danebenlag und TecSec eine blütenreine Weste hatte. Im Gegensatz zu Dalziel war Wield keineswegs von der Unfehlbarkeit seines Bauches überzeugt. Wenn man Visionen heraufbeschwören konnte, indem man Kröten ableckte oder exotische Pilze kaute, gab es keinen Grund, warum nicht auch ein Stückchen überreifer Käse oder ein angegammeltes Kebab stoffwechselbedingte Ahnungen auslösen sollten.

Andererseits, der Satz, den Jimmy Howard machte, als er überraschend Patten und Wield auf dem Weg in den Keller begegnete, sorgte dafür, daß seine hellseherischen Eingeweide nach wie vor laut und deutlich grummelten.

Im Augenblick hatte er allerdings trotz des Kellergeruchs nichts dagegen, hier unten aus der Schußlinie zu sein. Es war Pech, daß er heute morgen keine Zeit gehabt hatte, Dalziel zu informieren, bevor Ellie Pascoe die Katze aus dem Sack gelassen hatte. Wenn er nämlich endlich dazu kommen würde, war jeder Hinweis auf den Antagonismus zwischen Walker und Marvell zum steten Tropfen geworden, der den Stein höhlt.

»Und was hältst du von Cap?« hatte Pascoe gefragt, noch bevor Dalziel es konnte oder nicht konnte, je nachdem. Das war, nachdem Ellie gegangen war.

»Hart im Nehmen«, sagte er. »Sie kann auf sich und alles, was ihr am Herzen liegt, aufpassen. Sie ist nicht jemand, dem man ein X für ein U vormachen kann, zumindest nicht lange.«

»Willst du damit sagen, daß sie hinsichtlich Wendy Walker einen Verdacht geschöpft haben könnte?«

»Was ihr wirkliches Engagement betrifft? Ja, das würde mich nicht überraschen. Obwohl die Sache dadurch vernebelt war, daß die Walker dröhnte, man müsse mehr direkt tätig werden, das heißt, Gewalt anwenden.«

»Und Cap Marvells Einstellung dazu?«

»Mein Eindruck geht dahin, daß sie wahrscheinlich nicht mit dem Vorsatz loszieht, jemanden zu verletzen, aber wenn es mehr oder weniger zufällig passiert, ich glaube, dann kann sie damit leben.«

»Und die anderen?«

»Wenn wir die Jacklin und die Walker einmal außen vor lassen, so denke ich, daß die Marvell dominant genug ist, um die anderen mitzureißen.«

»Warum nicht die Jacklin? Sie klingt nicht gerade, als hätte sie einen starken Willen?«

»Das ist vielleicht das Problem.«

Er gab ein paar Beispiele, die ein Licht auf Annabel Jacklins Verhältnis zur Gruppe warfen.

»Und da sie Krankenschwester ist, bedeutet Nachtschicht natürlich, daß sie nicht so frei für abendliche Vorhaben zur Verfügung steht wie die anderen. Das hat zwei Seiten. Manchmal kann sie tatsächlich nicht mitmachen, aber wenn Cap es darauf anlegte, wäre es leicht, sie auszuschließen.«

»Indem sie eine Aktion für einen Abend ansetzt, von dem bekannt ist, daß Annabel Jacklin nicht mitmachen kann?« sagte Pascoe. »Könnte interessant sein zu überprüfen, ob sie an den Abenden Dienst hatte, als der Anschlag auf Redcar verübt wurde, und der erste Anschlag auf Wanwood.«

»Um was zu beweisen?« sagte Dalziel.

»O, nur der Vollständigkeit halber«, sagte Pascoe unbestimmt.

»Alles Kacke!« fauchte Dalziel. Er goß sein Bier hinunter und knallte sein Glas mit solcher Wucht auf den Tisch, daß so mancher Wirt nach seinem Baseballschläger gegriffen hätte, doch Jolly Jack griff nur zum Zapfhahn. »In Ordnung. Überprüf es«, sagte Dalziel. »Noch weitere große Erkenntnisse von deinem Titt à titt mit Miss Jacklin?«

Es stand einem Mann, der so unverhüllt besessen von Cap Marvells Kurven war, schlecht zu Gesicht, Brustwitze über andere Frauen zu machen, dachte Wield prüde. Vielleicht war es an der Zeit, daß die Zwerge aufhörten, um diesen Berg von Mann herumzutänzeln.

Er sagte: »Ja, da war noch etwas. An jenem Abend, als die Tierschützerinnen auf Wanwood waren und im Gebäude Amok liefen, hatte Annabel Jacklin den Eindruck, als würde Cap genau wissen, wohin sie rennen mußte. Und es war ihr aufgefallen, daß Cap Marvell und Wendy Walker wie ausgetauscht waren, als man sie später zusammen einsperrte.«

Er holte sein Notizbuch hervor und zitierte die genauen Worte Annabel Jacklins.

Dalziel fegte mit dem Arm durch die Luft, in einer Geste, die in Zentralasien ganze Fliegenschwärme vernichtet hätte.

»Das hat sie erklärt. Das Ausholen mit der Drahtschere. Patten, der Scheißkerl, sei plötzlich vor ihr aufgetaucht. Verteidigungsreflex. Hätte ich auch gemacht.«

»Und wenn Ihnen der Mann danach tot zu Füßen gelegen hätte, was dann?« fragte Wield. »Und was ist damit, daß sie sich auskannte, Sir? Ich habe die Aufzeichnungen von TecSec gelesen, sie hat es fast bis zu den Laboren geschafft.«

Pascoe kam Dalziel zur Rettung.

»Sie klingt mir nach einer Frau, die alles genau plant, bevor sie etwas unternimmt, und nicht wie jemand, der spontan wie ein kleines Mädchen handelt.«

Seine Absicht war gewesen, eine weitere vernünftige Erklärung dafür vorzubringen, daß Cap Marvell die Räumlichkeiten von Wanwood kannte, aber bereits als er die Worte aussprach, merkte er, daß man sie ganz anders interpretieren konnte.

Sowohl Wield als auch der Dicke warfen ihm einen Blick zu, der unergründlich war und gleichzeitig Bände sprach.

Und an diesem Punkt hatte Pascoe hastig eingeworfen: »Ach, übrigens, da wir gerade von Wanwood sprechen ...«, und hatte ihnen von seinem Abenteuer mit den Aktenschränken erzählt.

Und nun begann Wield, jene Gabe einzusetzen, die Gott an einige Menschen mit wahrer Großzügigkeit verteilt hat, weil er selbst, wie ein Blinder vor einem Puzzlespiel, nur sehr beschränkten Bedarf daran hat – die Gabe, aus Chaos Ordnung zu schaffen.

Zuerst stellte er fest, in welche Schränke die nagewütigen Ratten nicht eingedrungen waren. Mit einem schwarzen Filzschreiber machte er dann ein Kreuz auf jene, bei denen er bei aller Geschicklichkeit nichts mehr ausrichten konnte.

Als nächstes unterteilte er die anderen in zwei Hauptkategorien, Krankenblätter und Verwaltungskorrespondenz, und kennzeichnete die Schränke entsprechend. Und schließlich stellte er fest, von wann bis wann jeder Satz Akten reichte, und schrieb das Datum ebenfalls außen auf die Seite des jeweiligen Schranks. Mit vielen Lücken reichten sie von 1915 bis 1946. Pascoe war mit mehr Glück als Verstand – ein Geschenk, das Gott zum Ausgleich manchmal jenen macht, die mehr Maria denn Martha nachschlagen – über die annähernd ältesten gestolpert. Die Neuigkeit, wem Wanwood ursprünglich gehört hatte, war zwar interessant, Wield sah jedoch weder einen Zusammenhang mit ihren Ermittlungen, noch hatte er eine Ahnung, wonach er da unten eigentlich suchte. Doch als Team waren sie drei, er, der Dicke und Peter, längst übereingekommen, sich auf die speziellen, merkwürdigen Talente der anderen zu verlassen, so daß jeder jedem ein ganzes Stück weit brav folgte, bevor er schrie: »Jetzt reicht es mir aber!«

Die Schränke der Jahre 1915-19 waren am leichtesten zugänglich, was wohl daran lag, vermutete Wield, daß sie nach dem Krieg, als sich die Krankenhausverwaltung auf eine Zeit des Friedens und Profits freute, die ersten waren, die im Keller gelandet waren. Wer immer sie hinuntergeschleppt hatte, sah keine Veranlassung, sie weiter nach hinten zu tragen als unbedingt nötig, und hatte sie deshalb gleich am Eingang stehenlassen.

Nach 1946 hatte man zu anderen Archivierungsmethoden gegriffen, was mit der Einführung des Nationalen Gesundheitsdienstes zusammenhängen mochte.

Wield las einige der ersten Verwaltungsakten durch und warf einen Blick auf die Krankenberichte. Wenn die Knochen überhaupt etwas mit dem Krankenhaus zu tun hatten und wenn diese Akten einen Hinweis darauf enthielten, konnte er nach zwei Methoden vorgehen. Die eine war die Wield-Methode. Das bedeutete, er las alles und machte sich Notizen, in der Hoffnung, daß aus einem sorgfältigen Vergleich der Fakten eine nützliche Information auftauchen würde. Die andere war die Glückspilz-Methode Pascoes. Man steckte den Daumen irgendwo in den Kuchen und hoffte, eine hübsch saftige Pflaume herauszuziehen.

Er schloß die Augen, öffnete eine Schublade, griff hinein und packte eine Akte.

»Leck mich doch am Arsch«, sagte er. »Aber bitte nicht kitzeln.«

Ein guter Polizist weiß, daß Zufälle, auch wenn sie immer verdächtig sind, nicht unweigerlich von Bedeutung sind.

Die Akte, die er in der Hand hatte, gehörte dem Oberleutnant Herbert Grindal von den West Yorkshire Fusiliers.

Und was hatte das nun zu bedeuten? fragte sich Wield.

Schlicht, daß Arthur Grindal, der sein Haus so großzügig zur Verfügung gestellt hatte, auch einen Sohn (oder vielleicht einen Neffen?) zur Verteidigung des Vaterlandes zur Verfügung gestellt hatte, und daß derselbe, als er verwundet wurde, in Wanwood Hospital landete. Daran war nichts Überraschendes oder Finsteres. Auch nichts besonders Ironisches, wenn man an die Verwundetenzahlen bei jenen Massenschlachtereien dachte. Und was die Tragik anlangte, er blätterte durch die Akte und las, daß Grindal im September 1917 verwundet, mit einem gebrochenen Arm und an Neurasthenie leidend eingeliefert und im darauffolgenden Januar von einer Ärztekommission für diensttauglich erklärt wurde. Also ein glückliches Ende, immer vorausgesetzt, er hatte den Krieg überlebt.

Wield legte die Akte wieder in ihre Schublade und sah auf die Uhr. Das reichte. Er würde Pascoe sagen, was genau er getan und gefunden hatte, und hoffen, daß er ihm ein bißchen präzisere Angaben machen würde, wenn er ihn noch einmal hierherschickte.

Er litt nicht an Klaustrophobie, dennoch war er erleichtert, den Keller hinter sich lassen zu können und wieder am Tageslicht zu sein. Nicht, daß davon noch viel zu sehen gewesen wäre an diesem Novembernachmittag, und nur ein Bruchteil davon drang durch die schmutzigen Scheiben des einzigen Fensters in der alten Küche hinten am Haus. Er blieb jedoch am Fenster stehen und nahm die helle Düsternis in sich auf.

Zu sehen gab es nicht viel. Die Küche ragte als Erker hinten aus dem Haus hervor. Das Fenster lag an der Seitenwand und blickte über einen gepflasterten Hof voll Mülltonnen auf einen zweiten, etwa zehn Meter entfernten Erker. In jener Wand war eine Tür, und nun gab es doch etwas zu sehen. Die Tür öffnete sich einen Spalt, es kam jedoch niemand heraus. Dann kam eine Gestalt um die Hausecke, sah nach rechts, nach links und wieder nach rechts wie ein braver Junge vor dem Überqueren der Straße und eilte dann weiter auf die Tür zu.

Es war Jimmy Howard. Im Eingang blieb er stehen. Es war zu weit weg und zu dunkel, um zu erkennen, wer im Haus stand, und Howard blockierte sowieso die Sicht. Doch Wield hatte den Eindruck, daß ein weißgekleideter Arm ihm etwas reichte, das Howard nahm und in die Tasche gleiten ließ. Dann schloß sich die Tür, und Howard verschwand eiligen Schritts.

Nun legte Wield auch einen Zahn zu. Mit seinem guten Gedächtnis hatte er sich jeden Teil von Wanwood House, durch den er schon einmal gekommen war, automatisch eingeprägt. Eine abgeschlossene Tür kostete ihn einige Minuten, weil er einen Umweg machen mußte, aber er war noch immer schnell genug, um rechtzeitig den Korridor zu erreichen, der zu den Laboren führte. Er sah eine weißgekleidete Gestalt hinter einer Tür am anderen Ende verschwinden. Es war die schöne Assistentin Jane Ambler.

Die eine Hälfte des Rätsels war also gelöst. Wield drehte sich um und ging den Weg zurück, den er gekommen war, bog aber, bevor er wieder in der Hinterküche war, zum Büro von TecSec ab. Als er an einem Fenster vorbeikam, das auf den Mitarbeiterparkplatz ging, sah er Howard, wie er in einen alten Escort einstieg und wegfuhr.

Obwohl er wußte, daß Wield ihm auf den Fersen war, fuhr der Trottel noch immer selbst zur Arbeit. Vielleicht bildete er sich ein, daß sie einen Handel abgeschlossen hätten. Wenn dem so war, würde er bald feststellen müssen, daß es damit aus und vorbei war.

Wield ging zu seinem eigenen Fahrzeug und griff nach dem Mikrophon seines Funkgeräts.

»DS Wield«, sagte er. »Ich hab etwas zu tun für euch, falls ihr einen Wagen in der Nähe der Westverbindung habt.« Er machte die nötigen Angaben zu Howards Auto und Nummer, die er sich notiert hatte, als er herausfinden wollte, wie es um die Fahrerlaubnis des ehemaligen Polizisten bestellt war. Privat konnte ein Gedächtnis, das nichts vergaß, manchmal wirklich lästig sein, aber im Beruf war es immens nützlich.

»Ich vermute, der Fahrer ist zur Zeit nicht im Besitz eines Führerscheins«, sagte er. »Ich hätte gern, daß er einen Strafzettel bekommt und festgehalten wird, bis ich komme. Aber nicht meinen Namen erwähnen. Ach ja, er war übrigens mal bei uns und wird wahrscheinlich um Vergünstigungen bitten. Kommt nicht in Frage, O.K.?«

Als er sich aus seinem Overall schälte, kam Patten aus dem Haus auf ihn zu.

»Glück gehabt?« sagte er.

»Wie bitte?«

»Bei den Akten. Irgendwelche verschollenen Leichen oder Knochen gefunden?«

»Noch nicht. Aber wir suchen weiter.«

»Wäre nichts für mich«, sagte Patten. »Tschüs!«

Er lächelte, was seine Narbe in Falten warf und kehrte ins Haus zurück.

Warum ist er so glücklich darüber, daß ich meine Zeit in dem dreckigen Keller verbringe? fragte sich Wield. Vielleicht wußte Jimmy Howard die Antwort.

Er machte sich auf den Weg, um es herauszufinden.

Im Präsidium begrüßte ihn Charley Slocum, der für die Untersuchungshaft zuständige Beamte, ohne große Begeisterung.

»Ja, wir haben ihn. Er spuckt große Töne und fragt nach dir. Er scheint sich einzubilden, du könntest ihn rausholen. Ich hoffe, daß du ihm den Zahn ziehst, Wieldy. Solltet ihr mal wieder etwas Raffiniertes eingefädelt haben, hättet ihr ihn besser ganz für euch behalten. Nun ist er im System, und das bedeutet, Kuhhandel ist nicht.«

»Schon gut, Charley. Hast du eine Liste seiner Sachen?«

Er sah sie durch. Alles legal.

Er sagte: »Wo steht sein Auto?«

»Hinten.«

»Hast du einen Augenblick? Ich brauche einen Zeugen.«

Sie gingen zu dem Ford Escort. Wield öffnete die Fahrertür und griff in das Handschuhfach und in die Türfächer.

Nichts außer dem üblichen Sortiment von Karten, Staubtüchern und Krimskrams. Er hielt inne, dann bückte er sich und hob die Gummimatte an.

Ein kleiner weißer Umschlag.

»Was ist denn das?« fragte Charley Slocum.

»Woher soll ich das wissen?« sagte Wield, nahm den Umschlag an einer Ecke auf und ließ ihn in eine Tüte für Beweismaterial fallen. »Aber wenn du Howard zu mir rollen würdest, werd ich ihn fragen.«

SIEBEN

Nachdem Wield den Schwarzen Bullen verlassen hatte, saßen Dalziel und Pascoe noch eine Weile schweigend beisammen.

»Noch ein Glas, Sir?« wagte Pascoe schließlich zu fragen.

»Ich glaube nicht«, sagte der Dicke. »Wenn es reicht, dann reicht es.«

Das war, als hätte Gott seine Pause am vierten Schöpfungstag eingelegt.

»Kann ich das auf Band haben?« sagte Pascoe.

Dalziel runzelte die Stirn und sagte: »Hast du nichts zu tun?«

»Ich wollte ins Krankenhaus. Mal sehen, wie es um Wendy Walker steht. Und ich vermute, daß Ellie dort ist.«

»Ja. Ich hoffe, daß sie nicht so blöd ist, sich Vorwürfe zu machen. Es bringt nichts, wenn man sich Vorwürfe macht.«

»Noch weiß niemand, ob überhaupt jemand Grund hat, sich Vorwürfe zu machen«, sagte Pascoe.

»O, es gibt immer was, Junge. Es gibt immer was«, sagte Dalziel. »Zieh Leine und schau nach, wie es ihr geht. Beiden.«

»Was machen Sie jetzt, Sir?«

»Ich fang dort an, wo ich hätte anfangen sollen«, sagte Dalziel. »Beim Verbrechen.«

»Sie meinen, bei den Knochen?«

»Nein, Junge. Ob die überhaupt mit einem Verbrechen in Zusammenhang stehen, weiß ich noch immer nicht. Nein, es geht um Hausfriedensbruch, Sachbeschädigung und Bedrohung. Das sind die Straftaten, von denen wir was wissen. Ich hab mich nicht darum gekümmert, weil –«

»Weil Sie, zumindest potentiell, einen viel gravierenderen Fall auf dem Teller hatten«, warf Pascoe ein. »Und weil ALBA keine Anzeige erstatten wollte.«

»– weil ich andere Fische zu braten hatte«, sagte er. »Ich hätte nur drauf achten sollen, daß ich sie vorher entgräte. Aber was soll's, bei einer Gräte im Hals kann man nur eins tun ...«

»Und was?«

»Einen tüchtigen Happen nehmen, ihn fest kauen und dann runterschlucken!«

Pascoe unterdrückte ein Lächeln, bis er im Freien war, dann holte ihn sein schlechtes Gewissen ein.

Zur eigenen Verteidigung sagte er sich beim Wegfahren, daß selbst jemand mit einem anderen Beruf sich vielleicht seinen Spaß daraus gemacht hätte, Dalziels Bild auseinanderzunehmen. Oder hat mich der Aufenthalt in den Umkleideräumen der Polizei tatsächlich merklich ordinärer gemacht? Einen Punkt für Ellie.

Aber nicht jetzt, dachte er, als er sie im Wartezimmer des Krankenhauses sah.

»Unverändert?«

»Sie soll nicht mehr ganz so tief im Koma liegen«, sagte sie, »aber niemand macht eine Prognose.«

»Du kennst doch die Ärzte«, warf Pascoe ein. »Die verraten dir noch nicht einmal die Uhrzeit, für den Fall, daß du sie anzeigst. Hör mal, mein Schatz, du kannst nichts dafür, für nichts von dem, was sich hier abspielt.«

»Ich hätte nie die Verbindung zu Cap herstellen dürfen. Oder dir gegenüber schweigen. Ich hätte sie zum Reden bringen müssen, als sie mich besucht hat, aber ...«

»Aber ich bin in die Küche gekommen.«

»Nein! Dir wollte ich keinen Vorwurf machen, diesmal nicht. Sonst ja fast immer, aber dieses Mal nicht.« Sie schaffte es, ihn anzulächeln. »Mir ging die ganze Zeit im Kopf herum, daß wir auf dem Weg ins Bett waren und daß es nun aus damit wäre. Und ich hatte mich auf den gemeinsamen Abend zu Hause gefreut, und der war auch hin. Alles wegen der verdammten Wendy Walker!«

»Und nun hast du Schuldgefühle. Ohne überhaupt zu wissen, was sich abgespielt hat. Daß Wendy bewußtlos da oben liegt, hat vielleicht, ja, sehr wahrscheinlich, nichts mit dir oder ihrem Bruder zu tun, wenn du mich fragst. Also laß uns abwarten, ja? Aber wir brauchen ja nicht hier zu warten. Wer ist oben bei ihr?«

»Dennis Seymour.«

»Gut. Das heißt, wenn es etwas Neues gibt, sind wir die ersten, die es erfahren. Laß uns heimgehen.«

Sie sagte zögernd. »Du hast recht, ich weiß es ... Aber hättest du etwas dagegen, wenn ich noch eine kleine Weile hierbleibe? Ich will sagen, würdest du Rosie abholen? Entschuldige. Ich bin egoistisch. Ich weiß, daß du Arbeit hast ...«

»Nichts, was nicht drei oder vier Beamte in einem Monat locker erledigen könnten«, sagte er. »Natürlich hole ich Rosie von der Schule ab. Wie ist es dir übrigens bei Miss Martindale ergangen?«

»Gut. Na ja, sozusagen. Grundsätzlich ist sie der Auffassung, daß Rosie nur in unserer Gegenwart flucht, weil sie das Gefühl hat, daß es sich dabei um eine Art Code handelt, der ihr Zutritt in das innerste Sanktum der Familie verschafft. Anders ausgedrückt, gelernt hat sie die Flucherei von uns, da wir aber nur fluchen, wenn wir unter uns sind, bildet sie sich ein, daß es zu unserer speziellen Sprache gehört.«

»Scheiße«, sagte Pascoe.

»Meine Antwort, auf den Punkt gebracht. Das stimmt einen nachdenklich, was?«

»Und was machen wir jetzt?«

»Wir passen auf, was wir sagen. Oder stopfen ihr Brotkügelchen in die Ohren. Ich weiß es nicht. Nur will ich sie in dieser Entwicklungsphase ganz sicher nicht damit vertraut machen, daß es so etwas wie Zensur gibt.«

»Das ist gut. Ich geh dann auch gleich mal auf den Speicher und hol die alte Bibel runter, die du da oben versteckt hast. Ich mach nur Spaß. Fast. Bleib nicht zu lange hier, ja?«

Er gab ihr einen Kuß. Sie erwiderte ihn fest, und er spürte ihre Zunge. Er genoß es und löste sich aus ihren Armen.

»Eines hat Virgin Bottom* geschafft, bevor man ihr den Laufpaß gab, daß nämlich freie Betten im Staatlichen Gesundheitsdienst tatsächlich der Vergangenheit angehören. Wir sollten uns wirklich privat versichern.«

Rosie begrüßte sein Auftauchen am Schultor mit einer gewissen Skepsis.

»Warum ist Mami nicht gekommen?«

»Du kennst doch ihre Meinung über stereotypes Verhalten«, sagte er und schwang sie hoch in die Luft.

Daheim gab er ihr ein Sandwich mit Käse und Marmelade, ein Glas Apfelsaft mit einer Portion Tomatenpüree und ließ sie einen Zeichentrickfilm im Fernsehen anschauen, während er sich hinsetzte und das kleine Packet von Adas Anwältin öffnete.

Darin fand er ein weiteres, sorgfältig eingewickeltes Päckchen mit seinem Namen und einem Begleitschreiben der Anwältin.

Sehr geehrter Mr. Pascoe,
Ihre Großmutter hat mich angewiesen, Ihnen das beigefügte Päckchen zu schicken, sobald ich von Ihnen Nachricht erhalten habe, daß ihr Wunsch hinsichtlich ihrer Asche ausgeführt wurde. Ich weiß nicht, was es enthält, außer daß es Mrs. Pascoes Familienpapiere sind, die für die Vollstreckung ihres Testaments ohne Bedeutung sind. Sollte das jedoch nicht der Fall sein oder sollten Sie Zweifel daran haben, bin ich sicher, daß Sie sich an mich wenden.
Mit freundlichen Grüßen
Barbara Lomax

Er nahm einen Brieföffner, schnitt sorgfältig das Band durch, mit dem das Päckchen umklebt war, und stellte dabei belustigt fest, daß Ada ihren Namen über die wichtigsten Verbindungsstellen geschrieben hatte und es auf diese Weise mehr oder weniger unmöglich gemacht hatte, das Band unbemerkt zu entfernen.

Wie jede Frau aus Yorkshire, die mit beiden Füßen im Leben steht, war sie offensichtlich der Meinung, daß nur Narren und Götter diejenigen in Versuchung führen, denen sie am meisten vertrauen.

In dem Päckchen steckte ein weiterer Brief, von Ada an ihn adressiert, ein praller Plastikordner mit Unterlagen und Briefen, ein altes Schulheft und noch ein Päckchen. Letzteres war in ein Stück Ziegenleder gewickelt, so trocken, daß es riß, als er es auffalten wollte. Was auftauchte, wie aus den Resten einer sehr alten Eierschale, war ein Buch, etwa von der Größe eines Bandes der Reihe Klassiker der Weltliteratur.* Es hatte einen Ledereinband und war ohne Zweifel aus den Bögen eines Hefts hergestellt, die beschnitten und von einem Soldaten mit ordentlichen Stichen und geöltem Faden zusammengenäht worden waren. Die Seiten waren in einer winzigen Handschrift dicht mit Bleistift beschrieben und schon sehr verblichen. Pascoe stand auf und holte das Sherlock-Holmes-Vergrößerungsglas hervor, das er vor vielen Jahren als Scherzgeschenk zum Geburtstag bekommen hatte. Er schlug eine beliebige Seite auf

... Neujahrstag. Es schneit. Wir stöhnen alle, aber nicht zu sehr. Kälte kann der Mensch aushalten. Man redet davon, daß jemand von Zug 3 seinen linken Fuß absichtlich dem Frost ausgesetzt hat, um ein paar Zehen zu verlieren und in die Heimat geschickt zu werden. Könnte was dransein, da Befehl erteilt wurde, daß es ein Vergehen ist, sich nicht ordentlich gegen den Frost zu schützen. Demnächst ist es ein Vergehen, sich beim Nähern einer Kugel nicht zu ducken! Eines steht jedenfalls fest. Es kann so kalt werden, wie es will, aber niemand will, daß der Winter vorbeigeht. Wie der kleine Harry, der mit Wörtern umgehen kann und auch keine schlechte Stimme hat, immer singt: Die Blumen, die im Frühling blühen, tralala, sprießen aus Knochenmehl und Blut, und die hohen Tiere singen, tralala, greifen wir den lieben alten Fritz vom linken Flügel an, tralala, und begradigen wir unsere Front durch den Wald. Das meinen wir, wenn wir sagen oder singen: Macht euch vom Acker, ihr Blumen, die ihr im Frühling blüht! Ein glückliches neues Jahr wünsche ich allen. Allen, die diesen Krieg beendet sehen wollen, meine ich, britisch oder deutsch. Ein glückliches neues Jahr.

Er legte die Lupe zur Seite. Seine Hand zitterte leicht. Dies war das andere Kriegstagebuch, dies kleine Buch, das so sorgfältig gemacht war, damit es genau in einen Rucksack oder eine Tasche paßte, in Leder gebunden und in Fensterleder eingewickelt, damit es nicht feucht wurde. Wo kam es her? Wollte er wirklich wissen, was drinstand?

Er riß den Umschlag auf und fand, was er erwartet hatte – einen Brief von Ada.

Lieber Peter,
die Frage, was ich mit den Familienpapieren machen soll, hat mich in den vergangenen Jahren immer wieder beschäftigt. Sie geben immerhin Zeugnis meiner lebenslänglichen Obsession. Meine Familie wollte ich darunter nicht leiden lassen, zumindest habe ich mich darum bemüht. Vielleicht habe ich damit einen Fehler begangen. Mit Sicherheit ist es mir nicht gelungen, die Auswirkungen meiner Besessenheit zu verstekken. Ich weiß, daß mein Haß auf Uniformen als an Verrücktheit grenzende Exzentrik erscheinen mußte, da er von etwas herzurühren schien, was nicht nur ich, sondern Millionen anderer erlitten hatten, nämlich den Verlust eines Vaters im Ersten Weltkrieg. Wenn ich offener gewesen wäre, wäre vielleicht mein Verhältnis zu deinem Vater anders geworden und auch seines zu seinen Kindern. Wer weiß?
In Wahrheit kam mein Vater, wie du sehen wirst, nicht in den Genuß des zweifelhaften Privilegs, für sein Vaterland zu sterben, sondern mußte die schreckliche Entwürdigung erdulden, von seinem Vaterland ermordet zu werden.
Meine Mutter, der Herr möge sie segnen, fühlte zwar den Schmerz darüber mehr, als wir uns vorzustellen vermögen, empfand aber gleichzeitig eine Scham, die niemand nachvollziehen kann, der in jenen widerlichen, hurrapatriotischen Zeiten kein Erwachsener war. Daß ihr Mann nicht dazu in der Lage war, etwas zu tun, das ein solches Schicksal verdiente, dessen war sie sich sicher, aber andererseits war sie sich auch immer sicher gewesen, daß ihr Peter nie einem Mitmenschen ein Leid antun könnte, und doch war er mit keinem anderen Ziel nach Frankreich gezogen, als dort Deutsche totzuschießen. Mehrere unvereinbare Dinge gleichzeitig zu glauben, muß in der damaligen Zeit eine Voraussetzung zum Überleben gewesen sein, und sowohl Stolz als auch Scham gleichzeitig zu empfinden, war alles andere als ungewöhnlich.
Ob meine Mutter jemals freiwillig von diesen Dingen gesprochen hätte, weiß ich nicht, aber ich war schon über zwanzig,

als es an die Tür klopfte und alles ans Licht kam. Es war ein schrecklicher Tag, alle waren zornerfüllt und beschuldigten einander. Wer hätte gedacht, daß daraus die größte Freude meines Lebens erwachsen würde? Sie sollte nur wenige Jahre dauern, bis die Wahnsinnigen, die über unser Leben bestimmen, mir alles nahmen. Aber ich will dir nicht vorenthalten, daß mich selbst auf der Höhe meiner Empörung wie meine Mutter die Scham messergleich durchfuhr, selbst wenn ich mich dafür haßte. Und ich empfand auch Groll darüber, daß ich mit der Schande seines Todes konfrontiert worden war. Vorher war es mir mit Sicherheit besser gegangen, auch wenn ich nichts weiter von ihm hatte als ein altes Foto und die Erinnerung an seinen letzten Urlaub, als er auf dem Klavier spielte, das kurz nach meiner Geburt gekauft worden war, damit ich wie die Kinder der Wohlhabenden die Möglichkeit zu musizieren in Reichweite hätte. Wie Du weißt, wäre er von mir enttäuscht gewesen! Aber nachdem ich die erste egoistische Reaktion überwunden hatte, war ich entschlossen, um seinet- und um meinetwillen soviel von der Wahrheit herauszufinden, wie ich konnte. Wir lebten zusammen, und beide waren wir auf der Suche nach unserem persönlichen Gral. Ich habe immer gesagt, wir hätten unser Haus Camelot taufen sollen! Damals, mit Jugend und Kraft als Verbündeten, kam es uns undenkbar vor, daß uns kein Erfolg beschieden sein sollte. Aber die Geschichte hat ihre eigene Tagesordnung, und die Herrschenden, ob mit oder ohne Uniform, sind hervorragende Strategen, wenn es gilt, sich selbst zu schützen.

Die Wahrheit über das Schicksal meines Vaters blieb verborgen. Vielleicht bleibt es für immer so. Ich habe auf jeden Fall das Gefühl, daß es nicht mehr wichtig ist. Was immer er getan oder unterlassen haben mag, ich glaube nicht, daß irgendeine Macht auf Erden das Recht hat, ihre eigenen Bürger an einen Pfahl zu binden und zu erschießen, und das nach einem Gerichtsverfahren, das nur dem Namen nach eines war. Ich habe in den vergangenen Jahren viele Bücher zu dem Thema gelesen, und ich glaube, daß die meisten rechtschaffenen Menschen mit mir darin übereinstimmen, daß ein schreckli-

cher Fehler begangen wurde, auch wenn unsere politischen Führer das natürlich nicht anerkennen wollen.
Deshalb halte ich es für richtig, daß ich dir, meinem Testamentsvollstrecker, nicht das Fieber meiner Obsession weiterreiche, sondern die klinischen Unterlagen, weil sie Teil der Familiengeschichte sind. Vielleicht hat sie uns zu dem gemacht, was wir heute sind, worauf ich, wenn es zutreffen sollte, nicht sehr stolz bin.
Verzeih mir die alberne Prüfung, der ich Dich unterzogen habe, bevor diese Papiere in Deinen Besitz übergehen durften. Aber ich hatte noch Zweifel, und auf diese Weise habe ich sie wenigstens mit einer formalen Geste besänftigt. Ich werde Barbara anweisen, diese Dokumente zu verbrennen, sollte es einen Hinweis darauf geben, daß Du meine Asche (und wer sollte Dir das ankreiden?) in den nächsten Graben geschüttet hast.
Und vergib mir auch, wenn Du meinst, es sei nötig und auch möglich, daß ich so bin, wie ich bin. Hier findest Du vielleicht einige Gründe dafür.

Deine Dich liebende Großmutter
Ada

Er legte den Brief hin und sah nach Rosie. Sie lag auf dem Bauch, völlig in ein Sciencefiction-Trickfilmabenteuer vertieft. Er sagte: »Danach ist Schluß, O.K.?« und lächelte, als sie ungeduldig abwinkte.

Er schlug das Schulheft auf.

Auf der ersten Seite stand in der sorgfältigen, fast kindlichen Schrift eines im Schreiben Ungeübten und Lichtjahre von dem flüssigen, winzigen Gekritzel des ledergebundenen Tagebuchs entfernt zu lesen:
16. April 1913. Mr. Cartwright vom Institut meint, daß es mir beim Schreiben, Lesen und Diskutieren über neue Ideen hilft, wenn ich über etwas schreiben würde, worüber ich eine Menge weiß. Auf meine Frage, worüber, hat er gesagt: Wie wäre es, wenn du über dich selbst schreibst, über dein Leben? Ich hab gesagt: Und wer würde das wohl lesen wollen? Und

er hat gesagt: Wie steht es mit deiner Tochter, wenn sie groß ist? Deshalb ist das für dich, Ada. Das heißt, wenn es sich herausstellen sollte, daß es sich lohnt, es aufzuheben. MEIN LEBEN.

Peter Pascoe blätterte um.

ACHT

»Andy. Ich hab mir schon gedacht, daß du es bist. Komm rein.«

Cap Marvell führte Dalziel ins Wohnzimmer. Auf dem Couchtisch stand die Flasche mit Lösungsmittel-Scotch, sie war offen und ein gefülltes Glas stand daneben. Aus der Stereoanlage ertönte die Stimme einer Frau, die aufgeregt etwas auf deutsch sang.

»Trinkst du einen mit?« sagte Cap.

»Nein, danke«, sagte Dalziel. »Hat sie's noch immer mit dem Krieg?«

»Nein. Sie sagt, daß sie ihre Kinder bei dem schlechten Wetter nicht hätte rausgehen lassen dürfen. Sie sind gestorben, verstehst du. Er hat eine ganze Reihe von Liedern über sterbende Kinder geschrieben.«

»Klingt ganz so, als wäre er ein großer Spaßvogel gewesen«, sagte Dalziel.

»Er konnte durchaus fröhlich sein«, lächelte sie. »Weißt du, das Lied könnte auch über den Krieg sein. Alle Kriege. Die Kinder hinauszuschicken, wo die Kugeln wie Hagel niederprasseln und die Granaten ganze Scheiben aus Wäldern und Menschen rausschneiden.«

Das Lied war zu Ende. Sie stellte das Gerät ab.

»Du tust noch immer so, als hättest du deinen Jungen im Falkland-Krieg verloren«, sagte Dalziel.

»Das habe ich auch, sozusagen«, erwiderte sie. »An seiner Stelle habe ich nun einen Helden, was nicht ganz dasselbe ist. Ich habe übrigens gestern mit ihm zu Abend gegessen.«

»Ach ja? Legt er Sporen und Schwert ab, bevor er sich zum Essen setzt?«

Sie runzelte die Stirn: »Andy, von Zeit zu Zeit spreche ich vielleicht mit einem Anflug von Satire über meinen Sohn, aber dieses Privileg erstreckt sich nicht auf meine Freunde.«

Dalziel kratzte sich sein linkes Doppelkinn wie ein Küchenchef, der ein T-bone-Steak weicher machen will.

»Nun hast du es mir aber gegeben«, sagte er. »Bei dieser Attacke von Mütterlichkeit hast du dir wahrscheinlich deinen Lohn als Spitzel nicht verdient.«

»Aber ja doch«, sagte sie. »Eigentlich war es erstaunlich einfach. Die Gesprächswüsten zwischen uns sind so groß, daß Piers sich immer begierig auf jedes nur halbwegs akzeptable Gesprächsthema stürzt, und er läßt nicht eher locker, als bis es kurz und klein geredet ist. Buster Sanderson hat uns glücklich vom Entrée bis fast ganz durch die Petit Fours gebracht.«

»Buster?«

»Wie Keaton. Er ist offenbar durch nichts aus der Fassung zu bringen, und die Offiziersmesse war sich einig in ihrer Bewunderung über seine Geistesgegenwart, wenn seine Eskapaden aufflogen oder es zur Katastrophe kam, auch wenn man das, was er so ausfraß, bedauerte.«

»Zum Beispiel?«

»Nachtmanöver in Deutschland. Der Kompanieführer kommt unerwartet früh zu seinem Wohnwagen zurück und findet seine Koje belegt – Buster auf einer Frau. Ohne zu unterbrechen, blickt der Hauptmann hoch und sagt: »Verhör, Sir. Noch eine Minute und ich bin soweit.« Oder: Während eines Bombenangriffs auf ihre Kasernen in Nordirland hängt Buster am Telefon und versucht, seinen Buchmacher zu überreden, ihm noch einmal Kredit einzuräumen. Alles bringt sich in Sicherheit. Als man wieder auftaucht, hängt Buster noch immer an der Strippe und sagt gerade: »Knall? Was für ein Knall? Nun hören Sie doch, ich verlange ja nicht mehr als noch einmal fünfhundert.«

»Das heißt also, er ist ein geiler Idiot«, sagte Dalziel unbeeindruckt. »Aber ist er auch ein Schurke?«

»Er stand in dem Ruf – wie hat Piers es formuliert? –, in Geld- und Herzensangelegenheiten ein unsicherer Kantonist zu sein. Doch wenn es zum Kampf kam, konnte man sich keinen besseren Soldaten in der Nähe wünschen. Es war mehrere Male fast so weit, daß man ihn unehrenhaft entlassen hätte, oder was immer man mit denen macht, die das Tafelsilber stehlen oder beim Schnipp-Schnapp mogeln. Und obgleich der Kompanieführer behauptet hat, man hätte keine Rücksprache mit ihm genommen, als es um die Entlassungen im Regiment ging, war niemand sonderlich erstaunt, daß Busters Name auf der Liste stand. Oder der seines Burschen.«

»Seines Burschen? Sprichst du von Patten?«

»Nein, natürlich nicht. Feldwebel Patten ist einige Monate vor Buster ausgeschieden. Ich hätte gedacht, daß du das weißt.«

Wäre sie ein echter Spitzel gewesen, hätte Dalziel sie jetzt am Kragen gepackt, hochgehoben, einmal fest gegen die Wand prallen lassen und ihr gesagt, daß es unklug sei, den Klugscheißer zu spielen, es sei denn, man habe eine umfassende Krankenversicherung abgeschlossen.

Dalziel sagte: »Ja, das weiß ich. Wer war es dann?«

»Sein Putzer. Soldat Rosthwaite. Rosso. Mädchen für alles.«

»Du klingst, als würde das mehr als nur blanke Stiefel bedeuten.«

Lächelnd nippte Cap an ihrem Scotch. Sie fuhr weder zusammen, noch bildete sich Schaum vor ihrem Mund.

»Ich mußte ein bißchen nachhelfen. Es gibt Dinge, über die spricht ein Held nicht mit seiner Mutter. Geziert räumte er ein, was zu erraten nun nicht gerade ein Genie erfordert, daß nämlich ein guter Putzer nebenbei auch den Kuppler spielt. Aber schließlich habe ich aus ihm herausgeholt, daß Rosso, wenn Zeit, Ort und Umstände das Auftreiben weiblicher Gesellschaft schwierig oder gefährlich machten, die Lücke selbst gefüllt haben soll.«

»Du meinst, er hat seinen Arsch zum Putzen hingehalten?« sagte Dalziel und dachte, kein Wunder, daß der Junge sich so geziert hat. »Busters AC/DC*?«

»Es sieht ganz danach aus.«

»Ich hab geglaubt, daß man bei der Armee dafür den Laufpaß kriegt?«

»Vielleicht wenn noch anderes nicht stimmt, ja.«

Sie scheint nicht zu wissen, daß Rosso nicht mehr lebt, dachte Dalziel. Wieso auch? Er selbst hatte auch nichts davon gewußt, bis Wield den Unfall erwähnte. Verlieh die Tatsache, daß Sanderson ihn als Soldatentrost gebraucht hatte, seinem Tod mehr Bedeutung? Warum sollte sie? Aber vielleicht hätte er das ungute Gefühl, das den Sergeant wegen TecSec heimsuchte, doch nicht so ganz entschieden abschmettern sollen.

»Und was hatte ... dein Sohn über Patten zu berichten?«

»Nicht viel. Patten stand anscheinend in dem Ruf, etwas reichlich hart zu sein. Er war ein Unteroffizier, der es bis zur Spitze hätte schaffen können, wenn er nicht von Zeit zu Zeit die alles andere als gerade Linie überschritten hätte, die man auch in der Armee zwischen Ehrlichkeit und Unehrlichkeit, Disziplin und Brutalität zieht, und degradiert worden wäre. Das Militär weiß natürlich, dafür ist es schließlich das Militär, wie wertvoll solche Leute sind, und es dauerte nie lange, bis er wieder seinen vorherigen Rang innehatte. Wie bei der Polizei, würde ich sagen.«

»Nein«, sagte Dalziel. »Wenn man bei der Polizei degradiert wird, braucht man mehr Glück als Lazarus, um es wieder nach oben zu schaffen. War's das?«

»Das war's. Habe ich meine dreißig Silberlinge verdient?«

»Nein, Mädel. Das würde dich sowohl zu Judas als auch zur Jungfrau Maria machen. Beides geht nicht. Es sei denn, du bist Captain Sanderson.«

Nun saßen sie schweigend da. Sie weiß, daß ich nicht deshalb gekommen bin, dachte Dalziel. Sie hat mich erwartet, seit Wield hier war. Warum wohl? Ihm fielen Gründe ein. Und er wußte genug darüber, wie komplex die Menschen sind, um davon auszugehen, daß es außerdem Gründe geben mochte, auf die er nicht kam.

Er sagte: »Du hast dich noch gar nicht nach Wendy erkundigt.«

»Kurz bevor du eingetroffen bist, hatte ich im Krankenhaus angerufen. Noch immer keine Veränderung.«

Sie klang aufrichtig besorgt. Aber es mochte um Wendy stehen, wie es wollte, besorgt würde sie immer sein.

Er sagte: »Bist du mit Sergeant Wield klargekommen?«

»Er war ... interessant. Ich mochte ihn. Er hat so eine Art, daß man sich wohl fühlt.«

»Irgendein Grund, warum du dich nicht wohl fühlen solltest?«

»Nur mein schlechtes Gewissen, daß ich es mit seinem Boss getrieben habe«, sagte Cap. »Ich gebrauche absichtlich die Vergangenheit. Ich habe das deutliche Gefühl, daß du nicht gekommen bist, um unartig zu sein.«

»Und warum bin ich dann gekommen?«

»Da muß irgend etwas mit Wendys Unfall sein. Die Fragen, die dein Mr. Wield gestellt hat ... mißversteh mich nicht, verraten hat er nichts. Aber in den vergangenen zehn Jahren haben mir eine Menge Polizisten Fragen gestellt, und ich kenne den Unterschied zwischen Routinefragen und solchen, die auf etwas abzielen.«

»Warum sollten wir dir Fragen zu Wendy Walkers Unfall stellen?«

Es war eine dämliche Frage, noch nicht einmal unter dem Aspekt zu rechtfertigen, daß man Katz und Maus miteinander spielte. Beim Katz und Maus diente jeder Schritt nach vorn und jeder anscheinende Rückzug einem bestimmten Zweck, und man kam ein wenig weiter voran. Aber diese Frage brachte nichts, sie schlug nur Zeit tot, während er sich darüber klar zu werden versuchte, in welche Richtung er marschieren wollte. Unsicherheit war nicht die Geistesverfassung, die er gewöhnlich in den Vernehmungsraum mitbrachte.

Sie machte sich nicht die Mühe, ihm zu antworten. Ihr Schweigen bestätigte das fehlende Niveau der Frage.

Sie weiß, daß ich mich schwertue, dachte er. Also ist es clever, ihr vorzumachen, daß ich mich mehr abmühe, als tatsächlich der Fall ist.

»Schau her«, sagte er. »Das alles fällt mir schwer. Ich hätte vielleicht einen meiner Leute schicken sollen.«

»Das hast du doch«, sagte sie. »Mr. Wield.«

»Ich meinte, jemand, der einen höheren Rang hat, meinen DCI, Peter Pascoe.«

»Und warum hast du das nicht getan?«

»Weil ich es dir schulde – uns beiden schulde –, selbst zu kommen. Verstehst du?«

Er führte sie in Versuchung zuzustimmen, zuzugeben, daß sie wußte, worum es ging.

Sie nippte an ihrem Scotch.

»Ja, ich glaube«, sagte sie langsam.

Herr im Himmel. Warum machte sein Herz keinen Satz wie sonst, wenn sich der erste Haarriß zeigte? Warum fühlte sich die Rolle des zögernden Inquisitors, die er hier spielte, so verdammt real an?

Sie fuhr fort. »Ich begreife, daß da etwas an Wendys Unfall dir Sorgen macht. Eigentlich ist das ja klar. Es war Fahrerflucht. Und aus deinem ganzen Verhalten zu schließen, kann ich nur folgern, Andy, daß du, so unglaublich es scheint, mich im Visier hast. Trifft das zu?«

Sie blickte ihn mit großen Augen und mit einer so unschuldigen Aufrichtigkeit an, daß man sie als Quotenfrau in ein konservatives Kabinett aufgenommen hätte.

Sein Herz verhärtete sich. War sie schuldig, dann legte sie es darauf an, schwer zu kriegen zu sein. War sie unschuldig, na ja, dann hatte sie ja nichts zu befürchten, oder?

Es war an der Zeit, die Karten auf den Tisch zu legen. Entweder waren sie ihr bekannt, oder sie waren ihr nicht bekannt. Egal, wie die Wahrheit aussah, sie noch länger geheimzuhalten, war Zeitverschwendung.

Er sagte: »Wir glauben, daß die Fahrerflucht ein Täuschungsmanöver sein könnte. Man hat Wendy Walker angegriffen und dann liegenlassen, damit sie stirbt.«

Ihre Reaktion hätte besser nicht sein können. Schock, Ungläubigkeit, Empörung, alles zu perfekten Teilen, als ihr zuerst die Tatsachen und dann die Implikationen dessen, was er sagte, aufgingen.

»Du altes Schwein!« sagte sie. »O, du altes Schwein!«

»Nun aber langsam«, erwiderte er mit verletztem Ton. »Vor einer Sekunde warst du noch ganz philosophisch, und jetzt bin ich plötzlich ein Schwein. Was hat sich verändert?«

»Fahrerflucht ist eine Sache. Jemand meldet einen Discovery in der Nähe des Tatorts, eine Nummer, die meiner ähnelt, und dem mußt du nachgehen. Aber jetzt sprichst du von kaltblütigem Mord!«

»Versuchtem Mord«, erinnerte er sie sanft. »Walker kann noch immer die Augen öffnen und alles in Ordnung bringen.«

Sie sah nicht so aus, als sei das ein großer Trost für sie, aber, räumte er dann großmütig ein, er würde es auch nicht gerade sonderlich tröstlich finden, wenn man ihm sagte, seine Unschuld hänge davon ab, ob jemand aus dem Koma erwacht.

Sie füllte ihr Glas und leerte es sofort. Ihre Kehle mußte feuerfest sein. Ihre Augen sagten noch immer *du altes Schwein!*, aber als sie sprach, hatte sie ihre Stimme unter Kontrolle.

»Andy, es muß Gründe geben, warum du mich so befragst. Krieg ich sie zu hören?«

»Warum nicht?« sagte er. »Wendy Walker ist Mark Shufflebottoms Schwester.«

»Wessen Schwester?«

Schlecht, dachte er. Jeder in der Tierschützerszene kennt den Namen, und davon abgesehen, hatte er ihn nicht selbst erst vor wenigen Tagen ihr gegenüber erwähnt?

»Doch nicht des Wachmanns auf der Fraser-Greenleaf-Anlage in Redcar?« fuhr sie fort. »Meinst du den?«

Gut erholt. Er hatte nun seine Gangart gefunden. Sei absolut der Auffassung, daß sie schuldig war, das war der einzige Weg. Das hatte ihm sein erster Chef, Wally Tallentire, beigebracht. *Vor Gericht, Andy,* hatte er gesagt, *sind sie unschuldig, bis ihnen die Schuld nachgewiesen ist. Hier drinnen aber* (und er hat an seinen Kopf geklopft) *sind sie schuldig, bis ihre Unschuld erwiesen ist.*

»Ja, der. Wendy Walker war der Auffassung, sie würde den Mörder ihres Bruders nur finden, wenn sie sich selbst auf die Socken machte. Deshalb ist sie ANIMA beigetreten.«

»Weil sie davon ausging, wir hätten was mit Redcar zu tun?« fragte Cap ungläubig.

Sehr gut. Wenn das gespielt war, hatte sie Old-Vic-Niveau erreicht. Da kam man auf Gedanken ob der Schreie gestern nachmittag im Bett. Plötzlich fühlte er sich alt und schmuddelig.

»Nicht notwendigerweise. Sie wollte Zugang zur Szene, und den habt ihr ihr verschafft.«

»Weil sie Ellie Pascoe kannte und Ellie mich kennt?«

Da hat sie sich ein bißchen verraten. Aber nicht zu sehr, wenn man bedenkt, daß viel Wichtigeres auf der Tagesordnung steht. Die Nummer hatte Klasse. Wenn es denn eine war.

»Ja. Und als sie erst einmal mit von der Partie war, setzte sie alles dran, einen Namen als Hardliner zu kriegen und Kontakte anzuknüpfen, die sie auf den Zusammenkünften und Demos mit den wirklichen Extremisten zusammenbrachte.«

»Ich habe von Anfang an gedacht, daß sie bei uns fehl am Platz ist. Sie war so penetrant.«

Er glaubte ihr. Aber das machte sie noch lange nicht unschuldig. Cap Marvells Sorte Extremismus verlangte Gehorsam ohne Fragen, keine indivdualistische Tollkühnheit.

Sie fuhr fort: »Was ist passiert, Andy, daß ich zur Hauptverdächtigen geworden bin, nachdem ich anfänglich Wendy nur den Weg geebnet habe?«

Er sagte: »In jener Nacht in Wanwood ist etwas passiert. Als ich dich das erste Mal gesehen habe, warst du diejenige, die ganz aggressiv war. Walker war schwach, freundlich und hätte kooperativer nicht sein können. Ich habe die Aussagen von TecSec gelesen. Danach warst du die einzige, die den Wachleuten mit dem Drahtschneider an den Kragen wollte. Es war sogar Wendy Walker, die dich davon abgehalten hat, ernsthaften Schaden anzurichten.«

»Das sagen die TecSec-Leute?«

»Ja. Stimmt es denn nicht?«

Sie zuckte mit den Schultern. »Nicht, wie du es formulierst. Der mit der Narbe, der stand einfach nur höhnisch da, so ein richtig selbstgefälliger Macho. Ich leugne nicht, daß es nett gewesen wäre, ihm diesen Gesichtsausdruck von der Visage zu holen. Aber selbst wenn Wendy nicht eingegriffen hätte, hätte ich ihm nur eine vor den Latz geknallt und nicht den Schädel gespalten.«

»Bist du ein Herzchen«, sagte Dalziel.

»Es war also ein Fehler«, erwiderte sie. »Die Theorie lautet also, daß ich mich irgendwie verplappert hatte, daß ich der wahnsinnige Killer von Redcar bin und deshalb beschlossen hatte, Wendy zum Schweigen zu bringen, bevor sie die Neuigkeit unter die Leute bringt? Dürftiges Skript. Ich meine, zuerst hätte ich herausfinden müssen, was Wendy wirklich vorhatte, oder? Wie habe ich das angestellt?«

»Sie hat was gesagt, was dich stutzig gemacht hat.«

»Ach so. Und das hat gereicht?«

»Gereicht, daß du sie ein bißchen genauer unter die Lupe genommen hast.«

»Am nächsten Tag, meinst du? Nun, ich habe ein Alibi für einen Großteil des Tages, wenn du dich erinnerst. Ich habe ihn mit einer Stütze der Gesellschaft verbracht ... ach du liebe Scheiße. Andy, ist es das, was du von mir denkst? Daß ich die Beine breit gemacht habe, um dich auszuholen? Was für eine Scheiße.«

Ihre Verzweiflung machte ihn ganz fertig. Er sehnte sich nach einem Schluck, und sei es nur von dem Lösungsmittel. Aber das war nicht der richtige Zeitpunkt, lockerzulassen.

»Du wolltest, daß ich über sie spreche, erinnere ich mich. Und sie war gerade bei dir gewesen, und ihr hattet euch gestritten. Aber du hattest es nicht gewagt, die Wahrheit aus ihr herauszuholen, weil du wußtest, daß ich jeden Augenblick auf der Matte stehen konnte.«

Sie sah ihn erstaunt an.

»Das hast du gehört? Aber du hast gar nichts gesagt ...«

»Es gab nichts zu sagen«, erwiderte er. »Damals hab ich nur gedacht, das ist was unter Frauen ...«

»Und nun kommt dabei heraus, daß du mich verdächtigst, ihren Bruder umgebracht zu haben. Und daß sie mir auf der Spur war ... und wie habe ich die Wahrheit entdeckt? Wenn du gelauscht hast, dann weißt du auch, daß kein Wort über Mark Shufflebottom und Redcar gefallen ist!«

Aggressive Verteidigung, häufig ein Zeichen, daß man sich dem Ziel näherte. Aber auch eine natürliche Reaktion, rief er sich ins Gedächtnis. Beruhigte er sich.

»Das stimmt«, räumte er ein. »Du kannst dir nicht sicher gewesen sein. Bei weitem nicht. Und du hättest noch einmal mit ihr sprechen müssen. Als du erfahren hast, daß sie Ellie Pascoe ihr Herz ausschütten wollte, könnten bei dir die Alarmglocken geläutet haben.«

»Ich kann das alles nicht glauben«, sagte sie fast flüsternd. »Andy, du redest, als seist du dir sicher, daß –«

»Nein, mein Mädel, nun mach dir doch nichts draus. Das ist nur so eine Art zu reden. Ich mach das immer so. Es ist Routine, alles Routine. Ich muß gründlich sein. Wie beim ersten Mal, als ich hier war. Da hab ich dich gefragt, wo du warst, als der Anschlag auf Redcar verübt wurde und der erste Anschlag auf Wanwood.«

»Ja, und ich habe dir Rede und Antwort gestanden.«

»Ich weiß. Nur jetzt brauche ich halt eine Menge Einzelheiten, Tage, Uhrzeiten, Zeugen. Für die Akte.«

Sie stand auf, verließ das Zimmer und kam einen Augenblick später mit ihrem Kalender zurück. Er lächelte sie ermutigend an. Es war halb aufrichtig, halb Verstellung, er wußte selbst nicht, wo die Grenze verlief. Es war doch wohl besser, das Ekelpaket zu spielen, als mit diesen Wechselbädern weiterzumachen?

Einen Augenblick lang sah sie ganz entspannt aus, als sie ihren Kalender durchblätterte. Dann blickte sie auf, mit vor Verwirrung riesigen Augen, und fragte: »Andy, warum verlangst du das eigentlich von mir? Ich weiß, du sagst, daß es dein Job sei, daß es nur Routine sei, aber ich kann nicht glauben, daß du so tun mußt, selbst um den Schein zu wahren, als wäre es allen Ernstes möglich, daß ich versucht haben könnte, Wendy Walker neulich abends umzubringen.«

»Du bist früher weg.«

»Um das Interview im Fernsehen zu sehen. Ich habe dich gefragt, ob du mitkommst.«

»Du hast gewußt, daß ich das nicht tun würde.«

»Und wie zum Teufel hab ich das gewußt?«

Er grinste sie verschwörerisch an und sagte: »Kinderspiel, wenn man die nötige Übung hat.«

Sie sagte: »Du willst damit sagen, daß ich dich manipuliert habe?«

»Warum nicht? Du bist sehr redegewandt. Wenn du dich draußen rumgetrieben hättest, bis Wendy Walker gekommen wäre, hättest du mit Sicherheit kein Problem gehabt, sie dazu zu bringen, zu dir in den Lieferwagen zu steigen, um bei einem Gespräch ihre Zweifel und Schwierigkeiten auszuräumen. Und für ihr Fahrrad wäre auch genug Platz gewesen.«

Das mit dem Fahrrad sagte er ganz bewußt so nebenbei. Das Fahrrad war etwas rätselhaft. Wendy Walker hatte Ellie gegenüber gesagt, sie würde mit dem Bus zur Party kommen und würde gern nach Hause gebracht werden. Wenn sie tatsächlich mit dem Bus gekommen war, hätte Cap zu ihrer Bude fahren müssen, um das Fahrrad zu holen. Man hatte dort schon herumgefragt und die Antworten bekommen, die von Leuten zu erwarten waren, deren Vertrauen in die Polizei ihrem Vertrauen in Politiker entsprach. Der Fahrer des Busses, dessen Ankunft Caps Aufbruch von der Party zeitlich am nächsten lag, glaubte sich an einen Fahrgast zu erinnern, auf den Wendys Beschreibung paßte, doch weiteres Nachfragen förderte sein Vorurteil zutage, alle Studentinnen trügen Jeans, Regenjacken und Turnschuhe, und die meisten seien mager, blaß und unterernährt, so daß seine Aussage sie nicht weiterbrachte.

Dalziel beobachtete Cap aufmerksam, weil er sehen wollte, ob sie auf seine Vermutung reagierte, Wendy sei mit dem Fahrrad zur Party gekommen. Sie tat es nicht.

Sie sagte: »Nachdem ich sie ins Auto gelockt und festgestellt habe, daß sie mein schlimmes Geheimnis kennt, soll ich sie bewußtlos geschlagen haben, dann zur Ludd Lane hinausgefahren sein, dort einen Unfall inszeniert und sie in einem Graben liegenlassen haben, damit sie ertrinkt?«

Ertrinkt. Sie hat ertrinkt gesagt und nicht stirbt. Hatte er mit ihr über die Strömung in dem Graben gesprochen und wie die Regenjacke einen Damm gebildet hatte, der Wendy vor dem Ertrinken bewahrt hatte? Möglich war's. Es hatte keinen Grund gegeben, ihr das vorzuenthalten. Damals hatte er ihr noch vollkommen vertraut. Ihm fiel wieder eine von Wallys weisen Maximen ein. *Trau keiner Sau außer deiner Mutter. Und der erst, wenn du ihr Führungszeugnis eingesehen hast.*

Er sagte: »Wenn du das nicht getan hast, was hast du dann getan?«

»Was ich dir gesagt habe natürlich. Ich bin geradewegs nach Hause gefahren, habe mir einen Drink eingeschenkt und mich im Fernsehen bewundert.«

»Zeugen? Du hast nicht vielleicht auf dem Weg nach Hause getankt? Oder bist los, um eine Flasche von dem mexikanischen Bier zu kaufen oder eine Tüte Chips?«

Hier bot er ihr die Chance, sein geheimes As zu übertrumpfen, noch bevor er es gespielt hatte, eine Erklärung zu liefern, warum er sie zehn Minuten nach der Sendung gesehen hatte – deretwegen sie angeblich die Party verlassen hatte –, wie sie aus ihrer Garage kam und in ihre Wohnung ging, die völlig im Dunklen lag.

»Nein, Andy. Ich bin geradewegs nach Hause gegangen, habe mich vor den Fernseher gesetzt, und das war's.« Sie sprach mit einer Leidenschaft, die ihn fast überzeugt hätte, wenn er nicht mit eigenen Augen gesehen hätte, daß sie log.

Etwas in ihm wollte sie gleich damit konfrontieren, aber das war nicht der Polizist in ihm, und wenn dieses Etwas auch noch nicht gänzlich jegliches Stimmrecht verloren hatte, so war es doch schon länger, als er denken konnte, in der Minderheit.

Nein, dergleichen hob man sich auf für den Fall, daß man vor Gericht aussagen mußte, oder man fragte sie erst, wenn man sie im Vernehmungsraum hatte und das Tonband mitlief.

Es klingelte zweimal an der Tür.

Er sagte: »Das wird für mich sein. Wir brauchen die Schlüssel zu deiner Garage und zu deinem Auto.«

Sie sah ihn traurig an und sagte: »Ach, Andy. Ist das nicht die Stelle, an der du sagen müßtest, daß du nur Befehle ausführst?«

»Nein, mein Mädel«, sagte er und hielt ihr seine riesige Hand hin. »Ich gebe sie. Und jetzt gib mir mal die Schlüssel.«

NEUN

»Bevor Sie das Ding da anstellen – hatten wir nicht eine Abmachung getroffen?« sagte Jimmy Howard.

»Das war, bevor wir das hier gefunden haben«, sagte Wield und hielt den Plastikbeutel hoch, der den Umschlag aus Howards Auto enthielt. »Drück auf den Schalter, Shirley.«

Detective Constable Shirley Novello stellte das Aufnahmegerät an, und Wield betete die Litanei von Datum, Zeit und Anwesenden herunter.

»Erkennen Sie diesen Umschlag, Jimmy?«, fragte Wield.

»Na ja, ich kann sehen, daß es ein Umschlag ist, aber alle Umschlägen sehen gleich aus, oder?«

»Sehen Sie ihn sich genauer an«, sagte Wield.

»Nein, löst keine Erinnerung aus.«

»Wir haben ihn in Ihrem Auto gefunden, Jimmy.«

»Hat nichts mit mir zu tun. Wo wurde er gefunden?«

»Unter der Gummimatte am Fahrersitz.«

»Na bitte, der könnte da schon liegen, seit ich die Karre gekauft habe.«

»Putzen Sie sie denn nicht ordentlich jeden Sonntag?«

»Eigentlich nicht.«

»Wenn der Umschlag also nichts mit Ihnen zu tun hat, dann besteht auch keine Chance, daß Fingerabdrücke von Ihnen drauf sind?«

»Könnte nun natürlich der Fall sein, weil ich ihn gerade genau angesehen habe.«

»Versuchen Sie nicht, raffiniert zu sein, Jimmy. Für die Tonbandaufzeichnung: Der Umschlag befindet sich in einem Plastikbeutel für Beweismaterial, der versiegelt ist und Zeit und Datum trägt. In dem Umschlag ist etwas drin, Jimmy. Ein paar Tabletten. Wir haben eine entnommen und zur Analyse ins Labor geschickt. Haben Sie eine Ahnung, was dabei herauskommt?«

»Aspirin?« sagte Howard. »Hören Sie mal, ich weiß nicht, was in dem Umschlag ist, und ich weiß auch nicht, wie er in mein Auto gekommen ist, wenn Sie ihn dort gefunden haben. Und ich weiß auch nicht, wie meine Fingerabdrücke drauf sein können, es sei denn, jemand hat dafür gesorgt, daß sie schon drauf waren, bevor er den Umschlag in mein Auto gelegt hat. Der Umschlag sieht wie ein ganz normaler weißer Umschlag aus, wie sie bei uns im Büro rumliegen. So welche hab ich jeden Tag gleich mehrere in der Hand.«

»Und wer könnte ihn in Ihr Auto gelegt haben?«

»Gott und die Welt. Wenn man mal ein Bulle war, hat man Feinde, das müßten Sie doch am besten wissen. Selbst Sie könnten es gewesen sein, Sergeant Wield.«

Shirley Novello sah Wield besorgt an. Sie saß zum ersten Mal bei einer seiner Befragungen dabei, es war sogar die allererste förmliche Befragung, an der sie teilnahm, seit sie die Uniform ausgezogen und zur Zivilkleidung gewechselt war. Jeder hatte gesagt, sie sei verrückt, ihre Zukunft in die Hände des Dicken zu legen. Am ersten Tag war sie mit geschrubbtem Gesicht, straff zurückgebundenem Haar, Jeans und einem lokker sitzenden Pullover aufgetaucht. Dalziel hatte sie von oben bis unten gemustert und dann gefragt: »Rock oder Lippenstift hast du wohl nicht? Gammelige Typen rennen hier schon genug herum.« Die anderen hatten gelacht und sie mit jeweils unterschiedlicher Vorsicht oder Herablassung behandelt, bis sie sahen, aus welchem Holz sie geschnitzt war. Nur Wield hatte sie, soweit sie erkennen konnte, nicht in eine Schublade gesteckt, sondern einfach als eine vom Team akzeptiert. Diese Tatsache und sein Ruf, beim Befragen von Verdächtigen unerbittlich zu sein, lieferten ihr zwei gute Gründe, den Verlauf der Dinge mit Sorge zu beobachten.

»Warum sagen Sie das, Jimmy?«

»Sie sind doch neulich zu mir gekommen, oder etwa nicht? Haben mich unter Druck setzen wollen, daß ich über meine Arbeitgeber etwas Nachteiliges sage. Als ich mich geweigert habe, haben Sie mich gewarnt, ein ehemaliger Bulle, der eine Vorstrafe für Alkohol am Steuer hat, sollte es besser wissen, als einem alten Kollegen die kalte Schulter zu zeigen. Ich hab

Ihnen gesagt, Sie könnten mich mal und sollten mich in Ruhe lassen.«

Nicht übel, mußte Wield einräumen. Er hatte Howard unterschätzt, hatte vergessen, daß der Typ viele Jahre Polizist gewesen war, und zwar einer von denen, die Bescheid wußten. Kaum hatte er den Umschlag gesehen, wußte er, daß er sich jeden Kuhhandel abschminken konnte. Und da ihm klar war, daß auf Band aufgenommene Befragungen als Beweismittel zweischneidig sein konnten, hatte er keine Minute verloren, zurückzuschlagen.

Er wußte natürlich nicht, daß Wield gesehen hatte, wie Jane Ambler ihm den Umschlag gab. Das Drogendezernat knöpfte sich gerade Jane Amblers Wohnung und gleichzeitg Howards Haus vor. Dazu waren alle Leute im Einsatz, und deshalb konnte Wield sich den Ex-Polizisten als erster vorknöpfen.

Nun überraschte er Howard und Shirley Novello, indem er sagte: »Ich glaube, das reicht erst einmal. Ende der Befragung um 18.43 Uhr.«

Er streckte den Arm über den Tisch, legte den Schalter um, stand auf und sagte gähnend: »Langer Tag, Jimmy. Für Sie auch. Ich bring Sie in die Zelle zurück.«

Auf dem Weg den Korridor hinunter sagte er: »Jimmy, Sie hätten Ihren Anwalt dabeihaben sollen. Er hätte Ihnen viel Kummer ersparen können. Er hätte Sie davon abgehalten, sich noch tiefer reinzureiten.«

»Was soll denn das schon wieder heißen? Machen Sie sich Sorgen, Sergeant? Sie haben allen Grund dafür. Es wird Scheiße regnen und nicht zu knapp, und etwas bleibt immer haften.«

»Daß ich Sie unter Druck gesetzt hätte, meinen Sie? Nie und nimmer. Nicht, wenn Jane Ambler auspackt.«

Er hielt inne und wartete die Wirkung des Namens auf Jimmy Howard ab. Der sah aus, als hätte er aus Versehen auf eine Chili gebissen.

»Sie haben nichts weiter gemacht, als eine Menge Kakke aufs Band zu kotzen. Ich meine, jetzt bringt es Ihnen gar nichts mehr, wenn Sie sagen, Sie hätten nicht gewußt, was in dem Umschlag ist, den sie Ihnen gegeben hat. Da hätten Sie uns nicht erst die Hucke vollügen dürfen, Sie hätten den Umschlag nie gesehen. Nee, Jimmy, ein guter Anwalt hätte Ihnen den Rat gegeben, das Maul nicht eher aufzureißen, als bis Sie wissen, was man Ihnen zur Last legt. Haben Sie denn bei der Polizei gar nichts gelernt?«

Sie waren bei der Zelle angekommen. Wield machte die Tür auf und schob Howard vor sich her. Der drehte sich um und legte die Hand auf die Tür, damit Wield sie nicht schließen konnte.

Eindringlich sagte er: »Sergeant, ist da denn gar nichts mehr zu machen?«

»Nicht länger mein Fall, Jimmy. Das war nur eine Formsache. Jetzt übernehmen die Kollegen von den Drogen.«

»Scheiße. Nehmen wir an, ich hätte noch von Jane Ambler erzählen wollen, als Teil unserer Abmachung, nur daß ich keine Zeit dazu hatte?«

Wield lachte wie eine Kaffeemühle.

»Das zu glauben, hätte sogar Ihre eigene Mami Probleme, Jimmy.«

»Ja, aber sehen Sie, Sergeant, alles, was Sie von Mitarbeit meinerseits sagen würden, daß ich sozusagen einen Under-Cover-Job für Sie übernommen hätte, würde helfen. Ich meine, die Sache mit den Drogen würde zumindest anders aussehen, oder? Sie brauchten ja nicht zu sagen, daß Sie mir glauben. Bleiben Sie nur neutral, solange Sie sagen, daß ich bei der anderen Sache voll mitgearbeitet habe.«

»Und was wäre das für eine andere Sache, Jimmy?«

Howard zögerte. Was immer er wissen mag, dachte Wield, er weiß, daß es mit dem Handel aus und vorbei ist, wenn er es ausgesprochen hat.

Er sagte: »Jimmy, ich würde Ihnen ja gern helfen, aber halten Sie sich doch mal mein Problem vor Augen. Ich muß die hartgesottenen Kerle von der Drogenfahndung doch irgendwie beknien, Sie nicht zu scharf anzufassen. Und um das zu erreichen, muß ich denen mit etwas mehr kommen als nur mit einem kleinen Drogendelikt. Aber ich weiß halt nicht, womit ich denen kommen soll. In anderen Worten, ein Handel ist nicht drin, so lange ich nicht weiß, womit wir handeln.«

»Ja, ja, und warum sollten Sie noch an einem Handel interessiert sein, wenn ich mein As gespielt habe?« fauchte Jimmy Howard.

Der Kreis war alt, und Wield hatte seit langem Erfahrung, wie man ihn durchbricht. Doch bevor er seine Argumente vorbringen konnte, hörte er Schritte den Flur hinunterkommen und einen Beamten sagen: »Hier ist er, Mr. Beasley. Und dies ist Sergeant Wield von der Kripo, der ihn gerade vernommen hat.«

In die Zelle kam ein junger Mann mit frischem Gesicht. Er trug einen eleganten grauen Anzug.

Er sagte: »Ich hoffe, daß die Vernehmung nicht außerhalb des dafür vorgesehenen Raumes fortgesetzt wird, Sergeant? Sie wissen, daß die Gerichte einen Verstoß gegen die Vorschriften nicht schätzen.«

»Wer sind Sie?« fragte Wield.

»Mr. Beasley ist Mr. Howards Anwalt«, sagte Charley Slocum.

»Trifft das zu, Jimmy?« sagte Wield und musterte den Gefangenen, dessen Gesicht nicht zu entnehmen war, daß er Mr. Beasley kannte.

»Eigentlich wurde ich von TecSec beauftragt«, sagte Beasley. »Mrs. Howard hat im Büro angerufen, als sie von Mr. Howards Schwierigkeiten hörte, und Mr. Sanderson, der als ehemaliger Militär ein ausgeprägtes Verantwortungsgefühl für seine Leute hat, hat mich gebeten, hierherzukommen und meine Dienste anzubieten. Auf Kosten der Firma, natürlich, Mr. Howard.«

Wield sagte: »Das ist aber großzügig von ihm, Jimmy. Die Entscheidung liegt bei Ihnen.«

Howard zögerte und sagte dann: »Sie haben selbst gesagt, daß ich mit einem Anwalt hätte reden sollen, Sergeant. Nie zu spät, was?«

Wield zuckte mit den Schultern und trat auf den Gang. Nach hinten blickend sagte er: »Wir sehen uns vor Gericht wieder, Jimmy. Für einige Leute ist es immer zu spät. Vom Tag ihrer Geburt an.«

ZEHN

Mein Name ist Peter Pascoe.

Ich wurde am Swithin's Day* im Jahr 1892 geboren – als 10-Monats-Baby, und habe meiner Mutter viel Schmerzen bereitet. Als sie darüber klagte, bekam sie zur Antwort, kein Wunder, sie hätte einem Riesen das Leben geschenkt und sein Kopf wäre schon hart wie ein Fels. Deshalb hat sie mich Peter genannt. Sie kannte ihre Bibel, aber sonst las sie nicht darin.

Meine Mutter war Mrs. Grindals Zofe gewesen, oben im Maisterhouse, aber als sie schwanger wurde und heiratete, mußte sie natürlich den Dienst verlassen und ist in die Nummer 13 von Miter Lane gezogen, wo ich geboren wurde. Mein Vater hat in Grindals Mill am Webstuhl gearbeitet. Er war ein guter Arbeiter, hatte aber eine Schwäche für den Alkohol, was zur Sprache kam, als er verunglückte. Der Leichenbeschauer sagte, den Aufseher und den Manager treffe kein Verschulden. Ich war damals fünf, alt genug, um zu hören, daß man von Entschädigung sprach, aber nicht alt genug, um zu verstehen, was es bedeutete. Als ich nachfragte, sagte man mir, es bedeute verhungern oder nicht verhungern. Ich erinnere mich, meine Mutter gefragt zu haben, ob wir verhungern müßten. Sie sagte, sie hoffe, daß Gott für uns sorgen würde. Am nächsten Tag erfuhren wir, daß Mrs. Grindal einen Sohn geboren hatte und daß Mr. Grindal sie zum großen neuen Haus schicken wollte, das er auf dem Land hatte bauen lassen, weil da die Luft besser ist. Man holte meine Mutter. Sie sollte Mrs. Grindal als Kindermädchen begleiten. Ich glaube, man wollte nicht, daß ich mitkomme, aber meine Mutter sagte, sie könnte mich nicht zurücklassen. Also hieß es, daß ich mitkommen könnte. Alle Männer sagten, das sei wegen der Entschädigung. Einige wollten meine Mutter überreden, nicht aufs Land zu gehen, aber ich war froh, als sie sagte, daß sie gehen würde, weil sie nicht verhungern wollte.

Das neue Haus hieß Wanwood. Ich wohnte im Kutscherhaus bei den Kutschern, wohingegen meine Mutter im Kinderzimmer bei dem Baby wohnte. Es war ein armes Würmchen, sagte sie. Während der ersten Monate bangten sie so manches Mal um sein Leben. Ich denke, niemand hatte soviel Angst wie ich. Die Kutscher sagten nämlich, wenn es sterben würde, müßten meine Mutter und ich mit Sicherheit wieder zurück nach Kirkton. Und da würden wir mit Sicherheit verhungern.

Ich habe eifrig gebetet, damit sein Leben gerettet wurde. Ich wußte aber, daß ich in Wirklichkeit betete, um mein eigenes Leben zu retten, und so wußte ich nicht, ob meine Gebete zählten. Dann kam Mrs. Grindals Bruder, Mr. Sam Batty, nach Wanwood. Er war bekannt dafür, ein großer Wissenschaftler zu sein und so manchen heilenden Trunk und manche Salbe zu kennen. Er überwarf sich mit dem Arzt, der das Haus mit den Worten verließ, wenn dem Kleinen etwas passieren würde, dann wüßte man, wer daran schuld ist. Aber es ist nichts passiert. Vierzehn Tage später hatte der kleine Junge zugenommen und Farbe bekommen. Ob das an meinen Gebeten lag, an den Pülverchen des Mr. Sam oder selbst an den Arzneien des alten Doktors, wußte ich nicht, und es war mir auch nicht wichtig. Wichtig für mich war, daß ich auf Wanwood bleiben, meine Mutter wenigstens einmal am Tag sehen durfte und doppelt so häufig eine ordentliche Mahlzeit bekam.

Ich machte auch einen Anfang mit der Schule, denn ich mußte jeden Tag in die Dorfschule laufen, acht Kilometer. Meine Mitschüler waren nicht nett zu mir, weil ich in ihren Augen nur ein blöder Junge aus der Stadt war. Aber sechs Jahre Kirkton hatten mich gelehrt, mich zu wehren. Als ich ihnen die Zähne zeigte, haben sie schnell gelernt, mich in Ruhe zu lassen.

Dort verlebte ich also fünf oder sechs glückliche Jahre, bis es hieß, es sei an der Zeit, daß ich meinen Lebensunterhalt selbst verdiene. Ich könnte das im Haushalt tun, als Junge für alles, und dabei bis zum Lakai aufsteigen, oder ich könnte in der Fabrik in Kirkton anfangen.

Ich fragte meine Mutter, was ich wählen sollte. Ich ging davon aus, daß sie sich für den Haushalt erwärmen würde, aber sie überraschte mich damit, daß sie sagte, es ist ein schlechtes Leben, immer von der Lust und Laune ihrer Herrin abhängig zu sein, besonders für einen Mann. Sich als Diener den Respekt zu erarbeiten, der einem Mann zusteht, ist schwer, sagte sie.

Ich war jung, aber nicht so jung, um nicht zu begreifen, daß es ihr schwergefallen sein muß, mir das zu sagen. Wanwood war mehr als fünfzig Kilometer von Kirkton entfernt, wo das Maisterhouse zwar noch immer als Familiensitz aufrechterhalten wurde, Mrs. Grindal sich aber selten aufhielt. Sie teilte ihre Zeit zwischen Wanwood auf, dem Londoner Haus, das man gekauft hatte, und einem gemieteten Haus an der See, in der Nähe eines Ortes namens Cromer, wo die feinen Leute hingingen. Die beiden letzteren Häuser habe ich nie gesehen. Ich blieb immer unter der Aufsicht der Haushälterin in Wanwood, was für sie wahrlich keine große Arbeit war. Meine Mutter fehlte mir zwar, aber davon abgesehen, war es ein kleiner Kummer, nicht mitgenommen zu werden. Ich war mein eigener Herr und konnte nach Herzenslust durch die Gegend streifen.

Daß ich daran gewöhnt war, mir selbst überlassen zu sein, bestimmte mich zusammen mit dem, was meine Mutter gesagt hatte, in der Fabrik anzufangen. Zwei Tage später fuhr ich in der Kutsche nach Kirkton, mit Mr. Grindal persönlich. Er verbrachte die meiste Zeit im Maisterhouse. In jenen Tagen kam er mir wie ein Riese vor, mit Brauen, die schwarz wie ein gepflügtes Feld wurden, wenn er die Beherrschung verlor, was völlig unvermittelt geschah und schrecklich war. Auf der Reise sprach er freundlich mit mir und schien über meine Wahl überrascht, aber auch erfreut zu sein. Er sagte, ich hätte Köpfchen, und wenn ich meine Nase nicht in Dinge stecken würde, die mich nichts angehen, würde es keinen Grund geben, im Leben nicht voranzukommen.

Aber ach, ich hatte in jenen ersten Monaten in der Fabrik keine Veranlassung, davon auszugehen, daß ich mein Glück machen könnte. Meine Hauptaufgabe bestand darin, unter den laufenden Maschinen hindurchzukriechen und den Abfall zusammenzukehren. Ich kann mir nichts Schrecklicheres als den Lärm, die schlechte Luft und die entsetzliche Angst in meinem jungen Herzen vorstellen, die ich in den ersten endlosen Tagen durchmachte. Kaum ein Augenblick verging, in dem ich nicht bitter bereute, mich gegen das sichere Dienstbotendasein auf Wanwood entschieden zu haben. Was immer mein Leben bringen wird, die langen, scheinbar endlosen Stunden hoffnungslosen Schreckens, die mein tägliches Dasein und meine nächtlichen Träume erfüllten, werde ich nicht vergessen ...

Aber was man nicht ändern kann, muß man ertragen. Menschen sind sehr anpassungsfähig, besonders junge Menschen. Und schließlich bekam das, was mir anfangs wie ein sinnloses oder sogar böswilliges Chaos vorkam, Form und Gestalt. Ich hatte das Gefühl, daß ich die Dinge vielleicht doch bis zu einem gewissen Grad in der Hand hatte.

Ich war bei meinem Onkel George untergebracht, dem jüngeren Bruder meines Vaters. Seine Frau, meine Tante Sara, war gesundheitlich sehr geschwächt. Sie hatte sieben Kinder gehabt, von denen nur eins überlebt hatte, mein Vetter Stephen. Er war zwei Jahre jünger als ich, aber so ein winziges Kerlchen, daß er fünf hätte sein können.

Zuerst gefiel es Stephen nicht, daß ein älterer Junge über ihm war. Er war zwar der Sohn des Hauses, doch bei Jungen bestimmen immer die Größe und die Stärke die Reihenfolge. Aber ich glaube, als er erlebte, wie einsam und unglücklich ich in den ersten Tagen war, wurde ihm klar, daß ich keine Bedrohung für ihn darstellte. Und eines Abends traf ich auf meinem Heimweg von der Fabrik auf ein paar ältere Jungen, die ihn quälten, und ich habe einem von ihnen solch einen Knuff auf die Nase gegeben, daß sie, glaube ich, gebrochen war. Die anderen suchten mit ihm das Weite. Danach konnte ich in Stephens Augen nichts mehr falsch machen.

Onkel George kontrollierte die Arbeitszeit. Er war voll Bitterkeit über den Tod meines Vaters, wagte aber nicht, sein Maul zu sehr aufzureißen, weil er Angst hatte, seinen Job zu verlieren, der als gut und leicht galt.

Aber es gab andere, Gewerkschaftler, die eine kühnere Sprache im Mund führten, nicht nur über meinen Vater, das waren olle Kamellen, sondern über die Arbeitsbedingungen und die Bezahlung, solche Dinge. Mr. Grindal haßte die Gewerkschaften und hätte niemanden eingestellt, der ihm offen gesagt hätte, daß er Mitglied war. Die Gewerkschaftsleute wußten das und hatten ihre Mitglieder insgeheim angeworben. Als Grindal es bemerkte, waren es bei weitem zu viele, als daß er sie hätte entlassen können, ohne daß es zu einem Stillstand seiner Fabrik gekommen wäre. Und gleichzeitig vieler anderer Fabriken in der Region, was ihm nicht den Dank der anderen Fabrikbesitzer eingebracht hätte.

Obwohl Onkel George wegen seines Bruders sehr verbittert war, mochte er die Gewerkschaften nicht leiden, weil sie ganz schön wenig getan hätten, als es um die Entschädigung ging. Er warnte mich davor, mich mit der Gewerkschaft einzulassen. Er begründete es damit, daß Mr. Grindal ein Auge auf mein Fortkommen geworfen habe, ich jedoch nicht weit kommen würde, wenn er glaubte, daß ich mit der Gewerkschaft gemeinsame Sache mache. Da ich noch ein Junge war und nur so viele Stunden arbeitete, wie Jungen arbeiten durften, und auch nur die Bezahlung eines Jungen bekam, konnte ich noch nicht volles Mitglied werden. Deshalb erweckte ich bei den Gewerkschaftsleuten schlauerweise den Eindruck, ich würde bei meiner Volljährigkeit Mitglied, und bei Onkel George, daß ich mir die Gewerkschaftler vom Leibe halte. So gelang es mir in jenen ersten Jahren, mit allen problemlos auszukommen.

Alice Clark lernte ich gleich am Anfang kennen, als ich wieder in Kirkton wohnte. Ich will sagen, ich wußte, daß es sie gab. Sie war eine von zwei Schwestern, die zwei Häuser weiter von Onkel George wohnten. Aber sie hatte Stephens Alter, war nur ein Kind, und so habe ich nicht mehr auf sie geachtet wie auf das Pferd des Kohlenhändlers, das ich genau so oft sah und um etliches mehr bewunderte. Erst als ich mich den Achtzehn näherte und sie schon über ein Jahr in der Fabrik arbeitete, begann ich auf sie aufmerksam zu werden. Sie bekam hübsche Formen und hatte ein Art zu gehen, als wäre sie ganz allein, und schlenderte unter den Bäumen am Fluß entlang und nicht den Gang zwischen den ratternden Maschinen, so daß ich mich anstrengte, nur um einen Blick auf sie zu werfen. Vom Schauen war es nicht weit zum Reden. Nichts Besonderes, nur ein paar Worte, wenn wir uns auf dem Weg zur Fabrik trafen oder wenn wir sie verließen, was wir in jenem Sommer immer häufiger gleichzeitig zu tun schienen. Ich war weit davon entfernt, ihr den Hof zu machen. Ich sagte mir noch immer: Sie ist nur ein Kind. Ich hatte auch keine Ahnung, daß jemand mein Interesse bemerkt haben könnte. Genaugenommen, ich glaube, daß ich es selbst nicht begriff, ich will sagen, daß ich zwar an Mädchen interessiert war, schon seit zwei Jahren oder so, aber Alice gehörte nicht in dieselbe Kategorie wie die vollbusigen Weiber mit der frechen Zunge, nach denen es uns Jungen gelüstete.

Stephen brachte die Sache ungewollt ins Rollen. Wir saßen eines Tages draußen und verzehrten unser Essen, als er verschmitzt sagte: Da läuft die große Liebe von Peter. Ich habe hochgeblickt und habe Alice mit ein paar anderen Mädchen ganz nah vorbeigehen sehen. Ich spürte, wie ich ein bißchen rot wurde, ohne daß ich wußte, warum. Und ich sagte: Nun hör mit dem Gerede auf, ich weiß nicht, was du meinst.

Es war, als hätte meine Verlegenheit die anderen zum Lachen gebracht. Einer, ein großer, massiver, brutaler Kerl namens Archie Doyle, der im Ruf stand, seine Frau zu schlagen, sagte: Sag mal, kleiner Pascoe, hast du es denn schon mit ihr gemacht?

Nun wurde es still. Nicht, weil auch nur einer von ihnen schockiert gewesen wäre, in einer Fabrik hält man solche Fragen für ein Zeichen von Witz, sondern um zu sehen, wie ich reagieren würde. Wenn man sich ärgert, hat man für immer verspielt. Man ist Freiwild für jeden, der sein Mütchen kühlen will. Ich ließ mir Zeit und kaute auf meiner Brotkruste herum. Dann sagte ich: Warum willst du das denn wissen, Archie? Ist es so lange her, daß du es gemacht hast? Hast vergessen, wie es geht, was?

Das hat sie zum Lachen gebracht. Alle, bis auf Doyle, der auf die Füße sprang und mit geballten Fäusten auf mich zukam. Ich wußte, wozu er fähig war. Ich sprang auch auf und dachte daran, Fersengeld zu geben. Aber ich wußte, daß ich nicht immer würde rennen können und daß er mich immer auf dem Kieker haben würde. Deshalb packte ich eine herumliegende kräftige Latte, mit der das Maschinentor aufgeschoben wurde, und hielt sie wie einen Knüppel vor mich und sagte: Nun hör mir mal gut zu, Archie. Dein dreckiges Maul ist mir egal, denn dafür kannst du nichts. Aber wenn du mich auch nur einmal anrührst, spalte ich dir den Schädel in zwei Teile, so wahr mir Gott helfe.

Er blieb stehen, aber ich konnte sehen, daß er nicht einlenken würde, bevor er einen Ausweg sah. Und um sich einen auszudenken, war er zu dumm. Ich war zu aufgebracht, um ihm einen zu zeigen. Und dann hat einer von den anderen, Tommy Mather von den Gewerkschaftsleuten, gesagt: Pete, kein Grund, in Zorn zu geraten. Archie hätte das nie gesagt, wenn er gewußt hätte, daß du dem Mädel wirklich den Hof machst. Stimmt's, Archie? Und Doyle sagte: Ja. Woher hätte ich das denn wissen sollen? Und ich sagte: Dann ist alles in Ordnung. Da ging die Sirene, und als wir wieder zurück an die Arbeit gingen, sagte Mather zu mir: Am besten bemühst du dich zumindest die nächste Woche oder so dem Mädchen gegenüber, Pascoe. Nur so lange, bis sich Archie an den Gedanken gewöhnt.

Ich habe ihm keine Antwort gegeben, mußte aber die ganze Schicht darüber nachdenken. Die Wahrheit war, und ich schäme mich fast, es zu hinzuschreiben, daß Doyles schmutzige Frage mich dazu gebracht hatte, an Alice nicht als Heranwachsende, sondern als erwachsene Frau zu denken. Es ist seltsam, wie Gott die Dinge verdreht, aus schlecht gut macht und manchmal aus gut schlecht, so scheint es.

So kam es, daß ich anfing, Alice den Hof zu machen. Sie hat mir später zu meiner Überraschung erzählt, sie habe schon lange darauf gewartet, daß ich sie frage, und schon befürchtet, ich würde es nie tun!

Wir beeilten uns nicht mit dem Heiraten, zum einen, weil wir erst etwas zur Seite legen wollten, und zum anderen, weil wir einander so sicher waren, daß keiner das Bedürfnis verspürte, sich mit Kirchenknoten zu binden. Was die starken fleischlichen Gelüste betrifft, die manche Frauen dazu ausnutzen, einen widerstrebenden Mann zum Altar zu schleppen, darin waren wir uns so gleich, daß wir mit Freude gaben und nahmen, in dem Vertrauen, daß das, was wir taten, heilig war, ohne daß ein Pfarrer seine feierlichen Worte predigte.

Ein weiterer Grund war, daß ich in meinem Beruf so gut vorwärtskam. Ich war schon lange kein Kriechjunge mehr und hatte rasch alle Jobs an den Maschinen durchgemacht, zu rasch für Leute wie Archie Doyle, der mich höhnisch als Liebling vom Boss bezeichnete. Zu guter Letzt hab ich dann gemacht, was ich vielleicht schon gleich hätte machen sollen. Ich hab gesagt, er soll sich mit mir schlagen oder die Klappe halten. Als er auf mich losging, hab ich ihn fertiggemacht. Er hat mich ein, zwei Mal erwischt und mir auch eine Rippe gebrochen, aber am Ergebnis bestand kein Zweifel, und danach sagte niemand mehr was über meinen rapiden Aufstieg. Genaugenommen hatte Doyle nicht unrecht gehabt. In meinem Herzen wußte ich, daß ich nicht weiterkam, weil ich so gut war. Ich war zwar schnell von Begriff bei allem, was ich machen mußte, aber Mr. Grindal hatte mich auch unter seine Fittiche genommen.

Die Gewerkschaftsleute hatten mich inzwischen so gut wie aufgegeben. Nicht, daß ich etwas gegen sie gesagt habe. Ich hab mich nur gedreht und gewendet, hab mich kleingemacht und bin ihnen ausgewichen, denn ich hab gewußt, daß ich auf Granit beißen würde, wenn Mr. Grindal auf die Idee gekommen wäre, ich könnte mich mit der Gewerkschaft eingelassen haben. Manchmal hab ich mit dem Vater von Alice darüber gesprochen. Der war ganz scharf auf die Gewerkschaft. Alice spielte die unterwürfige Maid und sagte: Das ist Männersache und übersteigt meinen Verstand. Aber als ihr Vater sagte, einem Liebling vom Boss würde er seine Tochter nicht geben, war von Unterwürfigkeit nichts mehr zu spüren. Sie hat erwidert, keiner von der Gewerkschaft würde ihr vorschreiben, wen sie heiraten kann und wen nicht!

Dennoch hätte er ein Hindernis für uns werden können, bis sie volljährig war. Das wäre mir lieber gewesen als das, was dann geschah. In Kirkton brach der Typhus aus, und einige Dorfbewohner wurden dahingerafft. Mr. Clark war gleich bei den ersten. Auch Alice erkrankte, und ich bangte um ihr Leben. Aber als ich Mr. Grindal davon erzählte, den ich bisher über meine Heiratsabsichten im Dunklen gelassen hatte, weil ich nicht wußte, wie er dazu stand, veranlaßte der gleich seinen Schwager, Mr. Sam Batty, mit ihrem Doktor zu sprechen. Mr. Sam war ganz berühmt geworden wegen seiner Patenteinreibungen und Magensäfte, die er den Leuten wahrscheinlich umsonst gegeben hätte, wenn Mr. Grindal ihm nicht eine Fabrik eingerichtet hätte. Sie lag auf einem Stück Land, das ihm gehörte, auf der anderen Flußseite, seiner eigenen Fabrik gegenüber. Ich habe gehört, wie Mr. Grindal sagte, sein Schwager weiß mehr darüber, wie das menschliche System funktioniert, als alle Ärzte Englands, aber weniger über das Geldsystem als jeder beliebige Lebensmittelhändler in Leeds. Ich weiß nicht, was er Alice verschrieben hat oder was er gesagt hat. Ich weiß nur, daß sie sich auf seinen Rat hin schnell erholte, und dafür bin ich ihm dankbarer als alle Menschen auf Erden.

Ohne Vater, der dagegen war, und mit der Zustimmung Mr. Grindals haben wir das Aufgebot bestellt. Denn nachdem er sie kennengelernt hatte, sah er selbst, daß sie geeignet war, einem Mann eine Frau und Helferin zu sein. Geheiratet haben wir im Frühjahr 1911, und im folgenden Jahr wurde die kleine Ada geboren.

Mittlerweile war ich nicht mehr in der Fabrik, sondern im Kontor. Als richtiger Kontorist mit guten Aussichten und genug Einnahmen, um Frau und Familie ordentlich zu versorgen. Ich habe sogar ein Klavier gekauft, weil Alice hoffte, daß Ada sich als musikalisch herausstellt. Zu meiner Überraschung habe ich festgestellt, daß ich selbst in dieser Richtung begabt war. Ich hatte vorher nie die Gelegenheit gehabt, das herauszufinden. Im Nu konnte ich die ganzen Ragtime-Melodien spielen, die in Mode waren.

Mr. Grindals Vertrauen zu mir wuchs täglich. Und als er den Beschluß faßte, daß sein Sohn Bertie die Sommerferien damit verbringen sollte, seinen Kopf von den ganzen vornehmen Vorstellungen zu leeren, die seine Mutter und seine teure Schule hineingepackt hatten, vertraute er ihn meiner Obhut an.

Bertie sah gut aus, ein bißchen wie ein Mädchen mit seinem weichen hellbraunen Haar, das er mit einem Seidentuch zurückband, als man ihn darauf hinwies, daß es sich in den Maschinen verfangen konnte. Fortan nannten ihn alle Gertie. Allerdings nie, wenn Mr. Grindal in Hörweite war.

Er sagte, er würde sich an mich erinnern, als er noch klein war, und er sprach sehr liebevoll von meiner Mutter, die ich seit über einem Jahr nicht gesehen hatte. Sie war krank geworden, während die Familie in Cromer war. Als die Familie nach London zurückkehrte, war sie dort geblieben. Sie war nicht in der Verfassung, zu reisen und ihre Enkelin zu sehen. Man hatte mir versichert, es sei eine Kleinigkeit, die vorübergehen würde. Doch wegen einiger Bemerkungen, die der junge Gertie unbedacht fallenließ, begann ich mir Sorgen zu machen, es könnte etwas viel Schlimmeres sein. Doch zu meiner Schande unternahm ich nichts. Davon abgesehen hatte ich wenig Sorgen. Als Mr. Grindal mir riet, zum Institut zu gehen, um Kurse in Buchhaltung zu nehmen und mich auch sonst fortzubilden, zeigte mir mein Blick in die Zukunft, daß ich für die beste Firma im besten Land arbeitete. Ich sah nur Frieden und Wohlstand am Horizont.

Mr. Cartwright hat mich gestern abend gefragt, wie es mit dem Fortschritt meiner Autobiographie aussieht. Ich habe geantwortet, nicht übel, obwohl ich sie in Wahrheit seit vielen Monaten vernachlässigt habe. Er hat gefragt, ob er sie sehen darf, wenn ich das Gefühl habe, daß sie fertig ist. Ich habe gesagt: Bis dahin ist es noch ein weiter Weg. Was ich gemeint habe, war, daß weder er noch sonst jemand sie sehen darf, außer Alice und eines Tages unsere kleine Ada.

Mr. Cartwright sagte, daß der Parlamentarier Mr. Philip Snowden morgen ins Institut kommen würde und daß das, was er zu sagen hat, mich vielleicht interessiert. Ich habe in der Zeitung von ihm gelesen. Ich habe auch Mr. Grindal über ihn reden hören. Er hält ihn für eine Schande für Yorkshire und England und meint, daß man ihn hängen sollte! Deshalb gehe ich vielleicht hin, aber gut vermummt, damit mich niemand erkennt.

Viele Wochen sind vergangen, seit ich das oben geschrieben habe. Viel ist passiert. Meine Mutter ist tot. Das ist das Schlimmste und Traurigste. Und es heißt, daß es zum Krieg kommen wird, aber niemand ist sich sicher, wann.

Ich bin an jenem Abend hingegangen, um Mr. Snowden zu hören. Auf dem Nachhauseweg hat sich mir der Kopf gedreht vor lauter neuen Gedanken. Ich habe früher natürlich auch unsere Gewerkschaftsleute gehört, auch Leute wie Mr. Cartwright im Institut, aber alles, was die zu sagen hatten, schien so ortsgebunden. Es betraf das alltägliche Leben und die Arbeitgeber, gegen die man ankämpfen muß, weil sie sich nicht um ihre Arbeiter kümmern, wie Mr. Grindal es tat, bildete ich mir ein.

Mr. Snowden sprach nicht nur von Leeds, sondern über die ganze Welt und was es bedeutete, ein Arbeiter zu sein, egal wo man war. Ich stand so unter Dampf, ich mußte gleich alles Alice erzählen, und sie hörte zu. Manchmal nickte sie, und manchmal runzelte sie die Stirn. Und als ich fertig war, sagte sie: Das klingt alles großartig. Aber ich sollte es am nächsten Tag lieber nicht laut in der Fabrik austrompeten. Das war ein guter Rat, außer daß sich herausstellte, daß Mr. Grindal irgendwie Wind davon bekommen hatte, daß ich bei der Versammlung gewesen war. Es müssen dort Polizeispitzel gewesen sein, von denen mich einer erkannt hatte. Mr. Grindal fragte mich geradewegs, was ich davon halte. Sollte man diesen Snowden nicht nach Deutschland abtransportieren, wo sich die ganzen anderen Feinde des Königs befanden. Ich sagte, ich hätte nichts gehört, was nach Verrat klang, und ob er sich nicht ein neues System ansehen wollte, das ich entworfen hätte, damit die Rechnungen an die Gläubiger effizienter erstellt werden könnten? Das lenkte ihn ab, und kurz darauf mußte er etwas Geschäftliches erledigen. Ich habe die Gelegenheit genutzt, mit Tommy Mather zu sprechen. Ich nahm an, daß er auch auf der Versammlung gewesen war, auch wenn ich ihn nicht gesehen hatte. Ich hatte recht, und wir sprachen ausführlich über das, was gesagt worden war. So ausführlich, daß wir unser Gespräch nicht vor aller Augen in der Fabrik zu Ende führen konnten, und wir haben uns später getroffen.

Das war das erste von vielen Gesprächen, die ich mit Tommy geführt habe. Richtige Gespräche waren das. Nicht wie in der Vergangenheit, wo ich nur halb zugehört hatte, wenn er mich mit seiner Propaganda überschüttete, weil er mich als Mitglied werben wollte.

Bei Mr. Grindals Heimkehr aus London war ich zahlendes Mitglied der Gewerkschaft.

Als er ins Kontor kam und mich aufforderte, in sein Büro zu kommen, machte er ein so ernstes Gesicht, daß mir das Herz in die Hose sank. Ich dachte, er hat die Neuigkeit erfahren und entläßt mich. Eine Gelegenheit, die Solidarität der neuen Kameraden zu testen, von der ich soviel gehört hatte. Statt dessen sagte er, Mrs. Grindal habe Nachricht aus Cromer bekommen, daß es meiner Mutter sehr viel schlechter geht und sie mich sehen will.

Er gab mir Urlaub, damit ich sofort fahren konnte. Ich war noch nie so weit mit dem Zug gefahren, noch möchte ich das wieder tun. Obwohl ich zugeben muß, daß es ein großartiger Anblick ist, die See funkeln zu sehen, einen Kilometer nach dem anderen, unter einem Himmel, der so blau ist wie eine angemalte Decke.

Ich traf meine Mutter sterbend an, allein und auf sich gestellt. Es war zwar eine Wirtschafterin da, die für ihre Bedürfnisse zuständig war, aber sie war ein seltsam verschlossenes, unfreundliches Geschöpf und taugte als Gesellschaft soviel wie ein Dornbusch. Fürsorglich und zärtlich war niemand zu meiner Mutter. Ich habe keinen Zweifel, daß man ihr regelmäßig zu essen gab und daß der Arzt kam, wenn es ihr schlechter zu gehen schien, aber so würde man sich auch bei einem kranken Tier verhalten.

Wie lange geht es ihr schon so? fragte ich. Über eine Woche. Und wann haben Sie Ihrer Herrin Bescheid gesagt? Vor über einer Woche.

Mrs. Grindal hatte also schon über den Zustand meiner Mutter Bescheid gewußt, bevor ihr Mann sich auf Reisen begab, hatte aber nicht versucht, mich zu informieren. Und er hatte bis nach seiner Rückkehr gewartet, bevor er es mir sagte. Und doch würden beide behaupten, sie gut behandelt zu haben, fast wie ein Familienmitglied.

So stand es in Wahrheit um das Dienstbotendasein, vor dem meine Mutter mich gewarnt hatte. Arbeit gehört durch einen Arbeitsvertrag geregelt, nicht durch das Patronat des Arbeitgebers. Meine Schuldgefühle vergrößerten meinen Zorn noch. Ich hätte besser aufpassen sollen. Hätte mehr Fragen stellen sollen. Ich saß an ihrem Bett und hielt ihre kalte Hand. Der Arzt kam, schüttelte den Kopf und ging. Ich saß fünf Stunden bei ihr. Sie stieß einen kleinen Seufzer aus. Ich dachte, sie habe ihr Leben ausgehaucht, und habe ihr die Hand gedrückt, um es wieder zurückzuholen. Es war zu fest für sie, denn sie verzog schmerzlich das Gesicht und sagte: Kriegen, tragen, gehen. Immer hast du mir Schmerzen bereitet. Und dann war sie nicht mehr.

Das war es also gewesen. Sie hatte ein merkwürdiges Leben geführt. Hatte sich um die Kinder anderer Leute gekümmert und nicht um ihr eigenes, noch hatte sich dieses um sie gekümmert. Und dann kam es zum letzten Abschied, und wir wußten so wenig voneinander wie damals, als ich mich nach Kirkton aufmachte, um in der Fabrik zu arbeiten.

Mein Zorn war verraucht, als ich heimreiste, oder zumindest zeigte ich ihn nicht mehr. Zorn ist gut als Treibstoff und eine Verschwendung als Flamme. Aber ich wußte nun, wohin ich gehörte.

In Kirkton traf ich Mr. Grindal in hellster Aufregung an. Es gibt Krieg. Wir müssen bereit sein. Es klang wie Vaterlandsliebe, aber als er dachte, er ist allein mit seinem Schwager, hörte ich eines Abends im Büro zufällig: Vielleicht dauert der Krieg nur wenige Monate. Wenn wir nicht gleich von Anfang an dabei sind, könnte es zu spät sein, um richtig davon zu profitieren. Das klang in meinen Ohren mehr nach Kriegsgewinnler als nach Patriot.

Er steckte immer mehr Zeit, Energie und Geld in die Entwicklung von Mr. Sams medizinischer Fabrik und hatte bereits einen Teil der Maschinen in seiner Fabrik durch Maschinen für die Produktion von Verbandsmaterial ersetzt. Ich fragte ihn, ob es weise ist, sich auf einen so beschränkten Markt zu wagen. Es brauchte Verwundungen in unvorstellbarem Ausmaß, um die Investitionen rentabel zu machen. Da lachte er und sagte: Vergiß die Reiter, die du mit ihren glänzenden Säbeln auf Ikley Moor beim Üben gesehen hast. Ich war letztes Jahr in Deutschland und habe die deutsche Armee beim Exerzieren erlebt. Das ist kein Krieg, der mit Pferden und Lanzen geführt wird, sondern mit Maschinengewehren, von denen jedes die Feuerkraft einer ganzen Kompanie hat. Die Granaten der Artillerie fliegen dreißig Kilometer weit. Die Bomben und Minen reißen solche Löcher in den Boden, daß eine ganze Kirche darin verschwindet.

Ich sprach mit Tommy Mather darüber, daß es mir nicht richtig vorkommt, wenn sich die Gewerkschaften an der Vorbereitung für einen Krieg beteiligen, der dazu führen muß, daß unsere Kameraden in anderen Ländern Leute wie uns töten. Er sagte, er hat seine Zweifel, daß eine solche Sicht der Dinge angesichts der Vollbeschäftigung in Kirkton und der Unbeliebtheit der Deutschen in Yorkshire große Unterstützung erfahren würde, aber er würde dennoch eine Versammlung einberufen, weil die Mitglieder wissen sollen, was sich abspielt.

Er hatte recht. Archie Doyle wurde am lautesten zugejubelt, als er sagte: Wahrscheinlich gibt es keinen Krieg, also laßt uns das Eisen schmieden, solange es noch heiß ist. Und wenn es zufällig doch zum Krieg kommt, dann habe ich nichts dagegen, was vom Ausland zu sehen, das angeblich so großartig ist, und ein paar Deutschen eins auf die Mütze zu geben, wenn ich schon mal dort bin.

Als ich sprach, herrschte Stille. Nur einer rief, wahrscheinlich Doyle: Weiß Mr. Grindal, daß du ganz allein aus dem Haus gegangen bist? Worüber alle am lautesten lachten auf dieser Versammlung.

Mr. Grindal lachte nicht, als ich ihn am nächsten Tag sah. Er sagte, was soll denn das? Ich habe dich aus dem Nichts geholt, und du führst dich auf wie ein sozialistischer Agitator mit einem Komplex. Ich hätte wissen müssen, daß er auch auf einem Gewerkschaftstreffen seine Spitzel hat.

Ich versuchte, es ihm zu erklären, aber er war nicht in der Stimmung zuzuhören. Alles, was er sagte, war: Ich bin froh, daß die anderen mehr Verstand haben. Sie haben dir das Maul gestopft. Und ich sagte: Ja, und sie werden wahrscheinlich auch Ihnen ihre Antwort geben, alle Arbeiter in diesem Land, wenn Sie wirklich Ihren Krieg kriegen. Sie brauchen Männer zum Kämpfen, und bei den Gewerkschaften finden Sie die nicht, das kann ich Ihnen versichern.

Es war eigentlich dumm, so etwas zu sagen. Im Zorn zu sprechen, ist eine traurige Verschwendung von guter Atemluft.

Er sagte: Gesetzt den Fall, du täuschst dich, Pascoe. Gesetzt den Fall, es kommt zum Krieg, und deine Kameraden haben mehr Mumm in den Knochen als du? Was machst du dann? Zu Hause sitzen und jammern?

Und ich sagte: Wenn die Arbeiterbewegung nicht gegen den Krieg ist und ihre Mitglieder in den Kampf schickt, dann machen Sie sich man keine Sorgen. Ich lasse meine Kumpel nicht allein ziehen.

Es war stolz und prahlerisch, so was zu sagen, aber es stimmte auch. Ich war kein Pazifist, der gegen jeden Krieg war. Wenn es um eine gerechte Sache ging, sah ich nichts Unrechtes im Kämpfen und viel Unrecht darin, nicht zu kämpfen. Wenn die Abstimmung so ausfiel, daß ich im Unrecht war, würde ich nicht dagegen antreten. Ich würde in den Krieg ziehen.

Ich hatte erwartet, daß Mr. Grindal mich noch weiter anbrüllen würde, aber das, was ich gesagt hatte, schien ihn in eine bessere Laune zu versetzen. Er lächelte nur und sagte: Ich werde dafür sorgen, daß du nicht vergißt, was du da gesagt hast, Pascoe. Und nun laß uns was tun.

Und ich glaube, in diesem Augenblick glaubte ich zum ersten Mal richtig daran, daß es zum Krieg kommt.

ELF

Ellie Pascoe kam ins Haus gestürzt wie ein SAS-Team* bei einer Geiselnahme.

»Hallo, Mama«, sagte Rosie, die mit unterschlagenen Beinen auf dem Sofa saß, ein offene Dose mit Keksen neben sich, und gebannt auf den Bildschirm blickte, wo John Wayne sein Bestes gab, sich nicht zu einer Schlägerei in einem Saloon hinreißen zu lassen.

Ellie gab keine Antwort, sondern marschierte durch die offene Tür ins Eßzimmer, wo ihr Mann vor einem Tisch voller Papiere saß.

»Peter!« sagte sie. »Weißt du eigentlich, wieviel Uhr es ist?«

Er warf einen flüchtigen Blick auf seine Armbanduhr.

»Schon so spät? Du warst doch nicht etwa die ganze Zeit im Krankenhaus?«

»Doch. Und ich habe dreimal versucht, hier anzurufen, aber ich habe immer nur den Anrufbeantworter bekommen.«

»Tut mir leid. Ich muß vergessen haben, ihn abzustellen.«

»Deshalb klingelt das verdammte Telefon aber trotzdem, Peter!« schrie sie aufgebracht.

»Ja, aber wenn das Gerät angeschaltet ist, nur zweimal«, sagte er sachlich. Dann fuhr er sich mit der Hand durchs Haar und sagte: »Ich habe alles um mich herum vergessen ... das hier. Du würdest es nicht glauben.«

»Wahrscheinlich nicht. Was ich aber geglaubt habe, ist, daß etwas Schreckliches passiert sein muß, wenn du mit Rosie nicht daheim bist. Und was zum Teufel sieht sie sich denn da im Fernsehen an?«

Pascoe stand auf und warf einen Blick ins Wohnzimmer. Waynes gute Absichten waren vereitelt worden, und die Schlägerei im Saloon war in vollem Gang.

»Tut mir leid«, sagte er. »Aber du wirst es verstehen, wenn du das hier liest.«

»Was ist das?« sagte sie und warf einen kurzen Blick auf den Tisch. »Herr im Himmel, doch nicht noch mehr über den Ersten Weltkrieg? Hast du denn alles Interesse am Hier und Heute verloren? Wie zum Beispiel, was sich dein Kind mit dem Programm antut? Und was auf der Intensivstation passiert?«

»Es tut mir leid. Rosie, stell das ab. Und wie geht es Wendy? Gibt es – eine Veränderung?«

»Ja, deshalb habe ich das erste Mal angerufen. Sie war wieder bei Bewußtsein.«

»Großartig. Was hat sie gesagt? Erinnert sie sich?«

Ellie schüttelte den Kopf.

»Sie ist kaum wach. Man ist sich noch immer nicht sicher, wie sehr ihr Gehirn in Mitleidenschaft gezogen ist. Man hat mich kurz zu ihr gelassen. Zuerst hab ich gedacht, sie erkennt mich, aber dann hat sie gesagt: »Cap, Cap, Cap ... o warum, warum, warum?« Ich wäre noch länger geblieben, aber ich bin richtig unruhig geworden, weil ich nicht zu euch durchkam.«

Pascoe nahm sie in den Arm und sagte: »Entschuldige, entschuldige vielmals.«

Über die Schulter sah sie, daß der Streit im Saloon zu Ende war und Held und Heldin einander in den Armen lagen. Rosie, die entschieden hatte, daß Fleisch und Blut dem flachen Bild etwas voraushätten, ließ sie mit einem Knopfdruck verschwinden und beobachtete ihre Eltern. Ich wette, wenn wir ihr einen Faustkampf lieferten, würde sie ganz mit dem Fernsehen aufhören, dachte Pascoe.

Er sagte: »O.K. Setz dich hierher, und ich hol dir was zu Essen, und Rosie bringe ich ins Bett. Möchtest du in der Zwischenzeit einen Drink?

»Das wäre großartig!«

Er schenkte ihr einen Gin ein, stellte zwei Portionen Lasagne zum Auftauen in die Mikrowelle und scheuchte seine Tochter nach oben.

Sie sagte: »Und wie ist es mit meinem Abendessen?«

»O Gott, hast du denn noch nichts gegessen?« fragte er schuldbewußt.

»Doch, ich hab mir selbst etwas gemacht«, grinste sie ihn an.

Frühstück und Abendbrot an einem einzigen Tag. Dem Herrn sei gedankt, daß sie in der Schule eine Mahlzeit kriegt.

Er sagte: »Das bleibt unter uns.«

»Was bleibt unter euch?« fragte Ellie von der Tür aus.

»Daß ich heute Ärger bekommen habe, weil ich auf dem Spielplatz mit Steinen geworfen habe«, erwiderte Rosie prompt und ließ einen Vater zurück, der erfreut darüber war, aus dem Schneider zu sein, aber entsetzt darüber, mit welcher Leichtigkeit seine Tochter ihrer Mutter eine überzeugende Lüge auftischte.

Als er mit Rosie allein war, wollte er ihr deswegen den Kopf waschen.

»Aber ich hab doch tatsächlich Ärger gekriegt, weil ich mit Steinen geworfen habe«, sagte sie. »Also hab ich doch nicht gelogen?« Das Ganze war dabei, sich von einem moralischen zu einem logischen Problem zu entwickeln.

»Selbst die Wahrheit kann manchmal eine Lüge sein«, hörte er sich salbungsvoll sagen.

»Aber kann eine Lüge nicht manchmal besser als die Wahrheit sein?« argumentierte sie.

Dieses Stück Frühreife nahm ihm den Atem. Ein gescheites Kind zu haben, war eine Sache, aber die Kindheit konnte zu einer langen und holprigen Straße für einen Klugscheißer werden.

Dann gähnte sie und fügte hinzu: »Wie fluchen.«

»Hast du mit Miss Martindale gesprochen?« fragte Pascoe.

»Ja. Ich mußte zu ihr, weil ich die Steine geworfen hatte. Und sie sagte etwas über Schlechtes, das gut sein kann. Wie wenn man lügt. Aber man muß aufpassen.«

»Und fluchen?«

»Sie hat gesagt, wenn einem was Schweres auf den Zeh fällt, dann ist es gut, ein besonderes Wort zu haben, das man schreien kann, damit man den Schmerz aus sich rauskriegt, und deshalb sind einige Wörter schlecht, es sei denn, man muß einen Schmerz rauslassen.«

Sie schlief schon fast. An der Tür hielt er inne und fragte: »Warum hast du Steine geschmissen?«

»Ein Mann kam mit einem Hund am Spielplatz vorbei. Der Hund hat nicht gemacht, was er sollte, und da hat der Mann ihn mit der Leine gehauen, und er hat gejault. Also habe ich mit Steinen nach dem Mann geworfen, und da hat er auch gejault.«

Unten sah er Ellie am Eßtisch sitzen, das Tagebuch im Schulheft offen vor sich. Er beobachtete, wie sie sich eine Träne aus dem Auge wischte. Leise ging er in die Küche, stellte die Mikrowelle an, machte einen grünen Salat, goß zwei Glas Wein ein und brachte das Essen auf einem Tablett ins Zimmer.

Ellie sagte fröhlich: »Er hatte deine Einstellung zu Satzzeichen. Im Zweifel lieber weglassen.«

»Er und Bernard Shaw.«

»Und seine Schrift ist noch schlimmer als deine. Darin kann ich nichts entziffern.«

Sie deutete auf den kleinen Lederband.

»Man braucht eine Lupe. Es ist sein Tagebuch aus den Schützengräben. So weit ich ausmachen kann, endet es im Frühjahr 1917, als er Heimaturlaub hatte. Er hat es wahrscheinlich zu Hause gelassen, damit es sicher war, und hat in Flandern ein neues angefangen. Gott weiß, was damit passiert ist.«

»Und das hier?« sagte Ellie und deutete auf die Dokumentenmappe.

»Das habe ich noch nicht durchgesehen, aber es sieht so aus, als handele es sich um Adas Bemühungen, Informationen darüber zu bekommen, was wirklich mit ihrem Vater passiert ist. Briefe an das Kriegsministerium, Parlamentsmitglieder, solche Sachen. Und die Antworten. Ein Archiv der Frustration. Aber wichtig sind die älteren Dokumente. Hier. Stell dir vor, das liegt in deinem Briefkasten.«

Er holte ein gefaltetes, vergilbtes Blatt hervor und legte

es vor sie. Es war vom Infanteriearchiv, datiert November 1917.

Sehr geehrte Mrs. Pascoe,
ich habe den Auftrag, Ihnen mitzuteilen, daß wir vom Kriegsministerium in Kenntnis gesetzt wurden, daß Ihr Mann, Unteroffizier Pascoe, Peter, von einem Kriegsgericht zum Tode durch Erschießen verurteilt wurde und das Urteil am 20. November 1917 vollstreckt wurde.

Mit vorzüglicher Hochachtung

Die Unterschrift war unleserlich.

»O Gott«, sagte Ellie. »Ich kann es gar nicht glauben, daß man den Leuten wirklich so etwas geschickt hat.«

»Nur an etwa dreihundert« sagte Pascoe.

»Diese Schweine, o, diese Schweine!« sagte Ellie.

»Das liegt alles lange zurück, und was sind dreihundert im Vergleich zu den Millionen, die damals umkamen«, sagte Pascoe. »Ich paraphrasiere.«

»Nun sei ja nicht neunmalklug«, sagte sie heftig. »Wir haben kaum genug Zeit und Energie, die Kämpfe zu bestreiten, die heutzutage anstehen, ohne uns ein Bein auszureißen, auch noch altes Unrecht zu tilgen. Aber hierbei geht es ja gar nicht um ein Prinzip, Peter. Es geht um einen Menschen. Um eine ganze verdammte Familie!«

Sie schlug mit der flachen Hand auf das offene Schulheft.

»Ja. Ganz schön ironisch, was?« sagte Pascoe. »Entschuldige, das soll kein 'Ich-hab's-dir-ja-gesagt' sein. Ich habe mich schon dabei ertappt, wie ich mir gewünscht habe, Ada hätte getan, was sie eigentlich tun wollte, und die ganze Scheiße verbrannt, anstatt sie mir aufzubürden.«

»Das hätte sie tatsächlich ruhig tun können. Es ist ja nicht so, als ob du in der Lage wärst, mehr herauszufinden als sie, oder?«

»Ich weiß nicht. Ich weiß nur, daß ich irgendwie mittendrin zu stecken scheine. Du weißt doch, wie das Haus hieß, in dem Peter aufwuchs? Wanwood. Und die Familie, für die seine Mutter als Kindermädchen arbeitete, waren die Grindals. Und dieses medizinische Genie, Sam Batty, seine Nachkommen und die der Grindals sind noch immer Eigentümer der Firma. Sieh her, hier ist ein Brief von Herbert Grindal, in dem er meiner Urgroßmutter sein Beileid ausspricht. Er war Offizier bei den Wyfies, und als ich heute morgen das Archiv in Wanwood durchsah, bin ich auf seinen Namen gestoßen. Er war Patient in Wanwood, als es während des Kriegs in ein Krankenhaus umgewandelt worden war. Ich sag dir, es ist ganz wie im Ypernbogen, von allen Seiten trifft dich die Scheiße!«

Ellie hackte ein Stück aus ihrer Lasagne, froh darüber, wieder in ihre Rolle als Stimme der Vernunft schlüpfen zu können.

»Keine Scheiße, nur ein paar gute Dialoge für einen viktorianischen Roman«, sagte sie. »Wohin bringt dich das? Nirgendwohin. Ada ist an die Grenze gestoßen. Du brauchst mehr als ein bißchen unheimlichen Zufall, um sie zu überwinden.«

»Es gibt noch immer Poll Pollinger.«

»Einzelheiten aus dem Prozeß, meinst du? Mach dir nur ja keine Hoffnungen. So wie es klingt, wurden die Prozesse nicht gerade unter idealen Bedingungen abgehalten, mit einem Stenographen, der Wort für Wort mitschrieb. Du weißt, was man ihm vorgeworfen hat, und du weißt, daß man ihn für schuldig befunden hat. Ich habe den Verdacht, selbst wenn es Poll gelingen sollte, aus ihrem schrägen Oberst die Genehmigung zu Exzerpten herauszuquetschen, sind die vielleicht alles in allem eine halbe Seite lang und sagen nicht viel mehr aus, als du ohnehin weißt. Das ist eine persönliche Sache, Peter. Laß es persönlich bleiben. Lies seine Tagebücher. Nach dem, was ich bisher gelesen habe, scheint er ein Mensch gewesen zu sein, von dem abzustammen man stolz sein kann. Und wenn der Krieg und das System ihn fertiggemacht haben, dann bete darum, daß du und die Deinen nie bis auf Biegen oder Brechen auf dem Prüfstand stehen. Jeden Tag sehe ich im Fernsehen Dinge, von denen ich weiß, daß ich sie nie ertragen könnte. Wenn man das mit mir machen würde, würde ich untergehen. Vielleicht können wir einiges davon ändern. Aber bis es soweit ist, sei stolz, verlier die Hoffnung nicht und iß deine Lasagne.«

»Nun will ich aber verflucht sein, wie deine Tochter gesagt hätte, bevor Miss Martindale mit ihrem Zauberstab wedelte«, sagte Peter Pascoe. »Ich habe eine Philosophin geheiratet. Auf dein Wohl, Sokrates.«

Er hob das Glas. Das Telefon klingelte.

»Scheiße«, sagte Pascoe im Gefühl, daß Miss Martindale ihm zugestimmt hätte.

Er stand auf und ging in die Diele. Ellie hörte seine Stimme in der Ferne, bemühte sich aber bewußt nicht, aus den Lauten einen Sinn zu konstruieren.

Sie sah an seinem Gesicht, daß sie gut daran getan hatte. Es war nichts, was sie wissen wollte.

»Was?« fragte sie.

»Es war Andy«, sagte er. »Wendy Walker ist gestorben. Und man hat Cap Marvell verhaftet.«

ZWÖLF

Als es Freitag mittag geworden war, schien Adas Beerdigung weit, weit zurückzuliegen. Vermutlich empfand Dalziel den Weg, den er seither zurückgelegt hatte, als ebenso weit, wenn nicht noch weiter.

Spät an jenem Montag abend hatte er Cap Marvell zum ersten Mal gesehen. Während der nächsten zwei Tage war er, wenn die Gerüchte stimmten, mit ihr in eine Beziehung getreten, die ihm etwas bedeutete.

Und am Abend des dritten Tages hatte er sie über ihre Rechte aufgeklärt.

Die Anklage gegen sie stützte sich bisher im wesentlichen auf Indizien. Man hatte in ihrem Discovery eine Hosenklammer gefunden, die der entsprach, die Wendy an der linken Fessel trug, sowie Öl und Rostspuren, die von ihrem Fahrrad stammen konnten. Cap Marvells Erklärung lautete, Wendy und ihr Fahrrad bei mehreren Gelegenheiten mitgenommen zu haben. Um es im Kofferraum unterbringen zu können, habe Wendy das Vorderrad ausgebaut und dabei möglicherweise eine Menge Rost gelöst und Öl verschmiert.

Es waren auch Blutspuren auf dem Rücksitz gefunden worden. Die Blutgruppe stimmte mit der Wendy Walkers überein. Marvell erinnerte sich, daß jemand aus ihrer Gruppe sich bei einer Demo, zu der sie mit dem Discovery gefahren waren, geschnitten hatte. Die Untersuchung ergab, daß die betreffende Frau ebenfalls Blutgruppe 0 hatte.

Die vordere Stoßstange wies einen frischen Kratzer auf, der davon herrühren konnte, daß er mit dem Vorderrad eines Fahrrads in Berührung gekommen war. Reste aus den Rillen der Vorderräder unterzog Dr. Tod jedem Test, den er kannte, um eine Verbindung mit dem Fahrrad oder Ludd Lane herzustellen.

Cap Marvells Behauptung, am Tag des Anschlags in Redcar auf einer Hochzeit in Scarborough gewesen zu sein, hatte sich bestätigt. Genaueres Nachfragen hatte allerdings ans Tageslicht gebracht, daß ein beträchtlicher Teil der offiziellen Gäste politische Aktivisten verschiedener Couleur gewesen waren, einschließlich Meg Jenkins und Donna Linsey von ANIMA. Was die zusätzlichen, nicht geladenen Gäste betrifft, die nach der Trauung zur Party in der Gaststätte aufkreuzten, konnte man davon ausgehen, jedoch nicht beweisen, daß der Aktivistenprozentsatz noch höher lag.

»Wie weit ist Redcar von Scarborough entfernt? An die achtzig Kilometer?« fragte Pascoe.

»In einem schnellen Auto und an einem ruhigen Abend eine Stunde«, sagte Wield.

»Wenn also jemand gesagt hätte: 'Die Party hier ist ein bißchen lahm, wer hat Lust auf Action? Fahren wir die Küste rauf und befreien wir ein paar von den armen Versuchskaninchen'?«

»Das würde das Verhalten im Gebäude erklären, weißt du, randalieren und alles kurz und klein schlagen. Und mit dem Glück der Halbbesoffenen haben sie es geschafft, nicht erwischt zu werden.«

»Nachdem sie Shufflebottom einen kleinen Klaps auf die Schulter gegeben haben, damit er stillhält.«

»Nur, weil sie halb besoffen sind, fällt der Klaps ein bißchen heftiger als beabsichtigt aus, und der arme Teufel bricht tot zusammen.«

»Ohne bemerkt zu haben, was passiert ist, fahren sie zurück zur Party, die inzwischen wieder munterer geworden ist und bis zum Tagesanbruch dauert.«

»Dann hören sie die Nachrichten im Radio und trennen sich, wobei jeder schwört, jeden der Gruppe jede Minute auf der Party gesehen zu haben, vom ersten Korkenknallen bis zum letzten Kotzen.«

Daß sie so daran arbeiteten, das Ganze als nicht geplant darzustellen, geschah Dalziel zuliebe, doch grundsätzlich sprach eine Menge für das Szenario.

»Und was ist mit dem Anschlag auf Wanwood im Sommer?« fragte Pascoe. »Dieselbe Handschrift, jede Menge Wandalismus, die Tiere einfach befreit und in die Natur entlassen. Bedeutet das, daß sie wieder besoffen waren?«

»Warum nicht? Cap Marvell hat an jenem Abend mit ihrem Sohn zu Abend gegessen, sagt sie. Nach dem, was Sie sagen, Sir, könnte sie zum Zeitpunkt, als die beiden sich trennten, sehr wohl einen in der Krone gehabt haben.«

Sie hatten sich darauf geeinigt, daß es sinnlos war, auf Dalziel Rücksicht zu nehmen. Wenn sich die Möglichkeit bot, Cap Marvells tödlichen Angriff auf den Wachmann eher als spontan denn geplant auszulegen, stiftete das keinen Schaden. Aber beide kannten sie den Dicken gut genug, um zu wissen, daß jeder Hinweis ihrerseits, daß sie die Sache verschleppen wollten, ihn nur dazu gezwungen hätte, die schmerzliche Aufgabe zu übernehmen, die Schmutzarbeit selbst zu tun.

Nun nickte er und sagte: »Ja, darauf läuft es wohl hinaus. Wie steht es mit den anderen der Gruppe?«

»Alibis für den Abend? Alle unerschütterlich bis auf Jenkins und Linsey. Die beiden, die auch auf der Hochzeit in Scarborough waren. Sie sagen, sie könnten sich wirklich nicht so weit zurückerinnern, aber sie meinen, einen ruhigen Abend daheim verbracht zu haben.«

Pascoe sagte fröhlich: »Gut, dann sehen wir uns doch mal an, was wir hier haben. Was vielleicht die Erklärung einer Sterbenden war, die Seymour glücklicherweise aufgenommen hat.«

Er drückte auf einen Knopf an dem Kassettenrecorder, der vor ihnen auf dem Tisch stand.

Zuerst kam Ellies Stimme.

»Wendy, es ist alles in Ordnung, du bist im Krankenhaus. Es ist großartig, daß du wieder die Augen auf hast. Wendy, ich bin Ellie Pascoe. Kannst du mich hören?«

Dann Wendy Walker.

»Cap, Cap, Cap ... o warum ... warum ... warum?«

Die Verwunderung in der Frage war fast unerträglich.

Pascoe machte schnell weiter. »Außerdem wissen wir, was Wendy vorhatte, dann haben wir den Beweis für Cap

Marvells Gewaltbereitschaft in den Aussagen von TecSec, dann ihre nicht ganz wasserdichten Alibis für das Datum des Anschlags auf Redcar und den ersten Anschlag auf Wanwood, die Spuren von Wendy Walkers Fahrrad in ihrem Auto ...«

Es klopfte, und Seymour streckte seinen leuchtend roten Schopf um die Tür.

»Entschuldigung, aber wir haben einen Zeugen gefunden. Terence Oliphant. Wohnt in einem der Bungalows zwischen Ludd Lane und der Umgehungsstraße. Er war dabei, seinen Hund auf der Wiese hinter seinem Haus auszuführen, das ist die große Weide, die bis an die Ludd Lane heranreicht, als er die Lichter eines stehenden Fahrzeugs auf der Straße sah. Er hat beobachtet, wie es sich sehr schnell in östlicher Richtung entfernte. Er sagt, er ist sich nicht sicher, was für ein Fabrikat es war. Er weiß nur, daß es höher als ein normales Auto war, eher eine Art Lieferwagen. Wir haben ihm die Silhouette eines Discovery gezeigt, und er sagte, ja, das könnte das Fahrzeug gewesen sein.«

»Warum hat er sich nicht selbst gemeldet?« knurrte Dalziel. »Liest er keine Zeitung?«

»Doch, das war das Problem. Alle Berichte darüber, wo man sie gefunden hatte, mit dem Fahrrad ein Stück weiter, legten nahe, daß sie von einem Auto angefahren worden war, das nach Westen fuhr, deshalb war ihm nicht klar, wie es etwas damit zu tun haben konnte.«

»Der Herr steh uns bei, wenn die verdammten Bürger zu Kriminalisten werden«, sagte Dalziel. »Uhrzeit?«

»Gegen halb neun.«

Es paßte.

Pascoe sagte: »Gute Arbeit, Dennis. Danke.«

Als die Tür wieder zu war, fuhr er fort: »O.K., noch ein Indizienbeweis, aber wir sind noch weit davon entfernt, etwas vorlegen zu können, mit dem wir die Staatsanwaltschaft beeindrucken. Wir brauchen noch etwas ...«

»Es gibt noch was«, sagte Dalziel tonlos.

O Schiete, dachte Pascoe. Kein Bettgeflüster, das wäre wirklich unter aller Würde ...

»Sie sagt, sie hat die Party in der Universität früher verlassen, um nach Hause zu gehen und ihr Interview im Fernsehen zu sehen. Nun, ich habe es mir zusammen mit Saufnase auf der Party angesehen. Sobald es vorbei war, bin ich zu ihrer Wohnung gefahren. Nur, daß die völlig im Dunkeln lag. Dann sah ich, wie sie von den Garagen herkam, wo sie ihr Auto parkt, und in das Gebäude ging.«

»Was haben Sie danach gemacht, Sir?« fragte Pascoe.

»Bin nach Hause gefahren.«

Pascoe stieß eine Seufzer der Erleichterung aus. *Kripochef vögelt Killer nach der Tat* war eine Schlagzeile, die er sich nicht vorstellen wollte.

»Haben Sie sie damit konfrontiert, Sir?« fragte Wield.

»Noch nicht. Aber ich hab sie mehrmals gefragt, ob sie geradewegs von der Party nach Haus gefahren ist, um das Interview zu sehen. Sie hat es jedesmal bejaht.«

»Man muß ihr die Frage direkt stellen, Sir«, sagte Pascoe drängend.

»Bring das deiner Großmutter bei«, fauchte der Dicke. Dann fuhr er sich mit der Hand über das Gesicht, was Pascoe auf den Gedanken brachte, bei einer Mondfinsternis dabeizusein.

»Tut mir leid«, sagte Dalziel. »Ich hab grad versucht zu überlegen, wie ich es verwenden würde, wenn ein unabhängiger Zeuge damit angekommen wär und nicht ich selbst es erlebt hätte. Ich glaub, ich hätt es trotzdem für mich behalten. Aber sicher bin ich mir nicht. Pete, es ist Zeit, daß ich das tu, was ich schon viel früher hätte tun sollen. Du übernimmst die Leitung des Falls. O.K.?«

»Gütiger Herr, Sir, Ihr Gedächtnis läßt nach«, sagte Pascoe. »Sie haben doch schon gestern beim Mittagessen erklärt, den Fall nicht weiterführen zu können, als Ellie uns erzählt hat, was Wendy Walker im Sinn hatte. Nur auf mein Drängen hin haben Sie Ms Marvell gestern nachmittag selbst befragt, weil ich das Gefühl hatte, die persönliche Beziehung würde sich positiv auf die Wahrheitsfindung auswirken. Erinnerst du dich, Wieldy?«

»Ganz recht«, sagte Wield. »Das heißt, man müßte schon

ganz schön blöde sein, wenn man sich nicht darüber im klaren wäre, daß jemand mit Ihrer Erfahrung weiß, daß er sich dem Vorwurf der Befangenheit aussetzt, wenn er bei einem Fall ermittelt, in den er persönlich verwickelt ist.«

Dalziel sah seine beiden Untergebenen einen Augenblick mit leerem Blick an, dann lächelte er schwach.

»Meine Vergeßlichkeit muß daran liegen, daß ich meine Drinks mixe. Ich nehm von jetzt ab weniger Wasser. Was haben Sie jetzt vor, Chief Inspector?«

»Erst noch eine Frage, Sir. Diese Cap Marvell. Ich habe sie noch nicht kennengelernt. Alles, was ich über sie weiß, habe ich von meiner Frau und von Ihnen. Sagen Sie mir, könnte sie es Ihrer Meinung nach getan haben?«

»Mein Gott, da gibt man dem Scheißkerl ein bißchen Macht, und schon steigt sie ihm geradewegs zu Kopf«, sagte Dalziel. Aber es stand keine Wucht hinter der Abfuhr. Pascoe sah, daß er ernsthaft über die Frage nachdachte. Wie er vermutlich die ganzen letzten vierundzwanzig Stunden ernsthaft darüber nachgedacht hatte.

Er sagte: »In der Hitze des Gefechts auf einen Wachmann losgehen und ihn versehentlich töten. Ja, ich kann mir vorstellen, daß sie das fertigbringt. Ich könnte es mir auch von mir selbst vorstellen. Auch von dir, Wieldy. Von dir vielleicht nicht, Peter, aber genau weiß ich es nicht. Aber wenn du es getan hättest, würdest du dich wahrscheinlich stellen, gestehen und Wiedergutmachung leisten.«

»Und Ms Marvell?«

»Die nicht. Die denkt wie ich, was passiert ist, ist passiert, und warum sich stellen und für was leiden, was man nicht beabsichtigt hat und was man nicht ändern kann? Und sie wäre auch verdammt gut darin, ihre Spuren zu verwischen. Anders als Lady Macbeth.«

Schade, dachte Pascoe. Lady Macbeth trifft Falstaff. Wäre ein großartiges Schauspiel gewesen.

Er sagte: »Und wenn wir von einem Unfall ausgehen? Sie sagen, sie sei gut im Verwischen von Spuren. Wie weit würde sie gehen? Kaltblütiger Mord?«

Dalziel sagte: »Vor zwei Tagen hätte ich gesagt, unmöglich.«

»Und zwei Tage später?«

Der Dicke zögerte nicht.

»Als Mensch noch immer unmöglich. Aber ich habe zu viele arme Schwachsinnige erlebt, die mit ihrem Schwanz gedacht haben, um davon beeindruckt zu sein. Als Polizist muß die alte Regel gelten. Schuldig, bis die Unschuld bewiesen ist. Ich hoffe, daß dir der Beweis gelingt. Und weil ich es so verdammt sehr hoffe, habe ich dir den Fall übergeben.«

Er stand auf und verließ das Zimmer.

Pascoe sagte: »Das alles vertont, und du hast die größte Liebesarie aller Zeiten.«

»Ja, und ich weiß auch genau, wer die Partie singt.«

»Wer?«

»Pavarotti«, sagte Wield. »Er müßte dafür allerdings noch ein bißchen zunehmen.«

Dalziel auf dem Flur hörte sie lachen. Er hatte nichts dagegen, selbst wenn sie über ihn oder die Zwickmühle, in der er steckte, lachten.

Wenn ein Mann in meinem Alter die Eier in die Mangel kriegt, verdient er, daß man über ihn lacht, dachte er. Und sie waren gute Jungs und bemühten sich nach besten Kräften, sie mit möglichst wenig Schmerz zu befreien.

Etwas getröstet strebte er dem Klo zu.

DREIZEHN

Jimmy Howard war noch in polizeilichem Gewahrsam, aber nur noch so eben.

Nach dem Eintreffen des Anwalts, den TecSec geschickt hatte, stritt er jegliche Kenntnis vom Inhalt des Umschlags ab.

Als die Laboranalyse vorlag, zeigte sich, daß Howard auch ohne sein Abstreiten mehr oder weniger aus dem Schneider gewesen wäre, da die Kapseln Ketaminhydrochlorid enthielten, ein mildes Halluzinogen, das unter dem Straßennamen Special K bekannt war, einen mäßigen Straßenwert hatte, aber noch nicht auf der Liste der verbotenen Substanzen stand.

Das kleine Drogendezernat hatte den Fall mit der Begründung an Wield zurückgegeben, man habe zu viel anderes zu tun, um Zeit auf einen Fall zu verschwenden, bei dem es um einfachen Diebstahl und Hehlerei zu gehen schien.

Jane Ambler war am Abend in ihrer Wohnung befragt worden. Sie hatte geleugnet, Howard einen Umschlag gegeben zu haben, und hatte auch keine Reaktion gezeigt, als von Fingerabdrücken die Rede war, eine Gelassenheit, die dadurch bestätigt wurde, daß nur ein einziger brauchbarer Daumenabdruck auszumachen war. Der gehörte eindeutig Howard und gab Wield den dünnen Faden an die Hand, mit dem er den Ex-Polizisten vorläufig in Haft hielt.

Eine Durchsuchung der Wohnung Jane Amblers und des Hauses von Howard hatte nichts erbracht.

Wield trug alles Peter Pascoe vor, und der meinte: »Sieht nach dem Versprechen eines Politikers aus. Man sticht rein, und was hat man in der Hand? Dein Beweis ist, daß du eine Person gesehen hast, die Jane Ambler gewesen sein *könnte*, die Jimmy Howard einen Umschlag gab, welcher der gewesen sein *könnte*, den du unter seiner Fußmatte gefunden hast und der eine legale Droge enthielt. Ohne Geständnis ist da gar nichts zu machen.«

»Ich kam gut mit Howard voran, bis dieser Hübschling von TecSec aufkreuzte«, sagte Wield düster.

»Sonderzulage«, sagte Pascoe. »Aber er wird es schwierig finden, weiter in Wanwood zu arbeiten, wenn er nicht selbst fahren kann. Sein Lappen ist doch mindestens wieder für ein weiteres Jahr weg.«

»Ja. Großartiges Ergebnis«, sagte Wield.

»Und wie steht es mit der Ambler? Wird sie weich?«

»Bei der schmilzt noch nicht einmal Butter.«

»Im Mund?«

»Egal wo«, sagte Wield drastisch.

»Du magst sie nicht?«

»Ich habe gesehen, wie sie einem Äffchen eine Spritze verpaßte.«

Pascoe hob die Augenbrauen über die unprofessionelle Reaktion eines Mannes, den er immer als unübertroffenen Profi angesehen hatte. Vielleicht hatte Dalziel ja doch recht, und Wield hatte sich in Enscombe verändert.

»Auf jeden Fall bedeutet es einen Fall weniger, und wir brauchen alle Kräfte, um die Sache mit der Marvell zu lösen.«

»Um herauszufinden, wer Wendy Walker umgebracht hat, willst du sagen«, verbesserte ihn Wield sanft.

»Ja, das habe ich gemeint. Hör zu, ich glaube, es ist höchste Zeit, daß ich die berühmte Cap kennenlerne. Warum versuchst du nicht, mit Wendy Walkers Schwägerin Verbindung aufzunehmen, der Witwe in Redcar, um festzustellen, ob sie in letzter Zeit etwas gehört hat? Sie muß die Nachricht sowieso erfahren.«

»Das überlasse ich vielleicht denen vor Ort«, sagte Wield. »Aber ich spreche mit ihr. Nachdem ich von Wanwood zurück bin.«

»Wanwood? Du, vergiß die Akten vorläufig. Wir haben Wichtigeres zu tun.«

»Nicht wegen der Akten. Ich wollte mit Dr. Batty über Drogenregistration und Personalüberwachung sprechen. Er hatte heute morgen zu tun, und ich wollte nicht drängen.«

Pascoe grinste und sagte: »Was heißen soll, daß du Jimmy so lange noch hinter Schloß und Riegel hältst, wie du noch ermittelst? Wann sind seine vierundzwanzig Stunden um? Gegen fünf? Ich glaube nicht, daß du eine Verlängerung kriegst.«

»Das glaube ich auch nicht«, sagte Wield. »Wie geht es Ellie?«

»Gut. Warum?«

»Walker war doch ein Kumpel, oder? Und nach dem, was sie uns gestern erzählt hat, kam es mir so vor, als könnte es leicht sein, daß sie sich Vorwürfe macht.«

Derselbe Gedanke war auch schon Pascoe gekommen, aber seine Frau hatte wenig Anzeichen dafür gezeigt, also hatte er gedacht, daß er schlafende Hunde nicht wecken wollte. Dennoch faßte er Wields Sorge wie einen Vorwurf auf.

»Es geht ihr gut. Ich wollte sie übrigens gerade anrufen.«

Der Hörer wurde nach dem zweiten Klingeln abgehoben, als hätte Ellie einen Anruf erwartet.

Er sagte: »Hallo, Liebes. Wie geht es dir?«

»Recht gut. Ist was los?«

»Die Ermittlungen gehen weiter. Was bedeutet, daß Cap den größten Teil des Morgens mit ihrem Anwalt verbracht hat, während wir alles zweimal abgeklopft haben.«

»Und?«

»Und sie steht noch immer unter Verdacht. Die gute Nachricht ist, daß Andy außen vor ist. Ich leite den Fall.«

»Gütiger Gott. Wie hast du das geschafft? Mit einem Bulldozer?«

»Er war das reinste Lamm. Bist du sicher, daß es dir gut geht?«

»Ja. Na ja, noch ein bißchen betäubt. Hör mal, falls du Angst hast, daß ich denke, es sei alles meine Schuld, na ja, ein bißchen denke ich das schon. Aber ich bin mir noch nicht im klaren darüber, bis zu welchem Grad, bis ihr Faulpelze herausgefunden habt, was wirklich passiert ist. Wie es so schön heißt, Schuld ohne Verantwortung ist das jahrhundertealte Vorrecht der Masochisten. Und wenn ich auch nichts gegen ein bißchen erotisches Beißen habe, für die Peitsche habe ich nichts übrig. Aber ich bin froh, daß du angerufen hast. Ich habe gerade mit Poll Pollinger gesprochen.«

»Ach ja? Hat sie Erfolg gehabt?«

»Na ja, sie hat die Akte vom Kriegsgericht eingesehen, sagt aber, daß ihr Lieblingsoberst schätzt, daß alles, was sie ihm antun kann, wenn er ihr erlaubt, Fotokopien zu machen, im Vergleich mit dem, was das Verteidigungsministerium mit ihm anstellen könnte, schmerzlos sei. Sie hat aber ziemlich umfangreiche Exzerpte von dem gemacht, was du vermutlich wissen willst. Selbst die sind ein bißchen riskant, und sie wollte sichergehen, daß entweder du oder ich zu Hause sind, wenn sie die Blätter faxt. Genau während wir uns hier unterhalten, beginnt das moderne Wunder, das unser Haus zu einem Papierkorb macht, zu sprechen. Wart einen Augenblick. Ich will nur kurz nachsehen, ob es Polls Exzerpte sind und nicht eine Reklame für Doppelverglasung.«

Nach einer Pause sprach sie weiter. »Ja. Es ist von ihr. »Kriegsgericht Feldwebel Peter Pascoe, zusammengerufen in Zillebeke, November 1917, Vorsitzender Offizier –«

»Ja, gut«, unterbrach Pascoe sie. »Ich seh es mir später an. Weiß noch nicht, wann. Wenn ich später komme, versuch ich, dir Bescheid zu geben …«

»Einen Moment, Peter. Bevor du auflegst. Der Typ, der neulich abends hier war, der charmante Herr von der Armee, dem ein paar Teile fehlen. Wie heißt er noch?«

»Studholme. Major Hilary Studholme. Warum?«

»Vielleicht ist es ja nur ein Zufall, aber der Verteidiger ist ein Hauptmann namens Thomas Hilary Studholme von den West Yorkshire Fusiliers. Interessant, was?«

Einen Augenblick war Pascoe in dem nachgestellten Unterstand an der Front mit der lebensnahen Puppe, die auf dem Feldbett lag, auf der Brust ein aufgeschlagenes Exemplar des *Wood beyond the World* mit der Widmung *Für Hillie in Liebe, Mami.*

»Peter, bist du noch dran?«

»Ja«, sagte er. »Ich bin noch dran. Und du hast recht. Wirklich sehr interessant.«

Als Wield in Wanwood eintraf, wartete Des Patten schon auf ihn.

»Wie sieht's aus mit Jimmy Howard?« fragte er.

»Hilft bei den Ermittlungen«, sagte Wield.

»Hängen Sie ihm was wegen Drogen an? Nun ziehen Sie doch kein Gesicht. Es ist doch kein Geheimnis. Tony Beasley hat Sanderson angeklingelt.«

»So viel zum Thema Anwaltsgeheimnis. Würde es Ihnen etwas ausmachen, wenn wir ihn wegen Drogen belangten?«

»Ich müßte mich nach Ersatz umsehen.«

»Also nicht persönlich?«

Patten zuckte mit den Schultern.

»Ich seh nicht gern, wenn jemand in Schwierigkeiten steckt, aber es gibt solche und solche Schwierigkeiten. Wie in der Armee. Wenn einer deiner Leute in Schwulitäten gerät, weil er einen Barman verdroschen hat, der ihm zu wenig rausgegeben hat, oder weil er eine Nummer mit einem Flittchen geschoben hat, dann stellen sich alle hinter ihn. Man sagt, er war auf Lehrgang oder hat in der fraglichen Nacht Wache geschoben. Wenn er aber in Schwulitäten gerät, weil er einem Kumpel Geld geklaut hat oder dessen Ring im Park verscherbelt hat, dann war's das. Er fliegt, und man macht drei Kreuze.«

»Und Drogen?«

»Raus. In beiden Fällen. In der Armee will sich niemand auf einen Bekifften verlassen müssen.«

»Und bei TecSec?«

»Wir sind ganz besonders streng. Vorstrafe, und schon bist du raus.«

»Zu schnelles Fahren macht aber nichts? Oder Fahren ohne Führerschein?«

Patten runzelte die Stirn.

»Zu schnell kann jeder mal fahren«, sagte er. »Aber ohne Führerschein ... das ist schwachsinnig. Das hab ich nicht gewußt. Wir haben manchmal Jobs, bei denen man fahren muß. Das hätte uns in gewaltige Schwierigkeiten bringen können.«

»Er steckt mit Sicherheit mittendrin. Aber so wie es aussieht, ist das alles, was ihm droht. Das kann selbst Ihr cleverer Rechtsverdreher nicht verhindern.«

»Beasley war die Idee vom Hauptmann. Sehr patriarchalisch, der Hauptmann. Gute Eigenschaft bei einem Offizier, Nähe zu den Männern. Deshalb gibt's Unteroffiziere, die dagegensteuern.«

»Wie im Fall Rosso?«

Dalziel hatte Piers Pitt-Evenlodes Enthüllungen über Buster Sandersons interessante Karriere bei der Armee weitergegeben.

»Was soll denn das nun wieder heißen?« fragte Patten, sehr hellhörig geworden.

»Nur, daß der Unfall ein großer Schock für ihn gewesen sein muß.«

»Das stimmt«, sagte Patten. »Er stand sehr unter Schock. Dr. Batty erwartet Sie. Ich wäre vorsichtig an Ihrer Stelle. Seine Laune ist heute nicht die beste.«

Er drehte sich gekonnt auf dem Absatz um und marschierte davon.

Entlassen, dachte Wield.

Batty sprang aus dem Sessel, als Wield den Aufenthaltsraum des Personals betrat. Er sah blaß und abgespannt aus, als hätte er in der vergangenen Nacht nicht viel geschlafen.

»Sergeant«, sagte er und fuhr sich mit der Hand durch sein weiches braunes Haar. »Was ist das mit Jane Ambler?«

»Verwenden Sie Ketaminhydrochlorid in Ihrem Labor, Sir?« sagte Wield.

»Ja, warum? Manchmal. Was hat das damit zu tun?«

»Wofür wird es eingesetzt, Sir?«

»Als Relaxans. Unter bestimmten Umständen als Narkotikum. Es wurde ursprünglich von den Amerikanern für veterinärmedizinische Zwecke entwickelt, und weil unsere Versuchstiere in Tests verwendet werden, bei denen es um alles gehen kann, von neuen Arzneimitteln bis zur Chirurgie, brauchen wir eine weite Palette von Kontrolltechniken, damit wir sicher sein können, daß ein Test, den wir mit einem neuen Mittel durchführen, nicht von einem bereits vorhandenen Mittel beeinflußt wird ...«

»Ich verstehe«, sagte Wield. »Wäre es möglich, Ihre Vorräte zu überprüfen und festzustellen, ob etwas fehlt?«

»Von welcher Größenordnung ist die Rede?«

»Zwölf Kapseln.«

Batty schüttelte verärgert den Kopf, als hätte Wield etwas Dummes gesagt.

Wer hat an seinem Käfig gerüttelt? fragte sich der Sergeant.

»Wir machen unsere eigenen Kapseln, wenn wir sie brauchen, deshalb ist es mit Zählen nicht getan. Zwölf, sagen Sie? Zwei Gramm, maximal. Nun, wir wissen natürlich, wieviel verwendet wurde und wofür. Aber wenn jemand die Zusammensetzung leicht verändert hat oder wenn ein Verschütten gemeldet wurde ...«

»Verschütten? Was heißt das?«

»Herr im Himmel, haben Sie Sprachschwierigkeiten?« sagte Batty bissig. »Wir haben es hier mit Tieren zu tun, Sergeant. Einige sind ziemlich groß und stark. Die liegen nicht nur einfach rum und lassen sich alles gefallen, wissen Sie. Es kommt recht oft dazu, daß etwas verschüttet wird, wenn wir ihnen eine Dosis geben wollen. Natürlich fangen wir dann wieder von vorne an. Wenn etwas verschüttet wird, spülen wir es weg und fegen es nicht zusammen und verwenden es wieder.«

Ein Schauder durchfuhr ihn, als beleidige ihn der Gedanke.

»Sehr hygienisch, mit Sicherheit«, murmelte Wield. »Können wir uns das mal ansehen?«

Sie sahen es sich an. Die Aufzeichnungen und die vorhandene Menge der Substanz deckten sich genau. Es war jedoch dreimal etwas verschüttet worden, und jedesmal war es Jane Ambler gewesen.

»Zu glatte Hände«, sagte Wield.

»Selbst diese Mengen würden nicht für zwölf Kapseln reichen«, warf Batty ein.

»Dann hat sie vielleicht etwas für sich auf die hohe Kante gelegt, wenn sie das Mittel verwendete«, sagte Wield.

»Aber das hätte Auswirkungen auf unsere Versuche haben können!« sagte Batty ganz indigniert.

»Ich vermute, wenn das Zeug als Narkotikum eingesetzt wurde, wäre es auch nicht sehr angenehm für die armen Tiere gewesen«, entgegnete Wield.

Batty sah ihn mit zusammengekniffenen Augen an.

»Sergeant Wield, ich versichere Ihnen, das Wohlergehen unserer Tiere ist uns oberstes Gebot. Bevor wir weitermachen, bestehe ich darauf, daß Sie mir mitteilen, welche Beweise Sie gegen Miss Ambler oder andere Mitarbeiter meines Labors in der Hand haben.«

»Nicht genug, um Anzeige zu erstatten, noch nicht«, erwiderte Wield. »Aber ausreichend, um Ihnen nahezulegen, Sir, eine sehr genaue Aufstellung der Substanzen unter Ihrer Aufsicht zu machen und Ihre Sicherheitsvorkehrungen zu überprüfen.«

Wield fand das ziemlich neutral formuliert, aber Batty war eindeutig am Ende seines kurzen Geduldsfadens angelangt.

Barsch erwiderte er: »Sie brauchen mir nicht zu sagen, wie ich mein Labor leiten muß, Sergeant. Nicht, wenn Sie es nicht schaffen, in Ihrer eigenen Brauerei ein Besäufnis zu organisieren.«

»Das verstehe ich nicht, Sir«, sagte Wield mit seiner üblichen Sturheit.

»Sie führen sich auf, als seien Sie hundertprozentig sicher, daß hier ein Verbrechen begangen wurde, gleichzeitig sagen Sie, daß Sie nichts dagegen unternehmen können«, sagte er höhnisch. »Was für eine Methode, ein Dezernat zu leiten! Aber wenn Sie nicht handeln können, ich kann es! Einen schönen guten Tag, Sergeant!«

Er drehte sich um und marschierte davon.

Wieder entlassen, dachte Wield.

Als er sein Auto aufschloß, tauchte Patten auf. Er lächelte.

»Hab ich Sie nicht davor gewarnt, den Doktor aufzuregen? Er kann wirklich böse werden.«

»Und wieso wissen Sie, was ich getan habe?«

»Ich habe Sie natürlich auf dem Monitor beobachtet. Das ist in Ordnung, man kann nichts hören, aber ich konnte sehen, daß Sie sich nicht gerade Nettigkeiten sagten. Ich hätte Sie wohl warnen sollen, daß Sie sich auf gefährliches Pflaster begeben, wenn Sie Miss Frigidaire etwas anhängen. Die beiden stehen sich sehr nahe, verstehen Sie?«

Er schob übertrieben heftig den Unterkörper vor.

Wield sah ihn überrascht an. Er hatte gar nicht das Gefühl gehabt, daß Dr. Batty Jane Ambler besonders schützen wollte. Im Gegenteil.

»Und woher wissen Sie das?« fragte er.

»Die guten alten Monitore. Wie Nixon und die Tonbänder. Man gewöhnt sich so sehr daran, daß man vergißt, daß sie laufen, auch wenn man es nicht will. Ich habe sie dabei beobachtet, genau da, wo die Tiere gehalten werden. Da fragt man sich, wer in den Käfig gehört, was?«

»Ohne Konkurrenz. Das Überwachungssystem, war das angestellt, als die Frauen hier Randale machten?«

»Aber sicher.«

»Und warum haben Sie nichts davon gesagt?«

»Warum zum Teufel sollte ich? Kein Verbrechen, kein Schaden, keine Anzeige, was gab es denn da zu sagen? Wenn Sie gefragt hätten, hätten Sie die Aufzeichnung sehen können. Und nun behaupten Sie ja nicht, Sie hätten nichts davon gewußt. Die Kameras sind für jeden sichtbar, und die Monitore haben Sie auch gesehen.«

»Berechtigter Einwand. Ich würde die Aufzeichnungen gern jetzt sehen, wenn sie noch nicht gelöscht sind.«

»Wir arbeiten mit einem Fünf-Tage-Zyklus, Sie kommen also gerade noch rechtzeitig. Irgendwas Spezielles?«

»Als Sie die Marvell in die Ecke gedrängt haben und sie so aussah, als wollte sie mit dem Drahtschneider auf Sie losgehen.«

»Sie fangen immer wieder davon an. Warum ist denn das so interessant? Es ist doch nichts passiert.«

»Diesmal nicht.«

Es war blöde gewesen, das zu sagen. Der alte, schweigende Wield hätte sich das nicht entschlüpfen lassen. Die süße, entspannende Luft von Enscombe hatte nicht nur ihre guten Seiten.

Er konnte sehen, wie Pattens scharfer Verstand arbeitete.

»Diesmal ... äh, Sie versuchen doch nicht etwa die alte Tante mit dem armen Teufel in Verbindung zu bringen, den die Schweine bei Fraser Greenleaf umgebracht haben?«

Er lachte seine Verachtung laut heraus.

»Nehmen wir mal an, die alte Tante hätte tatsächlich zugeschlagen«, sagte Wield. »Und Ihr Kopf wäre tatsächlich im Weg gewesen?«

Patten dachte darüber nach, und sein Gesicht wurde ernst.

»Ja, ihr Oberkörper ist mit Sicherheit so gebaut, daß sie das Ding in Gang kriegt ... und einen Augenblick lang hab ich gedacht, sie würde auf mich losgehen ... aber wissen Sie, da muß was anderes dahinterstecken. Ich meine, mit einem wie Jimmy Howard können Sie Ihr Scheißspiel treiben, weil es Ihnen in den Kram paßt, aber wenn jemand so spricht wie sie ...«

Es war eine primitive, aber nicht völlig unzutreffende Analyse dessen, was Pascoe als die gesellschaftliche Dynamik polizeilicher Ermittlungen bezeichnet hätte.

Vorsichtig sagte Wield: »Wir hätten uns das Videomaterial früher ansehen sollen. Da haben wir etwas übersehen. Ich tue nichts weiter, als meinen Rücken zu decken. Und ich wäre besonders daran interessiert, daß Sie es sich mit mir zusammen ansehen und versuchen, sich daran zu erinnern, was genau gesagt wurde.«

»Ich bin immer zur Mitarbeit bereit, Sergeant«, sagte Patten. »Sehen wir uns das Video an.«

VIERZEHN

»Wenn ein zu Tode Verurteilter am Vorabend seiner Hinrichtung schreckliche Zahnschmerzen hat, worüber denkt er in der Nacht nach?«

»Wie bitte, Peter?« sagte Lionel Harris. »Ist das von Bedeutung?«

»O ja«, sagte Pascoe. In doppelter Hinsicht. Zum einen war es eine dramatische Darstellung seines eigenen Dilemmas, denn obwohl er einen Fall am Hals hatte, der so aussah, als müßte er Andy Dalziel mit einer Doppelmörderin in Verbindung bringen, konnte er seit seiner Unterhaltung mit Ellie an nichts anderes mehr denken als an Hilary Studholme, Junior und Senior. Er erinnerte sich an das Gefühl, das er an jenem Abend hatte, als der Major bei ihm aufgekreuzt war, daß der Major noch mehr zu sagen hatte. Wäre er so schnell aufgetaucht, nur um zu bestätigen, daß der Feldwebel Pascoe, den sein Vater so erfolglos verteidigt hatte, Adas Vater war, wenn das alles gewesen wäre, was er wußte? Warum nur hatte er die Verwicklung seiner eigenen Familie in den Fall nicht erwähnt?

Nein, da mußte einfach noch mehr sein. In Poll Pollingers Exzerpten fand sich vielleicht ein Hinweis, aber Pascoe ahnte, daß er noch eine weitere Fahrt zum Regimentsmuseum machen mußte, um der Sache auf den Grund zu gehen.

An einem ruhigeren Tag hätte er sich vielleicht auf und davon gemacht, aber heute war er es Dalziel schuldig, in der Tretmühle zu bleiben. Wenn doch nur auch seine Gedanken bei der Sache bleiben würden!

Dann hatte man ihm gesagt, Cap Marvells Anwalt wolle mit ihm sprechen, und als er sah, wer es war, wußte er, daß jedes Gramm seines Verstandes gefragt war.

Lionel Harris, unter Freunden als Bomber bekannt, war vielleicht etwas grauer um die Schläfen geworden und etwas geräumiger um die Taille, als bei ihrem ersten Kennenlernen vor vielen Jahren, aber davon abgesehen war Harris noch immer dasselbe scharfsinnige Männlein, das Pascoe (ohne daß er es merkte!) bei dessen erstem Auftreten vor einem Gericht in Mid-Yorkshire so richtig schön vorgeführt hatte.

Deshalb hatte Pascoe dem Anwalt sein verschleiertes Dilemma an den Kopf geworfen. Er wollte ihn auf dem falschen Fuß erwischen, kaum daß er zur Tür hereingekommen war.

»Mir ist noch kein Selbstmord vorgekommen, wenn die Backenzähne aus dem Gleichgewicht waren, deshalb vermute ich, daß in der Regel die größere Angst über den kleineren Schmerz siegt.«

»Genau das frage ich mich«, sagte Pascoe nachdenklich. »Trotzdem, es ist immer gut, etwas aus juristischer Perspektive zu sehen. Wie kann ich Ihnen also helfen, Lionel?«

Sie waren im Verlauf der Jahre Freunde geworden, oder wenigstens Widersacher, die freundschaftlich miteinander umgingen. Aber jeder war sich dessen bewußt, daß sie verschiedene Ziele verfolgten.

»Ich wollte nur mit Ihnen, unter vier Augen, über die Position meiner Mandantin Amanda Marvell sprechen. Sie wissen, wie ungern ich offiziell Wirbel um etwas mache ...«

»O ja. Steht in Großbuchstaben auf der Akte, die wir über Sie führen«, murmelte Pascoe. 'Macht ungern Wirbel'.«

»... aber in diesem Fall hat meine Mandantin voll mitgearbeitet. Meiner Meinung nach war sie sogar bis zum Exzeß kooperativ. Sie hat sich nicht beklagt, als sie über Nacht in Gewahrsam gehalten wurde, hat nicht damit gedroht, gegen die unberechtigte Freiheitsberaubung vorgehen zu wollen, hat sich geweigert, daß ihre schlechte Behandlung in die Medien kommt, hat alle Ihre Fragen ruhig beantwortet und mit Zurückhaltung und Würde alle Schmach ertragen, mit der sie überhäuft wurde. Aber was reicht, das reicht –«

»Dagegen läßt sich nichts einwenden«, unterbrach ihn Pascoe. »Sie haben, ehrlich gesagt, noch nie ein wahreres Wort gesprochen. Was reicht, das reicht, unbestreitbar. Aber in meiner Eigenschaft als für den Fall zuständiger Beamter würde ich es für eine Pflichtversäumnis halten, wenn ich Ms

Marvell entlassen würde, ohne mich persönlich zu überzeugen, daß genau nach Vorschrift verfahren wurde.«

»Wie bitte?« sagte Harris, hellwach. »Sie sind für den Fall zuständig, Peter? Ich dachte Mr. Dalziel ...«

»Ist sofort wegen persönlicher Befangenheit zurückgetreten«, sagte Pascoe. »Aber da er und Ms Marvell gesellschaftlich miteinander verkehren, dachte ich, daß es für Ihre Mandantin eine geringere Belastung bedeuten würde, wenn sie zuerst mit ihm spricht, natürlich unter meiner Federführung. Ich hoffe, Ms Marvell hat an dieser Vorgehensweise nichts auszusetzen?«

»Nun, nein«, sagte Harris, der seine Beschwerde über Dalziels Befangenheit, wie sich Pascoe schon gedacht hatte, als letzten Trumpf hatte aus der Tasche ziehen wollen. Daß er über die Beziehung zwischen den beiden Bescheid wußte, dessen war sich Pascoe sicher. Nach dem, was Ellie erzählt hatte, waren zu viele von Mid-Yorkshires Spitzen der Gesellschaft auf der Universitätsparty gewesen, als daß Cap Marvells Begleiter die kollektive Phantasie nicht ins Taumeln versetzt hätte.

»Gut. Dann lassen Sie uns die Dame hereinbitten, ja?«

Er hatte sie aus der Ferne gesehen, aber noch nicht mit ihr gesprochen. Aus der Nähe stellte er fest, daß ihre eher groben Züge, nach der in der Zelle verbrachten Nacht von Make-up unberührt, seine Erwartung, wie Dalziel von ihr angezogen zu sein, enttäuschten. Zugegeben, ihre Oberweite war nicht zu verachten, wenn die eigenen persönlichen Vorlieben sich in diese Richtung verirrten, aber ihn machte sie nicht an.

»Es tut mir leid, wenn ich Sie enttäusche«, sagte sie. »Aber wenigstens kann man keinem von uns beiden vorwerfen, daß wir damit hinter dem Berg gehalten haben, oder?«

Er spürte, wie er rot wurde. Es war, als hätte sie seine erbärmlichen Machogedanken gehört. Mit Sicherheit hatte sie seine Reaktion auf ihren Anblick seinem Gesicht entnommen.

»Das hoffe ich nicht«, schaffte er zu sagen, als er sich erholt hatte. »Eigentlich würde ich gern, um absolut sicher zu sein, noch einmal ein, zwei Dinge mit Ihnen besprechen.«

Als sie ihn mit großen Augen fest anblickte, fühlte er sich an jemanden erinnert. Miss Martindale, das war's. Sonst waren sie sich nicht ähnlich, weder nach Alter, Figur oder Teint noch Haarfarbe. Man hatte nur dasselbe Gefühl, in der Gegenwart eines Menschen zu sein, dessen Handlungen auf felsenfesten Überzeugungen beruhten. Würde Miss Martindale einen Menschen beseitigen, der ihr im Weg stand, wenn es die Pflicht gegenüber ihren Schülern erforderte? Metaphorisch ohne jeden Zweifel. Buchstäblich? Wenn die Kinder in Käfige eingesperrt würden und man mit ihnen Versuche anstellte, ja, wahrscheinlich. Aber der Vergleich hinkte. Kinder und Tiere waren nicht dasselbe. Wie Rosie würde er zwar versucht sein, einen Mann, der einen Hund schlug, mit Steinen zu bewerfen, aber es müßte jemand Rosie schlagen, bevor er ihn umbringen würde.

»Sie haben einen Sohn, Ms Marvell?« sagte er.

»Ja.«

»Ich sehe nicht, was die Familie meiner Mandantin mit dem Fall zu tun hat«, sagte Harris.

»In der Tat? Aber Sie müssen doch wissen, daß Oberst Pitt-Evenlode für einen der Tage, an denen wir interessiert sind, Ms Marvells Alibi ist? Sie haben doch sicher nichts dagegen, wenn ich auf Zeugen eingehe?«

»Nein, natürlich nicht ...«

Es macht Spaß, Bomber zu bombardieren, dachte Pascoe.

»Ihr Sohn bestätigt Ihr Abendessen mit ihm am fraglichen Abend. Sie waren beide nicht in der Lage, sehr genaue Angaben zu machen, wann Sie fertig waren. Zum Glück zeichnet das Kreditkartensystem des Restaurants die Transaktionszeiten auf, neben allen anderen Einzelheiten. Und ein noch größeres Glück ist es, daß man die Aufzeichnungen aufhebt. Ihr Sohn hat die Rechnung um 21.32 Uhr beglichen. Das ist ein ganzes Stück früher als geschätzt. Der Herr Oberst sprach von gegen 22 Uhr, und Ihre Schätzung lautete, lassen Sie mich sehen, zwischen 22 und 23 Uhr, plus 15 Minuten, um zur Garderobe zu gehen, Mantel zu holen und so weiter und den Weg zum Ausgang, wo Ihr Sohn ein Taxi herbeigewinkt hatte.«

»Wollen Sie auf etwas Bestimmtes hinaus, Peter?« fragte Harris.

»Ganz einfach Folgendes. Ms Marvells ursprüngliche Schätzung, gegen 23.00 Uhr zu Hause gewesen zu sein, würde es schwierig für sie gemacht haben, sich umzuziehen, wenn ich einmal davon ausgehen darf, daß sie sich umgezogen hätte, um nach Wanwood House hinauszufahren und dort an einem Einbruch mitzuwirken, der, wie der Wachmann sagte, gegen 23.15 Uhr begann, nachdem man seine Telefonverbindung gekappt hatte und ihn in seinen Raum eingesperrt hatte.«

Er sah mit Vergnügen, daß seine umständliche Sprache Harris irritierte. Aber mit einem irritierten Bomber ist man eigentlich nicht gern im selben Zimmer.

»Vielleicht könnten Sie mir eine Kleinigkeit erklären«, sagte der Anwalt. »Bei beiden Gelegenheiten hat meine Mandantin gegessen und getrunken. Ohne Zweifel können Sie durch die Rechnungen im Restaurant und Zeugen bei der Hochzeit feststellen, wieviel Wein genau. Kaum die beste Vorbereitung für einen Ausflug, wie Sie ihn ihr anhängen wollen.«

»Nicht, wenn er geplant gewesen wäre«, stimmte Pascoe zu. »Doch wenn er spontan erfolgte, könnte der Alkohol eher als Argument für die Aktion als der Widerlegung dienen.«

Hinweis auf einen Kuhhandel. Eingeschränkte Zurechnungsfähigkeit? Na ja, warum eigentlich nicht?

Bomber lächelte.

»Mein Argument lautet, daß ein Terzett angesäuselter Damen vielleicht in Wanwood House hätte eindringen können, das zur fraglichen Zeit, wie ich verstehe, nur durch einen Mann mit Hund geschützt wurde. Ich kann mir aber einfach nicht vorstellen, wie die Damen selbst mit dem Glück der Betrunkenen unentdeckt in das Werk von Fraser Greenleaf eindringen konnten, das von einem der führenden Sicherheitsdienste des Landes technisch erheblich aufwendiger bewacht wird.«

Derselbe Gedanke war auch Pascoe schon gekommen.

Er sagte schwach: »Ich würde wohl denken, daß eine Stunde Fahrt sie ausgenüchtert hat.«

»In der Tat. Und selbst Ihre kurze Bekanntschaft mit Ms Marvell muß Sie zu dem Schluß geführt haben, daß sie eine sehr vernünftige Frau ist. Hätte sie nüchtern eine so unvernünftige Handlung fortgesetzt?«

Cap Marvell hüstelte sanft, aber nachdrücklich.

»Mich gibt es auch noch«, sagte sie mild. »Und obwohl ich mich sehr darüber freue, daß mir Ihr Rat zur Verfügung steht, Mr. Harris, denke ich doch, daß wir die Sache beschleunigen könnten, indem Mr. Pascoe seine Fragen stellt und ich sie, so gut ich kann, beantworte.«

Die Welt steht auf dem Kopf, dachte Pascoe. Die Verdächtige rügt den Anwalt und bietet ohne jede Aggressivität an, mit der Polizei zusammenzuarbeiten. Es war Zeit, bei dem Schwachsinn mitzumachen.

Er sagte: »Ms Marvell, warum sind Sie so ruhig und kooperativ?«

Sie sah ihn mit ihren großen, offenen Augen an, und diesmal konnte er etwas von der Anziehung spüren, die von ihr ausging.

»Weil ich das Gefühl habe, daß ich es Kommissar Dalziel schulde. Weil ich ganz sichergehen will, daß ich, wenn ich diesen Raum verlasse, was hoffentlich eher früher als später der Fall sein wird, Ihnen keinen Vorwand gelassen habe, unter dem Sie mich zurückholen könnten. Weil Sie sich über eines im klaren sein müssen, Mr. Pascoe, Sie haben einen einzigen Schuß frei. Danach heißt es Presse, Fernsehen, Briefe an meinen Abgeordneten im Parlament, Schadensersatzforderungen, Anwälte, Oberstes Gericht, Europäischer Gerichtshof, einfach alles. Also machen Sie weiter.«

Pascoe warf einen kurzen Blick auf Harris. Der Anwalt bedachte ihn mit einem mitfühlenden Lächeln und einem Schulterzucken, das sein Bedauern ausdrückte, dann lehnte er sich in seinem Sessel zurück, um sich an dem Schauspiel zu weiden.

Scheißkerl, dachte Pascoe. So viele Jahre, und er schaut noch immer ungerührt zu, wie ich mich in den Schlamassel hineinreite!

Er sagte: »Kommen wir noch einmal auf die Gelegenheiten zurück, bei denen Sie Ms Walker und ihr Fahrrad in Ihrem Auto mitgenommen haben wollen ...«

»Du hast sie laufenlassen?« sagte Ellie.

»Ging nicht anders.«

»Drohlaute vom Helden?«

»Nein. Anscheinend läßt der Herr Oberstleutnant Pitt-Evenlode alles an sich herankommen. Aber er glaubt natürlich noch, daß gegen seine Mami nur wieder einmal wegen einer ihrer albernen Versuchskaninchen- und Meerschweinchenaktionen ermittelt wird.«

»Warum hast du sie nicht damit konfrontiert, daß Andy sie am Abend nach der Party gesehen hat?«

»Weil das alles ist, was wir im Augenblick in der Hand haben, und wenn sie der Jury geradewegs in die Augen blicken und sagen würde: 'Er lügt', bin ich mir nicht sicher, wem sie Glauben schenken würden.«

»Bist du sicher, daß *du* weißt, wem du glaubst?«

»Natürlich«, sagte er. »Aber ich möchte ein bißchen mehr in der Hand haben, damit ein schlichtes Leugnen nicht gleich bedeutet, daß sie aus der Bredouille ist. Alles, was wir brauchen, ist jemand, der ihren Discovery herumfahren sah, während sie angeblich ferngesehen hat. Oder daß jemand aus den anderen Wohnungen die Zeit ihrer Rückkehr mitbekommen hat.«

»Aber glaubst du denn wirklich, daß sie es getan hat?« sagte Ellie.

Pascoe zuckte die Schultern und sagte: »Keine Meinung, aber Bombers Einwand, wie eine Bande Betrunkener die Sicherheitsmaßnahmen in Redcar überwinden konnte, ist gut.«

»Ich habe dich nicht gefragt, ob du glaubst, daß sie den Wachmann dort umgebracht hat«, sagte Ellie. »Glaubst du, daß sie Wendy getötet haben könnte?«

»Aber wenn die beiden miteinander zu tun haben ...«

»Kann ja auch nicht der Fall sein. Es könnte ja auch sein, daß sie ein völlig anderes Motiv hatte, Wendy loszuwerden, und sich ins Fäustchen lacht bei dem wenig erbaulichen Anblick, wie ihr völlig danebenliegt, Andy und du.«

Pascoe schüttelte bewundernd den Kopf über die Verschlagenheit seiner Frau. Vielleicht brauchte man eine Frau, um die Gedanken einer Frau nachzuvollziehen. Vielleicht sollte er den Fall an Shirley Novello weitergeben.

Er sagte: »Du glaubst also, daß sie es getan hat?«

»Aus dem richtigen Grund, vielleicht. Einer Sache bin ich mir sicher, sie ist sehr manipulativ. Auf die eine oder andere Weise kriegt sie die Leute dazu, nach ihrer Pfeife zu tanzen. Aber ich langweile dich. In Wirklichkeit willst du einen Blick auf Polls Fax werfen, nicht wahr?«

»Ich bemühe mich, es nicht zu wollen«, sagte Pascoe müde. »Nein, mein Schatz, du langweilst mich nicht. Nie.«

Um es zu beweisen, gab er ihr einen Kuß. Aber als sie ihn ins Eßzimmer führte, wo sie die Faxblätter auf den Tisch gelegt hatte, leistete er keinen Widerstand.

Polls Anschreiben war bewundernswert knapp und sachbezogen.

Die Prozeßakte Ihres Urgroßvaters setzt sich zusammen aus 1. der Anklageschrift, 2. aus den Namen der Beteiligten, 3. den Aufzeichnungen des Vorsitzenden über die Zeugenaussagen und alle Kreuzverhöre, 4. aus den schriftlichen Zeugenaussagen, 5. der Verteidigung, 6. aus Urteil und Empfehlungen, 7. aus der schriftliche Stellungnahme des befehlshabenden Offiziers zur Person des Angeklagten, 8. aus den schriftlichen Stellungnahmen des Bataillonsführers, Regimentsführers und des Oberbefehlshabers darüber, ob das Urteil umgewandelt oder ausgeführt werden soll, 9. dem Armeeformular B 122, dem Führungszeugnis Ihres Urgroßvaters, 10. der Unterschrift des Oberbefehlshabers, mit der er das Urteil bestätigt. Ich schicke Ihnen, was ich exzerpiert habe, ohne Zusätze. Ich weiß, daß Sie schlicht die Fakten wollen.

Unterzeichnet hatte sie nicht. Poll hielt nichts davon, ein größeres Risiko einzugehen als unbedingt erforderlich.

Pascoe machte sich an die Exzerpte.

1. Feigheit vor dem Feind – 26. September 1917 in Polygon Wood – Zugführer greift Leutnant Grindal an – sagt zu den Überlebenden des Zugs, sie hätten den Befehl, sich zurückzuziehen – führt sie zum Ausgangspunkt an der Südecke des Waldes zurück. NB: Qual der Wahl für das Gericht: Angriff des Leutnants, Verlassen des Postens, Befehlsverweigerung, Wegwerfen der Waffen, Meuterei, alles Kapitalverbrechen.

2. Vorsitzender – Major Arthur Lippman mit Hauptmann John Partridge und Leutnant Lionel Holliday. Offizier der Anklage: Hauptmann Hartley Evenlode (Adj. WYF) – Verteidiger: Hauptmann Thomas Hilary Studholme.

3. Erster Zeuge für die Anklage – Major Vernon – Australier – stößt auf einen kleinen Trupp Männer, der in einem Schützengraben Schutz sucht. Fragt, was sie dort machen. Soldat Doyle sagt, sie seien die einzigen Überlebenden von Zug 2 WYF, und man habe ihnen befohlen, sich zurückzuziehen. Vernon fragt: Wer gab den Befehl? Doyle sagt: Der Feldwebel habe den Befehl weitergeleitet. Wo ist der Feldwebel? Er sei weiter hinten mit verwundetem Offizier. Wo sind die Waffen? Feldwebel habe befohlen, sie wegzuwerfen. Vernon macht sich eine Notiz von Namen und Einheit. Eigene Pflichten ließen keine Zeit für weitere Ermittlungen.

Zweiter Zeuge, Feldwebel Mackie, Sanitätseinheit, im Einsatz auf dem vordersten Verbandsplatz. Feldwebel Pascoe kommt mit Leutnant Grindal, trägt ihn halb, obwohl der Leutnant bei Bewußtsein ist. Pascoe setzt Leutnant ab und bittet Mackie, ihn sich anzusehen. Pascoe setzt sich ein paar Meter weiter entfernt hin und zündet sich eine Zigarette an. Mackie untersucht den Leutnant, findet aber keine Verletzungen abgesehen von starken Prellungen am Unterkiefer. Der Vorsitzende fragt, ob Mackie eine Theorie zur Ursache habe, Mackie erwidert: Als habe man ihm einen Schlag versetzt. Mackie sagt, er habe Feldwebel Pascoe gefragt, ob er verletzt sei. Er verneint und sagt, er würde gleich wieder nach vorn gehen, er wolle nur sicher gehen, daß mit dem Lt. alles in Ordnung ist.

Dritter Zeuge, Hauptmann Ainstable, Stabsoffizier. Beim Sammeln von Informationen über den Verlauf des Vorstoßes auf Polygon. Bemerkt Feldwebel Pascoe. Fragt, ob er behandelt werde. Erfährt, daß das nicht der Fall sei. Fragt, was er tue. Pascoe sagt, er rauche. Fragt, warum Pascoe nicht bei seiner Einheit sei. Erfährt, daß die meisten tot seien, und wenn er es nicht glaube, dann könne er gern in den Wald gehen und selbst nachsehen. Der Hauptmann befiehlt Arrest – ursprünglich wegen Befehlsverweigerung, dann, nach Rücksprache mit Mackie, wegen Verdacht auf Fahnenflucht. (Eine weitere mögliche Anklage!)

Vierter Zeuge, Soldat Doyle. Er sagt, der Zug habe sehr schwere Verluste erlitten beim Vorstoß durch Polygon. Habe gehört, wie Feldwebel Pascoe Leutnant Grindal ständig anhielt, langsamer zu machen und Deckung zu suchen. Vorsitzender fragt, ob das nach dem militärischen Rat eines erfahrenen Soldaten an einen jungen Offizier klang. Doyle sagt, nein, sein Eindruck war, daß Feldwebel sich vor Angst in die Hose macht. Vorsitzender: Sie nicht? Doyle: Aber ja doch. Doch es sei seine Aufgabe gewesen, in Gang zu bleiben, bis der Befehl zum Halten kam, nicht anderen Leuten zu sagen, was sie zu tun und zu lassen hätten. (NB Antwort beeindruckte den Vorsitzenden eindeutig als ehrliche Antwort eines guten englischen Freibauern.) Schließlich geraten wir unter heftigen Beschuß aus einem Bunker. Viele Kameraden des Zugs fallen. Als letztes sehe ich den Leutnant mit einem Revolver in der Hand. Habe den Eindruck, er hält ihn auf den Feldwebel gerichtet, damit der zum Stillstand kommt. Dann explodiert eine Granate. Als Rauch und Trümmer wieder Sicht erlauben, sind Leutnant und Feldwebel nicht länger zu sehen, aber kurz danach taucht der Feldwebel auf und sagt, der Leutnant sei verletzt, und der Zug solle sich zurückziehen. Doyle habe gefragt, auf wessen Befehl hin. Der Feldwebel habe gesagt, der Leutnant habe den Befehl an ihn weitergegeben, kurz vor seiner Verletzung durch die explodierende Granate. Er sagt, er wolle sich um Leutnant Grindal kümmern, aber andere folgen ihm, und als der Feldwebel sie sieht, befiehlt er ihnen, die Gewehre wegzuwerfen und ihm zu helfen. Als sie sich weigern, sagt er: O.K., wenn ihr lieber tot mit Gewehr als lebendig ohne sein wollt, dann ist das eure Sache. Vorsitzender: Aber Sie haben die Waffen weggeworfen? Doyle: Nur, damit wir dem Leutnant helfen konnten. Als wir aus dem Wald heraus waren und der Leutnant seine Beine wieder etwas gebrauchen konnte, sagte der Feldwebel, daß die anderen in Deckung gehen sollten, während er den Leutnant zum Verbandsplatz bringt. Vorsitzender: Was haben Sie gemacht, nachdem Major Vernon mit Ihnen gesprochen hatte? Doyle: Was wir im Begriff zu tun waren, als er kam. Wir gingen wieder nach vorn, um unsere Waffen zu holen und zum Rest zu stoßen. Was Hauptmann Evenlode (Anklage) bestätigte. Doyle gelangte wieder nach vorn, die beiden anderen wurden unterwegs getötet. Hauptmann Evenlode erwähnt auch, daß er selbst zu einem früheren Zeitpunkt einmal Zeuge war, wie der Angeklagte Leutnant Grindal bedrohte und daß er ihn damals nur deshalb nicht unter Arrest gestellt habe, weil sich der Leutnant dem heftig widersetzt habe.

Fünfter Zeuge, Major Winander, RAMC * Diensthabender Offizier am vorgeschobenen Sammelplatz für die Feststellung von Verletzten und Gefallenen. Untersuchte Leutnant Grindal, bestätigt Mackies Diagnose, keine Verletzungen, abgesehen von Prellungen am Kiefer, schwer benommen und taub, wahrscheinlich von der Explosion. Später Untersuchung von Feldwebel Pascoe. Bestätigt, daß dieser abgesehen von Verletzungen der Fingerknöchel der rechten Hand unversehrt ist. Vorsitzender: Als hätte er jemandem einen Schlag versetzt? Major: Ja. Pascoe war inzwischen im Gewahrsam der Militärpolizei. Grindal war auf dem Weg zum Sammelplatz für die Feststellung der Verletzten und Gefallenen, unglücklicherweise stürzte der Sanitätswagen, in dem er transportiert wurde, wegen einer Granate um. Der Leutnant brach sich den Arm und mehrere Rippen. Doch der Major sagte noch einmal aus, daß Grindal vorher nur Verletzungen am Kinn gehabt habe.

(NB: Keine Aufzeichnungen darüber, ob der Verteidiger des Angeklagten den Zeugen Fragen stellte. Nicht ungewöhnlich. Wenn man zu geschickt war, brachte man das Gericht gegen den Angeklagten auf, Kreuzverhöre galten als Verdacht, daß der Vorsitzende seine Sache nicht ordentlich machte.)

4. Eine schriftliche Zeugenaussage ist ungewöhnlich. Sie ist die Erklärung dafür, warum zwischen dem Vorfall und dem Prozeß so viel Zeit liegt. Ltn. Grindal diktierte seinem Vater die Aussage, weil er wegen seines gebrochenen Arms nicht schreiben konnte. Aus dem Vereinigten Königreich geschickt. Der Leutnant schreibt, er erinnere sich daran, wie der Feldwebel sagte, die Angriffstaktik sei falsch und würde zu nichts weiter führen als ihrer aller Tod. Die Gefallenenzahlen seien tatsächlich hoch gewesen, bis zu einem gewissen Grad könne man dafür aber auch das durch des Feldwebels extreme Vorsicht bedingte langsame Vorrücken verantwortlich machen, das es dem Feind ermöglichte, sie auszumachen. Ein Bunker versperrte den Weg. Es war wesentlich, den Bunker einzunehmen, koste es, was es wolle, aber der Feldwebel sagte, das sei Wahnsinn, man müsse sich zurückziehen. Er habe dem Feldwebel deswegen Vorhaltungen gemacht, dann habe ihn etwas am Kinn getroffen und ihm sei schwarz vor Augen geworden. Er könne sich bis zur Ankunft am Verbandsplatz an nichts erinnern. Er habe definitiv keinen Befehl zum Rückzug gegeben, weil er keinen Befehl zum Rückzug erhalten hatte. Er sei sich vollkommen darüber im klaren, daß ein Mann in der Hitze des Gefechts die Nerven verlieren könne, und bitte das Gericht, Feldwebel Pascoe gegenüber Milde zu zeigen, da sich bei ihm seit geraumer Zeit die Anzeichen für steigenden Druck mehrten.

Begleitschreiben von Arthur Grindal. Darin heißt es, er betrachte es trotz des Wunsches seines Sohnes, Feldwebel Pascoe zu decken, als seine Pflicht, die Wahrheit zu sagen, und sei es nur, um zu verhindern, daß andere durch den Feldwebel in Gefahr kämen. Pascoe habe vor dem Krieg für ihn gearbeitet, aber obwohl er ihm zahlreiche Gunstbeweise habe zukommen lassen, sei er unzuverlässig gewesen, habe es vorgezogen, sich mit gewerkschaftlichen und sozialistischen Freidenkern abzugeben, anstatt im Interesse seiner Familie und der Firma zu handeln, indem er für eine ordentliche Bezahlung ordentlich arbeitete. Selbst auf seinem letzten Heimaturlaub sei er auf einer Versammlung der Sozialisten in Leeds gesehen worden, auf der davon die Rede war, dem russischen Beispiel zu folgen und sich gegen die legalen Machthaber zu erheben und König und Vaterland durch einen Arbeiterrat zu ersetzen, alle Truppen von der Front zurückzuziehen und den Feinden unseres Landes Frankreich zu überlassen, damit sie nach ihrem Gutdünken damit verfahren könnten. Dennoch hoffe Grindal, daß die Armee Gerechtigkeit gepaart mit Milde walten lassen würde etc. (Wenn der Ausgang des Prozesses noch unklar gewesen wäre, was wahrscheinlich nicht der Fall war, hätte dieser Brief Pascoes Schicksal endgültig besiegelt. Er wurde nicht laut vorgelesen, da er strenggenommen für die Fakten nicht relevant war. Leutnant Grindals Brief wurde vorgelesen.)

5. Feldwebel Pascoe sagte aus, das Kommando des Zugs sei an ihn gefallen, nachdem Leutnant Grindal nach der Explosion einer Granate nicht mehr in der Lage gewesen war, es selbst wahrzunehmen. Er habe es für das beste gehalten, den Leutnant zum Verbandsplatz zu bringen, weil er den Verdacht hatte, er habe neben dem offensichtlichen Schock auch noch innere Verletzungen erlitten. Er gab zu, dem Leutnant einen Schlag versetzt zu haben. Er habe ihn davon abhalten wollen, sich von den Maschinengewehren des Bunkers töten zu lassen. Nachdem er den Leutnant abgeliefert hatte, sei es seine Absicht gewesen, nach einer kurzen Pause wieder nach vorn zu gehen, um mit dem Befehlsstand des Bataillons Kontakt aufzunehmen und weitere Befehle entgegenzunehmen. Der Vorsitzende fragte ihn, warum er zum Rest seines Zugs gesagt habe, der Leutnant habe den Befehl zum Rückzug weitergegeben. Pascoe erwiderte, er habe den Befehl selbst erteilt, weil er nicht wollte, daß die Männer in einem schlechten Licht erschienen, wenn sie später ihre Handlungen erklären mußten. Indem er vorgab, daß es der Befehl des Befehlsstands gewesen sei, habe sie kein Verschulden getroffen. Der Vorsitzende vermerkte, daß der Feldwebel offenkundig wußte, daß er ein Unrecht beging. Er fragte ihn, warum er nicht versucht habe,

Verbindung zu den Bataillonsoffizieren der rechten oder linken Flanke aufzunehmen, nachdem Grindal durch die Explosion außer Gefecht gesetzt war. Der Feldwebel erwiderte, er habe nicht gewußt, wer noch lebte, und nach dem, was er in seinem Abschnitt gesehen hatte, sei es nicht wahrscheinlich gewesen, daß es viele waren. Vorsitzender: Ob das eine Kritik an der Taktik des Vorstoßes sei. Feldwebel: Es sei Kritik an dem ganzen verdammten Feldzug. Zurechtweisung wegen Fluchens. Vorsitzender: Sie sind sich darüber im klaren, daß der Angriff auf Polygon Wood ein Erfolg war und daß er am Ende fest in den Händen der Kameraden war, denen Sie den Rücken gekehrt hatten? Der Feldwebel erwiderte: Aber es war kein Wald mehr. Er würde sich verdammt noch mal wünschen, man würde damit aufhören, die Dinge mit Namen zu bezeichnen, die nicht länger zutreffen. Ein Wald bestehe aus Bäumen und Unterholz, habe lauschige grüne Plätzchen, Singvögel, bemooste Pfade und vielleicht spielende Kaninchen und Rehe. Die sogenannten Wälder, in denen er in den vergangenen Wochen tapfere Männer habe sterben sehen, bestünden aus nichts weiter als in die Luft gejagten Strünken, die aus dem aufgewühlten Boden aufragten, und der einzige sichere Halt seien die Knochen der Toten, und wenn man auf jeden einzelnen Baumstrunk ein Querbrett nageln würde, um damit ein Grab zu kennzeichnen, wären noch immer nicht genug da für all die Männer, die gefallen waren, um die Strünke zu erobern oder zu verteidigen. Kein einziger sei die vielen Toten wert, keiner dieser sogenannten Scheißwälder, auch wenn man sich daheim einbildete, daß die Kavallerie unter Eichen und Buchen trabte. Die Namen seien ein Betrug. Jeder kämpfende Soldat in der Armee, und dieses Gericht mit eingeschlossen, wisse, daß die Einnahme von Polygon Wood und der anderen erbärmlichen vier oder fünf Kilometer höllischen Schlamms, die in den letzten paar Wochen erobert worden seien, das Ende des Kriegs um keinen Tag nähergebracht hätte. Wenn die Führer beider Seiten danach noch immer nicht sahen, daß die ganze Sache vergeblich war, was würde sie dann davon abhalten, so lange zu kämpfen, bis sie keine Männer mehr hatten, die sie in den Kampf schicken konnten?

(Der Vorsitzende scheint sich wörtliche Aufzeichnungen gemacht zu haben. Muß wie ein Wahnsinniger mitgeschrieben haben. Vielleicht hatte er das Gefühl, daß die persönliche Stellungnahme des Gefangenen eine nähere Betrachtung verdiente. Der einzige Kommentar am Ende lautete: Zurechnungsfähig? War natürlich kein Thema. Catch-22 gilt immer. Arthur Grindals Brief hatte den Ausschlag hinsichtlich des Urteils gegeben, Pascoes Ausbruch beseitigte wahrscheinlich die letzte Hoffnung auf eine Empfehlung, Gnade walten zu lassen.)

Das war das Ende der Verteidigung. Es wurden keine Zeugen vernommen, möglicherweise waren alle von der Anklage aufgerufen worden.

6. Urteil: schuldig, Todesurteil, keine Empfehlung, den Verurteilten zu begnadigen.

7. Der befehlshabende Offizier schreibt, der Feldwebel habe viele gute soldatische Eigenschaften gezeigt, doch in letzter Zeit habe es Anzeichen dafür gegeben, daß er im Mittelpunkt einer Entfremdung stehe, die auf dem Gedanken beruhe, daß Arbeiter mit pazifistischen Neigungen beider Seiten sich vereinigen sollten, um den weiteren Kampf zu verweigern. Leutnant Grindal hatte versichert, er kenne den Feldwebel persönlich und sei sicher, ihn auf dem rechten Weg zu halten. Der befehlshabende Offizier habe das Gefühl, daß der Leutnant persönlich verraten worden sei, und deshalb müsse er sich dem Urteil des Gerichts anschließen.

8. Nach den Kommentaren auf Bataillonsebene wurde das Urteil bis hinauf in die Spitze bestätigt.

9. B 122 Vorbildlich. (Zeigt, daß man sich einen verdammten Dreck darum geschert hat.)

10. Bestätigt. Unterschrift Douglas Haig, Oberbefehlshaber.

(Das war's. Abgesehen von dem beherzten Ausbruch des Feldwebels ist alles ziemlich so, wie man es erwarten konnte. Die

Beweislage machte es für das Gericht fast unmöglich, zu einem anderen Urteil zu kommen. Wenn man jedoch die Grund- und Menschenrechte berücksichtigt – ich meine, wie sie 1917 in den Zivilgerichten galten und angewendet wurden –, dann ist die ganze Chose ein Chaos, und man würde keinen Schafsdieb auf diese Weise verurteilen. Daß der Verteidiger in den Unterlagen an keiner Stelle auftaucht, muß nicht heißen, daß der arme Teufel nicht sein Bestes versucht hat. Es heißt nur, daß der Vorsitzende keine Notwendigkeit sah, seine Bemühungen für die Nachwelt zu erhalten, möglicherweise, um seinem Offizierskameraden einen Gefallen zu erweisen. Er wußte nämlich, daß höhere Ränge die Unterlagen durchsehen würden und daß denen gleich das Blut in die Augen schoß, wenn sie einen Unruhestifter entdeckt zu haben wähnten. Nicht viel, was Ihnen zum Trost gereichen könnte, aber Sie haben in der Richtung wohl auch nichts erwartet. Noch eine letzte Sache. Wenn Sie das hier gelesen und intus haben, würden Sie es bitte ganz wörtlich verdauen oder auf andere Weise vernichten? Bis bald!)

Nachdem Pascoe fertig war, nahm er die Bögen und trug sie ins Wohnzimmer, wo Ellie vor dem Kamin saß, ein Glas Scotch in Händen.

»Hallo. Bist du durch?«

Er kniete sich neben sie und legte die Faxblätter in die Flammen.

»Wenn das, was du da machst, doch nur symbolisch wäre«, sagte Ellie. »Soll ich dir einen Whisky einschenken?«

»Lieber nicht«, sagte Pascoe.

»Das heißt hoffentlich nicht, was ich denke, daß es heißt?«

»Ich muß Studholme sehen, und ich bezweifle, daß ich morgen Zeit habe.«

»Es wurde einst ein Ding erfunden, das den Namen Telefon trägt.«

»Ich muß ihn sehen«, wiederholte Pascoe.

Sie stritt nicht mit ihm, sondern stand auf und ging in den Flur. Er hörte, wie sie telefonierte. Als sie wiederkam, sah er sie fragend an.

»Ich habe nur einen Babysitter organisiert. Zum Glück ist Myrtle da. In zehn Minuten ist sie bei uns. Einwand?«

»Ja«, sagte er lächelnd. »Wenn du nicht so schnell mit dem Whisky bei der Hand gewesen wärst, könntest du jetzt obendrein noch fahren.«

FÜNFZEHN

»Du kommst doch nicht etwa zu spät?« sagte Edwin Digweed.

»Ganz bestimmt nicht.«

»Gut, denn Dora hat uns etwas wirklich Besonderes versprochen.«

»Ich bin schon so gut wie unterwegs«, sagte Wield.

Er legte den Hörer auf und wandte seine Aufmerksamkeit wieder dem Bildschirm zu. Die Tür zum Videoraum der Kripo öffnete sich.

»Machst du Überstunden?« sagte Dalziel. »Oder ist der Empfang bei euch da draußen so schlecht?«

Wield rückte zur Seite, damit Dalziel den Bildschirm besser sehen konnte. Er zeigte gerade ein Standbild, auf dem die über Des Pattens Schulter aufgenommene Cap Marvell zu sehen war, die sich leicht vornüberbeugte und den schweren Drahtschneider wie ein breites Schwert mit Doppelgriff an der Seite hielt. Ihr Ausdruck war ruhig, die Ruhe der Sammlung, nicht der Gelöstheit, und sie blickte ohne zu blinzeln auf den Mann ihr gegenüber.

Wield drückte auf die Fernbedienung und ließ das Band Bild für Bild weiterlaufen. Der linke Fuß machte einen Schritt vorwärts, die Brust- und Armmuskeln spannten sich sichtbar an, als sich die Schultern zu drehen begannen, den Drahtschneider nach hinten führten wie ein Tennisspieler, der eine Vorhand mit beiden Händen vorbereitet. Als sie am weitesten ausgeholt hatte, kam Wendy Walker ins Bild, schob ihren mageren Körper zwischen Cap und den Wachmann, den Rücken Cap zugewandt, die Arme weit ausgebreitet, um einen Treffer zu verhindern. Hinter ihr war zu sehen, wie Cap Marvell sich langsam entspannte. Dann drehte Wendy sich zu ihr um, legte ihr die Hände auf die Oberarme und sprach eindeutig mit ihr.

Sie sahen, wie sich Caps Mund zu einer Antwort öffnete, ihr Ausdruck zu übertriebener Überraschung wurde. Jimmy Howard erschien von hinten und nahm der sich nicht wehrenden Cap den Drahtschneider aus den Händen.

Bis hierher hatte sich Patten nicht bewegt. Nun machte er einen Schritt nach vorn und sagte etwas. Und die beiden Frauen entfernten sich, von Howard und Patten eng flankiert, durch eine Tür, bis sie außer Sichtweite waren.

»Was halten Sie davon, Sir?« sagte Wield und warf zum ersten Mal einen kurzen Blick auf Dalziel. Wenn der Dicke einen Augenblick gebraucht hatte, um sein Gesicht unter Kontrolle zu bekommen, dann hatte er ihn gut genutzt.

»Es ist O.K., aber nicht Disney«, sagte er. »Untertitel wären nützlich.«

»Ja. Ich habe Patten gefragt, was gesprochen wurde, aber er konnte es nur ganz allgemein sagen. Deshalb wollte ich mir Howard hochholen, um zu sehen, ob sein Gedächtnis besser ist. Shirley Novello ist gerade auf dem Weg zu ihm.«

Dalziel sah überrascht aus.

»Lehnst du dich da nicht ein bißchen weit aus dem Fenster, Wieldy? Hast du seinen Anwalt informiert? Ich bin sicher, daß er dir irgendwas aus den Vorschriften zitieren kann, was es zu einem Kapitalverbrechen macht, wenn du einen Kerl aus der Zelle holst, um mit ihm über einen anderen Fall zu sprechen, ohne seinen Anwalt informiert zu haben.«

»Wahrscheinlich«, erwiderte Wield. »Nur daß er kein Gefangener mehr ist. Wir können ihm nichts anhängen, außer daß er ohne Führerschein gefahren ist. Shirley entläßt ihn also und lädt ihn dann als Ex-Kollegen und Profi in Sicherheitsfragen ein, uns hier zu helfen.«

»Ach ja. Sehr grün.«

»Wie bitte?«

»Recycling«, sagte Dalziel verächtlich.

»Wir müssen jede Hilfe in Anspruch nehmen, die wir finden können«, sagte Wield. »Ich habe gehört, daß wir Ms Marvell laufengelassen haben?«

»Ja. Wie bei Howard. Nichts, womit man sie hätte halten können.«

»Mit dem Unterschied, Sir, daß wir wissen, daß Howard etwas auf dem Kerbholz hat«, sagte Wield sanft.

»Und nachdem du dir die Bilder angesehen hast, denkst du, daß sie nichts mehr zu befürchten hat?«

Wield wurde die Antwort erspart, weil die Tür aufging und Shirley Novello mit Jimmy Howard eintrat.

»Hallo, Jimmy. Nett von dir, uns behilflich zu sein«, sagte Wield.

»Ganz schön unverschämt, nachdem Sie mich eingelocht haben«, sagte Howard. Aber sein Protest fiel wenig scharf aus, da er die Gegenwart Dalziels bemerkt hatte, der brütend auf einem Stuhl hing und ebenfalls nicht danach aussah, als wäre ihm seine Nähe angenehm.

»Sieh dir einfach die Aufnahmen von dem Vorfall neulich abends an, Jimmy, und überlege, ob du dich erinnerst, was genau gesagt wurde. Nicht nur von dir. Von allen«, wies Wield ihn an.

Er spulte den Film zurück und ließ ihn mit normaler Geschwindigkeit durchlaufen.

»Verdammte Scheiße«, sagte Howard. »Sie sind doch nicht noch immer damit zugange? Ich meine, wo ist das Problem?«

»Kein Problem, Jimmy. Versuchen Sie nur, sich zu erinnern, was gesagt wurde«, drängte ihn Wield.

Noch einmal ließ er den Streifen durchlaufen, diesmal in Zeitlupe.

»Ich hab das doch alles schon gesehen«, sagte Howard. »O.K. Als ich nach der Dünnen reinkam, steht die andere, die mit den Scheinwerfern, sie steht vor Des und sieht so aus, als würde sie gleich mit der Drahtschere auf ihn einschlagen ...«

»Wie kommen Sie denn darauf?« sagte Wield. »Sie können sie doch nur von hinten gesehen haben.«

»Ja, aber man konnte sehen, daß sie Schwung holte. Ich meine, sehen Sie sich doch einfach die Bilder an. Da. Sie bereitet sich doch nicht auf einen Holzschuhtanz vor?«

»Wurde etwas gesprochen?«

»Des hat was gesagt, das klang wie: '*Nun aber langsam.*' Die Frau hat nichts gesagt, aber sie hat ziemlich schwer geatmet.«

»Und dann?«

»Die Magere ist vor mir. Wir haben beide innegehalten, als wir sahen, was sich abspielte ...«

»Tut mir leid. Warum das? Das Innehalten, meine ich.«

»Na ja, das ist, wie wenn man in ein Zimmer platzt und sieht, wie jemand einem anderen das Messer an die Kehle hält. Da bleibt man doch erst einmal stehen und nimmt die Szene in sich auf, oder?«

»Sie hatten also wirklich das Gefühl, daß es sich um eine echte Bedrohung handelt?« sagte Wield und warf einen kurzen Blick auf den Dicken, der gähnend auf seine Uhr sah.

»Die Luft war zum Reißen gespannt«, sagte Howard. »Dann schießt die Magere vor und springt zwischen die beiden.«

»Was sagt sie an diesem Punkt?«

Howard starrte den Bildschirm an und sagte dann: »*'Langsam, Cap'*. Irgendwie so was.«

»Und als sie sich umdreht?« sagte Wield und ließ das Band weiterlaufen.

»Da hat sie gesagt: *'Beruhige dich, Cap. Wir wollen doch nicht, daß jemand verletzt wird, oder? Nicht ohne Grund.'* Irgendwie so was.«

»Und hat Cap Marvell geantwortet? Sie scheint den Mund zu öffnen, an dieser Stelle hier.«

»Ja. Sie hat gesagt 'Jesus', ganz langgezogen, während sie ausgeatmet hat, so, als würde sie ihren Ohren nicht trauen. Aber sie war gleich wieder ganz entspannt, und ich und Des sind auf sie zu und haben die Sache in die Hand genommen, ohne daß es noch Ärger gab. Sagen Sie mal, was soll das? Niemand will eine Anzeige erstatten, oder?«

»Nicht wegen des Hausfriedensbruchs, nein«, sagte Wield.

»Weswegen denn dann? Ich meine, was macht es denn aus, wer was zu wem gesagt hat? Man braucht eine förmliche Anzeige wegen Bedrohung.«

»Nicht immer«, sagte Wield. »Und besonders dann nicht, wenn die Bedrohung mit einer tödlichen Waffe erfolgt.«

»Das Ding da? Tödlich?« Howard lachte.

Wield sah ihn ernst an und sagte: »Es kommt auf die Absicht an, Jimmy, ich hätte gedacht, daß Sie sich daran noch erinnern. Und wenn einem das Ding mit der entsprechenden Wucht gegen den Kopf fliegt, könnte es töten, was es nach meinem Verständnis tödlich macht.«

»Töten ...? Wie oben in Redcar? Das beschäftigt Sie noch immer?«

»Man muß jeden Stein umdrehen, und wenn man ihn zweimal umdreht«, sagte Wield. »Sie sind sich also sicher, daß das alles ist, woran Sie sich erinnern können?«

»Ja. Sicher. Warum fragen Sie eigentlich nicht die Leute persönlich, die da gesprochen haben?«

»Haben wir. So weit als möglich.«

»Was soll das heißen?« fragte Howard mißtrauisch.

»Es heißt, daß man mit Toten nicht sprechen kann«, dröhnte Dalziel. »Sergeant, sorgen Sie dafür, daß dieser Hodensack hier verschwindet. Wir haben nichts mit ihm anfangen können, als er noch bei uns war, warum zum Teufel sollte das jetzt anders sein?«

Howard machte sich nicht die Mühe, auch nur so zu tun, als wäre er beleidigt, fiel Wield auf. Sein Gesichtsausdruck hatte sich völlig verändert. Wield nickte seiner Kollegin Shirley Novello zu, die aussah, als wollte sie etwas sagen. Aber Dalziel stand auf und streckte sich. Obwohl die Bewegung nichts Bedrohliches enthielt, veranlaßte sie die Kripobeamtin, den sich nicht widersetzenden Howard durch die Tür zu schieben.

»Kein Stück weiter also, Wieldy«, sagte der Dicke und kratzte sich den Nacken, als wäre da etwas drin, das herauswollte.

»Nein, Sir«, sagte Wield. Er hätte gern hinzugefügt, daß Dalziel Howard weggeschickt hatte, bevor er, Wield, mit ihm fertig gewesen war, aber er spürte, daß der Moment so unreif für eine Bemerkung war, daß die Gefahr bestand, sich einen Zahn auszubeißen.

»Ist Peter nach Hause?«

»Ja, Sir. Er war gerade gegangen, als ich mit dem Video ankam.«

»Und es ist dir nicht wichtig genug vorgekommen, ihn zu rufen, damit er es sich ansieht? Da hast du goldrichtig gelegen. Der Junge lernt mehr, wenn er sich Coronation Street* reinzieht als das hier. Also. Howard auf freiem Fuß, Marvell auf freiem Fuß, keine weiteren sinnlosen Aufschlüsse von Troll Longbottom oder Dr. Tod zu erwarten, wir könnten eigentlich ‚Zimmer frei' an die Zellen hängen und ins Wochenende fahren, Wield. Hast du Lust auf ein Bier?«

»Nein, danke, Sir. Ich muß heim.«

»So ist's recht. Das Abendessen darf nicht verderben. Was gibt es heute? Rübenpastete?«

Provoziert durch die höhnische Bemerkung, sagte Wield: »Der fleischlose Tag war gestern, Sir. Am Tag danach fährt Dora Creed immer für uns in die Stadt und holt ein nettes Stück Lamm oder vielleicht Rinderrippe. Erinnern Sie sich noch an Miss Creed, Sir? Ihr gehört das Wayside Café.«

Ein Funken Interesse und Neid stieg in Dalziels Augen auf, als er an das hervorragende Essen dachte, das Dora Creed hungrigen Reisenden in Enscombe vorsetzte.

»Es klingt fast danach, als sei dein Schiff wirklich endlich im Hafen, Wield. Das freut mich für dich. Niemand verdient es mehr. Dann also guten Abend.«

Er drehte sich um und verließ den Raum. Wield stand einen Augenblick gedankenverloren da.

Auf Sympathiebekundungen reagierte der Dicke ungefähr so, als würde man einem Mullah mit den Satanischen Versen vor den Augen herumwedeln. Wenn man gewitzt war, haute man ab und würzte die eigene Zufriedenheit mit Dalziels Unglück. Doch während Wields Lebensgefährte Edwin sensibel wie Seidenchangeant war, Grundvoraussetzung, um eine solch gallische Raffinesse zu goutieren, war Wields Herz aus schlichtem, grobem Yorkshire-Wollstoff gewebt.

Er trat auf den Flur und rief der verschwindenden Gestalt hinterher: »Vielleicht auf ein Glas, Sir.«

SECHZEHN

Cap Marvell saß vor dem Fernseher, ein Glas ihres Whiskyersatzes in der einen Hand und die Fernbedienung in der anderen, und zappte durch die Kanäle auf der Suche nach einem, der sie für ein paar Minuten aus ihrem innerlichen Irrgarten holte. Vergebliche Liebesmüh, selbst bei dem Sender, der sich selbstherrlich als bester der Welt anpreist.

Sie stellte den Ton ab, ließ jedoch das Bild laufen, um der Bewegung und des farbigen Flackerns willen, die eine Illusion von Leben in das Zimmer brachten.

Sie hatte gute zehn Jahre gehabt und sogar länger, um zu sich selbst zu finden, und nun saß sie hier und hatte wieder das Gefühl, sich total verrannt zu haben. Das war echter Fortschritt! Aber sie mußte praktisch denken. Konnte sie etwas retten? Nur sich selbst, vielleicht. Und so wie sie sich im Augenblick fühlte, war sie sich nicht sicher, ob es die Mühe lohnte.

Dieses verdammte Schwein! Vor fünf Tagen hatte sie ihn noch nicht gekannt, und ihr Gemüt, Geist und Gewissen hatten sich rundum unangreifbar gefühlt. Und nun saß sie hier und kam sich wie ein Stück Treibholz vor, wie vor all den Jahren, als sie die ersten Haarrisse in der zarten Eierschale entdeckt hatte, die ihr Leben als Mrs. Rupert Pitt-Evenlode gewesen war.

Sie schlürfte ihren Whisky. Sie hatte gesehen, wie er zusammenzuckte, als er ihn probiert hatte, und nun leerte sie das Glas als trotzige Bestätigung ihrer Identität, die sich so heil und von Dauer angefühlt hatte, bevor er aufgekreuzt war. Und sich wieder fühlen würde. Das war die einzig mögliche Reaktion auf die Krise. Überleben. Weitermachen. Es dem verdammten Schwein zeigen!

Sie merkte, wie sie über ihre eigene Unlogik lächeln mußte. Wie Liebende in der ganzen Welt wissen (und wie viele haben nie geliebt?): Wenn man zeigt, daß es einem egal ist, liefert man den unumstößlichen Beweis, daß es einem nicht egal ist. Aber es war ein Anfang. Nicht das Zeigen, sondern das Lächeln. Das Leben nach Dalziel war eine echte Möglichkeit.

Aber das alte Schwein, o, das alte Schwein!

Auch Jimmy Howard trank einen Scotch. Er war aus einem Heber, und Howard wußte weder, welche Marke es war, noch wollte er es wissen. Er war ans andere Ende der Stadt gefahren, möglichst weit weg von der Straße, wo er wohnte, und er war noch nie in dem Lokal gewesen, in dem er jetzt saß. Trotzdem hatte er sich die entlegenste und dunkelste Ecke ausgesucht, um in aller Ruhe dort zu sitzen und das Risiko, erkannt oder angesprochen zu werden, möglichst klein zu halten.

Er mußte nachdenken und Entscheidungen fällen. Das Blöde an Entscheidungen war, daß sie die Neigung hatten, einschneidende Folgen zu haben. Er dachte an das erste Mal zurück, daß er sich auf Schweigegeld eingelassen hatte. In realer Zeit war es nicht allzu lange her, aber Lichtjahre in der Erinnerung. Mr. Howard. Damals war er noch Mr. Howard gewesen, der Polizist, und wurde von dem, der sich bei ihm einschmeicheln wollte, respektvoll angesprochen. *Mr. Howard, können wir nicht wie vernünftige Menschen über die Sache reden? Oder sogar wie Freunde, bei einem Drink?* Die Betonung des Wortes *Drink* war unmißverständlich gewesen. Und das war der Augenblick gewesen. Ein Schritt in die eine Richtung, und er wäre unbeirrbar bei der Herde geblieben, wohingegen ein Schritt in die andere ... Aber er hatte tatsächlich gedacht, man könne einen Schritt aus der Reihe tanzen und sich dann wieder einreihen, ohne daß groß etwas passierte, und er hatte erwidert: »*Das müßte aber ein verdammt großer Drink sein.*«

Und nun war er wieder am Scheideweg angekommen. Verschiedene Wege rein, verschiedene Wege raus ... o, mit Sicherheit die Möglichkeit sehr verschiedener Wege raus!

Er stand auf und ging an die Bar, da er das Gefühl hatte, noch mehr Scotch zu brauchen.

Als der Barman das Glas vor ihn stellte, sagte eine Stimme: »Den übernehme ich, Jimmy.«

Dalziel sagte: »Pete macht dieser Tage einen recht glücklichen Eindruck. Er und seine Frau, meine ich. Allerdings glaube ich nicht, daß er sich jemals sicher fühlt. So wie der Verstand von dieser Ellie funktioniert, kann sich ein guter Polizist gar nicht sicher fühlen bei ihr. Aber geborgen, ja, ich würde sagen, er fühlt sich zur Zeit ganz hübsch geborgen. Das Kind hilft natürlich. Ein Kind läßt man nicht einfach im Stich. Ja, das Kind könnte geholfen haben.«

Wield hatte sich diesmal Dalziels elftem Gebot widersetzt, das da lautete: Wenn ich trinke, haben gefälligst alle zu trinken. Er hielt sein Glas umklammert und stand gehorsam auf, wenn der Dicke sagte: »Du bist dran, Junge« und holte ein weiteres Bier und einen Schnaps. Wenn Dalziel selbst an der Reihe war, ignorierte er Wields Abwehren und kam immer mit zwei großen Bier nebst Schnaps zurück, die er beide fast geistesabwesend trank, während Wield sich an seinem Glas festhielt.

Was von dem Dicken wohl nicht zu erwarten war, war ein rührseliges Bekenntnis, bei dem er komplett auspackte, auch wenn er wußte, daß er das, was er tat, am nächsten Morgen bedauern würde, wenngleich nicht so sehr wie sein armer Zuhörer. Wield wußte jedoch aus langer Erfahrung, daß Dalziel, wenn sich der Alkohol allmählich seiner bemächtigte, seinem Gegenüber vielleicht einen kurzen Einblick in sein Herz gewähren würde, verhüllt durch einen Gazeschleier indirekter Anspielungen.

»Großartiges Mädel, die Ellie«, sagte Wield, der ein überzeugter Fan Ellie Pascoes war.

»Das weiß ich auch, aber eine Handvoll, das kannst du nicht leugnen. Aber vielleicht macht das ja nichts, wenn sonst alles stimmt.«

Er schwenkte unbestimmt sein Glas, um »sonst alles« zu illustrieren, leerte es dann und nahm eins von Wields.

»Da war mal 'n Mädel, das ich kannte, ist schon 'ne Weile her, 'ne Witwe, kurz nachdem Pete geheiratet hat ... warst du eigentlich auf der Hochzeit, Wieldy?«

»Nein, Sir. Hatte gerade eine Blinddarmoperation hinter mir.«

»Ach ja. Ja, wie ich schon sagte, ich hab danach ein paar Tage Urlaub gemacht, hab mich mit dem Mädel angefreundet. Wurde ziemlich eng. Sah aus, als könnte was draus werden. Man kommt auf dumme Ideen, wenn man sieht, wie der Junge heiratet und so ...«

Er sah nachdenklich in sein Glas, und Wield nutzte die Gelegenheit, um nachdenklich auf die Uhr zu sehen, die er im Spiegel der Bar sah. Schiete. Edwin würde nicht gerade begeistert sein, dachte er.

»Ich langweile dich doch nicht etwa, oder Wieldy? sagte Dalziel scharf, als hätte der Sergeant eine Halbsavonette* aus der Tasche geholt und ans Ohr gehalten.

»Daraus ist nie etwas geworden, ja?« sagte Wield, der sich nicht in die Defensive treiben und ablenken lassen wollte.

»Wir hatten unseren Spaß«, sagte Dalziel. »Aber irgendwas stimmte nicht mit dem Tod ihres Mannes ... mir kam es so vor, als könnte ich das Risiko nicht eingehen ...«

»Für den Fall, daß sie es auch auf Sie abgesehen hatte, Sir?« konnte Wield nicht widerstehen zu sagen.

»Für den Fall, daß ich sie hätte einbuchten müssen«, erwiderte der Dicke. »Ich hatte doch recht, oder?«

»Sie müssen davon ausgegangen sein, daß Sie recht hatten, Sir«, sagte Wield.

»Ich wußte, daß der Polizist in mir recht hatte. Und der Mann in mir war sich zu fünfzig Prozent sicher ...«

»Klingt in meinen Ohren nach einer überwältigenden Mehrheit,« sagte Wield.

»Ja, aber nun stell dir mal vor, der Mann in mir wär sich nicht so sicher gewesen? Stell dir vor, ich hätt so ein Gefühl von 80 zu 20 gehabt, daß sie O.K. war? Hätt ich dann auch noch recht gehabt?«

Nun kommt es zum Schwur, dachte Wield.

»Es kommt ganz darauf an, was einem am wichtigsten ist«, sagte er fest. »Ich meine, ganz generell. Wenn der Job immer an erster Stelle steht, und der Rest läuft nur mit, dann macht das die Sache einfach, auch wenn sie schwer ist.«

»Ja? Du glaubst also, Peter hängt den Job an den Nagel, wenn Ellie ihm die Pistole auf die Brust setzt?«

»Ich dächte, ja. Vielleicht tut sie es nicht, weil sie das weiß«, sagte Wield.

»Du klingst, als hättest du die Nase in so ein Reader's Digest von deinem Kerl gesteckt«, spottete Dalziel. »Was mich drauf bringt, und wie steht es mit dir? Wenn Desperate Dan darauf bestehen würde, daß du Brigadoon verläßt und wieder in deine Junggesellenbude in der Stadt ziehst, was würdest du dann tun?«

Dalziel war zwar immer weit davon entfernt, um den heißen Brei herumzureden, aber so deutlich hatte er noch nie über Wields häusliche Situation gesprochen.

»Kein Problem«, sagte Wield. »Ich würde mich vorzeitig pensionieren lassen.«

Und es war in der Tat einfach, jetzt, nachdem er es ausgesprochen hatte. Er fühlte, daß die Zwänge seines Berufs, die immer im Zentrum seines Lebens gestanden hatten, von ihm abglitten wie Seide von einer Stripperin. Heh, ich bin doch ein Schwan, dachte er.

»Das Gezucke auf deinen Lippen, soll das ein Grinsen werden oder hast du einen Anfall?« fragte Dalziel.

»Verzeihung, Sir. Es ist eine Frage der Prioritäten, würde ich sagen. Sie hatten recht, die Sache mit der Witwe nicht weiterzuverfolgen, wenn Sie das Gefühl hatten, Sie müßten sie einbuchten, wenn etwas schiefging.«

»Und wie hätte die Alternative ausgesehen?« wollte Dalziel wissen.

»Ihr beim Kofferpacken helfen und zwei Tickets nach Rio zu kaufen?« schlug Wield vor. »Und nein, Sir, ich will kein Bier mehr, Sir. Es ist Zeit, daß ich nach Hause gehe.«

Da er wußte, was für ein Experte Dalziel auf dem Gebiet der Verzögerungstaktiken war, hatte er sich schon beim Sprechen erhoben und auf den Weg zur Tür gemacht. Doch bevor er sie erreicht hatte, packte ihn eine Hand am Ärmel, und als er zur Seite blickte, sah er seine Kollegin Shirley Novello.

»Darf ich Sie zu einem Drink einladen, Sir?«

»Ein anderes Mal, danke«, erwiderte er. »Ich bin ein bißchen spät dran.«

Sie ließ seinen Ärmel los, blieb aber neben ihm stehen und sah ihn an.

Da ist etwas, worüber sie reden will, es ist aber nicht wichtig genug, daß sie es einfach ausspricht. Deshalb ist es auch nicht wichtig genug, um mich bei Edwin noch tiefer in die Scheiße zu reiten.

Er machte eine Kopfbewegung zum Tisch hinüber, an dem Dalziel saß, anscheinend in tiefe Meditation über den Knopf seines Hemds versunken, das sich über seinem Nabel spannte.

»Aber der Boss ist in Trinklaune«, sagte er.

Ihr Blick glitt hinüber zu der monumentalen Gestalt, dann wieder zurück.

»Dafür hab ich meinerseits noch nicht genug getrunken«, sagte sie. »Guten Abend, Sergeant.«

Wield fühlte sich gleichzeitig wie ein Schwein und wie ein Held, daß er seinen Job an die zweite Stelle gerückt hatte, und ging hinaus in die Nacht.

Etwas weiter im Westen, in Leeds, bekam auch Peter Pascoe einen Drink angeboten.

Er schüttelte den Kopf, aber Ellie sagte: »Ja, bitte. So wie er ist«, und Hilary Studholme lächelte sie fast dankbar an, als er ihr das Glas so vollgoß, daß ein gewisser Kommissar damit zufrieden gewesen wäre.

Er hatte kein Erstaunen geäußert, als er die Tür geöffnet und die Pascoes erblickt hatte. Im Supermarkt war verkaufsoffener Abend, und durch die Automatiktüren, die bei dem ständigen Strom an Einkaufenden fast dauernd offen standen, rieselte dünn Discomusik, die hier und da von einer sonoren Stimme unterbrochen wurde, welche die Käufer drängte, sich unter keinen Umständen die Schnäppchen an der Delikatessentheke entgehen zu lassen. Von hoch oben flutete gleißendes Licht herab, um das Gebäude herum und im Inneren war alles hell erleuchtet, und durch das außerirdische Strahlen der Flutlichtlampen um den Parkplatz waberten die Niemandslandnebel des Novembers, gemischt mit tödlichen Auspuffgasen.

»Erstaunlich«, hauchte Ellie, als sie den Gegensatz zwischen der Welt greller Betriebsamkeit und dem schmalen, hohen viktorianischen Museum in sich aufnahm. Und als sie das Innere betrat und die schwere Tür die neunziger Jahre wie ein Kerzenlöscher erstickte, sagte sie noch einmal: »Erstaunlich.«

Sie wäre gern ein wenig in dem Museum verweilt, aber sie waren Peters wegen hergekommen, und so hatte sie die beiden Männer schweigend die steilen Treppen zur winzigen Wohnung des Majors hinaufbegleitet. Wenigstens unterblieb das forensische Fechten, da Studholme mit militärischer Direktheit zur Sache kam.

»Sie sind auf meinen Vater gestoßen«, sagte er, während er sich einen Whisky einschenkte. »Ich wußte nicht, ob ich es Ihnen sagen sollte oder nicht. Ich war schon fast so weit, da habe ich gedacht, wenn er wirklich entschlossen ist, die Vergangenheit auszugraben, wird er es selbst herausfinden und sich wieder bei mir melden.«

»Alle scheinen mir kleine Prüfungen aufzugeben«, sagte Pascoe. »Wenn ich sie bestehe, darf ich ein paar Kästchen weiterhüpfen. Ich vermute, Sie wissen davon aus Ihres Vaters Kriegstagebuch?«

»Ja. Deshalb war mir Pascoe auch bekannt vorgekommen. Dann haben Sie gesagt, es könne nicht Pascoe gewesen sein. Ich fand das alte Foto, und es sah Ihnen so ähnlich, daß ich mich einfach selbst überzeugen mußte.«

»Aber das ist noch nicht alles, stimmt's? Nicht nur der Name. Das hätte nicht gereicht, Sie so aufzuwühlen. Da muß noch etwas anderes sein.«

Der Major warf Ellie einen kurzen Blick zu und lächelte.

»Mit einem Mann verheiratet zu sein, der stets zwei und zwei zusammenzählt, dürfte nicht einfach sein.«

»Er ist nicht immer so gut im Rechnen«, sagte Ellie.

»Was gibt es da noch?« fragte Pascoe, der sich nicht in den die Stimmung lockernden Schlagabtausch der beiden hineinziehen lassen wollte.

Der Major sah ihn mit seinem einen glänzenden Auge an, seufzte, stand auf und trat an einen alten Schreibtisch, der dem Adas nicht unähnlich war.

Einer Schublade entnahm er ein elegant in geprägtes Leder gebundenes Buch.

»Das Tagebuch meines Vaters«, sagte er. »Ich habe es binden lassen, damit es nicht auseinanderfällt. Wenn ich sterbe, wird es seinen Platz hier im Museum finden, aber bis es soweit ist, ... nun, es waren seine persönlichen Aufzeichnungen, und wenn sie überhaupt für die Augen anderer Menschen bestimmt waren, dann gefällt mir der Gedanke, daß es meine sind.«

Gekonnt öffnete er das Buch mit seiner einen Hand an einer Stelle mit Fidibus.

»Das Folgende hat er über Feldwebel Pascoes Prozeß geschrieben. Sie können es gern selbst lesen, aber ich muß Sie warnen, daß seine Schrift fast unleserlich ist, wenn man nicht an sie gewöhnt ist.«

»Dann lesen Sie uns die Stelle doch einfach vor«, sagte Ellie.

»Sehr gern. Könnten Sie mir meine Brille reichen?«

Ellie nahm eine Nickelbrille vom Tisch, die neben der Whiskykaraffe lag, näherte sich dem Major und setzte sie ihm ohne zu zögern auf die Nase.

»Danke schön, meine Liebe«, sagte er und strahlte sie wieder mit seinem charmanten Lächeln an.

»Gern geschehen«, sagte Ellie.

Heiliger Heiland, dachte Pascoe. Dem Herrn sei gedankt, daß der Kerl nicht zehn Jahre jünger ist!

»Ich lasse beim Lesen das ein oder andere weg«, sagte Studholme. »Aber nichts, was von Bedeutung ist, das versichere ich Ihnen.«

Er räusperte sich zweimal, um seine Kehle zu säubern, und begann mit dem Lesen. Er verfiel in einen altmodischen Vortragston, der viel gewichtiger als seine normale Rede war, wie jemand, der bei einem Weihnachtsgottesdienst einen Abschnitt aus der Bibel vorliest.

»Oktober 1917. Endlich steht der Termin für Pascoes Verhandlung fest. Die Verzögerung wurde durch Grindals Abwesenheit verursacht. Geringfügige Verletzungen, deshalb hatten alle gedacht, er würde innerhalb weniger Wochen wieder zurück sein. Der Kompanieführer bekam Nachricht, man habe Neurasthenie diagnostiziert, ohne Aussicht auf schnelle Besserung, deshalb hat man beschlossen, eine schriftliche Darstellung der Vorfälle zuzulassen. Evenlode brach in Hohngelächter aus, als das Wort Neurasthenie fiel. Er nennt es Drückebergerkrämpfe. Besonders anfällig dafür seien feine Herren auf Zeit, was sich auf Grindal bezieht, weil er aus einer Familie von Geschäftsleuten kommt.«

»Dieser Evenlode« unterbrach Ellie ihn, »war er mit den Pitt-Evenlodes verwandt?«

»O ja. Die Namensänderung erfolgte, als sein Vetter, der Baron, das einzige Kind von Sir Chesney Pitt heiratete, der unbedingt wollte, daß sein Name fortbestand. Die Evenlodes waren der Auffassung, daß die mütterliche Seite, da niedriger im Rang, an zweiter Stelle stehen müsse, aber man erzählt sich, daß Sir Chesney sagte, wenn sich die Familie Evenlode-Pitt nennen würde, klänge das, als hätte man eine Zeche in der Familie. Der Enkel, Piers, dient derzeit im Regiment. Seine Ernennung zum Oberstleutnant wurde gerade im Anzeiger bekanntgegeben. Kennen Sie die Familie?«

»Wir grüßen uns«, sagte Ellie, die von königlicher Herablassung sein konnte, wenn sie es darauf anlegte.

»Evenlode war der Adjutant, stimmt's?« sagte Pascoe, der fest entschlossen war, keine Gemütlichkeit aufkommen zu lassen.

»Ja. Und nach dem, was mein Vater schreibt, konnte er Feldwebel Pascoe sogar noch weniger ausstehen als Oberleutnant Grindal. Wo war ich stehengeblieben? Ach ja, hier. *Evenlode erhob jedoch keinen Einspruch gegen die Verwendung einer schriftlichen Aussage. Er hatte die Art, wie Pascoe für seine Leute eintrat, nie gemocht. Ich erinnere mich, wie er zu dem armen alten Hurley Burley sagte, ein Infanteriezug brauche gute Unteroffiziere und keine unruhestiftenden gewerkschaftlichen Vertrauensleute. Und seit der Fritz dem*

Pascoe geholfen hatte, seinen Vetter zu retten, war Pascoe für Evenlode einer dieser bolschewistischen Agitatoren, die seit dem Frühling in aller Munde sind. Nach dem zu urteilen, was ich sowohl über Pascoe als auch Grindal weiß, hätte ich gewettet, daß der Feldwebel von den beiden der ausgeglichenere ist. Aber mich fragt ja niemand.«

Er machte eine Pause, um die Seite umzublättern.

Pascoe sagte: »Dieser Evenlode, das war der Offizier der Anklage, ja?«

»Richtig. Gewöhnlich übernahm der Adjutant der Einheit des Gefangenen diese Rolle. Dadurch blieb alles sozusagen in der Familie, und es bedeutete auch, daß er die Leute, um die es ging, persönlich kannte. Man dachte generell, daß es sich günstig für den Gefangenen auswirke.«

»Wer's glaubt«, höhnte Pascoe.

Ellie warf schnell ein: »Der Vetter, wie hieß er noch mal? Steve Pascoe, ja? Was wurde aus dem?«

»Ich hab dir doch erzählt, was die Frauen in Kirkton gesagt haben«, begann Pascoe, irritiert durch die Unterbrechung.

»Ja, ich weiß. Er brannte mit der Witwe seines Vetters durch. Was ich meine, ist folgendes. Wenn er desertiert ist, wie kommt es, daß er nicht geschnappt wurde? Und wie kommt es, wenn Peter Sie richtig wiedergegeben hat, Herr Major, daß in den Regimentsakten nur vermerkt ist, daß er im Ypernbogen verwundet wurde?«

»Ach ja. Soldat Stephen Pascoe. Das habe ich natürlich überprüft, als mir klar wurde, daß mein Vater in die Sache verwickelt war«, sagte Studholme. »Sein Fall ist ziemlich traurig. Technisch gesehen ist er desertiert. Seine Uniform und sein Ausweis wurden als Bündel im Bahnhof von Liverpool gefunden, und man ist davon ausgegangen, daß er sich entweder versteckt oder eine Überfahrt nach Amerika gefunden hat. Die Sache war die. Er hatte sich zwar von den Verletzungen, die er im August erlitten hatte, gut erholt, doch seiner Krankenakte ist zu entnehmen, daß die Bewegungsfähigkeit des linken Arms und der Schulter für immer beeinträchtigt war. An dem Tag, als er sich absetzte, hatte er vor einer Ärztekommission erscheinen müssen, die seinen Gesundheitszustand bewerten sollte. Das war das übliche Verfahren für Verwundete, bevor man sie zu ihren Einheiten zurückschickte – oder, natürlich, zu weiterer Behandlung riet. Man untersuchte ihn und empfahl, ihn zu entlassen. Als Soldat an der Front hatte er keine Zukunft, er würde seinem Land in seinem alten Beruf nützlicher sein.«

»Niemand hat natürlich daran gedacht, ihm das auf der Stelle zu sagen«, warf Pascoe bissig ein.

»So läuft das nicht bei der Armee, leider«, sagte Studholme mit echtem Bedauern. »Es geht immer alles den Dienstweg. Wahrscheinlich dachte er beim Fortgehen, daß man ihm wieder den Stempel für die Front geben würde, und hatte die Nase voll. Technisch gesehen war er, wie ich schon sagte, noch in der Armee, bis er offiziell entlassen wurde. Aber kein Regiment hat gern Deserteure in seinen Akten stehen. In diesem Fall hätte es zudem den Sinn für Gerechtigkeit beleidigt, wenn man einen Mann zurückgeholt und eines Kapitalverbrechens angeklagt hätte, nachdem feststand, daß er sowieso nicht mehr kampftüchtig war. Seine Entlassung wurde also rasch und ohne großes Aufheben hier im Ersatzamt in Leeds durchgeführt, und die Tatsache, daß er sich die letzten Wochen seines Dienstes ohne Urlaub abgesetzt hatte, hat man ignoriert.«

»Na, da bin ich aber froh, daß nicht noch ein weiterer Pascoe Ihre kostbaren Akten besudelte«, sagte Peter Pascoe bitter. »Kehren wir zu Ihrem Vater zurück, ja?«

»Natürlich. Der nächste Eintrag beginnt mit den Worten: *Ich hätte nie schreiben dürfen: 'Aber mich fragt niemand!' Ich wurde gerade gefragt, beziehungsweise, man hat es mir gerade mitgeteilt, weil es in solchen Dingen kein Fragen gibt. Ich soll Pascoes Verteidiger sein. Der Kompanieführer sagt, es sei eine widerliche Aufgabe, aber er wüßte, daß ich mein Bestes geben würde. Evenlode sagte, im Gegenteil, man würde sich dabei kein Bein ausreißen, denn das Urteil stünde sowieso fest, es würde also nur bedeuten, daß ich ein paar Tage vom Fronteinsatz befreit wäre, das heißt im Warmen und Trockenen Läuse suchen könnte. Ich erwiderte ziemlich sarkastisch, daß in diesem Fall auch er eine ruhige Kugel schieben würde. Aber er hat mich nicht verstanden und gesagt: O ja, es bedeutet, eine große Laus zu zerquetschen, und das ist ein besonderer Genuß. Evenlode ist wirklich ein widerlicher Kerl.*«

Studholme legte wieder eine Pause ein und sagte zu Ellie: »Schenken Sie sich doch nach.«

»Mann, hab ich schon alles ausgetrunken? Danke, ja.«

Sie füllte ihr Glas. Pascoe sagte: »Und was hat Ihr Vater über den Prozeß zu sagen?«

»Ja, vorher schreibt er noch über die Schwierigkeiten, die er hatte, Pascoe dazu zu kriegen, über seine Verteidigung zu sprechen. *Er scheint nicht zu verstehen, in welcher Gefahr er ist. Er gibt freimütig zu, Grindal einen Schlag versetzt zu haben, aber das habe er nur gemacht, damit der sich nicht selbst schade, indem er weitermarschiere, benommen wie er war. Und dann beschreibt er, wie er den Rest seines Zugs zum Ausgangspunkt zurückgeführt hat, als ob es das Vernünftigste auf der Welt gewesen sei. Er scheint nichts weiter zu bedauern, als zu einem Stabsoffizier unverschämt gewesen zu sein, und der Grund dafür ist, daß er meint, es mache keinen Sinn, in Harnisch zu geraten über tumbe Toren, womit er sich beim Gericht wohl kaum Freunde machen wird. Obwohl, wenn ich es mir überlege, das Gericht besteht nur aus Frontoffizieren, es könnte also durchaus sein, daß sie ihm in diesem Punkt folgen!*«

Der Major gestattete sich ein Lächeln, als er das las, und Pascoe sagte: »Wie tröstlich, daß Ihr Vater im Angesicht des Unglücks anderer seinen Humor nicht verloren hat.«

»Peter, ich bitte dich!« sagte Ellie.

»Nein, mein Fehler. Es tut mir leid, Mr. Pascoe. Das muß alles sehr schmerzlich für Sie sein. Es kommt nur noch wenig. Er schreibt noch, daß sich Feldwebel Pascoe eindeutig darauf verläßt, daß die Aussage Oberleutnant Grindals und der anderen seines Zugs zu seinen Gunsten ausfällt und es zum Freispruch kommt, oder zumindest, daß sich seine Bestrafung nur auf einen Verlust seiner Streifen beläuft. Er bedauert, daß seine Bemühungen, Zeugen, insbesondere den Soldaten Doyle, ins Kreuzverhör zu nehmen, nicht das gewünschte Ergebnis bringen und vom Vorsitzenden abgebrochen werden. Er versucht, gegen die Zulassung von Grindals schriftlicher Aussage Widerspruch einzulegen, weil dadurch keine Gelegenheit zu einem Kreuzverhör gegeben sei, man informiert ihn aber, Taktiken aus Chancery Lane seien hier völlig fehl am Platz ...«

»In den Prozeßakten steht davon kein Wort!« protestierte Pascoe.

Das Auge des Majors leuchtete interessiert auf.

»Sie haben sie eingesehen, ja?« fragte er.

Ellie zeigte ihrem Mann die Zähne und sagte fest zu Studholme: »Nein, er hat sie nicht eingesehen. Aber wir haben von einer einflußreichen Freundin eine inoffizielle Zusammenfassung erhalten, unter der Bedingung absoluter Vertraulichkeit.«

»Meine Lippen sind versiegelt«, sagte Studholme. »Ich weiß, wie diese Dinge ablaufen. Mr. Pascoe, ich verstehe Ihre Gefühle über die Ineffizienz meines Vaters. Ich langweile Sie nicht mit Details, aber bitte glauben Sie mir, das Schicksal Ihres Urgroßvaters quälte ihn sehr, und obwohl sein Verstand ihm sagte, daß er nichts tun konnte, um es abzuwenden, fühlte er sich schuldig und hat sich bis ans Ende seiner Tage schuldig gefühlt, daß er daran teilhatte.«

Pascoe weigerte sich, Ellie anzusehen, und sagte nichts.

Seufzend sprach Studholme weiter: »Sie werden mit Erleichterung vernehmen, daß mein Vater mit der Hinrichtung an sich nichts zu tun hatte, deshalb bleibt mir die makabre Aufgabe erspart, Ihnen eine Beschreibung vorzulesen. Er hat Feldwebel Pascoe jedoch am Tag vor der Hinrichtung gesehen, als er es auf sich genommen hatte, ihm die Nachricht zu überbringen, daß keine Hoffnung auf Gnade bestehe und das Urteil am folgenden Morgen vollstreckt würde.«

Er legte den Band hin, um einen Schluck Whisky zu trinken, dann nahm er das Buch wieder auf und las weiter.

Der Feldwebel gab mir einen Brief an seine Frau, den ich in die Post tun soll. Ich sagte, daß ich das tun würde. Dann holte er nach einem kurzen Zögern ein Heft hervor, das aus mehreren Bögen bestand, die er grob zwischen zwei Deckeln aus einem alten Gummizeltboden zusammengeheftet hatte. Das, sagte er, sei ein Tagebuch, das er geführt habe. Er habe noch eines gehabt, vom Anfang des Kriegs, das habe er bei seinem letzten Heimaturlaub zu Hause gelassen, weil er dachte, er könne es entweder dazu verwenden, später im Leben diese Jahre in sein Gedächtnis zurückzurufen, oder wenn er fiele, könnte es ein Bericht für seine Familie sein. Doch er sei sich nicht sicher, ob er darum bitten solle, diese letzten Blätter auch nach Hause zu schicken, wegen der tragischen Dinge, die darin aufgezeichnet seien. Er fragte mich, ob ich sie an mich nehmen würde, sie lesen, wenn ich Zeit hätte, und sie dann an seine Frau weiterleiten würde, oder nicht, nach meinem Gutdünken. Ich hätte diese Aufgabe lieber nicht übernommen, aber wie hätte ich sie verweigern können. Dann gaben wir uns die Hand, und er dankte mir aufs höflichste für meine, wie er es nannte, Freundlichkeit und Hilfe, und ich bin gegangen und bin eine Stunde oder mehr allein in der Dunkelheit umhergewandert, weil ich mich schämte, beim Weinen erwischt zu werden.

Studholme legte das Buch hin und nahm die Brille ab.

»Hier ist eine Notiz, die er später eingefügt hat, in der es heißt, daß er das Tagebuch mit einiger Mühe gelesen habe, und nach langem Nachdenken zu der Auffassung gelangt sei, daß Pascoe recht gehabt habe, zu zögern, es an seine Frau weiterleiten zu lassen. Er schließt mit dem Satz: *Es steht wenig Heilendes darin und viel, das immer wieder alte Wunden aufreißt. RIP.*«

»Und was hat er damit gemacht? Es verbrannt?« wollte Pascoe wissen.

»Nein, Mr. Pascoe. Es ist hier.«

Er steckte die Hand in eine Schublade des Schreibtischs und zog einen Band desselben Formats hervor, wie der, den Pascoe von Ada bekommen hatte, nur sehr viel dünner.

»Ich habe einen Blick hineingeworfen. Es ist schwierig zu lesen, wie mein Vater schon andeutete, aber das wenige, das ich verstanden habe, scheint mir zu bestätigen, daß seine Entscheidung richtig war. Doch das war vor achtzig Jahren. Bevor Sie ihn wegen seiner Einmischung verurteilen, lesen Sie es selbst und finden Sie heraus, ob Sie gewollt hätten, daß er anders gehandelt hätte.«

Er reichte Peter Pascoe das Buch. Der nahm es. Es fühlte sich kalt und feucht an, und die Lampen im Zimmer schienen schwächer zu werden, als er sich an die Umstände erinnerte, unter denen sein Urgroßvater sein Tagebuch das letzte Mal in der Hand hielt.

Studholme fuhr fort: »Vielleicht können wir uns wieder unterhalten, wenn die Dinge noch ein wenig länger zurückliegen. Mrs. Pascoe, es war mir ein Vergnügen, Sie wiedergesehen zu haben.«

»Das gilt auch meinerseits«, sagte Ellie. »Ich würde mich gern einmal in Ihrem Museum umsehen.«

»Ich freue mich darauf, den Führer zu spielen.«

Und sie gingen die Treppen hinunter. An der Tür stieß Ellie den Ellbogen ihres Ausverkaufspullovers Pascoe in die Rippen, und er sagte: »Danke, Herr Major. Sie waren sehr ... ja, auf jeden Fall, vielen Dank.«

»Es tut mir leid«, sagte Studholme. »Es tut mir wirklich leid.«

»Mir auch«, sagte Pascoe.

SIEBZEHN

Es war zwei Uhr morgens, bevor Pascoe es geschafft hatte, das Tagebuch seines Urgroßvaters zu lesen. Die Hast bei der Niederschrift, der Gemütsaufruhr des Schreibenden und die durch das Alter verblaßte Schrift hatten vieles fast unlesbar gemacht, doch immer wieder, wenn es so aussah, als ginge es nicht weiter, fand er den Weg, hörte er beinahe eine Stimme die unklaren Wörter laut sagen, hätte er vielleicht gesagt, wenn er abergläubisch gewesen wäre.

Ellie machte ihm keine Vorwürfe, daß es so spät wurde, sie fragte auch nicht, ob es weise sei, was er da mache, sondern brachte ihm einfach nur in regelmäßigen Abständen einen heißen Kaffee und lag die übrige Zeit mit angezogenen Beinen auf dem Sofa und las. Erst später sah er, daß es die Geschichte des Ersten Weltkriegs war, die Studholme ihm geliehen hatte.

»O.K.«, sagte er endlich. »Willst du es hören?«

»Ich bin nicht die halbe Nacht aufgeblieben, weil ich hoffe, daß die Nachtigall singt«, erwiderte sie. »Aber vielleicht kannst du kürzen?«

»Natürlich. Im Mittelpunkt steht der Angriff in Polygon Wood. Ich lese, was er hinterher aufgeschrieben hat, nachdem er verhaftet worden war, aber noch eine gute Weile bevor er sich eingesteht, in welch beschissener Lage er ist.«

Er hustete, erkannte es als Echo von Studholmes Anfang und zwang sich, so zu sprechen, wie er immer sprach.

»*Heute ist Gertie endgültig durchgedreht. Ich erkannte die Anzeichen von dem Augenblick an, als wir unseren Standort an der Front erfuhren. Er redete die ganze Zeit und machte Witze, die alles andere als komisch waren. Er hat mich an früher erinnert, als ich ein Junge war und er ein kleiner Steppke. Ist schon was anderes als Wanwood, sagte er immer wieder. Erinnerst du dich an die Bäume dort? Ich dachte, sie berühren den Himmel, wie in dem Gedicht. Nicht, daß man den Himmel sehen konnte. So viele Zweige und Blätter, und alles wiegte sich im Wind. Es war wie auf dem Meeresboden mit all dem Grün, das über einem aufragte. Das war eins von deinen Spielen, erinnerst du dich? Du warst immer gut im Erfinden von Spielen, damit ich bei guter Laune blieb.*

Dann muß ich mir mal überlegen, was mir für heute einfällt, Sir, sagte ich. Und ich habe mich redlich bemüht. Ich glaube, seine Hauptangst war erst einmal, daß ihm zu bange sein könnte, um sich zu rühren, daß, wenn der Befehl kam, uns nach vorn zu bewegen und wir aus unserem Loch klettern mußten, ihn seine Beine nicht tragen würden und er einfach dort liegen bliebe, so daß alle ihn sehen könnten und ihn verspotten würden. Deshalb habe ich ihm Rum gegeben. Seine Ration und meine Ration und noch ein wenig mehr, bis er sich nicht mehr hätte rühren können, wenn er einen Tropfen mehr bekommen hätte, aber nicht aus Angst. Es klappte, und als das Signal ertönte, habe ich ihn ein bißchen angehoben. Dann war er oben und raste los wie jemand auf dem Umschlag von Boys Own, schwenkte die Pistole und krakeelte, als wollte er den Jerry ganz allein aus Polygon Wood vertreiben.

Es blieb natürlich nicht so. Konnte ja nicht. Ich hoffte, daß er vielleicht eine leichte Verletzung erleiden würde, einen Schulterschuß, einen Granatsplitter im Bein, irgendwas, das ihn umhauen würde und ihm eine Ausrede liefern würde, liegenzubleiben, aber er schien wie durch einen Zauber geschützt zu sein. Während wir gebeugt vorwärtskrochen oder ins Gras sanken, um nie wieder zu kriechen, tobte er herum wie ein Junge auf dem Fußballfeld und brüllte uns an, wir sollten nicht so lahm sein.

Früher war ein schneller Angriff zu Fuß oder Pferd vielleicht das Richtige, um den Feind zu zerstreuen. Alles war in einer halben Stunde oder so ausgestanden. Ich wette, daß so mancher Mann seinen Orden errang, ohne wirklich mitzukriegen, was er tat. Aber hier geht es immer weiter, und erreicht wird nichts. Eine Stunde, zwei Stunden, den ganzen verdammten Tag. Man sieht sich um, und die Stelle, an der man sich befindet, sieht nicht anders aus als der Ort, von dem man aufgebrochen ist. Dieselben Löcher, derselbe Schlamm, dieselben mitleiderregenden Stümpfe, dieselben Leichen, derselbe Gestank, die gleiche endlose, hoffnungslose, sinnlose Gleichheit.

Rum verbraucht sich, das Gehirn beginnt wieder zu arbeiten und wird sich klar darüber, daß weder der Mut der ganzen Welt noch die Geschicklichkeit der ganzen Welt dich jetzt retten kann. Blinder Zufall, großes Risiko, und wenn man den Tag tatsächlich hinter sich bringt, dann ist da nichts, worauf man sich freuen kann, sondern nur noch ein weiterer und noch ein weiterer und noch ein weiterer Tag. Gertie wird langsamer, dann bleibt er stehen, noch immer durch einen Zauber geschützt. Den Rest des Zugs hat es schwer erwischt, überall liegen Männer, die ich kannte und einige, die ich liebte, tot oder im Sterben. Doch Gertie ist unversehrt, außer von innen. Ich bin ganz in seiner Nähe, sehe sein Gesicht, als er sich umwendet, sehe das Entsetzen und den Schrecken darin. Es wäre alles in Ordnung gewesen, wenn er einfach zusammengebrochen wäre. Man hätte immer behaupten können, es sei die Folge einer explodierenden Granate gewesen, aber ich sah, wie er losrennen wollte.

Rennen? In dem Schlamm kann man nicht rennen. Er schlug mit den Armen um sich, wie ein müder Schwimmer, der nahe genug am Ufer ist, um sich hinzustellen, aber er bewegte sich eindeutig zurück. Wäre er einem anderen Offizier in die Arme gelaufen, keine Frage, was er im Begriff zu tun war. Er würde sogar allen erzählt haben, was er da tat. Er würde sie niedergeschlagen haben, wenn sie ihn hätten aufhalten wollen. Und wenn er von einem Offizier wie Evenlode gesehen worden wäre, der ihn auf den Tod nicht ausstehen kann, hätte das sein Ende bedeutet. Kassiert, entehrt, vielleicht Schlimmeres. Obwohl, so viele Offiziere werden nicht erschossen.

Er entfernte sich von mir, und ich hätte ihn vielleicht gar nicht mehr packen können, da wirft eine explodierende Granate einen Schlammwall vor ihm auf und er dreht sich in meine Richtung. Ich versetze ihm einen Schlag. Er fällt zu Boden. Liegen lassen konnte ich ihn dort nicht. Wahrscheinlich wäre er in den Schlamm gerollt und untergegangen. Oder hätte sich erholt und hätte erneut den Rückzug angetreten. Ich gehe zu den anderen des Zugs, es waren nicht mehr viele, sage, der Leutnant ist getroffen, und wir hätten den Befehl, uns zurückzuziehen. Niemand stellt Fragen. Ich befehle ihnen, mir mit Gertie zu helfen. Los geht's, zurück. Wir machen es durch die nächste Angriffswelle. Niemand sagt etwas, und ich denke: Haben wir ein Schwein! Am Ausgangspunkt sage ich zu den anderen, sie sollen warten. Gertie ist nun in der Lage, mit ein wenig Hilfe stolpernd weiterzugehen. Ich bringe ihn zum Verbandsplatz, sitze dort eine Weile, um Puste zu holen. Dann gebe ich einem Stabsoffizier eine blöde Antwort. Das war dumm. Stabsoffiziere haben empfindliche Seelen. Steckt mich wegen Befehlsverweigerung in Arrest. Der Idiot merkt nicht, was für einen Gefallen er mir damit tut. Vielleicht hätte ich ja schon viel früher ungehorsam sein sollen!

Nicht komisch. Versuche zu lächeln und glücklich zu sein, aber ich muß an meine Kameraden denken. All die Jungs, mit denen ich zusammengelebt habe und auf die ich hätte aufpassen sollen, die nun da draußen liegen, tot und sterbend, zerschmettert und blutend. Dort sollte ich sein, nicht hier, gemütlich und sicher. Da draußen, in Polygon Wood.

Pascoe hörte auf zu lesen, und Ellie sagte: »Hat er wirklich geglaubt, daß er in Sicherheit war?«

»Warum fragst du?«

»Einfach wegen der Art, wie er die Dinge beschreibt, die schwarze Hoffnungslosigkeit der Sache. Er versucht, es auf Grindal zu schieben – mißversteh mich bitte nicht, ich glaube jedes Wort, das er über Grindal sagt –, aber es sind seine eigenen Gefühle, die er beschreibt, nicht?«

»O ja«, sagte Pascoe leidenschaftlich. »Kein Zweifel. Absolut kein Zweifel.«

Ellie sah ihn verdutzt an und fuhr fort: »Und indem er Gertie hilft, was er ganz gewiß getan hat, hilft er sich auch selbst. Die ganze Zeit habe ich das Gefühl, als würde er sich Gerties bedienen, um seine eigenen Ängste irgendwie zu externalisieren, und zu guter Letzt versucht er sich einzureden, daß die Tatsache, daß er Gertie in Sicherheit gebracht hat, seine eigene Sicherheit garantiert. Er muß doch gewußt haben, daß man mitten in einer Schlacht nicht wegen schlichten Ungehorsams eingesperrt wird.«

»Du bist ganz schön scharfsinnig, was?« sagte Pascoe. »Du liegst total richtig. Er weiß das. Er will aber nicht, daß er es weiß. Er gleicht mir so sehr, Ellie. Ich erkenne mich die ganze Zeit in ihm wieder, all seine Befürchtungen und sein Versagen, all seine kleinen Tricks, um durchzukommen. Er ist mir so ähnlich.«

»Da gibt's einen großen Unterschied«, sagte Ellie und stellte sich hinter seinen Stuhl und legte ihm die Arme um die Schultern. »Du lebst. Aber die Katze entweicht später aus dem Sack, nicht wahr?«

»O ja. Beim Prozeß. Zuerst vertraut er, wie Studholme sagte, auf die Aussage Gerties. Er schreibt: *Gertie ist nicht dumm, und er ist eigentlich ein anständiger Mensch. Ein wenig Ruhe, und er ist schon bald wieder er selbst. Und dann kommt er dahinter, was sich abgespielt hat. Er weiß, daß er nicht Gefahr läuft, angeklagt zu werden, denn wer außer mir könnte gegen ihn aussagen? Und was ich sage, weiß er, da der Hauptmann ihm geschrieben hat, und er wird antworten, daß ich genau richtig liege. Also mache ich mir keine Sorgen.*«

»Denkste«, sagte Ellie.

»Das kann man wohl sagen«, pflichtete ihr Pascoe bei. »Nachdem er Gerties Brief gehört hat, der vorgelesen wurde, und ihm aufgeht, was das für ihn bedeutet, ist da offensichtlich eine Lücke, während der er nichts in sein Tagebuch schreibt. Nach der Verurteilung faßt er zusammen: *Vielleicht hätte ich mich zusammenreißen sollen, aber es macht keinen Unterschied. Sie bringen mich um, was immer ich sage, und da können sie ruhig hören, was ich in Wahrheit denke. Allerdings nicht die ganze Wahrheit. Ich sage ihnen nicht, daß Gertie zusammengebrochen ist und auf der Flucht war, denn das würden sie mir nicht glauben. Außer vielleicht der Adjutant. Und der ist boshaft genug, um es herumzutratschen, und würde uns somit beiden eins auswischen, auf verschiedene Weise. Aber selbst das ist noch nicht die ganze Wahrheit. Denn obwohl ich ihnen die wahren Fakten der Angele-*

genheit vorenthalten habe, bin ich dennoch schuldig im Sinn der Anklage. Gerties Angst war meine Angst, und als ich ihn am Davonlaufen hinderte, habe ich ihn auch benutzt, um selbst davonzulaufen. Ich habe zu jenem Stabsoffizier gesagt, daß ich an die Front zurückkehren würde, sobald ich meine Zigarette zu Ende geraucht hätte. Aber hätte ich das wirklich gemacht? Und war meine Gehorsamsverweigerung nicht vielleicht ein absichtlicher Versuch, ihn gegen mich aufzubringen, damit er mich festnimmt? Wenn es also rechtens ist, Feiglinge zu erschießen, dann haben sie recht zu denken, daß sie das Recht haben, mich zu erschießen. Aber ich weiß, daß ich kein Feigling bin, und auch Gertie ist keiner. Also haben sie nicht recht oder ihr gemeines Gesetz ist nicht richtig. Gott steh mir bei, daß es so weit gekommen ist. Und Gott möge Bertie Grindal beistehen, wenn ihm klar wird, wozu es gekommen ist.«

»Gott möge Bertie Grindal beistehen, wenn es ihm klar wird!« wiederholte Ellie spöttisch. »Und was tut der? Schickt einen Beileidsbrief und ein bißchen Bargeld an die Witwe und lebt munter weiter in Saus und Braus. Gott, wenn sie die Wahrheit gewußt hätte, ich wette mit dir, sie hätte ihm das Geld ins Gesicht geschleudert!«

»Vielleicht hat sie ja die Wahrheit gewußt, oder etwas davon«, sagte Pascoe. »Hier, kurz vor dem Ende schreibt er: *Ich werde mein Tagebuch Mr. Studholme geben, er soll damit machen, was er für richtig hält, und einen Brief an Alice, in dem ich mich einfach verabschiede. Und ich habe auf dem üblichen Weg an Stephen geschrieben, damit er ausreichend im Bild ist, um Archie Doyles Zunge in Schach zu halten, wenn der Mistkerl mich in Kirkton schlechtmacht.«*

»Auf dem üblichen Weg?«

»Jemand, der Heimaturlaub hat, damit er es in England einwirft. Um die Zensur zu umgehen«, sagte Pascoe.

»Ich hoffe bei Gott, daß die Geschichte zwischen Steve und Alice erst angefangen hat, nachdem er den Brief erhalten hatte«, sagte Ellie. »Pete, ist alles in Ordnung?«

Pascoe saß da, als würde er in den leeren Raum oder vielmehr hindurch blicken, als sähe er etwas im Jenseits.

»Bin ich vielleicht ein Idiot!« sagte er. »Ich wurde in den vergangenen Tagen so zugeschüttet, daß ich völlig aus den Augen verloren habe, wo alles angefangen hat. Mit den geheimnisvollen Namen. Wo ist Adas Brief?«

Er machte sich daran, den Inhalt des Päckchens durchzugehen, das er von Barbara Lomax erhalten hatte, und dann die Familienunterlagen, die er aus Adas Cottage mitgebracht hatte.

»Hör zu. Sie spricht von einem Klopfen an der Tür, das alles ans Tageslicht brachte. Ich habe gedacht, sie spricht von einem Brief, vielleicht einem offiziellen Schreiben über eine Pension oder was immer ihre Mutter vielleicht beantragt hatte, ich weiß es nicht. Aber es war offensichtlich ein Mensch. Und als sie später schreibt, wir beide *»auf der Suche nach unserem persönlichen Gral«*, da spricht sie nicht von sich und ihrer Mutter, sondern von sich und meinem Großvater Colin Pascoe.«

»Langsam«, sagte Ellie. »Wer, sagst du, ist dieser Colin Pascoe? Stephens Sohn? Aber der hieß Steve. Ich bin mir ganz sicher, daß er im Tagebuch erwähnt wird.«

»Das ist richtig. Stephen nach seinem Vater, dessen Namen zu hören seine Mutter nicht mehr ertragen konnte, nachdem er sie angeblich sitzengelassen hat. Und George nach seinem Großvater väterlicherseits, was ihr mit Sicherheit auch nicht gefallen hat. Und schließlich Colin, wahrscheinlich nach dem Großvater der Quiggins. Mit diesem Namen ist er aufgewachsen. Es steht hier auf Adas Heiratsurkunde. Stephen George Colin Pascoe, der, als er volljährig wurde und seine Unabhängigkeit spürte, den Entschluß faßte, seinen verlorenen Vater aufzuspüren, und keinen anderen Anhaltspunkt hatte, als die alte Familiengeschichte, er sei mit der Witwe seines Vetters Peter durchgebrannt. Er hat sich natürlich auf die Suche der Witwe gemacht und irgendwie ihre Spur gefunden.«

Sie saßen eine Weile schweigend da und dachten an die Szene, als der junge Pascoe im Haus der Clarkfrauen ankam.

»Muß wie eine Bombe eingeschlagen haben«, sagte Ellie. »Kein Wunder, daß sie ihn geheiratet hat.«

»Wie bitte?«

»Ein Kerl taucht auf und beschuldigt deine Mutter, es mit seinem Vater getrieben zu haben, während dein Vater in Frankreich hingerichtet wird. Der einzige Grund, warum du ihn nicht umbringst, ist, weil du dich total in ihn verknallst.«

Pascoe lachte und sagte: »Ich habe schon immer gesagt, daß du aus demselben Holz geschnitzt bist wie Ada. Vielleicht sogar aus demselben Stück! Gütiger Gott, die Zeit. Laß uns zu Bett gehen, Liebes. Rätsel gelöst. Eines.«

»Nein«, sagte Ellie. »Rätsel verdoppelt. Zuvor hat dir nur auf der Seele gelegen, was mit einem deiner Urgroßväter passiert ist. Nun hast du noch einen, über den du grübeln kannst. Stephen ist nicht mit Alice durchgebrannt. Ist er wirklich nach Amerika, ohne jemals einen Versuch zu unternehmen, damals oder später, mit seinem Sohn Verbindung aufzunehmen? Oder ...«

»Oder?«

»Oder ist er sofort zu Alice, als er Peters Brief bekam, und hat sie angetroffen, wie sie mit Herbert Anthony Grindals Kondolenzbrief in der einen und seinem Blutgeld in der anderen Hand dasaß?«

Und plötzlich sah Pascoe sieben Sovereigns im Schlamm schimmern.

Vierter Teil

WANWOOD

Among the beds of Lillyes, I
have sought it oft, where it should lye;
Yet I could not, till it self would rise,
Find it, although before mine Eyes.

[Zwischen den Lilienbeeten,
habe ich ihn oft gesucht,
wo ich sollt ruhen/
doch konnt ich ihn, bis selbst er sich erhob/
nicht finden, wenngleich er vor meinen Augen war.]

EINS

»Was hast du?« fragte Andy Dalziel und packte soviel Zweifel in die drei Silben, daß sich der ungläubige Thomas im Vergleich anhört, als stellte er dem Premierminister eine Fangfrage.

»Sie haben gehört, was ich gesagt habe«, erwiderte Pascoe.

»Ja, Junge, aber ich bin mir nicht sicher, ob ich mich nicht verhört hab. Du sagst, daß der Schädel, den du für mich vom alten Tod geholt hast, deinem eigenen Urgroßvater gehört, der in Flandern von einem Exekutionskommando erschossen wurde?«

»Nein«, sagte Pascoe geduldig. »Das war mein anderer Urgroßvater, der auch Pascoe hieß. Der mit dem Schädel ist derjenige, der verwundet nach Hause geschickt wurde, und als er entdeckte, was seinem Vetter an der Front zugestoßen war, hat er sich auf den Weg nach Wanwood Hospital gemacht, um mit Leutnant Grindal ein Hühnchen zu rupfen.«

»Ach ja. Und dieser Grindal, der dort Patient war und an Kriegsverletzungen und Neurasthenie litt«, sagte Dalziel, der eindeutig besser aufgepaßt hatte, als er vorgab, »schlägt also deinen Uropa mit seinen Krücken zusammen und buddelt die Leiche ein, nachdem er ihr die Kleider ausgezogen hat, um sie in Liverpool zu deponieren, weil er eine falsche Spur legen will? Ihm ist nicht zufällig der große, böse Wolf begegnet, während er gerade dabei war?«

»Verdammt noch mal, über so was macht man keine Witze!« explodierte Pascoe.

Dalziel sah ihn scharf an und sagte dann: »Und wer lacht hier? Ich hab nur gesagt, daß ich als Arbeitsthese bessere Rennpferde gesehen habe, die vor einen Milchwagen gespannt waren.«

»Das mag ja sein«, sagte Pascoe, dem sein Ausbruch leid tat. »Die Familie weiß auf jeden Fall mehr, als sie verlauten läßt. Ich würde gern noch einmal nach Kirkton fahren und mich mit Batty senior unterhalten.«

»Aber nur in deiner Freizeit«, sagte Dalziel streng. »Hier gibt es was zu tun, und du hast dich in letzter Zeit nicht gerade überanstrengt.«

Pascoe widersprach ihm nicht. Der Dicke sah nicht danach aus, als ob er in Stimmung für Einwände wäre, und es war sowieso mehr als nur ein Körnchen Wahrheit in dem, was er sagte.

Auch wußte Pascoe, daß er die Augen davor schloß, daß Dalziels persönliche Probleme mindestens so tief reichten wie seine eigenen und ein ganzes Stück näher an der Gegenwart waren.

»Gibt es etwas Neues im Fall Wendy Walker?«

»Nichts.«

»Und wird, äh, Miss Marvell noch immer verdächtigt?«

Die harten, glänzenden Augen tasteten sein Gesicht wie ein Sicherheitssensor ab, der jeden Zug für spätere Zugriffe katalogisiert.

»Unverändert«, sagte Dalziel lakonisch, was Pascoe so interpretierte, daß weder etwas zur Belastung noch zur Entlastung der Verdächtigen aufgetaucht war.

Er sagte: »Sie mögen sie sehr?« Wobei er auf halbem Weg von der Aussage zur Frage wechselte.

Die Augen schienen diesmal die Innenmaße seines Schädels auszuloten.

»Hast du vor, mir einen Rat zu geben, Peter? Ich kann dich nur warnen, daß ich schon vom Weisen aus Enscombe unterwiesen wurde.«

»Da ich nun schon einmal angefangen habe, kann ich ebensogut zu Ende reden«, sagte Pascoe. »Schließen Sie Frieden mit ihr, bevor Sie sich sicher sind. Wenn Sie sie so sehr mögen, heißt das.«

»Wenn ich das wüßte, würde ich weder dir noch Old Mother Riley* hier zuhören«, knurrte Dalziel und warf einen Blick auf Wield, der gerade ins Zimmer getreten war. »Was ist denn mit dir los? Hast du in der Ecke stehen müssen, weil du gestern abend zu spät gekommen bist?«

In der Kunst, Wields Gesichtsausdruck zu interpretieren, hatte Dalziel es weit gebracht. Für Pascoe hätte er alles bedeuten können, von Belustigung bis Entzücken.

»Unten ist eine Frau, die gewaltig auf die Pauke haut, Sir«, sagte er.

Cap Marvell, dachte Pascoe, und er sah Dalziel an, daß der dasselbe dachte.

»Mrs. Howard«, fuhr Wield fort. »Sie will wissen, wie lange wir ihren Mann noch festhalten wollen.«

»Aber ich dachte ...«, fing Pascoe an.

»Richtig gedacht. Haben wir. Gestern abend«, sagte Wield. »Es gab keinen Grund, ihn noch länger festzuhalten.«

»Warum ist er dann nicht nach Hause?« fragte Pascoe.

»Freundin?« sagte Wield.

»Hältst du ihn für den Typ?«

»Das kann man nie wissen«, sagte Wield und paßte auf, daß sein Blick noch nicht einmal Dalziels Schatten streifte. »Aber nachdem ich seine bessere Hälfte erlebt habe ... Er könnte natürlich auch einfach das Weite gesucht haben.«

»Und warum das?« sagte Dalziel. »Der TecSec-Anwalt hat ihn freigeboxt, und vor einer Anklage wegen Fahrens ohne Führerschein rennt man doch nicht davon. Peter, sprich du mal mit Mrs. Howard. Verpaß ihr eine Dosis von deinem Lausbubencharme. Mal sehen, ob sie was weiß. Wieldy, du knöpfst dir das Mädel vor, das ihm den Umschlag gegeben hat, und wenn du da nicht weiterkommst, dann fährst du raus nach Wanwood und hältst ein Schwätzchen mit deinem Kumpel von TecSec. Und bevor ihr verschwindet, könnte einer von euch Novello zu mir schicken?«

Wield sagte Shirley Bescheid.

»Will er eine Tasse Tee?« fragte sie, nur ansatzweise ironisch.

Wield sagte: »Das Gespräch, das du gestern abend mit mir führen wolltest, vielleicht später, ja?«

»Hat sich erledigt. Ich habe darüber geschlafen, bin aufgewacht, und es kam mir wie eine Menge heißer Luft vor.«

Sie klopfte an Dalziels Tür und wartete, bis sie ein Bellen hörte, das sowohl ein *Herein* hätte sein können, als auch der Brunftschrei eines afrikanischen Gorillas.

Sein Gesichtsausdruck hatte allerdings nichts, was auch nur entfernt an Liebe erinnerte.

»Setzen«, sagte er.

Sie hockte sich auf die Stuhlkante. Er sagte: »Hast du Angst, dir was einzufangen?«

»Nein, Sir. Ich hab nur gedacht, daß ich sowieso nicht lange genug hierbleibe, um es mir bequem zu machen.«

Hab ich das eben wirklich gesagt? fragte sie sich selbst ungläubig.

»Ach ja? Und warum das?«

»Nun, wir haben bisher nicht viel ...« Die Wendung, die ihr auf der Zunge lag, war »Verkehr miteinander gehabt«, aber das schien keine gute Idee zu sein, »... miteinander gesprochen, seit ich im Dezernat angefangen habe.«

»Du hast also was zu sagen, das sich anzuhören lohnt?«

»Na ja, eigentlich nicht ...«

»Gut. Aber wenn das mal der Fall sein sollte, dann klopf und tritt ein. So. Gestern abend hast du den Hodensack Jimmy Howard aus dem Gebäude begleitet, ja?«

»Ja, Sir.«

»Hast du dich mit ihm unterhalten?«

»Na ja, so ein bißchen, aber ich glaube nicht ... ich weiß, daß ich ihm nichts gesagt habe ...«

»Bei allen Heiligen, Mädel, du schleppst ja einen größeren Schuldkomplex mit dir herum als der verdammte Judas Ischariot! Ich bin an Howard interessiert, nicht an dir. Was hat er also gesagt?«

Sie schob sich etwas weiter auf den Stuhl und antwortete: »Wir haben uns über das Video unterhalten, das er angesehen hatte. Er hat mich gefragt, ob es wirklich stimmt, daß die Dünne, Wendy Walker, tot ist, und ich habe es bestätigt. Und er hat gefragt, wie es denn dazu gekommen ist, und ich habe gedacht, daß es nicht schaden könnte, wenn ich es ihm erzähle, ich meine, es stand immerhin in der Zeitung ...«

»Seh ich wie der Papst aus, Mädel?« fragte Dalziel.

Shirley Novello, die eine gute Katholikin war, kam der Gedanke, daß Dalziel mit Hermelinmantel und einer roten flachen Mütze sehr wohl ein mittelalterlicher Kardinal der beleibten Schule hätte sein können, wie sie sie auf Gemälden gesehen hatte.

»Wenn du beichten willst«, fuhr er fort, »such Pater Kerrigan auf. Mir erzähl einfach nur, was los war!«

Da sie davon ausgegangen war, daß er sie bisher kaum wahrgenommen hatte, löste die Tatsache, daß er wußte, daß Pater Kerrigan ihr Gemeindepfarrer war, einen Schock bei ihr aus. Wenn er das wußte, was wußte er dann noch ...? Aber seine Finger fuhren die Konturen eines Papiermessers nach, was sie als Zeichen der Ungeduld interpretierte.

»Deshalb habe ich ihm gesagt, was ich wußte. Ich meine, was allgemein über Wendy Walkers Tod bekannt ist. Und er hörte gar nicht von ihr auf. Wie war sie gestorben? Warum interessierten wir uns dafür? Ich habe ihm gesagt, daß wir uns immer für Fahrerflucht interessieren, und er hat gelacht und gesagt ... gesagt, da hätte sich aber etwas geändert, seit er bei der Polizei war.«

Dalziel hatte ihr Zögern bemerkt und sagte: »Du meinst, daß er so was Ähnliches gesagt hat wie 'Da mußte schon etwas mehr passieren, als daß jemand Reißaus nahm, damit der alte Fettsack seinen Arsch in Bewegung gesetzt hat, als ich noch bei der Polizei war'. Stimmt's?«

Um seine Lippen spielte der entfernte Vetter eines Lächelns, also sagte sie: »'Ekelpaket', Sir. Er sagte 'fettes Ekelpaket'. Und ich habe gesagt, davon sei mir nichts bekannt, aber wenn er Lust hätte, Sie persönlich zu fragen, mit eben den Worten natürlich, wäre ich gern bereit, ihn wieder mit nach oben zu nehmen. Er hat das Angebot abgelehnt.«

»Ganz hirntot ist er also doch noch nicht«, sagte Dalziel. »Wie kam er dir vor? Ich meine, in was für einer Gemütsverfassung war er, als er die Fragen stellte?«

Sie dachte eine Weile nach, dann sagte sie: »Aufgewühlt. Vielleicht hatte er sogar Bammel. Mit Sicherheit war er sehr aus dem Gleichgewicht.«

»Und hat er nach Cap Marvell gefragt, der anderen Frau auf dem Video?«

»Nein. Nur nach Wendy Walker.«

»Gut. Danke, Mädel.«

Sie stand auf, um zu gehen, und fühlte sich vor Erleichterung geradezu absurd schwach auf den Beinen. Da sagte er: »Hast du schon mit Sergeant Wield gesprochen?«

»Heute morgen? Nur als er mir sagte, daß Sie mich sehen wollten, Sir ...«

»Das weiß ich selbst. Ich meine, was du ihm gestern abend sagen wolltest, was immer das war, hast du heute morgen Zeit dazu gehabt?«

Wie schon viele Beamte bei der Kripo vor ihr fing sie an zu überlegen, in welchem Teil ihres Körpers er seine Wanze deponiert hatte.

»O, diese Sache. Das war eigentlich nichts ...«

»In diesem Dezernat, Mädel, ist nichts nichts, es sei denn, ich sage, es ist nichts. Dann sag es also mir.«

Und so sagte sie es ihm.

Pascoe, der mittlerweile die Erfahrung gemacht hatte, daß Mrs. Howard zu verstehen ähnlich schwierig war, wie eine klare Antwort von einem Minister zu bekommen, brach die charmante Tour ab und versuchte es mit der Knüppelmethode eines tagespolitischen Interviewers.

»Ist es schon früher mal vorgekommen, daß er die ganze Nacht nicht heimgekommen ist?«

»Ja, manchmal, wenn er Nachtschicht hatte und ...«

»Von Nachtschichten rede ich nicht«, herrschte er sie an. »Wir sprechen hier nicht über Nachtschichten, Mrs. Howard, und das wissen Sie sehr wohl. So, und nun beantworten Sie bitte meine Frage. Ist er schon früher die ganze Nacht nicht nach Hause gekommen?«

»Ja. Ein paarmal, aber ich habe ihm –«

»Es interessiert mich nicht, was Sie mit ihm angestellt haben. Warum ist er bei diesen Gelegenheiten weggeblieben? Wegen einer anderen?«

»Nein! Wenn Sie sich einbilden, daß ich mir das bieten lassen würde ...«

»Was war es *dann*, Mrs. Howard? Was haben Sie sich bieten lassen?«

»Normalerweise hat er Karten gespielt. Und getrunken. Er ließ sich auf ein Spiel ein, dann hat er getrunken, und dann kam er für gewöhnlich am nächsten Tag nach Hause, völlig pleite, und konnte sich kaum auf den Beinen halten.«

»So könnte er also auch die vergangene Nacht verbracht haben?«

»Nachdem Sie ihn hier die ganze vorherige Nacht eingesperrt haben? Nein, alles was Jimmy da gewollt hat, ist nach Hause zu gehen und den Gestank der Zelle abzuwaschen, bevor er wieder aus dem Haus ist.«

»Soll das heißen, daß er noch nicht einmal irgendwo kurz reingeschaut hätte?«

»Das vielleicht. Aber mehr nicht. Jimmy hat das so an sich, er kann es einfach nicht ertragen, sich schmutzig zu fühlen. Er duscht immer gleich, wenn er von der Arbeit kommt. Sowohl von der Polizei als auch in dem neuen Job.«

Sauberkeit, wenn schon nicht Gottesfürchtigkeit, trieb ihn nach Hause, dachte Pascoe.

Er fragte: »Ihm gefällt sein neuer Job, ja?«

»Es geht. Besser als nichts. Und mir kommt er auch nicht in die Quere.«

Was gab es abgesehen von der Dusche wohl noch, das Howard nach Hause lockte? dachte Pascoe und musterte die breite, hagere Frau mit dem grollenden Blick.

Er sagte: »Machen Sie sich keine allzu großen Sorgen, Mrs. Howard –«

»Sie brauchen mir nicht zu sagen, was ich mir für Sorgen machen soll«, fiel sie ihm ins Wort. »Früher hab ich mich mit so herablassenden Schnöseln wie Ihnen abfinden müssen, wegen Jimmy, aber wenigstens das haben wir jetzt hinter uns. Alles, was ich von Ihnen wissen will, ist, was hier gespielt wird.«

»Wieso, nichts«, sagte er. »Sie sind zu uns gekommen, falls Sie sich erinnern, und haben sich nach Ihrem Mann erkundigt ...«

»Wenn Sie wirklich davon ausgehen würden, daß er nur einen über den Durst getrunken hat, dann würde ich jetzt nicht hier sitzen und mit einem Chief Inspector sprechen. Ich weiß doch, wie es bei euch zugeht! Und ich weiß auch, was ihr von denen haltet, die ihr losgeworden seid. Und eine, die mit einem von denen verheiratet ist, würde nicht mehr als die Uhrzeit gesagt kriegen, und das auch nur von dem Bullen am Empfang, wenn da nicht was im Busch wäre.«

Ich muß mich wirklich zusammenreißen, dachte Pascoe. Dalziel hat mehr recht, als er ahnt. Ich habe mich diese Woche wirklich nicht angestrengt, und selbst, wenn ich so tu als ob, bin ich nicht bei der Sache. Unterbelichtet, unsympathisch, die reinste Furie, das war mein Bild von ihr, und das reichte mir aus. Aber sie ist nicht unterbelichtet, und wie zum Teufel würde ich dastehen, wenn ich mich Ellies wegen zu Tode ängstigte? Und was die Furie angeht ... »Haben Sie die Sprache verloren oder was?« wollte sie wissen ... na ja, eins von drei war nicht schlecht.

»Mrs. Howard«, sagte er ruhig. »Sie haben ganz recht. Wir machen uns tatsächlich Sorgen um Jimmy, obwohl es keinen greifbaren Grund dafür gibt. Wenn es irgend etwas Bestimmtes gäbe, das ich Ihnen sagen könnte, dann würde ich das tun, aber es gibt nichts. Wie Sie wissen, hatten wir ihn hierbehalten wegen eines möglichen Drogendelikts. Es besteht keinerlei Aussicht, ihn anzuzeigen, deshalb haben wir ihn laufen lassen. Aber in der Drogenszene geht es alles andere als gemütlich zu, und das gilt auch für den äußersten Rand. Wenn es also etwas gibt, das Sie uns sagen können, wenn Sie einen Grund haben, zu vermuten, daß Jimmy in Gefahr sein könnte, dann sagen Sie es mir. Ich verlange nicht von Ihnen, daß Sie ihn belasten. Es wird keine Aufnahme gemacht, noch nicht einmal ein Protokoll. Um Jimmys willen, reden Sie.«

Als Wield bei Jane Ambler klingelte, machte niemand auf. Er war gerade im Begriff, aufzugeben, als ein Nachbar unzufällig auftauchte: »Sie ist wahrscheinlich zur Arbeit.«

»Arbeitet sie immer samstags?«

»Manchmal. Ich weiß nur, daß sie heute morgen das Haus zu ihrer üblichen Zeit verlassen hat.«

»Niemand wohnt gerade bei ihr oder hat sie gestern abend besucht?«

»Nicht, daß ich wüßte. Sind Sie von der Polizei?«

»Wie kommen Sie darauf?«

»Die Polizei ist doch bei ihr gewesen und hat ihre Wohnung durchsucht, oder? Ich habe sie danach gefragt, und sie hat gesagt, es sei alles eine Verwechslung gewesen. Ihr seid also noch immer am Verwechseln?«

»Danke für Ihre Hilfe«, sagte Wield.

Die Chancen standen zwar nicht gut, aber da er sowieso nach Wanwood fuhr, würde er zwei Fliegen mit einer Klappe schlagen können, wenn sie dort war.

Shirley Novello sagte: »Es geht um das Video, das Sie sich angesehen haben, Sir. Da war etwas ... könnten wir es noch einmal sehen?«

Wenn er mir eh den Kopf runterreißt, kommt es darauf nun auch nicht mehr an, dachte sie. Und wenn das, was sie beobachtet zu haben glaubte, Einbildung war, dann würde sie gleich den Rückzug antreten können!

Dalziel stand auf und ging vor ihr her zum Videoraum. Da Wield für das Video zuständig war, lag es vorschriftsmäßig an der dafür vorgesehenen Stelle. Dalziel legte es in das Gerät ein und drückte auf den Knopf. Nichts.

»Man muß auch den Bildschirm anstellen, Sir«, sagte Shirley Novello hilfsbereit.

»Hab mich schon gefragt, wann du das merkst«, sagte Dalziel. »Hier, nimm die Fernbedienung, wenn du schon so ein technisches Genie bist.«

Sie sahen sich die Begegnung von Cap Marvell und Des Patten an, sahen, wie der Drahtschneider nach hinten schwang, sahen Wendy Walkers Eingreifen ...

»Hier«, sagte Shirley und verlangsamte die Geschwindigkeit. »Sie scheinen alle auf die vollbusige Dame zu achten« – Dalziel warf ihr einen prüfenden Blick zu. Konnte es wirklich jemand bei der Polizei von Mid-Yorkshire geben, der noch nichts von ihm und Cap wußte? – »um zu sehen, ob sie wirklich mit dem Ding auf den Wachmann losgehen will, ja? Aber ich habe die Magere beobachtet. Wenn Sie sie ansehen, tja, wenn man jemand davon abhalten will, daß er angreift, dann blickt man die Person doch an, oder? Man blickt sie an, wie wenn man mit jemandem redet. Aber die Walker steht vor der Dicken, hat ihr den Rücken zugewandt und hält die Arme weit ausgestreckt, fast so, als wollte sie sie vor dem Wachmann schützen. Und keine Minute nimmt sie die Augen von dem Mann, sehen Sie das?«

Dalziel wurde klar, daß es wieder passiert war. Wieder einmal hatte er nur Augen für Cap gehabt. In der Zeitlupe konnte er ganz deutlich die Muskeln ihres Oberkörpers unter dem nassen Pullover sehen, als sie mit dem Drahtschneider nach hinten ausholte, die ruhige Bestimmtheit auf dem stillen, entschlossenen Gesicht. Nicht der Ausdruck einer Frau in mörderischer Rage, erkannte er nun. Vielleicht ein Stoß zwischen Pattens Beine, um den Weg frei zu machen. Ihm ging nun auf, daß er keinen Zweifel mehr daran hatte, daß sie nicht im Begriff stand, kaltblütig und absichtlich den Schädel des Mannes vor ihr einzuschlagen.

Er sollte sie anrufen. Er sollte jetzt aufstehen und sie anrufen und ihr sagen, nein, es gab kein neues Beweismaterial, aber er wußte, daß sie unschuldig war, und selbst wenn sie es nicht wäre, wäre es nicht von Belang ...

Shirley Novello fragte beklommen: »Was halten Sie davon, Sir?«

Dalziel sagte: »Spiel's noch einmal, Mädel.«

Als Wield Wanwood erreichte, war aus dem düsteren Nieselregen in der Stadt ein stürmisches Winterwetter geworden, und der Wind fegte durch die Bäume wie ein Berserker, der es nach der Entblößung seiner Opfer nun darauf abgesehen hat, ihnen ein Glied nach dem anderen auszureißen.

Der Wachmann am Tor sagte: »Sie haben kein Glück, wenn Sie Dr. Batty sprechen wollen. Er ist nicht da.«

»Oh. Alles dicht am Wochenende?«

»Mehr oder weniger. Bis auf ein, zwei Leute, die gewöhnlich kommen. Muß wohl jemand nach den Tieren sehen.«

»Freut mich, das zu hören. Ist Miss Ambler da?«

»Ja, Mr. Patten sagte, es geht in Ordnung.«

Wield dachte über die merkwürdige Formulierung nach, während er zum Haus hinauffuhr. Er parkte vor dem TecSec-Büro neben einem weißen Polo.

»Sie werden wir wohl nie wieder los, was?« sagte Patten, als Wield mit einem Schwall feuchter Kälte eintrat. »Worum geht es heute? Niemand hier, außer uns.«

»Ich dachte, Jane Ambler ist hier?«

»Stimmt. Da ist sie. Wenn Sie hinter ihr her sind, es dauert nicht lang.«

Er drehte seinen Stuhl, um sich der Monitorreihe zuzuwenden, und deutete auf einen. Wield sah Jane Ambler in einem Raum, der wie eine Garderobe aussah. Sie holte Sachen aus einem Schließfach und legte sie in eine Sporttasche. Neben ihr stand ein Wachmann von TecSec.

»Was spielt sich da ab?« fragte Wield.

Patten drehte sich wieder zurück, um ihn anzusehen.

»Was? Das wissen Sie nicht?«

»Wissen was nicht?«

»Sie ist geflogen!«

»Was? Aber Sie haben doch gesagt, daß sie und Batty ...«

Über Pattens Schulter sah er Ambler die Tür zu einem Raum öffnen, der wie ein Lager aussah. Der Wachmann schien sie zu fragen, was sie darin verloren habe. Sie schien ihn zu drängen, hineinzugehen und selbst nachzusehen.

»... ein Ding am Laufen hatten? Ja, aber für den geilen Doktor war's das auch schon, ein Ding. Er hält sich nicht gerade zurück mit seinem Ding. Es hat natürlich bedeutet, daß sie ihm daheim hätte Ärger machen können, wenn sie die Neigung verspürt hätte, aber nun nicht mehr, nicht mehr seit vorgestern abend.«

Der Wachmann stand auf der Schwelle des Lagerraums. Jane Ambler versetzte ihm einen heftigen Stoß, warf die Tür hinter ihm zu und drehte den Schlüssel um.

Wield sagte: »Was ist denn vorgestern abend passiert?«

Patten grinste, er kam eindeutig auf seine Kosten.

»Sieht danach aus, als sei das Dokterchen nach Hause gekommen und hätte seine Kleider in einem Haufen Mülltüten auf dem Rasen vorgefunden, und alle Schlösser waren ausgewechselt. Seine Frau war ihm endlich doch auf die Schliche gekommen, hatte den armen Teufel an die Luft gesetzt und nach Hause zu Mami und Papi geschickt.«

Ambler hatte das Zimmer verlassen und war von dem einen Bildschirm verschwunden, ohne auf einem anderen aufzutauchen. Die Korridore waren anscheinend nicht an das Überwachungssystem angeschlossen. Patten sah sich um, als habe ihn Wields wandernder Blick alarmiert.

»Ist sie fertig? Gut. Sie kommt hierher zurück, und dann können Sie mit ihr plaudern.«

»Es kam mir gestern schon so vor, als wäre Batty in einer komischen Stimmung«, sagte Wield. »Aber als wir beide uns unterhalten haben, wußten Sie noch nichts von seiner häuslichen Entwicklung, oder?«

»Nein. Es hat mir einen richtigen Schlag versetzt, als er etwa eine Stunde, nachdem Sie uns verlassen haben, anrief und sagte, er habe gerade die Ambler angerufen und sie entlassen, ich soll doch ihre Zutrittsberechtigung löschen.«

»Aber sie ist doch hier«, warf Wield ein. Und mit Sicherheit nicht, wo sie sich aufhalten durfte. Sie war auf dem Bildschirm erschienen, der den Raum zeigte, den er für Battys Büro hielt, und nun schloß sie gerade die Schublade des Schreibtischs auf.

»Sie ist hier aufgekreuzt und hat gesagt, sie will ihre Sachen abholen. Sie wollte sich die Peinlichkeit ersparen, sie holen zu müssen, wenn die anderen alle da sind. Also habe ich ihr eine Begleitung mitgegeben und sie durchgelassen.«

Er drehte sich wieder um und verpaßte die Frau, wie sie das Büro verließ, nachdem sie einen Umschlag aus der Schublade entfernt und in ihre Tasche gesteckt hatte.

»Glauben Sie, daß sie damit gerechnet hat, Batty würde auf Dauer bei ihr bleiben, falls es zu einer Trennung zwischen ihm und seiner Frau käme?«

»Kann sein. He, Sie wollen doch nicht etwa sagen, daß sie es Battys Frau gesteckt hat?« Die Vorstellung schien Patten zu entzücken. »Wenn das stimmt, muß ihr aber richtig schlecht geworden sein, als sie statt des Mannes die Kündigung bekommen hat!«

Ambler war nun in einem der Räume, in denen die Versuchstiere untergebracht waren. Sie ließ die Tür weit offen stehen, stieß alle Fenster auf und machte sich daran, die Käfige aufzuschließen.

»Und wie haben Sie von der Trennung erfahren?« fragte Wield, der zwar erkannte, was seine Pflicht gewesen wäre, sich aber an die Warnung in einem kürzlichen Rundschreiben erinnerte, nicht übereifrig zu sein. *Denken Sie nach, bevor Sie handeln!* hatte der Rat gelautet. Nun dachte er also nach.

»Ich habe Captain Sanderson angerufen, um ihn auf dem laufenden zu halten. Er war es, der die Katze aus dem Sack gelassen hat. Er hat selbst Dreck am Stecken, und mir war der flüchtige Gedanke gekommen, daß er vielleicht was mit Mrs. Batty hatte und ausgeplaudert hat, daß der Doktor ebenfalls auswärts spielt.«

»Und was hätte er davon gehabt? Ich meine, alles hier hängt doch vom Wohlwollen Dr. Battys ab, oder etwa nicht?«

»Alles Geschäftliche ist vertraglich niet- und nagelfest gesichert«, grinste Patten. »Und alles Wohlwollen fliegt aus dem Fenster, wenn ein guter Fick zur Tür reinspaziert kommt, was, Sergeant?«

Jane Ambler war durch eine weitere Tür gekommen und wiederholte ihre Befreiungsaktion.

Widerwillig widerstand Wield der Versuchung, über Pattens interessante Behauptung zu diskutieren. Die Bedenkzeit war vorbei, und er mußte seinen Mund aufmachen, bevor Patten Lunte roch.

Er sagte: »Die Leute vom Tierschutzverein würden sich freuen, wenn sie miterlebten, wie gut hier für ausreichende Bewegung der Tiere gesorgt wird.«

»Was?« Patten wirbelte auf seinem Stuhl herum. »Jesus Maria! Warum zum Teufel haben Sie nicht schon früher was gesagt?«

Er hämmerte auf einen Knopf ein, der einen schrillen Alarm auslöste.

»Ich habe es für Amblers Aufgabe gehalten«, sagte Wield und gab sich keine Mühe, überzeugend zu klingen.

»So ein Schwachsinn! Und wo zum Teufel ist der Idiot, der auf sie aufpassen soll? Kommen Sie! Wir sehen am besten mal nach dem Rechten.«

»Ich soll mitkommen? Ja, glauben Sie denn, daß ein Verbrechen begangen wurde?«

Aber Patten spielte nicht mehr mit. Er rannte an Wield vorbei aus dem Büro.

Einen kurzen Augenblick stand Wield da und betrachtete die Monitore, die ihm verschiedene Arten kleiner Tiere zeigten, die ängstlich aus ihren Käfigen gekrochen kamen und mit allen Anzeichen der Skepsis die Luft der Freiheit schnüffelten.

»Ich weiß ganz genau, wie ihr euch fühlt«, sagte Wield. Dann folgte er Patten.

ZWEI

»Danke schön«, sagte Andy Dalziel ins Telefon. »Ich danke Ihnen vielmals.«

Er knallte den Hörer hin und richtete seinen wohlwollenden Blick auf Shirley Novello, die, ihren eigenen Augen nicht trauend, unsicher fragte: »Gute Nachrichten, Sir?«

»Ich glaube«, sagte er. Aber bevor er sie ihr mitteilen konnte, wenn das denn seine Absicht gewesen sein sollte, ging die Tür auf und Pascoe kam hereingeplatzt.

»Ich glaube, ich hab was, Sir«, sagte er.

»Wenn es ansteckend ist, zieh Leine«, sagte der Dicke.

»Es dreht sich um Mrs. Howard«, sagte Pascoe, der den Kalauer ohne mit der Wimper zu zucken überging. Interessiert merkte es sich Shirley Novello. »Sie ist felsenfest davon überzeugt, daß bei TecSec etwas faul ist. Sie sagt, ihr Jimmy und Rosso seien Saufkumpane gewesen, das ist der ehemalige Soldat Rosthwaite, der alte Putzer von Sanderson ...«

»Ja, ja, ich weiß, wer er ist. War«, sagte Dalziel ungeduldig. »Kommen wir jetzt langsam zur Sache, oder habe ich sie schon verpaßt?«

Wieder fiel Shirley Novello auf, daß auf die Provokation keine Reaktion folgte. Bestand darin das Geheimnis des Überlebens?

»Sie hat erzählt, daß sie immer über ihn gemeckert hat, über den Rosso, meine ich, weil er so daneben war, daß er sogar noch Jimmy auf Abwege bringen konnte. Dann war Schluß damit, daß sie die Abende miteinander verbrachten. Sie hat sich vor Jimmy mit ihrer Schadenfreude nicht zurückgehalten – nicht ihre Worte, aber das war es, was sie meinte –, und Jimmy sagte, sie solle die Klappe halten, es habe nichts damit zu tun, was sie gesagt habe, sondern es sei nicht klug, wenn man eine neue Laufbahn einschlage.«

»Was heißen soll?«

»Vielleicht, daß der besoffene Rosso Jimmy Dinge erzählte, die der nicht wissen wollte. Laut Mrs. Howard war Rosso eindeutig sauer darauf, wie Patten bei der Firma eingestiegen war, und zwar halbe-halbe, während er, Rosso, noch immer nicht viel mehr als das treue Faktotum war.«

»Und dann ist er gegen einen Baum gefahren«, sagte Dalziel.

»Und danach wurde Jimmy sehr still.«

»Wenn alte Freunde sterben, haut einen das um.«

»Laut seiner Frau hat er nicht getrauert. Oder wenn er getrauert hat, dann um Jimmy.«

»War's das?«

»Mehr oder weniger«, sagte Pascoe ziemlich eingeschnappt. Er war also doch verwundbar, dachte Shirley Novello. »Aber ich sehe, daß Sie mir etwas zu sagen haben, das bei weitem wichtiger und bedeutsamer ist.«

»Hör mit dem Schmollen auf, sonst schickt dir Wieldy demnächst 'ne Valentinskarte. Und was du da grad erzählt hast, paßt wunderhübsch zu dem, was ich grad rausgefunden hab. Ivor hier hat mich drauf gebracht.«

Pascoe warf Novello einen Blick zu, die ihn mit dem verdutzten Lächeln eines Anhängers von United bedachte, der aus Versehen in einer Kneipe von City gelandet ist und zu einem großen Bier eingeladen wird.

»Gut gemacht«, sagte er.

»Ja, verdammt gut gemacht«, sagte Dalziel. »Peter, du hast sie nicht richtig eingesetzt. Denk da mal drüber nach. In meinem Dezernat gibt's keine Diskriminierung. Ivor, hol schon mal mein Auto nach vorn. Wir sind schneller unten, als eine Nutte zweimal mit dem Schwanz wackelt.«

»Was ist denn das für eine verblüffende Enthüllung?« fragte Pascoe, nachdem Shirley Novello das Zimmer verlassen hatte.

Dalziel war damit beschäftigt, eine Nummer zu wählen. Er sagte: »Scheiße«, als er das Besetztzeichen hörte. Er drückte den Wiederholknopf.

»Wir haben die falsche Frage gestellt, Junge«, sagte er. »Es hätte nicht drum gehen sollen, ob Cap Patten angreifen wollte oder nicht, sondern warum Wendy Walker als Friedensstifterin auftrat. Sie hatte es schließlich wirklich faustdick hinter den Ohren, und wir haben gewußt, daß es ihr erklärtes Ziel war, sich in der Szene einen Ruf als Extremistin zu verschaffen, die bereit war, für den guten Zweck alles in Kauf zu nehmen. Hier bietet sich die perfekte Gelegenheit, ein paar Augen auszukratzen, ein paar Fenster einzuschlagen, ein Tohuwabohu zu entfesseln, bis sie verhaftet wird und ihren Auftritt vor Gericht kriegt. Aber was tut sie? Sie glättet die Wogen. Warum?«

»Sie werden es mir schon noch sagen. Irgendwann«, sagte Pascoe.

»Weil sie Des Patten erkannt hat. Sein Gesicht vergißt man nicht so leicht, oder? Und sie hatte es bereits einmal gesehen.«

»O ja. Und wo?«

»Wieldy hat Patten überprüft, weil er dachte, daß er vielleicht in der Zeit von seinem Verschwinden aus Mid-Yorkshire bis zu seinem Auftauchen als Sandersons Teilhaber was gemacht hat, das nicht ganz astrein war. Er war enttäuscht, daß Patten nichts weiter getan hat, als für Task Force Five zu arbeiten. Die Wachfirma aus Manchester.«

»Ja, ich weiß, wer die sind. Und? Ach, du liebe Scheiße.«

»In der Tat, Junge«, sagte Dalziel vorwurfsvoll. »Du hattest Verbindung zu Redcar, als ALBA im vergangenen Sommer den kleinen Ärger hatte. Es steht alles in deiner Akte. Fraser Greenleafs Sicherheit war in den Händen von Task Force Five.«

»Aber ich wußte doch nicht, daß Patten ... ich will sagen, TecSec sind doch erst nach meiner Ermittlung in Wanwood auf der Szene erschienen.«

»Das ist egal, Junge«, sagte Dalziel großherzig. »Selbst Homer mußte mal pinkeln. Ich hab grad in Redcar angeläutet. Die haben nachgesehen. Und siehe da, Des Patten hat zum Personal gehört. Es kam zum Streit wegen Überstundenbezahlung, und er hat den Job etwa drei Wochen vor dem Anschlag, bei dem Shufflebottom getötet wurde, an den Nagel gehängt.«

»Und Ellie hat erzählt, daß Wendy nicht viel vorher dort oben auf Besuch gewesen war. Glaubst du, daß sie ihn kennengelernt hat?«

»Vielleicht hat sie ihn in einer Wirtschaft gesehen. Ihr Bruder sagt hallo, sagt ihr, es handelt sich um einen Kollegen, und wegen der Narbe bleibt das Gesicht haften. Und dann sieht sie ihn wieder.«

»Aber warum sollte das ihren Verdacht geweckt haben? Er arbeitet immerhin in der Branche.«

»Hat es wahrscheinlich auch nicht. Nicht zu Anfang. Vielleicht hat sie sich sogar mehr Sorgen gemacht, daß er sie erkannt hat und anfangen würde, Fragen zu stellen. Deshalb gießt sie Öl auf die Wogen, arbeitet mit uns zusammen, um sich ohne weiteren Ärger nach Hause absetzen zu können. Aber als sie daheim ist, beginnt sie nachzudenken. Und als sie mitkriegt, daß wir uns fragen, ob ANIMA in den vorherigen Anschlag auf Wanwood verwickelt gewesen sein könnte, der seinerseits so aussieht, als hätte er was mit Redcar zu tun, geht ihr ein Kronleuchter auf. Vielleicht stellt sie ja Fragen über TecSec und findet heraus, daß der Vertrag eine Folge des Anschlags im Sommer ist. Bis zu einem festen Verdacht ist es noch ein weiter Weg, aber unglücklicherweise hat Patten gecheckt, wer sie ist.«

»Wie denn das?« fragte Pascoe.

Nach einem heftigen Kratzen seines Nackens sagte Dalziel: »Durch mich. Das erste, was ich getan habe, als ich sie sah, war von Burrthorpe anzufangen. Patten hat mit den Ohren geschlackert. Er scheint gewußt zu haben, wo Shufflebottom herstammte. Der hätte das wohl kaum verheimlicht. Und Wendy Walkers Mädchennamen in Erfahrung zu bringen dürfte wohl nicht schwierig gewesen sein.«

»Und er hat sie umgebracht, einfach für den Fall, daß sie vielleicht eine Spur gefunden hatte?« sagte Pascoe ungläubig.

»Warum nicht? Credo eines jeden guten Soldaten. Wenn du sie ins Visier kriegst, schieß. Das ist vielleicht deine einzige Chance. Vielleicht war da aber noch mehr. Sie muß drüber geschlafen haben, wachte beunruhigt auf, ob sie wohl auf was gestoßen war oder nicht. Deshalb ist sie bei Cap Marvell vorbeigekommen, um mit ihr zu reden ...«

»Aber sie hat die Frau noch nicht einmal gemocht«, wandte Pascoe ein.

»Walker war ein helles Köpfchen«, sagte Dalziel. »Sie wußte, daß man die Dinge auch mit anderen Augen sehen kann als sie, und sie ließ sich weder durch Sympathien noch Antipathien von etwas abbringen, das sie sich in den Kopf gesetzt hatte. Sie hätte auf jeden Menschen oder jede Sache zurückgegriffen, von der sie sich Hilfe versprach.«

Er meint auch Ellie, dachte Pascoe. Interessanter Gedanke. Konnte es sein, daß es doch die Eingeborenen gewesen waren, die die Missionare bekehrt hatten?

»Haben Sie das von Ms Marvell?«

»Nein. Ich hab es zufällig mit angehört. Sie kam nicht weit. Cap hatte keine Zeit, also haben sie sich gestritten. Als nächstes kommt Walker zu euch nach Hause ...«

»Und hat wieder keinen Erfolg«, sagte Pascoe. »Sie verabredet sich jedoch mit Ellie für den Abend.«

»Ja, aber sie war nicht der Typ, der die Hände in den Schoß legt, wenn's was zu tun gab. Ich vermute, sie ist um das TecSec-Büro in der Stadt herumgeschlichen und hat Fragen über Patten gestellt, und das hat der mitgekriegt. Und so wie der gestrickt ist, könnte er gedacht haben, lieber auf Nummer sicher gehen. Und nach Rosso hatte er vielleicht Geschmack an Verkehrsunfällen gefunden ...«

»Rosso?«

»Hattest du das nicht mal gesagt? Daß ihnen Rosso zu gefährlich wurde und sie ihn deshalb umgelegt haben? Oder hast du den Unfall als höhere Gewalt angesehen?«

»Na ja, nein, aber es war nur eine Theorie ... also, wenn all das zutrifft, dann hat alles deshalb angefangen, weil TecSec einen Anschlag der Tierschützer auf das Werk von FG in Redcar vorgetäuscht hat? Und warum das?«

»Überleg doch mal«, sagte Dalziel. »Vielleicht gibt's ja was, was einer anderen Firma gehört, worauf du gern mal einen Blick werfen würdest, ohne daß es jemand mitkriegt, natürlich. Und du sprichst mit einem Kumpel aus der Sicherheitsbranche darüber, der seinerseits einen anderen alten Bekannten trifft, der zufällig gerade als Wachmann bei der Firma gearbeitet hat, für die sich dein Kumpel interessiert. Plötzlich erscheint es möglich. Rein, raus, als Protestaktion getarnt, man haut ein paar Büros kurz und klein und macht ein paar Aufnahmen von dem, was der Kumpel möchte. Klappt wie am Schnürchen, bis Shufflebottom auf Patten stößt. Und damit ist alles geplatzt wie eine Seifenblase. Ich meine, niemand würde glauben, daß Des Patten ein Tierschützer ist! Und so löst er das Problem auf die einzige Weise, die er kennt. Und ein zweites Mal bei Rosso, der im Suff seine Klappe nicht halten kann. Und dann wieder bei Walker. Und vielleicht wieder ...«

»... bei Jimmy Howard, als Patten dachte, Howard wüßte mehr, als für ihn gut war, und hätte ihn irgendwie in der Hand. Sir, sollten wir nicht raus nach Wanwood und ein paar Dinge klären? Wenn Wieldy schon dort ist und Patten auf falsche Ideen kommt ...«

»Wieldy kann schon auf sich aufpassen. Aber du hast recht. Gehen wir.«

Er stand auf und wollte zur Tür.

»Sir, Ihr Telefon ... es steht auf Wiederholung.«

»Ach ja. Stell es doch ab, ja?«

Bevor er der Bitte nachkam, sah sich Pascoe die Nummer auf dem Display an. Es war eine örtliche. Er erkannte sie nicht, aber als er den Knopf drückte, um die Eingabe zu löschen, wurde sein Anruf von einer weiblichen Stimme beantwortet, die einfach: »Ja?« sagte.

Nur eine Silbe, aber er hatte keine Schwierigkeiten, Cap Marvell zu erkennen. Was bedeutete, daß Dalziel entweder sicher war, daß sie aus dem Schneider war, oder daß er ausnahmsweise mal auf Pascoe gehört hatte.

Er ging zur Tür und sah den Flur hinunter. Keine Spur von dem Dicken, nur das Echo seiner Stimme, die das Treppenhaus hinaufdröhnte: »... nun mach aber verdammt mal!«

Er ging zum Telefon, drückte auf Löschen und eilte seinem Herrn und Meister hinterher.

DREI

Als Wield und Patten den Laborbereich erreichten, sah es dort aus, als hätte Noahs Arche einen Eisberg gerammt. Überall drängten sich verschreckte Tiere, und durch die offenen Fenster wirbelte der immer stärker werdende Sturm einen Schwall eisiger Luft und Schauer waagerechten Hagels. Ein paar weitere TecSec-Leute, die den Alarm gehört hatten, waren gleichzeitig mit ihnen eingetroffen.

»Nun steht doch nicht einfach rum«, kreischte Patten. »Schnappt euch die verdammten Biester.«

»Aber paßt auf«, sagte Wield mahnend. »Man kann nie wissen, was sie haben.«

Die Männer, die durch das Exerzierplatz-Gebell ihres Chefs wie elektrisiert tätig werden wollten, bremsten sich sichtlich, als ihnen aufging, was Wields Warnung bedeutete.

Patten warf Wield einen wütenden Blick zu und schrie: »Es ist alles O.K. Nichts Ansteckendes. Dr. Batty verbürgt sich dafür.«

»Stimmt das oder haben Sie sich das jetzt ausgedacht?« fragte Wield, der zögernd den Polizisten in sich erwachen fühlte. Wenn die entkommenen Tiere tatsächlich eine ansteckende Krankheit hatten, wäre das ein gravierendes Problem.

»Alle, bei denen besondere Vorsichtsmaßnahmen erforderlich sind, werden in diesem Raum gehalten«, sagte Patten und wies auf eine andere Tür. »Und es sieht nicht danach aus, als sei sie da drin gewesen.«

Wield versuchte, den Griff runterzudrücken. Der Raum war noch abgeschlossen. Durch die Glasscheibe sah er die Käfige, die noch unversehrt aussahen, wenngleich ihre Bewohner einen fürchterlichen Radau machten, wie aus Sympathie mit ihren flüchtenden Kollegen.

»Gut, daß sie wenigstens noch einen Rest Vernunft hat«, sagte Wield.

»Wahrscheinlicher ist, daß das Weib einfach nur keinen Schlüssel hatte«, fauchte Patten. »Los, suchen wir sie. Wo zum Teufel wollen Sie hin?«

»Zum Parkplatz«, sagte Wield. »Erstens muß ich das durchgeben. Und zweitens ist das der Ort, zu dem das Mädel wohl auch unterwegs ist, es sei denn, sie will den ganzen Weg in die Stadt zu Fuß zurücklegen.«

Das war das Problem bei der Armee, dachte er. Gut im Handeln, aber nicht so gut im Denken. Auf die Idee wäre selbst Jimmy Howard gekommen.

Und da fiel es ihm wieder ein.

»Haben Sie Jimmy Howard gesehen?« fragte er, als sie aus dem Gebäude eilten.

»Nicht, seit Sie ihn verhaftet haben. Sitzt er denn nicht mehr hinter Schloß und Riegel?«

Das ist ja merkwürdig, dachte Wield. Tony Beasley, der Anwalt von TecSec, hatte gestern abend angerufen, um zu kontrollieren, ob sein Mandant, wie gesetzlich vorgeschrieben, entlassen worden war. Vielleicht sprach er nur mit Sanderson.

»Nein. Wir mußten ihn laufen lassen.«

»Hat die Polizei mal wieder Scheiße gebaut, was? Hat sich abgesetzt, der Junge, was? Kann ich verstehen. Habt ihr euer Opfer erst einmal in den Klauen, dann laßt ihr nicht locker, bis Blut fließt. Jimmy wußte Bescheid ... da ist sie. Halt, du blöde Kuh!«

Ambler öffnete die Tür ihres weißen Polos. Sie sah ihre Verfolger kommen, warf ihre Tasche auf den Beifahrersitz, kletterte ins Auto, steckte den Schlüssel mit einer Geschwindigkeit ins Zündschloß, die bei Wield Bewunderung auslöste, und ließ den Motor an. Dennoch war Patten schnell genug gewesen, um seine Hand auf den Türgriff legen zu können. Ambler rammte den Sperrknopf nach unten und gab Gas. Patten rannte neben ihr her und steigerte sich, die Tür am Griff haltend, zu olympischer Geschwindigkeit, bis er entscheiden mußte, ob er loslassen oder sich mitschleppen lassen wollte. Er ließ los, rannte aber weiter und schrie etwas über die Schulter. Der heftige Wind peitschte seine Worte hinweg, aber Wield verstand »... Tor ...« Wahrscheinlich bezog sich das auf die beiden Sicherheitstore quer über der Auffahrt, die den *Cordon sanitaire* abrundeten. Wenn sie geschlossen waren, würden sie die Frau einholen können. Zögernd verfiel er in Trab. Er trug noch immer, Gott sei Dank, seinen leichten Mantel, aber er hatte nicht das Gefühl, daß der ihn lange schützen würde. Er war nicht vom brennenden Verlangen beseelt, Jane Ambler zu verhaften. Doch so, wie Patten sich aufführte, sah es nicht nach einer guten Idee aus, die Sache Patten zu überlassen.

Als er um die oberste Kurve der Auffahrt bog, sah er, daß die Tore zu waren. Wahrscheinlich hatte der zuständige Wachmann sie gleich beim Aufheulen der Sirene geschlossen. Aber wo war der Mann hin? Es konnte sein, daß der Schwachkopf seinen Posten verlassen hatte, um beim Einfangen der Tiere zu helfen.

Wachfirmen ... so viel Schutz wie ein gehäkeltes Kondom!

Kreischend war der Polo zum Stehen gekommen. Im Nu war Jane Ambler draußen, riß am Riegel des ersten Tors und warf ihr ganzes Gewicht dagegen. Langsam schwang es auf. Sie rannte zurück zum Auto, zögerte, drehte sich zum zweiten Tor um.

Sie sitzt in der Falle, dachte Wield. Das andere Tor kriegt sie nie auf, bevor Patten, der die Auffahrt heruntergerast kam, sie erreichte. Er verlangsamte seinen Trab in der Erwartung, sie würde die Geschwindigkeit des TecSec-Mannes nutzen, um ihm auszuweichen und nach oben zu entwischen, und dann würde er sie aufhalten müssen.

Statt dessen drehte sie sich um und rannte los. Es gab aber keinen Ausweg. Über das Tor, das vor ihr lag, konnte man nicht klettern, und zu beiden Seiten erstreckte sich der Streifen Ödland, zu dem TecSec den ehrwürdigen alten Wald verwüstet hatte. Selbst trocken wäre das Terrain wenig erfreulich gewesen, aber von den herbstlichen Regengüssen aufgeweicht, war der Boden ein klebriger Morast, mit wassergefüllten Trichtern durchsetzt – nur ein Wahnsinniger oder jemand, der von einem Wahnsinnigen bedroht wurde, würde sich auf den heimtückischen Untergrund wagen.

Ambler hielt inne und warf einen kurzen Blick zurück. Vielleicht dachte sie daran, aufzugeben. Aber was immer sie in Pattens Gesicht sah, überzeugte sie, daß Tollkühnheit manchmal weniger gefährlich ist als Vernunft.

Sie wandte sich um und rannte in das verwüstete Gelände.

Einen Augenblick lang dachte Wield, daß sie wie die Fee aus dem Märchenbuch leichten Fußes über den saugenden Schlamm hinwegfederte und ihren Pfad nur durch einen Hauch Wasserdampf markierte. Dann wurde ihm klar, daß sie den nicht eingesammelten, vielleicht nicht einsammelbaren, Laufplanken folgte, die den Weg zu dem Trichter erleichtern sollten, in dem Wendy Walker die Knochen gefunden hatte.

Nun wurde es ernst. Dadurch, daß man so viel Erde für Dr. Tod abgefahren hatte, war der Krater riesig geworden, und wenn sie dort hineinfiel, könnte das zu einem Schicksal führen, das bei weitem schlimmer wäre als George Headingleys schwere Erkältung.

Interessanterweise schien Patten denselben Gedanken gehabt zu haben. Die Wut wich aus seinem Gesicht und machte echter Sorge Platz. Er rief hinter der Flüchtigen her: »Jane, nun sei doch nicht blöd, Mädel. Da geht es nicht weiter. Paß auf. Komm zurück. Niemand tut dir was.«

Unmöglich zu sagen, ob die Frau ihn bei dem heulenden Sturm vernommen hatte. Wield stellte sich neben ihn und fiel in die Bitte ein.

»Miss Ambler«, bellte er und erreichte fast Dalziels Dezibelzahl. »Es ist alles in Ordnung. Wir wissen, daß man Sie provoziert hat. Es ist nichts passiert. Kommen Sie zurück. Wir finden eine Lösung.«

Die Frau hatte angehalten. Ob es daran lag, daß sie ihn gehört hatte oder weil sie das Ende der Planken erreicht hatte, war nicht feststellbar. Die noch vorhandenen Bäume von Wanwood drängten sich wie ausgesperrte Fußballfans gegen den unteren Sicherheitszaun, schwankten und wogten in einem wahnsinnigen Getöse, den ein phantasiebegabtes Gemüt als Protest gegen den Tod ihrer Kameraden hätte verstehen können. Da brachte ein gewaltiger Windstoß Jane Ambler aus dem Gleichgewicht. Sie stolperte, faßte wieder Fuß, stolperte wieder. Und weg war sie.

»Herr im Himmel!« explodierte Patten. Dann rannte er auf den Planken entlang, etwas behutsamer von Wield verfolgt.

Durch die Ausgrabungen war der Krater zu einem Weiher mit trübem braunem Wasser geworden. Als sie sein Ufer erreichten, kam die Frau gerade wieder an die Oberfläche, schnappte nach Luft und schlug wild mit den Armen um sich. Unter ihr waren etwas über zwei Meter Wasser, schätzte Wield, und darunter weiß Gott wieviel saugender, klammernder Schlamm. In dem würde sie umkommen. Wenn man mit den Füßen hineingeriet, konnte man sich nicht mehr freistrampeln.

»Treiben lassen!« schrie er. »Auf dem Rücken. Einfach nur treiben lassen!«

Vielleicht hatte sie ihn gehört, vielleicht waren es nur die Erschöpfung und die lähmende Wirkung des kalten Wassers, aber sie hörte auf, um sich zu schlagen, und legte sich rückwärts auf das Wasser. Patten, wie ein viktorianischer Verehrer auf einem Knie, hielt ihr die rechte Hand hin. Wield packte seine linke, um ihn zu stützen. Amber sah die ausgestreckte Hand, versuchte sie zu erreichen, ihre Zeigefinger berührten sich wie die von Gott und Adam, da trieb der Wind eine kleine Welle in Jane Amblers nach Luft japsenden Mund, sie verschluckte sich und verschwand noch einmal unter der Oberfläche.

Sekunden vergingen. Eine, zwei, drei ...

»Scheiße«, sagte Patten. »Ich muß da rein.«

Er machte sich daran, seine Schuhe wegzutreten. Dem Herrn sei gedankt für den Mann der Tat! dachte Wield, inbrünstig seine bisherigen Vorbehalte gegen diese Gattung zurücknehmend. Da sah er genau in der Mitte des Teiches eine Bewegung wie den Wirbel im Teich von Lourdes, wenn er den Augenblick eines Wunders vorhersagt.

»Da ist sie!« rief er aus.

Und im nächsten Augenblick brach Jane Ambler durch die Oberfläche wie eine Kreatur der Tiefe, die heftig aus ihrem Jahrhunderte währenden Schlummer gerissen wurde und mit einer solchen Gewalt nach oben geschossen kam, daß es so aussah, als habe sie den Ehrgeiz, auf dem Wasser zu stehen. Es war ein Manöver, mit dem man die Goldmedaille beim Synchronschwimmen hätte gewinnen können, und so unglaublich es war und so entsetzlich, disqualifiziert hätte man sie nicht. Der Partner fehlte ihr nämlich nicht. In ihren Armen hatte sie einen Mann, dessen Kopf nach hinten baumelte wie eine abgeknickte Chrysantheme auf ihrem Stengel, und als das braune Wasser aus den triefenden Locken rann, erkannte Wield Jimmy Howard.

Er hatte nur den Bruchteil einer Sekunde Zeit, um sich darüber klarzuwerden, warum Patten so besorgt geworden war, als die junge Frau ins Wasser fiel, denn schon hatte er einen Faustschlag in den Nacken erhalten und wankte vornüber in die schlammigen Tiefen.

Beim Untergehen dachte er, ich hätte mir mehr Mühe geben sollen, Edwin heute morgen aus seiner schlechten Laune zu holen. Er wird denken, daß ich mich aus Trotz ertränkt habe!

Der Gedanke war so absurd, daß er gelacht hätte, wenn das nicht bedeutet hätte, daß er einen weiteren Eimer der ekligen Flüssigkeit geschluckt hätte. Statt dessen trat er kräftig aus, kam an die Oberfläche und atmete in der stürmischen Luft tief durch. Jane Ambler war dicht bei ihm. Erfreut nahm er wahr, daß sie ihrem grausigen Begleiter den Laufpaß gegeben hatte, und er streckte die Arme aus und umfaßte sie im vorgeschriebenen Lebensrettungsstil. Sie war anscheinend regungslos vor Schock und versuchte sich nicht zu wehren.

Er warf einen vorsichtigen Blick in Richtung der Laufplanken. Da hockte Patten und fixierte sie. Man brauchte nicht die Phantasie eines Schriftstellers zu haben, um zu lesen, was ihm im Kopf herumging. Bestand eine Chance, sie beide loszuwerden, so daß sie Jimmy Howard auf dem Grund des Trichters Gesellschaft leisten konnten? Und da schon einer da unten lag, was machte es aus, wenn die Chancen schlecht standen? So funktioniert das Gehirn eines Militärs. Beschränkt dadurch, daß der Tod zur ersten statt zur letzten Wahl erhoben wird.

Wield paddelte auf die andere Seite des Teichs und versuchte, sich an der Wand festzuhalten. Schlammiger Lehm löste sich in seiner Hand. Hier kam er weder an Land, noch konnte er sich festhalten. Das Wasser war bitter kalt. Lange würde er sie beide nicht über Wasser halten können. Es blieben ihm nur die Planken und die Hoffnung, daß Pattens Gehirn die Realität noch bis zu einem gewissen Grad begriff.

Patten war aufgestanden und hatte sich in Richtung Auffahrt gedreht. Vielleicht rennt er ja auch nur einfach davon, dachte Wield hoffnungsvoll. Aber nein, er kniete sich wieder hin und streckte drohend die Hand aus, als Wield näherkam. Packen und ihn ins Wasser reißen? dachte Wield. Und dann den Scheißkerl ersäufen!

Allein hätte er eine Chance gehabt. Aber er bezweifelte, daß Jane Ambler es überleben würde, wenn er sie losließ.

Er war jetzt sehr nahe am Ufer.

Zu nah. Als er den Mund öffnen wollte, um den aussichtslosen Überredungsprozeß zu beginnen, schoß die Hand die wenigen fehlenden Zentimeter vor und packte ihn am Kragen. Wield holte tief Luft, aber anstatt des erwarteten Stoßes in die Tiefen fühlte er, wie er auf die Planken gezerrt wurde.

Gott ist allmächtig, dachte er. Er kann sogar bewirken, daß ein Militärhirn Vernunft ...

Dann wandte er den Kopf zur Seite und sah, daß es nicht die Vernunft gewesen war, die Patten zur Änderung seiner Pläne veranlaßt hatte. Es war der Anblick Andy Dalziels und Peter Pascoes gewesen, die auf den Planken näherkamen wie Götter aus einer Theatermaschine.

Nachdem Wield wieder festen Boden unter den Füßen hatte und Patten mit Handschellen versehen auf dem Weg in eine Zelle war, nahm Wield eine Dusche, trocknete sich, zog die einzig verfügbaren Kleidungsstücke an, nämlich eine der verhaßten TecSec-Uniformen, und trank eine Tasse Tee mit einem großzügigen Schuß von Battys Glenmorangie, den Dalziel aus dem Schrank des Doktors befreit hatte.

»Er wird nichts dagegen haben«, sagte Dalziel. »Der Knabe ist die Großzügigkeit in Person.«

»Weiß er schon, was sich hier abgespielt hat?« fragte Wield.

»Noch nicht«, sagte Dalziel. »Ich hab gedacht, ich laß es, bis wir überschauen könnnen, ob wir genug haben, den Arsch einzubuchten, dann brauch ich nicht mehr höflich zu ihm zu sein.«

Er weihte Wield in die Theorie ein, die er und Pascoe sich zusammenkonstruiert hatten.

»Aber so leicht ist das nicht zu beweisen ohne ein Geständnis«, sagte er abschließend.

»Oder einen eindeutigen Beweis.«

»Ja, natürlich. Oder einen eindeutigen Beweis.« Er sah Wield scharf an. »Hast du was Bestimmtes im Sinn?«

»Es könnte sich lohnen, mit Jane Ambler zu sprechen«, sagte Wield.

Er hatte noch keine Zeit gehabt, von ihrem Sabotageakt zu berichten.

»Glaubst du? Dann gehen wir doch gleich mal zu ihr. Sie liegt im Sanitätsraum. Novello ist bei ihr. Sie warten auf den Krankenwagen.«

»Ich komm nach«, sagte Wield. »Ich muß erst noch etwas aus dem Auto holen.«

Er ging ins Freie. Man hatte Amblers Polo wieder nach oben gefahren, um die Auffahrt frei zu machen. Er öffnete die Tür zum Beifahrersitz und durchwühlte die Sporttasche auf dem Sitz. Viel enthielt sie nicht, offensichtlich war das »Abholen ihrer Sachen« eine List gewesen, um noch einmal ins Haus zu gelangen. An Briefumschlägen war nur einer vorhanden. Vorsichtig nahm Wield ihn in die Hand und warf einen Blick hinein. Er enthielt ein halbes Dutzend Filmnegative. Wield hielt sie ans Licht und sah Zeilen, die aber viel zu klein waren, als daß er sie hätte entziffern können. Er steckte sie wieder in den Umschlag und wollte gleichzeitig die Autotür schließen. Da fühlte er, denn sehen tat er sie eigentlich nicht, eine Bewegung unter dem Sitz.

Vorsichtig beugte er sich vor. Zwei glänzende schwarze Äuglein sahen bange zurück. Er griff unter den Sitz, und ein winziges Pfötchen umklammerte seinen ausgestreckten Finger. Sanft zog er ein Äffchen hervor, vielleicht das Tierchen, dem Jane Ambler an seinem ersten Morgen auf Wanwood die Spritze gegeben hatte.

Es mußte in das Auto geklettert sein, als Jane Ambler es am ersten Tor stehen ließ.

»Gut gemacht«, sagte Wield. »Du hast es fast geschafft.«

Plötzlich entwand es sich seinem Griff, versuchte aber nicht zu entkommen. Statt dessen sprang es ihm auf die Schulter und legte ihm die Arme um den Hals, wobei es an seinem Ohr knabberte.

Wield blickte sich um. Niemand zu sehen. Schnell ging er zu seinem eigenen Auto und machte den Kofferraum auf.

Das Tierchen wehrte sich, als er es von seiner Schulter löste und auf einer alten Reisedecke absetzte.

»Wenn du lieber in einem Käfig sitzt und stündliche Spritzen willst, dann brauchst du es nur zu sagen«, sagte er streng.

Der Affe beruhigte sich und kuschelte sich in die Decke.

»So ist es recht. Bis nachher«, sagte Wield leise und schloß den Kofferraum. Als er das Haus betrat, hörte er in der Ferne den Krankenwagen. Im Sanitätsraum traf er auf Jane Ambler, die ebenfalls eine TecSec-Uniform trug und relativ gut aussah, wenn man bedachte, was sie durchgemacht hatte. Shirley Novello saß aufmerksam neben ihr, während die mächtige Gestalt Dalziels am Fenster stand und den Raum verdunkelte.

Jane Ambler schien erfreut, Wield zu sehen. Bei Dalziels Gehabe wäre sie wahrscheinlich erfreut gewesen, King Kong zu sehen.

»Ich möchte Ihnen danken«, sagte sie schwach.

»War mir ein Vergnügen. Hören Sie, was Sie hier angestellt haben, um Batty eins auszuwischen, ich wollte Ihnen nur sagen, daß ich hier war und verstehe, was in Ihnen vorging.«

Beim Sprechen schob er sich zwischen den Dicken und die Frau.

»Ich könnte mir vorstellen, daß auch das Gericht das verstehen könnte«, fuhr er fort. »Spontaner Racheakt, das könnte jeder machen. Aber die Negative, die sind eine ganz andere Sache.«

Er hielt den Umschlag hoch.

»Das könnte danach aussehen, als ob Sie vorgehabt hätten, sich ein bißchen an Erpressung zu versuchen«, sagte er. »Und sobald das Gericht den Geruch von Vorsatz in die Nase kriegt ...«

»Ich habe ihn nur erschrecken wollen«, sagte sie.

Wield steckte den Finger ins Ohr, als hätte er die Bemerkung nicht ganz mitbekommen.

Er sagte: »Wenn Sie natürlich seit einiger Zeit ein ungutes Gefühl hatten, daß sich bei ALBA Dinge abspielten, die nicht ganz richtig waren, und Sie zu dem Schluß kamen, daß dies Ihre letzte Chance war, den Beweis dafür in die Hand zu kriegen, dann war es Ihre Bürgerpflicht, dafür zu sorgen, daß die Negative in Ihre Hände gelangten ...«

Er konnte sehen, daß sie wie ein Schachmeister alle Züge und ihre Folgen durchkalkulierte. Er schob sich leicht zur Seite, damit sie Dalziel wieder im Blickfeld hatte, was ein bißchen so war, als hätte Kasparow die Aufmerksamkeit eines Gegners auf die Anwesenheit eines KGB-Leibwächters mit der Hand am Gewehr gelenkt.

Der Schachzug Wields richtete ihren Verstand wunderbar auf das Wesentliche aus.

Sie sagte: »Gut. Es hat sich folgendermaßen zugetragen. David Batty und ich waren sehr eng befreundet. Es war seine Idee, er hat angefangen, aber ich gebe zu, daß ich nichts dagegen hatte. Er sieht gut aus, und ich fühlte mich geschmeichelt. Junge Forschungsassistentin macht es mit dem Abteilungsboss. Aber irgendwann wurde ich unruhig, als er sich hinsichtlich einiger Aspekte unserer Arbeit sozusagen versprach.«

»Welche Aspekte?« sagte Wield.

»Seit ich hier angefangen habe, haben wir an einer neuen Behandlung für rheumatische Arthritis gearbeitet. Dazu müssen Sie wissen, daß der ersten Firma, der auf diesem Gebiet ein Durchbruch gelingt, Milliarden sicher sind. Die Gerüchteküche brodelt ständig, aber irgendwann hieß es dann, daß Fraser Greenleaf allen anderen weit voraus sei. Darüber war David wirklich sauer, besonders da der Forscher, dessen

Nachfolge ich angetreten habe, vor etwa achtzehn Monaten von Fraser Greenleaf abgeworben worden war. Natürlich war er gesetzlich gebunden, nichts von dem, was er hier gemacht hat, zu verraten, aber das durchzusetzen ist fast unmöglich, und David redete sich ein, daß der Durchbruch von FG, wenn es denn dazu käme, in Wirklichkeit ALBA zusteht.«

Sie machte eine Pause.

»Also?« half Wield ihr weiter.

»Und dann veränderte sich vor einigen Monaten, es war im Sommer, die Richtung unserer Arbeit drastisch«, sagte sie. »Ich konnte nicht nachvollziehen, warum. Es war nicht die natürliche Folge dessen, was wir vorher gemacht hatten. Und als ich David fragte, warum ...«

Sie machte wieder eine Pause, sah an Wield vorbei auf Dalziel und sagte: »Ich möchte, daß eines ganz klar ist. Ich weiß nichts sicher, sondern stelle nur Vermutungen aufgrund einiger Andeutungen an, die David Batty während unserer ... Arbeit gemacht hat. Solange ich nicht überzeugt bin, daß Sie das verstehen und akzeptieren, glaube ich nicht, daß ich noch etwas zu sagen habe.«

»Ich denke, daß Sie vielleicht schon genug gesagt haben«, sagte Dalziel mit einem hungrigen Grinsen.

Sie grinste zurück und sagte: »Über meine Rechte bin ich aber noch nicht belehrt worden. Und Sie können sich sicher sein, daß ich nichts unterschreibe. Oder vor Gericht aussage. Nicht, bevor ich es schwarz auf weiß habe, daß ich bei all dem vollkommen ahnungslos war.«

»All was?« wollte Dalziel wissen.

»Wie soll ich das denn wissen, wenn ich vollkommen ahnungslos bin?« erwiderte sie.

Sie war ein echter Gladiator, dachte Wield anerkennend.

Plötzlich verwandelte sich Dalziels hungriges Grinsen in ein warmherziges Nikolausstrahlen.

»Mädel, Sie sind so quietschsauber, daß mir die Augen wehtun, wenn ich Sie nur ansehe. Keine Bange, ich sage persönlich vor Gericht aus, daß Sie die Jungfrau Maria sind. Was also hat Dr. Batty geantwortet, als Sie ihn wegen der neuen Forschung gefragt haben?«

»Er holte ein paar Negative aus seinem Schreibtisch, wedelte damit in der Luft herum und sagte: ‘Gottes Wege sind geheimnisvoll, wenn er Wunder vollbringen will, und so sind meine!’ Er war damals leicht betrunken.«

»Und wie haben Sie das interpretiert?«

»Daß er irgendwie von irgendwoher Kenntnisse von fremden Forschungsarbeiten erhalten hatte.«

»Aber eine Ahnung, wie und wessen, hatten Sie nicht?«

»Absolut gar nicht. Nachdem er mich gefeuert hatte, wußte ich nur eines, wenn ich nicht diese letzte Chance nutzte, um an die Negative zu gelangen, würde ich die Wahrheit vielleicht nie herausfinden. Ich wollte die Negative natürlich bei der ersten Gelegenheit der Polizei übergeben.«

»Und das ist jetzt, Mädel«, sagte Dalziel. »Aber kommen Sie nur nicht auf die Idee, daß wir dafür nicht dankbar sind.«

Die Tür öffnete sich, und Pascoe erschien.

»Der Krankenwagen ist da, Sir.«

»Großartig. Sind Sie fit genug, um vorn zu sitzen, Miss?«

»Ich glaube schon. Warum?«

»Dann können wir Jimmy Howard hinten reinlegen. Erspart eine zweite Fahrt«, sagte Dalziel jovial. »Wir müssen heutzutage doch die Finanzen des Staatlichen Gesundheitsdienstes im Blick behalten. Novello, begleite die Dame. Kümmre dich darum, daß man sie ordentlich versorgt.«

Die Tür schloß sich.

»Da geht ein echtes Schätzchen«, sagte Dalziel, nicht ohne Bewunderung.

»Warum? Was ist passiert?« sagte Pascoe.

Sie brachten ihn auf den neuesten Stand der Dinge. Er sagte: »Sie glauben also, daß die Negative Aufnahmen der Forschungsunterlagen von Fraser Greenleaf sind, die während des Anschlags in Redcar aufgenommen wurden?«

»Da würde ich Geld drauf setzen. Es gibt nur einen Weg, es rauszukriegen. Wir lassen Abzüge machen und bitten jemanden von FG, ‘nen Blick drauf zu werfen. Haben wir Sanderson erwischt?«

Pascoe schüttelte den Kopf.

»Wir bekamen gerade eine Meldung, daß er weder in seiner Wohnung noch im Büro von TecSec aufzutreiben ist.«

»Verdammt«, sagte Dalziel. »Ich hätt ihn gern am Schlafittchen genommen, bevor er Lunte riecht, daß was schiefgelaufen ist. Wie sieht es mit Batty aus?«

»Auch bei Batty haben wir eine Niete gezogen, Sir. Ich hatte gedacht, das einfachste ist, bei ihm daheim anzurufen und ihm zu sagen, daß ein paar Tiere ausgebüxt sind, und er möchte doch herkommen, aber ich habe nur seine Frau an den Apparat gekriegt, und die sagte, sie wisse nicht, wo er steckt. Sie klang auch nicht danach, als ob ihr das was ausmache. Ich habe allerdings den Eindruck gehabt, daß jemand bei ihr war.«

Wield hustete und sagte: »Könnte sein, daß Mrs. Batty ihren Mann rausgeworfen hat. Es könnte sogar sein, daß Sanderson bei ihr ist und sie tröstet.«

Dalziel sah seinen Sergeant nachdenklich an und sagte dann: »Hat dich das totale Tauchbad zum Hellseher gemacht, Wieldy, oder was?«

»Nein, Sir. Nur eine Bemerkung Pattens.«

»Ach ja. Hat er dich auch auf den Gedanken gebracht, wo der Doktor gelandet sein könnte?«

»Daheim bei Mami, dachte Patten.«

»Wo sonst?« lachte der Dicke. »Gut. Ich zieh los und seh zu, ob ich Sanderson auf frischer Tat ertappe. Du, Wieldy, kümmer dich um die Fotos, und dann geh ins Krankenhaus, wegen der Aussage der Ambler. Sie scheint eine Schwäche für dich zu haben. Ach ja, und wenn du schon mal dort bist, laß dich gleich untersuchen. Ich weiß, daß wir seit der Privatisierung des Wassers nicht zu wählerisch sein dürfen, was wir trinken, aber ich denke mal, selbst der Vorstandsvorsitzende würde seine Millionen für schwer verdient ansehen, wenn er sein Bad mit Jimmy Howard teilen müßte.«

»Und was soll ich tun, Sir?« fragte Peter Pascoe.

»Du, Pete? Ich hab gedacht, du hättest dich inzwischen schon längst verabschiedet, wo du uns doch heute schon etliche Stunden deiner Zeit zur Verfügung gestellt hast. Weißt du was? Du hast mir doch in den Ohren gelegen, von wegen

Vorwand, Tom Batty noch ein paar Fragen stellen zu dürfen. Warum flitzt du nicht mal kurz nach Kirkton rauf, und wenn du eine Möglichkeit siehst und es dir noch in den Kram paßt, dann fang doch Dr. Batty ein und bring ihn her, damit wir ihn befragen können. Aber natürlich nur, wenn es sich nicht mit deinen eigenen Plänen überschneidet.«

Neben Daziels ironischer Anwandlung klang Ian Paisley wie Jane Austen.

»Wird gemacht, Sir«, sagte Pascoe.

»Ich wäre dir sehr dankbar. Ach ja, und tu uns den einen großen Gefallen, Junge. Versuch mal, ob du nicht wenigstens mit einem Bein in den neunziger Jahren bleiben kannst!«

»Ich werde mich bemühen«, sagte Peter Pascoe.

VIER

Langsam ging sie vonstatten und gefährlich war sie, die Reise gen Westen, auf überfluteten Straßen und an umgestürzten Bäumen vorbei. Dreimal wurden die Schleier der Dunkelheit vor seinen Scheinwerfern von den Rettungsdiensten beiseite gewirbelt, und er fuhr für einen Augenblick durch eine Ausstülpung von Licht, durch die Verwundete und Tote auf Tragbahren aus den Trümmern ihres Lebens getragen wurden.

Kirkton lag im Dunkel. Die Überlandleitungen waren wohl dem Sturm zum Opfer gefallen. Nur die rote Glut der Kohlen und das Buttermilchlicht von Kerzen malten helle Teiche auf die Vorhänge in den Fenstern. So mußte das Dorf vor achtzig Jahren ausgesehen haben, als es noch ein Dorf war. Doch eine Entzündung des Himmels hinter der massigen Festungsmauer verriet ihm, daß ALBA wenigstens in diesem Punkt seinem Namen Ehre machte und beim Zusammenbruch der Stromversorgung das Dämmerlicht seiner eigenen Generatoren zu Hilfe gerufen hatte.

Man erwartete ihn im Maisterhouse. Natürlich, der Pförtner hatte ihn angekündigt. Doch als er das lange Wohnzimmer betrat und alle um den Kamin gruppiert vorfand – Thomas Batty, ernst und wachsam, Janet Batty, Bertie Grindals Tochter, unsicher und besorgt, Dr. David Batty, der Hauptgrund seines Besuchs, lächelnd und einladend –, überkam ihn ein Gefühl, daß eine gespannte Erwartung in der Luft lag, die mit seinem Kommen nichts zu tun hatte.

David Batty sprach als erster.

»Chief Inspector Pascoe ... Peter ... gut, Sie wiederzusehen. Nehmen Sie Platz. Und trinken Sie eine Tasse Tee. Es ist wohl sinnlos, Ihnen etwas Stärkeres anzubieten?«

Seine lockere Art wirkte zu echt, um aufgesetzt zu sein, was Pascoes Gefühl bestätigte, daß die Spannung der Familie nichts mit dem zu tun hatte, was in Wanwood passiert war – zumindest nicht heute.

Also mach diese Stimmung nicht kaputt, dachte er beim Hinsetzen. Es war genug Zeit, den offiziellen Grund seines Besuchs offenzulegen.

Er sagte: »Für mich nichts, danke. Wollen Sie sich nicht auch setzen?«

Sie ragten noch alle über ihm auf. David Batty warf sich grinsend in einen großen Sessel, während seine Eltern sich unbequem auf die Kante einer Chaiselongue hockten, die eher wie gemeißelt als gepolstert aussah.

Was immer sie mir jetzt mitteilen, dachte Pascoe, teilen sie mir mit, weil sie müssen und nicht weil sie wollen. Ich muß ihnen zu verstehen geben, daß ich zuviel weiß und mich nicht mehr davon ablenken lasse, die ganze Wahrheit herauszufinden.

Er sagte: »Mr. Batty, bei unserer letzten Begegnung habe ich Ihnen, glaube ich, gesagt, daß meine Familie Verwandtschaft in Kirkton hatte. Ich hatte damals den leisen Verdacht, daß Sie mehr darüber wußten, als Sie zu erkennen gaben, und daß die Neuigkeit ein leichter Schock für Sie war.«

»Nein. Warum?« leugnete er wenig überzeugend.

»Gute Frage. Eben das habe ich mich auch gefragt. Dann, als ich später auf eine ziemlich enge Verbindung zwischen Ihrer Familie und meiner stieß, vor einer Generation oder so, kam ich zu dem Schluß, daß auch Sie sich irgendwie dessen bewußt waren. Aber das erklärte noch immer nicht ihre heftige Reaktion. Dann, gestern – oder vielmehr, heute morgen in der Früh –«

Er unterdrückte ein assoziatives Gähnen, als seine Worte ihn daran erinnerten, wie wenig Schlaf er gehabt hatte.

»Entschuldigung«, sagte er. »Ich habe eine höchst merkwürdige Sache entdeckt oder vielmehr, ich habe den starken Verdacht, daß die Knochen, die draußen in Wanwood gefunden wurden, meinem Urgroßvater gehören.«

Er entnahm dem Gesichtsausdruck des älteren Paares, daß es Bescheid wußte. Der Mann ließ sich sofort nichts mehr anmerken, aber der Frau gelang es nicht so ohne weiteres.

Pascoe lehnte sich vor und richtete das Wort an sie. »Ich meine natürlich den meiner Urgroßväter, den Ihr Herr Vater, Herbert Grindal, mit eigener Hand getötet hat, nicht meinen anderen Urgroßvater, dessen Hinrichtung er nur zugelassen hat.«

Mrs. Battys Augen schwammen in Tränen. Ihr Mann sah aus, als wollte er sich in einen Anfall von Entrüstung hineinsteigern, doch als seiner Frau die Tränen über die Wangen liefen, schien er sich zu sagen, daß es keinen Sinn hatte, sich aufzuplustern, um einen Ausweg aus der Situation zu finden.

Er sagte: »Wie ...?«

Pascoe sagte: »Ich besitze das Tagebuch, das Feldwebel Peter Pascoe bis zum Vorabend seiner Hinrichtung führte. Ich habe außerdem das Tagebuch des Offiziers eingesehen, der als sein Verteidiger bei der Verhandlung fungierte, und ich weiß, was Ihr Herr Vater, Mrs. Batty, im einzelnen ausgesagt hat, und ich kenne außerdem den der Aussage beigefügten Brief, den Ihr Großvater geschrieben hat.«

Daß er so tat, als habe er seine Kenntnisse aus Studholmes Tagebuch, schien ihm glaubwürdig genug, um Poll Pollingers Vertrauen nicht zu mißbrauchen.

»Jetzt würde ich noch gern wissen«, fuhr er fort, »was Sie mir über die Angelegenheit zu sagen haben. Ich sollte Sie warnen, daß die Ermittlungen zur Todesursache von Stephen Pascoe noch laufen, und so wie die Dinge im Augenblick stehen, werde ich mich gezwungen sehen, bei der Leichenschau zu sagen, was ich entdeckt habe.«

Sollten sie ruhig wissen, daß er wie alle Paranoiden vor nichts zurückschreckte!

»Das sind doch wohl kaum Dinge für die Medien, Mr. Pascoe«, protestierte Batty. »Es würde niemandem etwas nützen, in die Schlagzeilen der Regenbogenpresse zu kommen.«

»Finden Sie? Ich kann nicht erkennen, wie es meiner Familie schaden könnte«, erwiderte Pascoe. »Schlimmer als in den vergangenen achtzig Jahren können meine Vorfahren nicht gebrandmarkt werden.«

»Ich verstehe wirklich nicht, worum hier eigentlich so viel Theater gemacht wird, um Himmels willen«, sagte David Batty ungeduldig. »Das ist doch alles Schnee von gestern!

Genau darüber schien sich Ihr dicker Boss Gedanken zu machen, Peter. Zu beweisen, daß die Sache vor so langer Zeit passiert ist, daß sie ihn weder Zeit kostet noch seine Statistik verschlechtert.«

Pascoe betrachtete ihn kalt. David Batty war ein Mensch mit sehr wenig Moralgefühl. Wenn man das wußte, stand es ganz anders mit seiner verbindlichen, lockeren Art.

Doch das war kein Grund, sich seiner nicht zu bedienen. Er zwang sich das Lächeln eines jungen Mitverschwörers auf die Lippen.

»Stimmt, David«, sagte er. »Aber wenn ich den Deckel auf die Büchse tun will, muß ich erst einmal genau wissen, was ich unter dem Deckel verstecke, damit ich nicht aus Versehen etwas entweichen lasse.«

Der pragmatische Trugschluß fiel auf verständnisvolle Ohren.

»Zeigen wir ihm doch den Brief«, sagte Batty. »Dann weiß er, daß wir alle daran beteiligt sind.«

Seine Eltern tauschten fragende Blicke aus, aber ihr Sohn wartete nicht auf eine Antwort, sondern stand auf und verließ den Raum. Einen Augenblick später kam er mit einem alten beigen Umschlag zurück.

»Da«, sagte er und ließ den Umschlag in Pascoes Schoß fallen. »Das sollte die letzten Lücken schließen.« Pascoe öffnete das Kuvert und entnahm ihm ein einzelnes Blatt, das mit einer säuberlichen Handschrift bedeckt war.

Die Überschrift war in Blockschrift geschrieben.

AUSSAGE VON
ARTHUR HERBERT GRINDAL
30. NOVEMBER 1917

Noch eine Stimme aus der Vergangenheit. Wann würden sie je schweigen?

Er begann zu lesen.

Ich, Arthur Herbert Grindal aus Kirkton im County Yorkshire, versichere, bei klarem Verstand zu sein und im folgenden eine wahre und genaue Beschreibung der Todesumstände von Stephen Pascoe, ebenfalls aus Kirkton, zu geben.

Am Abend des vergangenen 27. November besuchte ich meinen Sohn Bertie, der wegen Verwundungen, die er in Flandern erlitten hatte, im Offiziershospital Wanwood House, Mid Yorkshire, lag. Er befand sich in einem ziemlich verzweifelten Zustand, weil er gerade erfahren hatte, daß der Feldwebel seines Zugs, Peter Pascoe, Vetter des oben genannten Stephen Pascoe, durch ein Exekutionskommando hingerichtet worden war, nachdem er der Feigheit vor dem Feind für schuldig befunden worden war. Bertie, der an einem Nervenleiden erkrankt ist, das als Neurasthenie diagnostiziert wurde, dadurch hervorgerufen, daß er lange und fortwährend den Gefahren an der Front ausgesetzt war, fühlte sich für den Tod des Feldwebels verantwortlich und war zutiefst schokkiert durch die Anschuldigungen, die während des Kriegsgerichtsverfahrens gegen ihn erhoben worden waren, obwohl ich gehört habe, daß alle seine anderen Leute oder Offizierskameraden sein Verhalten unter Feuer hoch gelobt haben. Ich beruhigte ihn, und als es Zeit war, nach Hause zu fahren, gingen wir zu meinem Auto. Da wir einander noch viel zu sagen hatten, schritten wir die Auffahrt hinunter, um in der frostigen Nacht das Blut in Bewegung zu halten. Da wurden wir einer Gestalt gewahr, die sich uns näherte. Als sie im Mondlicht erkennbar wurde, sah ich, daß es Stephen Pascoe war, der vor dem Krieg bei mir angestellt gewesen war. Er trug einen Mantel über seiner Soldatenuniform. Ich hatte den Eindruck, daß er getrunken hatte. Sobald er meines Sohnes ansichtig wurde, rief er: »Grindal, da bist du ja! Dich suche ich! Mein Vetter hat mir gesagt, was sich da draußen wirklich abgespielt hat, und ich werde noch andere Jungs finden, die die wahre Geschichte bestätigen, wenn alles vorbei ist, das sage ich dir. Und bis es so weit ist, untersteh dich, Briefe an Peters Frau zu schreiben. Witwe, meine ich, denn das hast du aus ihr gemacht. Und was dein dreckiges Geld anlangt ...« und mit diesen Worten warf er Bertie eine Lederbörse ins Gesicht und eilte, beide Hände ausgestreckt, auf ihn zu, wie um ihn zu erwürgen. Ich versuchte einzugreifen und wurde für meine

Mühe weggestoßen. Während ich noch auf dem Boden lag, sah ich, wie Pascoe Bertie packte, dann drehten sich beide um und liefen die Auffahrt hinunter in Richtung der Bäume, und dort verfing sich einer mit dem Fuß in einer Wurzel, und beide fielen ineinander verschlungen zu Boden. Aber nur Bertie stand wieder auf.

Er half mir auf die Füße, und ich untersuchte Pascoe. Sein Kopf war auf einer scharfen Steinkante gelandet, die aus der Erde hervorragte, und er atmete nicht mehr.

Bertie war nicht in der Lage, Entschlüsse zu fassen, also handelte ich an seiner Stelle. Was nun geschah, ist meine alleinige Entscheidung und Verantwortung. Zusammen hoben wir den Körper auf und trugen ihn in den Wald. Dort stand ein alter Eiskeller, fast vollständig unter der Erde und im Unterholz versteckt. Er war ursprünglich für das alte Herrenhaus gebaut worden, wird aber schon lange nicht mehr genutzt. Dort hinein legten wir den Leichnam. Dann begleitete ich Bertie zurück zum Krankenhaus, wo ich der Schwester sagte, daß sich die nervliche Verfassung meines Sohnes verschlechtert habe, und sie gab ihm einen Schlaftrunk. Danach machte ich mich auf den Weg nach Hause und sah im Licht meiner Scheinwerfer die Börse auf der Auffahrt liegen. Ich hielt an, hob sie auf und hatte dabei den Einfall, wie ich die Behörden von Stephen Pascoes Spur abbringen konnte, wenn sie nach dem Vermißten fahndeten. Ich ging zum Eiskeller, zog der Leiche die Uniform aus und nahm alle Ausweise an mich. Die Börse mit den Goldmünzen warf ich neben den Toten. Die Kleidung legte ich in mein Auto, und zwei Tage später, als ich geschäftlich in Liverpool zu tun hatte, deponierte ich sie im Bahnhof, damit sie später dort gefunden würde.

Ich mache diese Aussage, weil im Falle meines Todes und der Entdeckung der Leiche Stephen Pascoes die Möglichkeit besteht, daß mein Sohn aufgrund seiner nervlichen Verfassung eine falsche oder unvollständige Schilderung der Ereignisse gibt und sich dadurch einer Anzeige – vielleicht sogar wegen Mordes – aussetzen könnte. Ich möchte ganz klar machen, daß Bertie, abgesehen davon, daß er mir beim Verstekken der Leiche geholfen hat, kein Gesetz gebrochen hat (er hat meinem Befehl auch nur deshalb gehorcht, weil er nicht in der Verfassung war, sich zu widersetzen). Ich hegte und hege noch immer die Befürchtung, daß für den Fall, daß meines Sohnes Rolle beim zufälligen Tod Pascoes ans Tageslicht käme, Gerüchte über sein Verhalten als Offizier in dem vergangenen Feldzug in Flandern wieder aufflackern und zu falschen Beschuldigungen gegen ihn und vielleicht anhaltender nervlicher Schwäche bei ihm führen könnten.

Nichts in diesem Brief und auch kein Beitrag, den ich zum Unterhalt der Familie Feldwebel Pascoes geleistet habe oder leisten werde, stellt die Anerkennung einer Rechtsverpflichtung gegenüber besagter Familie dar und auch kein Schuldeingeständnis hinsichtlich meines eigenen Verhaltens oder das meines Sohnes Herbert im aktiven Dienst. Ich verfolge mit dieser Aussage nichts anderes, als die nackten Tatsachen des unglücklichen, zufälligen Todes des Soldaten Stephen Pascoe festzuhalten.

Das Schreiben war von Arthur Grindal unterschrieben. Zeugen waren ein Anwalt in Leeds und dessen Sekretär.

Pascoe las das Schreiben dreimal durch. Rühren hätte er ihn sollen, dieser verzweifelte Versuch eines Mannes, seinen Sohn zu schützen. Aber da war etwas, das so falsch klang wie das Gebet eines Atheisten.

»Sind Sie nun zufrieden, Mr. Pascoe?« fragte Thomas Batty. »Eine traurige, tragische Angelegenheit, aber schon längst begraben, und begraben sollte man sie lassen.«

»Wie die anderen Fehler, die in jenen Jahren begangen wurden, wollen Sie sagen?« fuhr Pascoe fort. »Gott, wie zum Teufel soll dieses Land irgend etwas erreichen, wenn es der Wahrheit über sich selbst nicht ins Gesicht sehen kann?«

»Das ist aber ein bißchen happig«, sagte Dr. Batty. »Zugegeben, der Erste Weltkrieg war eine Schweinerei, aber das hat ja nun damit wirklich nichts zu tun.«

»Es hat alles damit zu tun! Aber halten wir uns schlicht an die Details. Erstens, während der Verhandlung wurden keinerlei Anschuldigungen gegen Bertie erhoben, außer daß er benommen war, möglicherweise von der Druckwelle einer Granate verwundet war und davon abgehalten werden mußte, sich im Alleingang auf einen feindlichen Bunker zu stürzen.«

Batty überlegte, dann sagte er: »O.K. Also?«

»Also kann Arthur Grindal den Gedanken, daß solche Beschuldigungen gegen seinen Sohn erhoben werden könnten, nur aus einem Mund haben. Dem seines eigenen Sohnes, der ihm sein Herz ausgeschüttet und zugegeben haben muß, daß er die meiste Zeit in einem Zustand des schieren Entsetzens war und losgerannt wäre, wenn der Feldwebel nicht das Kommando übernommen hätte. Ich frage mich, wie seine *wirkliche* schriftliche Aussage gelautet hätte.«

»Was wollen Sie damit sagen?« fragte Thomas Batty.

»Ich will damit sagen, daß die Aussage, die ursächlich dafür verantwortlich ist, daß mein Urgroßvater umgebracht wurde, eine Niederschrift war, die Arthur Grindal angeblich diktiert wurde und in welcher die Handlungen von Feldwebel Pascoe so negativ wie nur irgend möglich dargestellt wurden. Im beigefügten Anschreiben bezeichnet Arthur ihn als einen sozialistischen Agitator der wüstesten Sorte. Und wissen Sie was? Keine einzige dieser Lügen wäre überhaupt nötig gewesen! Mein armer, umnachteter Urgroßvater dort draußen log allen die Hucke voll, um den Ruf dieses mitleiderregenden Offizierchens zu schützen!«

Er hielt jäh inne. Janet Battys Gesicht hatte jegliche Farbe verloren. Es war bleich und wächsern wie das einer Lilie. Ich rede vom Vater dieser Frau, dachte er. Meine eigene Verbindung mit all dem liegt drei Generationen zurück, und die Männer, um die es geht, habe ich nie persönlich gekannt. Aber ich spreche vom Vater dieser Frau, und ihr Schmerz muß mindestens so tief reichen wie meine Empörung.

Er sagte: »Mrs. Batty, es tut mir leid. Ich glaube, Ihr Vater war ebensosehr ein Opfer wie alle anderen. Ich bin sicher, wenn er je gewußt hätte –«

»Aber er weiß es ja«, platzte sie heraus. »Er weiß es!«

Es dauerte einige Sekunden, bis Pascoe begriffen hatte.

»Er weiß es?« wiederholte er.

Er sah den warnenden Blick Thomas Battys, sah David

Battys ironisches Grinsen und erinnerte sich an die Krankenschwester, die bei seinem ersten Besuch im Maisterhouse die Treppen hinaufgestiegen war.

»Er lebt noch?« sagte er ungläubig. »Er ist hier?«

Er sah die Antwort in Janets Gesicht. Unlogischerweise machte das die ganze Sache irgendwie noch viel schlimmer. Wenn alle Betroffenen ihr Ende gefunden haben, sei es die Ruhe in einer gepflegten Familiengruft, im fernen Soldatengrab oder selbst im weichen Lehm eines zerstörten Waldes, bestand da eine Distanz, und der lebhafte Schmerz der Frau wäre ein guter Grund, von weiteren öffentlichen Beschuldigungen Abstand zu nehmen.

Aber der Gedanke, daß dieser Mann nicht nur ein langes, angenehmes Leben, gesegnet mit Familie und Wohlstand, genossen hatte, sondern es *noch immer* genoß ...

Oder vielleicht auch nicht. Er zwang sich zu einem gleichmütigen Ton, als er sagte: »Er muß sehr alt sein.«

»Aber ja doch«, sagte David Batty beinahe spöttisch. »Wir freuen uns schon alle auf das Telegramm Ihrer Majestät.«

»Er ist sehr hinfällig«, verteidigte Janet Batty ihren Vater. »Aber er ist noch immer ganz klar.«

»Das muß für alle Beteiligten ein großer Segen sein«, sagte Pascoe drastisch.

»So haben wir das auch gesehen. Bis zu dieser Woche, heißt das.«

»Er hat es im Fernsehen gehört, nicht wahr?« sagte Peter. »Er wußte sofort, wer es war. Er brauchte noch nicht einmal zu warten, bis nähere Einzelheiten bekannt wurden. Wie hat er reagiert? Daß er nach all den Jahren ein Geständnis ablegen wollte? Deshalb haben Sie mich also persönlich empfangen, Mr. Batty. Sie wollten betonen, daß ALBA die Frauen von ANIMA nicht anzeigen würde. Damit Sie gleich alles unterdrücken konnten. Kein Wunder, daß Sie einen Satz machten, als ich Ihnen sagte, ich stamme von den Kirkton-Pascoes ab! Muß ein Gefühl gewesen sein, als wäre jemand über Ihr Grab gelaufen.«

Pascoe stand auf. Er war die ganze Sache so leid. Es war höchste Zeit, das zu tun, weswegen er gekommen war, und dann nichts wie weg. Tief in seinem Herzen spürte er, wie er vor Freude bei dem Gedanken erbebte, sich so unerwartet an der Familie rächen zu können, die seine eigene so nachhaltig deformiert hatte, und versuchte seine Regung zu unterdrücken.

Auch Thomas war aufgestanden. Er hatte sich zwischen Pascoe und die Tür gestellt.

»Sie können ihn nicht sprechen, Mr. Pascoe. Er ist zu hinfällig, um es zu verkraften.«

Pascoe betrachtete ihn mit einer gewissen Irritation, die aber auch eine Spur Mitleid enthielt. Er glaubte eigentlich nicht daran, daß der ältere Batty bei dem Anschlag auf Fraser Greenleaf mitgemacht hatte. Vielmehr ging er davon aus, daß es ihn vernichten würde, wenn er hörte, sein eigener Sohn habe den Diebstahl geplant und sei Komplize bei einem Mord gewesen.

»Wieso kommen Sie eigentlich auf die Idee, daß ich Ihren Schwiegervater sehen möchte?« fragte er verächtlich.

Die Frage war ursprünglich rein rhetorisch gewesen, wurde aber an irgendeiner Stelle echt.

Warum mochte Batty auf den Gedanken gekommen sein, daß er Gertie mit der Wahrheit konfrontieren wolle? Oder vielmehr, warum wurde er das Gefühl nicht los, besonders wenn er die älteren Battys betrachtete, daß die Katze noch immer nicht ganz aus dem Sack war?

Arthurs Aussage. Das unbestimmte Gefühl, das er hatte, daß noch immer nicht alles geklärt war.

»Ihr Großvater schrieb etwas von Unterhaltszahlungen an die Familie Peter Pascoes«, sagte er zu Mrs. Batty. »Die sind aber nie erfolgt. Dessen bin ich mir sicher.«

»Er konnte sie nicht finden. Niemand hat sie gefunden«, erwiderte sie.

Der junge Colin Pascoe hat sie gefunden, dachte Pascoe. Nur hat der vielleicht gründlicher gesucht.

Er sagte: »Aber warum hatte er denn überhaupt das Bedürfnis, es zu versuchen? Er hatte doch selbst miterlebt, wie der Versuch seines Sohnes, Peters Hinterbliebenen zu helfen, ihm ins Gesicht geschleudert wurde.«

Sie zuckte mit den Schultern, als getraute sie sich nicht zu reden.

Thomas Batty sagte: »Ich glaube, die Zeit ist gekommen, keine schlafenden Hunde mehr zu wecken. Sie sind ein vernünftiger Mensch, Mr. Pascoe, und ich bin sicher, daß Sie verstehen ...«

»Welchen schlafenden Hund?« fragte Pascoe. »Ich dachte, wir hätten sie alle aufgeweckt. Welcher schlafende Hund?«

Er nahm noch einmal die schriftliche Aussage zur Hand und las erneut den letzten Abschnitt ... *Rechtsverpflichtung ... und auch kein Schuldeingeständnis hinsichtlich meines eigenen Verhaltens* ... Warum nur hatte Arthur diese anscheinend völlig überflüssigen rechtlichen Vorbehalte eingefügt? Für welche Verantwortung hätte man ihn gerichtlich belangen können ...?

Er sah Thomas Battys leeres Gesicht an, das nichts verriet, wandte sich von ihm zu Janets blassen, angespannten Zügen, aus denen ihn zwei sehr blaue Augen intensiv ansahen, wandte sich schließlich an David und sah dieselben blauen Augen in dem intelligenten, schmalen Gesicht, dessen Züge bei ihm immer das unbehagliche Gefühl ausgelöst hatten, daß er es irgendwie kannte.

Dann dachte er, nein, das nicht auch noch! Er erinnerte sich an die Autobiographie Peter Pascoes, die dieser zur Vervollkommnung seiner Schreibfähigkeiten angefangen hatte und in der die Rede davon war, daß seine Mutter im Maisterhouse bei den Grindals im Dienst gestanden hatte, bis sie ausschied, um zu heiraten und einen Sohn zur Welt zu bringen, erinnerte sich an die gellenden Beschuldigungen der Quiggins, daß sie nichts getaugt habe ...

Nicht das!

Er sagte: »Ich gehe zu ihm.«

»Was? Nein!« protestierte Thomas.

»Mrs. Batty«, sagte Pascoe. »Fühlen Sie sich frei, zu ihm zu gehen und ihn, so gut Sie können, vorzubereiten, aber ich gehe hinauf zu ihm, welche Einwände auch immer von Ihrer Familie kommen. Finden Sie nicht, daß ich das Recht habe?«

Sie argumentierte nicht lange mit ihm, sondern erhob sich sogleich und verließ das Zimmer.

David Batty lachte lauthals los: »Ich hab mir schon gedacht, daß du zu guter Letzt dahinterkommst, Peter. Du hast einen Verstand, dem kein Trick entgeht. Um das zu erkennen, muß man schon selbst so gestrickt sein!«

Beim Verlassen des Zimmers machte Pascoe einen Bogen um Thomas, der sich nicht rührte.

Mit leichtem Schritt rannte er die Treppe hinauf, sah eine offene Tür und ging auf sie zu.

In einem großen, luftigen Schlafzimmer mit Blick über die hohe Grenzmauer in Richtung Kirche und das alte Dorf Kirkton sah er Janet Batty auf einer Bettkante, die Arme um die Schultern eines Greises gelegt, der von Kissen gestützt wurde. Sein Gesicht war fast zum Totenschädel abgemagert, aber sein weicher, weißer Haarschopf fiel ihm noch immer in die Stirn, und die Augen, die starr auf Pascoe gerichtet waren, waren strahlend blau und hellwach.

Da füllten sie sich wie die seiner Tochter mit Tränen.

»Peter«, sagte er mit gebrochener Stimme. »Du bist es ... nach all den Jahren ... ich habe es nicht gewußt ... nicht damals ... ich schwöre es ...«

Er sieht nicht mich, dachte Pascoe. Er sieht den anderen Peter, der für ihn gestorben ist.

»Was hast du nicht gewußt?« fragte er, obwohl ihm die Antwort bekannt war, er sie aber von diesem Fleisch gewordenen Geist hören mußte.

»Daß wir Brüder sind«, sagte Bertie Grindal.

Brüder. Hatte sein Urgroßvater es gewußt? Hatte seine Mutter etwas zu ihm gesagt, als er sie auf dem Totenbett in Cromer besucht hatte? War das der Grund dafür, daß Arthur so lange gezögert hatte, ihm von ihrer Erkrankung zu erzählen? Er würde noch einmal die Tagebücher lesen müssen, um Antworten auf diese Fragen zu finden. Vielleicht waren sie ja nicht vorhanden. Und vielleicht wollte er sie gar nicht wissen.

Janet Batty hatte angefangen zu sprechen.

»Er hat sich entscheiden müssen, Großvater hat sich entscheiden müssen.«

Zwischen dem legitimen Erben und dem sozialistischen Bastard?

»Keine Wahl«, sagte Pascoe, die Augen fest auf den alten Mann im Bett geheftet.

»Gerade habe ich es auseinanderdividiert«, sagte Davids Stimme hinter ihm. »Es ist eigentlich komisch, aber weil bei dir eine weitere Generation dazwischen liegt, müßte ich so etwas wie dein Halbonkel zweiten Grades sein. Herzlich willkommen in der Familie!«

Nun löste Pascoe den Blick von dem alten Mann und seiner blassen Tochter und richtete ihn langsam auf David Batty und dessen Vater hinter ihm auf dem Vorplatz.

Ihm fiel ein, wie er Ellie verraten hatte ... *ich habe mich immer in Tagträumen ergangen, daß ich entdecken würde, ein Wechselbalg zu sein und in Wirklichkeit eine völlig andere Familie zu haben, mit der ich einen Neuanfang machen konnte* ... Und hier stand sie, seine neue Familie, und er konnte sie neben seine alte stellen, die so sehr wenig erfolgreich gewesen war. Es machte keinen Sinn, hier rumzustehen. Es war Zeit für einen Neuanfang ...

Eine Art wildes Gelächter stieg in ihm auf angesichts der schwarzen Komödie des Ganzen, und seine Schultern zuckten, da er es unterdrückte.

»Kein Anlaß zur Sorge«, sagte David. »Ich bestehe nicht auf meinem Recht, Onkel genannt zu werden.«

»Das ist nett von dir«, sagte Peter Pascoe. »Dennoch sollte der Mensch auf seinen Rechten bestehen. Warum erläutere ich dir jetzt nicht ein paar der deinen?«

Und ohne einen Blick zurück auf den Greis im Bett zu werfen, nahm er den verdutzten David Batty am Arm und zog ihn mit sanfter Gewalt die Treppe hinunter.

FÜNF

Andy Dalziel parkte sein Auto an derselben Stelle gegenüber Cap Marvells Wohnung, wo er schon vier Abende zuvor gestanden hatte.

Es war auch wieder fast dieselbe Zeit, und während er im Auto saß, unentschlossen, was er als nächstes tun sollte, sah er sie wieder, nur diesmal kam sie aus dem Mietshaus und ging in Richtung Garagen.

Wie ein Mann, der allen Mut zusammengenommen hat, um zum Zahnarzt zu gehen, und dann die Praxis geschlossen findet, wußte Dalziel nicht, ob er froh oder enttäuscht sein sollte.

Der Morgen wäre besser, entschied er. Er hatte einen langen, schweren Tag hinter sich, wenngleich er nicht so lang gewesen war wie der Tag von Des Patten, Sanderson und Dr. Batty. Er hatte Sanderson im Haus des Doktors angetroffen, nur mit einem Kimono und einem zufriedenen Lächeln bekleidet. Beides hatte Sanderson abgelegt, bevor er sich auf den Weg zum Präsidium machte. Später war dann Pascoe mit Batty aufgetaucht, und das war der große Wendepunkt gewesen. Die beiden Militärs wußten, wie wichtig es war, den Mund zu halten, bis sie Gelegenheit zu einer Absprache hatten, um eine übereinstimmende Version zu finden. Aber Battys Bemühungen einer Anklage auf Beihilfe zum Mord zu entgehen, nachdem man die Serie von Morden vor ihm ausgebreitet hatte, waren beinahe übers Ziel hinausgeschossen. Ja, er habe Sanderson dafür bezahlt, die Unterlagen bei Fraser Greenleaf zu stehlen. Ja, der zweite Teil des Geschäfts sei gewesen, daß TecSec den Vertrag für Wanwood House bekam, nachdem Patten dort einen Anschlag inszeniert hatte, der den doppelten Zweck hatte, den Bedarf an besseren Sicherheitsmaßnahmen augenfällig zu machen und gleichzeitig die Aufmerksamkeit auf eine nichtexistente Gruppe militanter Tierschützer zu lenken, die den Wachmann in Redcar getötet habe. Aber nein, er habe zu keiner Zeit, weder vorher noch hinterher, von den Morden gewußt, die nun TecSec angelastet wurden, und er war der aufrichtigen Überzeugung gewesen, daß der Tod des Wachmanns zufällig gewesen sei.

Nichts als eine Ladung Mist, rief Dalziel aus. Aber das Bündel Aussagen war unschätzbar, um die beiden anderen hinter Schloß und Riegel zu bringen. Also, Grund zum Feiern. Aber Wield war schon lange nach Hause gefahren, und was Pascoe anlangte, der Junge war in einer komischen Stimmung, ganz und gar nicht in der Verfassung, an der allgemeinen Euphorie teilzunehmen, die normalerweise Verhaftungen begleitete. Wenn er ganz ehrlich war, mußte sogar Dalziel zugeben, daß er sich anstrengen mußte. Im Hinterkopf hatte er noch immer das Gefühl, die Sache mit Cap nicht abgeschlossen zu haben.

Aber heute abend würde sie unabgeschlossen bleiben müssen. Gott allein wußte, wohin sie zu dieser vorgerückten Stunde fahren wollte, und er wollte nicht das Risiko eingehen, es herauszufinden! Sinnlos, sich für ein Mißverständnis zu entschuldigen, wenn bereits ein anderes am Köcheln war.

Er hatte den Motor schon gestartet, da fiel ihm ein, daß es möglich war, daß er am Garagenhof vorbeifuhr und sie gleichzeitig herauskam und ihn sah. Er stellte den Motor wieder ab. Am besten ließ er sie fahren. Und folgte ihr? Nein! Um Himmels willen. Um bei dieser Frau überhaupt eine Chance zu haben, und die Aussichten standen schlecht, mußte er aufhören, sich wie ein Bulle aufzuführen.

Aber wo zum Teufel steckte sie nur? Man braucht doch nicht so lange, um ein Fahrzeug zu starten und aus dem Hof zu fahren.

Plötzlich machte er sich Sorgen. Konnte das Schicksal so gemein sein, daß Cap überfallen wurde, während er hier draußen saß und sich wie ein nervöser Pennäler fühlte?

Es konnte, verdammt noch mal! dachte er grimmig.

Er nahm die als Geschenk verpackte Röhre, die auf dem Beifahrersitz lag, umfaßte sie wie einen Knüppel und stieg aus dem Auto. Mit der Leichtigkeit und Lautlosigkeit, die diejenigen häufig erstaunte, die ihn nie in Aktion gesehen hatten, überquerte er die Straße und ging an der Fassade des Mietshauses entlang.

An der Ecke zu der schmalen Straße, die in den Hinterhof führte, wo die Garagen waren, hielt er inne. Kein Geräusch ... doch ... warte ... eine ferne Stimme ... weiblich ... leise ... flehend ...

Er warf sich nach vorn, noch immer leichtfüßig, doch nun mit der überraschenden Geschwindigkeit eines Grizzlybärs auf Raubzug. Die Zähne vor Wut und Anstrengung entblößt, umrundete er die Ecke. Und stoppte.

Im Licht einer offenen Garagentür hockte Cap Marvell, von Katzen umgeben, die an einem halben Dutzend Unterteller mit Fleisch fraßen. Mehrere Tiere zogen sich zurück, alarmiert, als sich Dalziel näherte, und die Frau schaute ärgerlich hoch.

»Ruhe!« sagte sie mit Nachdruck. »Ist alles in Ordnung, meine Lieben, nichts, worüber ihr euch sorgen müßt, kommt wieder her.«

Langsam kamen die Katzen wieder zurück und fraßen weiter. Es waren hauptsächlich hagere, struppige Tiere, mit zahlreichen Narben von Straßenkämpfen bedeckt.

»Ich wette, du hast einen großen Stein im Brett bei den Nachbarn«, sagte Dalziel.

»Ich wette, die Nachbarn sind nicht am Verhungern«, erwiderte Cap.

»Machst du das regelmäßig?«

»Fast immer, wenn ich abends daheim bin. Ich sehe die Nachrichten, und dann gibt's was zu fressen für die hier. Ein bißchen Ordnung in einer chaotischen Welt ist was Nettes. Warum fragst du?«

Dalziel überlegte, ob eine Erklärung ihm helfen würde, und entschied, daß dem wohl insgesamt gesehen nicht so wäre.

»Keinen Grund«, sagte er. »Ich dachte, wir sollten uns unterhalten.«

»Wir haben uns schon unterhalten, erinnerst du dich?«

»Da gibt's noch Dinge, die gesagt werden müssen.«

»Das glaube ich nicht, Andy.«

»Ich hab dir ein Geschenk mitgebracht.«

Er hielt ihr die Röhre hin. Sie nahm sie nicht, also riß er die Verpackung ab, unter der eine Flasche Whisky hervorkam.

»Macallan« sagte er ehrfürchtig. »Zwölf Jahre alt. Single Malt.«

»Vielleicht heiratet er, wenn er erwachsen ist«, sagte sie.

Die Katzen waren fertig. Sie sammelte die Untertassen ein.

»Ich dachte, daß du vielleicht wissen möchtest, was Walker wirklich zugestoßen ist.«

»Das kann ich in der Zeitung lesen«, sagte sie. »Es sei denn, du sitzt wieder darauf?«

»Nein, es wird in der Zeitung stehen, irgendwann.«

»Gut«, sagte sie.

Sie löschte das Garagenlicht, schloß die Tür und entfernte sich von ihm.

»He, du vergißt deinen Whisky.«

»Ich trinke das Zeug sowieso nie«, rief sie über die Schulter zurück.

Er stellte die Flasche behutsam auf den Boden.

»Solltest du deine Meinung ändern, so steht sie hier«, sagte er.

»Ich ändere sie nicht«, kam ihre Stimme aus der Dunkelheit. »Aber es ist eine nette Geste, Herr Kommissar. Sie können sie zu Ihrer Verteidigung vorbringen. Gott liebt nichts mehr als nette Gesten.«

Er wartete einen Augenblick, dann folgte er ihr. Sie hatte das Mietshaus betreten, als er die Straße erreicht hatte. Er hielt inne, dachte nach, drehte sich um und ging wieder die schmale Zufahrt hinunter. Leuchtende Augen beobachteten ihn hoffnungsvoll in der Dunkelheit.

Er hob zwei riesige Finger, aber nicht in ihre Richtung, sondern zum Himmel.

»Denk nach«, sagte er. »*Das* ist eine nette Geste. *Das* ist fast ein halber Liter.«

Und er nahm die Flasche Whisky und machte sich auf den Weg zu seinem Auto.

Epilog

Die Schafe aus der Herde von George Creed wurden in dem Transporter ins Depot der Firma Haig gefahren, wo sie unter mehr oder weniger angenehmen Bedingungen vierundzwanzig Stunden blieben. Dann wurden sie auf einen namenlosen Lastwagen umgeladen und in den Süden gebracht. Seit die meisten großen Fähren keine lebenden Tiere mehr auf das europäische Festland transportieren, mußten andere Wege gefunden werden, und ein nicht ausgelastetes Containerschiff hatte den Auftrag angenommen, die Sendung der Firma Haig von Grimsby nach Dünkirchen zu bringen. Schlechtwetter verzögerte die Abfahrt des Schiffes, und es wurde Freitag morgen, bevor es in Frankreich anlegte. Ob nun tot oder lebendig, britisches Fleisch war in diesem Land noch nie gern gesehen, außer in höchster Not, und eine Schar französischer Bauern, die von einem sympathisierenden Zöllner einen Wink erhalten hatten, überfielen den Transporter einige Kilometer landeinwärts. Der Fahrer landete im Graben, und die Schafe, die mittlerweile drei Tage weder Futter noch Wasser gesehen hatten, ließ man laufen. Einige wurden erschossen oder zu Tode geprügelt, einige von den Hunden zerrissen, einigen gelang die Flucht. Vierundzwanzig Stunden diplomatischer Austausch auf höchster Ebene und in den höchsten Tönen war die Folge. Der übliche Weg von Empörung, Rechtfertigung und Entschädigung wurde beschritten. Samstag abend war der Ehre auf allen Ebenen und auf beiden Seiten Genüge getan. Mittlerweile waren die überlebenden Schafe zusammengetrieben worden, und es war eine weniger provokante Route zu ihrem letztendlichen Ziel in der großen Bundesrepublik Deutschland erarbeitet worden. Frühmorgens am Sonntag, der zufällig auf den Tag des Waffenstillstands von 1918 fiel, überquerte der Transporter auf seinem Weg ins ferne Schlachthaus, während die Hörner an den Mahnmälern Westeuropas ertönten, die Grenze nach Flandern.

Glossar

S. 14: Jacksie – Hintern, Po

S. 24: Shufflebottom – Schleifgesäß

S. 26: Holländische Ulmenkrankheit – Kein Dalziel-Witz, die Krankheit gibt es tatsächlich, aber die befallenen Bäume sehen nicht aus, wie der cordon sanitaire um Wanwood House

S. 42: Batty – plemplem, so daß der Satz vollständig übersetzt lauten würde: Sie sind Plemplem, schätze ich.

S. 46: Melopeponisch – Hills Freude an seltenen Wörtern ist sprichwörtlich. Melopepo ist die Apfelpfebe, auch Zuckermelone, die erst vollreif genossen wird, zu finden bei Plinius.

S. 46: Cap Marvell – Anspielung auf Captain Marvel, einen Superheld, ursprünglich Comic-Figur der Fawcett Comics in den 1940ern.

S. 52: Hydriotaphisch – feuchtigkeitssaugend

S. 54: … »nach gramvollen Dingen, alt und fern und Kriegen von vorlang« – Zitat aus dem Gedicht Die einsame Schnitterin von William Wordsworth (1770–1850)

S. 54: philopolemisch – von Hill gebildetes Wort, das man als streitfreudig wiedergeben könnte

S. 65: Krötenlecken – Das Ablecken des Sekrets der Aga-Kröte kann zu Halluzinationen führen, die denen ähneln, die durch LSD hervorgerufen werden

S. 75: Wood beyond the World, Roman von William Morris (1834-1896), gilt als der erste große Fantasy Roman.

S. 75: reicherer Staub – Zeile aus dem Gedicht The Soldier von Rupert Brooke (1887–1915):

If I should die, think only this of me:/ That there's some corner of a foreign field/ That is forever England. There shall be/ in that rich earth a richer dust concealed …

S. 78: JP – Justice of the Peace, Friedensrichter

S. 97: Fürchtet euch nicht – Zitat aus der Bibel

S. 125: … die ihr Vermögen hinter sich herschleppte wie Marley – Figur aus Charles Dickens (1812–1870), A Christmas Carol

S. 130: Peine forte et dure – Foltermethode, bei der Gewichte auf den Geständnisunwilligen gelegt wurden

S. 132: Blighty – Verballhornte Form des Hindiwortes bilayati, fremd. Es wurde im Ersten Weltkrieg ein beliebtes Wort für Heimat/ England. Es kommt in Schlagern der Zeit vor, wie We wish we were in Blightly, There's a ship that's bound for Blighty u.a.

S. 144: Unser Lager war anfangs in der Nähe von Pop – Poperinge westlich von Ypern

S. 152: Pheidippis – Der unfreiwillige Vater des Marathonlaufs, der 490 v. Chr. den Sieg der Griechen über die Perser meldete.

S. 154: »Das Gebein, das Gebein, es wandert umher ...« – Nach dem Song I'm gonna wash that man right outa my hair aus dem Musical South Pacific von Rodgers and Hammerstein, von Hill abgeändert

S. 156: »Ich wasch mir das Haar ganz und gar aus dem Mann ...« s.o.

S. 158: Dr. Fell – Kinderreim: I do not love thee, Doctor Fell; The reason why I cannot tell, But this I know full well, I do not love thee, Doctor Fell.

S. 161: Ancient Mariner – Hauptperson des Gedichts The Rime of the Ancient Mariner von Samuel Coleridge (1772–1834)

S. 175: Er stand auf und ging, um seine Versprechen einzulösen – Nach einem Gedicht von Robert Frost (1874–1963) Stopping By Woods on a Snowy Evening, von Paul Celan übertragen: Innehaltend inmitten der Wälder an einem Schnee-Abend. Das Gedicht endet mit den Versen: ...The woods are lovely, dark and deep./ But I have promises to keep/ And miles to go before I sleep./ And miles to go before I sleep. Celan: Anheimelnd, dunkel, tief die Wälder, die ich traf/Doch noch nicht eingelöst, was ich versprach./ Und Meilen, Meilen noch vorm Schlaf./ Und Meilen Wegs noch bis zum Schlaf.

S. 181: Fives – In Großbritannien beliebtes Ballspiel

S. 185: Robert Peel (1788–1850) – Premierminister und Gründer der britischen Polizei

S. 193: »An welcher Zeit sind Sie interessiert?« In England gibt es zu jedem Haus eine Akte, in der alles, was das Haus betrifft, z.B. Umbauten, ehemalige Eigentümer, Auflagen, enthalten ist und die je nach Alter des Hauses entsprechend umfangreich ist. Deshalb Battys Frage, für welche Zeit sich Pascoe interessiert.

S. 198: Alba – Liebeslied der Minnesänger, das im Morgengrauen gesungen wurde.

S. 212: April... der grausamste Monat – Zitat aus T.S. Eliots „Waste Land“

S. 213: Mr. Jingle – Figur aus Charles Dickens' „Pickwick Papers

S. 213: Oxfam – Oxford Committee for Famine Relief, Oxforder Komitee zur Bekämpfung der Hungersnot, 1942 in Oxford gegründete Organisation, deren Ziel es war, das Leiden der Zivilbevölkerung im von Nazideutschland besetzten Griechenland zu lindern. Heute operiert Oxfam weltweit und unterhält u.a. Läden, in denen man für wenig Geld gespendete Kleidung kaufen kann.

S. 223: Tellurisches Material – Gentrys Jargon für Erde

S. 231: Sollte ich sterben, denkt nur das von mir: Daß es ein Eckchen auf 'nem Kurzzeitparkplatz gibt, das für immer Ada ist! – siehe Rupert Brooke, The Soldier

S. 275: Ivon Duke – Arthur Wellesley, 1st Duke of Wellington (1769–1852)

S. 290: ... wäre sie auf einem Betjeman-Tennisturnier nicht fehl am Platze gewesen – Anspielung auf den Poeta Laureatus John Betjeman (1906–1984)und eines seiner bekanntesten Gedichte, A Subaltern's Love Song.

S. 290: ... vom verrückten Flügel der Linken bis zur rabiaten Rechten – Der militante Flügel der Labour Party war in den 1980ern als die Loony Lefts bekannt

S. 291: Miss – traditionelle Anrede von weiblichen Lehrkräften, unserem »Fräulein Lehrerin« entsprechend. Ms – politisch korrekte Anrede einer Frau, der nicht entnehmbar ist, ob sie verheiratet ist oder nicht.

S. 297: Statt vom Kursbuch sprachen die Viktorianer seit 1841 vom 'Bradshaw', nach Bradshaw's Monthly Railway Guide. Als Jules Vernes Phileas Fogg seine 80tägige Reise um die Welt antritt, trägt er unter dem Arm ein rotes Exemplar des kontinentaleuropäischen Bradshaw. George Bradshaw (1801–1853)

S. 316: Klassiker der Weltliteratur – Reihe der Oxford University Press im Format eines Taschenbuchs.

S. 323: Busters AC/DC – Gleichstrom und Wechselstrom, bisexuell

S. 338: Saint Swithin's Day – 15. Juli, entspricht in der Folklore dem Siebenschläfer am 27. Juni

S. 353: SAS – British Army Special Air Service

S. 387: Major Winander, RAMC – Royal Army Medical Corps

S. 399: Coronation Street – Soap Opera, läuft seit 1960 im britischen Fernsehen.

S. 403: Halbsavonette – Taschenuhr, in deren Deckel ein kleines Glas eingesetzt ist.

S. 314: Virgin Bottom – gemeint ist Virginia Bottomley, Gesundheitsministerin, 1992 bis 1995

S. 426: Old Mother Riley – von Arthur Lucan (1885–1954) geschaffene Figur einer irischen Waschfrau für die Music Hall. Später wurden auch Old-Mother-Riley-Filme gedreht.